KB209593

존재의 모든 것을

存在のすべてを

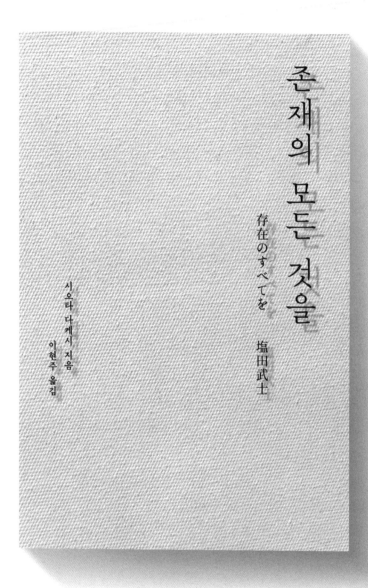

존재의 모든 것을

存在のすべてを   塩田武士

시오타 다케시 지음

이현주 옮김

REA∃bie

차례

유괴

다이니치신문 연재 기획 '유괴 다큐멘터리 A안' – 경찰청, 가나가와 현경, 요코하마 지국, 아쓰기 지국 / 각 담당 취재 메모에서 작성

1991년 (헤이세이[*] 3년) 12월 11일

시작은 불멸일[**]의 밤이었다.

일몰에서 이미 1시간 반이 지난 오후 6시 무렵, 계절에 맞지 않는 얇은 파카를 걸친 소년이 자전거를 타고 학원에서 집으로 돌아가는 길이었다. 가나가와현 중부지방의 낮은 가을을 방불케 하는 맑은 날이었고, 밤에도 파카 한 벌이면 괜찮을 만큼 기온이 높았다.

● 일본 연호, 1989년~2019년
●● 음양도에서 만사가 불길한 날

자전거를 타고 간다면 습기 없는 선선한 바람이 상쾌했을 것이다.

"아쓰유키."

주택가에 중년 남성의 목소리가 울렸다.

다치바나 아쓰유키가 브레이크를 잡은 건 익숙한 목소리라서가 아니라 반사적인 행동이었다.

"네."

예의 바르게 대답한 아쓰유키에게 마스크를 쓴 작은 체격의 남성이 "지금 학원 갔다 오는 길이야?" 하고 물었다. 아쓰유키가 대답하려는 순간, 갑자기 등 뒤에서 얼굴에 천 같은 것이 뒤집어씌워졌다.

소년은 공포와 목에 걸린 천 때문에 도와 달라는 소리를 지르지도 못하고 너무 간단히 남성 2인조에게 붙잡혔다. 혼란스러운 가운데, 아쓰유키는 철제 슬라이딩 도어를 여는 소리와 남자들의 거친 숨소리를 들었다. 그리고 승합차 뒷자리에 던져졌다.

손목과 발목이 테이프로 묶이는 동안 아쓰유키의 귓가에 낮은 목소리가 들렸다. "조용히 해.", "도망가면 죽는다."

도와 달라고 소리를 지를 수 없었다. 그러나 두 가지 소리가 제 역할을 다했다. 자전거 쓰러지는 소리와 승합차가 급히 출발하는 소리였다.

납치 현장에서 약 50미터 떨어진 곳에 있는 담배 가게의 주인인 예순일곱 살 여성이 범행을 목격했다. 어둑어둑해서 잘 보이지 않았으나 이 두 소리가 더해져 최소한의 상황 판단을 할 수 있었다.

"아이가 납치된 것 같아요."

가게 주인이 110번으로 경찰에 신고한 시각은 오후 6시 9분. 납치 사안으로 인식하고 기동 수사원 두 명, 가까운 경찰서에서 강력범죄 담당 형사와 감식반이 담배 가게로 향했다.

  현장에 남겨진 자전거와 타이어 자국, 현장 탐문 결과 경찰은 납치 사건으로 판단하고 오후 6시 26분에 긴급 수배를 걸었다.

  사건이 다음 단계로 접어든 것은 16분 후였다.

  오후 6시 42분, 아쓰기 시내에서 수입 가구 판매회사를 경영하는 다치바나 히로유키의 아내 아케미가 경찰에 신고했다.

  "내일 아침 10시까지 2천만 엔을 준비하래요……."

  아케미와 범인으로 추측되는 남자의 통화 내용, 초등학교 6학년인 장남 아쓰유키가 집에 돌아오지 않은 점, 담배 가게 앞 시 도로가 학원을 오가는 경로인 점을 고려해 가나가와 현경은 몸값을 노린 유괴 사건으로 단정했다. 현경 본부 대회의실에 대책실을 설치하고 종합지휘본부 'L1'을 설치했다. 본부장, 형사부장, 수사1과장 등 간부가 줄줄이 회의실로 들어오고, 수사원들이 외부에서 듣지 못하도록 확보한 임시 '공통계'* 무선 채널 테스트를 시작했다.

  또한 현지 경찰서에도 '현본'이라 불리는 현지 수사본부를 설치했고, 동시에 도쿄 경찰청에서도 '종합대책실'을 세우고, 경시청 수사1과 특수반에서 파견 온 특수사건 수사 지휘관 한 명을 아쓰기로 보냈다.

● 관할구역 내 모든 지역이 서로 통신할 수 있는 무선 시스템

총 279명. 그래도 인력은 충분하지 않다.

사건 발생 지역과 인접한 경시청, 야마나시 현경, 시즈오카 현경에서도 종합지휘본부 'L1'을 설치하였고, 그 외 현경들도 임시 무선의 수신 태세를 갖췄다.

현경의 요청을 받은 가나가와 현경 출입기자단은 보도 협정을 체결했고, 경찰청도 일본잡지협회에 보도 제한을 걸었다.

다치바나의 집은 오다큐 오다와라선 근처 역에서 도보로 25분 정도 떨어진 주택가에 있다. 크고 작은 민가와 빌라가 늘어선, 통일감이라고는 없는 지역이다. 차 두 대가 세워진 마당 딸린 80평 짜리 집은 주위 환경과 비교하면 넘치게 훌륭하다.

주위에 높은 건물은 없고 노상에 주차하면 눈에 띄는, 범인 입장에서는 감시하기에 적절치 않은 장소라 할 수 있다.

관할서 형사 두 명이 '1차 잠입'한 지 약 15분 후, 현경 수사1과 특수반 수사원 여섯 명이 전기 공사 인부로 위장하여 차례로 피해자 집으로 들어갔다.

통화 자동 녹음기와 무전기 등 기자재를 설치했다. 남자 주임과 홍일점 여성 수사원 한 쌍이 신고자인 피해 아동의 어머니 다치바나 아케미에게 설명을 듣던 중에, 남편 히로유키가 귀가했다. 창백한 얼굴의 부모는 짐작 가는 곳을 알지 못했다. 히로유키의 회사도, 아케미가 소속된 어머니 모임에서도 "문제는 없다."라고 말했다.

회의를 하던 중 한 가지 예상치 못한 문제가 대두되었다.

"집에 2천만 엔이나 되는 거금은 없어요."

회사 사장인 히로유키는 "박박 긁어모아도 7백만이 한계입니다."라며 괴로운 표정을 지었다. 이런 경우 공공기관이 몸값을 대신 지불하는 일은 일단 없다. 경찰 개입이 의심되기 때문이다.

"범인 측과 금액을 협상해야 합니다."

아들을 구하기 위한 돈을 충분히 준비하지 못한다는 사실이 창피했는지, 아케미는 줄곧 손수건으로 눈가를 닦았다. 한편 수사원들은 돈을 어떻게 마련할지 자신 없어 하는 히로유키를 보고 그의 사업이 순탄치 않다는 사실을 깨달았다.

근처에 살던 경찰 간부의 집에 '전진 거점'이 마련됐고 오후 8시, 거기에서 주먹밥 등 간단한 야식이 다치바나의 집으로 전달되었다. 범인 대응뿐 아니라 피해자의 심신이 무너지지 않도록 살피는 것도 경찰의 중요한 업무이다.

"범인과 협상은 힘들어도 나쁘지만은 않습니다. 통화가 길어질수록 상대의 정보를 얻을 수 있어서 해결에 가까워집니다."

부부에게는 초등학교 2학년인 장녀가 있다. 유괴에 대해서는 말하지 않았지만, 분위기가 심상치 않다는 것은 알고 있는 모양이었다. 어른들이 잔뜩 있어도 불안해할 테고, 부모 입장에서도 어린 딸에게 참혹한 장면을 보이고 싶어 하지 않았다. 그 결과 장녀는 아케미의 부모님이 지바 시내의 자택으로 데리고 갔다.

"오빠는 엄마를 아주 좋아하니까 꼭 돌아올 거예요."

현관 앞에서 딸이 건넨 한마디에 아케미는 또 한 번 눈물을 흘렸다.

다치바나 집에 있는 '피해자 대책반' 사람들은 부부에게 쉬라고 했으나 부부는 당연히 그날 밤은 잠들지 못하고 밤을 지새웠다. 아케미는 몇 번인가 전화벨 소리 환청을 들었으나 실제로 범인의 움직임은 없었다.

그리고 다음 날 가나가와 현경은 일본 범죄 사상 유례없는 전개에 직면하게 된다.

1991년 12월 12일

다음 날 아침 오전 5시가 지나 침실에서 나온 아케미가 아침 식사를 준비하자 여성 수사원이 부엌에서 말을 걸었다. 히로유키를 포함해 남성이 여덟 명이나 집에 있는 상황이다. 불안해서 견딜 수 없는 아케미에게 이 여성 수사원은 든든한 의지가 되었다.

경찰의 요청도 있어 히로유키는 은행이 문을 열기도 전에 들어가 거의 예금액 전부인 520만 엔을 인출했다. 요구 금액의 4분의 1 정도였기 때문에 협상은 난항을 겪으리라 예상되었다.

마당이 딸린 80평 자택은 대출도 없고 고급 승용차 '셀시오'도 현금으로 구입했다. 그러나 호황이었던 사업 매출은 여름부터 뚝뚝 떨어지더니 지점을 내려 했던 계획마저 틀어졌다. 피부로 느끼는 체감 경기와 실물경제의 괴리가 사람들을 집어삼키는 그런 시기였다.

수사 간부는 범인 측 사전 조사가 미흡하다고 판단했다. 지금까지 경찰이 개입한 유괴 사건 중에서 금전을 노린 범인이 현금을 챙겨서 도주에 성공한 사례는 없다. 그만큼 유괴는 실패할 확률이 매우 높은 범죄라 할 수 있다. 기본적으로 사전에 치밀한 준비가 필요하고, 유괴할 아이 집의 경제 사정은 제일 중요한 데이터라고 할 수 있다.

경찰은 이 지점에서 범인의 준비 부족, 나아가 그들의 빈틈을 감지했다.

'L1'은 현경 수사1과 특수반과 유괴 사건 경험이 있는 형사, 기동대원들을 지정 수사원으로 소집하여 스물다섯 명의 핵심 팀을 구성하고 몸값 전달에 대비했다.

오전 11시 57분, 다치바나 집의 거실 전화가 울렸다.

몸값을 운반할 히로유키가 수화기를 들자 음성 변조기를 사용한 목소리가 들렸다.

"국도 129호선에 있는 패밀리 레스토랑 '텍사스'로 가라."

역탐지를 경계했는지 전화는 4초 만에 끊어졌다. 너무 어이없는 내용에 수사원들도 맥이 빠졌다. '몸값 유무', '목적지 도착 시간'이라는 중요한 정보가 빠졌기 때문에, 경찰은 시간에 쫓기지 않고 레스토랑에 선발대를 잠입시켜 포위망을 구축했다.

흐린 하늘 아래 히로유키가 운전하는 '셀시오'가 '텍사스'에 도착한 것은 전화를 받은 지 46분 후였다. 50분 뒤인 오후 1시 33분, 범인으로부터 '텍사스'에 전화가 왔다.

"그대로 129호선 도로를 따라 북상해서 사가미하라에 들어가. 현도 508호를 따라 타이어 매장 '팔콘'의 간판 뒤에 있는 지시서를 보라."

음성 변조기 목소리가 들린 것은 불과 8초. 이번에도 '몸값 유무'와 '목적지 도착 시간'을 언급하지 않았다.

오후 2시 10분, '팔콘'에 도착. 간판 뒤에서 '하치오지 고미야 공원에서 대기하라'라고 적힌, 거칠게 찢은 백지를 발견했다. 필적을 감추기 위해 자를 대고 쓴 글씨였다.

사건이 가나가와현과 도쿄도 사이에 걸치게 되었다.

보통 광역수사는 '수사 공조과'를 사이에 둘 필요가 있으나 유괴 사건은 사정이 다르다. 특수반 형사는 평소에도 공조의 중요성을 뼈저리게 인식하기 때문에, 광역 훈련 등을 통해 적어도 인근 현의 '동업자'를 잘 알고 있다.

이때는 가나가와 현경 특수반의 경부보가 경시청 특수반의 경부보에게 "그쪽으로 가겠다."라고 전화만 해도 충분했다. 복잡한 절차는 뒤로 미루고 경부보의 전화 한 통에 경시청의 형사부장 이하 인원이 일사분란하게 움직이기 시작한 것이다. 이 사실 하나만 봐도 유괴가 얼마나 촌각을 다투는 사건인지 알 수 있다. 일반적으로 '도쿄'와 '가나가와'는 견원지간이라고 하지만 특수반에 한정하여 '원 팀'이었다.

하치오지로 향하는 '셀시오'를 쫓던 수사원들은 일련의 흐름이 틀어졌다고 느꼈다. 유괴 사건 특유의 '감시'와 같은 기척을 느낄 수 없었기 때문이다.

일기예보대로 내리기 시작한 비에 '셀시오'의 와이퍼가 움직였다.

오후 2시 27분, 요코하마시 나카구 주택에서 경찰에 신고가 접수됐다. 통신 지시를 받고 'L1'에 있던 경찰 간부 사이에서 충격이 번져 나갔다.

"또 유괴라고?"

현경 수사1과장. 오노 겐타로의 미간에 깊은 주름이 팼다.

신고한 남성은 "손자가 유괴당해 몸값을 요구받았다."라고 했다.

금전을 노린 유괴 사건은 경찰 조직이 수사 능력을 결집하여 해결에 임한다. 사회질서를 뒤흔드는 중대한 사건은 용납할 수 없다. 만에 하나라도 성공하지 못하는 위험도가 높은 범죄다. 그럼에도…….

현경이 전혀 예상하지 못한 전대미문의 사태.

아동 동시 유괴.

과거로 거슬러 올라 약 1시간 반 전. 요코하마시 나카구 야마테초의 기지마 시게루에게 음성 변조기를 사용한 목소리로 전화가 걸려 왔다. "손자 료를 데리고 있다. 오후 3시까지 구권 지폐로 현금 1억 엔을 준비하라.", "경찰에 알리면 거래는 없다. 손자는 돌려보내지 않겠다."라는 협박 전화였다.

피해 아동, 나이토 료는 네 살로 가정환경이 복잡했다. 어머니인 나이토 히토미와 남편의 혼인 관계는 사실상 파탄 난 상태로 현재는 별거 중이다. 한부모가족이지만 히토미는 변변한 직업이 없었다. 고등학교를 중퇴하고 밥 먹듯 가출을 반복하던 그녀는 스물한 살에 아버지인 시게루에게 의절당하고 결혼식에도 부모를 부르지 않았다고 한다.

그러나 히토미는 어머니 기지마 도코와는 계속 연락했고 시게루도 손자 때문에 이를 묵인했다. 집 문턱을 넘도록 허락하지 않았지만, 조모는 가끔씩 손자의 성장을 지켜봤다.

이날 오후 1시 즈음 범인의 전화를 받은 료의 할머니 도코는 같은 요코하마 시내에 사는 딸에게 바로 전화했다. 그러나 히토미는 "공원에서 친구들과 놀고 있어요. 돈 없는 집 애를 납치해서 어쩌려고요.", "나 지금 나가요."라는 등 진지하게 받아들이지 않고 전화를 끊었다고 한다. 도코는 걱정이 되어 히토미의 집에 가 보았지만 이미 집에 없었고 가까운 공원을 둘러봐도 딸과 손자는 찾을 수 없었다.

기지마 시게루는 건강식품회사 '가이요 식품'을 설립하고 예순다섯 살인 현재도 사장으로 일하며, 연간 매출 1천억 엔 이상을 자랑하는 가이요 그룹을 진두지휘하고 있었다. 자택에 있던 시게루는 도코에게 협박 전화 얘기를 듣자마자 당장 주거래 은행의 지점장에게 전화를 걸어 현금을 준비하라고 지시했다. 지점에서 준비한 5천만 엔을 시게루가 직접 갖고 귀가했고, 나머지 5천만 엔은 나중에 은행원이 집으로 운반했다.

딸과 연락이 되지 않아 손자가 어디 있는지도 모르고 망연자실해하던 기지마 부부는 자신들의 힘으로는 감당할 수 없다고 반쯤은 체념하며 경찰에 신고했다.

지금까지 'Li'의 시선은 전부 아쓰기에 향해 있었다. 그러나 아무 전조도 없이 두 번째 화살이 사각지대에서 날아들자 가나가와 현경은 전장의 넓이를 다시 인식해야 했다.

'L1'에는 전화 역탐지나 지정 현장의 정보 지원, 무전기 등 기자재 운반, 도시락 준비, 언론 대응 등의 임무로 100명 정도 인원이 배치되어 있다. 야마테에서 처음 신고가 들어왔을 때, 넓은 회의실은 찬물을 뒤집어쓴 듯 고요했다.

통신 지령실을 통해 기지마 시게루와 통화한 사람은 'L1'에 있던 현경 수사1과 특수반 관리관인 미무라 도모야였다. 미무라는 몸값 유괴 사건의 경험자로, 피해자 가족 중 몸값을 전달하는 사람(경찰 은어로 '마루K')을 전면적으로 지원하는 '마루K 지도'를 담당한 적도 있는 전문가다.

"기지마 씨, 다음에 범인에게 연락이 오면 주의할 점이 한 가지 있습니다. 메모할 준비는 되셨나요?"

"네, 말씀하세요."

"종종 범인이 경찰인 척하고 전화를 하기도 합니다. 경찰에 신고했는지 떠보는 겁니다. 그럴 때는 반드시 딱 잡아떼십시오."

"그럼 실제로 경찰에서 연락할 때는 어떻게 하면 되겠소?"

역시 자수성가한 기업인답게 기지마 시게루는 침착했다.

"전화를 꼭 해야 할 때는 '사쿠마'라는 이름을 사용하겠습니다. 사쿠마 씨라는 이름의 지인은 있으십니까?"

"아니요, 적어도 친한 사람 중에는 없어요. ……나는 지금부터 어떻게 하면 됩니까?"

"곧 가까운 경찰서에서 형사 두 명이 그쪽에 도착할 겁니다. 우선 그 사람들의 지시에 따라 주십시오."

전화를 끊은 미무라가 수사1과장 오노를 흘깃 보고, 그대로 앉아서 하늘을 올려다본 후 머리를 부여잡았다.

"오봉*과 정월이 한 번에 와 버렸네요."

미무라가 말을 걸자 오노는 "이 나이에 이런 세뱃돈을 받을 줄이야." 하고 쓴웃음을 지었다. 무선 장비에 임시 발전기, 아쓰기의 주택 지도가 살풍경한 분위기를 자아내는 회의실에, 넘칠 만큼 농밀한 가스가 꽉 들어찼다.

수사원은 아쓰기 쪽에 전력을 투입했다. 더는 투입할 인원이 없는데, 유괴 사건에 대응할 수 있는 수사원을 두 배로 늘려야 한다.

"이제 다 틀렸나."

'L1'에 전달된 요코하마시 나카구의 주택 지도를 보고 있던 오노가 "좋았어." 하고 벌떡 일어나 분위기를 환기하고, 부하들을 진지하게 바라봤다.

"미무라, 몇 명 데리고 피해자 집으로 가 주게."

미무라 관리관은 기다렸다는 듯 일어나더니 절망적인 분위기에 휩싸인 종합지휘본부에 작은 희소식을 알렸다.

"최악의 상황이지만 그나마 다행인 건 두 번째 사건이 야마테에서 발생한 것입니다. 관할서에 나카자와가 있습니다."

"그 녀석, 한국에 간 게 아니었어?"

"아내와 자녀를 남기고 조금 전 먼저 돌아왔답니다."

● 양력 8월 15일, 우리나라의 추석에 해당한다.

'L1'에서 지령을 받고 나카자와 요이치는 서둘러 경찰서로 향했다.

형사의 가족여행은 대개 보상 휴가다. 과장과 동료의 눈총을 받으며 평소 아내가 가고 싶다던 서울에서 시간을 보내기 위해 늦은 '여름휴가'를 냈다.

롯데월드에서 어울리지도 않는 롤러코스터를 타고 밤에는 명동 불고기집에서 배불리 고기를 먹었다. 그리고 호텔로 돌아왔을 때 받았다. 운명의 메시지를.

'긴급, 연락 요망'

후배가 운전하는 차로 기지마 집에서 200미터 정도 떨어진 곳에 내린 후 형사1과 강력계의 또 다른 후배, 센자키 다카아키와 함께 '1차 잠입'을 시작했다.

기지마의 저택은 도심 고급 주택가가 그렇듯, 높은 담과 차고로 도로와 분리돼 있었다. 좁은 돌계단을 올라가자 흰 철제문이 나왔고, 나카자와는 인터폰을 눌러 "사쿠마입니다."라며 정체를 밝혔다.

문을 열고 센자키와 함께 부지에 들어간다. 주차장 위 정원에는 잔디가 깔려 있고, 시클라멘과 팬지, 시네라리아가 화단을 밝게 물들이고, 거실의 큰 창 근처에는 동백나무가 흰 꽃을 피우고 있었다.

오후 2시 39분, 관할서 형사인 나카자와와 센자키는 신고 12분 후 기지마 저택에 들어가 시계루, 도코, 가사 도우미 여성 세 명에게 간단히 자신을 소개했다. 그 후 현관의 나선형 계단에 있는 전화기를 거실까지 끌어와 간이 녹음기를 설치했다. 이제 전문 장비를 가진 현경 본부 특수반 수사원이 도착하기 전까지 적어도 범인의 목소리를 녹음할 준비는 마쳤다.

이어서 통신 회사 NTT 앞으로 역탐지 동의서를 작성하도록 했다. 사람 목숨이 걸려 있어도 통신 사업자는 '발신자 추적'이 형법 37조 '긴급 피난'에 해당하는지 신중하게 판단한다. 동의서에 피해자 가족 서명이 반드시 들어가야 한다. 이웃집에 설치한 '전진 거점'에서 오토바이 부대 수사원이 들러, 동의서를 받아 NTT 전화국에서 대기 중인 '역탐지반'에 전달했다.

그 후 나카자와와 센자키는 두 대의 비디오카메라로 몸값 1억 엔을 촬영했다. 범인이 구권 지폐로 지정한 것은 잔머리를 쓴 것인데, 신권은 지폐 번호가 연속으로 이어지기 때문에 쉽게 발목이 잡힌다.

아무튼 관할서의 '1차 잠입'은 시간과의 싸움이다. 다다미 스물한 장 크기의 거실 벽에 걸려 있는 시계의 시곗바늘이 범인이 지정한 오후 3시로 시시각각 다가갔다.

오후 2시 51분, 미무라 관리관이 수사1과 성범죄 담당 여형사와 통신 담당자 두 사람을 데리고 '2차 잠입'을 시도했다. 아쓰기의 다치바나 집에 '2차 잠입'한 인원이 여섯 명이었던 점에 비춰 보면 고작 절반에 불과하다. 변장할 시간조차 없었다.

기자재 소리가 범인에게 들리지 않도록 거실 유리 테이블에 담요를 깔고, A3용지 크기의 자동 녹음기를 설치한다. 녹음기는 수화기와 녹음용 카세트테이프가 딸린 것으로 통화 내용은 자동으로 무선 전송된다.

옆의 식탁에도 담요를 깔고, 나선 코드가 달린 핸드 마이크가 연결된 상자형 지휘용 무전기를 설치한다. 수사원 전원이 무선 이어폰을 귀에 꽂고 무전이 들리도록 준비를 마쳤다. 피해자 저택에서 무전 내용이 울려 범인에게 들리기라도 하면 큰일이다.

　미무라가 특수반에서 오래 알고 지낸 나카자와를 현관으로 불러냈다.

"어때, 재충전은 됐나?"

"네. 현장이 서울이라면 더 좋았겠지만요."

미무라는 품격 있는 은발을 쓸어 올리며 웃은 뒤 소리를 낮췄다.

"알고 있겠지만 인력이 부족하네."

"아쓰기는 움직일 것 같습니까?"

"아니, 이쪽이 진짜야."

"진짜요? 그럼 그쪽은 미끼입니까……."

　가나가와 현경과 경찰청의 논의에서는 언급하지 않았다. 유괴 사건이 우연히 동시에 발생할 가능성, 아쓰기 사건의 특수성 ― '몸값 확인'과 '목적지 도착 시간' 누락, 음성 변조기 사용의 공통점 등에 주목하여 경찰은 두 유괴 사건을 동일범의 소행으로 판단했다. 아쓰기 사건을 미끼로 수사원을 현 중부에 집중시켜 체제가 취약해진 틈을 타 야마테의 피해자에게 돈을 강탈한다. 그것이 경찰의 견해였다.

　금전을 노린 유괴가 실패하는 것은 경찰이 수사력을 한 곳에 집중시켜 물샐틈없는 포위망을 펼치기 때문이다. 범인 측은 그 허점을 노려 같은 현경에서 사건이 동시에 발생하면 적어도 수사력을 반으로 줄일 수 있다고 판단하고 범행 시나리오를 그렸을 것이다. 대담무쌍한 그 계획 때문에 실제로 현경 내부의 혼란은 계속되고 있다.

범인이 아쓰기에서 하치오지로 무대를 옮긴 이유는 시간을 벌려는 행동일 것이다. 하지만 가나가와 현경이 산전수전 단련된 경시청 수사1과 특수반의 협조를 얻은 것은 불행 중 다행이었다. 현경은 핵심 팀 중 절반을 야마테 쪽으로 이동시켰다.

그럼에도 수사 체제를 다시 정비하기란 쉽지 않았다. 유괴 사건에 제대로 대응할 수 있는 형사는 많지 않다. 그래서 나카자와를 외국에서 불러올 수밖에 없었다.

"나카자와, 네가 '마루K 지도'를 맡아."

"네? 저 지금 관할서 소속입니다."

"멍청아. 남아 있는 사람 중에 제대로 '마루K 지도'를 할 수 있는 사람은 나 아니면 너 정도잖나."

"그럼 미무라 씨가 맡아 주십시오."

"나는 지금부터 드라이브 간다."

순식간에 의미를 파악한 나카자와는 그게 지금 쓸 수 있는 방법 중 최선의 방법일지도 모른다고 생각했다.

"파트너는요?"

보통 '마루K 지도'는 남녀 한 쌍으로 짜는 경우가 많다. 긴급 사태 발생 시 혼자서는 대응할 수 없다.

"아니, 혼자 해 주게. 나중에 아쓰기에서 미즈노가 올 거야. 녀석을 피해자 대책반장으로 삼아. 그때까지는 자네가 지휘하게."

"승산 따위 없지 않습니까."

"지지만 않으면 돼. 그럼 부탁하네."

작은 체격이지만 '검객' 미무라는 서 있는 모습이 그럴 듯하다.

나카자와는 곧게 뻗은 등을 배웅한 뒤 양 뺨을 때리며 기합을 넣었다. 지금부터 신경이 극도로 예민해진다. 현관과 거실 사이에 있는 문을 연 나카자와는 자신이 맡은 중요한 임무에 전율했다.

미무라가 빠지고 한동안은 고작 네 명이 '피해자 대책반'의 직무를 완수해야 한다. 지금까지 많은 아수라장을 겪어 온 나카자와였지만 처음 경험하는 '마루K 지도'는 이전과 비교되지 않을 정도로 힘든 현장이 될 듯했다.

이제 곧 3시다. 나카자와는 자신이 이 자리의 책임자라는 사실을 알려 주고, 시게루와 도코에게 "저는 유괴 사건을 맡아본 적이 있으니 안심하십시오."라고 말을 건넸다. 그리고 그 말로 스스로에게도 암시를 걸었다.

"범인 전화가 올 때를 대비해 한 번 더 연습해 봅시다."

미무라가 두고 간 가방에서 대화용 화이트보드를 꺼냈다. 얇은 화이트보드에 쓰고 지우기를 반복한다. 가방에는 그 외에 범인과의 구체적인 대화 사례가 적힌 지도 카드가 들어 있었지만 나카자와는 무시했다. 대화 중에 맞는 카드가 없을 수도 있고 적절한 카드를 고를 시간도 없다.

"우선 저를 포함해 '형사'라고 부르지 않도록 주의하십시오. 갑자기 형사라고 부르면 큰일이니까요. 가족 외에는 아무도 없다, 그렇게 생각하고 대화하십시오."

돋보기안경을 쓴 기지마 시게루가 펜으로 받아 적는 것을 보며, 나카자와는 전화 교환기는 성능상 역탐지에 시간이 걸려서, 대화를 오래 할수록 나이 대, 사투리, 지적 수준, 배경 소리 같은 범인 정보를 얻을 수 있다고 설명했다.

"그리고 꼭 손자의 목소리를 확인해 주십시오."

나카자와가 그렇게 말하자 도코가 손수건으로 눈꼬리를 훔쳤다.

이 유괴 사건이 특이한 것은 피해 아동의 어머니 행방을 아직도 파악하지 못했고, 아이의 최근 사진이 한 장도 없다는 점이다. 영아 때 사진이 몇 장 있을 뿐, 히토미는 외동아들의 사진을 찍지도 않았다. 나카자와는 육아 방임의 가능성이 높아 친부모에게 학대당하는데도 조부모의 집이 잘산다는 이유로 유괴된 아이가 참 안쓰러웠다.

기지마 저택을 뒤로하고 미무라 도모야 관리관은 택시로 '요코하마 스타디움' 동쪽의 오산바시 거리로 향했다. 프로야구 '요코하마 다이요 웨일즈'의 팬이지만 시즌이 끝난 구장에 볼일은 없다. 택시비를 내고 노상 주차된 승합차에 재빨리 올라탔다.

차량은 뒷좌석이 트여 있고 중앙에 자리 잡은 책상 위에는 주택지도와 필기구 등이 놓여 있다. 손이 바로 닿는 위치에는 무선 핸드 마이크가 대여섯 개 늘어져 있다.

유괴 사건에서는 현내 어느 곳에서도 교신이 가능한 '기간계 무선'●과 주로 현장 수사원이 송수신에 사용하는 휴대용 무전기가 준비되어 있다. 'L2'에서는 무선 지령이 동시에 분배되기 때문에 여러 수사원이 함께 탄다. 어떤 무전기가 울리는지 알기 힘들어서

● 경찰 차량 내 무선 시스템. 경찰 활동에서 가장 중요한 통신 시스템이기에 '기간계(基幹系)'라고 불린다.

종종 마이크를 잘못 집어 들기도 한다.

특수 이동 현장 지휘 차량 'L2'에는 무리하면 여덟 명이 꽉꽉 탈 수도 있지만 지금 차량 안 인원은 운전사를 포함해 다섯 명이다. 실제 몸값 전달 공방전이 시작되면 현장에 가까운 'L2'가 사령탑이 된다.

범인의 의도대로 지휘체계에 혼란이 발생한 것은 분명하다. 그러나 현장의 쌍두마차라고도 할 수 있는 'L2'와 '마루K 지도'에 미무라와 나카자와라는 유능한 형사를 배치할 수 있던 점은 대규모 경찰 조직이기 때문에 가능했다.

솜씨 좋은 미무라 관리관은 '피해자 대책반', '신변 경호반', '선행 유격반'을 어떻게 구성할지 연달아 지시했다.

조금 전 미무라가 말한 '드라이브'란 'L2'를 뜻했다. 나카자와도 미무라가 사령탑이라면 싸워 볼 만하다고 생각했다.

오후 3시 7분, 전화가 울렸다. 기지마 집 거실에 긴장이 감돈다.

센자키가 무선 핸드 마이크를 잡고 "전화, 전화."라고 말하자 'L1'과 'L2' 그리고 무전기를 갖고 있는 전 수사원이 귀를 기울였다.

시게루가 반원형 흰 가죽 소파에서 내려와 카펫에 무릎을 꿇고, 화이트보드와 매직을 든 나카자와가 옆에 앉는다. 수사원은 미리 안무를 짠 것처럼 귀에 무선 이어폰을 꽂았다. 나카자와가 끄덕이자 시게루가 자동 녹음기가 달려 있는 수화기를 들었다. 녹음용 카세트테이프가 돌아가기 시작한다.

"어이, 왜 경찰이 있지?"

음성 변조기를 사용한 껄렁껄렁한 목소리였으나 피해자를 위압하기에는 충분한 선제공격이었다. 나카자와는 말문이 막힌 시게루에게 '떠보기'라고 쓰고 보여 줬다.

"당신인가? 당신이 료를 유괴했나?"

전화가 끊어졌다. 역탐지는 실패했다. 나카자와가 시게루에게 격려의 말을 건네려던 그때 다시 전화가 울렸다.

보드의 글자를 재빨리 지운 나카자와가 센자키의 "전화, 전화."라는 목소리를 듣고 나서 시게루에게 신호를 보낸다.

"네, 기지마입니다."

"앗, 기지마 씨?"

이번에는 음성 변조기를 사용하지 않은 남성의 목소리였다.

"가나가와 현경입니다. 바로 조금 전 범인 전화가 왔죠?"

범인이다. 나카자와가 들이민 '범인'이라는 글자를 본 시게루는 "뭐? 경찰이라고? 지금 뭐 하자는 거야!" 하고 목소리가 거칠어졌다.

"아뇨, 아닙니다. 기지마 씨. 그쪽에 있는 우리 팀 사람한테 볼 일이 있어서요. 급합니다. 잠깐 바꿔 주시겠습니까?"

나카자와는 '범인'이라고 쓴 보드를 보여 줬다. 예상 이상으로 교묘하게 유도한다. 수사원들은 그 교활함에, 그리고 처음 듣는 범인의 굵은 목소리에 바짝 긴장했다.

"당신이 료를 납치했지? 몇 번이나 말하지만 경찰에는 신고하지 않았어. 료가 무사히 돌아온다면 돈은 주겠어."

"아니요, 정말 현경입니다……."

"그러니까 경찰에는 신고 안 했다니까!"

전화가 끊어졌다. 이번에도 상대의 발신지를 밝혀내지 못했다.

"기지마 씨, 잘하셨습니다. 상대가 상당히 노련했지만 훌륭했습니다."

나카자와는 시게루를 칭찬했다. 임기응변으로 잘 대응했지만 큰 목소리로 상대를 위압하고 또한 "돈은 주겠다."라며 깔보듯 말한 것은 감점 대상이었다. 보통 남성이 대응할 경우 범인과 강하게 맞서다가 상황을 악화시킬 위험성이 있다.

그러나 나카자와는 결코 주의를 주지 않았다. 칭찬하고, 칭찬하고 또 칭찬한다. 그렇게 피해자와 신뢰 관계를 쌓는 것이다. 앞으로도 시게루는 쓸데없는 말과 행동으로 상황을 복잡하게 만들지도 모른다. 하지만 '마루K 지도'가 제일 우선해야 하는 것은 감정의 억제이다. 화내지 않고 참고, 조급해하지 않고 생각한다.

"다음은 상대의 정보를 끌어내기 위해 조금 더 천천히 대화해 볼까요……."

상대를 상처 주지 않는 말을 골라 궤도를 수정한다.

일단은 합격이다. 이제 곧 범인이 본격적으로 움직일 것이다. 나카자와는 손바닥에 배어 난 땀을 면바지에 닦았다.

피해자 저택의 '가전계'*에서 대화 내용을 파악한 'L2'의 미무라는 역시 이쪽이 진짜라는 생각을 굳혔다. 경찰의 관계 여부를 집요하게 확인하는 것이 그 증거다. 그는 'L1'의 간부와 의논하여 아

● 전화 시스템

쓰기 반에서 추가로 형사 네 명을 뽑아 야마테로 보냈다.

"놈들은 미끼를 사용하고 있어서 단시간에 승부를 볼 겁니다. 몸값 전달은 피해자 집 근처로 추측됩니다."

미무라에게 제안받은 'L1'과 경찰청은 기지마의 집을 중심으로 남북 3킬로미터, 동서 4킬로미터 범위에 '선행 유격반' 수사원을 투입하기로 결단했다. 수적 열세를 지혜와 배짱으로 극복할 계획이다. 하지만 계산이 틀어질 경우를 생각하면 눈앞이 아찔하다.

이것이 현재진행형이라 불리는 특수사건이 어려운 이유다. 살인이나 절도는 이미 일어난 '과거'에 대한 수사다. 그러나 유괴나 농성은 판단 하나에 따라 성패가 갈린다.

미무라는 지도를 노려보며 '선행 유격반'을 ▽현립 도서관 ▽마린 타워 앞 교차로 ▽고가네 다리 ▽다이칸자카 상행 교차로 ▽미노자와 입구 교차로 ▽젠교지 부근 ▽야마테 경찰서. 이렇게 일곱 개의 포인트에 배치했다. 자연스럽게 보이도록 수사원이 이동할 때는 125cc 오토바이와 사륜 경차도 사용한다.

만일 범인이 다른 방향으로 지시한다면……, 아니 오히려 그 확률이 높지 않을까. 'L2'의 접의자에 앉은 미무라는 불안에 눌려 찌부러질 듯했다.

손의 떨림이 멈추지 않는 게 몇 년 만일까.

'피해자 대책반' 형사들에게 정보가 들어왔다.

료의 어머니 나이토 히토미를 이세자키초의 파친코 가게에서 발견했으나 귀가를 거부. 수사원이 차량에서 아무리 사정을 설명해도 파친코 가게로 되돌아가려고 해서 현지 수사본부가 있는 야마테서로 동행을 요구했다.

현재는 술에 취한 채 경찰 조사를 받고 있고, "료는 해 지기 전에는 집에 돌아온다."며 마치 남의 일처럼 말했다고 한다. 역시 아들의 최근 사진을 한 장도 갖고 있지 않아, 육아 방임이나 학대가 의심된다.

정보는 무선 이어폰을 통해 수사원의 귀에만 들어오기 때문에 조부모인 시게루나 도코가 동요할 이야기가 새어 나갈 우려는 없다.

2년 전 현경 본부 특수반에 있던 나카자와는 유아 유괴 사건을 경험했다. 그때는 피해자의 '신변 경호반'을 맡고 미무라가 '마루 K 지도'를 담당했다. 다행히 역탐지로 체포할 수 있는 아마추어였기 때문에 큰 피해 없이 신속하게 해결했다.

그러나 이번 사건은 처음부터 전개 양상이 이상했다. 아쓰기의 유괴 건은 미끼일 가능성이 높아졌다고는 해도 동시에 아동·유아 유괴 사건이 일어나고, 한쪽 피해자는 몸값을 마련하지 못하고, 다른 한쪽은 아이의 부모에게 아동 학대 의혹이 짙다. 모든 것이 이상하다.

피해자로서 '이치에 맞는' 건 이 기지마 집뿐이라고 생각하는 사람은 나카자와만은 아닐 것이다. 대부분의 형사들 머리에 어른거리고 있을 '자작극'의 가능성. 하지만 범인의 꿍꿍이가 어떻든 간에 눈앞의 시게루와 도코는 손자 료를 가족으로 여긴다.

모든 것은 납치된 남자아이를 구해 낸 다음으로 미루자.

나카자와는 목을 축이려고 가사 도우미 여성이 준비한 생수를 마셨다.

오후 3시 20분, 전화가 울렸다.

"전화, 전화."

거실이 순식간에 팽팽하게 긴장된 공기로 돌아가고 나카자와의 신호에 맞춰 시게루가 수화기를 들었다.

"돈은 준비했나?"

음성 변조기를 사용한 목소리. 아쓰기에 협박 전화를 건 남자와 느낌이 비슷하다.

"마련했습니다. 1억이지요?"

"경찰에는 알리지 않았겠지?"

나카자와는 '손자를 바꿔 달라'라고 쓰고 시게루에게 보여 준다.

"네. 손자만 돌려준다면 말하지 않겠습니다. 절대로 아무에게도……."

"한 번만 말할 거니까 메모해."

나카자와가 통화 시간을 늘리라는 제스처를 한다.

"잠깐만요. 메모할 준비를 하겠습니다."

"빨리 해! 준비했잖아. 다른 사람은 없어?"

"아니요, 없습니다! 믿어 주십시오. 손이, 겁이 나서 손이 떨려요."

시게루는 제법 그럴 듯하게 연기를 해냈다. 나카자와는 "좋아요." 하고 말하듯 엄지를 들었다.

"이시카와초에 가메노 다리라는 작은 다리가 있어."

"메모하겠습니다. 잠시만요."

"안 돼. 이시카와초의 가메노 다리다. 그 근처에 '만텐'이라는 찻집이 있어."

"'만텐'요? 한자로는 어떻게 씁니까?"

"별이 가득한 하늘의 '만텐(満天)'이야. 3시 40분까지 돈을 가져 와. 알았어? 반드시 혼자 와야 돼."

나카자와가 보드에 '손자의 목소리를 들려 달라'고 쓰자마자 전화가 끊어졌다.

거실에 사람들 숫자만큼 한숨이 흐른다.

드디어 본격적인 싸움이 시작되었다.

"'L2'에서 선행 3반. 남녀 커플로 '만텐'에 잠입, 가게 안에서 대기."

미무라는 '선행 유격반' 중 총 네 개 반을 주변에 급파했다. 1반 두 명이 가게에 잠입, 3반 총 여섯 명이 현장을 감시하며 상황에 따라 유격. 'L2'에 정보를 보낸 여섯 명은 그 후 '포착반'으로 주변 에 대기한다. 그 외 인원은 '만텐' 주위 200미터 범위에서 '2선 배 치'로 대기한다.

선행 유격, 포착, 2선 배치. 유괴 사건의 수사원은 이렇게 슬롯 처럼 역할을 바꿔 가며 몇 개의 얼굴을 가지고 임기응변으로 대응 한다. 고도의 훈련 없이는 도저히 해낼 수 없다.

그렇기 때문에 곤란한 것이다. 동시에 두 건의 유괴 사건이 일 어나면⋯⋯.

미무라는 속속 들어오는 '현장 도착' 보고를 처리했다.

'만텐'은 기지마의 집에서 직선거리로 약 1.3킬로미터. 포위망

내에 있어서 가슴을 쓸어내렸다. 이시카와초에는 나이토 히토미의 빌라가 있다. '범인이 이 지역을 잘 알고 있고', '자작극일 가능성'을 감지한 미무라는 선입견을 없애려고 고개를 저었다.

비가 승합차의 지붕을 때리고 있다.

예순다섯 살의 '마루K'에게는 악천후였다. 현금 1억 엔의 무게를 고려하면 조건이 좋다고 하기 어렵다. 예측하지 못한 사태를 피할 수 없을지도 모른다고 생각하자 미무라는 우울해졌다.

점점 해가 지고 있다. 과연 오늘 안에 남자아이를 구출할 수 있을 것인가.

시게루의 목에 목걸이 같은 루프 안테나를 걸고, 전용 조끼를 입히고, 초소형 S형 무전기를 좌우 주머니에 집어넣었다. 송신기, 수신기 둘 다 담뱃갑 절반 크기밖에 안 되고 20센티미터 정도 되는 안테나는 부드럽게 휘는 소재라 거치적거리지 않는다. 스웨터와 점퍼를 겹쳐 입어 장비를 눈에 띄지 않게 처리하면 준비가 끝난다.

그러나 귀에 무선 이어폰을 꽂고 무선 송신기 테스트를 시작하자 시게루는 초조해하기 시작했다.

"형사 양반, 정말 제시간에 갈 수 있겠소?"

형사라고 부르지 않는다고 약속했지만 시게루는 이미 마음이 붕 떠 있었다.

미즈노 반장과 기술반이 집에 함께 들어와 몸값이 든 가방 바닥에 '음악 추적기'를 꿰매 넣는 데에 생각보다 시간을 잡아먹었다.

가방을 들면 수사원의 무선 이어폰에 음악이 재생되는 장치로 시야를 확보하지 못하는 상황에서 효과적이다. 그러나 가방을 해체하면 경찰의 개입이 드러나기 때문에 실제로 도움이 될지는 미지수다.

"빨리 좀 하게!"

참지 못한 듯 목소리가 거칠어진 시게루에게 나카자와가 다가왔다.

"괜찮습니다. 선행반이 현장에 들어갔습니다."

"들키지 않겠나? 놈들은 생각보다 똑똑해."

"유괴는 두세 번 일으킬 수 있는 사건이 아닙니다. 범인은 틀림없이 암중모색 상태입니다. 그 점에서 저희는 경험이 있어 유리합니다."

나카자와는 자신감 있게 말했다. 머릿속은 복잡했지만 그렇게 말하면서 스스로를 진정시킬 수밖에 없었다.

현관을 나올 때 도코가 시게루의 팔을 붙들고 "잘하고 와요, 잘하고 와요……." 하고 울먹거리며 고개를 숙였다.

"괜찮아. 료는 반드시 데리고 올게."

시게루는 아내의 팔을 뿌리치듯 두 개의 보스턴백을 들었다. 가방과 장치의 무게가 더해져 10킬로그램이 넘는다. 그래도 시게루는 휘청거리지 않고 밖으로 나갔다.

오후 3시 31분, 시게루는 조수석에 몸값이 든 가방을 올려놓고 익숙한 '세드릭'의 가속페달을 밟았다.

센자키가 운전하는 '블루버드'가 약 100미터 뒤를 쫓는다. 나카자와는 뒷좌석에서 정장 자켓을 입었다. 시게루와 통신하기 위한 S형 무전기와 미즈노 반장과의 통신에 사용하는 휴대용 송수신기를 장착하고, 가슴에 두 개의 루프 안테나를 달고, 왼쪽 팔소매 안으로 코드를 통과시켜 손바닥에 소형 마이크를 쥐었다.

'마루K 지도'로서 자세를 갖추자 긴장감이 더해 갔다.

나카자와는 빗물을 닦는 와이퍼 너머로 앞을 달리는 차량을 응시했다. 시게루에게 붙인 S형 무전기가 확실히 전달되는 범위는 150미터가 한계. 센자키가 가깝지도 멀지도 않게 거리를 의식하며 가속페달을 제어한다.

"전방에 초등학교가 보입니다. 거기를 좌회전해서 언덕을 내려가세요."

나카자와의 음성이 시게루의 무선 이어폰에 들렸다. '마루K'에게 '마루K 지도' 담당 형사만큼 의지가 되는 존재는 없다. 그렇기 때문에 나카자와는 절대 대상을 놓치면 안 된다.

'세드릭'은 언덕을 내려간 뒤, 초등학교를 유턴하여 이번에는 언덕을 올라 빨간 불에서 멈췄다.

지금까지 문제는 없다. 나카자와는 아무에게도 들리지 않도록 작게 숨을 내쉬었다.

"선행 3반에서 'L2'에. 현장 도착했습니다. 창가 자리에 앉겠습니다."

시게루가 출발한 지 7분 후 커플로 위장한 남녀 형사가 '만텐'에 도착했다.

선행 3반의 보고에 따르면 실내는 안쪽에 4인석 소파가 두 개, 창가에는 형사가 앉은 2인석 테이블 자리가 한 개, 카운터에는 스툴이 다섯 개. 최대 열다섯 명을 수용할 수 있는 작은 가게로 더는 잠입 인원을 늘릴 수 없다. 어려운 현장이다. 손님은 카운터 자리에 앉은 육십 대로 보이는 백발 남성이 한 명. 수상하면 뒤에 미행을 붙일 예정이다.

　'L2'의 미무라에게 나이토 히토미에 대한 추가 정보가 'L1'에서 들어왔다.

　히토미와 혼인 신고한 남자와는 현재 연락이 안 되고, 요시다 사토루라는 남자와 동거했는데 이 요시다가 올해 10월에 기후 시내에서 일어난 금고 털이범으로 지명수배 중이라는 것이다.

　기후 현경에 따르면 요시다는 절도 전과 2범으로 범행 이후 요코하마로 돌아오지 않았다고 한다. 여러 명의 범인이 강탈한 돈이 약 120만이라는 것은 대단한 '일'은 아니다. 도주 자금은 바닥이 났을 것이다. 동거 중인 여자의 친정이 자산가라면, 이를 노릴 가능성은 충분히 있다.

　오늘 오후 3시 즈음 가나가와 현경을 자처하고 기지마 집에 전화한 남자는 음성 변조기를 사용하지 않았다. 현재 기후 현경에 협조 요청해서 그 목소리가 요시다가 아닌지 확인 중이다.

　남자가 요시다라면 료가 무사할 확률은 올라간다. 물론 형사의 본능으로 미무라는 범인에게 수갑을 채우고 싶다. 그러나 유괴 사건에서는 피해자의 안전이 제일 중요했다. 피의자를 체포해도 아이가 사망하면 패배하는 것이다.

아마 료의 친아버지는 아이가 유괴당한 사실도 모를 것이다. 'L2'의 딱딱한 의자에 앉은 미무라는 사랑받지 못하고 자란 남자아이에게 마음이 쓰였다.

시게루가 핸들을 잡은 '세드릭'은 야마테 중심가의 다이칸자카 상행 교차로를 지나 완만한 언덕을 오르고 있다. 나카자와의 차량은 일반 차량 두 대를 사이에 두고 따라가고 있다.

"다음에 시오쿠미자카 교차로가 나오는데요, 우회전해서 안쪽의 여학교를 따라 난 길로 들어가세요."

나카자와가 알려 줬는데도 시게루는 그 앞에서 우회전해 버렸다.

"어, 잘못 들어왔네. 이런……."

초조해하는 시게루에게 나카자와가 침착하게 말을 걸었다.

"괜찮습니다. 저희가 멈춰서 벽을 만들 테니 그대로 후진하세요."

시게루는 서둘러 후진하고 시오쿠미자카로 경로를 수정했다. 일방통행은 아니지만 도로 폭이 좁고 무엇보다 경사가 급한 내리막이었다.

'세드릭'의 브레이크 등이 자주 켜지자 형사들에게는 그것이 '몸값 전달인'의 초조한 심정처럼 보였다.

후배인 센자키가 운전하는 '블루버드'는 시게루의 차에서 조금 떨어져 신중하게 따라간다. 유치원을 통과하여 모토마치 4번지로 나왔다.

"좌회전해서 일방통행 길을 직진하세요."

작은 상점이 늘어선 모토마치 나카도리를 시속 20킬로미터로 통과한다. 보행자의 우산이 거치적거려 몇 번이나 속도를 줄이며 편도 2차선의 혼모쿠 거리를 빠져나온다. 시각은 이미 오후 3시 44분이었다.

"시간이 지났어. 괜찮겠나?"

불안을 토로하는 시게루에게 나카자와는 "가게에 전화가 걸려 오지 않았으니 문제없습니다." 하고 평온하게 대답했다. 하지만 속은 정반대로 초조했다.

혼모쿠 거리의 모토마치 교차로에서 좌회전하여 일방통행인 '이시카와 상점가'로 들어간다. 지나가는 사람들이 있는데도 '세드릭'은 난폭하게 앞으로 나아갔다.

"기지마 씨, 사람들이 갑자기 방향을 바꿀 수도 있습니다. 조금 더 속도를 낮춰 주세요."

"그래도 이미 약속 시간이 지났잖나."

"지금 사고라도 나면 다 소용없습니다."

냉정함을 되찾은 시게루는 나카무라가와강과 히라가나 상점가의 사잇길을 규정 속도로 통과하여 JR 이시카와초역의 고가도로 아래로 들어갔다. 오른쪽에 짧은 가메노 다리가 나타났다.

"교차로에서 좌회전하세요. '만텐'이 보입니까?"

"봤어. 저기인가!"

"주차장까지 유도하겠습니다. 좌회전해서…… 네, 그렇게요. 그대로 남쪽으로 가 주세요. 신호를 넘어가면 경사가 심한 오르막길이 있습니다."

"이 언덕을 올라가라고?"

"네. 바로 왼쪽, 멀리 절벽이 보이시죠? 도로를 따라 4, 5분 가면 주차장이 있을 겁니다."

"있어. 어디에 세우면 되나?"

"비어 있는 곳에 머리부터 들이밀어도 상관없습니다."

'세드릭' 앞을 지날 때 나카자와는 양손에 보스턴백을 들고 달리는 시게루를 봤다.

나카자와는 차 안에서 대기하는 센자키에게 손을 들어 알리고 밖으로 나왔다. 우산을 쓰고 걸어가며 손목시계를 본다. 7분 늦었다. 기침을 하는 척하며 왼손의 마이크 버튼을 누른다.

"반장님, 현장 남쪽의 꽃집으로 향합니다."

"오케이."

미즈노는 근처 길가에 세운 차량 안에서 나카자와의 보고를 받아 이를 '기간계 무선'으로 종합지휘본부와 현장 수사원에게 전달한다.

"기지마 씨, 가게 안에 가죽점퍼를 입은 남성과 쇼트커트 여성 커플이 있습니까? 창가에 앉아 있을 텐데요. 두 사람은 경찰입니다."

시게루를 진정시키려고 말을 걸었지만, 정작 돌아온 대답은 바짝 날이 서 있었다.

"그럴 시간 없어."

오후 3시 47분, '마루K'가 현장에 도착했다.

안쪽 소파 자리…… 오른쪽에 앉아…… 보스턴백을 옆에 내려놓고 손수건으로 얼굴을 닦고 있다…….

잠입반에서 들어오는 정보를 통해 미무라는 '만텐'의 가게 내부를 입체적으로 그려 봤다.

빗속, 일방통행이 많은 길에서 7분밖에 안 늦었다면 제법이다. 역시 나카자와에게 지휘를 맡기길 잘했다. 미무라는 우롱차 캔을 마시고 다음 전개에 대비했다.

문제는 지금부터다. 범인이 어떻게 연락할 것인가. 가게 출입구 옆 선반에 있는 핑크색 공중전화로 전화가 걸려 올 것인가. 연락책을 위장할 것인가. 그에 따라 대응도 달라진다.

어쨌든 이제 곧 범인과 대결이 시작된다.

오후 3시 50분, 시게루의 테이블에 따뜻한 커피가 놓였다.

그때 핑크색 공중전화가 울렸다.

"전화."

수사원의 긴장한 목소리가 승합차 안에 울린다. 'L2'에서는 여러 무선을 처리하기 위해 무선 이어폰을 끼지 않는다. 목소리는 차량 엔진 소리에 지워진다.

"기지마 씨, 계십니까?"

가게 주인 남성의 호출에 "접니다."라고 대답한 시게루가 전화 앞으로 이동했다.

잠입한 형사가 소리를 낮춰 실제 상황을 보고한다.

"여보세요, 전화 바꿔……."

"늦었군."

"어……, 죄송합니다. 길을 헤매서."

"자기가 사는 동네에서 길을 잃나. 경찰 지시겠군."

"그러니까, 경찰에는 말하지 않았다니까요."

"닛산 '세드릭', 차량 번호는……."

"잠시만요. 어떻게 알았지?"

"다 보여. 기지마 씨."

"그럼 근처에 있겠네. 돈은 당장 줄 테니까 료를 데려오게. 그렇게 끝내지. 응?"

"안 돼."

"왜…… 그럼 적어도 료의 목소리만이라도 들려주게."

"꽃집이 있었지?"

"뭐? 뭐라고?"

"꽃집 앞의 일방통행 길을 동쪽으로 300미터 더 가. '시네마'라는 비디오 가게가 있어."

"잠깐만 기다리게, 메모를 다 못했어. 꽃집…… 일방통행……비디오 가게 '시네마'……."

"비디오 가게에 〈하라스가 있던 나날〉*이라는 영화 비디오가 있어. 그 비디오 케이스를 열어 봐."

"그렇게 한 번에 말하지 말게. 하라스가 뭐라고?"

"〈하라스가 있던 나날〉이야. 잘 들어, 차는 두고 가."

"걸어서 가라고? 지금 비가……."

"서둘러."

● 일본 영화(1989). 반려견 하라스와 아이가 없는 중년 부부의 이야기를 그렸다.

"잠깐만 기다리게, 이봐, 여보세요! 여보세요!"

양손에 보스턴백을 늘어뜨린 시게루가 가게에서 뛰쳐나왔다. 조금 전 차로 통과한 나카무라가와강 강변에서 남쪽 일방통행 길로 들어가 꽃집에 있는 나카자와의 눈앞을 지나쳤다. 히라가나 상점가 한구석의 좁은 길이었다. 나카자와는 타깃을 놓치지 않도록 주위 시선에 주의하며 미행을 시작했다.

시게루는 가게에 들어가기 전과 비교해 확연히 분위기가 달라졌다. 잠깐 스친 그의 눈빛이 충혈된 것처럼 보였다.

잠입한 형사가 시게루의 메모를 회수할 테지만 전화 내용에서도 대화를 추측할 수 있다.

우선 범인이 늦게 도착했다고 지적하자 시게루는 당황했다. 범인이 지켜보고 있다고 말하지 않았다면 "그럼 근처에 있겠네."라는 식으로는 답하지 않는다.

하지만 이건 단순한 떠보기였을 가능성이 높다. 기지마에 관해 미리 조사를 해 뒀다면 피해자에게 압박을 가할 수 있는 개인 정보 따위는 얼마든지 준비할 수 있다. 제시간 즈음에 도착했어도 아마 범인은 늦은 건 경찰 탓이라고 말했을 것이다.

또한 료를 데리고 오는 것도, 음성을 들려 달라는 요청도 거절당했다.

시게루는 범인의 손바닥 위에서 놀아나고 있다. 가랑비를 맞으며 상점과 민가가 가득한 길을 우산도 쓰지 못한 채 달리고 있다. 두 손의 보스턴백은 앞으로 틀림없이 예순다섯 살의 노인의 체력을 갉아먹을 것이다.

나카자와는 슬쩍 뒤를 돌아봤다. 미즈노 반장이 후방 50미터에서 달리고 있다.

"선행반이 비디오 가게 '시네마' 확인."

미즈노로부터 가게와 영화 정보, 조금 전 전화 메모 내용이 들어 왔다. 나카자와는 주변을 살피며 시게루에게 말을 걸었다.

"기지마 씨, 나카자와입니다. 전방에 혼모쿠 거리 교차로가 보이시죠? '시네마'는 바로 앞에 약 40미터 지점, 진행 방향 왼쪽에 있습니다……. 〈하라스가 있던 나날〉은 개가 나오는 일본 영화인 것 같습니다."

시게루가 더욱 빨리 달렸다.

"조금 더 속도를 늦춰 주십시오. 아마 거기는 중계 지점일 겁니다. 아직 더 남아 있습니다……. 기지마 씨, 비디오 케이스 안에 지시서가 들어 있으면 바로 읽어 주세요. 작은 소리도 잡아낼 수 있으니까요."

'선행 유격반'에서 '범인 포착반'으로 이동한 형사들이 술집 손님 등으로 위장하여 감시하는 가운데, 시게루가 '시네마'로 들어갔다. 숨을 헐떡거리며 "잠깐만요, 실례합니다." 하고 점원을 불렀다.

"네……."

경계하는 젊은 남성의 목소리가 들린다.

나카자와는 가게 앞을 천천히 지나쳤지만 유리문에 포스터가 여러 장 붙어 있어 내부 상황을 볼 수 없었다. 귓가에 신경을 집중하여 무선 이어폰에서 들리는 대화에 집중했다.

"'하라스의 나날'이라는 영화가 있습니까?"

"'하라스의 나날'요? 확인 좀 할게요. 잠시만 기다려 주세요."

"일본 영화라더군요."

"어, 그러니까……. 아, 이건가? 〈하라스가 있던 나날〉."

"맞아요!"

"이쪽 선반이네요……. 이거예요."

"아, 그런가요? 고맙습니다."

아무래도 해당 비디오를 찾은 듯하다.

시게루의 거친 숨소리와 달그락거리는 플라스틱 소리가 들린다.

"아, 모토마치 쇼핑 스트리트 '마쓰다이라 가구점' ……가게 앞 전화대, 제일 아래 서랍."

이시카와초의 찻집과 비디오 가게, 이번에는 모토마치의 가구점.

미무라는 요코하마시 나카구의 주택 지도에 시선을 떨어뜨리고 이제 곧이지 않을까, 라고 생각하며 연필을 내려놓았다.

세 가게가 1킬로미터 범위 내에 있다. 현재 수상한 인물에 관한 보고는 없으나 범인은 어딘가에서 상황을 살피고 있을 것이다.

간부와 의논한 미무라는 "범인은 단시간에 승부를 내러 올 것이다."라고 주장했다. 실제로, 설정한 남북 3킬로미터, 동서 4킬로미터의 범위 내에서 사건이 움직이고 있다. 확실히 예상대로 진행되고 있으나, 한편으로 아쓰기를 주시하면서 수사를 병행해야 하기 때문에 핵심 자원인 형사의 절대 수가 부족하다.

모토마치 쇼핑 스트리트 잠복은 진퇴양난을 겪었다. 수사원들이 인파에 섞일 수 있지만 반면에 범인도 마찬가지다.

"선행 2반에서 'L2'에. '마쓰다이라 가구점' 매장 안에서 목제 전화대 확인."

지도 위 가구 매장에 빨간 색연필로 원을 그렸다. 현장 보고를 다 메모한 미무라는 빨간색 원 옆에 세 번째 현장이라는 의미로 '③'을 써넣었다.

범인은 서두르고 있다. 이제 몸값에 덤벼들 가능성은 충분하다.

오후 4시 5분. 찻집 '만텐'에서 전화를 받은 뒤 15분밖에 지나지 않았는데 주변은 이미 낮의 분위기가 사라지고 있었다.

"교차로를 지나서 바로 은행이 있죠? 그대로 직진하세요."

나카자와는 시계루의 후방 약 70미터 지점을 걷고 있다.

"대략 장소는 아네."

또렷한 목소리로 대답이 돌아왔으나 비에 젖은 몸은 휘청거리기 시작했다.

제일 해가 짧은 계절에 비까지 내리고 있다. 어둑한 저녁이지만 시기가 시기인 만큼 사람들이 모이는 장소는 화려했다.

6년 전 차도와 보도에 납작한 돌을 깐 모토마치 쇼핑 스트리트는 전통 있는 가게와 유행에 민감한 가게가 모자이크를 만든 듯, 신구 거주지 각각에 개성 넘치는 가게가 모인 장소였다. 걷기만 해도 마음이 들뜨는 세련된 분위기였다.

패션 숍, 잡화, 귀금속에 레스토랑. 매장이 밀집한 600미터 정도 거리에는 크리스마스 전등 장식이 벌써 켜져 있어 주황색 불빛이 거리를 오가는 사람들을 부드럽게 감싸고 있었다.

차분한 분위기에 쇼핑하는 사람이 많은 모토마치 거리인 만큼 기지마 시게루의 겉모습은 눈에 띄었다.

비에 젖은 흰 앞머리가 이마에 달라붙고 손에 든 보스턴백에서 빗물이 떨어진다. 거친 숨을 몰아쉬며 종종거리기 때문에 길을 가는 사람들은 대놓고 그를 피했다. 섬뜩한 그 모습은 설령 아는 사람이라 해도 쉽게 말을 걸지 못할 수상한 기운을 발산하고 있었다.

"기지마 씨, 전화대는 가게 앞에 있다고 쓰여 있었지만 비 때문에 가게 안에 들여놨습니다. 입구 바로 왼쪽 짙은 마호가니 재질로 높이가 약 1미터. 서랍은 5단. 제일 아래에 아마 지시서가 있을 겁니다."

나카자와는 우산의 각도를 바꿔 가며 가능한 한 지나가는 사람들에게 얼굴이 보이지 않도록 조심했다. 182센티미터의 장신도 눈에 띄지만 이목구비도 지나치게 뚜렷하다. 몇 년 전 유행어로 치자면 '소스 얼굴'●로 선배 형사에게 "돈가스 소스 얼굴."이라고 놀림받았다. 형사로서는 유감스럽게도 '미행에 부적합'한 걸 스스로도 알고 있기 때문에 신경을 곤두세우고 있었다.

시게루는 모토마치 4번지를 빠져나와 거침없이 걷고 있다.

나카자와는 이 지역 관할서 형사이지만 이 주변에서 쇼핑은 거의 하지 않았다. 경기에 그늘이 드리우기 시작했다고는 하지만 세련된 소품 숍이나 눈부신 보석점은 왠지 들어가기 망설여졌다.

● 외국인처럼 이목구비가 뚜렷한 사람을 가리킨다.

날이 맑았으면 등 뒤로 석양이 한껏 쏟아졌을 것이다. 그러나 지금 시게루에게 가차 없이 차가운 빗줄기가 쏟아졌다. 시게루는 더는 달리지 못하고 돌바닥 위를 힘겹게 걷고 있다. 다리보다 팔이 더 지쳐 보였다.

겨우 목적지에 도착해 젖은 얼굴을 털어 내며 가게 안으로 들어갔다. '마쓰다이라 가구점'은 입구가 좁은 오래된 가구점이다.

'L2'에서 사전에 지시한 대로 잠입한 수사원이 가게 주인에게 말을 건다. 응대를 하는 동안 시게루가 전화대를 발견해 제일 아래 서랍을 열었다. 그 모습을 맞은편 약국에서 경계하던 형사가 실황 중계한다.

가게에서 나와 근처 빌딩 앞에 멈춰 선 시게루가 차양 아래에 양손의 백을 내려놓았다. 고생했다는 듯 자신의 팔을 교대로 주무른 다음 "헉, 헉." 하고 거친 숨을 내쉬며 메모지의 글자를 읽어 내렸다.

"'미나토노미에루오카 공원' 전망대에 돈을 놓고 즉시 떠나라. 경찰이 없는 것을 확인하면 돈을 회수하고 그 후 손자를 풀어 주겠다. 한 사람이라도 형사가 있으면 손자는…… 죽는다."

또 공원인가…….

아쓰기 사건도 마지막 현장이 하치오지 공원이어서 거기에서 진척을 보이지 않고 있다.

미무라는 주택 지도에서 '미나토노미에루오카 공원'을 부감하여 봤다.

이 지역에서 잘 알려진 경치 좋은 공원이었으나 1970년, 1980년대 들어 기념관과 문학관이 생겨 문화적인 분위기가 짙어졌다. 분명히 올해 들어 장미 정원 같은 것이 생겼다고 지역신문에서 읽은 기억이 있지만, 아직 지도에는 반영되지 않아 현장을 떠올리기 힘들었다.

어쨌든 전망대에 가방을 두고 오라는 것은 거기가 최종 지점이라는 말이다.

인원 배치가 급해진 미무라는 우롱차 캔을 다 마시고 범인 상이나 우선순위에 대해 생각을 정리하려고 머리를 쥐어짰다.

이 범인은 현실적이다. 영화나 소설처럼 '탈취 방법'에 중점을 둬 봤자 잘되지 않는다는 것을 알고 있다. 그보다 '경찰의 수사 능력 자체'를 저하시켜 혼란을 틈타 몸값을 빼앗으려고 한다. 포위망 안에서 탈취하는 것보다 포위망을 세우지 못하는 사이에 가져가는 것이 성공률은 높다. 감기는 '걸리지 않는 것'이 최고다.

그렇다면 어떻게 해야 좋을까.

범인에게는 경찰의 개입이 '있는가', '없는가'가 가장 큰 관심사다. '없다'고 판단되면 선뜻 가방을 가지러 오겠지만 만약 '있다'는 것을 눈치채면……. 놈들은 무리하지 않고 그대로 사라지고 영원히 아이는 돌아오지 않는다.

범인은 잡고 싶다. 몸값도 지키고 싶다. 그러나 우선 경찰이 해야 하는 것은 '절대로 들키지 않는 것'이다.

주변 인원을 줄이는 것은 현장 지휘관으로서 상당히 용기가 필요한 일이었다. 현재 일본 경찰의 유괴 사건 수사는 백 점 만점을 목표로 한다. '피해자 구출', '범인 체포', '몸값 확보'. 모든 항목에 좋은 결과를 내지 않으면 실패라는 낙인이 찍힌다.

그러나 유괴 사건은 실시간으로 돌아간다. 형사 드라마처럼 화려한 볼거리나 기적 같은 역전극은 없다. 오직 '결단'만 있을 뿐이다.

특수사건의 전문가로서 미무라는 현장에서 항상 '농성'과 '유괴'의 차이를 뼈저리게 실감한다. 둘 다 긴장감이 높고, 유연한 대응이 필요한 까다로운 전장이지만 결정적으로 다른 점이 있다.

농성은 훈련하면 할수록 자신이 붙는 데에 비해 유괴는 훈련할수록 더 불안해진다. 현장을 규정하기 어렵고 선택지가 너무 많기 때문이다.

미무라는 공원 전망대 바로 서쪽에 있는 호텔을 주시했다. 이 호텔 고층에서는 현장을 내려다볼 수 있다. '선행 유격반'을 정찰 보내고 인원과 이용할 수 있는 차폐물을 확보한다. 이와 더불어 다른 반에는 호텔 측에 사정을 설명하여 '전진 거점'을 만들라고 지시했다.

들고 있는 빨간 색연필로 톡톡, 책상을 두드리던 미무라는 크게 숨을 내쉬고 의자 등받이에 몸을 기댔다. 다행히 범인이 시간을 지정하지 않았다. 신중하게 배치하면 최선의 진형을 갖출 수 있을 터였다.

'마루K'가 폭주하지 않는 한.

지시서를 읽고 건물 차양 아래에서 시계루는 손수건으로 얼굴을 닦고 숨을 골랐다.

나카자와는 시계루가 체력의 한계에 다다른 것을 감지하고, 또

한 S형 무전기의 건전지를 교체하는 게 좋겠다 싶어 미즈노 반장에게 전달했다.

시게루는 두 팔을 휙휙 돌린 후 양어깨를 툭 떨구고는 약한 마음을 떨치듯 크게 숨을 내쉬었다.

반장을 통해 근처 찻집 '단테스'의 화장실에서 건전지를 교체하라는 'L2'의 지시가 내려왔다.

"기지마 씨, 범인이 시간은 지정하지 않았어요. 무전기 건전지를 한 번 교체하시죠."

"찻집에서?"

"네. '단테스'라는 가게예요."

장소를 설명하는 나카자와의 말을 끊고 시게루가 "어떻게 그런 위험한 짓을 해!"라고 강하게 말했다.

"이쪽 태세를 정비하는 데에 시간이 필요하고 무전기 건전지도 갈아 주는 편이 안심이 됩니다."

"그 녀석들이 어디서 보고 있을지 몰라. 찻집에 들어가는 건 수상해 보여."

상황에 익숙해진 '마루K'가 점점 제어되지 않고 있다. 나쁘게 흘러가고 있지만 나카자와는 마음을 진정시키고 시게루를 호출했다.

"무선을 사용할 수 없게 되면 무슨 일이 생겼을 때 대응할 수 없습니다. 일단 '단테스'에서 건전지를 교체하시죠."

"아닐세. 이제 이 가방을 두고 오면 되지 않나? 이쪽은 못 잡아도 되니까. 손자만 돌아와 주면 그걸로 충분해."

"기지마 씨, 범인은 경찰의 개입을 아직 눈치채지 못했습니다.

걱정되니까 떠본 겁니다. 지시서의 말은……."

"여기서 혼자 떠드는 건 부자연스러워. 미안하네만 가 보겠네."

"잠깐이면 됩니다. 말씀 좀 들어주세요. 제발요."

"가방만 놓고 오는 거니까."

시게루는 양손에 보스턴백을 들고 빗속을 달려 나갔다.

"기지마 씨, 걸어가세요. 그게 바로 범인이 원하는 겁니다. 기지마 씨……."

나카자와는 혀를 차고 싶은 마음을 꾹 누르고 잰걸음으로 시게루의 뒤를 쫓았다.

제일 두려워하던 일이 벌어졌다. 사회적 지위가 높은 사람의 얕은 인내심과 높은 자존심이 기대를 망쳤다.

시게루는 이목을 끄는 걸 꺼렸지만 공교롭게도 안색이 변하여 달리는 그의 모습을 모든 사람이 뒤돌아봤다.

"'마루K 지도'에서 'L2'에. '마루K'가 찻집에 들어가기를 거부. 전망대를 향해 뛰어갑니다."

미즈노에게 연락을 받은 미무라는 무선 핸드 마이크를 책상에 던져 버리고 싶었다.

'선행 유격반' 수사원에게서 조금씩 정보가 들어왔지만 아직 공원 내부 상황을 알 수 없었다. 몸값 전달 장소인 전망대를 내려다볼 수 있는 호텔에도 '전진 거점'을 구축하지 못했다.

준비가 다 되지 않았는데 상황이 움직이기 시작했다.

범인이 전망대에 있고 당장 가방을 가지러 온다면 확실히 피의자를 확보할 수 있을까?

사실은 이 최종 단계 움직임을 두고 가나가와 현경과 경찰청의 의견이 둘로 나뉘었다.

가방을 가지러 온 자를 연행해 일당을 차례로 검거하자는 가나가와 현경의 의견에, 경찰청은 수거책을 미행해서 일망타진하자고 제안했다. 각각 위험이 크다. 수거책을 체포하면 경찰의 개입이 드러나 버리는 현경 측 방안과 미행에 실패하면 몸값을 빼앗기고 마는 경찰청 방안.

인명을 중시하는 관점에서는 경찰청 방안이 일리가 있지만 유일한 단서를 잃을 위험성도 가볍게 생각할 수 없다. 그러나 직접 범인과 접촉하는 현경 방안은 몸값 수거책이 묵비권을 행사하면 청사진이 무너진다.

유괴 사건에서는 그럴 때마다 최선의 방법을 계속 새로 제시해야 한다. 정답이 없다. 하지만 경찰은 세간에서 '결과론'이라는 칼을 맞는다. 해내는 것이 당연하고 못 해내면 실추다.

'요코하마 스타디움'의 1.5배 정도 되는 넓은 공원은 북쪽부터 프랑스산 지구, 전망 광장 지구, 영국산 지구, 근대문학관 지구, 각 네 구역으로 이뤄진다. 여러 '선행 유격반'에서 공원 내 상황이 쉴 새 없이 들어오지만 각도나 높이가 문제가 되어 몸을 숨기면서 전망대를 확인할 수 있는 장소는 거의 없었다. 게다가 이 날씨에서는 위장이 될 만한 인파도 기대할 수 없다.

호텔에 인원을 배치하는 게 현실적일지도 모른다. 미무라는 이 공원을 선택한 범인의 '실력'을 알 수 있었다.

"'마루K 지도'에서 'L2'에. 피해자가 쇼핑 스트리트를 빠져나와 호리카와강 강변길에서 공원 방면으로 이동 중."

전방에 프랑스 다리가 들어온 순간 시게루가 앞으로 고꾸라지며 넘어질 뻔했다.

겨우 자세를 고쳐 잡고는 일단 가방을 내려놓고 다시 두 팔을 휘휘 돌렸다. 다리도, 팔도 상당히 지쳤을 것이다.

"기지마 씨, 그대로 우회전해서 언덕을 올라가세요. 300미터 정도 올라가면 오른쪽에 파출소가 보일 겁니다. 그 맞은편에서 공원으로 들어갈 수 있어요. 잘 아시겠지만 경사가 급하니 천천히 가세요. 아직 시간이 있습니다."

그 경로는 '선행 유격반' 형사들이 주시하고 있었다. '신변 경호반'도 차량으로 언덕을 오르고 있다.

그러나 시게루는 언덕에는 눈길도 주지 않고 횡단보도를 건너자 프랑스산 지구에서 공원으로 들어갔다.

나카자와는 놀라서 시게루를 불렀지만 대답은 없었다. 안에는 아직 수사원이 배치되지 않았을 것이다.

"기지마 씨, 돌아오세요. 기지마 씨."

납작한 돌이 깔린 입구에서 반원형 돌계단을 뛰어 올라가는 시게루는 턱을 들고 헐떡이고 있다. 주변은 점점 푸른빛이 늘고 해가 지고 있었다. 주홍색 가로등 속에서 비가 사선을 긋는다.

나카자와도 공원에 들어갈 수밖에 없었다. 여기에서 놓쳐 버릴 수 없고, S형 무선의 수신 범위에서도 벗어난다. 우산이 번거로웠지만 시게루와 똑같이 우산을 쓰지 않고 걷는 건 부자연스럽다.

긴 돌계단을 오르다가 시게루는 "헉, 헉." 하고 숨이 차서 가방을 돌계단에 놓고 무릎에 손을 짚었다. 체력이 한계에 달한 것이다.

"안 되겠어. 이리 와 주게. 나머지는…… 놓기만…… 니까…… 주게."

시게루의 음성이 뚝뚝 끊어진다. 거리는 문제없을 것이다. 그렇다면 S형 무선의 건전지가 다 닳은 것이다…….

나카자와가 몇 번인가 불렀지만 응답은 없었다. 인적이 없는 공원만큼 미행하기 어려운 장소는 없다.

돌계단을 다 오르자 광장이 나왔다. 히말라야 삼나무와 플라타너스 거목이 약한 불빛 속에 께름칙하게 흔들린다.

시게루는 구 프랑스 영사 관저 유구(遺構) 앞을 지나 비틀거리며 앞으로 나아갔다. 호리호리한 몸에 더는 달릴 수 있는 힘은 남아 있지 않다.

돌계단을 내려가 **전망 광장 지구**에 들어갔다. 여기부터 앞으로 30계단 정도 다시 돌계단을 오르면 전망대에 도착한다. 그러나…….

시게루는 계단에 발을 걸치고 "하아." 하고 크게 숨을 내뱉고, 그대로 돌계단에 쓰러졌다. 손에서 가방을 놓고 주먹으로 가슴을 치며 발버둥 치고 있다. 무거운 몸값을 들고 계속 달린 탓에 호흡곤란에 빠진 것이다.

나카자와는 돌계단을 내려간 곳에서, 질척이는 땅을 딛고 50미터 앞에서 고통스러워하는 시게루를 도와야 할지 고민했다.

"피해자가 호흡곤란을 일으켜 쓰러졌습니다. 접촉할까요?"

좀처럼 대답이 돌아오지 않아 나카자와는 초조했다. 정보는 미즈노 반장에서 'L2'의 미무라에게 전달되었을 것이다.

시게루는 전방에서 벌렁 드러누워 입을 크게 벌리고 숨을 쉬고 있다. 그대로 비를 맞고 있어서 빨리 어떻게든 해 주고 싶었다.

"접촉하지 말고 상황을 지켜보세요."

미즈노에게서 받은 무정한 지시에 나카자와는 잠시 침묵한 뒤 "오케이." 하고 대답했다.

시게루는 돌계단에 웅크리고 앉아 불편한 심호흡을 반복하고 있다. 도저히 가슴이 아파 볼 수 없었다. 그러고 나서 시게루는 힘겹게 양손으로 가방을 붙잡고는 만신창이가 되어 하나씩 계단을 올라갔다.

말을 걸고 싶어도 무전기 건전지가 다 닳았다. 나카자와는 그저 지켜볼 수밖에 없었다. 마음속 깊이 범인에 대한 분노가 끓어올랐다. 동시에 그 분노는 피해자 가족과 신뢰 관계를 제대로 쌓지 못한 자신의 한심함으로 되돌아왔다.

전망대에서 호를 그린 라이트 그린 지붕은 새가 날개를 펼친 듯한 모습으로 주변 분위기와 잘 어울린다. 시게루는 그 아래에 가방 두 개를 내려놓고 돌바닥이 깔린 서클까지 걸어왔다. 난간을 잡고 뭔가 기도하듯 고개를 숙이고 흐트러진 숨을 진정시켰다.

오후 4시 35분. 겨울 해는 이미 지고, 야경이 들어찬 거리에서는 사람들의 평범한 일상이 계속되고 있다. 나카자와의 위치에서 요코하마 베이브리지의 'H'형 주탑에 비치는 은은한 빛이 보였다. 가혹한 현실 앞에서는 그 환상적인 아름다움조차 남의 일처럼 싸늘하게 느껴졌다.

몇 시간 사이에 단숨에 늙어 버린 남자는 전망 광장을 둘러본
뒤, 왔던 길을 돌아 돌계단을 내려가기 시작했다.

'마루K'가 떠난 뒤, 30분이 지났다.

경찰과 범인의 신경전은 소리 없이 이어지고 있다. 굳은 몸을
쭉 편 미무라는 접의자에 앉아 팔짱을 꼈다. 몸의 관절에서 피로
가 배어 나오는 것을 느끼고 자신이 오십 줄에 접어들었다는 사실
을 통감했다.

빗길에 10킬로그램 이상의 가방을 들고 달리는 것은 예순다섯
살의 노인에게는 고행이었을 것이다. 범인 연락에 대비하기 위
해 자택으로 돌아간 기지마 시게루는 곧 열이 올라 쓰러졌다고 한
다. 심신 모두 사력을 다했음이 틀림없다. 다음에 움직일 일이 생
기면 아내인 도코에게 부탁해야 한다.

그러나 우선 눈앞의 몸값을 주시해야 한다. 미무라는 눈을 감고
머릿속으로 배치를 떠올렸다.

'미나토노미에루오카 공원'은 역시 만만찮은 상대가 아니었다.

우선 지정한 현장에서 제일 가까운 **전망 광장 지구**는 차폐물이
없기 때문에 수사원을 배치하기에 리스크가 너무 크다. 이 빗속에
서는 청소부로 위장해도 의심을 사기 쉽다. 전망 광장 남쪽의 **영
국산 지구**는 낮고 평평한 성큰가든으로 키 큰 초목이 전혀 없다.
서쪽에 있는 장미 정원의 장미는 아직 어리고, 가을 볼거리가 사
라진 현재는 한산하여 시야가 트여 있다. '오사라기 지로● 기념관'

은 장미 정원과 문으로 가로막혀 있고, 남쪽의 **근대문학관 지구**의
'가나가와 근대문학관'은 무테키 다리 안쪽에 있어 몸값 전달 장
소에서 너무 멀다. **프랑스산 지구**는 거리나 시야를 고려하면 '현장'
으로 쳐줄 수도 없다.

이렇게 잠복하기 힘든 장소는 없었다.

성큰가든 동쪽 통로에 한 명, 장미 정원 근처의 영국관에 인접
한 주차장 차량에 두 명, '오사라기 지로 기념관'과 무테키 다리 근
처에 두 명. **프랑스산 지구**에 수사원 세 명을 배치하는 게 전부였
다. 2선 배치는 현장을 중심으로 반경 200미터 이내로 설정했다.

의지할 곳이라고는 전망 광장 앞에 서 있는 4층짜리 호텔뿐이다.

입지의 장점을 살려 웨딩 페어에도 사용되는 듯하지만, 객실 수
가 적고 몸을 숨기기에는 이상적인 환경이었다. 호텔의 협조를 받
아 전망대가 보이는 2층 다다미방을 확보하고 '전진 거점'을 설
치, 무전기를 반입했다. 그밖에도 1층 찻집에 수사원을 잠복시키
고 창가 자유석에 정기적으로 사람을 보내 감시를 계속한다.

"포착 4반에서 'L2'에."

오후 5시 12분, 무테키 다리 근처에 있던 수사원에게 첫 보고가
들어왔다. 긴장한 목소리에 감이 발동해 미무라가 응답했다.

"무테키 다리 위에 수상한 사람이 한 명."

"인상착의는?"

"중간 체격에 중간 키의 남자로 삼사십 대. 검은색 점퍼를 입었

습니다. 우산을 쓰고 있어서 인상은 확인하지 못했습니다."

"계속 있나?"

"다리 위에 있는 것을 발견하고 5분 정도 지나 돌아왔는데 그대로 있습니다."

"다리 위에서 아무것도 하지 않고 있나?"

"그렇게 보입니다……."

"왜 그러나?"

"다리를 건너 성큰가든 쪽으로 향하는 것 같습니다……."

갑자기 교신이 끊어졌다. 무슨 일이 있었다. 미무라는 호출하지 않고 연락을 기다렸다.

"포착 4반에서 'L2'에…… 수상한 사람이 이쪽을 눈치챘을 가능성이 있습니다."

"상황은?"

"수상한 사람에게서 시선을 느꼈습니다. 그 뒤 바로 빠르게 다리로 돌아가 중간에 있는 계단으로 내려갑니다. 쫓을까요?"

"느낌은 어때?"

"유선 이어폰을 봤을 가능성이 있습니다."

두 번째 유괴 사건 발생으로 무선 이어폰이 부족했다. 일부 수사원은 유선 이어폰을 끼고 있었다.

"지금 신야마시타 방면의 긴 계단을 내려가고 있습니다."

"쫓아가게. 접촉하지는 말고."

미무라는 바로 'L1'에 연락하여 사정을 설명했다. 미행을 두 명으로 늘리겠다고 제안했으나 눈치챌 가능성이 있어서 거절당했다. 2선 배치 중 2반을 신야마시타 방면으로 향하게 했다.

직감은 범인이라고 말하고 있었다.

"포착 4반에서 'L2'에. ……수상한 사람이 뛰기 시작했습니다. 도보로 미행하기는 어렵습니다."

지금 수사원이 뛰면 영락없이 미행을 들켜 버린다.

"걸어서 미행하게."

미무라는 답답한 나머지 이를 악물었다.

다리 위에서 모습을 살펴본 뒤 전망대 방면으로 향하려다 수사원 같은 사람을 보자 다리로 돌아왔다. 신야마시타 방면으로 이어지는 어둑한 계단을 이용하고, 게다가 달리기 시작했다.

생각하면 할수록 처음이자 마지막 단서인 듯한 기분이 들었다. 남자가 경찰의 존재를 눈치챘다면 놓치는 쪽이 위험하지 않은가.

미무라는 다시 한번 'L1'에 연락하여 남자를 체포하거나, 미행 인원을 늘리지 않으면 유괴된 아이가 더 위험해진다고 호소했다.

30초 정도 협의 후, 신야마시타 방면으로 향하는 2선 배치의 네 명에게 미행을 지원하라고 명령하기로 했다. 미무라가 2선 배치의 멤버에게 연락하려던 그 순간 미행 중인 포착 4반에서 무선이 들어왔다.

"타깃을 놓쳤습니다."

거실의 샹들리에도 주방의 큰 원형 조명도 겉으로 보기에는 밝았다.

그러나 이 집의 어둡게 잠긴 공기가 그 넓이와 차가움을 동시에 대변하고 있다. 대화도 하지 못할 뿐 아니라 거의 소리도 나지 않는다. 팽팽하게 당겨진 실은 거미줄처럼 '피해자 대책반'의 형사들을 옭아매고 있었다.

오후 10시 5분, 고열이 나는 기지마 시게루는 자리에서 일어나지 못하고 아내인 도코는 거실 소파에 멍하니 앉아 있었다.

수사원의 무선 이어폰에 'L1'에서 정보가 들어왔다.

"다치바나 아쓰유키를 가와사키 시내에서 구출."

수사원끼리 눈짓을 하며 도코가 눈치채지 못하게 안도의 숨을 내쉰다.

아쓰유키는 가와사키 시내의 창고에서 발견했다고 한다. 외상도 없고 대답도 할 수 있다고 한다.

기지마 시게루의 폭주로 나카자와는 형사로서 자신감을 반쯤은 잃었으나 사건 발생 이래 처음 날아든 좋은 소식에 조금 위로를 받았다.

이제 수사를 야마테 한 곳에 집중시키고 아쓰유키에게 어떤 정보라도 얻을 가능성이 생겼다. 그리고 범인이 소년을 죽이지 않았다. 유괴범에게 최소한 인간의 양심이 있다면 협상할 여지는 아직 남아 있다.

나카자와는 시게루의 모습을 확인하려고 거실로 나갔다. 2층으로 이어지는 나선형 계단의 난간을 잡는데 불길한 예감이 뇌리를 스쳤다.

만약 다치바나 아쓰유키의 유괴가 미끼라면 죽이지 않는 것은 당연하지 않은가. 오히려 가둬 둔 창고에서 아쓰유키가 사라진 사실을 알게 되면 상황은 더 악화되지 않을까. 무테키 다리의 남자가 형사의 존재를 의심하고, 게다가 아쓰유키가 구출된 것을 알게 되면 범인은 틀림없이 궁지에 몰리게 된다.

나카자와는 지금까지의 형사 인생에서 범죄자의 시야가 극도로 좁아지는 그 한순간, 예상이 어긋날 때 얼마나 난폭해지는지 몇 번이고 접해 왔다.

마음속 어둠에서 자신도 모르는 존재가 떠오르는 충동은 억누를 수 없었다.

비는 이미 그쳤지만 밀실에는 눅눅한 공기로 가득 찼다.

다치바나 아쓰유키의 구출 소식이 들어왔을 때, 'L2'는 갑자기 활기를 찾았으나 암울한 상황으로 다시 돌아오는 데에는 그리 많은 시간이 걸리지 않았다.

실제로 나이토 료 유괴에 관한 속보는 들어오지 않았고 무테키 다리에서 목격된 수상한 사람도 사라졌다. '인내'의 현장이 계속되었다.

이미 **프랑스산 지구**의 문은 닫혔고, 사람이 있으면 자연스럽지 않기 때문에 수사원 한 명만 남기고 2선 배치를 보강했다.

여전히 전망대에는 쉽게 접근할 수 없었다. 여러 형사가 지나가는 사람인 척 전망 광장을 어슬렁거리는 것이 고작이다. 호텔에서의 경계도 찻집이 문을 닫자 자유석에 앉아서 버티기도 힘들어졌다. '전진 거점'의 다다미방에서도 커튼을 치고 빈틈으로 전망대를 교대로 감시했으나 사각만큼은 어쩔 수가 없었다.

몸값이 든 보스턴백 두 개는 약 6시간 동안 미동조차 하지 않고 밤바람을 맞고 있다.

오후 10시 23분, 피로에 묻힌 정적을 깬 것은 현장의 무선이었다.

"포착 1반에서 'L2'에. 가방의 음악 추적기가 울리고 있습니다."

미무라가 휴대용 송수신기의 핸드 마이크를 떼자 일제히 다른 무선이 울리기 시작했다. 'L2'의 수사원이 분담하여 응답한다.

현장 근처 수사원의 무선 이어폰에 전자음악이 흘렀다. 즉, 누군가 가방을 집어 들었다는 의미이다.

"'호텔 전진 거점'에서 'L2'에. 남자가 몸값이 든 가방을 양손에 들고 광장을 걸어서 남쪽으로 진행 중. 이삼십 대, 쥐색 무릎길이 코트. 안경을 착용."

이놈, 드디어 나타났군. 미무라는 흥분하여 두 손의 손가락을 딱, 하고 튕겼다. 이번에야말로 놓치지 않겠다고 지도 위에서 2선 배치 포인트를 확인한다.

"포착 3반에서 'L2'에. 남자는 이삼십 대. 그레이 코트, 안경을 착용. 서쪽 출구로 직진 중."

인상착의는 일치한다. 미무라가 머릿속으로 그린 현장에서는 어둠 속에 형사들이 눈을 번뜩이고 있었다. 다들 정상이 아닌 형형한 눈으로 남자를 노려보고 있을 게 틀림없다. 미무라의 심장이 빠르게 고동친다.

"포착 5반에서 'L2'에. 남자가 공원을 나왔습니다. 신호 대기 중입니다."

당당한 걸음걸이에 위화감이 들었다. 몸값을 들고 신호를 기다린다? 혹시 연락책인가?

"포착 5반에서 'L2'에. 도보로 교차로를 건너고 있습니다."

미무라는 포착 5반과 6반에 미행을 지시했다. 이제 차량이나 오토바이를 탈 가능성도 충분히 있어 제일 가까이 대기한 2선 배치 수사원에게도 주의를 당부했다.

어떻게 나올까? 언제까지 걸을 생각이지.

"포착 5반에서 'L2'에⋯⋯."

묘한 침묵이 생기자 미무라는 "뭐야?" 하고 짧게 호출했다.

"파출소에 들어갔습니다⋯⋯."

"뭐? 파출소⋯⋯."

교차로를 건너 바로 모퉁이에 있는 파출소다.

그 의미를 깨닫고 미무라는 온몸에서 힘이 빠졌다.

범인도, 연락책도 아니다. 선의의 제삼자. 가방이 '분실물'로 신고된 이상, 어쩔 도리가 없다. 원래대로 돌려놓을 수도 없다.

무테키 다리에 있던 남자는 미무라에게 칠흑의 그림자가 되어 사라졌다. 책상에 두 팔꿈치를 대고 은발을 쥐어뜯는다.

인쇄된 나이토 료의 갓난아기 사진에 시선을 떨어뜨렸다. 최근 사진이 한 장도 없는 아이. 범인은 두 번 다시 같은 수법은 사용하지 않는다. 그리고 그것은 유괴 사건의 끝을 의미했다.

범인에게 아이를 돌려보낼 이유는 아무것도 없었다.

1994년 12월 14일

그날도 또 불멸일이었다.

해가 진 뒤 오후 5시가 넘어 요코하마시 나카구 야마테초 기지마의 집 인터폰이 울렸다.

누구인지 묻는 기지마 도코의 귀에 "나……." 하는 꺼질 듯한 목소리가 들렸다.

"나? 누구니?"

"료."

"어? 료니? 료야?"

도코는 앞치마를 한 채로 겉옷도 걸치지 않고 현관문을 열었다.

샌들을 꿰어 신고 이유도 모른 채 잔디 위를 열심히 달렸다. 흰 문 너머에 아이가 있었다.

"료니? 진짜야?"

도코가 대문을 열자 배낭을 멘 남자아이가 반걸음 뒤로 물러났다.

"료!"

그때까지의 긴 인생에서 경험한 적 없는 격정의 파도에 휩쓸린 도코는 가슴이 메어 아무 말도 할 수 없었다. 말을 대신한 건 뒤늦게 줄줄 흘러내린 눈물이었다.

무릎을 꿇고 힘껏 끌어안는다. 아무리 밀착해도 부족했다. 도코는 그 작은 몸을 꽉 끌어안으며 오열했다.

그리고 퍼뜩 몸을 떼고 얼굴을 보았다. 틀림없었다.

청명한 밤하늘 아래 보이는 건 일곱 살로 성장한 자신의 손자였다.

제1장

———

폭로

1

방명록에 이름을 쓴 뒤 붓 펜을 내려놓고 알코올 스프레이 펌프를 눌렀다.

요코하마 시내의 절. 몬덴 지로는 검은색 클러치 백을 옆구리에 끼고 소독액을 묻힌 두 손을 마주 대고 비볐다. 지금 손에서 나는 것과 비슷한 소리가 주변 여기저기에서 들려왔다. 코로나19의 영향으로 최근 2년간 꼼꼼한 손 소독은 일상이 되었다.

2021년 12월. 주홍색 라이트가 뿌옇게 빛나는 장례용 텐트에서 조문길로 나온 몬덴은 담당 여성의 지시에 따라 대기실로 들어갔다. 안쪽이 깊은 실내에는 접의자가 100개 정도 놓여 있었는데 반 정도만 채워졌고 나머지 뒤쪽은 비어 있었다.

몬덴은 아는 형사들에게 목례하고 사람이 없는 뒤쪽 자리에 앉앉다. 코로나19 바이러스를 의식한 물리적인 대처라기보다 밀도 높은 인간관계를 기피하는 까닭이었다.

12월도 중순이 지나자 해가 많이 짧아졌다. 실내에는 난방이 과했지만 환기를 위해 문을 계속 열어 둔 탓에 발밑으로 냉기가 달라붙었다. 코트를 접어 가방과 함께 무릎 위에 올려 두고 나니 딱히 할 일이 없었다. 스마트폰을 들여다보고 있는 사람이 어느 정도 있었지만 그런 식으로 시간 때우기에 적합한 자리가 아니라는 생각에 몬덴은 조문 온 사람들을 관찰했다.

전직 형사의 경야*라 그런지 조문객 대부분은 남자였다. 모양이 흐트러진 상복 차림이 많았는데, 아마도 다들 체격이 너무 좋은 탓인 듯했다.

그에 비해 몬덴의 상복은 맞춤이었다. 그는 무슨 일이든 철저히 준비하는 성격이었다. 사십 대 중반에 이르러 장례식에 참석할 일이 늘자 단골 양복점에서 아예 정장을 맞췄고, 그 뒤 10년 동안 단 한 번 수선한 일을 제외하고는 처음 맞춤복을 그대로 유지했다.

그럼에도 몬덴은 조용한 장례식장에서 쉰네 살이라는 자신의 나이를 생각하지 않을 수 없었다. 올해 7월에는 일주일에 두 번이나 조문을 한 적도 있었다. 그때는 둘 다 회사 선배였는데, 이제는 친구를 보내는 처지에 이르렀다. 같이 농담하며 웃던 사람들이 하나둘 세상에서 사라지는 것은 부모님이 돌아가셨을 때와는 또 다른 의미로 슬펐다.

● 장례식에서 밤을 새우는 일

쉰 남짓 살다 보니 뚜렷이 체감하게 되었다. 인간의 수명이 얼마나 짧은지. '자신은 과연 무엇을 남겼는가?'라는 생각으로 골똘해지는 순간도 없지 않았다. 시시각각 다가오는 정년퇴직도 마음을 울적하게 했다.

흰머리를 깔끔하게 7대 3으로 가른 남자가 들어오자 앞에 앉아 있던 남자들이 일제히 일어섰다. 아무리 봐도 현역으로 뛸 나이는 아니었다. 몬덴은 그가 가나가와 현경 간부 OB라는 사실을 눈치챘다. 조직이란 이런 사소한 순간에 특징을 드러내는 법. 백발 남자는 몇몇 조문객과 대화를 나누고는 대기실을 나가 본당으로 향했다.

어느새 본당에서 독경 소리가 들려왔다. 코로나19 바이러스의 감염 대책으로 친족 등 일부 관계자만 본당에 들어가는 듯했다.

어제 오후 3시 즈음이었다. 몬덴은 전 가나가와 현경 나카자와 요이치 형사의 부고를 들었다. 모르는 번호로 전화를 걸어온 사람은 나카자와의 아내였다. "바쁘신 중에 죄송합니다." 그 말만으로도 몬덴은 무슨 일인지 파악했다.

"오늘 아침 남편이 세상을 떠났습니다."

부고는 항상 사각에서 날아든다. 결코 익숙해지지도 않았다. 몬덴은 어렵사리 위로의 말을 건넨 뒤 전화를 끊고 한동안 그대로 멍하니 앉아 있었다.

나카자와를 마지막으로 만난 지 2년이 조금 지났다. 아직 거리 곳곳에 소독약이 놓이기 전 이야기다. 요코하마 시내의 닭꼬치 가게에서 나카자와는 소주에 물을 탄 오유와리를 맛나게 들이켜고 있었다. 그때로부터 반년이 지나 편지가 도착했다.

'폐암입니다. 흡연자의 숙명입니다.'

어느 정도의 나이가 들면 인간관계에 따라 연락 수단이 달라진다. 나카자와와 몬덴은 전화로 짧게 통화하는 경우가 많았으나 그 소식 이후로는 편지를 계속 주고받았다. 그리고 흔들린 글씨가 눈에 띄게 늘어나는 것을 보면서 몬덴은 조금씩 마음을 정리하기 시작했다.

희미하게 들리는 독경 소리가 기억 속의 얇은 막을 한 꺼풀 더 벗겨 냈다.

두 사람은 30년 전, 한 사건을 계기로 만났다. '아쓰기'와 '야마테'에서 발생한 동시 유괴.

당시 몬덴은 다이니치신문 요코하마 지국의 2년차 기자였다. 시내 경찰서를 담당하는 소위 경찰 출입기자.

피해자 중 다치바나 아쓰유키는 사건 발생 다음 날 무사히 구출되었으나 나이토 료의 행방은 알 수 없었다. 요코하마 지국이 첫 소속이었던 몬덴은 그곳에서 일한 3년 중 마지막 1년 3개월 동안 이 유괴 사건 취재에 빠져 살았다.

당시 관할서 형사였던 나카자와는 가나가와 현경 본부의 수사1과 특수반에서의 경험을 살려 몸값을 전달하는 '마루K'에게 근접 지시를 하는 '마루K 지도' 역할을 맡았다. 현경 본부 담당인 선배 기자로부터 뒤늦게 이 사실을 전달받은 몬덴은 반드시 파고들어 보라는 응원을 받기도 했다.

그래서 어찌어찌 나카자와의 자택 주소를 알아냈다. 부모님 대에서부터 살고 있는 요코하마 시내의 단독주택.

하지만 만나 줄 것 같지가 않았다. 안면도 없는 사람이 집으로 찾아가 봤자 환영받을 리도 없었다. 그래도 무작정 찾아가 인터폰을 눌렀다. 어찌나 손이 떨리던지 지금도 기억이 생생하다.

　인터폰에 대답한 사람은 그의 어머니였다. 나카자와는 현관 앞으로 나오기를 꺼리는 듯했다. 5분 정도 지나 나카자와가 나왔다. 몬덴은 그의 큰 키와 뚜렷한 이목구비를 보고 대번에 주눅이 들었다. 현장 경험이 많은 서른여덟 살의 형사와 갓 대학을 졸업한 2년 차 신문기자. 처음부터 게임이 되지 않는 상대였다.
　"다이니치인가. 무슨 일이지?"
　무뚝뚝한 나카자와에게 기가 죽어 아무 말도 하지 못하는 몬덴에게 나카자와는 "돌아가." 하고 차갑게 등을 돌렸다. 별도리 없이 돌아서려던 중에 몬덴은 형사의 오른손을 보고 뭔가를 번뜩 떠올렸다.
　"그거 뿌리시나요?"
　몬덴은 노즐이 붙은 스프레이 캔을 가리켰다.
　"그렇긴 한데……. 뭐야? 자네도?"
　"지금 Mk-Ⅱ*를 만들고 있습니다."
　건담 플라모델은 1980년대 초반 열풍이 일 때부터 몬덴에게 친숙한 아이템이었다.
　"나는 F90** 실드를 도색하고 있었어."
　"저도 있어요. 아직 상자 안에 있지만요."

● 〈기동전사 Z건담〉에 등장하는 모빌 슈트
●● 〈기동전사 건담 F90〉에 등장하는 모빌 슈트

"어, 그래? 그럼 잠깐 볼 텐가?"

"그래도 될까요?"

생각지 못한 전개에 몬덴 자신도 당혹스러웠다. '마루K 지도'를 맡은 형사와 건담 플라모델로 연결될 줄은 상상도 하지 못했던 것이다.

"그래도 사건에 대해 묻겠지?"

한 걸음 내딛는 몬덴에게 나카자와가 툭 말을 건넸다.

"물을 겁니다."

"난 아무 말도 안 할 거야."

"상관없습니다. 건담 플라모델이나 보여 주세요."

나카자와는 스프레이 캔을 보면서 "그래 갖고 기자 일 하겠어?"라고 걱정스럽게 물었다.

"뭐, 내일부터 열심히 하면 되죠."

"삼류로군."

"아니요, 아류(我流)입니다."

"그럼 나와 같네."

피식 미소를 지은 나카자와는 현관문을 열고 "손님이 왔어." 하고 집 안에 말했다.

나카자와의 방은 2층 구석에 있었다. 몬덴은 안으로 들어서는 순간부터 그 공간의 농밀한 분위기에 매혹되었다.

여기저기에 건담 플라모델 박스가 탑처럼 쌓여 있었고 안쪽 작업대에 본격적인 '현장'이 펼쳐져 있었다. 족히 오십 개는 되는 대나무 꼬치가 나란히 놓여 있고, 클립으로 플라모델 부품이 고정돼 있었다. 색칠한 부품을 말리고 있는 것이다. 작업대 위에는 도료는 물론 커팅 매트, 니퍼, 핀셋, 조각도, 종이 줄, 면봉 등도 가지런히 놓여 있었다. 그것들은 전부 몬덴의 집에도 있는 물건이었다.

쟁반에 홍차와 화과자를 담아 온 나카자와의 아내가 기가 찬 듯 말했다.

"나이는 먹을 만큼 먹은 양반이 이게 뭐예요. 제발 좀 버리라니까……."

"말도 안 돼요! 이 방은 보물섬이나 다름없다고요. 지금 부인의 오른쪽 옆에 있는 고속기동형 자쿠*의 용맹한 자태를 보세요. Z건담**의 일부 실드와 발밑을 본래의 플라스틱 소재 그대로 주황색으로 칠한 것도요. 얼마나 깊이 있는 색으로 마감했는지 모르시겠어요? 이건 기술과 애정의 결정체라고요…… 자부할 만해요."

몬덴의 열변에 나카자와는 "고맙네……." 하고 눈시울을 누르며 감격했지만, 반대로 그의 아내는 "와, 동료분이세요?" 하고 애처롭다는 듯 눈을 가늘게 뜨고는 "그럼 천천히 보다 가세요."라는 말과 함께 머리를 절레절레 흔들며 방을 나갔다.

몬덴은 이 대화만으로 이 집에서 나카자와가 처한 상황을 알아차렸다. 그것은 플라모델 애호가들이라면 공통적으로 겪기 마련인 눈칫밥 생활을 하고 있다는 뜻이었다. 만화나 장난감은 어른이 되면 졸업해야 한다는 무언의 압력. 비록 나이 차도 많이 나고 형

● 〈기동전사 건담〉에 등장하는 지온 공국군의 양산형 모빌 슈트의 개선형
●● 〈기동전사 Z건담〉에 등장하는 모빌 슈트. 제타 건담이라고도 불린다.

사와 기자로 처한 입장도 서로 달랐지만 건담 플라모델 앞에서 그 모든 건 대단한 문제가 아니었다. 세간의 무자비한 억압의 피해자라는 점 하나로 두 사람은 동맹을 맺었고, 이후 서로의 집을 오가며 깊은 신뢰 관계를 형성했다.

멀리서 희미한 독경을 듣다 보니 나카자와가 이 세상에 없다는 현실이 더 뚜렷이 느껴졌다. 몬덴은 서글픔과 허무함에 가슴이 조여들었다.

몬덴은 지난 30년 동안 그와 셀 수 없이 같이 밥을 먹으며 건담 플라모델에 대한 애정을 함께 나눴다. SNS에서 동료를 찾거나 유튜브에서 조립 방법을 배우지 않는 세대에게, 같은 취미를 가진 동지 한 사람의 존재는 얼마나 소중했던가.

형사는 개인적인 친분을 나누는 인간관계에 각별히 신경을 쓴다. 무엇이 문제의 원인이 될지 모르기 때문이다. 술을 마시는 가게에서는 반드시 그곳 손님의 성향을 신중하게 살폈다. 경찰 관계자라고 알려지면 주정뱅이에게 시비가 걸릴 수도 있다. 인사고과를 채점하는 조직에 근무하는 이에게는 너무 큰 위험이었다. 그런 나카자와에게 야심 없는 젊은 기자이자 공통의 취미를 가진 몬덴은 속내를 털어놓을 수 있는 몇 안 되는 사람이었을 것이다.

더불어 두 사람에게는 공통의 관심사가 하나 더 있었다. 그것은 만남의 계기였던 동시 유괴 사건이었다. 세상이 사건에 흥미를 잃고 시효는 지났지만 나카자와만큼은 "이 눈으로 직접 범인의 그 잘난 낯짝을 보고 싶다."며 조사를 이어 갔다.

담당 여성에게 안내받은 조문객들이 본당으로 향했다. 코로나19 대책으로 향을 피운 뒤에는 그대로 돌아가야 해서 고인의 얼굴도 볼 수 없었다. 몬덴은 영정 사진으로 고인에 대한 그리움을 달랬다. 그 사진은 3년 전에 촬영한 것이었다. 얼굴 주름에 60년 이상의 세월이 드러나 있었지만 단정한 인상에 부드러운 미소가 잘 어울렸다.

　본당에 있는 조문객은 친척과 일부 경찰 관계자뿐인 듯했다. 몬덴은 향을 올린 후 영정 사진을 보며 작별을 고하고 나카자와의 아내와 장녀에게 위로의 말을 건넨 후, 장례식장을 뒤로했다.

　답례품이 든 작은 종이 백을 들고, 허탈한 걸음으로 역을 향해 걸었다. 나카자와의 얼굴을 보지 못해서인지 그가 죽었다는 사실이 전혀 실감 나지 않았다. 인생의 중요한 통과의례인 장례식마저 가로막는 바이러스가 원망스러웠다.

　"몬덴 씨."

　등 뒤에서 자신을 부르는 목소리에 걸음을 멈췄다. 갑작스러운 호출에 경계하며 뒤를 돌아보았다.

　상복을 입은 남성 두 명이 서 있었다. 짧은 머리에 키 작은 남성은 낯이 익었다.

　"센자키 씨?"

　센자키는 굳은 얼굴로 끄덕였다. 고지식한 표정을 보고 있자니 그가 나카자와의 후배 형사라는 기억이 되살아났다. 마지막으로 만난 지 20여 년이 지났을까.

　"기억해 주셨네요."

센자키와는 나카자와와 함께 몇 번 술을 마신 적이 있지만 시선
조차 맞추려 하지 않아 친해질 수 없었다. 나카자와가 아무리 "몬
덴은 진국이야."라고 소개해 줘도 완강했다. 몬덴은 그것도 별 수
없다고 포기했었다. 신문기자를 싫어하는 경찰이 꽤 있었다.

"물론이죠. 마지막으로 뵌 지 20년 정도 지났나요?"

"18년입니다."

틀린 사실을 칼같이 정정하는 걸 보니 센자키의 성격은 그 시절
그대로였다. 걸어 다니는 규율 같은 남자. 몬덴보다 나이가 세 살
더 많으니 이제 몇 년만 지나면 정년퇴직일 텐데도 얼굴과 몸은
여전히 팽팽했다.

"나카자와 씨 일은 유감입니다."

단순히 아는 얼굴이라 불러 세운 건가, 아니면 뭔가 할 말이라
도 있는 건가. 판단이 서지 않은 채 상황을 관망하고 있었다. 전
철이라도 같이 타게 되면 어색할 듯해서 경우에 따라서는 택시로
따로 이동해야 할지도 모르겠다는 생각도 들었다.

센자키는 "네." 하고 짧게 대답한 뒤, 옆에 있는 키 큰 백발의
남성을 바라봤다. 센자키보다 나이가 많고, 온화한 미소를 짓고
있었다.

"지금 잠깐 시간 좀 내주실 수 있습니까?"

뭔가 용건이 있는 모양이었다. 어렴풋이 예상은 했지만 의외였다.

"나쁜 짓은 하나도 하지 않습니다."

몬덴의 가벼운 말에 센자키는 감정을 읽을 수 없는 눈으로 "알
고 있습니다."라고 대답했다.

"그럼 근처 찻집에라도 갈까요? 이 시간에 열었으려나."

썰렁한 분위기를 풀어 보려고 말하자 센자키는 "아니요, 차량을 준비했습니다." 하고 다짜고짜 머리를 숙였다.

몬덴은 현직 형사의 압력에 "마치 임의동행 같네요."라고 말하고 속으로 쓴웃음을 지은 채 두 사람의 뒤를 따라 걷기 시작했다.

2

'프리우스'가 요코하마의 밤거리를 법정 속도 범위에서 조심스럽게 달린다.

요코하마라고 해도 첨단 도시 느낌이 나는 '미나토미라이'가 아니라 차분한 시내 도로다. 일본의 도심에서 볼 수 있는 흔한 풍경이 창밖으로 흘러간다.

가까운 코인 주차장에 세워 둔 '프리우스' 운전석에 백발의 남성이 앉아 있었다. 그는 "도미오카라고 합니다."라고 간단하게 자신을 소개했다. 그도 전직 가나가와 현경의 형사라고 한다. 몬덴은 센자키와 함께 뒷좌석에 앉았다.

사람을 불러 놓고 두 사람은 좀처럼 용건을 꺼내지 않았다. 고요한 차 안에서 몬덴은 점점 불안해졌다.

경야를 마치고 집에 돌아가려다 경찰 관계자의 차량을 타고 있다. 이런 꺼림칙한 상황에서 좋은 일은 기대할 수 없다.

빨간 불에 차량이 멈추자 센자키가 가방에서 잡지를 꺼냈다.

"기사, 읽으셨습니까?"

사진 주간지* 《프리덤》의 최신호였다. 센자키와 스캔들 잡지는 예상하지 못한 조합이었다. 얇은 잡지 중간 즈음에 메모지가 붙어 있다.

"아니요……, 아, 혹시 우리 다이니치신문사 비리 문제인가요?"

"아닙니다."

"그럼 현경쪽 문제인가요?"

"그것도 아닙니다."

신문사나 현경 비리 문제도 아닌데, 센자키를 자극하는 기사가 실려 있다는 것이다. 지금까지 한 번도 《프리덤》에 제대로 된 조사 보도를 구한 적 없는 몬덴은 궁금해하며 노안용 안경을 꼈다.

"잠깐 세우겠습니다."

도미오카가 정적에 감싸인 공원 옆에 '프리우스'를 세웠다. 차멀미를 할까 봐 신경 써 준 건가, 주행 중 실내등 사용을 고려해서인가. 아무튼 '진지하게 읽으라'라는 메시지였다.

몬덴은 메모지를 붙인 첫 페이지의 흑백사진 기사에 시선을 옮겼다. 주광색 실내등에 비친 표제에 갑자기 한 방 얻어맞은 기분이었다.

● 대부분의 기사를 사진 중심으로 구성한 잡지

제2탄, 훈남 인기 화가는 유괴 사건의 피해자였다!

유명한 '미나토노미에루오카 공원'의 전망대 사진이 메인이다. 서브 사진에는 트렌치코트를 입은 호리호리한 남성이 가게에서 나오는 모습을 담았다. 쌍꺼풀에 앞머리가 살짝 걸린 모습이 인상적이다. '훈남'이라는 수식어가 과장이 아니었다.

이 사진을 메인으로 넣지 않은 것은 아마 '제1탄' 특집의 재탕이라서가 아닐까. 몬덴은 신문기자의 감으로 그렇게 추측해 봤다. '제2탄'의 테마는 유괴로, 조금 오래된 전망대 사진은 '30년 전 몸값 전달' 현장이다. 그리고 서브 사진 속 트렌치코트를 입은 남성이 나이토 료라는 것이다.

형사들의 시선을 의식하면서 몬덴은 눈으로 글자를 좇기 시작했다.

1991년 12월에 발생한 가나가와의 동시 유괴 사건. 기사는 사건 개요였다. 나이토 료, 기사에서는 R군이 3년 후, 1994년에 갑자기 조부모 집에 나타났고, 이에 일본 전역이 발칵 뒤집힌 것을 언급하고 있었다.

료는 현재 '기사라기 슈'라는 사실주의 화가로 활동한다고 한다. SNS에 발표한 '마치 사진 같은' 미소녀 그림이 화제가 되었고, 수가 적어 작품을 입수하기 어려운 화가 중 한 명이라고 한다.

원화는 B4용지보다 조금 작은 '4호' 크기라도 1백만 엔 가까이 가격이 붙는데 기사라기의 작품을 독점한 기자의 모 화랑에는 '예약 연락이 끊이질 않는다.'라고 덧붙였다.

이 모 화랑이 기사라기 슈와 사회를 이어 주는 유일한 소통 창구였다. 정체를 밝히지 않는 화가는 삼십 대 남성이라는 점 외에 정보가 없었다. 팔린 작품은 전국으로 흩어지기 때문에 처음 몇 년은 화랑에서 개인전을 열 수도 없다. 화제가 된 SNS도 기사라기 슈 개인이 아니라 화랑 계정이었다.

그러나 주간지 《프리덤》 기자들이 화랑에 잠입하여 취재한 결과 그의 모습을 카메라에 담는 데에 성공했고, 상상 이상으로 깔끔한 외모 때문에 '사진'으로 기사화한 것이다. '제1탄' 기사를 읽지 않았으나, 몬덴은 '수수께끼의 화가는 잘생긴 훈남이었다!'라는 표제를 쉽게 떠올릴 수 있었다.

'제2탄' 기사에는 사진을 본 독자, 혹은 인터넷 이용자의 제보가 있었는지, '기사라기 슈는 납치된 아동 R군'이라는 것을 '충격의 사실'이라고 보도하고 있다. 그러나 전체적으로는 유괴 사건 재탕과 기사라기 슈의 경력 요약뿐이라 내용은 얼마 없다. '기사라기 슈 = R군'이라는 정보가 전부인 원고다.

주간지를 센자키에게 돌려준 몬덴은 팔짱을 끼면서 중얼거렸다.

"뭐, 기분이 썩 좋지는 않군요. 이름을 이니셜로 표기하고 얼굴은 전부 노출한 게 아무래도……."

몬덴은 《프리덤》 기사를 통해 알게 된 정보를 머릿속으로 정리하고, 상대의 반응을 살핀다.

"그게 주간지, 아니 언론이 하는 일이죠."

센자키는 주간지를 언론으로 바꿔 부르며 신문기자가 남의 일처럼 여기는 걸 견제했다. 앞질러 퇴로를 끊는 그 방식이, 좁은 차 안을 취조실로 바꿔 버렸다. 개인적인 인간관계를 모두 포기한 형사가 예리한 칼날을 드러낸다.

신문은 이렇게 품위 없는 기사를 싣지 않는다고 반발한다. 하지만 정치적 역학 관계를 받아들이고 검찰의 시나리오 수사를 맹목적으로 보도하는 '허수아비'를 과연 품격이 있다고 할 수 있을까.

"뭐, 경찰도 종종 그렇죠."

운전석의 도미오카가 사이에 끼어들고 '프리우스'가 다시 출발했다. 노련한 역할 분담에 역시 경찰 취조실 같다는 인상을 받았다. 몬덴은 앞으로 펼쳐질 일에 대비해 정신을 바짝 차렸다.

"반응이 있습니까?"

"몬덴 씨가 모르실 정도인걸요."

"인터넷은요?"

"올라가 있지만 다행히 다른 뉴스에 묻혔습니다."

몬덴은 나이토 료의 얼굴을 알고 있다. 그건 료를 키워 준 기지마의 집에 취재 요청차 찾아갔는데, 그때 학교에서 돌아온 료와 마주쳤기 때문이다. 현내 명문교에 다니던 료는 당시 고등학교 2학년이었다. 그러나 나이에 어울리지 않는 색기 같은 것이 감돌았다.

문 앞에서 명함을 내밀자 그는 "죄송합니다." 하고 고개를 숙이고는 명함도 받지 않고 현관문으로 향했다. 그대로 한 번도 뒤돌아보지 않고 집 안으로 사라졌기에 몬덴은 공허한 마음으로 되돌아갔다.

"화가가 되었나……."

몬덴은 차 밖으로 시선을 돌리며 주간지에 실린 료의 모습을 떠올렸다. 이 기사가 나오고 불과 며칠 만에 나카자와가 죽었다. 물론 우연일 테지만 뭔가 거대한 일이 움직일 때는 점과 점을 잇는 '기이한' 선이 그어지는 일이 종종 있다.

일련의 사건이 시효를 맞은 것은 2006년 12월. 료는 그 아홉 달 전에 고등학교를 졸업한 뒤, 대학에 진학하지 않고 사라졌다. 그 후 15년이 지나 주간지에 의해 처음 그의 소식이 알려졌다. 몬덴이 시효 후에도 이 사건에 흥미를 잃지 않는다는 사실은 나카자와를 통해 센자키에게 전해졌을 것이다. 세간의 이목을 끌지 않는 이 기사도 관련된 형사나 기자에게는 중요한 일이었다.

"센자키 씨는 나카자와 씨와 같은 반이었죠?"

"'피해자 대책반'으로 나이토 료의 조부모 기지마의 집에 있었습니다."

당시 관할서 젊은 형사였던 센자키는 두 번째 유괴 피해자인 기지마의 집에 나카자와와 함께 '1차 잠입'했다.

조부인 기지마 시게루가 몸값을 전달하고 나카자와가 '마루K 지도', 센자키가 차량 운전을 맡았다. 시게루가 몸값이 든 가방을 지정 장소에 놓고 집으로 돌아가 쓰러진 후에도, 경찰은 계속 기지마의 집에서 경계 태세를 유지했다. 아수라장에서 수사했던 형사에게 이 전대미문의 미결 사건은 잊을 수 없는 일일 것이다.

사건 발생 3년 후, 갑자기 나이토 료가 돌아왔을 때는 충격 그 자체였다. 몬덴은 이미 요코하마 지국을 떠났지만 임시 취재 지원으로 차출되었다.

료는 3년 동안 누군가와 살았다. 함께 살면서 료를 기른 사람은 누구일까. 인터넷이 보급되지 않은 1994년 당시, 신문, 텔레비전, 주간지 간에 보도 경쟁이 벌어졌다.

모든 사람이 쉽게 해결될 줄 알았다. 그러나 정작 중요한 당사자인 료는 입을 꾹 다물고 형사 외에 소년과나 여성 경찰관과 대화해도 "기억이 안 나요.", "몰라요."를 반복했다. 미디어는 범인에 의한 협박이나 기지마 시게루가 경영하는 '가이요 식품'의 비리 문제 등을 써 재꼈고 가장 많은 기사는 '부모를 감싸고 있다'라는 설이었다.

자작극 설은 사건 발생 때부터 끊이질 않았는데, 실제로 사건 후에 어머니인 나이토 히토미가 규슈 지방으로 이사를 갔고, 내연의 남자가 금고털이로 체포되는 등, 세상의 의심을 사기에는 충분해 보였다. 료가 친엄마가 아니라 거의 교류가 없던 조부모의 집으로 돌아간 이유는 부모에게 학대받았기 때문이라고 주간지는 못을 박았다.

그러나 수사의 제일 큰 벽은 기지마의 경찰에 대한 태도였다.

몸값 전달의 지정 현장이었던 '미나토노미에루오카 공원'에서 한 수사원이 범인들에게 들켰을 가능성이 있었고, 그 뒤 미행에 실패했다. 보도 협정 해제 후, 각 신문사는 종합지휘본부의 판단이 옳았는지, 의문을 제기하는 기사를 실었다.

원래 경찰에 회의적인 시게루는 이 사실을 알게 되자 더 완강해졌다. 몬덴이 취재한 시게루의 친한 지인의 말로는 경찰에 신고한 것을 진심으로 후회했다고 한다.

손자가 돌아오고 점차 소동이 가라앉자 기지마 부부는 경찰에 대한 협조를 거부하게 되었다. 나카자와는 조부모가 료에게 무슨 말을 들은 게 아닐까 싶어 주목했다. 그러나 마지막까지 벽을 무너뜨리지 못했고, 부부는 세상을 떠났다.

"코로나 때문에 나카자와 씨와 마지막에 전화로 이야기했습니다. 그때도 사건 이야기를 했습니다. 나카자와 씨가 그러시더군요. '이 눈으로 직접 범인의 그 잘난 낯짝을 보고 싶다.'고요."

몬덴에게도 똑같은 말을 했다. 마음에 사무치는 한이었나 보다.

살아 돌아온 피해자의 협조를 얻지 못하는 상황에서도 가나가와 현경은 가능한 한 수사를 진행했다. 유류품이 적고, 동료·지인 등의 연결 고리도 별로 없다. 료의 소지품이나, 경찰 행세를 하고 기지마 집에 전화한 남자의 목소리도 감정했으나 이렇다 할 성과는 얻지 못했다.

"나이토 료는 화가가 되었습니다."

센자키가 단정적으로 말한 것은 '공유하고 있는 정보'가 전제에 있기 때문일 것이다. 그러나 몬덴은 '화가'라는 말을 들어도 뚜렷한 윤곽이 잡히지 않았다.

힘겨운 수사 중에도 몇 가지 단서는 찾아냈다. 기억의 안개가 걷히며 오자키 야스오라는 이름이 떠올랐다. 취재 메모에 있던 '사채업자'라는 글자. 소비자 금융회사를 경영하면서 사기 전과가 있는 사람. 그리고 오자키와 같은 사기 사건으로 체포된 남자가 있었다.

노모토 마사히코.

"노모토입니까……."

'프리우스'가 신호를 받아 멈췄다.

"네. 노모토와 오자키는 히토미의 내연남이자 금고털이로 잡힌 요시다 사토루와 접점이 있습니다."

불법 도박을 하는 도내 한 건물의 출입 명단에 세 사람의 이름이 있었다. 유괴 사건 발생 시, 요시다는 지명수배를 받고 도주했으나 나머지 두 사람의 알리바이는 애매했다. 그러나 피해자와 거의 관계가 없고 수상한 자금 흐름도 없었다. 제대로 밝혀내지 못한 채 결국 그들은 수사선에서 삭제됐다.

"노모토 마사히코의 남동생이 화가였습니다."

이름은 잊어버렸지만 분명히 노모토의 남동생은 화가였다. 유명한 화가라면 조사했을 텐데 기억을 자극할 만한 사실은 없었다.

"사건과는 상관없을지도 모릅니다. 하지만 이상하게 신경 쓰이네요."

몬덴은 이제 이 차에 자신을 태운 이유를 깨달았다.

"시효가 지난 지 오래된 사건입니다. 이제 와서 경찰수첩을 들고 조사할 수도 없습니다."

"대충 알겠습니다."

그러니까 센자키는 신문사 인맥을 찾는 것이다. 몬덴도 조사할 생각이었다.

싸구려 술을 함께 마실 때 "가족여행을 망쳤다."라고 푸념하던 나카자와의 얼굴이 떠오른다. 처자식과 한국 여행 중에 상부의 호출을 받았다. 가족 눈치를 보며 홀로 비행기를 탄 형사를 상상하니 절로 웃음이 난다.

그러나 이는 나카자와가 얼버무린 말에 불과했다. 눈앞에서 피해자 가족의 정신이 너덜너덜해지는 모습을 지켜봤다. 결국 한 사람의 형사로서 부끄러운 마음을 안은 채 돌아오지 못할 여행을 떠나 버렸다.

　가끔 경찰 조직의 답답함을 토로하던 나카자와는 취미가 많고 즐겁게 사는 나이 어린 기자를 부러워했다. 그러나 술에 취하면 그는 농담처럼 말했다.

　"결국 자네는 왜 신문기자를 하는 건가?"

　어느새 '프리우스'는 요코하마역을 향하고 있었다. 서로의 나이와 관계를 생각하면 무리해서 대화를 지속할 사이도 아니라서 전기차 모드로 달리는 차 안은 조용했다.

　"그때 저도 현장에 있었습니다."

　운전석에서 도미오카가 말했다.

　"현장…… 말인가요?"

　"네. '미나토노미에루오카 공원'입니다. 무테키 다리에 수상한 사람이 있던 것 기억하십니까?"

　"다리 계단을 내려가 사라진 남자 말인가요?"

　"그 남자를 미행한 사람이 접니다."

　중간 체격에 중간 키, 삼십에서 사십 대, 검은 점퍼에 우산을 쓰고 있었다……. 지금도 바로 남자의 특징을 말할 수 있다. 경찰과 범인을 잇는 유일한 접점. 이 사람을 내버려둬야 하나, 불심검문을 해야 하나. 지금도 어느 쪽이 옳다고는 말할 수 없다. 그러나 결국 미행에 실패하고 단서를 잃었다.

그때 현장 형사가 보고했다.

'수상한 사람이 유선 이어폰을 봤을 가능성이 있습니다.'

무선 이어폰이 부족해 유선 이어폰을 사용했다. 귀에 늘어진 코드를 범인에게 들켰을지도 모른다. 도미오카는 당시 포착 4반의 형사였다.

몬덴이 "그랬군요……." 하고 탄식하자 차 안은 다시 조용해졌다.

세상에서는 이미 망각의 강을 건넌 사건이라도 잊지 못하는 사람들이 있다. 시효를 맞이하든, 피해자나 수사원이 저세상 사람이 되든 지금도 결말을 필요로 하는 존재가 있다.

"결국 자네는 왜 신문기자를 하는 건가?"

다시 나카자와의 목소리가 되살아났다. 월급쟁이 생활의 끝이 가까워지고, 과거에서 온 질문이 몬덴의 어깨에 무겁게 내려앉았다.

3

천천히 사다리에서 내려와 몇 걸음 뒤에 우뚝 버티고 섰다.

차고 거울과 벽을 연결하는 걸쇠 부분을 검은 점착테이프로 빙빙 감았다. 한참 애를 먹었지만 일단 거울에는 바깥 도로가 비쳤다.

"이 정도야 뭐 가뿐하지."

일을 끝낸 뒤 몬덴은 사다리를 안고 지국의 계단을 올라갔다.

1층은 차량 여섯 대를 세울 수 있는 차고. 2층은 편집부, 3층이 몬덴의 자리가 있는 총무부다.

다이니치신문 우쓰노미야 지국은 협소하다. 인구밀도가 높은 편집부보다는 낫지만 3층도 편히 쉴 만큼 넓지는 않다.

사다리를 어깨에 메고 3층의 얄팍한 문을 열자 서무 담당 시모다 에쓰코가 시선을 들며 "아, 수고하십니다." 하고 마음에도 없는 인사치레를 한다. 마르기는 했지만 올해 쉰이 넘어 관록이 있다.

"지국장은 이제 만능 해결사야."

"기자 말년에는 차고 거울을 고치는군요."

"입사 면접 때 물어볼걸 그랬어."

원활한 지국 운영을 맡은 지국장에게, 출입 업자의 승합차가 차고 거울 걸쇠를 파손시킨 사고는 실력을 발휘할 기회다. 업자에게 사실관계를 확인하고 상대방에게 죄를 인정하게 한 다음, 본사에 사진을 첨부한 보고서를 보낸다. 새 거울을 발주하고 일단 점착테이프로 긴급 처치한다.

여기까지의 업무를 반나절 만에 해치웠지만 그렇다고 평가도, 월급도 오르지는 않는다. 입사 30년차쯤 되면 다 할 수 있다.

과거 사진 현상용 암실로 사용하던 방이 창고가 되었다. 사다리를 원래 위치로 돌려놓고 몬덴은 안쪽에 있는 지국장실로 들어갔다.

총무부에는 서무 담당 여성이 한 명 더 있었다. 그런데 지난주 남편이 전근을 간다며 일을 그만뒀다. 후임 채용 면접도 물론 '해결사'의 일이다. 본사의 인사 담당자에게 연락해 우쓰노미야판에 '직원 모집' 사내 공고를 낸다.

샘물처럼 솟아오르는 잡무에 시달리며 지나가는 하루는 익숙해지면 편하다. 하지만 마음의 긴장을 유지하기는 힘들다.

몬덴은 다다미 여섯 장 크기 지국장실에서, 조금 좋은 가죽 의자에 앉아 노트북으로 사내 공고 원고를 완성했다. 그리고 나서 일단 지국장실 밖으로 나와 커피를 머그잔에 따르고 자리로 돌아왔다.

느긋하게 자리에 앉아 커피를 마셨다. 좋지도 나쁘지도 않은 평소의 맛이라 딱히 불만은 없다.

책상에 올려 뒀던 파일을 들고 오래전에 작성한 원고를 훑어봤다.

다이니치신문 연재 기획 '유괴 다큐멘터리 A안' – 경찰청, 가나가와현경, 요코하마 지국, 아쓰기 지국 / 각 담당 취재 메모에서 작성

사건 발생 5년 후에 시작한 연재 기획. 몬덴이 훑어보고 있는 것은 각 담당 기자가 작성한 방대한 양의 취재 메모를 시간 순서대로 정리한 예비 원고이다. 고유명사나 상세한 수사 정보를 아낌없이 담아 작성한 탓에 편집국에서 채택하지 않겠다고 통고받은 A안이다. 당시 집필자 중 한 사람이었던 몬덴은 이 판단에 항의했다. 그러나 이제와 돌이켜 보니 신문에 싣지 않아 다행이었다. 형사의 심리묘사나 대화문은 취재에 근거해 작성했지만 뉴저널리즘* 기법이 신문이 요구하는 정확성과는 일치하지 않는다.

대화 내용은 모든 말이 똑같을 수 없다. 그래도 몬덴은 휴지 조각이 되어 버린 덧없는 'A안'이 제일 사실에 가까운 기록이라고 확신한다.

서두의 '1991년 12월 11일' 일자를 보기만 해도 지금도 바로 그

● 1960년대 미국에서 생긴 저널리즘 기법. 기존에는 객관성을 중요시했으나 뉴저널리즘에서는 객관성을 버리고 취재 대상과 적극적으로 연관되어 대상을 보다 농밀하게 그린다.

광경을 떠올릴 수 있다.

그날, 몬덴은 예상치 못한 곳에 있었다.

* * *

입사 2년차. 몬덴은 요코하마 지국에서 경찰서와 지방법원 지원 담당으로 매일 사건에 묻혀 살았다. 헤이세이라는 새 시대를 맞기에는 아직 잠에 취해 있었고, 쇼와●의 '분골쇄신'이라는 정신이 주류를 이루는 시대에, 신문사라는 낮 밤 없는 회사에 들어간 것에 좌절했다.

삐삐가 울리면 공중전화로 달려가 카메라 필름 통에서 십 엔 동전을 꺼내 회사에 연락한다. 상사가 알려 주는 것은 대개 사건 사고 현장으로, 당장 달려가 취재를 시작한다. 사건기자에게 공과 사의 구분은 없고 특히 신입, 젊은 직원은 항상 전투태세로 임하라고 강요받았다.

당시 몬덴은 휴일에도 자신의 담당 구역을 벗어날 수 없어서 꼭 자리를 비워야 할 때는 데스크 허가를 받아야 했다. 특별한 용건이 아니라면 귀찮은 소리를 잔뜩 듣는 데다가, 운이 나쁘면 그대로 일을 배정받기 때문에 휴일마저 망칠 가능성이 있었다. 몰래 관내를 빠져나가는 것은 필연이었다.

그날은 몬덴에게 중요한 하루였다. 대학 세미나에서 같은 소속

● 일본 연호, 1926년~1989년

이었던 여학생과 유라쿠초에서 데이트를 했다. 영화를 본 후 신바시의 선술집에서 거대한 임연수어를 뜯으며 대형 음료 회사에서 일하는 그녀의 불평에 귀를 기울였다. 학창시절에 사귀던 남자 친구와 헤어졌다고 들어서 데이트 신청을 했더니 흔해 빠진 친구 사이 그대로 시간만 허무하게 흘러갔다. 희망이 있는지 판별하던 중 "사실은 회사에 좋은 느낌의 사람이 있어."라는 그녀의 말에 격침당했다.

몬덴은 일단 '상담'을 해 주려고 시도해 봤다. 그러나 그녀는 관계를 진전시키려는 남자 친구를 대놓고 견제했다.

적어도 밥이나 배불리 먹고 가자고 체념했을 때 삐삐가 울렸다. 평소라면 절망의 한숨이 흘러나왔을 텐데, 거북한 식사 중이라 마른 땅에 단비였다.

"잠깐만, 미안."

지국에서 온 연락이 뭐든 몬덴은 그대로 돌아가려 했다. 가게에 있는 핑크색 공중전화로 지국에 전화하자 데스크의 절박한 목소리가 들렸다.

"지금 어디냐?"

"아, 그게…… 관내입니다."

"진짜야?"

"뭐, 사건인가요?"

"유괴다."

데스크의 음성에서 단순한 납치 사건은 아니라고 파악한 몬덴은 "죄송합니다, 도쿄에 있습니다."라고 기어드는 목소리로 대답했다.

"이 멍청한 놈!"

데스크의 천둥이 떨어지자 몬덴은 수화기를 그대로 들고 구십 도로 허리를 꺾었다. 돌아보니 여자 친구가 걱정하며 몬덴 쪽을 보고 있었다. 최악의 휴일이다.

"5분 있다 다시 전화해!"

자리로 돌아간 몬덴은 우롱차를 주문하고 단숨에 들이켠 뒤 괜찮은지 묻는 그녀에게 "별일 아니야."라고 허세를 부렸다.

"꽤 혼나는 것처럼 보였는데."

"공이냐 수냐 굳이 따지자면 수의 전개였지."

자신도 무슨 말인지 이해가 안 되는 허접한 대사를 남기고 몬덴 은 다시 한번 지국에 전화를 걸었다.

"너 지금 도내 어디에 있냐?"

"신바시입니다."

"잘됐다. 너, 청에 들어가."

"네? 청이라고요?"

몬덴의 머릿속에서 의미가 이해되기 전에 데스크의 노한 음성 이 날아들었다.

"경찰청 말이야!"

엘리베이터 홀을 나와 왼쪽으로. 빨간 카펫이 깔린 복도를 보고 '촌뜨기'의 심경으로 조심스럽게 앞으로 걸었다.

몬덴은 난생 처음 '관청지구'의 경찰청에 들어왔다. 원래라면 요코하마 지국에서 대기해야 하지만 가망 없는 데이트에 한눈팔다가 그만 타지에 던져졌다. 경찰청 담당은 경시청이나 오사카 부경 등 대규모 경찰 본부를 출입한 베테랑들이 모여 있는 곳이다. 그런 곳에서 2년차 관할서 담당이 뭘 할 수 있을까.

기자실이 경찰 간부들 집무실과 같은 층에 있다는 점에도 압박을 받았다. 열린 문을 통해 안으로 들어가자 몬덴은 널찍한 방에 압도되었다. 출입기자단은 신문, 텔레비전, 통신사 등 십여 개 언론사로 구성돼 있고, 사방 약 30미터 공간에 사람이 넘쳐 났다. 중앙에 소파 세트가 두 개 놓여 있고 그 주위에 각 언론사가 사용하는 긴 책상이 띄엄띄엄 놓여 있다. 현경 본부에 있는 박스 타입이 아니라서 눈을 가릴 수 있는 것은 긴 책상 정면에 있는 높은 파티션뿐이다. 앞뒤 시야는 차단되지만 좌우는 그대로 트여 있다.

"저기, 기자신가요?"

출입구 바로 옆에 있던 여성이 물었다.

"다이니치의 몬덴이라고 합니다."

그녀는 방 안쪽을 향해 "후지시마 씨, 동료분이세요!"라고 소리쳤다.

파티션에서 얼굴을 내민 사람은 검고 숱이 많은 머리카락을 올백으로 넘긴 거구의 남성이었다.

"아, 몬덴 군?"

중앙 소파 두 개는 모두 중년 남성들이 점령했고, 그들은 "다카라즈카 때는……."이라며 자신이 경험한 유괴 사건에 대해 말하고 있었다.

"이야, 살았네. 자네, 타자 빨리 친다며?"

후지시마에게 소개를 마치자마자 몬덴은 애매하게 끄덕였다. 실제로 워드프로세서가 익숙하긴 하지만 지국의 데스크에게는 그저 야단만 맞고 아무 설명도 못 들었다.

다이니치신문의 파티션 너머에는 옆으로 늘어선 긴 책상과 의자가 세 개, 안쪽에는 자료가 든 캐비닛이 있었다. 긴 책상 위에는 파일과 지도가 펼쳐져 있고 전화와 팩스는 불이 나고 있었다.

"저기, 다른 분은요?"

언론사 모두 세 명에서 다섯 명이 한 팀을 꾸리는데 12월이라 그런지 사람이 없었다.

"몬덴 군, 사건은 '제발 오늘만 피해라'라는 날에 일어나."

경찰청 담당 캡인 후지시마 고이치는 경시청 캡과 사회부 데스크를 거친 편집위원이다. 사건을 잘 알기에 쓴맛도 단맛도 입맛대로 고르던 그에게 경찰청은 마지막 기자 클럽일 것이다. 그런 대선배 후지시마는 몬덴에게 친근하게 대해 줬다.

"사실은 나를 포함해 세 명이야. 그런데 한 명이 갑자기 이동됐고, 다른 한 명은 독감."

"아, 오늘만 피했으면 하셨겠네요……."

"그렇지? 자네도 앞으로 신통찮은 일만 있을 거야. 그래도 나 같은 사건 담당은 편집국장도 못 될 테니, 앞으로 지국장이라도 하면서 정년퇴직하고 연금 생활하는 거지."

"휴우."

"이런 유괴와는 인연이 없겠지? 그러니까 마음대로 하고 싶은 거야. 지국에서 '경시청 담당을 지원으로 보내겠다'고 하길래 '됐다'며 거절했어. 내가 필요한 건 정보를 정리해 줄 조수야."

친근하기는 하지만 상당히 별난 기자라는 것은 금세 알 수 있었다. 요코하마 지국 데스크가 후지시마의 후배라는데, 어떤 경위로 이렇게 되었는지는 몰라도 확실한 것은 다이니치신문만 '베테랑과 신입'의 2인 체제로 구성됐다.

"하나도 모르고 왔는데요, 여기에서는 뭘 하면 될까요?"

평소의 데스크라면 "이 멍청아, 그런 것도 모르냐!"라며 타박부터 하겠지만 후지시마는 "음, 잘 모르긴 하겠군."이라며 처음부터 설명해 주었다.

"금전을 노린 유괴 사건은 경찰청과 현장 경찰이 협력해서 수사하지."

현지 현경이 종합지휘본부 'L1'을 설치하고 이와 동시에 경찰청도 '종합대책실'을 설치한다. 'L1'이 수신하는 무선은 경찰청도 실시간으로 들을 수 있고 유괴 수사의 경험을 살려 현장 경찰에게 조언한다고 한다.

"경찰청의 일을 두 개로 분류하면 '사건 지도'와 '보도 협정'이야. 앞으로 10분 후에는 브리핑이 시작되니까 자료를 훑어보게. 몬덴 군의 주요 업무는 나와 같이 브리핑에 가서 들은 내용을 타이핑해서 본사에 보내는 거야. 오케이?"

＊＊＊

조용한 지국장실에서 몬덴은 파일에 끼운 다치바나 아쓰유키의 사진을 보고 있었다.

뺨이 통통하고 애교 있는 소년. 자이언츠 야구 모자를 쓰고 무슨 좋은 일이라도 있는지 신이 나서 자전거 페달을 밟고 있다. 어디에서나 흔히 볼 수 있는 소년이 학원에서 돌아오는 길에 갑자기 차량으로 납치당했다. 사회인인 자신은 상상만으로도 몸서리가 쳐졌다. 초등학교 6학년 소년에게는 견디기 힘든 공포의 시간이었을 것이다.

몬덴에게는 여러 가지 일이 다 처음이라, 긴 경력을 쌓은 지금 돌이켜 봐도 그때 경찰청에서 얻은 경험은 아직도 생생하다.

회견장 브리핑에서 100여 개 이상의 질문을 반복하는 경찰청 담당 맹수들, 보도 협정을 맺어 놓고 다치바나의 집 근처를 택시로 배회하며 사진을 찍는 언론사, 이에 격렬히 항의하는 경찰, 긴 책상 아래에 놓인 침낭에 들어가 쪽잠을 청하는 기자, 그러고 보니 회견장 구석에 있는 3단 침대를 확보하라는 후지시마의 지시를 받고, 조간 마감 전부터 누워 있다가 빈축을 사기도 했다.

후지시마 고이치는 흥미로운 기자였다. 할 일이 없으면 혼자 조용히 책을 읽고, 훌쩍 사라졌나 싶으면 아무도 모르는 피해자 가족의 정보를 가져온다. 다치바나 집이 몸값의 4분의 1 정도밖에 준비하지 못한 것을 브리핑 전에 파악해 "이거 팩스로 보내."라고 몬덴에게 메모를 건넸다. 거구이지만 위압감은 없고 항상 유유자적했다.

　사건이 움직인 것은 다음 날인 12월 12일 정오 전. 범인에게서 다치바나의 집으로 전화가 걸려 와 시내의 패밀리 레스토랑으로 가라는 지시가 있었다. 겨우 4초 만에 끊긴 통화에 기자들은 납득이 가지 않았다. 범인의 첫 연락이라 흥분했지만, 그날 아침 '준비한 몸값은 520만 엔'이라고 경찰이 공개했기 때문이다. 요구 금액인 2천만 엔과는 상당히 차이가 나는 금액이다.
　"범인이 몸값을 확인했습니까?"
　"정말 520만 엔밖에 준비 못 했습니까?"
　"레스토랑에는 '몇 시까지 오라'고 했나요?"
　기자들의 질문이 비 오듯 쏟아졌다. 실제로 다치바나 히로유키가 준비한 현찰은 520만 엔뿐이었다.
　범인의 첫 전화에 후지시마는 연신 고개를 갸웃거리며 본사에 다치바나 히로유키의 회사를 조사해 보라고 요청했다.
　그 후, 범인은 지정한 패밀리 레스토랑에 전화를 걸어 사가미하라 시내의 타이어 가게 간판 뒤에 있는 지시서를 보라고 명령했다. 지시서에는 '하치오지 고미야 공원에서 대기하라'라고 쓰여 있었다.
　히로유키가 타이어 가게에 도착한 것은 오후 2시 10분으로 브리핑은 그로부터 약 10분 뒤였다. 사건 무대가 도쿄로 이동됨에 따라 출입기자단의 각 언론사는 경시청 담당과 더욱 긴밀히 연락했다.

오후 2시 40분 즈음, 경찰청 홍보과장이 메모 한 장을 손에 들고 기자실로 달려왔다. 평소에는 침착하게 간부 행세를 하던 그가 중앙의 소파 근처에서 소리를 높였다.

"각 언론사, 시급히 모여 주십시오! 중대 사안이 발생했습니다!"

그 직후 각 언론사의 책상에 놓인 전화가 일제히 울리기 시작했다.

지국장실에서 그 소란스러운 호출 소리를 떠올린 몬덴은 머그잔에 든 커피를 다 마시고 다시 파일을 집어 들었다.

나이토 료 유괴 사건은 첫 브리핑에서부터 파란만장한 전개를 보였다.

* * *

경찰청 회견장은 기자실과 홍보실 사이에 있고 각 실에서 출입할 수 있다. 사방 약 15미터, 자유롭게 조립할 수 있는 긴 책상과 접의자가 주역인 멋없는 공간이다. 방구석에는 3단 침대가 두 개 있고 어젯밤 몬덴이 여기 자리를 선점했다.

오후 3시 즈음, 경찰청 수사1과장 마키 신이치는 혼자서 약 마흔 명의 기자와 대치 중이었다. 수사1과에서 네 명, 홍보과에서 여섯 명이 나와 있었으나, 그들은 회견장 옆에서 메모만 하고 있었다.

이번 브리핑 약 2시간 전에 요코하마시 야마테에 사는 건강식품회사 사장 기지마 시게루, 도코 부부의 손자 나이토 료가 누군가에게 납치되어 1억 엔의 몸값을 요구하는 범인의 전화가 왔다.

마키 수사1과장은 "불확정 요소가 많다."며 '아쓰기'와의 연관성에 대해서는 밝히기를 꺼렸다.

"'아쓰기'와 동일범이라고 봐도 되지 않겠습니까?"

"피해 아동 나이토 료의 사진은 없습니까?"

"왜 조부모에게 몸값을 요구한 겁니까?"

"부모는 뭘 하는 사람인가요?"

"아이가 납치될 때 목격자는 없었나요?"

흥분한 기자들이 쏟아 내는 질문은 대부분 '숙제'가 되었다.

"일단 잠시 시간을 주십시오."

샌드백 상태의 마키 1과장에게 "수시로 답변하십시오!", "다음 브리핑은 몇 분 후입니까?"라는 소리가 날아든다.

'아쓰기'와 균형을 맞춰 보도 협정을 맺자 기자단의 경계심이 높아졌다. 모든 취재가 봉인되는 협정은 기자에게 일시적으로 펜을 빼앗는 것과 다름없다. 게다가 각자 오랜 업무를 통해 공무원의 '묻지 않으면 대답하지 않는다', '숨길 수 있는 것은 숨긴다'라는 습성을 질리도록 경험했다.

신입인 몬덴은 선배 기자들의 박력에 숨이 막혔다.

사건 발생 장소와 연관 지어 기자단에서는 사건을 '아쓰기', '야마테'라고 불렀다. 모두 동시 유괴라는 전개에 흥분했다. 하지만 사건이 오래갈 것 같은 난감함과 자유로이 정보를 수집할 수 없는 초조함을 자양 강장제와 함께 목 안으로 흘려보냈다.

그 후 단편적으로 '야마테'에 관한 정보가 들어왔다. 시게루의 회사가 '가이요 식품'이라는 것, 료의 어머니 히토미는 남편과 별거 중으로 아직 연락이 되지 않는 것, 료가 외동이라는 사실. 이 시점에서 기자들은 나이토 히토미의 움직임에 촉각을 곤두세웠다. 외아들이 납치되었는데 거의 정보가 없는 것은 이상하다.

오후 3시 반에 열려야 할 브리핑은 5분 늦게 시작되었다. 마키 수사1과장은 서둘러 회의장에 들어와 앞쪽 자리에 앉자마자 "늦어서 죄송합니다. 범인에게 연락이 왔습니다."라고 말했다. 회견장에는 오십 명 이상의 기자가 꽉 들어차, 서서 듣는 사람이 있을 정도였다.

"시간 순서대로 말씀드리겠습니다. 오후 2시 50분, 가나가와 현경 수사1과의 수사원이 선행 잠입한 지역 경찰서의 수사원과 합류. 신속히 자동 녹음장치 등의 기자재를 설치했습니다. 오후 3시 7분에 범인의 전화. 음성 변조기를 사용한 목소리로 '어이, 왜 경찰이 있지?'라고 묻고 기지마 시게루가 '당신인가? 당신이 료를 유괴했나?'라고 응대하자 전화를 끊었습니다."

1분 후에 가나가와 현경을 자칭한 수상한 남자에게 전화가 들어왔다고 마키가 설명하자 회의장 안이 술렁거렸다. 기자들은 한 마디 말도 빼지 않고 대화를 정확하게 기록하기 위해 "사투리를 쓰던가요?", "'지금 뭐 하자는 거야!'라는 말은 거친 어투였나?" 등 1과장에게 질문 공세를 펼쳤다. 그 짧은 대화를 재현하는데 15분이나 시간을 소비했다.

회견 중 수사1과 형사가 메모를 보여 주자 마키는 "범인 측에서 움직임이 있었습니다. 다음은…… 홍보과장에게 넘기겠습니다."라고 달아나듯 회견장을 떠났다.

"잠깐만요!", "메모에는 뭐라고 쓰여 있습니까!", "차례대로 알려 주겠다는 약속이잖습니까!", "보도 협정의 의미 알기는 하냐!"라고 기자들의 노성이 날아다녔다. 신입인 몬덴도 뭔가 중요한 전개가 있다는 사실을 알 수 있었다.

어영부영 뒤처리를 맡은 홍보과장으로부터 나이토 히토미를 요코하마시 이세자키초의 파친코 가게에서 발견하여 현재 경찰서에서 조사하고 있고, '아쓰기' 사건에서 히로유키가 도쿄 하치오지의 '고미야 공원'에 도착했다는 사실 등이 전달되었다.

"아들이 유괴당했는데 파친코나 하다니 제정신이 아니네요."

"자작극으로 보는 것 아닙니까?"

"어머니는 아들의 사진을 갖고 있나요?"

기자들의 흥분이 '야마테'에 집중되는 것을 흘깃 본 후지시마는 '아쓰기'와의 연관성을 신경 쓰고 있었다.

"몬덴 군, 나는 '아쓰기'가 미끼가 아닌가 싶네."

홍보과장의 설명 도중, 수사1과 2인자인 이사관이 노트를 들고 회견장에 들어왔다.

"범인 측에서 움직임이 있었습니다. 우선 오후 3시 20분, 기지마의 집에 전화가 왔고 몸값 운반에 관한 지시가 있었습니다."

"3시 20분이라니, 아까 1과장의 브리핑으로부터 15분이나 이전의 이야기 아닙니까?"

"그러니까 조금 전 1과장은 그걸 알았다는 말이네요?"

"왜 마키 씨가 안 옵니까?"

기자들이 말한 것처럼 마키는 몸값 운반에 관해 알고 있었을 것이다. 어디까지 말해야 할지 선을 보고 있었다고 생각된다. 그러나 발생한 일을 신속하고 정확하게 밝히는 것이 보도 협정 체결의 조건이고 조금이라도 '규칙 위반'을 눈감아 주면 향후 부족한 수사를 감추려는 움직임으로 이어진다. 경험이 많은 기자들은 지금까지 공직에 있는 사람들의 미스 리딩에 몇 번이나 호되게 당해 왔다.

"보고 지연은 추후에 질문하기로 하고 우선 무슨 일이 있었는지 알아볼까요? 이사관, 오후 3시 20분의 대화부터 알려 주십시오."

기자단에서 제일 연장자인 후지시마가 우선순위를 정하자 기자들은 일단 입을 다물었다.

브리핑 자리에서는 녹음 음성을 듣기는커녕 대화를 정리한 문서조차 나오지 않았다. 몬덴은 정신없이 펜을 놀렸다.

기지마 시게루는 5천만 엔이 든 보스턴백을 두 개, 총 1억 엔을 양손에 들고 오후 3시 31분에 자신의 차로 집을 나섰다고 한다.

"'마루K'는 지정 시간에서 7분 늦게 즉, 오후 3시 47분에 이시카와초의 찻집 '만텐'에 도착. 3시 50분, 범인으로 추정되는 인물은 음성 변조기를 사용한 목소리로 다음 지시를 내렸습니다. 또한 범인 측 음성은 마이크로 수집할 수 없어 '마루K'의 메모를 토대로 대화를 재현했습니다……."

이사관이 통화 내용을 읽자, 범인이 떠보거나 다시 몸값을 운반하게 하면서 기지마 시게루를 혼란스럽게 한 것이 명백해졌다.

대화 내용이 분명하게 밝혀지자, 몬덴은 현실에서 사건이 일어난 것을 피부로 느꼈다. 여기에서 40킬로미터 정도 떨어진 이웃

현에서 예순다섯 살의 남성이 비를 맞으며 몸값을 운반했다.

"가게 안에 수상한 사람은요?"

"몸값이 든 가방은 두 개가 몇 킬로그램입니까?"

"가방에 장치는 있나요?"

기자들의 질문에 이사관은 "돌아가서 검토하겠다."를 반복했다.

오후 4시 15분, 수사1과장이 회견장에 들어와 이사관과 교대했다. 마키의 표정이 험악한 것을 보니 해결은 아직 멀었다는 사실을 알 수 있다.

"찻집 '만텐'에 전화가 걸려 온 이후의 동향을 알려드리겠습니다."

기지마 시게루가 비디오 가게 '시네마'에 도착한 것은 오후 3시 56분. 범인의 말대로 영화 〈하라스가 있던 나날〉의 비디오 케이스 안에 지시서가 있었고 '모토마치 쇼핑 스트리트의 마쓰다이라 가구점 매장 앞의 전화대 제일 아래 서랍'에 메모가 들어 있었다.

매우 좁은 범위에서 사건이 움직이고 있다. 몬덴의 머리에는 범인이 지역을 잘 알고, 지시서의 모양, 수상한 사람의 유무 등 몇 가지 의문이 떠올랐다.

마키는 "질문은 마지막에 받겠습니다."라며 기자들의 가슴속을 꿰뚫어 보듯 말하고 브리핑을 이어 갔다.

"'마루K'가 '마쓰다이라 가구점'에 도착한 시각이 오후 4시 7분. 가게 안에 있던 전화대의 서랍에서 지시서를 발견했습니다. 읽겠습니다…… '미나토노미에루오카 공원'의 전망대에 돈을 놓고 즉시 떠나라. 경찰이 없는 것을 확인하면 돈을 회수하고 그 후 손자를 풀어 주겠다. 한 사람이라도 형사가 있으면 손자는 죽는다."

마키의 쉰 목소리는 긴장한 나머지 떨렸고, 사건이 중대 국면을 맞이했음을 알려 주었다. 몸값 운반의 최종 목적지, 나이토 료를 살해하겠다는 명확한 의사. 모두 심각한 정보였다. 범인 측에 절대로 들키면 안 되는 상황에서 수사에 임하는 형사들의 압박은 얼마나 심할까.

기자들의 질문이 쉰 개를 넘었을 즈음 1과장은 "일단 돌아가겠습니다."라는 말을 남기고 빠르게 회견장을 빠져나갔다.

오후 5시 브리핑에서 기지마 시게루가 가방을 놓고 귀가했다는 사실이 전해졌다.

몬덴은 범인과의 대화나 지시서의 내용을 서둘러 타이핑해서 본사에 보내고 요코하마시 나카구의 주택 지도를 복사해서 기지마의 집 → '만텐' → '시네마' → '마쓰다이라 가구점' → '미나토노미에루오카 공원'의 도착 시간과 각 구간의 거리를 빨간 색연필로 적어 나갔다.

이후 오후 8시까지는 1시간마다 브리핑이 열려 공원의 형태와 전망대가 잘 보이는 호텔에 '전진 거점'을 구축한 것, 귀가한 기지마 시게루가 고열이 나서 쓰러진 것, 나이토 히토미와 동거 중인 남성이 기후 시내에서 금고털이를 저질러 지명수배된 점 등이 밝혀졌다.

저녁 이후 '아쓰기', '야마테' 각각의 현장은 정적에 휩싸였다. 대개의 질문에 대답을 얻자 기자실을 감싸고 있던 흥분은 서서히 가라앉았다.

그러나 오후 10시 브리핑에서 전달된 수사 정보가 다시 활기를 주었다.

　"오후 5시 12분경 '가나가와 근대문학관' 앞의 무테키 다리에서 수사원이 수상한 남자를 발견하여 미행했으나 현재는 소재가 파악되지 않았습니다."

　갑자기 설명을 시작한 마키의 진의를 파악할 수 없어 기자들은 처음으로 서로 시선을 교환했다.

　"그건 미행에 실패했다는 말입니까?"

　전국지의 고참 기자가 질문하자 "미행할지 판단하기도 매우 어려웠습니다."라고 마키는 비스듬히 피하며 답했다. 기자들은 수상한 냄새를 맡았다.

　"수상한 사람을 놓쳤다는 것 아닙니까?"

　"미행했다는 건 사건과 관련성이 높았다는 말이죠?"

　열기를 띠는 기자들을 보며, 볼이 핼쑥해진 마키는 감정을 드러내지 않고 담담히 대응했다.

　"유괴 사건은 현재진행형으로 움직입니다. 안이한 불심검문으로 피해 아동의 안전을 위협할 가능성이 충분히 있습니다."

　"애초에 왜 5시간이나 지난 뒤에 공개하는 겁니까? 수상한 사람의 발견은 수사의 핵심 정보 아닙니까?"

　"신속한 정보 공개를 약속하셨잖습니까?"

　마키는 조금 전 질문을 이용해 "사건과의 관련성을 판단하는 데에 시간이 필요했습니다."라고 궁색한 변명을 했다.

　그러나 몬덴은 경찰청, 가나가와 현경, 어딘가에서 정보 유출의 가능성이 나온 게 아닐까 추측했다. 엠바고 해제 후, 특정 언론사에게 뒤처져서 각 언론사의 분노를 사는 대신, 풍선이 부풀어 오르기 전, 즉 보도 협정 안에서 제어가 될 때 대처하자고 생각했던 게 아니었을까.

정보는 공개하는 타이밍 하나로 위력을 더하거나 줄일 수 있다. 몬덴 옆에 앉아 있던 후지시마는 아무 말 없이 자신의 취재 노트를 들여다보고 있었다.

질문 공세가 반복되는 도중, 회견장에 들어온 수사1과 형사가 마키에게 메모를 내밀었다. 마키는 형사와 두세 마디 말을 나눈 뒤 표정을 갈무리하고 앞을 봤다.

"지금 '아쓰기'의 다치바나 아쓰유키에 관한 정보가 들어왔습니다."

생사 여부에 관한 정보라고 직감한 기자들은 일제히 1과장의 얼굴을 바라봤다.

"오후 10시 5분, 가와사키 시내 창고에서 무사 구출."

회견장이 들썩이고 자연스럽게 박수가 터져 나왔다. 인원 절반이 회견장을 나가 본사에 연락하기 위해 담당 자리로 달려갔다.

"저도 갈까요?"

몬덴이 지시를 묻자 후지시마는 "아니, 현경 담당이 보고했겠지."라고 쌀쌀맞게 대답했다.

사건 발생 이래 처음 들어온 좋은 소식에 회의실 공기가 풀렸다. 마키가 의자에서 엉덩이를 들고 퇴실하려던 그때 다른 1과 형사가 메모를 가져왔다. 마키는 "인상착의는?"라고 형사에게 질문한 뒤 기자실을 향해 "'야마테'에서 움직임이 있었습니다. 모여 주세요!" 하고 소리 질렀다.

다시 서서 보는 사람이 생길 만큼 기자들이 넘쳐 나는 회견장에서, 마키는 메모에 시선을 떨어뜨리고 말하기 시작했다.

"오후 10시 23분 '미나토노미에루오카 공원' 전망대에서 남성이 몸값이 든 가방을 들고 이동했습니다."

순간 자리가 조용해지고 기자들의 펜 소리가 살풍경한 방 안에 울려 퍼졌다.

"남성은 이십에서 삼십 대. 그레이 코트에 안경을 착용. 서쪽 출구에서 밖으로 나가 횡단보도를 건너 앞에 있는 파출소에 가방을 가지고 갔습니다."

"파출소?"

회견장 한가운데에서 뒤집히는 듯한 목소리가 났다.

"몸값을 분실물로 신고했다고 합니다. 남성과 사건과의 관련성은 명확하지 않지만 희박하다고 보는 의견입니다."

너무 어이없는 결말에 여기저기서 한숨이 흘러나왔다. 몸값이 든 가방이 '분실물'로 신고되다니 그 누가 예상이라도 했을까.

몬덴이 옆을 보자 웬일인지 미간에 주름이 깊이 팬 후지시마가 "큰일 났군."이라고 중얼거렸다. 그는 후배의 시선을 깨닫자, "아이를 돌려줄 이유가 없어졌어." 하고 고개를 저었다.

그제서야 몬덴은 겨우 일의 심각성을 깨달았다.

모 아니면 도의 승부에서 패한 범인에게 '위험 요인'을 제거할 이점은 쌀 한 톨만큼도 없다.

같은 시기에 납치당한 아이들에게 갈린 잔혹한 빛과 그림자. 몬덴은 기자의 무력함을 통감하고 본사에 보고하기 위해 자리를 떴다.

* * *

30년 전 농밀한 이틀. 지국장실에서 과거를 회상한 몬덴은 '마루K 지도'로 사건의 최전선에 섰던 나카자와 요이치의 죽음을 다시 깨달았다.

책상에 있는 주간지 《프리덤》의 기사에 시선을 옮긴다. 장소는 아마 화랑 앞. 트렌치코트를 입은 앞머리가 긴 남성은 30년 만에 나이토 료에서 기사라기 슈로 변모했다.

"큰일 났군."이라고 말한 후지시마의 목소리가 되살아난다.

그때 료에게 무슨 일이 있었을까. 어떻게 이 아이가 무사히 돌아올 수 있었을까. '공백의 3년' 동안 누구와 살았을까.

4

시험용 DM이 프린터에서 출력되었다.

엽서 사이즈 출력물 한 장을 들고 쓰치야 리호는 거리를 두고 보며 완성도를 확인한다.

그림 여섯 점이 메인이다. 유화가 네 점, 일본화와 아크릴이 한 점씩, 리호는 어깨까지 오는 검은 머리를 뒤로 묶고 화가의 이름과 제목을 주의 깊게 확인했다.

신주쿠 '와카바 화랑'의 1층 사무실에서 이번에는 노트북과 마주하고 화가들에게 DM 이미지를 첨부하여 메일을 보냈다. 이어서 엑셀의 '발송 목록'에 몇 명의 주소를 채워 나간다.

리호가 기획한 그룹전 개최가 한 달 반 뒤로 성큼 다가왔다. '와카바 화랑'과 관계가 깊은 젊은 화가들이 '일상의 아름다움'을 테마로 출품한 그룹전으로, 식기를 씻는 남성의 손가락이나 햇빛이 비치는 아침 서재 등 독자적인 시각으로 그려 낸 작품을 DM 뒷면에 소개했다.

백화점 '미술 화랑'에서 7년간 일하고 아버지의 화랑을 도운 지 3년. 처음으로 온전히 혼자 기획한 전람회를 연다. '이 사람이다' 싶은 화가는 백화점에서 일할 때부터 연락을 해서, 미대 졸업 작품전에서 스카우트하거나 SNS를 통해 신뢰 관계를 구축했다. 그리고 마침내 그룹전을 진행할 정도의 화가들을 모았다. 어느새 여섯 명 중 네 명은 삼십 대가 되었다.

리호가 시간을 들여 모은 여섯 명은 각자 기시감이 없는 그림을 그린다. 강한 개성은 한 줌 정도에게만 허용되는 '전업 화가'로 갈 수 있는 여권이다. 이 여권에 신뢰감을 더하는 것이 미술상의 일이다. 재능을 키우고 세상에 알리기 위해 할 수 있는 일은 무엇인가. 머릿속 이미지를 실현해 나가는 것은 쉽지 않다.

'발송 목록'을 마무리하자 리호는 사무실에서 전시 공간으로 이동했다. 아버지 게이스케가 시작한 약 15평의 작은 화랑은 올해 40주년을 맞이한다. "가게를 몇 번이나 접으려고 했는지."라고 아버지는 종종 말씀하시지만 노력과 강한 운으로 이끌어 온 40년이었다.

리호가 태어난 1987년경부터 경기가 회복됐다. 재능을 끌어낸 다이키 아카자와의 일러스트가 날개 돋친 듯 팔려 이 2층짜리 건물을 사들였다. 외국 항구 마을을 그린 풍부한 색채와 경쾌한 작풍은 거품 시대의 빛을 상징하는 것 중 하나다. 최근 수 년 동안 거품 시절을 회고하는 작품은 일정한 수요가 있어서 다이키 아카자와의 신작은 높은 가격에 팔렸다.

다이키 아카자와 외에도, 일본화를 그리는 야마모토 린코와의 인연도 큰 도움이 됐다. 지금은 대가로 유명한 야마모토 린코이지만 30년 전에는 울지도 날지도 못했다. 힘든 시절에 그가 거주하는 교토로 발걸음을 옮기며 격려한 덕분에, 게이스케는 이 거장의 작품을 제일 많이 거래한 미술상이 되었다.

평일 오후 가게 안에는 고객이 한 명도 없다. 티크 재질 바닥은 흐르는 세월에 색이 더욱 짙어졌고, 흰 벽에 널찍한 간격으로 전시된 그림에는 은은한 빛이 비친다. 값비싼 상품을 파는 장사라 당연하지만, 그래도 소리 하나 없는 화랑을 걷고 있자니 불안해지기도 한다.

리호는 2층에 올라가 상설 전시 중인 그림 앞에 섰다. 해가 저물기 직전 산에서 보이는 민가의 불빛. 감색 하늘이 짙은 그러데이션을 그리고, 마른 나뭇가지 너머에 드문드문 떨어진 집들로 시작하는 밤의 삶. 〈돌아갈 수 있다면〉이라는 제목마저 쓸쓸한 느낌의 이 사실화는 리호가 어릴 때부터 화랑에 있었다.

아버지가 미술상 동료에게 매입한 '작자 미상' 작품으로 아무리 물어도 화가의 이름은 알 수 없었다. 힌트는 오른쪽 아래에 들어간 'T.N'이라는 사인뿐이다. 판매하는 작품은 아니다. 〈돌아갈 수 있다면〉을 바라보고 있으면 아버지는 "너랑 똑같이 데려갈 사람이 없네."라고 유치한 말장난을 했다. 쓸데없는 오지랖이라고 생각했지만, 작품에 공감하는 것도 사실이라 이따금 하염없이 바라보곤 했다.

대가의 그림이 있는가 하면, 작자 미상의 작품도 전시되어 있다. 결코 크지는 않지만 아는 사람은 다 아는 화랑. 백화점 '미술화랑'에서 근무하면서 리호는 아버지가 얼마나 대단한지 조금씩 깨달았다. 미대 출신으로 화가를 꿈꾸던 아버지는 단순히 그림이 좋아서, 특히 앞으로 빛을 볼 화가를 소중히 대했다. 학창 시절에는 가게에 오는 손님과 시간을 잊고 미술 담론을 논하는 아버지가 한심했지만, 지금은 그 감사함을 잘 안다.

그런 환경에서 자란 사람에게 백화점은 미궁이었다.

도내 대학에서 서양미술사를 배운 리호가 대형 백화점 '후쿠에이'에 입사한 것은 2011년. 5차 시험까지 돌파한 뒤, 두 달 동안 각 부서에서 짧은 연수를 마치고 본점에서 근무하게 되었다. 첫 근무지부터 본점에 배속되어 주위에서는 우수하다고 칭찬받았으나, 입사 목적이 확실한 덕분이라고 생각했다.

대학교 2학년 때 밀라노 대학에서 1년간 유학한 덕분에 유창하지는 않아도 이탈리아어로 충분히 의사소통이 가능하다. 면접에서는 서양미술사를 경제적인 관점에서 비평해, 임원들의 주목을 받고 채용되었다. 전문성을 인정받아 좁은 문을 뚫고 즉시 현장에 투입할 수 있는 인재로 기대받았다. 그런 젊은 자부심을 가슴에 품고 사회로 나가는 문을 열었다.

리호는 전통 복식, 미술품, 보석을 취급하는 '고비호(呉美宝)'라는 객단가 높은 부서에 배치되었다. 처음에는 '미술 화랑' 소속으로 근무했는데, 그곳은 '후쿠에이' 백화점 중에서도 특히 위계를 중시했다. 평사원인 리호의 위에는 네 명의 관리직이 있고, 그 위에는 매입이나 전시회를 기획하는 '총괄'이 있어 하극상은 용납하지 않았다.

바꿔 말하면 '튀어나온 돌은 정을 맞는 조직'이다. '미술 화랑'의 신입 평사원이라는 최하층에 있는 리호의 일상은 이상과는 거리가 있었다.

오추겐*과 오세이보**의 할당량은 아버지와 지인에게 눈물로 호소해서 어떻게 넘겼지만, 식품 부서인 동기는 목표가 너무 높아 부족분을 자기 돈으로 구입할 수밖에 없었다. 할당량은 부서간 경쟁심을 부추긴다. 주차 담당, 화장품 회사 출입 직원에게도 목표치가 배정되었다.

나중에 선배가 "부모가 가게를 하거나 중소기업 사장인 아이는 오추겐과 오세이보를 해결하기 쉬우니까 채용하면 편해."라고 알

● 평소에 신세진 분들에게 보내는 여름 선물
●● 평소에 신세진 분들에게 보내는 연말 선물

려 줘서, 회사가 '와카바 화랑' 고객을 계산에 넣었을 가능성을 깨달았다. 아직 들떠 있는 마음에 찬물을 뒤집어쓴 것 같았다.

리호의 좌절은 '총괄'의 바이어에게 직접 제안받은 일로부터 시작되었다. 2년 후 개인전 개최를 부탁하기 위해 중견 서양화가의 저택에 인사하러 가게 됐다. 본래는 신입인 리호와는 상관없는 업무지만 이 화가와 아버지 게이스케가 잘 아는 사이였다.

고정 고객이 많은 화가인 만큼 바이어로서는 어떻게든 확약을 받아 두고 싶어 했다. 그래서 화가와 안면이 있는 리호가 타깃이 되었다. 요컨대 분위기를 잘 맞추라는 것이다.

열심히 노력한 덕분에 개인전 개최가 결정되었으나, 바이어가 리호를 마음에 들어 하자 '미술 화랑' 선배와 알력이 생겼다. 그중에서도 비교적 나이 차이가 적은 마치다라는 선배 여사원에게 눈엣가시 취급을 받았다. 표면으로는 아무 일도 없는 것처럼 시간이 흘러간다. 하지만 근무 스케줄을 짜는 마치다는 리호의 출근일을 교묘하게 조정했다. '미술 화랑'에서 제일 힘든 일은 야간 전시물 교체다. 마치다가 발표한 근무 스케줄에서는 대개 리호가 야간 교체 작업을 맡게 되었다. 휴무를 신청해도 별의별 이유를 대며 들어 주지 않았다. 친구와도 거의 만날 수 없었다.

신입은 매장 오픈 전에 부서 내 비품을 준비하는 '비품 담당'을 맡는데, 가볍게 볼 수 없는 중노동이다. 비품 관리 부서에 테이프나 박스를 가지러 가야 하지만 경비 체크가 엄격하기 때문에 원하는 수량을 전부 받을 수 없다. 무거운 포장재를 끌차에 싣고 왕복하기도 힘들었다. 발주를 잘못 넣기라도 하면 다른 부서에 빌리러 가야 해서, 마치다에게 장시간 설교를 듣기 일쑤였다.

두 사람의 관계가 두드러지게 나빠진 걸 보고도 주위에서는 못 본 척했다. '후쿠에이'의 '고비호'는 개인 할당량이 없어 열심히 하든 농땡이를 치든 월급은 똑같다. 심지어 작품을 판 사람이 포장과 발송 같은 잡무를 처리해야 하기 때문에 열심히 일할수록 손해라는 풍조마저 있었다.

개인전 기획은 '총괄'이, VIP 고객의 개인 정보는 '외판부 직원'● 이 갖고 있는 구도 속에서 '미술 화랑'은 매장만 지키면 된다는 암묵적인 멸시가 자리 잡았다. 그 정체된 공기는 직장에서 대화로 드러났는데, 미술에 관한 부담스러운 대화는 기피하고 오로지 사원이나 화가의 가십에만 집중했다.

이렇게 리호는 조금씩 지쳐 갔다.

입사 2년차, 한 부유해 보이는 부인이 인기 풍경화가의 개인전에 홀연히 찾아왔다. 한 작품씩 천천히 둘러보더니 레몬 화분을 그린 소품을 눈여겨봤다. 선명한 노란색, 마치 비가 내리는 듯한 깊은 맛이 있는 작품이다.

"저도 좋아해요."

혼자 매장을 지키던 리호가 틈을 봐서 말을 걸자 부인도 "이거 좋네요." 하고 미소를 지었다.

50만 엔이나 하는 그림이 그렇게 쉽게 팔리자 리호는 기뻤다. "나구모라고 전해 주세요."라는 말을 남기고 매장을 뒤로 한 부인

● 집으로 상품을 판매하러 가는 직원

을 배웅하고, 작품 제목에 매각 완료를 알리는 붉은색 원형 스티커를 붙이려는데, 상사 매니저가 얼굴이 새파래져서 뛰어왔다.

"혹시 나구모 씨한테 그림 팔았어?"

리호가 끄덕이자 잠시 후 남성 매니저가 뒤뜰로 리호를 데리고 갔다. 외판 담당자가 무뚝뚝한 얼굴로 앉아 있었다. 입을 열자마자 "왜 멋대로 행동해."라며 노려보았다. 그의 설명에 따르면 조금 전 방문한 나구모 부인은 저명한 운동선수의 아내라고 한다.

"그분이라면 적어도 50호짜리 그림을 사 주시는데. 왜 4호야. 그런 건 서민에게 팔면 돼. 한 번 더 와 달라고 부탁할 수도 없잖아. 어떻게 할 거야, 진짜."

말하면서 화가 치미는지, "이래서 애매하게 아는 놈이 골치라니까. 쓸데없는 짓 좀 하지 마."라고 차갑게 쏘아붙였다.

리호는 자신이 좋아하는 그림을 고객에게 인정받아 순수하게 기분이 좋았다. 아버지 게이스케는 소중하게 여기던 작품이 팔리면 기분이 좋아서 화가에게 전화하고 그날 저녁은 맛있게 위스키를 마셨다. 설마 그림을 팔았다고 비난받을 줄은 몰랐다.

"'쓸데없는 짓을 했다'라니 너무하죠?"

마치다에게 마음에도 없는 격려를 받고 그때 처음으로 리호는 '안 되겠다'라고 생각했다.

다음 해 개인전 토크쇼에서 리호가 사회를 맡았다. 아직 평사원인 리호에게는 발탁이라 할 만한 일이었지만 예전에 '총괄' 바이어와 함께 집에 찾아간 그 서양화가의 개인전이라 흐름 자체는 자연스러웠다.

"설마 리호에게 그런 큰 역할을 맡길 줄이야. 내 거래와도 상관 있으니까 실례되지 않도록 해라."

아버지의 밉살맞은 말을 들어도 오래 알고 지낸 화가의 이벤트라 기분이 좋았다. 리호는 약 한 달 동안 휴일도 반납하고 아버지 도움을 받아 작품 해설과 창작 철학에 대해 정리했고, 요점을 바로 대답할 수 있는 질문표를 만들었다. 자부할 수 있을 만큼 완성도 높은 원고를 완성했다.

"뭐, 이쯤이야."

몇 번이나 원고를 수정해 준 아버지도 아주 나쁘지는 않은지 "당일에 보러 갈까."라고 섬뜩한 말을 해서 필사적으로 말렸다.

그러나 토크쇼가 개최되기 2주 전, 리호는 남성 매니저에게 불려 갔다. 완성된 원고를 칭찬받고 입사 이후 처음이라고도 할 수 있는 성취감을 느꼈으나 기쁨도 찰나였다. "이 수준의 원고가 있으면 누가 사회를 해도 괜찮겠어."라는 매니저의 말에 상황이 뒤바뀌었다.

"이번에는 모리오 씨에게 맡길게."

모리오는 '미술 화랑'에서 10년간 근무한 보조 매니저다. 경제산업성 고위 관료의 딸로 화려한 외모가 돋보이긴 하지만 업무 능력은 떨어진다. 특기라는 영어는, 말하는 장면을 본 사람도 없고 퇴근 시간이 되면 재깍 나간다. "도움이 안 되니 화랑에 처박아 두었다."라고 험담을 해도, 능력에 맞지 않는 직책을 맡기는 것이 '후쿠에이'라는 회사를 잘 드러내고 있었다. 신주쿠에 있는 작은 화랑의 딸과는 격이 다르다.

"그래도 '총괄'도 저를 지명하셨고……."

"아, 그건 다 얘기 해 뒀어. 이쪽에서도 토크쇼에서 사람을 모으고 싶고, 역할 분담이라고 할까. 실력 있는 자네가 원고를 쓰고 화려한 자리에 어울리는 모리오 씨가 마이크를 잡는 거야. 우리 인재층이 참 탄탄하지?"

변명하는 매니저의 말투에는 이미 결정된 사항이라는 압박이 느껴졌다. 요컨대 미인을 무대에 올려 손님을 끌어모으고 싶은 것이다. 바람잡이로는 좋지만 그렇다고 화가에게 창피를 줄 수도 없다.

성과를 빼앗겨 기운이 빠진 리호는 혼자 사는 아파트로 돌아가 한참을 울었다. 화가를 위해 열심히 조사해 작성한 원고를, 낙하산으로 입사한, 자신을 치장하는 것 외에는 아무 능력도 없는 여자에게 빼앗겼다. 이탈리아어도 바로크 대표 화가 카라바조*에 대한 연구도 아무 소용없었다.

흐르지 않는 강에서는 가만히 떠 있는 게 최선이라는 것을 겨우 이해했다. 앞으로 잘 처신해서 결혼도 출산도 포기하고, '총괄' 바이어가 된다 해도 규모의 축소를 피할 수 없는 백화점에서는 만족할 만한 기획은 하지 못할 것이다. 작품을 매입하지 않고 화랑의 기획을 받기만 하는, 비싼 장소 임대료만 청구하는 존재로 남을 것이다.

중요한 고객의 정보를 외판이 쥐고 있는 이상 눈이 밝은 수집가와는 외판을 통해서만 소통하게 된다. 당연히 거래가 전제가 된

● 이탈리아의 화가(1571~1610). 강렬한 명암 기법으로 17세기 회화 변혁을 주도했다.

다. 그러나 고객 너머의 현금이 투명하게 보이는, 너무 노골적인 환경에 리호는 가슴이 아팠다.

그때부터 '영업시간 = 근무시간'이라는 백화점의 철칙을 충실히 따르며 큰 문제없이 시간이 흘러갔다.

입사 6년차, 한 남성이 '미술 화랑'에 나타나면서 리호의 인생은 내리막길로 굴러떨어졌다.

괴로운 과거를 회상한 뒤, 리호는 메일을 확인하려고 1층 사무실로 돌아갔다. 그대로 방치된 스마트폰 화면에 라인 알람이 있었다. 기이하게도 '후쿠에이' 시절 후배였다.

미우라 나미는 보석 담당이었지만 직장에서 자리가 가까워서 종종 마주쳤다. 간사이 출신 나미는 시원시원한 성격으로 생각한 것을 바로 입 밖으로 내는 타입이었다. 리호와는 성격이 다르지만 이상하게도 마음이 잘 맞았다. 술 마시러 갈 때 간사이 사투리로 늘어놓는 그녀의 하소연은, 남의 흉내까지 잘 내는 통에 거의 예술의 경지였다. 나미 덕분에 녹아 버린 스트레스는 헤아릴 수 없다.

'이 기사라기 슈라는 사람, 리호 씨가 마음에 든다고 말한 화가 아닌가요?'

메시지 바로 아래에 양면으로 펼친 잡지 사진이 있었다.

사진을 탭하자 **제2탄, 훈남 인기 화가는 유괴 사건의 피해자였다!** 라는 제목이 눈에 들어왔다.

메인 사진은 '미나토노미에루오카 공원' 전망대라는 걸 한눈에 알아봤다. 서브 사진을 보자 리호는 "어?" 하는 소리를 내며 스마트폰 화면을 가까이 들여다봤다.

트렌치코트를 입은 호리호리한 남성은 나이토 료였다. '유괴'라는 단어가 그 사실을 증명한다는 걸 알고 있다.

흐트러지는 심장 고동에 재촉받듯 서둘러 기사를 읽은 리호는 눈을 감고 오른쪽 손가락으로 관자놀이를 눌렀다. 스트레스를 받을 때 나오는 습관이다.

기사에는 1991년에 발생한 가나가와 동시 유괴 사건이 나와 있었다. 리호에게 두 가지 사실은 큰 충격이었다.

첫째는 기사라기 슈와 나이토 료가 동일인이라는 사실. 백화점 시절에 SNS를 통해 알게 된 미인화는 사실화가 인기를 끌고 있는 요즘에도 군계일학처럼 머리 하나는 더 뛰어났다. 아니 '뛰어나다'라는 표현이 가볍게 생각될 정도로 박력이 있었다. 기사라기 슈의 그림에는 '귀여움'이나 '디테일'과는 선을 그은 냉철함이 느껴진다. 리얼리즘의 왕도라 할 만큼 붓의 필치가 선명하다.

리호는 나이토 료의 그림을 알고 있었다. 그가 자신에게만 보여준 수많은 작품들. 특히 풍경화가 많았는데 거기에는 기교 없는 묘사에 대한 집념이 느껴졌다. 아무에게도 말하지 않고 몰래 생각했던 그 사실, 기사라기 슈와 나이토 료의 선이 비슷하다는 생각이 상상도 못한 형태로 증명되었다.

그렇다. 둘째는 그야말로 '상상도 못한 형태로'라는 점이다. 주간지 보도에 의해 료가 화가가 된 것을 알게 됐고 유괴 사건의 피해 아동이라는 점이 드러났다. 조용한 화랑에서 리호는 충격과 분노로 혼란스러웠다. 예술과는 아무 상관없는 과거를, 그것도 30년이나 전의 사건을 왜 이제 와서…….

그는 괜찮을까.

추억 속의 료는 언제나 부드러운 베일 너머에 있었다. 풋풋한 시절까지 거슬러 오르면 그리움과 애절함 그리고 따뜻한 온기에 감싸인다.

나이토 료와는 고등학교 동창생이었다.

만남은 고등학교에 입학하기 석 달 전. 그런 묘한 곳에 앉아 있던 그는 역시 평범하지 않았다.

제2장

———

접점

1

효고신보 도쿄 지사 기자 / 이소야마 게이코 / 전화 취재

앗, 아니요, 그럴 리가요. 도모다 씨께 늘 신세를 지고 있어서. 도움이 되면 좋겠지만 제가 미술 전문이 아니라서요⋯⋯. 네, 맞아요. 일단 담당은 있지만 인원이 적어서 정치에서 탐색 매장까지, 효고현에 관한 사람이나 일을 소개하는 것 때문에 '리쓰카' 화랑도 몇 번 취재했어요.

네, 물론 도쿄에서 개인전을 여는 효고 출신 화가분께 말씀 들었는데요, 원래 '리쓰카' 화랑의 기시 씨가 고등학교까지 고베에 계셔서, 우리 회사의 오래된 기자와 알고 지내셨대요. 맞아요. 기시 사쿠노스케 씨예요.

사쿠노스케 씨가 연세가 있어서 지금은 장남인 유사쿠 씨가 중심이 되어 경영하세요. 두 분 다 열심이시라 지금 같은 유행이 오기 전부터 사실화 화가를 많이 양성하셨나 봐요. 제가 취재한 화가도 사실화 화가였어요. 잘 팔리는 작가가 몇 명이나 있으니까 경영은 탄탄할 거예요.

아아, 《프리덤》 잡지 건요. 저도 깜짝 놀랐어요. 설마 그렇게 전개되다니……. 제가 '리쓰카' 화랑의 트위터 계정을 팔로하고 있는데, 그래서 기사라기 슈 씨를 알게 됐거든요. 네, 맞아요. 기사라기 씨는 개인 계정이 없어서 '리쓰카' 화랑이 창구를 맡고 있어요.

갑자기 뜨더라고요. 인터넷상에서 처음 화제가 된 건 〈여고생 해커〉예요. 벌써 6, 7년 전이려나요. 교복 재킷을 입은 여고생이 노트북을 향해 있는, 그거요. 곁눈질로 화면을 보는 느낌이 묘하게 섹시하잖아요. 소위 미인화 일종이겠지만요, 기사라기 씨의 그림은 특별한 존재감이 있는 걸 아마추어의 눈으로 봐도 알겠더라고요. 소녀는 정말 사실적으로 그렸는데 여고생이자 해커라는 비현실적인 점과 뭐라고 해야 하나요……. 그게 요즘 시대에 잘 맞는달까요.

죄송해요. 전문가처럼 설명을 잘 못하겠어요. 인터넷에서 뜬 건 요행이 아니었어요.

유괴 사건이 발생했을 때, 저는 히메지의 중학교에 다니고 있어서 부끄럽게도 이 주간지 기사를 읽을 때까지 전혀 몰랐어요. 동시 유괴라니, 상상도 못한 사건이네요……. 네? 취재하셨다고요?

경찰청에서요? 저는 신입 때 잠깐 경찰서 담당을 했을 뿐이지만 그런 저도 참 큰일이었다고 상상은 되네요. 하아……, 그래서 조사하시는 거군요. 도모다 씨한테 자세한 얘기를 못 들었거든요.

참 잘생겼죠. 저도 처음 사진을 봤을 때는 얼마나 놀랐는데요. 아, 맞아요. 그 사진 배경은 '리쓰카'예요. 갑자기 아는 화랑이 주간지에 실렸길래 사쿠노스케 씨에게 메일을 보냈어요. 그야 엄청 화내셨죠. 유사쿠 씨도 화가 머리끝까지 나셨고요. 얼굴을 공개하지 않는 건 본인이 강력히 원했다는 것 같아서. 제대로 된 이유는 모르지만 미술 세계도 질투나 껄끄러운 게 많아서 '얼굴로 팔린다'라는 말을 들으면 울화가 치밀 거예요. 본인이 그만큼 실력이 있으니까요.

제2탄 기사는 정말 너무했어요. 아니 기사라기 씨는 당시 네 살이었잖아요? 그걸 인기 화가가 되었다고 개인 정보를 그렇게 탈탈 터는 건 아무래도……. 하긴 우리도 남의 말할 처지는 아니지만요.

제1탄 때도 노발대발했으니까 사쿠노스케 씨는 제2탄 기사가 나왔을 때는 출판사에 '법적 조치도 불사하겠다'라고 항의했대요. 잡지 쪽에서도 돈이 없으니 그런 작은 기사로 재판까지 가면 손해잖아요. 절절매다가 사과한 다음 인터넷에서 기사를 내렸대요.

'리쓰카'에서는 중요한 작가잖아요. 최선을 다해 지켜야죠. 네, 그렇게 젊은데 상당히 비싸죠. 원래 인기 있는 사실화 화가는 그림값이 높은데요, 기사라기 씨는 경력이 분명하지 않고 수상 경력도 없으니까……. 네? 그림값요?

잠시만요. 책상 주위가 엉망이라서. 몬덴 씨는《미술업계 연보》

를 아시나요? 아, 그래요? 1년에 한 번 출판되는 건데요, 여기에 화가의 정보가 실려 있어요. 일본화와 서양화, 그리고 족자 같은……. 아 있네요, 있어요. 잠깐 좀 볼게요.

기사라기 씨는 서양화니까……. 아, 있네요. 프로필 짧네. 그래도 그림값은 엄청 비싸요. 25만이라고 쓰여 있네요. 1호당 금액이라, 4호로 계산하면 1백만 엔이에요. 주간지 말이 맞네요.

다른 정보가 극단적으로 적어서. '무소속'이니까 아무 단체에도 소속되지 않았고, 최종 학력이나 수상 기록이 없어서, '가나가와'라는 출신지만 써 있네요. 문의처는 '리쓰카' 화랑 주소가 적혀 있어요.

이건 뭐 '리쓰카'에 물어볼 수밖에 없는데 힘들겠네요. 사쿠노스케 씨도, 유사쿠 씨도 아무것도 말해 주지 않을 거예요.

《미술업계 연보》 출처요? 아뇨, 본인이 신고하는 건 아니고요. 들은 얘기로는 영향력이 있는 백화점에서 취재했다던데요. 일류 예술가가 개인전을 여니까 정보가 모이나 본데 아, 백화점 직원이면 뭐 좀 알지 않을까요?

아는 사람 몇 명 있어요. 아, 전혀요. 괜찮아요. 명함 좀 찾아보고 나중에 메일 드릴게요. 주소를 여쭤봐도 될까요……?

'후쿠에이' 백화점 전 직원 니시오 요시아키 / 화상 회의로 취재

죄송합니다. 원래는 직접 찾아봬야 할 텐데, 다리가 안 좋아서요. 겨우 코로나도 진정되기 시작해서 외출하고 싶긴 합니다. 다시 해가 바뀌면 확진자가 늘어날 것 같아서. 제6파* 영향이 있겠죠? 몬덴 씨는 접종하셨습니까? 그러시군요. 저도 거의 부작용은 없었는데 아내는 고열이 나서 내내 침대 신세를 졌어요.

그래서 온라인으로 실례하겠습니다. 작년에 정년퇴직했습니다. 아껴서 살면 어떻게 될 것 같아서 고용 연장은 하지 않았습니다. 저는 고집을 좀 부려서 계속 현장에 있었습니다. 그래서 오래 눌러앉아 있었기 때문에 좀 시선이 따가워서요.

일본은 백화점에 '미술 화랑'이 있는데 세계적으로 보면 아주 특수한 경우죠. 화가가 큰 상을 받으면 반드시 유명한 백화점에서 개인전을 하지 않습니까. 일종의 지위가 되는 건데요. 종종 화가 경력에 어디 어디의 백화점에서 개인전을 한다고 쓰여 있지 않습니까?

저희가 제안하는 경우도 있고, 화랑에서 신청하는 경우도 많아서 마음이 맞는 미술상과는 지금도 연락합니다. 미술상도 여러 가지가 있겠지만 저는 앞으로 재능을 펼칠 수 있는 사람이 좋아요. 고객이 많이 찾아 주시거나 좋은 전시회를 만들면 기획에 관여한 바이어로서는 참 기쁘죠.

아아, 그걸 물으시니 뜨끔하네요. 그림 한 점을 팔면 기본으로 백화점이 4, 화랑이 4, 화가가 2의 비율이에요. 10만 엔짜리 그림이 팔려도 화가에게 돌아가는 건 2만이죠. 그림은 비싸잖습니까. 백화점이 가진 신용과 부유층을 확보하는 확률 따위를 고려하면

● 제6차 코로나19 확진자 증가

좋은 장소라고는 생각해요. 인건비가 드니까요.

화랑도 판매가 힘들고 광고 선전비도 부담스러울 겁니다. 예를 들어 미술 잡지에 광고를 낸다고 하잖습니까? 이럴 때 광고비는 화랑이 내고, 백화점은 로고만 빌려줍니다.

이야, 전업 화가는 정말 한 손에 꼽아요. 소설가나 만화가는 증쇄할 수 있는 장점이 있지만 그림은 딱 한 점뿐이니까요. 판화가 있긴 하지만 원화와는 다르고 몇 점을 찍을지 작품 수를 제한하지 않으면 가격을 유지할 수 없어요.

저는 미대 출신이지만 포기하고 취직하길 잘했어요. 적어도 제게는 실력 하나만으로 먹고살 재능이 없었거든요.

아, 맞습니다. '리쓰카' 말이시죠? 그만 서두가 너무 길어졌네요. 제가 '리쓰카' 화랑의 기시 씨, 그 아버님인 사쿠노스케 씨를 알게 된 건 30년도 더 됐어요. 1980년대 중반에 아직 '미술 화랑'에서 판매원으로 일할 때예요.

사쿠노스케 씨는 저보다 나이가 열두 살 많으십니다. 열정적인 분이고 제가 미대를 나오기도 해서 종종 말씀을 나눴어요.

주간지 말씀이시죠? 기사라기 화백님 작품은 원화로 본 적이 없어서 이미지만 있는데 굉장히 뛰어나세요. 모티프에 대해서 성실하시고요. 한마디로 사실화 화가라고 해도 여러 종류가 있잖습니까. 세밀하게 그리는 것도 있고, 흐릿하게 그리지만 멀리 떨어져서 보면 구체적인 상이 되는 작품도 있어요. 기사라기 화백님은 아마 전자일 겁니다. 원화는 박력이 대단하잖아요. 어렵기도 하고요. 하지만 시리도록 '실재(実在)'에 충실하면서 화려하기도 해요. 그래서 끌리는 거예요.

유감스럽게도 자세하게는 모릅니다. 이건 저뿐 아니라 대부분의 미술 관계자가 그렇지 않을까요. 개인전은커녕 취재조차 한 적이 없다니까요. 일반적이지는 않죠.

영업도 안 하고, SNS만으로 인기 작가가 된 셈이라 그런 시대라고는 해도 참 운이 좋아요. 화가는 내성적인 분이 많아서 이상적인 판매 방식 아니겠어요? 아니요, 그 화백님에 대해서는 기시 씨 부자와 이야기한 적은 없어요. 유사쿠 씨가 담당이 되었다는데 전화 인터뷰조차 딱 잘라 거절합니다. 극히 일부 관계자만 정체를 안대요. 취재는 오로지 메일로 답변만 보낼 뿐이라 본인인지 진위도 확인할 수조차 없고. 그렇게 가드가 단단한 화가는 일찍이 본 적이 없어요.

하지만 주간지를 읽고 겨우 사정을 이해했습니다. 가나가와 유괴 사건의 피해자잖아요. 이제 와서 갑자기 폭로당하는 것도 참 안됐어요. 글쎄요, 그래서 더 나오지 못하는 게 아닐까요. 예술가라는 건 잡음을 싫어하니까. 스위치가 눌리면 하루 종일 작품만 생각하는 인종이라 스트레스에는 약합니다.

아아, 이소야마 씨한테 들었어요. 그렇죠. 아직 해결되지 않아서, 범인이 도망쳤잖아요? 당시 취재하신 기자 분이라면 무슨 일이 있었는지 추적하고 싶으시겠죠. 그래도요, 기사라기 씨는 정말 몰라요. 예전에 '미술 화랑'에 있던 여직원이 그 화백님 팬이라나, "개인전을 열면 반드시 화제가 될 거다."라고 가르쳐 줘서……. 슬쩍 유사쿠 씨에게 떠봤더니 반응이 안 좋았어요.

사쿠노스케 씨요? 퇴직할 때 메일로 인사드리고, 그 후에 연락한 적 없어요. 개인전도 계속 신세를 진 분이지만 결국 관계를 회복하지 못했다고나 할까요……. 싸운 건 아니고 저희가 일방적으로 잘못했죠. 지금도 분해하시는데요. 벌써 30년 전인가. 제가 '사입' 건 보조 바이어로 일할 때예요. 사쿠노스케 씨가 정말 공들이는 화가가 있었어요. 실적은 없지만 굉장히 수준이 높았어요. 앗, 그러네, 그 화가도 사실화 화가였습니다.

나이가 어떻게 되셨더라. 저와 동년배일 거라고 생각하는데요. 풍경화를 주로 그리는데, 강 풍경화에 놀랐습니다. 빛의 표현이 다채롭고 물이 맑아요. 분명 정신이 아득해질 만한 작업이겠지만, 구도도 그렇고 배색의 센스도 그렇고 진부한 표현이라 죄송하지만 천재적이랄까요.

그래서 저도 개인전 개최에 두 손 들고 찬성해서 상사에게 보고했거든요. 상사도 작품을 보고 이거라면 괜찮겠다고 결재해 주셨는데……, 결국 기획이 날아갔어요. 얼마 지나지 않아서 상사가 "그 개인전은 안되겠어."라고. 자세하게는 말 안 하지만요.

요컨대 압력이 들어온 겁니다. 이야, 좁은 세계잖습니까. 과장일지도 모르지만 승자가 독식하는 비참한 인생 위에 성립되는 구석이 있어요. 외야에서 지켜보던 저도 무덤까지 가져갈 일을 많이 보고 들었거든요.

그 개인전이 엎어졌을 때 사쿠노스케 씨가 불같이 화내셨어요. "너와는 끝이다", "사람 참 다시 봤다."라고 간사이 사투리까지 쓰시면서요. 그분이 한창 일하시던 나이였고, 저도 삼십 즈음이라 결국 말다툼처럼 번졌어요. 잘못은 100퍼센트 우리 쪽에 있지만 저는 어딘가 '백화점과 일개 화랑' 사이의 일이라고 깔보고 있었죠.

그러고 나서 어찌어찌 관계는 회복했지만 작은 응어리가 지금도 남아 있습니다. 그때 제대로 사과할걸, 후회하고 있습니다.

압력에 관해서는 그냥 넘어가 주세요. 별로 떠올리기도 싫습니다.

아니, 그 화백님이 그 뒤로 어떻게 되었는지 모르지만 예술의 길을 포기했을 겁니다. 네? 이름요? 뭐였더라…… 당시 수첩을 보면 알지도 모르지만…… 아, 노구치, 아니다, 노모토요.

노모토 다카히코라는 화백이었습니다.

2

어제까지의 추위가 무색하게 오후의 지바 시내에는 따뜻한 바람이 불었다.

시간이 지날수록 시야가 밝아지는 것 같아 걷고 있어도 기분이 상쾌하다. 몬덴은 머플러를 풀고 조심스럽게 개켜 가방에 넣었다.

우쓰노미야에서 신칸센과 재래선[•]으로 갈아타고 2시간 반 정도 조금 더 가서 겨우 가까운 역에 도착했다. 목적지까지는 이제 2킬로미터 남았다. 택시를 타도 되겠지만 따뜻한 햇살 아래 걷기로

● 일본 JR그룹 노선 중 신칸센을 제외한 노선

했다.

'도키 미술관'은 세계 최초의 사실화 전문 미술관이다. 입구로 이어지는 완만한 경사로 오른쪽에 콘크리트가 노출된 벽이 이어지고 꼭대기 맞은편에는 초록색 나무들이 보인다. 왼쪽에는 막대 모양 철골이 나란히 늘어서 있다.

저명한 건축상을 수상한 건물은 광대한 자연공원과 인접해 있다. 보는 각도에 따라 큐브를 쌓아 올린 모양으로도, 유유히 떠가는 비행선으로도 보이는 외관은 가볍고 세련된 디자인이다.

몬덴의 발걸음은 어울리지 않게 힘이 넘쳤다. 이 흥분은 오랜만에 느끼는 감각이었다. 지금까지도 기자로서 여러 현장을 밟으며 선악에 상관없이 '인간'과 접해 왔다.

자택 아파트에서 나오는 남성 살인 사건 용의자에게 위협당하면서도 얻어 낸 일문일답. 평소 동경해 왔던 지휘자가 지휘봉을 휘두르는 라흐마니노프를 연주회장에서 직접 듣고, 그 직후 함께 술을 마시며 지휘자가 자신의 이름을 기억해 줬던 토요일 밤.

마음이 꺾이고 더는 싸울 수 없는 곳에서 눈물 흘리며 일하는 가운데 몬덴은 성장해 왔다. 마음을 움직이는 현장을 거쳐 지금의 자신이 있다.

별로 야심이 없는 탓인지 편집국 간부나 편집위원이 되지 못했고 그 어중간한 경력에 스스로 탄식할 때도 있지만 산전수전 다 겪고 그럭저럭 신문기자를 계속해 왔다.

뒤쪽으로 돌아가 지국장으로서 운영과 관리에 중심을 둔 뒤에는 이제 그 설레는 감각은 맛볼 수 없겠다고 생각했다.

그러나 친하게 지내던 형사가 죽고, 과거가 말을 걸어 왔다. 달리 생각하면 늙은 기자만 경험할 수 있는 일 아닌가.

"결국 자네는 왜 신문기자를 하는 건가?"

술에 취한 나카자와 요이치에게 종종 듣던 말이다. 필생의 대표작이 될 테마를 갖지 못한 기자의 서랍은 '쓰다 만 원고'로 넘친다. 이대로 몬덴은 월급쟁이로 회사를 떠나게 될 것이라고 믿고 있었다.

그러나 단 한 가지 안개 너머 저편을 알고 싶은 사건이 있다. 몬덴은 이것이 다이니치신문 기자로서 마지막 현장 취재가 되리라는 걸 알고 있었다.

나이토 료와 노모토 다카히코가 '리쓰카' 화랑를 통해 연결되었다.

납치된 남자아이와 수사선에 떠오른 노모토 마사히코의 남동생. 피해자와 피의자 측 인물이 같은 화랑에 속한 화가였다. 우연이라 가볍게 치부할 수 없는 사실이다.

이 관계는 시효가 끝난 후 나이토 료가 화가가 되었기 때문에 떠오른 것이다. 즉 경찰 관계자가 모르는 정보다. 30년 전 경찰청 출입기자단에서 신세 진 후지시마 고이치 같은 정통 사건기자가 아닌 몬덴으로서는, 수사기관이 밟지 않은 새하얀 눈밭을 밟는 일은 처음이었다. 쉰넷의 나이에 미지의 문을 연다.

그러고 보니 후지시마는 지금 어떻게 지내고 있을까. 건강하다면 팔십 대 중반이다. 몬덴은 기자실에서 홀로 조용히 책을 읽던 후지시마의 모습을 떠올렸다. 그는 주간지 기사를 읽었을까.

출입구 자동문 앞에 체격이 작은 몬덴보다 더 키가 작은 남자가 등을 구부린 채 서 있다. 구깃구깃한 나일론 소재 점퍼에 청바지 차림, 볼륨이 부족한 머리카락이 흐트러졌다.

"마타요시 씨이신가요?"

몬덴이 말을 걸자 남자는 소심한 듯 미소를 보이며 고개를 끄덕였다.

마타요시 게이는 '후쿠에이'의 전 직원 니시오 요시아키에게 소개받았다. 이틀 전 온라인 취재로 노모토의 이름이 나왔을 때 몬덴은 실마리를 잡았다 싶어 집요하게 물고 늘어졌다. 인터뷰를 마친 그날 밤, 니시오에게 '노모토 다카히코를 알고 있는 화가가 생각났다'라는 메일이 와서 바로 소개해 달라고 부탁했다. 수사선상에 떠오른 노모토 마사히코가 살아 있다면 예순다섯이다. 남동생 다카히코와 같은 세대라면 마타요시는 육십 대라는 말인데, 풍채에서 그에 걸맞은 피로가 엿보였다.

"니시오 씨에게 오랜만에 전화를 받고 놀랐습니다. 용건이 노모토 군의 이야기라서 더 놀랐습니다."

'도키 미술관'은 1층으로 들어가 지하 1층, 지하 2층으로 내려가는 3층 구조로 안쪽에 정원이 있는 회랑형으로 되어 있다.

갤러리는 화이트를 기조로, 천장에 별처럼 작은 조명이 많이 매립되어 있다. 밝으면서도 음영이 분명해서 작품이 눈에 띄도록 처리되어 있었다. 회랑은 인간의 눈의 형태에 가까워 안쪽으로 길게 이어지는 설계다.

"이야, 박력 있네요……."

첫 번째 갤러리는 정물화 기획 전시 중으로, 40점 정도의 사실화가 전시돼 있어 박력이 넘쳤다.

레몬 껍질이 나선형을 그리는 작품이나 서양배가 은 접시에 놓여 있는 작품은 배경이 검은색이라 모티프가 부각된다. 테이블 위 빵과 과자가 정확히 모사된 작품에서는 흰 도자기 포트와 접시에서 은은한 광택이 느껴졌다.

"뭔가 이쪽으로 돌진하는 느낌이네요. 원화를 보면 역시 사진과는 다른 느낌입니다."

몬덴은 진지한 사실화 원화를 처음으로 봤다. 문외한에게도 전해질 만큼 그림 한 점 한 점에서 확실한 존재감이 느껴졌다.

"이건 종종 리얼리즘 회화 관련서에 쓰여 있는 말인데요, 사진은 단안이라 초점 이외는 흐릿해지죠? 하지만 그림은 화가의 두 눈의 시차로 대상을 파악하기 때문에 전부 초점이 맞아요. 그래서 더 입체적이라 몬덴 씨가 말씀하시는 '돌진한다'는 감각을 맛볼 수 있어요."

사실화 화가인 마타요시는 몬덴의 반응이 마음에 들었는지 마스크 너머로도 생기가 전해졌다.

"종종 '사진같다'고 말하는데요, 물론 기술을 칭찬하는 말이지만 화가는 한 걸음 더 나아가 그리는 거라서……."

슬쩍 내비친 마타요시의 자부심에 맞춰 몬덴은 "완성까지는 시간이 많이 걸리겠군요?" 하고 맞장구를 쳤다.

"그렇죠. 손이 빠른 사람이라도 1년에 너덧 작품이지 않을까요. 개중에는 그림 한 점을 몇 년간 계속 손보는 화가도 있거든요."

"부끄럽게도 그림의 세계를 잘 몰라서 그동안 사실화 전문 미술관이 없었다는 게 놀랍네요."

"전문 미술관은 전 세계적으로 봐도 거의 없지 않을까요?"

몬덴은 걸으며 마타요시로부터 사진의 등장과 식자층의 증가로 사실화가 실용성을 잃어 간 경위를 들었다.

"전쟁 후 추상화 전성시대에는 특히 입지가 좁았다고 선배 작가가 자주 말씀하셨어요. 미대에서는 '추상화를 하지 않으면 화가가 아니다'라는 분위기였다고 해요."

"그럼 포기한 사람도 많지 않았나요?"

"그럴 거예요. 다만 어느 시대에도 일정 수요가 있어요. 옛날부터 '불경기가 되면 사실화가 팔린다'라고 했으니까요. 불안정한 상황에서는 확실한 것을 추구하는 심리가 작용하는지도 모르죠."

마타요시는 계속해서 지하 1층으로 이어지는 계단에 발을 내딛는다.

"이 미술관을 개관하기 전에 저는 명함도 못 내미는 사실화 화가들과 관장이 직접 상담했다고 해요. 그랬더니 '어렵지 않을까'라고 대답이 돌아왔대요."

"왜 그렇죠?"

"전문적으로 공부할 수 있는 곳도 없고 열심히 취급하는 화랑도 적었어요. 하나의 장르로서 평가받질 못했어요. 참고로 미술관 측이 상담한 분들은 일본을 대표하는 사실화 화가들이었어요. 그런데도 그런 소심한 대답이 돌아왔으니, 거기에 진실이 있지 않을까요."

지하 1층에는 전시실이 네 개 있다.

인물화가 전시되어 있고, 몬덴은 그림 한 점 앞에서 발걸음을 멈췄다. 청바지를 입은 한 여성이 잠들어 있다. 흰 커튼에서 들어

오는 부드러운 빛이 평온한 오후를 상징한다. 특히 주름 묘사에 매료되었다. 반투명한 흰색 카디건, 청바지의 주름은 사람의 형태나 움직임을 담은 기록처럼 정확하다. 여성을 중심으로 물결치는 베이지색 시트는 현실에서 본 듯한 착각마저 들었다.

조금 전 정물화는 감상자에게 달려들 것처럼 입체적이었고, 잠든 여성을 담은 광경에는 베일을 한 겹 씌운 듯한 서정성이 있었다.

"같은 사실화라고 해도 그리는 사람의 실력에 따라 세계관이 완전히 달라지는군요."

"네. 단순히 사실적으로 그리는 게 아니라 역시 화가의 배경이 겉으로 드러나니까 모티프에 대한 해석이 완전히 달라져요."

"제 방에 한 점 걸고 싶네요. 그림의 세계관을 제 나름대로 생각하는 것만으로도 재미있을 것 같습니다만."

취미가 또 하나 늘어날 것 같다고 생각하니 가슴이 벅차오른다. 그러나 아마추어인 몬덴이 보기에도 이렇게 세밀하게 그리면 가격도 꽤 나갈 것 같다. 실제로 기사라기 슈의 작품도 상당한 고가다. 몬덴은 말을 이었다.

"그래도 제게는 너무 비쌀 것 같네요."

"'도키 미술관'의 성공과 SNS 보급으로 겨우 장르로서의 '사실화'에 빛이 비치기 시작했어요. 화가가 적어서 지금은 수요에 공급이 미치지 못한 상황이에요. 외국에서 들어오는 주문도 있거든요. 그래서 눈이 좋은 미술상은 입도선매[•]해요."

● 아직 논에서 자라고 있는 벼를 미리 돈을 받고 판다는 뜻으로, 의미가 확장되어 구매자가 미래의 가치를 보고 먼저 구입한다는 개념으로도 쓰인다.

"단가가 높지 않은 젊은 화가에게 제안하는 거로군요."

"대개 50만 엔 정도 소품이 잘 팔려요. 그래도 젊을 때부터 이 미술관에 걸릴 만한 대작에 도전하지 않으면 실력이 안 늘거든요. 화랑에서 시키는 대로 작고 잘 팔리는 그림만 그리면 그냥 재능이 소비될 뿐이라……."

마타요시는 지금까지 신나게 말했으나 본래 소심함이 드러난 건지, "뭐, 저 같은 어중간한 화가가 대단한 척 말하기 뭐하지만요."라고 자조했다.

"오늘도 여기에 오기까지 후원해 주신 미술상에서 '4호 미인화'를 의뢰받았어요. 경제적으로 도움이 되지만 1년 내내 그림만 그려 대니 몸이 여기저기에서 비명을 지르네요."

"나이가 들면 컨디션이 좋은 날이 줄어들죠."

"맞아요. 이제 세밀한 부분을 그리기 시작하면 같은 자세로 10시간 이상 자세가 고정되어서 손목과 허리, 그리고 눈에 무리가 가요."

"눈이 피로해지면 머리도 아프잖습니까."

"화가에게 눈은 목숨과도 같아요. 특히 사실화는 보이는 것을 충실하게 포착해야 해서 응시하는 시간이 길지만요."

마타요시가 웃으며 말하고는 있지만 오십 대 중반의 몬덴에게는 그 음성에 절박함이 담겨 있는 것을 알 수 있다. 기분 탓인지 화가가 조금 작아진 것처럼 보였다.

전시실에는 개성이 넘치는 미인화가 나란히 걸려 있다. 의자에 앉은 여성이 비스듬하게 잘라 낸 빛과 어둠 속에서 긴장을 풀고 있는 한순간을 담았다. 거친 돌이 투명하게 비치는 강에 한 소녀가 옷을 입은 상태로 누워 있다. 소녀가 머리를 살짝 들고 보내는 강렬한 시선. 전시된 작품들마다 앞에서 멈춰 서느라 몬덴은 느릿느릿 앞으로 걸어갔다.

다음 갤러리에는 일본을 대표하는 사실화 화가의 풍경화가 특별 전시되고 있었다. 그중 몬덴은 유독 큰 작품에 시선을 빼앗겼다.

세로 2미터, 가로 4미터에 육박하는 캔버스는 그 크기만으로도 압도적이었다. 드넓은 밭과 숲 너머로 흰 빛에 덮인 산맥이 완만하게 흐르고 있었고, 왼편 산에서 분화한 희끄무레한 화산 연기가 바람을 따라 이리저리 흩어지고 있었다. 거대한 캔버스 절반에 해당하는 산봉우리 위쪽으로는 맑게 갠 푸른 하늘이 있는데, 그 파란빛은 고도가 높아질수록 더 짙고 강렬한 색을 띠었다. 화산에서 뿜어져 나온 분화 연기와 맑은 하늘의 영리한 대비. 그로 인해 대자연의 경이로움이 깊이 있게 와닿는 대작이었다.

대체 어디부터 그리기 시작했을까, 몬덴은 조금 떨어진 위치에서 작품을 바라보면서 길고 긴 여로를 걸었을 예술가에게 경의를 표했다.

"이 캔버스를 놓을 수 있는 아틀리에를 찾기가 참 힘들었겠네요. 조금 전에도 말씀드렸지만…… 완성까지 몇 년이 걸렸을까?"

흥분이 더해져 마지막은 혼잣말이 되어 버렸다. 그 정도로 몬덴의 상상을 초월한 작품이 눈앞에 있었다.

"예술에 완성은 없다. 포기할 뿐이다."

"네?"

갑자기 격언 같은 말투에 몬덴은 무슨 일인가 싶어 옆으로 시선을 돌렸다. 캔버스에 펼쳐진 창공을 바라보는 눈이 즐거워 보였다.

"다빈치의 말이에요. 노모토가 자주 말했죠."

다시 노모토의 이름이 나와서 몬덴은 취재 기어를 한 단계 올렸다.

"마타요시 씨는 노모토 씨와 같은 미대를 다녔나요?"

"네. 하지만 재학 중에는 거의 말도 안 했는데 졸업 후에 같은 학원에서 강사로 일하면서 친해졌어요."

"두 분 다 사실화를 그리셨죠?"

"네. 하지만 노모토는 저와 차원이 달랐어요."

"'후쿠에이'의 니시오 씨도 노모토 씨의 작품을 극찬하시더군요."

"지금은 안 걸려 있지만 이 미술관에 제 작품이 딱 한 점 팔린 적이 있어요. 사실화의 전당인 이 미술관에 작품이 걸리는 건 자랑스러운 일이지만, 노모토가……, 그…… 왕도를 제대로 걸었으면 여기에 많은 작품이 걸렸을 거예요."

마타요시가 머뭇거리며 말한 부분에 바로 몬덴의 취재 목적이 있었다. 그렇게 재능이 있는 화가라면 왜 마타요시가 말하는 '왕도'를 걷지 않았을까.

"니시오 씨는 노모토 씨의 작품을 본 것은 '환상의 개인전' 기획 단계 때뿐이었다고 말씀하시던데요. 그 이후에는 이름을 못 들었다고."

"기획 단계에서 중단된 '후쿠에이' 개인전요? '리쓰카'에서 한다던 거요?"

"네. 기시 사쿠노스케 씨가 노발대발하셨다고."

"저도 사쿠노스케 씨를 알거든요. 꽤 많이 화를 내셨어요."

"노모토 씨도 낙담하지 않았을까요?"

"그렇죠······. 진지하게 열심히 그렸으니까요. 그래도 어딘가에서 예감하진 않았으려나."

"압력이 들어왔다고 들었습니다."

'압력'이라는 단어를 들은 마타요시가 허탈한 미소를 지었다. 몬덴은 그 반응을 주시하면서 상대의 말을 기다렸다.

"뭐, 말을 시작하면 끝이 없어서, 지금도 미술 세계가 좁지만 예전에는 훨씬 더 폐쇄적이었어요. 문화계인데도 운동부 같다고 해야 하나. 상하 관계가 절대적이라 그걸 지키지 않으면 전업으로 먹고살기가 참 힘들어요."

"상하 관계라면 스승과 같은 존재가 있다는 말씀인가요?"

"우리 같은 경우는 미대 교수님이 그랬어요. 노모토도 저도 그 선생님이 소속된 '민전(民展)'이라는 큰 공모 단체에 적을 두고 있었어요. 작품을 널리 공모해서 입선작을 정하는 그거예요."

몬덴은 10여 년 전 전국지가 특종으로 낸 한 단체 전시회 관련 보도를 떠올렸다. 심사할 때 연줄을 따지고 뒤로 돈이 오가는 비리를 고발한 기사였다.

"공모전에는 대작을 내야 하는데, 선생님이 작품도 봐 주고, 개인전 화랑까지 정해 주거든요. 우리 같은 미대 출신은 그 스승에 해당하는 교수의 체면을 세워 줘야 앞날이 보장돼요."

"공모전과 미대도 관계가 있습니까?"

"물론이죠. 교수가 심사위원이에요. 단체마다 조금씩 다르지만요. 우리가 소속된 '민전'은 입선에서 더 위인 특선을 두 번 따야 회원이 될 수 있어요. 그리고 몇 번 심사위원을 맡고, 장관상 같이 큰 상을 받아야 서서히 단가를 올릴 수 있어요."

"그럼 당연히 주종 관계가 깊어지겠군요."

"그렇죠. 공모전도 출품비로 하는 거니까 가능한 한 많은 사람을 확보하려고 하죠. 그래서 우리 학원에서도 학생들한테 '민전'에 가라고 하는 거예요. 아까도 말씀드렸지만 자세히 말하면 며칠 밤을 새도 모자라요. 별로 좋은 일도 아니라 다시 생각하기도 싫군요. 이쯤 하죠."

앞으로 어떤 말이 이어질지 알 수 있을 것 같았다. 그러나 몬덴은 끼어들지 않고 마타요시의 말에 귀를 기울였다.

"저는 돈을 처바르거나 정치질이 싫었는데, 노모토는 저보다 훨씬 안 맞았어요. 별로 불평을 토로하는 타입이 아니지만 가끔 싸구려 술이라도 마시러 가면 '그림만 그리고 싶다'라고 하더라고요. 참 힘들어 보였어요."

아무리 우수한 기자라도, 관리직이 되면 조직에 충성하는 사람으로 변해 버리는 경우를 몬덴은 몇 번이나 봐 왔다. 미술 세계가 마찬가지라고 해도 그리 놀라울 건 없다.

"단체전 심사도 그렇지만 조직에서 지위를 얻으려고 선거전을 할 때면 큰돈이 움직였어요. '시바스 리갈' 상자에 딱 1천만 엔이 들어간다는 말도 종종 들었고요."

몬덴은 과거 나카자와 요이치가 한 말을 떠올렸다.

'몸값 1천만을 위스키 올드 파 상자에 담으라는 범인도 있었어. 그게 1만 엔짜리가 딱 천 장 들어가.'

미술과 유괴가 위스키 상자로 연결되다니, 몬덴은 쓴웃음을 지었다. 돈이 움직이면 사람이 미친다.

"단체전에서 입상하면 교수로부터 개인전을 하라며 임대 화랑을 소개받아요."

"임대 화랑요?"

"화랑은 '기획 화랑'과 '임대 화랑' 두 종류가 있어요. '기획 화랑'은 작품 매입, 젊은 화가 양성처럼 화가와 밀접하게 연결돼 있는데, '임대 화랑'은 그냥 개인전 장소만 제공해요."

"그럼 노모토 씨의 교수도 그랬겠군요."

"네. 임대 화랑을 소개받으면 눈썰미 있는 미술상과 연결되는 게 아니라 그냥 장소 임대료만 내요. 물론 그 비용은 자기 부담이고, 그중 일부가 교수에게 돌아간대요."

"그거, 간접적으로 제자에게 돈을 강탈하는 것 아닙니까?"

"그렇죠. 그래도 평소에 '팔리는 그림은 그리지 마라', 이런 말을 들으니까 직접 기획 화랑에 그림을 팔러 갈 수도 없어요. 강사 말고도 다른 알바를 하느라 그림 그릴 시간도 없고요."

"그러니까 그림도 못 팔고, 그림 그릴 시간마저 없다고요?"

"노모토의 교수는 특히 야심에 찌든 인간이라 학생을 노예처럼 부려 먹었어요. 창작과 상관없는 일만 하다가 지쳐서 결국 '민전'을 탈퇴했죠."

그 뒤에 '리쓰카'와 '후쿠에이'에 연결되는 건가, 몬덴은 감을 발휘하며 귀를 기울였다.

"단체를 그만두면 교수와 척을 지는 거라, 지금까지의 경력을 버리는 거예요. 화가로 살기는 참 힘들어지죠. 그래서 저도 말렸어요. 그래도 그때는 좋은 인연을 만나서……."

"'리쓰카'의 사쿠노스케 씨 말이군요?"

"네. 사쿠노스케 씨는 혜안이 있으세요. 삼십 대였던 노모토도 인생을 바꾼다면 지금밖에 없겠다 싶어서 결단을 내린 거예요."

'후쿠에이'의 니시오가 말한 '압력'의 배경이 눈에 들어왔다. 그리운 추억처럼 회상하던 마타요시의 표정에서 과거를 밝히기 꺼려하는 심정이 느껴졌다.

"아까 다빈치의 말에 공감해요. 노모토는 종종 '불가능하니까 믿을 수 있다'고 말했어요. 이것도 누군가 한 말을 따라한 것뿐일지도 모르지만요."

불가능하니까 믿을 수 있다. 이 말에서 극한을 지향하는 예술가의 순수성과 위태로움을 엿볼 수 있었다.

"하지만 교수 한 사람 적으로 돌린다고 그 교수가 백화점 운영까지 간섭할까요?"

"아니요, 한 사람이 아니에요. 그 교수에게도 스승이 있고, 그 스승에게도 고개를 들 수 없는 대 스승이 있거든요. 그 대 스승이 다른 백화점에서 개인전을 열겠다고 말이라도 하면 백화점은 당장 매출이 걱정되겠죠. 게다가 그런 잘난 사람들은 장관급과 밥을 먹는단 말이죠. 백화점은 시시한 의리를 지키는 조직이 아니에요."

이야기가 심상치 않게 흘러간다. 갈피를 잡지 못하는 몬덴의 표정을 보고, 마타요시는 "30년 전에는 인터넷도 없었으니까 다들 '그런 거'라고 생각했어요."라고 말했다. 목소리에 체념이 배어 나왔다.

하긴 지금 인터넷의 출현으로 온갖 분야에서 '그런 거'라고 성립되던 윤리관이 무너지고 있지만, 30년 전이라면 말이 전혀 달라진다.

재능 있는 젊은 화가가 열의 있는 미술상과 만나 연줄로 이뤄진 조직을 뛰쳐나왔다. 그러나 거기에 기다리고 있던 것은 예술과는 동떨어진 현실이었다.

"노모토 씨와는 연락을 하고 계십니까?"

"아니요, 벌써 30년이나 연락이 끊어졌어요."

"네? 그럼 '후쿠에이'의 개인전이 엎어졌을 즈음이라는 말씀이십니까?"

"그렇네요……. 아마도요."

"그 이후 노모토 씨가 작품을 발표하신다는 말은 들으셨습니까?"

"아뇨, 못 들었어요. 그림은 이제 접지 않았을까요."

"학원 강사는 언제 그만두셨습니까?"

"잘 모르겠어요……. 죄송합니다."

노모토는 언제 사라졌는가. 그것이 문제였다.

생각에 잠긴 몬덴의 옆에서 "연하장을 보면 알 수 있을지도 모르겠네."라고 마타요시가 중얼거렸다.

3

30년 전, 그 다리 위에 서 있던 남자.

중간 체격에 중간 키, 삼사십 대, 검은색 점퍼에 우산을 쓰고 있었다. 그게 정보의 전부다. 유일한 목격자로 당시 포착 4반에서 특수 이동 현장 지휘 차량 'L2'에 보고한 사람이 바로 도미오카였다.

나카자와의 장례식 이후 센자키와 함께 나타난 건 지금도 사건을 잊지 못하기 때문일 것이다.

'타깃을 놓쳤습니다.' 휴지 조각이 되어 버린 유괴 기획 원고 A안에 쓰여진 도미오카의 말. 그는 수상한 남자가 유선 이어폰 줄을 봤을지도 모른다고 보고했다.

'마루K 지도'를 맡은 형사가 죽고 앞으로 관계자도 한 사람씩 세상을 떠나갈 것이다. 미행에 실패한 형사로서 도미오카는 무슨 생각을 하며 '프리우스' 핸들을 잡았을까.

올해 마지막 일요일. 흐린 하늘 아래 가죽 스니커즈를 신은 몬덴은 당시 주택 지도를 한 손에 들고 현장을 걸었다.

과거 기지마 시게루가 살던 저택에서 몸값의 첫 번째 지정 장소인 찻집 '만텐'까지, 상점이 늘어선 모토마치 나카도리는 아스팔트 길에서 돌이 깔린 포장도로로 바뀌었다. 두 번째 지정 장소인 비디오 가게 '시네마'의 앞길은 '리센느 소로'라는 세련된 이름이 붙었고, 세 번째 지정 장소인 '마쓰다이라 가구점'이 있던 모토마치 쇼핑 스트리트는 보도에 벤치가 설치되는 등 경관이 달라졌다.

지정 장소 세 곳 모두 매장이었으나 이제는 흔적도 없다. 기지마 시게루가 탔던 차량 '세드릭'과 나카자와와 센자키가 탔던 '블루버드'도 현재는 생산이 종료되었다. 아쓰기의 피해 가족인 다치바나 히로유키가 운전한 '셀시오'도 그렇다.

그것들 하나하나가 30년이라는 세월을 드러내고 있다. 그리고 마지막, 네 번째 지정 장소인 '미나토노미에루오카 공원' 또한 세월의 흐름에 몸을 맡겼다.

몬덴은 무테키 다리에서 붉은 벽돌로 장식한 '오사라기 지로 기념관' 앞으로 이동했다. 전망대 방면을 바라보며, 성큰가든의 변천사를 생생히 느꼈다. 1991년 당시에는 단순히 널찍한 공간일 뿐 식물은 거의 없었다. 중앙에 자리 잡은 꽃으로 둘러싸인 분수는 아마 더 끄트머리에 있었을 것이다. 덩굴장미가 얽혀 있는 아치 두 줄이 줄줄이 안쪽으로 이어져 있는 건 가장 크게 달라진 부분이었다. 5년 전에 리모델링되어 '향기 정원'이라 불리는데, 약 100종류의 장미가 심겨져 있다. 지금은 색 바랜 덩굴만 감겨 있지만 봄이 되면 꽃과 잎으로 두툼해진 아치가 햇빛으로 밝게 물들 것이다.

그때, 도미노처럼 이어진 이 아치가 있었다면 충분히 은폐물이 되었을 것이다. 현장에 멈춰 서자 '사전 답사를 온 범인들이 열린 시야를 이용하려고 계획했구나'라고 실감했다. 성큰가든에 두 개 조라도 '포착반'이 더 있었다면 미행도 잘 풀렸을지도 모른다.

몬덴은 조금 더 걷다가 걸음을 멈췄다. 남서쪽 버스 정류장은 없어지고, 오솔길을 지나 그 앞이 분수 광장이다. '야마테 111번관'은 적갈색으로 바랜 기와지붕에 흰 벽의 두 색조가 아름답게 어우러진 스페인풍 건물이다. 지금은 요코하마시가 관리하는데, 당시는 개인이 소유했다고 기억한다.

여기에서 영국관이나 장미 정원으로 이어지는 길에는 예전에 검은 아치 같은 것이 있었다. 이 장미 정원도 5년 전에 리모델링해서 '잉글리시 로즈 정원'으로 다시 태어났다. 지금은 시즌이 지나 적막해 보이지만 울창한 초목은 구 장미 정원 오픈 당시와는 전혀 다르다.

'잉글리시 로즈 정원'과 어울리도록 지은 것이 '영국관'이다. '야마테 111번관'과 똑같은 적갈색 기와지붕과 흰 벽이 고급스럽다. 선박 창문을 연상시키는 둥근 창문이 이 건물의 특징이다. 예전에는 건물 앞에 주차장이 있었고, 사건 당일 수사 차량 안에서 '포착반' 형사가 잠복해 있었다.

두 형사는 해가 빨리 져서 기온은 내려가는데, 차량 엔진을 켜지도, 담요를 걸치지도 못하고 잘 보이지도 않는 전망대를 주시했다.

몬덴은 구 장미 정원의 정면 출입문을 빠져나와 시야가 탁 트인 전망 광장으로 나왔다. 짧은 돌계단 위에 동일한 간격으로 설치된 열한 개의 흰색 기둥이 완만하게 호를 그린 라이트 그린 지붕을 받치고 있다.

돌계단을 내려가면 납작한 돌이 깔린 원형 전망 공간이 나온다.

몬덴은 허리 위치 정도에 있는 철제 울타리에 두 손을 짚고 항구도시를 내려다보았다.

조금 전까지 머리 위를 덮은 구름이 옅어지고 조금 약해진 햇빛이 담청색 하늘을 비추고 있다. 별로 높지는 않지만 요코하마의 거리를 바라보고 있으면 기분이 맑아진다. 다세대 주택 너머에 창고가 모여 있다. 쌓아 올린 컨테이너와 기린 무리처럼 목을 쭉 뻗은 크레인이 보인다. 곡선을 그린 수도고속도로 완간선 안쪽에 있는 큰 다리는 요코하마 베이브리지이다.

몬덴은 베이브리지의 'H'형 주탑을 보며 나카자와의 이야기를 떠올렸다.

나카자와는 '마루K 지도'로서 지친 기지마 시게루의 뒤를 쫓아갔다. 시게루는 한 번 쓰러졌지만 사력을 다해 몸값이 든 무거운 가방을 전망대에 내려놓았다. 시게루는 그 뒤 계단 난간을 잡고 요코하마의 거리 앞에서 고개를 떨구었다고 한다. 그때 나카자와의 위치라면 환상적인 빛이 비치는 베이브리지의 주탑이 보였을 것이다. 현장 형사로서, 긴박한 사건과 여유롭게 서 있는 건조물의 대비가 인상적이었던 것 같다.

"오······."

야마시타 부두 방향을 보고 몬덴은 흥분했다.

바로 스마트폰을 들어 촬영을 시작한다. 망원 배율을 바꾸면서 사진을 찍고 있는데 등 뒤에서 누군가 말을 걸었다.

"건담 보세요?"

돌아보니 정장 차림의 센자키가 무표정한 채로 서 있었다.

18미터의 건담이 요코하마에 출현한 것은 2020년 여름. 기간 한정*으로 오픈한 '건담 팩토리 요코하마'의 주요 기획으로 미디어에서 전모를 밝힌 것은 그해 11월 말이다.

일반에 공개되자 몬덴은 잽싸게 보러 갔다. 초대 모델을 재구성한 'RX-78F00' 건담이 가와무라 류이치의 노래 〈Beyond the time〉**에 맞춰 빛을 발산하는 모습을 보자 가슴이 뜨거워졌다.

● 2024년 3월 31일 부로 기획전이 종료됐다.
●● 〈기동전사 건담: 역습의 샤아〉 주제곡

건담은 많이 움직이지는 않았다. 그래도 어릴 때부터 플라모델을 만들어 온 사람으로서, 실물 크기 건담이 손을 펼칠 때 가동 영역을 계산하며 감탄했다.

그 초대 모델이 요코하마의 항만을 배경으로 정면을 향해 서 있다. 먼 부두에 있는 건담이 머리부터 발끝까지 또렷이 보인다. 언덕 위에서 내려다본 덕분에 그 크기가 더 선명하게 전해졌다. 몬덴은 초기 모델의 멋진 모습에 감탄했다.

그 용맹한 자태를 기록하던 도중 센자키가 말을 걸었다.

"늦어서 죄송합니다."

"아닙니다. 제가 너무 빨리 왔네요."

아직 약속 시간 10분 전이었다. 그러나 센자키는 고지식하게 허리를 숙였다.

항구도시의 하늘은 시간이 흐르면서 맑아졌다. 몬덴 옆에 나란히 선 센자키도 멋진 경치에 미소 지었다. 일요일에도 제대로 넥타이를 매고 있는 센자키를 보고 몬덴은 자켓을 입고 와서 그나마 다행이라고 가슴을 쓸어내렸다.

"실물 크기라고 하더니, 정말 크네요. 저기서 싸우기라도 하면 현경은 속수무책이겠어요."

휴일에 불러낸 게 미안했나, 안 하던 농담을 다하고. 아무튼 만난 지 25년 만에 거리가 아주 조금 줄어든 것 같다.

"요코하마 시내는 무사하지 않을까요? 보통 우주에서 싸우니까요."

"아, 그렇구나."

"뭐 지상전도 있긴 해요."

어색하게 대화가 끊기고 서로 씁쓸하게 미소 지었다. 오십 대 중반, 새 친구를 사귀는 게 몇십 년 만인지. 친구가 줄긴 해도 늘진 않는 나이다.

"일요일에 나오시라고 해서 죄송합니다. 전의 그 건으로 드릴 말씀이 있습니다."

"아닙니다, 실은 저도 센자키 씨에게 보고드릴 일이 있거든요."

"화가와 관련된 건가요?"

몬덴은 끄덕인 후 지금까지의 취재 경과를 시간 순서대로 돌이켜 보았다.

효고신보의 이소야마 게이코 기자가 주간지 《프리덤》의 보도 관련 사항을 설명해 주었다. 그 일로 '리쓰카' 화랑을 경영하는 기시 부자가 몹시 화를 냈다고 했다. 또한 기사라기 슈의 1호당 그림값이 25만 엔이라는 사실도. '후쿠에이' 백화점의 니시오 요시아키는 약 30년 전 기시 사쿠노스케가 진행한 기획전이 외부 압력으로 무산되었다는 사실을 털어놓았다.

몬덴은 그 사실들을 간결하게 말했다.

"사쿠노스케가 한 화가의 개인전을 기획했고 그 화가가 바로 노모토 다카히코였습니다."

"네? 노모토요? 그럼 노모토와 '리쓰카'가 연결됐다는 말씀입니까?"

"그렇습니다. 바꿔 말하면 나이토 료와 노모토 다카히코에게는 '리쓰카' 화랑이라는 공통점이 있다는 뜻입니다."

센자키는 "잠깐 메모해도 되겠습니까?"라고 양해를 구한 후 그대로 서서 코트 안쪽 주머니에서 수첩을 꺼내 볼펜으로 휘갈겼다.

"게다가 다카히코와 같은 미대 출신으로 미술 학원에서 강사로 일한 마타요시 게이라는 화가도 만났습니다."

몬덴은 다카히코가 과거 '민전'이라는 단체 소속으로 미대 교수의 지배를 받고 있었다는 사실을 설명했다. 업계에 수상한 돈이 활개치고, 팔리는 그림을 그리지 못 하게 하고, 교수의 입김이 닿는 임대 화랑에서만 개인전을 열게 했다는 등 억압 구조도 또한 같이 설명했다.

"이야기를 들려준 마타요시라는 화가도 사실화를 그리는 프로 화가입니다. 그의 눈에도 노모토 다카히코의 그림은 상당한 재능이 있었다고 하더군요."

"몬덴 씨는 다카히코의 그림을 보셨습니까?"

"아니요. 하지만 기시 사쿠노스케에게 소개받은 '후쿠에이' 백화점의 니시오 씨도 상당한 실력이었다고 말했으니 프로가 인정할 정도의 실력은 있지 않았을까요? 그래서 본연의 예술과는 상관없는 곳에서 스트레스를 받는 환경에 진절머리가 나지 않았을까 싶네요."

"요컨대 다카히코는 참다못해 교수에게서 떨어져 나와 뒷배를 잃었다는 말입니까?"

"네. '민전'을 그만두고 개인적으로 '리쓰카' 소속 작가가 되었으니 제자들 위에 군림하는 교수가 보기에는 심각한 배신행위였을 테죠. 그래서 '후쿠에이'의 개인전에 압력을 행사해 기획을 망쳐 버렸을 겁니다."

"억압과 굴레를 벗어나 드넓은 바다로 나가 봤지만 계획이 너무 안이해 표류하는 꼴이 되어 버렸다."

같은 에피소드를 들어도 상당히 다르게 받아들인다고 생각했다. 노모토 다카히코의 상황을 자신은 안쓰럽게 생각했지만, 센자키는 조금 냉정하게 파악한 듯하다. 이미 이 화가를 피의자로 보고 있을지도 모른다.

"그 마타요시라는 화가와 다카히코는 언제까지 교류가 있었습니까?"

"두 사람은 연하장, 작은 그림이 들어간 것이라는데, 그런 걸 주고받았고 마타요시 씨가 확인해 봤더니 마지막 연하장은 1991년이었다고 합니다."

두말할 필요도 없이 센자키는 '노모토 다카히코는 유괴 사건 후에 사라졌다'라는 현실에 초점을 맞추고 있을 것이다. 몬덴도 자세히 알면 알수록 중심축에 빨려 들어가는 기분이었다.

"다카히코에게 가족이 있었습니까?"

"아내는 있고 자녀는 없었답니다."

그러고 나서 대화가 끊어졌다. 둘은 자연스럽게 경치를 즐겼다.

몬덴의 앞에 'RX-78F00'을 배경으로 풍경이 펼쳐졌다. 약 1년 전에 일반에 공개됐다. 나카자와는 이미 병마에 시달리고 있었다. 편지에 쓰여 있지는 않았지만 야마시타 부두의 실물 크기 건담을 보러 가지 않았을까.

마지막 즈음에는 상대방을 너무 배려한 나머지 거의 편지를 보내지 못했다. 나카자와의 죽음 이후 그동안 받은 은혜를 조금도 갚지 못한 후회가 마음속에서 나날이 커졌다.

"앉을까요?"

센자키가 라이트 그린 지붕을 지탱하는 기둥을 가리켰다. 기둥에 달라붙은 것처럼 설치된, 폭이 좁은 U자형 벤치. 나란히 앉으면 비좁을 것 같아서 기둥을 가운데에 두고 등을 마주하는 형태로 앉았다. 서로의 얼굴을 보지 않아도 되는 중년 동지에게는 안성맞춤인 벤치다.

"여기에 보스턴백 두 개를 내려놓았군요."

기둥에 등을 기댄 몬덴이 원형 전망대를 보면서 말했다.

"네. 비를 맞으면서요. 말은 이렇게 해도 직접 보지는 못했습니다."

당시 관할서의 젊은 형사 센자키가 나카자와와 함께 기지마의 집에 '1차 잠입'했다. 몸값을 전달할 때는 나카자와를 태우고 '블루버드'를 운전했다.

"첫 지정 장소인 '만텐' 근처에 나카자와 씨를 내려 드린 후에는 무선을 들으며 근처를 차로 맴돌았습니다."

"센자키 씨에게도 잊지 못할 사건이군요."

"물론입니다. 범인과의 전화 통화, 이동 시 차 안의 긴박감. 제가 젊기도 했지만 형사 인생에서 그렇게 긴장되는 현장은 없었습니다. 다이니치신문에도 나왔지만 유괴는 현재진행형인 사건입니다. 단 하나의 판단 착오로 피해자의 목숨을 잃을지도 모릅니다."

시간이 지난 후에야 나카자와도 사건 이야기를 조금씩 털어놓기 시작했다. 술자리이기는 했지만 현장에 있던 형사의 이야기를 들을 때마다 현실의 무게에 몸이 움츠러들었다.

"극한 상태였으니까요. 기지마 씨도 우리도. 저는 말입니다, 나카자와 씨의 이야기에서 잊히지 않는 에피소드가 있습니다."

몬덴은 기둥에서 살짝 얼굴을 내밀어 끄덕이고 다음 말을 재촉했다.

"기지마 씨가 이 공원에 오기 전에 폭주했다죠?"

상황을 정리할 시간을 벌라고, 'L2'에서 지시받은 나카자와는 모토마치 쇼핑 스트리트의 '단테스'라는 찻집에서 S형 무전기 건전지를 교체하자고 제안했다. 그러나 기지마 시게루는 "그 녀석들이 어디에서 보고 있을지 모른다. 찻집에 들어가는 건 자연스럽지 않다."고 거부하고 그 이후 통제가 되지 않았다.

나카자와가 유도한 경로가 아니라 프랑스산 지구에서 공원으로 들어가 비를 맞으며 전망대로 달려갔다.

"원고에도 쓰여 있었지만, 그때 시게루 씨가 쓰러졌다면서요?"

"네. 눈앞에 고령의 피해자가 제대로 숨을 못 쉬고 쓰러졌어요. 주먹으로 가슴을 치며 발버둥 쳤습니다. 당장 도와주고 싶다. 하지만 그렇게 할 수 없다. 나카자와 씨는 지시를 따를 수밖에 없었습니다."

"숨을 헐떡거리다가 몸값이 든 가방을 여기에……."

"사실 그때 기지마 씨는 한참 울었습니다."

"네……? 아, 쓰러졌을 때 말인가요?"

처음 듣는 말이었다. 30년이 지나서야 드러난 사실.

"숨을 고르고 조금 진정되자 오른손으로 눈을 가리고 한참을 울었다고."

시게루는 딸과 의절한 뒤 손자를 볼 수 없었다. 하지만 역시 그는 손자를 사랑했다. 그래서 찻집에 가지 않았다. 그래서 한시라도 빨리 몸값을 전달하고 싶었다.

맨주먹 하나로 기업을 일궈 낸 사람이다. 대단한 담력의 소유자가 분명하다. 그러나 유괴범 앞에서는 무력했다. 이미 청춘은 지나갔고 이제 가방조차 제대로 못 옮긴다. 그런 자신이 초라하고 손자가 걱정되어 결국 감정이 터져 버렸을 것이다.

결과적으로 료는 돌아왔다. 그러나 이는 기적과도 같은 행운일 뿐, 범인들이 저지른 짓이 상쇄되는 건 아니다. 비를 맞으며 오열하는 남자의 모습을 상상한 몬덴은 아이를 인질로 잡은 '유괴'의 비열함을 깨달았다.

"기지마 씨는 집에 돌아와 열이 나서 쓰러졌다면서요? 심신 모두 한계였을 테죠."

지금 몬덴은 신문기자로서 상반되는 감정 가운데 흔들리고 있었다. 사건의 새로운 일면을 알게 된 기쁨과 피해자에 관한 중요한 증언을 형사에게 끌어내지 못한 자책.

나카자와는 피해자의 존엄을 지키려고 말하지 않았을 것이다. 두 사람 사이에 신뢰 관계는 틀림없이 있었다. 그러나 두 사람은 결국 '형사와 신문기자'였다. 나카자와는 혹시라도 기사화될까 두려워했다.

과거 자신이라면 유치하게 토라졌을지도 모른다. 그러나 지금 몬덴은 나카자와의 깊은 정이 느껴졌다. 참 좋은 사람을 만났구나, 감사했다.

"오늘 여기에 오면서 현장을 둘러봤습니다."

몬덴이 말을 걸자 센자키는 "예전과는 많이 달라졌을 겁니다." 라고 대답했다. 그 말투에서 그 역시 최근에 이곳을 찾았다는 사실을 엿볼 수 있었다.

"거리 역시 생물이라고 통감했습니다."

"맞습니다. 당시에 있던 건물이라면…… 저 호텔은 건재하네요."

센자키가 바라본 것은 전망대 광장에 면한 4층짜리 호텔이다. 가나가와 현경은 객실 하나에 '전진 거점'을 설치하고 카페 자유석에서 전망대를 감시했다.

"그런 결말이 되리라고는 상상도 하지 못했습니다."

몬덴은 경찰청 회견장 여기저기에서 터져 나온 탄식을 떠올렸다. 몸값이 든 가방이 '분실물'로 파출소에 접수되다니, 그 자리에 있던 단 한 명의 기자도 상상하지 못했다.

"음악 추적기가 울렸을 때에는 도미오카 씨도 바짝 기합이 들어갔다고 합니다. 직전에 타깃을 놓쳤으니까 더……. 같은 형사로서 심정은 이해합니다."

초록이 가득한 정원과 바다가 내려다보이는 광장, 문학관과 서양식 건물이 합쳐진 문화시설로 예전부터 시민들에게 사랑받은 공원. 그러나 그 사건을 아는 이들에게는 휴식과는 거리가 먼 괴로운 장소였다.

"오늘은 몬덴 씨에게 유익한 정보를 받았군요. 실은 저도 드릴 말씀이 있습니다."

드디어 본론에 들어가는 것 같다.

몬덴은 등을 맞대고 앉은 센자키에게서 A4 크기의 갈색 봉투를 받았다. 안에는 종이가 한 장 들어 있었다. 경찰이 작성하는 사건의 인물 관계도라고 바로 이해했다.

위쪽에 '**솔라 시스템**' **사채 사기 사건**이라고 인쇄된 글자가 있었다.

"이건?"

"5년 전 현내 피해가 속출한 사기 사건입니다. 입건하지 못하고 종결되었죠."

센자키에 따르면 태양광발전 시설을 운영한다는 유령 회사 '솔라 시스템'이 피해자들에게 상장 전에 사채를 구매하라고 제안하고, 돈이 입금되면 편취했다고 한다. 증권회사 직원을 사칭한 인물이 피해자의 집으로 사채를 팔겠다고 매일 전화를 걸어 표적을 속이는 수법이다.

전형적인 사채 거래 사기다. 5년 전이면 2016년 즈음인가. 곳곳에 CCTV가 있고 인터넷에 의한 기록이 발달한 현대에는 몸값을 노린 유괴는 비현실적인 사건이 되었다. 그 대신 증가한 범죄가 바로 특수 사기였다. 서류로 시선을 떨어뜨린 몬덴은 두 범죄에서 공통되는 특징을 읽어 낼 수 있었다.

조직도에는 '명부', '실행범', '기자재' 등 역할을 연상시키는 설명 아래 수사 대상자의 이름과 생년월일이 쓰여 있다. 그룹은 지시역부터 말단을 포함해 서른 명 정도인가. 몬덴은 거기에서 '노모토 마사히코'의 이름을 발견하고 퍼뜩 고개를 들었다.

"노모토……."

"그렇습니다. 주범으로 구로키 미쓰루라는 남자가 있습니다만, 이 녀석은 폭력 전과가 있습니다. 구로키는 과거 '가이요 식품'의 제품에 트집을 잡아 문제를 일으켰습니다."

'가이요 식품'의 건강 기능 식품을 먹고 일곱 명이 위염이 났다고 주장하며 5백만 엔을 요구했는데 유언비어가 퍼질까 두려워한 회사 측은 경찰에 신고하지 않고 합의했다. 구로키라는 이름은 한 번 유괴 사건 수사선상에 올랐으나 범죄 사실을 밝혀내지 못해 제외되었다.

점과 점으로 존재하던 남자들이 시효가 완성된 후에 특수 사기 사건으로 이어졌다.

노모토 다카히코와 나이토 료, 노모토 마사히코와 구로다 미쓰루. 사건의 중심지에 노모토 형제의 그림자가 있다.

"잘 찾으셨네요."

"벌써 시효가 15년이나 지나서 묻혀 버렸습니다. 사기로 입건했으면 전개 양상이 달라졌을지도 모릅니다."

나카자와의 죽음을 계기로 과거 수사원들이 다시 정보를 교환하기 시작했을지도 모른다. 센자키의 이 정보는 확실한 첫걸음이었다.

"노모토 마사히코와 구로키라…… 두 사람 다 아직 살아 있는 거죠?"

"노모토는 예순다섯에, 구로키는 예순아홉. 어디에 있는지는 전혀 모릅니다만……. 몬덴 씨."

"네?"

"눈치채셨습니까?"

"뭐가요?"

의미심장한 센자키의 시선을 받은 뒤 몬덴은 다시 서류를 훑어
보았다. 그리고 '실행범' 아래 있던 이름을 보고 말문이 막혔다.
종이가 콰직 구겨졌다.

다치바나 아쓰유키…….

이름 아래 쓰인 생년월일이 그 부조리를 현실이라고 뒷받침했다.
30년 전, 아쓰기에서 유괴당한 소년이었다.

4

왼쪽 차창으로 컨테이너가 높이 쌓이는 모습이 보였다.

승객도 거의 없는 흔들리는 시영 버스에서, 목적지가 가까워지
자 리호는 아버지의 유치한 게임이 떠올라 쓴웃음을 지었다. 작년
인가 재작년이었나, 화랑이 너무 한가해서 아버지 게이스케가 시
작한 것이다.

"리호야, '매지컬 바나나' 하자."

옛날 퀴즈 프로그램에서 유행하던 게임으로, 연관 키워드를 박
자에 맞춰 이어 간다. 쓰치야의 집에서는 끝말잇기를 비롯해 가끔
즐기는 가족의 유희였다. 그러나 즐거운 기억은 초등학생 때까지

였고 지금은 다 잊어버렸다.

리호가 "갑자기 뭐예요?"라고 인상을 써도 아버지는 "바나나는 노란색."이라고 강제로 게임을 시작해 버렸다. 부모님의 치매 예방이라고 생각해 함께한 적은 있다. 아버지가 '사각(死角)'이라고 말한 단어가 지금 버스 안에서 떠올랐다.

"사각은 '요코하마항 심벌 타워'!"

혼모쿠 부두에서 내려, 차량이 거의 없는 주차장을 가로질러 타일이 깔린 통로로 나왔다. 가느다란 초록 잎이 무성한 향나무가 공사 현장의 칼라콘처럼 동일한 간격으로 서 있는 것을 보고 조금씩 기억을 되살렸다.

'요코하마항 심벌 타워'는 약 50미터 높이의 신호소로 요코하마 항구에 출입하는 선박에 'I'나 'O' 등의 알파벳으로 신호를 보낸다. 심플한 흰색 디자인으로 360도 경치를 내려다볼 수 있는 전망대가 있지만 엘리베이터나 에스컬레이터가 없어서 계단으로 오르내려야 한다.

아버지가 '매지컬 바나나'로 연상한 '하마의 사각'*이라는 문구가 리호에게는 제일 와닿았다. '요코하마항 심벌 타워'는 관광객과 지역 주민에게 '사각지대'와도 같은 곳이었다. '잘 알려지지 않았다'라는 표현만으로는 이곳의 쓸쓸함을 모두 전할 수 없다.

고분처럼 동그란 '잔디 동산' 가운데에 계단이 있고 그 위쪽에 타워가 있다. 리호는 그 정면에서 스마트폰으로 사진을 찍었다.

● 요코하마의 사각지대. 라는 의미

한때는 봄이 되면 '잔디 동산'에 분홍색 꽃잔디가 앞다퉈 피었는데 2, 3년 전부터 잔디를 심지 않는다고 들었다.

동산 위에 있는 원형 광장에 도착한 리호는 잠시 벤치에 앉아 바다를 바라봤다. 색도 형태도 다른 배가 10척 정도 떠 있는 항구의 경치. 주위에는 노부부로 보이는 남녀뿐. 탁 트여 있어서 기분 좋은 곳이다.

온갖 물건과 일이 넘쳐 나는 일상 속에서 기를 쓰고 의미를 찾았다. 그래서 아무 특징 없는 공간에 있으면 긴장이 풀린다. 잠깐 스마트폰을 내려놓기만 해도 된다. 조용한 시간을 얻으면 일부러 소모하려 했던 일상이 눈에 들어온다.

잠시 마음의 탄성을 회복하고 리호는 벤치에서 일어났다. 계단을 더 올라가 타워로 향한다. 가리비 껍데기 위에 후지산 등의 소품을 얹은 입체 작품 〈머나먼 곳·요코하마(조개)〉는 가로세로 6미터 크기에 스테인리스 재질로 만들어졌는데, 세월이 지나면서 색이 변해 간다. 타워는 사람들의 시선을 끄는 오브제 뒤에서 조용히 입을 벌리고 있다.

벤치와 자동판매기가 있는 공간에서 앞으로 걸어가면 계단이 이어진다. 일곱 단 정도 올라가면 방향이 달라지는 꺾인 구조로, 파란색 → 초록색 → 노란색 → 빨간색 순으로 6미터씩 올라갈 때마다 계단의 색깔이 달라진다. 전망대까지는 지루한 운동을 반복하게 되는데, 목적지까지 남은 거리를 알 수 있으니 다시 힘이 난다.

리호는 기합을 넣으려고 어깨까지 오는 머리를 뒤로 묶었다. 발밑을 한 번 보고 무선 이어폰을 귀에 꽂는다. 그때와 똑같은 흰색 스니커즈와 조지 윈스턴.

그 후로 18년 11개월. 지금 돌이켜 봐도 이상한 만남이었다.

2003년 1월. OTT 서비스와 SNS가 없고 음악을 듣고 싶으면 CD를 사고, 희로애락을 토로하고 싶으면 블로그나 게시판에 글을 썼다. 지금보다 조금 시간의 흐름이 늦고 아직 'BBS'*라는 단어가 통하던 목가적인 시대.

리호는 혼자 '요코하마항 심벌 타워'의 계단을 오르고 있었다.

고등학교 입시를 코앞에 두고 영어 단어를 하나라도 더 외우고, 수학 문제를 하나라도 더 풀어야 할 시기. 물론 명문 고등학교를 목표로 하는 리호에게 공부는 중요했으나 그보다 나날이 높아지는 긴장을 어떻게 해소할지가 더 급했다.

형제자매가 없어서 예전부터 '혼자'에 익숙했다. 적당히 전철을 타고 마음이 내키면 내려서 카페에 들어간다. 멍하니 홍차를 마시고 최근에 본 영화의 인상적인 장면을 떠올려 보고, 소설이나 시집의 세계에 빠져들어 행복에 잠긴다.

요코하마의 집에서 신주쿠 화랑까지는 편도 1시간 이상 걸려서 자주 나가지는 못했지만 좋아하는 작가의 작품이 전시될 때는 보러 가기도 했다.

생각해 보면 그때부터 이미 혼자만의 시간을 잘 활용했을지도 모른다. 축적된 정보와 감정을 정리하기 위한 친구는 공들여 만든

● PC통신의 게시판 시스템

픽션의 세계에 있었다. 그렇게 마음의 위로를 받은 후 희망을 품기도 하고 틀린 점을 깨닫기도 했다.

그날은 오전에 집에서 나와 서점에 들른 뒤 역으로 가서 전철을 탔다. 정처 없는 외출의 행선지를 '요코하마항 심벌 타워'로 정한 것에 큰 이유는 없다. 굳이 말하자면 '섞이는' 것이 아니라 '텅 빈' 상태가 되고 싶었다.

버스에서 내려 '잔디 동산'의 벤치에서 잠시 숨을 돌린 뒤 타워로 향했다.

리호는 MD°를 조작해 조지 윈스턴의 〈Longing / Love〉를 틀었다. 전망대에서 바다를 보고 싶었다. 초반의 맑은 고음, 애절함을 호소하는 서정적인 주제가 좋다. 철들 무렵부터 아버지가 자주 들려주신 곡이다. 친구들에게 빌린 우타다 히카루나 게쓰메이시도 MD에 넣었지만 지금까지도 주로 가사 없는 연주곡을 들으며 살아왔다.

교통편이 나쁘고, 친구들과 같이 수다를 떨 만한 곳도 아니라 자주 오지는 않는다. 하지만 타워 전망대의 창문 너머로 보이는 평온한 바다를 좋아했다.

휴일에도 인적이 거의 없다. 계단을 하나씩 건너뛰며 성큼성큼 올라간다. 계단의 색깔이 파란색에서 초록색으로 바뀌고 다시 노란색이 된 곳에서 당황하여 걸음을 멈췄다.

계단의 작은 층계참에 사람이 앉아 있었다.

● 소니에서 개발한 음원 전용 매체 혹은 재생 기기

"아, 죄송해요……. 어?"

리호의 눈이 휘둥그레진 것은 그 남자가 작은 접의자에 앉아 있기 때문이었다.

보통 이런 데에 앉나?

리호의 머릿속에는 바로 '이상하다'라는 생각이 떠올랐으나, 세 가지 이유로 쉽게 떠날 수는 없었다.

일단 그가 그림을 그리고 있었다. 다음으로 동년배였다. 마지막으로 리호가 좋아하는 조용한 분위기가 감돌고 있었다. '하마의 사각'처럼 전혀 예상하지 못한 곳에 사람이 있었다.

애초에 이 살풍경한 좁은 층계참에서 무엇을 모티프로 삼으려는 걸까. 너무 궁금해진 리호는 MD 재생을 멈추고 이어폰을 뺐다.

"저기……, 뭘 그리시나요?"

처음 보는 사람에게 말을 거는 건 내성적인 리호에게는 정말 대담한 행동이었다.

"계단."

"계단요? 여기…… 이 눈앞에 있는 거요?"

"뭐…….'"

"잠깐 봐도 돼요?"

그는 말없이 종이를 얹은 마분지 그대로 리호에게 건넸다. 긴 앞머리를 벅벅 쓸어 넘겼지만 딱히 기분이 상한 모습은 아니었다.

그의 쌍꺼풀진 눈을 슬쩍 보고 나서 데생으로 시선을 옮겼다. 그리고 그 정밀한 묘사에 숨을 삼켰다.

가운데가 흰 선으로 칠해진 일곱 단 정도 되는 노란색 계단은 단과 단 사이의 수직면인 챌판이 거뭇거뭇하고, 디딤판 끝부분인 계단코의 홈은 지친 것처럼 생기가 없어 보였다. 세로살 난간에서 반사되는 흰빛과 꺾어진 계단 뒤로 떨어지는 그림자까지 세밀하게 그려져 있다.

기이하게 보이는 것도 개의치 않고 철저히 묘사에 집중한 자세에서는 광기마저 엿보였다. 명색이나마 화랑집 딸로 자란 리호에게는 그에게 깃든 사실화 화가의 재능이 또렷하게 전해졌다.

아버지에게 보여 드리고 싶다…….

자신의 마음에 들었다면 아버지도 마음에 들어 할 것이다. 리호는 긴 스커트 자락이 땅에 닿지 않도록 조심하면서 그의 의자 옆에 쪼그려 앉았다.

"선이 너무 또렷해서 놀랐어요. 관찰하는 눈도 예리하네요."

리호는 상대의 말을 기다렸으나 그는 고개를 까딱했을 뿐이다.

"그…… 이유라고 해야 하나, 왜 계단을 그리고 있나요?"

여기에 스케치를 하러 온다고 하면 보통은 바다를 그린다. 계단은 빈말로도 아름다운 장소라고는 할 수 없다.

"사람이 별로 안 오니까."

맥이 빠지는 대답에 "뭐, 그렇긴 하네요……."라고 맞장구를 쳤다.

"그래도 바다 같은 게 예쁘잖아요."

리호가 그렇게 말하고 마분지를 돌려주자, 그는 "여기는 세밀하게 그릴 수 있어."라고 말하고 다시 데생에 빠져들었다. 스테들러의 파란 색연필 심을 도화지에 문지르는 기분 좋은 사각 소리가 난다.

한눈에 알 수 없는 얼룩이나 움푹 들어간 곳을 쓱쓱 그려 나가는 모습은 별세계 사람 같았다. 눈동자 색깔은 똑같아도 한 번에 흡수할 수 있는 정보량이 전혀 다르다.

"미대 갈 거예요?"

"아니, 별로."

"너무 아까워요!"

딱히 표정이 바뀌지도 않고 돌아갈 채비를 시작한 그를 보자 리호는 자신이 너무 뻔뻔했다는 걸 깨달았다. 너무 친한 척 말을 건게 갑자기 부끄러워졌다. 사실은 제대로 분별력 있는 사람이라고 말하고 싶었지만 무슨 말을 해도 상대와는 상관없는 핑계라는 것 정도는 알고 있었다.

일어나 의자를 접은 그는 조심스럽게 피코트 단추를 채운 뒤 마분지 도화지를 뜯어서 리호에게 내밀었다.

"괜찮으면."

당황해서 일어나 갑작스러운 선물을 두 손으로 받아든 리호는 말이 나오지 않았다. 가까이에서 보니 대상이 달려드는 듯한 박진감이 느껴졌다.

지금까지 경험한 적 없는, 가슴이 묵직하게 울리는 기쁨이 차올랐다.

작은 키로 올려다보며 인사하고는 "소중히 간직할게요."라며 도화지를 끌어안았다.

큰 가방을 어깨에 멘 그는 살짝 고개를 숙이고 계단을 내려갔다. 조금 전 기쁨이 초조함으로 바뀌어 간다.

또 만날 수 있을까……. 그렇게 생각하자 한없이 쓸쓸해졌다.

"저기요."

불러 세운 건 좋았지만 뒤를 돌아본 그의 얼굴을 보니, 들뜬 말이 흩어진다. 리호는 필사적으로 '다음'으로 이어질 실마리를 찾았다.

"아빠가 신주쿠에서 화랑을 하세요. '와카바 화랑'이라는 곳이에요. 혹시 괜찮으시면 놀러 오세요."

고개를 끄덕인 그에게 "답례를 하고 싶어서요."라고 덧붙이긴 했는데, 심장이 날뛰어서 다음 말을 이어 갈 수 없었다. 리호는 자신의 뺨이 굳은 것을 알 수 있었다.

"무슨 곡 들어?"

그가 이어폰을 가리키고 있다는 사실을 깨달은 리호는 유행가라고 대답할까 망설이다가 결국 "조지 윈스턴이에요."라고 솔직하게 대답했다.

대답을 들은 그가 한순간 눈이 커지더니 바로 맑은 미소를 지어 보였다.

머릿속에서 멋대로 얇은 베일이 드리워지고 그 너머에 그의 웃는 얼굴이 있었다. 지금까지 짝사랑은 해 봤지만 그런 기분과는 차원이 다른 충격이 가슴속에서 일어났다.

이게 사랑인가, 남의 일처럼 생각한다. 리호는 기쁨과 쓸쓸함이 섞인 복잡한 감정을 어쩌지 못해 몇 번이나 깊이 숨을 들이켰다 내쉬었다.

어느 고등학교일까……. 모습이 보이지 않게 되자, 리호는 자리에 주저앉았다. 저 사람과 같은 학교를 다니면 얼마나 행복할까.

눈앞의 계단과 그의 데생을 비교해 보고 리호는 자신이 압도당했다는 사실을 깨달았다. 그리고 "앗." 하고 소리를 낸 후 자기 머리를 때렸다. 깜빡하고 이름을 묻지 않았다.

도화지를 꼭 끌어안고 그대로 전망대를 향해 계단을 올라갔다. 위에서는 그가 보일지도 모른다.

적어도 조금 더 그를 느끼고 싶었다.

5

받은 편지함에 굵은 서체가 있는 것을 보고 리호는 조건반사적으로 클릭했다.

화가 취재 의뢰일지도 모른다고 멋대로 기대해서 제대로 메일 제목도 확인하지 않고 클릭한 리호는 짜증이 났다. 또 신문광고 '요청'이다. 전국지 자회사에서 파격적인 가격 할인 제안을 받을 때마다 종이 매체의 생존이 얼마나 힘든지 직접 목도하게 된다. 유명 화가의 개인전이라면 광고를 내도 반응이 있을지도 모른다. 그러나 가능성이 있는 화가에게 투자하는 '와카바 화랑'은 젊은 화가의 이름을 실어도 반응이 없다. 타깃은 좁힐 수 있지만 그림에 관심 있는 사람이 읽는 미술 잡지가 더 효과적이다.

좁아터진 화랑 사무실에서 머그잔을 들고 너무 떫어진 홍차를 한 모금 마신 뒤 한숨을 쉬었다. 새해가 되면 리호가 기획한 그룹 전까지 금세 다가온다. 여섯 명이 40점 정도 작품을 전시할 예정으로, 화가들은 지금 식사 시간도 아껴 가며 캔버스를 향하고 있을 것이다. 자신이 처음 지휘를 맡은 기획이다. 작품 수보다 작품 질을 중시하는 자세는 충분히 전해졌을 것이다. 팔리고 남은 작품이 활개 치는 전람회는 사양이다.

새 메일이 들어왔다. 여섯 명 중 한 명, 기즈가와 미와의 메시지가 도착했다. 신작이 완성된 듯하다.

"지금 사인했어요! 마지막 작품은 마감 기한에 겨우 맞출 것 같아요⋯⋯."

웃으면 눈이 안 보이는 미와의 애교가 문장에도 그대로 드러났다. 술을 안 마셔도 조금 취한 것 같지만, 창작에 들어가면 집요하다. 납득될 때까지 그림 붓을 내려놓지 않는 데에서 미와의 재능이 엿보인다. 아직 스물아홉이라 앞으로 그림 실력은 더 좋아질 것이다.

첨부 파일을 열자 사인이 들어간 사실화가 컴퓨터 화면에 나타난다. 세밀하게 그려진 꽃을 보니 리호의 마음이 밝아진다.

흰색, 보라색, 핑크색의 꽃들이 땅에 기어가듯 피어 있다. 불규칙하게 그어진 경계선에 기대어 영역을 나눈 꽃잔디. 아침 햇살을 받고 있는 듯한 화사한 톤이 매력적인 작품이었다.

실제로 본 적이 없는데도 리호는 꽃잔디에서 '요코하마항 심벌 타워'를 떠올렸다. 꽃잔디가 봄의 '잔디 동산'을 물들인 건 불과 몇 년이라, 관광 명소라 부르기에는 아직 이르다. 리호에게 있어 '심벌 타워' 하면 역시 그 계단이었다.

사무실 작업대에 놓인 작은 액자를 두 손으로 들었다. 조악한 도화지에 그린 궁상맞아 보이는 계단. 그러나 리호에게는 작은 디테일 하나 놓치지 않은 화가의 '눈'이 느껴졌다. 얼룩 하나, 티끌 하나가 확실히 존재한다.

기묘한 만남으로부터 석 달 후, 리호는 뜻밖의 장소에서 그와 다시 만났다.

잘려 나간 작은 가지처럼 가느다란 일이 기억에서 빠져나간다. 1지망 학교였는데, 고등학교 입학식 때 기억은 체육관밖에 떠오르지 않는다.

리호는 가나가와 현내 사립 고등학교에 입학했다.

따분한 훈화, 가사도 모르는 교가 제창 등을 거쳐 식이 끝나자 신입생은 각자 배정된 교실로 향했다.

리호는 중학교 시절 친구들을 찾다가 집단에서 밀려 나온 듯 혼자가 되어 버렸다.

별로 친하지 않아서일까……. 같은 고등학교에 진학한 친구는 다른 여자 그룹이었다. 중학교 2학년 때 같은 반이었다는 점 외에는 별다른 접점이 없었다.

억지로 찾을 것도 없나, 마음을 바꾸고 계단을 올라가다가…… 리호는 예상치 못한 일을 마주하고 자신의 눈을 의심했다. 멈춰 서서 바로 180도 돌아서 숨을 고른다.

왜 여기에 있지……. 하지만 리호가 돌아보자 확실히, 거기 있었다.

교복을 입은 그가 층계참에서 창밖을 바라보고 있었다.

마른하늘에 날벼락처럼 리호는 재킷 자락을 잡은 채 굳어 버렸다. 정말 놀랐을 때는 가슴이 막혀서 말이 나오지 않는 법이다. 말문이 막히는 그 상황을 직접 몸으로 경험했다.

　"아……."

　리호를 알아본 그 역시 놀랐다. 감색 재킷은 한눈에 봐도 새 옷이었다.

　자신을 기억해 줘서 좋았지만, 콩닥거리는 심장 소리를 의식하자 쓸데없이 더 긴장했다.

　"또 계단이네."

　그 한마디에 겨우 긴장이 풀렸다. 역시 잊지 않았구나.

　"오늘도 데생해요?"

　리호의 농담에 그가 부드럽게 미소 짓자, 기세를 몰아 리호가 "1학년이에요?"라고 물었다. 그는 살짝 끄덕였다.

　동갑이었구나……. 어른스러운 분위기 덕분에 처음에는 대학생이라고 착각했다.

　"몇 반이야?"

　담임 선생님 말씀이 벌써 시작된 건 아닐까 걱정되긴 했지만, 리호는 조금 더 둘만의 시간을 맛보고 싶어서 발걸음을 멈추고 "3반이에요."라고 대답했다.

　"그럼, 같은 반이네."

　모르는 사이에 착한 일이라도 한 걸까. 리호는 자신의 행운에 정신이 아찔했다.

　긴 앞머리는 교칙 때문인지 조금 짧아졌으나 또렷한 쌍꺼풀과 고집스럽게 위로 올라간 입가는 기억 그대로다.

둘이 계단을 오를 때 그가 "미안해, 못 가서."라고 사과했다. 대체 무슨 말인가 싶어 리호가 머뭇거리자 그는 "와카바 화랑."이라고 덧붙였다.

"기억하고 있었구나……."

리호는 슬쩍 반말을 했지만 사실 큰 용기가 필요했다.

그러고는 대화가 이어지지 않고 썰렁한 복도에 울리는 구두 소리가 괜히 더 크게 들렸다. 또 너무 친한 척했다고 한창 후회하는 와중에 3반에 도착했다.

한 걸음 앞으로 나가 교실 문을 잡은 그가 리호의 옆얼굴을 향해 갑자기 이름을 말했다.

"나이토, 료라고 해."

쑥스러워하는 그 표정을 보고 리호는 화가 난 게 아니라 다행이라고 안심했다. 그리고 이 재회로 새로운 생활이 시작되리라 예감했다.

'료'는 무슨 한자를 쓸까……. 멍하니 생각하던 그때 문이 열리고 교실 창문 너머에 있던 화사한 색채가 눈앞에 펼쳐졌다.

교정의 벚나무들. 그 연한 복숭아색 꽃을 살랑이는 바람이 리호의 마음을 스치며 사랑이 찾아왔음을 상쾌하게 알려 주었다.

평소에는 상대의 마음을 잘 읽는 편이지만 좋아하는 사람은 왜 이해하지 못하는 일들이 이렇게 많은 걸까.

입학식 후에 대화를 나눈 뒤 한 학기 동안 리호와 료가 말을 나눈 것은 고작 몇 번뿐이었다.

몇 가지 짐작이 가는 원인은 있다. 자리가 너무 멀고, 두 사람 다 동아리에 가입하지 않아 자연스럽게 대화할 계기를 찾을 수 없었다. 반이 똘똘 뭉치는 학교 행사도 없었다……. 그러나 제일 큰 원인은 둘 다 낯을 가리는 성격 때문이었다. 적어도 리호는 그렇게 생각했다.

두 사람은 형제자매가 없고 말수가 적은 데다가 내성적이다. 아마 미움을 사지는 않았을 것이다. 그러나 '좋아한다'는 감정은 관심이기도 해서, 리호는 자신이 별로 마음에 들지 않았나 싶어 속상했다.

같은 학년 중에 료를 좋아하는 걸 숨기지 않는 여학생이 몇 명 있었다. 적극적인 동급생이 말을 걸었을 때 료는 결코 쌀쌀맞지는 않았지만 꼭 필요한 말만 했다.

거기에 안심했지만 자신에게도 저런 식으로 대하지 않을까 싶어 좀처럼 가까이 다가갈 수 없었다.

그렇게 봄에서 초여름, 장마철을 안타깝게 보내며 멀리서 바라만 보는 시간이 흘렀다. 그러나 그를 향한 마음은 나날이 더해 갔다.

여름방학 직전인 7월, 나이토 료에 관해 이상한 소문이 돌았다.

입학한 뒤 제일 먼저 친해진 나쓰코와 전철로 집에 가는데 전철문에 기대 있던 그녀가 갑자기 말했다.

"아, 나이토 얘기 들었어?"

그 이름은 듣기만 해도 쿵, 가슴이 떨린다. 앞에 서 있는 나쓰코에게 "무슨 일 있었어?"라고 아무렇지도 않은 척하며 정보를 수집했다.

"예전에 아주 큰 사건에 휩쓸렸대."

"사건?"

"얘! 그렇게 심각한 표정 짓지 않아도 돼. 다 지난 일이래."라며 나쓰코가 웃었다.

"아, 미안."

머쓱해진 리호는 표정을 풀고 친구에게 질문 공세를 날렸다.

애매한 소문이기는 했지만 고등학교 1학년에게는 충분히 충격적인 에피소드였다.

12년 전에 일어났다는 가나가와 동시 유괴 사건. 리호는 나쓰코에게 듣기 전까지 사건에 대해 전혀 몰랐다. 아쓰기에서 초등학교 남학생이 유괴되고, 다음 날 요코하마에서 네 살짜리 아이가 납치되었다. 요코하마에서 발생한 피해자가 료였다는 말이다.

그중에서도 '범인이 료의 부모였다'라는 정보가 제일 충격이었는데, 나쓰코는 "걔, 왠지 그늘이 있잖아."라고 짐짓 동의를 구했다. 리호는 적당히 맞춰 줬는데, 확실히 료에게는 다가가기 힘든 독특한 분위기가 있다.

그날 저녁은 밥을 먹으면서도, 숙제를 하면서도 머리가 멍해서 집중할 수 없었다. 유괴 사건은 먼 옛날 이야기인 줄 알았는데 가까운 사람 일이 되자, 소문을 들은 것만으로도 무서워졌다. 분명 본인에게는 씻을 수 없는 상처일 테니, 리호는 무신경한 말과 행동은 삼가고 자신만은 그의 편이 되자고 다짐했다.

그러나 건방진 학생이 유독 두드러지는 게 고등학교 시절이라,

어느 날 방과 후 같은 반 남학생이 료에게 물었다.

"너, 유괴 사건 피해자였냐?"

"글쎄."

그렇게 대답하고 료는 확 교실을 나가 버렸다.

일부 남학생들은 이 차가운 태도에 화를 냈지만, 대부분의 아이들은 료의 깔끔한 태도에 호감을 가졌다.

여름방학이 끝나자 학생 대다수가 동아리 활동도 안 하고 책만 읽는 남학생 따위는 신경 쓰지 않게 되었다. 친구인 나쓰코도 마찬가지였다. 둘이 있어도 료가 화제에 오르는 일은 없었다.

그러나 리호만은 반대로 내달렸다. 요코하마 시내 도서관에서 축쇄판으로 전국지와 지역지의 기사를 닥치는 대로 읽었다. 이제 사건의 정확한 개요는 파악했다. 사실은 주간지도 읽고 싶었지만 조사할 방법도 몰랐고 인터넷 게시판에도 거의 정보가 없었다.

그건 그렇고 남의 소문을 떠들어 대는 사람들은 참 무책임하다고 생각했다. 그의 부모는 범인이 아니고 사건 자체는 아직 해결되지도 않았다.

리호가 읽은 상당수 기사 중 사건 발생 5년 후에 작성된 다이니치신문의 다큐멘터리 기사가 제일 정리가 잘된 것 같았다. 피해자의 심적 고통과 범인의 비열함, 그리고 열심히 현장에서 동분서주한 경찰의 움직임이 매우 사실적으로 표현돼 있었다.

어른에게 납치당했을 때 료는 정말 무서웠을 것이다. 리호는 '무사히 돌아와 다행'이라고 신에게 감사하고, 한편으로는 사정을 알게 돼 더 답답해졌다.

미해결 사건이라면 보통 '범인은 누구인가?'에 초점이 맞춰지는데 료의 사건에서는 더욱 큰 미스터리가 있다. 그것은 공백의 3년 동안 무슨 일이 있었는가, 라는 미스터리였다.

네 살부터 일곱 살까지 3년간, 누군가 료를 키웠다. 이 세상에 그런 어른이 있다고 상상하면 매번 팔에 소름이 돋는다. 료가 스스로 돌아온 지 9년. 범인들이 아직 살아 있어도 이상하지 않다. 또한 료 자신이 기억하고 있을 가능성도 충분하다.

입학식 날 계단 층계참에서 창밖을 바라보던 료의 옆모습을 떠올려 본다. 그는 무슨 생각을 했을까. 자신이 아는 것을 왜 경찰에게 말하지 않는 걸까. 범인이 밉지 않은 걸까.

알고 싶다고 간절히 바랄수록 더욱 멀어지는 기분이었다.

모처럼 같은 반이 되었는데 리호와 료의 관계는 일정한 거리를 유지한 채 발전하지는 않았다. 문화제도 체육 대회도 순조롭게 끝나고 그저 시간만 흘러갔다.

유일한 위안은 료가 모든 사람에게 벽을 두른 탓에 사귀는 사람이 없다는 것이다. 겨울방학을 앞두고 료를 좋아하는 한 여자애가 "여자 친구 있어?"라고 묻자 그가 "그런 건 불편해."라고 대답하는 것을 어쩌다 들었다.

늘 이렇다. 안심한 뒤에 자신에게도 자격이 없다는 기분이 들어 서글퍼진다.

나이토라는 성을 쓰고 있지만 그는 '기지마'라는 명패가 걸린 집에 살고 있다. 신문 기사에 있던 할머니, 할아버지의 집이다. 리호는 휴일에 딱 한 번 그 집 앞을 지나간 적이 있다. 혹시 마주치면 어쩌나 싶어 콩닥거리는 마음으로 걸어갔지만 당연히 아무 일도 일어나지 않았다. 할머니, 할아버지가 부자라는 사실만 확인하고 역시 자신과는 사는 세계가 다르네, 라고 생각하며 의기소침해 돌아간 기억이 있다.

그의 부모는 지금 어떻게 지내고 있을까. 매일 교실에서 얼굴을 보는데도 친해지기는커녕, 수수께끼는 깊어졌다. 그가 긴 손가락으로 잡고 있는 검은 가죽 북 커버를 보며 뭘 읽고 있을지 상상했다. 같은 책을 읽고 싶지만 "뭐 읽어?"라는 한마디를 건네지 못했다. 그런 사람은 아니겠지만, 혹시라도 귀찮아하면 더는 살 자신이 없다.

2학년이 되어 다른 반이 되자 리호는 한동안 절망한 기분으로 학교에 다녔다. 그가 없는 교실은 아무 의미가 없고, 학교 건물이 빛바랜 것처럼 보일 지경이었다.

료가 동아리 활동을 하지 않아서 자신도 동아리에 가입하지 않았다. 지루한 일상을 견디지 못해 포기하려고 다짐한 게 벌써 몇 번인지. 그의 얼굴을 떠올리면 가슴이 아프지만 번거롭게도 그 고통은 희미한 쾌감을 동반했다. 그 사춘기의 번뇌는 항상 액자에 담긴 계단 스케치로 귀결된다. 결국 리호는 료의 재능에 반한 것이다.

벚꽃이 날리는 계절이 오고 가끔 복도에서 스쳐 지나가는 걸로 만족할 수 없던 리호는 아무에게도 밝힐 수 없는 '1인 동아리 활동'을 시작했다. 부모에게도 말할 수 없는 미행 동아리다.

그때까지 자신이 그런 짓을 저지를 인간이라고는 생각하지 않앞다. 친구가 그랬으면 분명히 선을 그었을 것이다.

아나나 다를까. 이 은밀한 즐거움 탓에 리호는 위기에 처하고
말았다.

제3장
—
목적

1

다치바나 아케미 / 가나가와현 에비나 시내의 자택 빌라에서 접촉

'살짝 열린 현관 문틈으로 얼굴을 내밀었다. 시종일관 문손잡이를 놓지 않고 대응했다.'

네? 누구시라고요? 다이니치신문…… 필요 없어요. 죄송해요…… 네? 기자요? (명함을 받는다) 아아, 유괴 건이라면 잘 몰라요. 저기, 이제 금방 딸이 올 텐데 정리도 해야 해서.

아들요? 아니요, 벌써 다 커서 일해요……. 경찰? 아니, 좀……. (4초의 침묵) 뭐 좀 아세요? 아들 때문에…… 네, 네, 아아…… 하긴 몇 년 전에 경찰이 몇 번인가 왔어요. 하지만 저는 전혀, 무슨 일인지 몰라서. 경찰도 자세하게 말해 주지 않았어요. 묻기만 하고. 아들이 무슨 짓을 했나요?

'솔라 시스템' ……형사가 뭐라고 했던 것 같아요. 사기 의혹……네, 체포됐어요? 뭐라고요? 그게 무슨 말이에요? 잘 몰라도 그런 복잡한 일을 계획할 애가 아니에요. 그게 사실이 아니니까 체포 안 했겠죠.

(수첩에 '구로키 미쓰루', '노모토 마사히코'라고 쓰고 보여 준다) 몰라요. 하지만 경찰이 몇 명인가 이름을 대면서 아느냐고 묻기는 했어요. 아니요. 누구인지 기억 안 나요. 이 두 사람이요? 물어봤을지도 모르겠는데…….

결국 경찰 신세를 지고 있다는 말 아닌가요? 아들이 어디에 있는지, 아세요? 아아, 그래요?

아니요, 그 사람과는 꽤 오래전에 이혼해서 20년쯤 전에요. 아들이 이상해진 건 그 사람 탓이니까. 자작극이요, 그거, 진절머리나게 들었어요. 적어도 아이들과 저는 하나도 몰랐어요. 믿어 줄지는 모르겠네요.

글쎄요, 어쩌려나요. 다만 거짓말만 늘어놨으니까. 가게가 잘 안 되는 건 어쩌다 보니 알고 있었어요. 하지만 '처분할 수 있는 주식이 있다', '외국에 지점을 낸다' 이러면서 팔자 좋은 소리만 하더라고요. 그래서 몸값을 준비할 수 없다고 했을 때는 놀랐죠.

아니, 평소에 허세만 부리고 막상 위기가 닥치니까 아들을 구할 수 없다니……, 어찌나 한심하던지. 무사히 돌아와 줬으니 다행이지만 그래도 그 사건 이후에 그 사람을 믿지 못하게 됐어요.

이제 다 지난 일이니까. 그렇죠. ……유괴되기 한 달 전에 몇 번인가 모르는 남자한테 전화가 왔어요. 무뚝뚝하고 느낌이 안 좋았어요. 아뇨, 자세히는 기억 안 나요. 젊지는 않았나. 경찰한테는 말 못 하죠. 역시 아닐 거예요. 그 사람이 범인이었으면 우리도 끝장났을 테니까.

아들이 어디에 있는지 정말 모르세요? 그래요……. 네, 몇 년이나 연락이 없어요.

혹시 그 구로키와 노모토라는 사람이 유괴랑 상관있는 거예요?

'큰 쇼핑백을 두 손에 든 여성, 아케미의 장녀가 다가온다.'

누구세요? 네? 엄마, 말하면 어떡해. 왜 갑자기 왔어요. 할 말 없어요, 없다고요. 무슨 말을 들으러 왔어요? 딸인데요……. 그만하세요. 매스컴은 못 믿어요. 미주알고주알 다 써 대니까. 날조만 하고.

그만 돌아가세요. SNS에 명함 사진 올릴 거예요. 다시는 오지 마세요. 다음에는 진짜 경찰 부를 거예요.

2

메이지 시대*의 서양식 건물을 재현한 그 건물은 지역 명소였다. 벽돌로 지은 건물 앞에는 예전에 소와 말에게 물을 먹이던 음수대나 세월이 느껴지는 목제 공중전화 부스가 있다. 오랜 세월

● 1867년~1912년

비바람을 맞은 석조 발코니에 걸린 프랑스 국기에는 가스등을 모티프로 한 가게의 로고가 들어가 있고, 오후의 부드러운 바람에 나부끼고 있다.

그러나 몬덴은 건물 앞에서 걸음을 멈출 여유가 없었다. 이미 10분쯤 늦었다. 서둘러 나무틀로 된 유리문을 연다.

1층 찻집은 빈자리가 없었다. 몬덴은 이미 창가의 4인석 자리에서 책을 읽고 있는 백발의 남성에게 초점을 맞췄다.

"후지시마 씨."

이름을 부르자 고령의 남성은 미소 지으며 한 손을 들었다. 역시 나이는 들었어도 경쾌한 분위기는 그대로다.

"몬덴 군, 이야, 오랜만이야. 참 멋진 신사가 다 됐군."

"늦어서 죄송합니다."

"아닐세. 자, 앉게나."

몬덴은 맞은편 붉은 가죽 의자에 앉았다.

"나오기 전에 갑자기 게가 배달 와서……."

"아닌 밤중에 게라니 황당했겠어."

후지시마의 표현이 재미있어서 몬덴은 껄껄거리며 웃었다.

주말에 도내 아파트로 돌아간 몬덴에게 지국이 있는 우쓰노미야에서 갑자기 냉동 택배가 배달되었다.

보낸 사람은 도미오카 가쓰미. 나카자와의 장례식 날, 센자키와 함께 나타난 '프리우스' 운전사다. 그 사건에서 유일하게 범인으로 추정되는 인물을 목격한 전직 형사. 동봉한 편지에는 홋카이도에 있는 본가에 잠시 돌아가 있다는 내용이 적혀 있었다.

품질 좋은 왕게를 해체하여 냉동실에 정리했다.

그 예기치 못한 선물 덕분에 지각한 것이다.

"아, 그 무테키 다리의 포착반 형사로군."

사정을 말하자 후지시마는 바로 기억을 떠올렸다. 사건 정보가 골수까지 스며들어 있는 것이다.

"그런 훌륭한 게를 보낸다는 건 몬덴 군에게 기대가 크다는 말이로군."

"이야 무섭네요. 제대로 답례 선물을 보낼까 생각 중입니다."

"게에 손가락을 찔리면 아프지."

후지시마가 케이크 세트를 주문하는 바람에 후배된 도리로 어쩔 수 없이 따라서 주문했다.

예전의 검은 올백 머리는 이제 백발에 가르마를 탔다. 젊은 시절, 자상한 선배가 이제 여든다섯이다. 그 빠른 세월에 놀라면서도 옅은 청자색 트위드 재킷을 멋지게 소화한 젊음이 반가웠다.

정년퇴직 후 25년간 독서와 가벼운 여행을 소일거리 삼아 살고 있다고 한다.

"기자 인생의 대부분을 추악한 사건 사고 취재에 소비했는데, 몬덴 군. 지금은 그 반작용으로 철학과 역사서에 빠져 사네."

취미가 많은 몬덴은 정년퇴직 후의 자유 시간이 부러웠다. 가죽 제품 손질, 나무 책상의 왁스 칠, 양복 수선, 영국 미스터리, 그리고 건담 플라모델 제작……. 하루가 눈 깜짝할 새에 지나가 버릴 것이다.

따뜻한 커피와 함께 몽블랑 접시 두 개가 테이블에 놓인 것을 신호 삼아 몬덴은 마스크를 벗고 본론으로 들어갔다.

"지난달, 사건 당시 피해자를 지도했던 나카자와 씨가 돌아가셨어요."

"아직 젊은데. 조전은 보냈네."

몬덴은 장례식장에 나타난 센자키와 도미오카가 주간지를 보여 줬고, 나이토 료가 기사라기 슈라는 이름의 화가가 되었다. 긴자의 화랑 '리쓰카'를 통해 료와 노모토 다카히코가 연결된다는 것을 설명했다.

"노모토 마사히코의 남동생이라……. 그야 놓칠 만하군. 광맥이 그런 곳에 있었나."

"다카히코는 사건이 발생한 해에 행방을 감췄습니다. 더 놀라운 것은 입건되지 않은 사기 사건에 구로키 미쓰루와 노모토 마사히코가 얽혀 있고 '솔라 시스템 사기 관련 문서'에 다치바나 아쓰유키의 이름까지 있다는 겁니다."

마스크를 접어 종이 케이스에 넣은 후지시마는 근심스러운 표정으로 커피를 마셨다.

"그 동글동글하던 소년 말인가. 구출했을 때는 안심했는데."

"가와사키의 창고에서 찾아냈죠."

그때까지 무거운 공기에 짓눌려 있던 경찰청 출입기자단에 처음 날아든 낭보. 선배 기자들을 따라 몬덴도 힘껏 박수를 쳤던 기억이 있다. 그렇기 때문에 센자키가 문서를 보여 줬을 때 충격은 더 컸다.

"아버지 다치바나 히로유키는 죽었어."

중요한 정보를 전달하는 적절한 타이밍과 짧은 말에, 몬덴은 왕년의 베테랑 기자를 다시 만날 수 있었다.

"지금도 옛날 형사들과 정보를 주고받아. 15년 정도 전이려나."

"사인은 뭡니까?"

"자살. 빚을 감당하지 못했다더군. 사업에 실패할 때마다 만나는 인간이 더 나빠진 것 같으니 진상은 알 수 없지."

자살은 경찰 공보에 실리지 않는다. 유괴 사건이 발생한 지 수년 후, 다치바나 히로유키의 수입 가구 판매회사는 도산했다. 그러고 나서 얼마 지나지 않아 다치바나 일가는 아쓰기에서 모습을 감췄다.

"실은 어제 에비나에 있는 다치바나 아케미의 빌라에 찾아갔는데, 아케미는 히로유키를 많이 원망했습니다."

사건 전, 정체를 알 수 없는 남자에게 계속 전화가 걸려 온 것도 덧붙였다.

"구로키 미쓰루 일당이 기지마 시게루의 '가이요 식품'에 클레임을 걸었다는 말이 있지? 일곱 명이 위염이 났다는 거. 그중 한 명이 다치바나 히로유키의 옛 아르바이트 동료였다고 하더군."

새로운 정보다. '가이요 식품'을 통해 히로유키와 구로키가 연결되었다.

"물론 몇 가지 가설은 있지만. 적어도 내 정보통에서는 '아쓰기'는 자작극으로 정리됐어."

역시 후지시마와 만나길 잘했다. 시효가 성립된 후 입을 여는 형사도 있어서, 후속 취재를 하지 않았으면 얻지 못했을 정보다.

"'아쓰기'가 자작극이라면 '야마테'도 그렇다고 봐도 될까요?"

후지시마는 "음." 하고 팔짱을 끼고 뻥 뚫린 천장을 올려다봤다. 실내 상부 곳곳에 박혀 있는 반원형 스테인드글라스가 햇빛을 받아 원색으로 빛난다.

"나이토 료는 조부모한테는 뭔가 말했을지도 모르지."

공백 기간 3년에 관한 일이다. 몬덴은 "그 말씀은요?"라고 재촉했다.

"그때 '피해자 대책반'에 여경이 한 명 있었지?"

"네. 1과의 성범죄 대책 담당요."

"그녀가 한때 시게루의 아내와 잘 지냈나 봐."

남자들만 가득한 저택에서 여성은 가사 도우미를 포함해 세 명뿐이었다. 아내 도코에게 그 여형사의 존재는 든든한 의지가 되었을 것이다.

"알다시피 기지마 시게루는 경찰에 대한 불신이 깊었어. 그래서 돌파구로 도코 쪽을 기대해 봤지만……."

"결국 구워삶지 못했다?"

"결정적인 증언은 얻지 못했어. 하지만 료는 도코를 잘 따랐지. 3년 만에 돌아왔을 때 그 애가 할머니에게 '이 집에서 키워 주세요.'라고 말했다니까."

"일곱 살요?"

"도코는 여형사에게 료는 가정교육을 아주 제대로 받았다고 말했어."

후지시마의 취재 메모에는 도코가 남긴 "한심하게도 낮은 정보다 기른 정이 맞네."라는 말이 기록되어 있다. 이 '기른 정'이란 기지마 부부를 가리키는 것일지도 모른다. 그러나 몬덴은 '한심하게도'라는 말이 걸렸다.

도코가 말한 비교 대상을 '제대로 아이를 기르지 못한 자신의 딸'과 '3년간 예의범절과 읽고 쓰기를 가르친 X'라고 생각하는 것은 너무 지나친 비약일까. 경찰은 당연히 기지마의 친인척을 닥치는 대로 조사했다. 그중 료와 접촉한 인물은 제로였다.

남의 집 아이를 유괴해 딱 3년만 기른다. 그런 말도 안 되는 이야기가 있을까. 그러나 료는 자신의 부모가 경찰에게 의심받고 여러 주간지에 진위를 알 수 없는 기사가 실려도 침묵을 지켰다…….

"기지마 집도 두 사람 다 저세상 사람이 되었으니까."

후지시마는 그렇게 말하고 몽블랑을 먹었다.

기지마 부부의 만년은 행복했다고는 말하기 힘들다. 료가 고등학교를 졸업한 2년 뒤인 2008년 '가이요 식품'은 거액의 부채를 끌어안고 도산했다. 다음 해인 2009년에 시게루, 2013년에 도코가 병으로 사망. 야마테의 기지마 저택은 철거되고 현재는 삼 분할되어 기지마 가문과 상관없는 사람들의 집이 들어섰다.

"얼마 전 센자키 씨에게 들었습니다만, 기지마 시게루가 몸값을 운반할 때 쓰러졌지 않습니까?"

"폭주해서 공원에 들어갔을 때 말이군. 전망대 근처 계단에서 호흡곤란을 일으켰다고. 그건 자네가 가져온 정보야."

"네. 그렇습니다. 다만 숨을 고르고, 다시 일어나 걷기 전에 기지마 시게루가 그 자리에서 한참을 울었다고 합니다. 오른손으로 눈을 가리고요."

"그것만으로도 자작극이라는 가설은 부정할 수 있겠어."

"아마 나카자와 씨는 시게루 씨를 생각해서 제게 말하지 않았을 겁니다."

"아마 그렇겠지."

보청기를 낀 덕분이기도 하지만 후지시마와 대화는 막힘이 없고 경쾌하게 진행된다. 몬덴은 커피를 한 모금 마셨다.

후배가 왜 머뭇거리는지 눈치챈 후지시마가 말을 거들었다.

"피해자 가족의 긴박한 장면. 말하자면 극한 상태의 인간을 원고로 쓰지 못했다. 아니 그 전에 정보를 끌어내지 못해 마음에 걸린다, 그건가?"

역시 후지시마의 혜안에 몬덴은 쓴웃음을 지을 수밖에 없었다. 한 번은 '형사와 신문기자'의 경계선을 이해했을 텐데도 왠지 모르게 찜찜했다.

"몬덴 군, 나카자와 씨는 아직 자네에게 말하지 않은 게 있어."

"네? 그게 어떤……."

"글쎄, 뭔지는 정확히 모르지. 하지만 틀림없이 신문기자에게 말하지 않은 것이 있네."

후지시마의 말투에는 확신이 있었다.

"정보에도 타이밍이라는 게 있어. 모든 형사가 한 번에 다 말하는 건 아니야. 이렇게 말하는 나도 이 나이가 되어 처음 알게 된 일이 있으니까."

대선배가 지금도 미지의 문을 열고 있다. 몬덴은 격려를 받았다는 생각에 후지시마에게 머리를 숙였다.

"아마 이 회사에서 마지막 현장 취재가 될 것 같습니다."

30년 전, 처음 만난 후지시마도 똑같은 말을 했던 것 같다. 이제야 당시 후지시마와 거의 같은 나이라는 실감이 든다.

"지금까지 쓰다 만 원고뿐이라 뭔가 하나라도 제대로 잡은 다음에 사원증을 반납하고 싶네요."

지국장으로서 후배의 상담에 응하는 일은 있어도 속을 털어놓을 기회는 없다. 조직에서 일하는 사람으로서 몬덴은 오랜만에 속이 후련했다.

"자네는 지금 뭐가 알고 싶어서 취재를 하나?"

갑자기 돌직구가 날아와 말문이 막혀 버렸다. 나카자와에게 자주 듣던 "결국 자네는 왜 신문기자를 하는 건가?", 그 말과 동일한 질문이다.

후지시마는 "오랜만에 마쓰모토 세이초의 에세이를 읽고 있는데."라며 가죽 북 커버로 싼 문고본을 들었다.

"그가 말하길 문학작품이라는 건 '해결을 목적으로 쓰여지는 것이 아니다'라는 거야. 이건 기자에게도 해당되지 않을까? 신문기자는 문제를 해결할 만큼 대단한 사람이 아니야. 문제를 전달하는 것밖에 못 해."

조금 지쳤는지 후지시마는 등받이에 몸을 기대고 두 손을 가지런히 모았다.

"중요한 건 왜 그걸 전달하는가, 그거지."

지금도 형사와 계속 연락을 주고받는 선배 기자의 묵직한 말의 무게에 몬덴은 학생이 된 기분으로 자세를 똑바로 고쳐 앉았다.

후지시마는 의젓한 태도로 끄덕이고 조금 소리를 낮춰 말했다.

"나이토 히토미는 지금 기타큐슈에 있어. 상점가에서 일한다더
군."

3

다음 주, 몬덴은 비행기와 열차를 갈아타고 기타큐슈시에 도착
했다.

집을 나선 지 약 6시간. 지친 여행객을 맞이한 것은 차가운 겨
울비였다.

JR 구로사키역은 다리 위에 역을 지어 개찰구를 빠져나오면 광
장을 겸한 덱을 걷게 된다. 마침 운 좋게 지붕을 발견하여 그쪽에
서 걷다가, 아래로 내려가는 에스컬레이터를 탔다. '방사형'이라
는 느낌이 눈앞에 탁 들어오는 상점가의 군집이 펼쳐져 있다.

대부분의 거리에 아케이드가 설치되어서 비에 젖을 염려는 없
지만 예상보다 큰 규모였다.

구로사키 지구는 에도시대*부터 나가사키 가도의 역참 마을로
번성했고 메이지 시대에는 관영 8번 제조소를 산업 기반으로 삼
아 공업지대에서 인구를 늘려 나간 마을이다. 그러나 지역 경제의

● 1603년~1867년

중심이 공업에서 서비스업으로 이행하는 과정에서 다른 지방 도시와 마찬가지로 지반침하가 일어났다. 현지를 걷고 있으니, 이 나라의 쇠퇴가 윤곽을 드러내는 듯했다.

몬덴은 우선 길을 기억하려고 천천히 주변을 돌아보기로 했다. 높은 아케이드 아래로 줄줄이 엮인 화려한 삼각 깃발이 나부끼는데, 정중앙 즈음부터 힘없이 늘어져 있다. 주 거리인 '가무즈 명점가'의 중심에 설치된 안내판 지도에는 총 15개의 상점가와 시장이 표시되어 있었다.

몬덴은 한 바퀴 돌아본 뒤 만만치 않겠다고 탄식했다. 큰 거리에는 편의점과 스낵• 체인점, 양복점 등 비교적 새 가게가 늘어선 반면 역에서 멀어지자 채소 가게나 생선 가게 등 일상생활에 밀접한 가게들이 드문드문 떨어져 있다. 그리고 이 '드문드문'이 탄식의 원인이었다.

주 거리에도 빈 점포가 눈에 띄었으나, 시장 규모가 더 작아져서 문을 닫은 가게가 더 많았다. 공터나 주차장도 눈에 띈다. 일년 내내 모든 곳에서 큰 개발을 진행하는 도쿄를 생각하면 변명할 여지가 없는 심각한 쏠림 현상이었다.

후지시마가 아는 자유 기고가로부터 들은 나이토 히토미의 행방은 '구로사키역 근처 상점가에서 일한다'라는 애매한 정보였고, 10년도 더 된 정보이므로 이제는 소문 수준의 이야기일 것이다. 가나가와현 동시 유괴에 대해 조사했던 그 기고가는 이미 사망해

• 주인이 응대하는 작은 규모의 술집

서, 몬덴은 거의 맨땅에 머리를 박는 기분으로 규슈에 찾아왔다.

현지 내 무기 조달이 필수임에도 오래된 가게의 문이 닫혀 있는 이상 손쓸 도리가 없다. 그래도 몬덴은 프레리도그 거처처럼 거리와 골목이 겹친 복잡한 현장을 걸으며 시계점, 조명 가게, 우동 가게, 곱창집, 스낵 등에서 조사를 진행했다. 아케이드가 없는 거리의 이발소나 헌책방, 스낵 등 부채꼴 구역을 샅샅이 조사했으나 누구 한 명 나이토 히토미를 아는 사람과 만나지 못했다.

사전 정보가 없는 취재가 도박에 가깝다 해도 정말 빈손으로 돌아가게 되자 허탈했다. 지금까지의 기자 생활에서 이렇게 멀리까지 와서 성과를 거두지 못한 것은 처음이었다. 어떻게 보면 전국에 지국이 있는 신문사의 강점이라고도 말할 수 있겠지만, 서부 본사 기자에게 이렇게 적은 정보를 가지고 취재를 도와 달라고 할수도 없었다.

몬덴은 어중간한 시간대에 한산해 보이는 식당에 들어가 볶음밥과 맥주를 주문했다. 가게 아주머니에게 하소연하자 아주머니는 "좀 떨어져 있긴 한데 작은 시장은 있어요."라고 가르쳐 주었다.

"어딥니까?"

한 줄기 빛이 비친 것 같아 의욕적으로 몸을 내민 중년 손님에게, 아주머니는 "하지만 대부분의 가게가 문을 닫았어요."라고 기세를 꺾듯 덧붙였다.

가게를 나온 후 아주머니가 가르쳐 준 대로 국도변을 걸었다. 비바람이 발밑을 적셨지만 마지막에 떠오른 가능성이 등을 밀어 주었다.

판매를 중단하고 군데군데 이가 빠진 것처럼 샘플이 진열된 자동판매기나 육교 아래 쓰레기봉투 그물을 노리며 쪼아 대는 까마귀 앞을 지나 1킬로미터 정도 걷자 영화 세트 같은 오래된 시장이 나타났다.

점포 몇 개 정도 크기의 좁은 면적에 물결치는 함석판 아케이드는 이미 날아가 버렸다.

전체적으로 녹 같은 붉은색이었고, 점포 한 곳을 제외하고는 장사를 하는 '생기'가 느껴지지 않았다. 함석판이나 베니어합판, 셔터가 누덕누덕 기운 것처럼 조합돼 시간이 개성을 완성시킨 듯한 곳이다.

아무도 없는 시장 한가운데에 멍하니 서서, 광원이라고는 흐릿한 햇빛뿐인 공간에서 홀로 패배감에 젖어 있었다.

사람이 없는데 뭘 어쩌겠는가.

이 자리에 감도는 특별한 분위기는 말로 설명할 수 없어 몬덴은 기자의 습성대로 촬영을 시작했다. 정보를 얻지 못할 때는 술로 허무함을 달랠 수밖에 없다. 시장이 있다는 것은 이곳도 과거에는 많은 사람들이 애용하던 시설이라는 뜻이다.

세월의 변화를 느끼며 피사체를 바꿔 가며 카메라 렌즈를 향했다. 그러자 닫힌 가게 셔터 위에 종이가 붙어 있는 것을 깨달았다. 종이의 네 모서리가 찢어져 매직으로 쓴 글자는 흐릿하지만 충분히 읽을 수 있었다.

'**구로이치**' **이전했습니다**, 라는 표기 아래에 주소와 전화번호가 쓰여 있다. 몬덴은 마지막 줄에 쓰여 있는 글자를 보고 종이에 얼굴을 가까이 가져갔다.

달필이라고는 말하기 어렵지만 그 글자가 **나이토**라는 것은 틀림없는 사실이었다.

구로사키역 플랫폼에서 20분을 기다리고, 다시 전철에 흔들린 지 30분. JR 규슈 가고시마 본선의 기점 역인 모지코역에 도착했다.

이동 중 목적지 주변에 대해 조사해 보니 우선 역 자체가 관광 명소인 듯했다. 역 건물로는 처음으로 국가의 중요 문화재로 지정된 역사가 이를 증명한다.

플랫폼에 벤치가 없고 기점 역답게 공간이 널찍하다. 다이쇼 시대°로 회귀한 듯한 레트로한 디자인에도 불구하고 신선해 보이는 것은 3년 전 대대적인 리모델링을 마쳤기 때문이다.

중후하게 지어진 구 1, 2등차의 대합실이 녹색 창구°°와 함께 관광 안내소 역할을 하고, 널찍한 구 3등차 대합실은 본래 용도에 맞게 사용된다. 외국계 커피 체인점이나 레스토랑에도 역사의 정취가 느껴졌다.

역 건물 외관은 2층 건물의 중앙동, 동서쪽에 단층짜리 동이 있는 좌우대칭형이다. 중앙동 외벽은 크림색 모르타르를 발라 마감하고 가로 줄무늬가 아름다운 돌을 일정한 간격으로 붙였다. 격자 모양의 채광창과 잘 어울린다. 일설에 따르면 '문(門)'이라는 글자

● 1912년~1926년
●● JR선의 지정권, 특급권 등을 온라인 시스템으로 발매하는 안내 창구

를 이미지로 해 만들었다고 하는데, 훌륭하게 완성되었다.

역 앞 복원된 분수 맞은편에서 역 건물을 바라다보니 상당히 치밀하게 계산된 리모델링인 듯했다.

현관 입구가 상징하듯 모지코역 주변은 '레트로 지구'로서 관광에 주력하는 듯하다. 간몬해협에 면하여 '구 모지미쓰이 구락부'나 '구 오사카 상선' 등 목조나 타일을 붙인 서양식 건물이 서 있어 다이쇼의 로망을 연출하고 있다.

시간이 조금만 더 있으면…… 아니, 비만 내리지 않았더라면 잠시라도 관광을 즐겼을지 모른다. 그러나 두툼한 구름 속에서 자옥한 빛을 발하는 해는 거의 한계까지 기울었다. 단순한 이야기지만 밤이 되어 어두워지면 인간의 경계심은 높아진다. 몬덴은 아직 밝을 때 승부를 걸고 싶었다.

해안가 마을이라 바람도 세다. 우산이 날아가려고 할 때마다 두 손으로 우산대를 꼭 잡아야만 했다.

비에 젖은 간몬교를 멀리서 바라본 몬덴은 관광지인 '레트로 지구'와는 반대 방향으로 걸어갔다. 목적지는 또 상점가다. 아케이드 아래로 들어가 우산을 접고 초록색, 갈색, 크림색 타일이 불규칙하게 깔린 지면을 밟는다. 여기에도 셔터를 내린 가게가 많았지만, 길 가운데에 설치된 간소한 광고판에 직접 손으로 쓴 술집이나 신발 가게의 세일 정보가 있어서 일상에서 장사를 하는 숨결을 느꼈다.

상점가 한 모퉁이에 천장이 낮고 어둑한 골목길이 있다. 해가 떨어지면 형광등이나 간판이 색색으로 물들지 모르지만 지금은 가게도 닫혀 있어 잠든 숨소리가 들릴 것만 같다.

음식점이 드문드문 떨어져 있는 좁은 길에 '구로이치'는 없었다. 안내문의 주소에 있는 건 스낵 '해안 거리'다. 이 상황을 어떻게 해석해야 좋을지 몰라 몬덴은 오래된 가죽을 덧댄 문 앞에서 잠시 망연자실했다.

구로사키 시장의 분위기와 '구로이치'라는 명칭에서 해산물 가게이겠거니 생각했는데 설마 스낵과 맞닥뜨릴 줄은 몰랐다. 그게 아니라면 이전한 가게 '구로이치'가 망하고 새로 '해안 거리'가 생긴 걸까.

아니다, 이 좁은 골목길에서 생선이나 고기는 안 팔릴 테고 스낵이라고 하기엔 가게의 구조가 너무 다르다. 빈손으로 돌아가고 싶지 않아서 지푸라기라도 잡아 봤으나, 애초에 종이에 쓰여 있던 '나이토'가 나이토 히토미일 확률도 높지 않았다.

외길 30년의 기자치고 상당히 허술한 취재를 하고 있다는 것을 깨닫고 스스로 한심스러웠다. 적어도 말이라도 해 보고 돌아가려고 했지만 스낵 문은 잠겨 있었다. 안에 인기척도 없었다.

"뭐 하쇼?"

갑자기 등 뒤에서 들리는 말소리에 몬덴은 서둘러 돌아봤다.

큰 비닐봉지를 두 손에 든 작은 체구의 남자가 수상쩍어하는 표정으로 서 있었다. 키는 작지만 튼실한 체격에 짧게 친 머리는 근사한 은발이었다.

"아는 사람을 좀 찾고 있습니다."

"아는 사람? 이 가게 마담하고?"

취재를 거의 포기한 몬덴은 "네. 나이토 씨의 가게죠?"라고 자포자기하는 심정으로 대답했다.

"아아, 당신 히토미와 아는 사이야?"

'히토미'라는 울림이 '눈동자(瞳)'라는 한자로 변환되어 머릿속에 떠오른다.

안내문 종이의 '나이토'란 나이토 히토미였다……. 흥분한 몬덴은 "예전에 알던 사람이에요."라며 애매하게 남자에게 반걸음 다가갔다. 실제로 만난 적은 한 번밖에 없다. 그것도 30년 전이다.

"가게는 아직 안 여나요?"

"그게 히토미가 몸이 안 좋아서, 요즘 며칠 쉬고 있어. 그래서 먹을 거 갖다주려고."

남자는 히토미와 친한 듯하다. 접촉할 가능성이 높아져 몬덴은 어떻게 개인 정보를 끌어낼까 고민했다.

"부탁 좀 해도 될까?"

남자는 마치 잘 아는 친구처럼 비닐봉지를 들고 있던 두 손을 쑥 내밀었다.

"뭘, 말씀입니까?"

"이거, 히토미네 집에 좀 갖다줘. 아주 가까워. 나는 재료 준비할 게 많아서."

완고해 보이는 얼굴이었으나 눈꼬리에 주름이 깊이 팬 웃는 얼굴은 의외로 친근한 인상이었다. 바라던 대로 흘러가자 몬덴은 흔쾌히 채소와 생선이 든 봉지를 받아 들었다.

"배고프면 나중에 들려. 저기 작은 음식점이야."

남자가 자신의 가게에 들어가는 것을 지켜본 몬덴은 두 손에 식재료의 무게를 느꼈다. 그리고 "설마 동명이인은 아니겠지?"라고 되뇌며 취재하면서 자주 겪는 일을 떠올렸다.

그리고 바로 지금 발생한 긴급한 과제와 마주했다.

우산은 어떻게 쓸 것인가.

4

북동쪽으로 약 300미터를 걸어가 도착한 곳은 가늘고 긴 시장 골목이었다.

몬덴은 양손에 묵직한 비닐봉지를 들고 요령껏 우산을 접고 안으로 들어갔다. 지역 특색 때문인지 기타큐슈에 온 뒤로는 이런 아케이드 상점가만 걷고 있다.

시장의 좁은 거리에는 수많은 가게가 늘어서 있었다. 이곳이 얼마나 번성했는지 알려 주는 듯했다. 하지만 마치 서로 짠 것처럼 흰색 셔터가 내려가 있었다. 일말의 씁쓸함이 느껴졌지만, 살아남은 채소 가게나 쌀가게에 선반 가득 상품이 진열된 모습에서 지방 상인의 강한 의지를 엿볼 수 있었다.

치열(齒列) 같은 셔터 거리 중간에 작은 음식점 남자가 말하던 자유 공간이 있었다. 가게 두 채분 남짓한 크기로 자동판매기가 있고 그 옆에 '여러분의 무료 휴게소. 자유롭게 이용하세요'라는 입간판이 세워져 있다.

베니어합판 벽에는 금주·금연 벽보와 일본 적십자사의 포스터가 붙어 있고, 시장에서 연락용으로 사용하는 듯한 화이트보드가 걸려 있다. 그 벽 앞에 등받이가 없는 간소한 벤치가 마주 보고 있고, 가운데에 캠핑용 탁자가 놓여 있다. 오래 앉아 있기는 힘들어도 잠깐 쉬기에는 딱 좋은 소박한 공간이다.

벤치에 앉은 여자는 마스크도 쓰지 않은 채 등을 구부리고 스마트폰을 보고 있었다. 몸을 감싼 다운재킷은 솜이 푹 꺼진 이불처럼 얇다.

"나이토 씨, 인가요?"

천천히 얼굴을 드는 여자를 보고 몬덴은 나이토 히토미라고 확신했다. 밝은색 머리카락은 윤기가 없고 전체적으로 얼굴 피부에 탄력이 없지만 30년 전과 똑같이 마른 몸에 나른한 분위기가 감돈다.

드디어 찾아냈다는 희열에 가슴이 고동쳤다. 작은 단서를 더듬어 찾아온 현장에서 몬덴은 기자로서 더할 나위 없는 성취감을 느꼈다.

"누구야?"

술에 취한 듯한 목소리에 당시 취재를 선명히 떠올렸다. 파친코 가게에서 나온 히토미를 불러 세우자 아직 젊은 그녀는 신입 기자를 보고 말했다. "누구야?"라고. 그 후 이름에 후리가나가 달린 명함을 내밀자 "몬덴 지로……."라고 소리 내어서 읽은 후 "이상한 이름이네."라고 말했다.

몬덴은 음식점 아저씨에게 부탁받은 무거운 비닐봉지를 테이블에 놓고 코트 안 주머니에서 명함 지갑을 꺼냈다.

다이니치신문의 명함을 받은 히토미는 노안인지 팔을 뻗어 거리를 벌리고는 "몬덴 지로……."라고 중얼거렸다. 그리고 우산을 든 채 서 있는 몬덴에게 입술을 일그러뜨리며 말했다.

"별난 이름이네."

30년 만의 비슷한 대화에, 산전수전 다 겪은 기자 생활도 결국은 부처님 손바닥 안인가 싶어 웃음이 나올 뻔했다.

미묘하게 변한 말투에서 세월의 흔적이 느껴졌다. 지금 눈앞에는 어깨에 잔뜩 힘을 주고 주위를 위협하던 스물여섯 살 어머니의 모습은 간 데 없고, 뜻대로 되지 않는 현실을 말없이 수긍한 쉰여섯 살의 여자만 있었다. 몬덴 자신도 하품 한 번에 숙직의 피로를 날려 버리던 청춘을 떠나보내고, 이십 대 기자가 보기에는 도대체 무슨 재미로 일하는지 이해가 안 되는 관리직에 몸담고 있다.

몬덴은 자판기에서 산 따뜻한 캔 커피를 권리 삼아 히토미의 맞은편에 앉아 수첩을 펼치고 빙글 볼펜을 한 바퀴 돌렸다.

"누구한테 들었어?"

히토미는 캔 커피의 따개를 따며 "내가 있는 곳."이라고 덧붙였다.

몬덴의 상점가 순례를 설명하자 히토미는 어이없어하면서 "고생했네."라며 웃었다. '구로이치'나 '해안 거리'의 이야기가 나올까 싶었지만 그녀는 자신의 현재 상황을 언급하지 않았다.

"사건이야?"

앞질러 묻는 히토미의 얼굴을 보고 몬덴은 다른 언론사에서 접촉했을지도 모른다고 생각했다. 잊힌 과거라고 해도 작년은 사건이 발생한 지 30주년을 맞이하는 해였다.

"주간지 기자가 오지 않았습니까?"

"아니. 왜? 주간지가 나를 찾고 있어?"

《프리덤》 기사를 모르는 것 같아서 몬덴은 애용하는 숄더백에서 **제2탄, 훈남 인기 화가는 유괴 사건의 피해자였다!**의 사본을 꺼냈다.

히토미는 "잘 안 보여서."라고 부끄럽다는 듯 말하고 두 손으로 종이를 얼굴에서 멀리 떨어뜨렸다.

미간을 찌푸린 것은 작은 글자가 읽기 힘들어서는 아닐 것이다. 얼핏 봐도 기사의 사건이 가나가와현 동시 유괴 사건이며, 화가가 된 자신의 아들이 지면에 의해 세상에 폭로된 것임을 알 수 있다.

노안인 히토미는 답답하다는 듯 그러나 잡아먹을 듯한 기세로 기사를 읽고 있다. 그 모습을 낱낱이 관찰하면서 몬덴은 그녀가 정말 《프리덤》의 보도를 몰랐다는 사실을 인식했다.

테이블에 종이를 내려놓은 히토미는 지친 눈의 초점을 맞추는 것처럼 눈을 꾹 감고 그대로 하늘을 향해 "하아." 하고 깊은 한숨을 쉬었다.

"화가가 됐구나."

히토미의 첫 음성에서 몬덴은 모자가 연락하지 않는다는 사실을 깨달았다. 예상 범위이긴 했으나 멍한 표정을 직접 보니 고독의 그늘이 깊어진다.

"연락을 계속 안 하셨습니까?"

"뭐……."

"나이토 씨가 규슈에 오신 건 1990년대 후반이시죠?"

가나가와 현경 담당의 취재 메모와 주간지 보도를 대조하자 히토미가 요코하마를 떠나 처음 향한 곳은 하카타라는 사실을 알 수 있었다. 1998년인지 1999년에 유괴 사건 당시 연인이었던 요시다 사토루는 실형을 선고받았고, 다른 남자와 함께였던 듯하다.

료의 나이로 환산하면 열한 살 혹은 열두 살. 이미 기지마의 집에서 살고 있다고는 해도 초등학생 때 친어머니와 연락이 끊겼다는 말인가.

"규슈에 온 뒤 료 씨와 만난 적이 있습니까?"

"없어. 그쪽은 엄마라고 생각도 안 할 거고."

"전화나 편지는요?"

"본가에 전화번호도, 주소도 말 안 했어. 연락할 방법도 없어."

히토미는 다시 기사를 들고 멍하니 바라봤다. 사진을 보고 있는 듯하다.

"옛날부터 그림을 참 잘 그렸지."

미소 짓는 부드러운 표정이 의외였다. 그녀는 아들의 사진 한 장 남기지 않았던 무정한 엄마가 아니었나. 아니면 떨어져 사는 20여 년 사이에 나름대로 모성이 생긴 걸까.

료가 그림을 계속 그렸다는 것은 일종의 도피라고 생각한다. 어린 그에게는 눈앞의 모티프 외에 믿을 수 있는 것이 없었다.

이 사건을 복잡하게 만든 사람은 나이토 히토미라는 존재가 분명하다.

자식이 사라졌을 때 부모라면 누구나 죽기 살기로 행방을 찾는다. 그러나 히토미는 어머니에게 범인에게 전화가 왔다는 말을 들어도 '나 몰라라' 하고 파친코 가게로 갔다. 경찰 수사에도 비협조적이었고, '공백의 3년' 동안 사회에 아들을 찾아 달라고 호소하지도 않았다.

당연히 세상에서는 그녀를 수상하게 봤다. 원래 친하지도 않던 이웃과의 교제는 완전히 소멸. 언론은 핵심 정보를 얻지 못한 채, 자작극설, 살해설을 남발했다. 하지만 히토미는 멀리서 훔쳐보는 이웃 주민이나 생활공간을 흙발로 짓밟는 기자에게 모두 공평하게 무관심으로 일관했다.

그래도 혀를 놀리며 다가오는 자는 반드시 있었다. 몬덴의 선배 기자도 그중 한 사람이었다. 능수능란한 말솜씨로 그는 단 한 번 히토미의 빌라에 들어가는 데에 성공했다.

취재 메모에는, '2LDK• 빌라는 방마다 쓰레기봉투가 몇 겹이나 쌓였고, 가끔 벌레가 움직이는 부스럭거리는 소리가 난다. 전구가 나간 형광등은 그대로 놔둬서 어둑어둑하고 부엌 싱크대에는 식기와 빈 캔이 산더미처럼 쌓여 있었다.'라고 쓰여 있었고, '비어 있던 거실 작은 공간에 앉으니 재채기가 멈추지 않았다.'라고도 쓰여 있었다.

병적으로 비위생적인 생활을 목격하고 기자는 히토미가 약을 하는 게 아닐까 의심했으나 이는 경찰의 은밀한 수사에 의해 부정되었다.

• 거실 겸 주방 하나. 방이 두 개

몬덴이 나카자와에게 얻은 정보 중 인상적인 것은 료의 치아는 충치로 가득했다는 것이다. 이가 아파서 밥을 못 먹는 손자를 보다 못해 도코가 치과에 데려가라고 몇 번이고 닦달했다고 한다.

주변 탐문으로 입수한 정보는 수없이 많다.

료에 관해서는 "어릴 때는 제때 갈아 주지 않아 무거워진 기저귀를 차고 있어서 불쌍했다.", "빵을 주워 먹는 걸 보고 놀랐다.", "한국계 식료품 가게에서 음식을 나눠 줬다.", "빼빼 말랐지만 너무 많이 먹어 설사를 하기도 했다.", "웃는 걸 본 적이 없다.", "빌라 계단에 앉아 화투 그림을 그렸다."라는 말이 있었다.

히토미에 관해서는, "파친코만 한다.", "주말에는 새벽까지 술을 마시고 다녔다.", "담배를 꼬나물고 슈퍼에 들어가 점원과 싸웠다.", "남자가 자고 갈 때는 여름이든 겨울이든 상관 않고 료를 밖으로 내쫓았다.", "아들이 술 취한 남자에게 맞아도 딱히 말리지도 않았다." 등등 좋지 않은 말이 가득했다. 개중에서 이웃에게 "하루만 료를 봐 달라."고 부탁하고 일주일 넘게 돌아오지 않았다는 이야기에는 다들 혀를 내둘렀다. "허접한 열쇠고리를 선물이랍시고 내밀며 돌봐 주셔서 감사하다고 말하고 끝이었지."라는 이웃 남자의 말에서 분노가 전해졌다.

그 외에 십 대에 4백만, 5백만의 빚을 지고 자살을 기도했다, 료 다음에 생긴 아이는 지웠다는 사실도 공유 취재 메모에 적혀 있었지만, 이는 교류가 없는 지인이 전해 들은 정보라 진위는 확인할 수 없다.

이웃 사람이 료에 대해 말할 때 음식 얘기가 많았다. 먹는 감각은 매일 부모와 접하며 길러 가는 것인데, 료에게는 이 소통이 결정적으로 부족했다고 생각된다. 이는 표정이 없다는 지적과도 일맥상통한다.

히토미를 취조한 형사는 "적어도 신체적인 폭력성은 없다. 다만 믿을 수 없을 정도로 유치하다."고 그녀를 평했다.

소위 '아동 방임'으로 봐도 크게 차이는 없을 것이다. 그러나 주위에 경찰이나 아동상담소에 신고한 사람이 없었던 것은 30년 전의 일본이었기 때문이다.

애초에 정부가 아동 학대의 대응 건수 통계를 내기 시작한 것이 1990년도부터다. 당해에는 1,101건, 그 후 아동학대방지법 시행, 개정, 복지시설의 환경 정비가 서서히 추진되었다. 2020년도에는 대응 건수가 20만 건을 넘었다.

'민사 불개입 원칙'*이라는 큰 간판이 걸린 시대의 사각에서 나이토 료는 우두커니 서 있었다.

히토미는 캔 커피를 입에 대고 더듬더듬 스마트폰 화면을 터치하기 시작했다. 그리고 내용을 확대하고 "하아."라고 감탄했다.

"이거…… 이런 사진 같은 그림을 그리는구나."

히토미가 펼친 화면에는 공원을 배경으로 버섯 모양의 오브제에 한 발을 걸친 소녀의 세밀화가 있었다. 기사라기 슈의 작품이다.

● 경찰권은 사회 공공의 안녕 및 질서와 직접 관계가 없는 사생활상의 분쟁이나 민사상의 법률 관계에는 개입할 수 없다는 원칙

"아주 잘나간다고 해요."

"솔개가 매를 낳은 건가."•

조용히 스마트폰 속 그림을 들여다보는 히토미는 과거의 그녀와는 다른 분위기가 감돌았다. 몬덴은 자신이 가진 정보가 선입견이 되었을지도 모른다고 생각했다.

"아드님과 만나고 싶으세요?"

지금의 그녀라면 들을 수 있을 것 같아 직설적으로 물었다.

히토미는 "음, 글쎄."라고 고개를 갸웃거리고 스마트폰에서 시선을 돌렸다.

"굳이 말하자면 멀리서 몰래 보고 싶네."

"그건 무슨 심경인가요?"

"역시 떳떳하지 않으니까. 노는 게 좋아서 거의 돌보질 않았거든. 이십 대 때는 하고 싶은 일을 계속 참아야 한다니, 상상도 할 수 없었어. 별로 좋아하지도 않는 남자와 사귀고 애가 생기고. 지우려고 해 봤는데 병원에 갔을 때는 이미 늦어서 어쩔 수 없이 애를 낳았다는 게 솔직한 심경이야."

너무 노골적인 말투였으나 사실일 것이다. 료를 임신한 히토미는 그대로 결혼했고, 지금도 나이토라는 성을 사용하고 있다.

"공원에 데려가면 애들끼리 놀잖아? 모르는 부모가 말 거는 게 싫었어. 뭔가 제대로 된 가정을 자랑하는 것 같아서 비참했어. 남편은 호적에 넣고 반년도 안 돼서 증발했지, 친정 부모한테는 절

• 평범한 부모에게서 능력이 출중한 아이가 태어나는 것을 의미한다.

연당했지, 나도 한곳에서 진득하게 일하는 타입은 아니거든."

취조한 형사가 말한 것처럼 유치한 히토미는 자립심이 결여되어 있었다. 아이가 생기면 어느 정도는 지역 내 커뮤니티에 녹아들라고 압박을 받고, 직장에 취직하면 직장 내 네트워크에 들어간다. 젊은 부모들은 누구나 고민하면서 현실에 대처하지만 인간관계가 서툰 그녀는 그 임무를 문 앞에서 거부하고 아무 계획도 없이 막다른 곳까지 돌진했다.

"어머님 도코 씨가 도와주셨죠?"

"뭐 그렇지……. 가끔 애도 봐 주고, 돈도 주고. 하지만 아버지 체면상 밖에서 잠깐 만나는 것밖에는. 료는 할머니를 잘 따랐으니까 그냥 맡아 줬으면 했지."

일하지 않은 것은 이 금전적 도움 덕분일 것이다. 이것도 히토미가 주위에 쉽게 휩쓸린 원인 중 하나다.

"나이토 씨는 어떤 아이였습니까?"

"별로, 평범했어."

히토미는 무뚝뚝하게 말하고 입을 다물었다. 그러고는 스마트폰으로 '기사라기 슈'를 찾아보기 시작했다. 몬덴은 잠시 침묵을 지켰다. 그녀는 페이지를 열 때마다 글자를 키우고 정신없이 읽었다.

그 모습을 보고 있자니 오랫동안 연락을 하지 않았다는 말이 거짓말이 아닐 듯하다. 그렇다면 료의 현재 정보에 관해서는 기대할 수 없다.

"나는 부모가 되면 안 되는 인간이었어."

스마트폰을 보면서 히토미가 갑자기 하는 말에 몬덴은 다시 볼

펜을 잡았다.

"아까 질문 말인데 어떤 아이였느냐는 거……. 나, 초등학생 때부터 아버지와는 거의 대화가 없어서, 엄마나 가사 도우미하고만 얘기했고. 아버지도 건강하셨으니까 일이 바쁘고 회사 사람이 자주 집에 와서. 그런 집에서 살아서, 돈은 있어도 나는 '가이요 식품'이라는 회사가 좋아지지 않았어."

"이유가 뭡니까?"

"건강식품이라는 걸 잘 몰랐고, 그룹 회사 중에는 뭐 하는 회사인지 모르는 데도 있었으니까. 중학생 때 그걸로 괴롭힘도 당했어."

히토미에 따르면 '가이요 식품'에 건강 기구를 판매하는 자회사가 있었고, 어떤 부모가 자신의 자녀에게 "저건 사기야."라고 말하자, 동급생들이 재미 삼아 천진난만한 악의를 부풀려 나갔다. 그녀가 중학교 2학년 때다.

"한때 등교 거부를 했는데 선생님이 개입해서 흐지부지됐어. 그런 일도 있어서 고등학교는 사립 여학교에 갔는데, 뭐 이름만 쓰면 붙는 학교야. 고등학교에서도 주변과 잘 어울리지는 못했지만 부모에게 말하지 않았어. 창피하기도 하고, 뭔가 번잡했으니까."

나이토 히토미의 인생은 계속 이런 식으로 고독했을지도 모른다. 친정에서 부모와 같이 살 때도, 어린 아들을 데리고 빌라에서 살 때도, 요코하마에서 멀리 떨어진 기타큐슈로 이사한 지금 현재도.

자신의 아들조차 남의 일처럼 대하는 그녀의 마음은 희로애락과 같은 여러가지 감정이 제대로 자리 잡지 못한 채 말라 버린 듯하다.

몬덴은 이야기의 흐름상 유괴 사건으로 이어지는 '가이요 식품'의 불상사에 대해 물어볼까 생각했다가 마음을 돌렸다. 지난주 요코하마의 찻집에서 만난 후지시마가 헤어질 때 한 말이 떠올랐기 때문이다.

"범죄자란 대개 시시하네."

그때 후지시마에게 "자네는 지금 뭐가 알고 싶어서 취재를 하나?"라는 질문을 받고 다시 한번 료를 생각했다.

나이토 히토미의 아들이었던 과거의 나이토 료와 화가로서 성공한 현재의 기사라기 슈. 그 사이에 확실히 존재한 3년이라는 세월이 한 사람의 인생에 막대한 영향을 미친 것은 아닐까. 한정된 시간 속에서 몬덴이 신문기자 인생의 유종의 미로 잡아내야 할 것은 어중간한 사건을 일으킨 범인의 모습이 아니다. 이 특이한 유괴 사건이 가리키는 더 근원적인 무엇인가다.

그 종착역으로 가는 여정을 제대로 그려 내지 못해 답답해하면서 몬덴은 질문을 이어 갔다.

"1994년에 아드님이 돌아왔을 때, 어디에서 뭘 했는지 들으셨습니까?"

"전혀. 부모님한테도 아무 말 못 들었어."

"돌아온 료 군과는 만나셨죠?"

"뭐, 그렇게 자주는 아니지만……."

말하기 힘들어하는 상대를 신경 쓰지 않고 인터뷰를 이어 갔다.

"3년이 지나 달라진 부분이 많았을 것 같습니다. 아드님의 변화 중 인상에 남는 것을 말씀해 주시겠습니까?"

"변화라고 해 봤자…… 키도 컸고, 역시 외모는 달라졌으려나."

빈약한 대답에 만족하지 못한 몬덴은 말없이 상대의 눈을 마주 보며 압박을 가했다.

"원래 얌전하고 뭘 생각하는지 알 수 없는 애였어……. 그림을 정말 자주 그리고, 가르친 적도 없는데 잘 그리는 거야. 누굴 닮았는지 몰라도 주워 온 돌을 그릴 때는 가만히 응시하더라고, 돌을."

"아이들은 보통 차분하지 않을 텐데요."

"그치? 정말, 제대로 숨을 쉬는지도 모를 정도로 가만히 있는 거야. 좀 꺼림칙할 때도 있었는걸. 부모와 자식 사이라도 궁합이 라는 게 있어. 나와 그 애는 안 맞았어."

정이라도 떼는 것처럼 말한 뒤 "이상하다고 할까, 그림 실력은 좋아졌더라. 계속 그랬나 봐."라고 덧붙였다.

친아들이 3년이나 실종되었다. 부모라면 무슨 일이 있었는지 알고 싶어 할 텐데 히토미는 여전히 강 건너 불구경하듯 아들과의 거리를 좁히지 않았다.

"나보다 엄마가 잘 알거야. 걔, 혼자 돌아왔을 때 끌어안고 우는 할머니한테 '이 집에서 키워 주세요.'라고 했다니까."

후지시마의 말과 일치했다. 도코는 당시 여형사에게 돌아온 손자의 인상을 말했다. "아주 제대로 가정교육을 받았다."라고.

료는 자신의 의지로 할머니 할아버지의 집을 선택했다. 힘든 환경에 놓인 탓에 일찍 철이 들었을지도 모른다. 그래도 겨우 일곱 살 아이가…….

역시 몬덴은 거기에 어른의 존재를 느꼈다. 그것도 그리던 범인상과는 전혀 다른 인간의 모습을. 소년에게 앞으로 해야 일을 설명해 주고 기지마의 집 근처까지 데려간 누군가가 이 세상에 존재했다. 몬덴의 머릿속에서는 이미 일정한 방향이 있고 이를 하나의 모습으로 만들려고 했지만 여전히 그 선은 미덥지 못하고 애매했다.

"아, 그렇지."

히토미는 갑자기 생각이 났다는 듯 벤치 위에 놓인 가죽 토트백에서 낡은 빨간 수첩을 꺼냈다. 그리고 거기에 끼워져 있던 엽서한 장을 몬덴에게 내밀었다.

"이거, 그 애한테 받았어."

"네? 료 군한테서요?"

전체적으로 누렇게 색이 바래서 상당히 오래전에 받았다는 걸 알 수 있었다. 요코하마의 주소와 함께 '나이토 히토미 님'이라고 쓰여 있는데 어른의 필체였다.

"뒤를 봐."

히토미에게 재촉받아 엽서를 뒤집은 몬덴의 시선은 정성스럽게 그린 연필화에 빨려 들었다. 투박하지만 분명히 아이의 수준을 훌쩍 넘은 복숭아 그림.

"나이토 씨, 이거 언제 받으셨습니까?"

"정확히는 기억나지 않는데, 그 애가 돌아오기 2년 전이었나……."

"잠깐만요…… 그럼, 유괴된 그 3년 사이에 받으셨다는 말씀입니까?"

몬덴은 흥분한 나머지 목소리가 뒤집어졌다. '공백의 3년'에 처음 빛이 비친 것이다.

"그런데."

"그런데라니요, 진짜 중요한 사실 아닙니까? 유괴당한 아이의 안부에 관한 겁니다. 이런 말은 들은 적도 없어요……. 당연히 경찰에는 알리셨겠죠?"

몬덴의 기세를 가볍게 콧방귀 뀌듯 넘기며 히토미는 옅은 미소를 지었다.

"내가 왜? 증거다 뭐다 하면서 뺏어 갈 텐데. 그놈들 기자한테는 점잖은 척할지 몰라도 나 같은 사람은 벌레 취급해. 게다가 엄마가 가만히 있으라고 그랬어."

"그러니까, 도코 씨도 이 엽서를 알고 있었다고요?"

"보여 줬거든. 그랬더니 무서운 얼굴을 하고선 '경찰이 움직여서 료한테 무슨 일이라도 생기면 안 돼.'라고 하더라."

"혹시 부모님 댁에도 엽서나 편지가 왔나요?"

"글쎄. 안 물어봐서 몰라."

왜 그런 것 하나 확인하지 못하는 건가. 아들의 목숨에 관한 중요한 정보가 아닌가. 몬덴은 그 무관심에 속이 터졌지만 한편으로 그녀가 엽서를 수첩 사이에 끼워 소중히 간직한 것도 사실이기는 했다.

조금 전부터 얼핏 보이는, 아들에게 다가가거나 멀어지는 독특한 거리감은 이해하기 힘들었다. 나이토 히토미는 인간으로서 너무 불균형하다.

"그 애, 내가 복숭아를 좋아하는 걸 알고 있었거든."이라고 말하는 히토미의 목소리에 귀를 기울이며 몬덴은 다시 엽서를 뒤집어 소인을 봤다. 흐려서 숫자는 보이지 않았으나 부채와 돌담 같은 그림을 간신히 확인할 수 있었다.

머릿속 데이터베이스에서 몬덴은 그리 긴 시간을 들이지 않고 하나의 답을 끄집어냈다.

이건 교토의 풍경인* 아닌가…….

5

페이지를 넘겨 《SCENE-79》의 사진 세 장을 보고 얼굴 안쪽에서 눈과 코의 신경이 이어진 듯한 느낌을 받았다.

눈시울이 뜨겁다 싶었는데, 막무가내로 감정이 뺨을 타고 흘러 황급히 눈물을 닦아 낸 리호는 창밖으로 시선을 돌렸다.

대각선 맞은편 앞쪽 빌딩 2층에 있는 카페 '아쿠아'. 20분 전까지 그가 있던 자리에는 이제 중년 남성이 앉아 있다. 리호가 있는 찻집 '단테스'도 같은 빌딩 2층에 있었다.

고등학교 생활도 2년차. 장마를 코앞에 두고 있지만, 리호는 '동아리 활동' 덕분에 생기가 넘쳤다.

나이토 료와 다른 반이 되어 의기소침한 것도 잠시, 리호는 그의 루틴을 생각해 냈다. 매주 수요일 방과 후 할아버지 회사의 간부가 자택으로 오기 때문에, 낯을 가리는 료는 모토마치 쇼핑 스

---

* 풍경통신일부인(風景入通信日付印)이라고 한다. 우체국에 비치되어 우체국명, 일자와 함께 해당 우체국 주위의 명소나 구의 유적을 본뜬 도안이 그려져 있다.

트리트에 있는 '아쿠아'에서 시간을 보낸다. 유괴 사건 조사 때처럼 리호는 특기인 조사 능력을 발휘하여 '잠복'에 적합한 장소를 찾았다. 료에 관한 일이라면 전혀 번거롭지 않았다.

'단테스'의 작은 창문에서 보이는 '아쿠아'의 가게 내부는 창가 자리뿐이다. 그러나 다행히도 단골손님인 료의 지정석은 바로 그 창가였다. '단테스'는 오래된 찻집으로 연금 생활자를 상대로 하는 곳이다. 가게 안은 항상 한산해서 십 대 뉴 페이스가 작은 창가의 특등석을 쉽게 차지할 수 있었다.

그 후 매주 수요일 '잠복'이 리호에게 삶의 의욕이 되었다. 커피를 마시며 조용히 책을 읽는 그의 옆모습을 아무리 바라봐도 질리지 않았고, 자신이 모르는 나이토 료를 상상하기만 해도 짜릿했다. 반이 달라져서 오히려 마음이 깊어진 리호는 이제는 이도 저도 못하는 스토커 신세가 되었다.

비주얼 북으로 시선을 돌렸다. 지난달에 개봉해서 공전의 흥행을 기록한 로맨스 영화 사진집이다. 고등학생 때 백혈병으로 여자 친구를 잃은 남자가 17년이 지나 새로운 걸음을 내딛는 이야기다. 친구들이 영화를 보러 가자고 했을 때 '불치병에 사랑하는 사람을 잃는다'는 싸구려 설정 탓에 마음이 내키지 않았다. 하지만 개봉 후에는 친구들이 고개를 절레절레 흔들 정도로 울었다.

"이런 거 싫다더니. 뭐냐. 극장에서 네가 제일 많이 울더라."

친구들이 놀리자 리호는 창피해서 고개를 들 수 없었다. 스스로 놀랄 만큼 감정이입이 된 이유는 병으로 죽은 여주인공이 리호와 동갑이었고, 카세트테이프의 음성을 듣고 지난 17년 전을 회상하며 이미 떠나보낸 사랑을 받아들이는 그 모습이 애절했기 때문이었다.

'그때 여자 친구는 살아 있고 내 옆에 있었다……' 주인공이 그 '실재'를 느낄 때 리호의 머릿속에 떠오른 것은 료였다.

지금 테이블 위에 펼쳐져 있는 《SCENE-79》 잡지에는 '잊히는 게 무섭다'는 영화 속 소녀가 소년과 결혼 예복 차림으로 사진을 찍는 장면이 실려 있다. 웨딩드레스를 입은 그녀의 부드러운 미소는 끝이 존재한다는 잔혹함을 말해 주는 듯했다. 그리고 그 허무함은 어딘가 비현실적인 분위기가 감도는 료가 어느 날 홀연히 사라지지는 않을까, 하는 예감을 불러일으켰다.

리호는 비주얼 북 사이에 끼워 둔 영화 책갈피를 손에 들었다. 이 책갈피는 영화의 할인권도 된다.

이번에는 혼자 보러 가야지. 그렇게 마음먹고 다시 창밖을 본 리호는 "앗!" 하고 깜짝 놀랐다. 비가 내리고 있었다. 꼭 이런 날은 우산도 없다.

손목시계를 보니 벌써 6시가 넘었다. 해가 긴 계절이라고는 해도 더 이상 늦으면 아버지에게 혼이 난다. 리호는 서둘러 비주얼 북을 가방에 넣고 계산서를 집어 들었다.

좁은 계단에서 1층으로 내려가 밖을 보니 꽤 굵은 빗줄기였다. 거리에는 우산을 쓴 사람보다 가방을 머리 위에 올리고 뛰어가는 사람이 더 많다.

젖는 걸 각오하고 한 걸음 내디디려던 바로 그때 시야 끝에 눈에 익은 그림자가 살짝 들어왔다. 건물 계단에 몸을 숨긴 리호는 동쪽에서 걸어오는 남자를 보고 놀란 나머지 숨을 삼켰다.

오쿠다 학생 주임이다……. 구깃구깃한 쥐색 정장, 흘러내리는 바지를 한손으로 끌어올리는 몸짓, 수상스러운 검은색 나일론 숄더백……. 정보가 늘어날수록 위기감이 고조되었다.

약 2주 전 고등학교 3학년 남학생 몇 명이 잡혔는데, '합성 마약 MDMA를 소지하고 있다'는 소문이 퍼졌다. 이후 '교사들이 번화가를 순찰한다'는 정보가 오가고 등하교 때 경솔하게 샛길로 빠지면 안 된다는 분위기가 교내에 감돌았다.

끈적거리게 말하는 오쿠다는 학생들 사이에서 평판이 최악이다. 부적절한 스킨십 탓에 특히 여학생들은 극도로 경계한다. 언제인가 갑자기 리호의 팔짱을 낀 적이 있었다. 그때는 웃어넘겼지만 하루 종일 찝찝했다.

오쿠다는 우산을 깊이 쓰고 있어서 아직 모르는 눈치였다. 그러나 무슨 변덕인지 건너편 보도를 걷던 그가 납작한 돌이 깔린 중심 도로를 건너 '단테스'가 있는 빌딩을 향하기 시작했다.

리호는 자신의 불운을 저주했다. 오쿠다는 학생의 냄새를 맡는 일에 대해서는 개와 동급의 후각을 갖고 있는 듯했다. 지금 그가 우산을 들고 계단을 보면 끝이다. 다시 가게로 돌아갈까. 그러나 오쿠다의 목적지가 '단테스'라면 독 안에 든 쥐다. 일단 되든 안 되든 밖으로 나가서 뛰어가는 게 좋을지도 모른다…….

둥근 몸을 흔들거리며 적이 다가온다. 허벅지를 감싼 바지 천이 근육의 압력에 비명을 지른다……. 그런 모습이 보일 정도로 가까워졌다.

그만 가자, 결단을 내려야 하는데 몸이 굳어 움직이지 않았다.

혹시 잡히기라도 하면 깐족거리며 야단맞는 건 고사하고 더 끔찍한 일을 당할 수도 있다. 한 걸음이면 곧 보도인데 그 20센티미터가 한없이 멀었다.

"왼쪽으로 꺾어."

사각에서 감색의 광택 있는 우산이 나타나고, 눈앞을 지나간 찰나, 리호는 갑자기 팔이 붙들렸다. 그리고 다음 순간에는 그 아름다운 우산을 같이 쓰고 있었다.

혼란스러워하며 옆의 남자를 올려다보니 나이토 료의 서늘한 얼굴이 있었다.

"어떻게……."

20분 전에 교복을 입고 있던 그는 검은색 폴로 셔츠에 폭이 좁은 청바지 차림으로 리호 앞에 등장했다. 얼핏 보기에는 대학생 같았다.

"모퉁이에서 한 번 더 왼쪽으로 꺾으면 괜찮을 거야."

그 말을 듣자 료가 오쿠다를 눈치챘다는 사실을 깨달았다. 홀연히 나타나 리호를 궁지에서 구해 준 것이다. 그 생생한 구출극에 감사의 말도 나오지 않았다.

두 사람은 팔짱을 끼고 걷고 있었다. 오쿠다에게 당했을 때는 구토가 치밀고 온몸이 떨렸으나, 지금은 미치도록 심장이 쿵쾅거린다. 리호는 자신의 의사를 전하기 위해 아주 살짝 감고 있던 팔에 힘을 줬다.

"고마워."

리호가 겨우 고맙다는 말을 하자 료는 "갑자기 미안해."라고 조용히 사과했다.

"아니야. 정말 고마웠어. 우산도 없었고…… 나이토 군은 신이야."

"청바지의 신이라니 뭔가 가볍네."

한 우산 아래 어색함은 쓸데없이 크게 울리는 빗소리에서 알 수 있었다. 그러나 설령 팔뿐이라도 몸이 붙어 있어 온기가 전해졌다. 리호의 심장 소리는 한 걸음마다 더 커졌다.

목적지가 정해지지 않은 것 역시 두 사람의 거리를 불안하게 만들었다. 오쿠다라는 발등의 불이 꺼지자 도와준 쪽도 도움을 받은 쪽도 다음 일을 어떻게 해야 할지 모른다는 사실을 깨달았다.

리호는 료가 팔을 풀고 "잘 가."라고 말하고 떠나는 조금 후의 미래가 두려웠다. 아주 조금 더, 이대로 걷고 싶다. 그렇게 생각하고 침묵을 메울 화제를 찾아봤지만 떠오른 말은 분위기를 깨는 서먹한 단어였다.

"우산, 없지?"

"아아, 응……."

"그럼, 우리 집으로 가지러 갈래?"

"그럼."이라는 말을 듣고 심장이 툭 떨어졌다. 하지만 그가 같이 있을 구실을 만들어 준 덕분에 가슴이 다시 고동쳤다.

한 번은 거절하는 게 예의라고 생각하면서도 상대방이 선뜻 물러서도 곤란하다. 리호는 "언젠가 이 은혜는 반드시."라고 얼버무리며 상대가 눈치채지 못하게 호흡을 가다듬었다.

큰일이라고 마음을 다잡는데 순수한 의문이 생겼다.

이미 집으로 돌아갔을 료가 왜 빌딩 앞에 있었을까.

6

그럴 리는 없지만 리호는 자신이 영화 속에 있는 듯한 기분이 들었다.

'앞문의 비, 뒷문의 교사'라는 궁지에서 구해 준 사람은 마침 좋아하는 사람이고, 반쯤 납치당하듯 우산 하나를 쓰고 팔짱을 낀 채 도착한 곳은 잔디 정원이 깔린 호화 저택이었다.

역시 너무 잘 풀렸다.

리호는 앤티크 의자에 앉아 불과 10분 만에 일어난 스토리를 돌이켜 보며, 자신의 행운에 감정을 주체하지 못했다.

"여기 아무것도 없는데."

30호 캔버스 앞에 앉아 있는 료는 미안하다는 듯 방을 둘러봤다.

저택은 1층 차고를 포함한 3층 건물로, 다다미 열두 장 크기의 방은 아틀리에 전용으로 쓰고 있다고 한다. 자기 방은 따로 있고, 쓰지 않는 방이 두 개 더 있다고 한다. 리호는 "충분해."라고 쓴웃음을 지을 수밖에 없었다.

그야말로 저택이라 부르기에 걸맞은 위풍당당한 집이다. 차고 옆에 있는 작은 돌계단을 올라 흰 철문을 열자 눈앞에 아름답고 꼼꼼히 손질된 잔디밭이 펼쳐졌다. 비에 젖은 잔디밭 건너편에는 수국과 도라지꽃이 색색으로 흐드러지게 핀 화단이 있다. 거실의 큰 창 근처에 짙은 초록 잎으로 울창한 가지 굵은 나무들이 있어 집에 들어가기 전부터 긴장할 수밖에 없었다.

현관홀은 당연하게도 비싸 보이는 돌이 가지런히 깔려 있고 거기서 살아도 될 정도로 널찍했다. 료가 돌아왔다고 말하자 눈앞의 계단에서 고령의 여성이 내려왔다. 집인데도 고급스러운 베이지 블라우스를 입고 꼼꼼히 화장을 했다. 여성은 계단을 내려오다가 리호의 존재를 깨닫고 입가에 손을 대고 우아하게 놀랐다.

"어머나."

"할머니야."

료가 귓가에 속삭이자 리호는 당황해 인사했다.

기지마 도코는 난간에 손을 올리고 우아하게 계단을 내려와 "친구니?"라고 들뜬 목소리로 말했다.

"안녕하세요······. 아, 처음 뵙겠습니다. 쓰치야라고 합니다."

"아아, 아가씨가. 쓰치야 씨. 쓰치야 리호 씨."

이름까지 알고 있다는 데에 놀란 리호는 긴장해서 다시 머리를 숙였다.

"잠깐만 기다리렴. 달콤한 건 좋아하지?"

도코는 리호의 대답을 듣기도 전에 종종거리며 큰 거실로 향했다. 그 안쪽에 스테인리스제 키친이 설치된 다이닝룸이 보였다.

"할머니가 내 이름을 다 아시네?"

"어."

료는 거북하다는 듯 말하고 신발을 벗은 뒤, 슬리퍼를 꺼냈다.

아틀리에에 들어간 것은 료의 생각이다. 료의 방을 보고 싶기는 했지만 역시 미술상 딸은 그림에 마음을 빼앗길 수밖에 없었다.

이젤이 두 개 있고, 각각 캔버스가 놓여 있었다. 지금은 가까운 쪽 이젤에 그림을 그리는 것 같고, 옆에 있는 긴 책상 위에는 바르게 붓을 내려놓을 수 있는 목제 붓 받침대, 색상별로 분류된 그림물감 튜브가 든 플라스틱 상자, 한 장씩 넘겨서 사용하는 종이 팔레트 등이 놓여 있었다. 녹색이나 흰색이 몇 종류 만들어져 있는 팔레트 표면에는 투명한 시트 같은 것이 덮여 있다.

"그거 랩이야?"

리호가 가리키자 료는 의외로 쑥스러워하며 웃었다.

"랩을 씌워 두면 물감이 오래 간대."

이런 훌륭한 아틀리에를 갖고 있으면서 절약하는 모습이 귀엽다. 리호는 평소 서늘한 얼굴과 다른 이질감에 가슴이 쿵 내려앉았다. 한편 오래된 목제 팔레트도 있다. 슈리자쿠라*라는 벚나무를 사용했다고 한다.

오른쪽에는 벽 한 면 전체가 책장으로 화집이나 단행본이 가득 채워져 있었다. 서머싯 몸의 《달과 6펜스》는 리호도 좋아하는 소설이다. 그림 외에는 철학서와 음악 관련 도서가 많고 방 안쪽에 있는 컴포넌트 양옆에는 비싸 보이는 스피커가 위엄을 보이고 있다. 등받이가 달린 통일감 없는 의자 네 개가 여기저기 놓여 있고, 그 외는 발 디딜 곳밖에 없다. 넓음과 적막함이 동의어인 듯한 아틀리에 공간이었다.

"캔버스 옆에 있는 저건 뭐야? 조명?"

긴 형광등으로 정사각형을 만들고 나무 액자의 스탠드로 감싼, 처음 보는 장치였다.

● 홋카이도에 서식하는 장미과 벚나무속의 활엽수. 질이 좋기로 유명하다.

"아아, 이거, 내가 만들었어. 항상 커튼을 치고 있어서 모티프에 강한 빛을 비출 때 써."

"네가 만들었다고? 와, 대단하네."

"별로 놀러 갈 데도 없고 꽤 시간이 많거든."

널찍한 공간에서 혼자 창작에 몰두하는 료를 상상하자 그의 존재가 조금 멀게 느껴졌다. 집을 찾아왔는데 오히려 신비로움이 늘어났다.

"처음 만났을 때도 물어봤는데. 정말 예대나 미대에 갈 생각 없어?"

재능이 있고 이 정도로 본격적인 환경을 갖췄다면 화단의 왕도를 걷지 않을까. 그러나 지금까지 진로에 대해 들은 적이 없었다.

한동안 눈을 내리깔고 말을 고르던 료는 시선을 들고 또렷하게 말했다.

"사실화니까."

리호는 대답을 듣고 잠시 아무 말도 하지 못했다.

전문적으로 배울 수 있는 대학이 없다는 걸까. 아니, 그런 쉽게 손에 잡히는 얘기가 아니라, 료는 더 안쪽을 보고 있지 않을까. 그의 말투와 압도적으로 정밀한 모사에서 '사실화'라는 장르에 강한 의지가 느껴졌다.

바로 앞에 있는 30호 캔버스에는 작은 시냇가 풍경이 생생하게 담겨 있었다. 크고 작은 바위며 갈라졌다가 다시 하나로 합쳐져 흐르는 시냇물. 밝은 햇빛 아래에서 더 선연한 초록빛으로 푸른 들풀들. 약동하는 강물을 따라 흰빛으로 번지는 물안개까지 훌륭하게 표현된 그림이었다.

"예쁜 강이네."

리호가 가리키자 료는 캔버스를 돌아보고 "이거, 용수(湧水)야."
라고 대답했다.

"솟아오르는 물이라고?"

"응. 힘차게 솟아오르는 물이 흥미로웠어."

모델이 된 배경을 직접 보고 싶어서 리호는 장소가 어디인지 물
어보려는데 마침 그때 문을 두드리는 소리가 났다.

료가 재빨리 일어나 문을 열러 간다. 큰 쟁반을 든 도코가 "대화
중에 미안하구나."라며 아틀리에에 들어왔다. 료는 쟁반을 받아
서 근처 바퀴가 달린 작업대 위에 놓았다.

꿈꾸는 심정으로 저택에 온 것까지는 좋았는데 잘 생각해 보니
저녁 식사 시간이었다. 리호는 일어나 "이렇게 늦게 찾아와서 죄
송합니다." 하고 뒤늦게 사과했다.

"아휴 괜찮아. 괜찮으면 저녁 먹고 갈래? 이 아이와 둘이 먹으
면 맛도 없어."

역시 그런 뻔뻔한 짓은 불가능하다고 개가 물을 털어내듯 휙휙
고개를 저었다. 남자 친구 집에서 저녁을 먹었다는 걸 알게 되면
구시대 아버지에게 무슨 잔소리를 들을지 모른다.

리호는 근처에 있던 의자를 들고 와 도코에게 권했다.

"괜찮아, 괜찮아. 나는 바로 갈 거란다."

도코가 사양하고 문 근처에 계속 서 있어서, 리호도 의자에 앉
지 않고 공손히 두 손을 모았다.

"쓰치야 씨 아버지는 도쿄에서 화랑을 경영하신다며?"

"어머, 경영이라니요, 그런 대단한 건 아니에요. 신주쿠의 코딱지만 한 화랑이 망하지 않는 게 신기할 정도예요."

리호의 대답에 도코는 손으로 입을 가리고 즐겁게 웃었다.

"이 아이가 학교 얘기는 별로 안 하는데 네 이야기는 자주 해."

"네? 그래요?"

"그래. '와카바 화랑'에도 몇 번인가 갔을 거야."

리호가 놀라서 료를 보자 그는 시선을 피하고 자신과 리호의 사이에 작업대를 밀어 넣었다.

"온 적 있어?"

"뭐, 몇 번."

"말하지 그랬어!"

기쁨과 동시에 솟아오른 아쉬움을 가슴속에 눌러 담지 못해서 리호의 목소리는 저절로 커졌다.

"아버지는 딸 남자 친구가 오면 싫어하시지 않을까."

"아니야! 그림을 보고 나서 줄곧 만나고 싶어 하셨어. 엄청 재능 있대."

솔직히 사실화를 좋아하는 아버지 게이스케는 '요코하마항 심벌 타워'의 계단 그림을 보고 "눈이 좋구나.", "이 아이 인물, 풍경, 정물, 뭐든 다 잘 그리겠어."라고 대놓고 칭찬했다.

"그럼 다음에 쓰치야 씨에게 안내받으렴."

"꼭이야. 할머니도 괜찮으시면 오세요."

"어머나, 고맙구나. 얘가 무뚝뚝하잖니? 그래서 학교에서 괜찮을까 걱정돼."

"걱정하실 필요 없어요. 료 군하면 다들 인정하거든요."

리호는 곁눈으로 슬쩍 그를 봤다. 아수라장에 섞여 '료 군'이라고 불러 봤는데 딱히 불쾌해하는 기색은 없었다. 사실은 만난 이후 계속 그렇게 부르고 싶었지만 용기를 내지 못해 오늘까지 왔다.

리호는 심장 소리를 들킬까 봐 도코 쪽으로 돌아섰다.

"편하게 쉬려무나. 저녁은 정말 사양하지 말고 늦어질 것 같으면 내가 댁에 연락드릴 테니까."

도코는 손자에게 쟁반을 돌려받고는 의미심장한 눈빛을 하고 떠났다.

"사랑받고 있구나."

"뭐, 손자니까."

홍차 컵과 받침은 '와카바 화랑'에서도 접객용으로 사용하는 '웨지우드'● 제품이었다. 원형의 푸른 접시에 올려진 몇 가지 종류의 쿠키는 고급스럽고, 특히 주홍색 잼이 든 쿠키가 맛있었다.

홍차를 마시며 리호는 료의 질문에 대학에서 서양미술사를 배울 생각이라고, 진로에 대해 말했다. 그리고 캔버스 바탕칠부터 그림 복원까지 서로 지식을 나누며 대화를 즐겼다. 폭소까지는 아니어도 미소를 지으며 보낼 수 있는 마음 편한 시간이었다.

"이거 봐도 돼?"

리호는 작업대 아래의 선반에 아무렇게나 놓인 스케치북을 집

● 영국의 대표적인 도자기 브랜드

어 들었다.

"옛날에 그린 거라 엉망이야."

리호는 가방에 넣어 둔 손수건으로 손을 닦은 뒤 스케치북의 표지를 넘겼다.

료가 말한 대로 연필로 그린 모사에는 유치함이 남아 있었다. 리호는 "초등학생 때인가?"라고 추측하면서 한 장씩 천천히 감상했다.

"이건 뭐야?"

료에게 둥글고 가방 같은 형태의 기계 그림을 보여 줬다.

"이불 건조기. 1970년대 구형 모델, 이제는 안 팔 거야."

"와, 우리 집에는 이불 건조기도 없을걸."

스케치북에 그려진 그림에는 맥락이 없었다. 복숭아, 눈 내린 해변, 공원…… 눈에 들어오는 장면을 사진 대신 기록한 것처럼도 보인다.

도화지를 넘기는 리호의 손이 계단식 논의 풍경화에서 멈췄다. 그 영화가 떠올랐다.

소년이 여주인공을 오토바이에 태우고 아름다운 초록색 계단식 논을 배경으로 시골길을 달리는 장면. 불과 몇 초였지만 행복 가득한 두 사람이 인상적이었다.

혼자 감정이 벅차오른 리호는 페르메이르*의 작품 해설서를 읽고 있는 료를 봤다. 고등학교 입학 때 짧았던 앞머리는 처음 만났

● 네덜란드의 화가(1632~1675)

을 때처럼 길어졌다. 리호는 그 앞머리 너머에 가려서 보이는, 다정한 쌍꺼풀진 눈이 좋았다.

졸업하면, 이제 못 보게 될까…….

영화 때문에 한없이 슬퍼진 리호는 '큰일났다'라고 생각했지만 이미 늦었다. 다시 눈과 코의 신경이 이어져 버렸다. 어떻게든 속여 넘기려고 해 봤지만 오른손으로 눈물을 닦는 모습을 정면에서 들켜 버렸다.

"어? 괜찮아?"

"미안해. 좀 생각난 게 있어서."

쑥스러움을 감추려고 리호는 눈가에 손으로 부채질하고 깊이 숨을 들이켰다. 그리고 그림이 젖지 않도록 스케치북을 덮었다.

아무 말이라도 하지 않으면 거북해진다.

"저기, 언제 우리 화랑에 그림 한 장 그려 줄래?"

뜬금없는 제안에 료가 의아한 표정을 지었다.

"내가? 난 그냥 아마추어야."

"나는 료 군이 반드시 화가가 될 거라고 생각해."

"글쎄다."

"'와카바 화랑'이 첫 번째 의뢰니까, 가격을 붙여서 그려 줘."

료는 잠시 생각하는 듯하더니 미소를 지으며 "좋아." 하고 선뜻 승낙했다.

"그 대신, 나도 부탁이 있어."

무슨 일인가 싶어 리호가 고개를 갸웃거리자 료는 방 안쪽에 있는 컴포넌트로 향했다. 그리고 앨범 케이스를 뒤적이더니 CD 한 장을 플레이어에 넣었다. 좌우에 서 있는 스피커에서 높은 피아노 선율이 흘러나오기 시작하자 리호의 마음속에서 바로 곡 이름이 튀어나왔다.

조지 윈스턴의 〈Longing / Love〉.

'요코하마항 심벌 타워'의 계단에서 그와 만났을 때 MD로 듣고 있던 곡. 헤어질 때 료에게 뭘 듣느냐는 질문을 받고 리호는 "조지 윈스턴."이라고 대답했다. 그래도, 왜…….

"실은 나도 예전부터 좋아서 들었어."

그때 눈이 커지고 상쾌하게 웃던 료의 모습이 눈에 선하다. 그건 헤이세이 중학생이 '조지 윈스턴'이라는 콩알만 한 가능성으로 이어진 기쁨이었다.

운명을 느낀 리호는 이번에는 기뻐서 눈물이 날 것 같았다. 도파민이 도코의 이야기를 뇌 안에 새겨 넣었다. 기대해도 좋지 않을까, 자꾸 마음이 들뜬다.

조금 전 '단테스' 건물에 그가 있던 것은 어쩌면…….

〈Longing / Love〉는 일본판 CD에서 〈동경 / 사랑〉이라고 번역되었다. 바로 그 심정이었던 리호는 방 안쪽에 있던 료와 시선이 마주쳤다.

조용한 아틀리에에서 아름답게 이어지는 피아노 선율이 두 사람을 감쌌다.

'고백하는 분위기인가?' 리호는 여자의 직감을 발휘했다.

방 안쪽에서 천천히 그가 다가온다. 리호의 심장은 한계 근처까지 격렬히 두근대고 있었다. 떨릴 것 같은 다리에 힘을 주고 일어선다.

앨범 CD의 케이스를 들고 눈앞에 선 료는 리호의 눈동자를 똑바로 바라보며 말했다.

"같이 피아노 배울래?"

제4장

추적

1

미술 통신 / 1996년 12월호 / 모치즈키 도루 씨의 칼럼 '천리안에는 아직 천리'

오해가 없도록 말하자면 나는 예술이란 '해석'이라 생각한다.

이 세상의 진리를 예술가의 심신을 통해 여과한 원액. 그것이 작품이 되어 보편성, 시대성, 혹은 감정이나 깨달음이 떠올라, 감상하는 사람의 마음에 호소하는 것이다.

즉, 원액 그대로는 예술이 될 수 없다는 것이 얼마 전까지의 내 생각이었다. 그러나 3년 전에 한 화가와 만나면서 그 얕은 개념은 뒤집혔다.

모티프를 있는 그대로 그리는 '사실화'는 사진이 보급되면서 실용적인 용도를 박탈당하고, 전쟁 이후 일본에서는 추상 표현이 전성기를 맞았다. '어떻게 무너뜨리는가'에 화가의 예술성이 드러나는 세계에서는, '단순한 모사'는 깊이 없는 기술로 비쳐도 이상할 것 없다.

주제넘은 말이지만 내가 수집을 시작한 것은 전도유망한 국내 화가를 응원하는 의미가 짙었다. 일관되게 추상 표현에 흥미를 갖게 되어 한때는 콘셉추얼 아트●의 수집에도 열을 올렸다. 솔직히 말해서 거기에 '사실화'가 파고들 여지는 없었다. 아니, 애초에 장르로서 인식조차 하지 않았다.

그러나 3년 전, 부끄럽게도 사업의 일환으로 초상화를 그리게 되어 앞서 서술한 바와 같은 만남이 있었다. 처음에는 전문 화가에게 의뢰했으나 실물보다 훨씬 멋있는 작품이 완성되어 흥이 깨졌다. 나중에 들어 보니 초상화 문제 중에 제일 많은 것은 '이상적인 자아상', 성형을 반복한 듯한 얼굴이라고 해야 할까, 거기에 이르지 못했기 때문에 고객이 불만을 갖는다고 한다.

분명 화가인 그는 책임을 회피하기 위해서였을 테지만 나에게는 그 그림이 너무 투명하게 보이는 인사치레로밖에 비치지 않았다. 그림을 받기는 했으나 이게 계속 회사에 남아 있을 걸 생각하니 기운이 빠졌다.

그때 상담한 사람이 예전부터 교류하던 긴자의 'R' 화랑의 K씨다. 그때 그가 "무명이지만 흥미로운 화가가 있다."며 소개해 준

● conceptual art. '개념 예술', '관념 예술'이라고도 한다.

사람이 N씨였다.

N씨, 1980년 중반 도쿄의 미대를 졸업했다고 하는데 단체전에서 특히 두드러진 활약은 없었고 당시는 미대 입시 학원의 강사를 했다고 기억한다. 말수가 적고 무뚝뚝하고 삼십 대에 이미 준엄한 기운이 감돌았다.

내가 놀란 것은 처음 그가 "가능한 한 시간을 할애해 주세요."라고 말했을 때다. 앞선 초상화가는 사진을 몇 장 찍고 그걸 토대로 그렸는데 N씨는 "똑바로 마주 보면서 그리고 싶다."라고 설명했다.

나도 자수성가한 사람이라 이런 기개 있는 자세는 대환영이다. 그래서 흔쾌히 승낙했는데, 한 달도 되지 않아 가볍게 받아들인 것을 진지하게 후회하기 시작했다. 그는 6개월간 적어도 일주일에 두 번, 회사에 와서 나를 모델 삼았다. N씨는 비즈니스맨의 시간 흐름을 이해하지 못하고, 이해하려고도 하지 않으며 오로지 창작에 몰두했다.

사회인이라면 누구나 공감할 것이다. 일을 하다 보면 바쁜 시기도 있다. 나도 '이미 한 배를 탔다'고 생각해 상당히 무리해서 스케줄을 조정했는데 그런 의뢰인에게 N씨는 "움직이지 마세요. 그림이 흐트러집니다."라는 말을 아무렇지 않게 해 대곤 했다.

열받은 게 도대체 몇 번이던가. 그러나 한편으로 나는 그의 솔직한 말투에 호감이 갔다. 사장이라는 입장에서는 주위 사람이 좀처럼 속내를 밝히지 않아 외로울 때도 있는데 이 젊은 화가는 마음 편한 대화 대신 진지한 눈을 갖고 있었다. 자신을 제대로 봐 주는 감각을 오랜만에 맛봐서 좋았다.

6개월이 지나 완성한 초상화를 앞에 둔 나는 잠시 말문이 막혔다.

얼굴 윤곽이나 세부는 물론 분위기까지 '모치즈키 도루'였다. 단순히 비슷하다는 차원을 넘어 또 다른 자신이 존재한다고 착각하게 만드는, 혼의 일부를 빨아들여 캔버스에 증식시킨 듯한. 이제 껏 그림 감상에서 경험한 적 없는 충격을 주었다.

내가 감격해서 순수한 마음으로 고맙다고 말하자 N씨의 뺨에 비로소 미소가 깃들더니 "어깨의 짐을 내려놨습니다."라고 속내를 밝혔다.

이 정도의 작품을 목격했으니 그의 작품을 수집해야겠다고 마음먹은 것은 수집가로서 당연한 귀결일 것이다.

그러고 나서 6개월 정도 지나 진행하던 큰 프로젝트가 일단락되고 다시 긴자의 'R' 화랑에 연락했다. "N씨의 작품을 있는 대로 다 달라."고. 그러나 예상치 못한 K씨의 대답에 나는 다시 말문이 막혔다.

"그는 이미 화가를 그만두었습니다."

그런 말도 안 되는 일이. 그렇게 재능 있는 젊은이가 왜 붓을 꺾어야 했나. 그러나 아무리 이유를 물어도 K씨는 말을 흐릴 뿐이었다.

나는 울적해져서 한동안 그림을 볼 마음이 들지 않았다. 그 정도로 큰 '발견'이었다. 그리고 작년, 마침 지금 즈음에 나는 친구에게 충격적인 이야기를 들었다.

교토에 사는 그 지인은 동업자이자 미술품 수집가이기도 해서 정기적으로 식사를 하는 사이인데, 그의 자택에 있는 영국식 서재를 한 화가가 그려 줬다는 것이다. 나는 그 훌륭한 서재에서 잎담배를 태우며 그와 대화를 나누는 시간을 지극한 행복으로 삼고 있었다.

이제 알 수 있을 것이다. 그가 후원하는 도예가를 통해 소개받은 화가가 바로 N씨였다.

N씨는 한 달 정도 저택에 살다가 근처에 있는 자택으로 돌아간 뒤 약 두 달 만에 작품을 그려 냈다고 한다. 완성된 그림의 사진을 보고 나는 다시 말문이 막혔다. 세월이 지날수록 중후한 매력이 더해 가는 마호가니의 아름다움이 훌륭히 표현되었고 감상자를 고요하고 풍요로운 세계로 초대한다. 진짜 화가의, 진짜 작업이었다.

물론 나는 N씨의 소식을 물었다. 그러나 친구도, 도예가도 N씨와 연락이 되지 않았다. 자택에서 사라졌다고 한다.

이렇게 되니 이제 제법 그럴 듯한 미스터리다.

천재 방랑 화가 N씨는 과연 누구인가…….

그의 정체에 대해 무척 알고 싶었으나 섬세한 예술가에게 밖에서 압력을 가하는 무례한 짓은 저지르고 싶지 않다.

분명 그는 지금도 수행 중일 것이다. N씨의 긴 여행이 끝나고 진정한 화가로서 출발할 즈음에는 어떤 존재가 되어 있을까.

다시 말하자면 나는 그가 일본의 회화계에 큰 영향을 미칠 수 있는 인물이라 믿는다. 지금 어디를 여행하며 무엇을 그리고 있을까.

부디 훌륭한 경험을 쌓고 유일무이한 화가가 되어 주기 바란다.

다시 만나리라 믿으며 붓을 내려놓는다.

2

음식점 계단에 발을 걸치자 밤의 도쿄를 감싼 찬 공기가 조금 부드러워진 듯했다.

2층으로 올라간 몬덴은 기품이 느껴지는 베이지색 노렌*의 오른쪽 끝에 전해 들은 가게 이름이 있는 것을 확인했다. 숨을 고르고 나서 미닫이문 손잡이를 잡았다.

카운터 자리 몇 개와 테이블 자리가 두 개. 전체적으로 목재가 밝고 청결함이 느껴지는 가게다. 오후 6시 전이었으나 좁은 가게 안에 손님은 없었다.

카운터 너머에서 흰색 조리복을 입은 남자가 나와서 "몬덴 씨이십니까?"라고 경쾌하게 미소를 지었다.

몬덴이 인사하자 가게 주인이라고 밝힌 남자는 "안내하겠습니다."라고 말하고 앞서 걸어갔다.

가게 안쪽 크림색 벽은 사실 한 곳만 감춰진 문이었고, 가게 주인이 익숙하게 옆으로 밀었다.

문 맞은편 방은 다다미 넉 장 크기로 천장이 낮고 테이블과 의자, 꽃꽂이 그릇과 책이 놓여 있는 간소한 공간이었다.

"아아, 이것 참."

방으로 들어간 몬덴에게 장신의 마른 남성이 의자에서 일어나 말을 걸었다.

---

* 일본 가게나 건물 출입구에 걸린 발. 상호나 가문의 문장을 써 넣는다.

가게 주인이 문을 닫고 떠난 뒤, 명함을 교환하고 의자에 앉았다. 명함에는 '긴자 화랑 리쓰카 기시 사쿠노스케'라고 쓰여 있었다.

"오늘 시간을 내주셔서 감사합니다."

몬덴이 정중하게 고개를 숙이자 사쿠노스케는 손을 휘휘 내저으며 웃었다.

"아니 마침 한가해서요. 어차피 오늘은 밸런타인데이이니까요."

고베 출신인 사쿠노스케의 부드러운 간사이 사투리 덕분에 조금 긴장이 풀렸다. 오래전부터 오늘이 밸런타인데이라는 사실을 깨끗이 잊고 있었다. 더 딱딱한 자리일 거라고 생각했지만 역시 능구렁이들을 상대하는 칠십 대 미술상인 만큼 주머니 사정이 좋았다.

"실례합니다."라고 문 너머에서 소리가 들리고 가게 주인 남자가 직접 쟁반을 들고 들어왔다.

"오늘은 정기 휴무일이지만 특별히 열어 주셨죠."

"네? 그렇습니까……. 이것 참 불편하게 해 드려서 죄송합니다."

몬덴이 엉거주춤 일어나 죄송스러워하자 가게 주인은 "아니요, 기시 님께는 이미 30년 이상 신세를 지고 있으니까요."라며 두 사람 앞에 음식을 나눈 접시와 작은 주발을 놓고 갔다.

묵은 오이 절임, 계란말이, 오리와 파 구이, 그리고 만주 같은 것이 있다.

"몬덴 씨 술은?"

"잘 마십니다."

"잘됐군요. 그럼 찬술 한 홉, 그리고 생선구이를 부탁하지요."

이미 준비했는지 가게 주인이 흰 복숭아색의 화려한 시노야키*
술잔과 사기 잔을 추가로 놓고는 "천천히 드세요." 하고 미닫이문
을 닫았다.

"그럼 우선 한잔하실까요?"

사쿠노스케에게 술을 받고 몬덴도 술을 따라 주었다. 품격 있
는 향기가 코를 통해 상쾌하게 빠져나간다. 쌀을 잘 도정했구나
싶었다.

국숫집을 전세 낸 데다가 술이 들어간다. 기대치는 점점 더 올
라갔다.

"갑자기 편지를 드려서 불편하시지 않았나 모르겠습니다."

"이야, 꽤나 흥미로웠습니다. 아니, 끈질기다고 하는 게 좋을까
요."

그렇게 말하고 입 주위 흰 수염을 쓰다듬는 사쿠노스케를 보고
몬덴은 자신이 쓴 편지 내용을 떠올렸다.

노모토 다카히코에게 다가가는데 있어 제일 중요한 취재처가
기시 사쿠노스케이다. 기자로서 아무 무기도 없이 접근해 심증만
망치는 것만큼 어리석은 일은 없다. 첫 대면은 단 한 번밖에 없는
기회다.

규슈에서 돌아와 며칠 지나지 않아 효고신보의 이소야마 게이
코에게 '사쿠노스케가 조만간 은퇴할지도 모른다'라는 메일을 받
았다. 그리고 거의 같은 시기에 지바에 있는 '도키 미술관'을 안내

● 흰색 유약을 발라 구운 도자기 기법. 기후현의 중요 무형문화재이다.

해 준 사실화 화가 마타요시 게이로부터 PDF 파일을 받았다. 투자회사 사장인 모치즈키 도루라는 그림 수집가가 2008년 폐간된 《미술 통신》이라는 잡지에 연재한 칼럼. 거기에 노모토 다카히코로 추측되는 인물에 대해 언급하고 있었다.

정보가 모여드는 기운을 감지한 몬덴은 당장 컴퓨터를 향해 편지 초안을 썼다.

우선 가나가와 동시 유괴 사건을 취재한다고 솔직하게 밝히고, 지금까지의 경위도 가능한 한 정중하게 적었다. 그러고 나서 은퇴한다는 사쿠노스케에게 노모토 다카히코의 그림을 직접 보고 싶다고 요청했다. 모치즈키 도루의 칼럼과 나이토 히토미가 갖고 있던 엽서에 대해서는 굳이 자세히 기술하지 않고 '꼭 보여드리고 싶은 것이 있다'라고 상대에게 공을 던졌다.

만년필로 깔끔히 정서한 편지를 사쿠노스케가 신뢰하는 이소야마 기자에게 맡기고 이를 마지막 한 수로 삼았다. 이 방법이 안 통하면 어쩔 수 없다고 생각했는데 편지에 동봉한 명함의 메일 주소로 연락이 왔다.

몬덴은 묵은 오이 절임을 먹고 찬술을 마셨다. 생강으로 버무려서인지 상큼한 풍미가 좋았다.

"뭐 그 《프리덤》이라는 주간지는 엉망이었어요. 얼굴을 공개하면 안 되는 화가의 사진을 노출하고 어릴 때 당한 사건까지 써 댔더군요."

그 주간지 보도가 없었으면 다시 취재하지 않았을 몬덴은 신중하게 맞장구를 쳤다. 입으로는 《프리덤》을 비판하고 있지만 과거를 파헤치려는 모든 기자에 대한 견제일지도 모른다.

계란말이를 먹고 "음, 맛있네."라고 만족스럽게 끄덕이는 사쿠노스케에게 몬덴은 첫 번째 카드를 꺼냈다.

"이걸 좀 읽어 주시겠습니까?"

가방에서 클리어 파일을 꺼내 A4서류를 건넸다. 사쿠노스케는 재킷 안쪽 주머니에 걸어 둔 노안용 안경을 쓰고 술잔을 기울이며 말없이 읽었다.

"이런 마이너한 잡지의 칼럼을 잘도 찾아내셨군요. 역시 전문가는 달라요."

"원고에 있는 긴자의 'R' 화랑은 '리쓰카', 'K씨'는 '기시 씨'가 맞을까요?"

"네, 맞습니다. 먼저 말해 두겠지만 'N씨'는 '노모토 다카히코'입니다."

선뜻 인정해 버려서 맥이 풀렸지만 지금부터가 승부다.

"칼럼 후반부인데요, 노모토 씨가 교토에서 서재 그림을 그렸다고 되어 있습니다. 기시 씨는 이 점을 알고 계셨습니까?"

"교토의 서재라……. 아무래도 잘 기억이 나질 않는군요."

몬덴의 경험상 사쿠노스케가 적당히 속이며 상대가 어떻게 나오는지 살피는 것을 알 수 있었다. 이런 술에 술 탄 듯 물에 물 탄 듯 슬쩍 넘기는 취재 대상자가 제일 골치 아프다.

"기사에 있는 교토의 서재 그림이 그려진 건 1992년 즈음이 아닐까 생각됩니다. 이즈음 노모토 씨는 교토에 계셨습니까?"

"글쎄요……. 잘 모르겠네요."

"그는 도쿄의 대학을 나와서 도쿄의 미대 입시 학원에서 가르쳤고 도쿄의 화랑, 즉 '리쓰카'입니다만, 그곳과 접점은 전부 도쿄입니다. 혹시 출신지가 교토십니까?"

"아니요, 도쿄 출신입니다."

"모치즈키 씨는 칼럼에서 이렇게 썼습니다. 'N씨는 한 달 정도 저택에 살다가 근처에 있는 자택으로 돌아간 뒤 약 두 달 만에 작품을 그려 냈다고 한다'. ……그러니까 교토에 살았다는 말입니다."

사쿠노스케는 거기에는 대답하지 않고 만주를 젓가락으로 한입 크기로 쪼갰다.

"이거, 소바가키°예요. 맛있어요."

몬덴은 권유받은 대로 소바가키를 먹었다. 매끄러운 식감에 메밀가루 향기가 직접 전해졌다.

"맛있군요."

둘이 천천히 술을 따른 후 사쿠노스케가 "나이토 히토미 씨를 만났다고요, 편지에 쓰여 있었습니다."라고 화제를 던졌다. 몬덴은 그것만으로 칼럼과의 연관성을 눈치챘다고 추측했다.

"이번에는 이걸 봐 주시겠습니까?"

몬덴은 스마트폰을 터치해서 히토미가 갖고 있던 엽서 사진을 표시했다.

"복숭아 그림인데, 이게 어릴 때 나이토 료 군이 그린 그림이라고 합니다."

● 메밀가루를 뜨거운 물로 반죽하고 삶아서 떡처럼 만든 음식

사쿠노스케는 스마트폰에 얼굴을 가까이 대고 "와."라며 감탄했다. 이 엽서는 몰랐던 것 같다.

"이건 뭔가요? 앞면에 료의 이름이 쓰여 있다는 건가요? 보낸 사람으로?"

"아니요. 앞면은…… 이겁니다."

몬덴은 엽서 앞면을 표시해 사쿠노스케에게 스마트폰을 건네줬다.

"보낸 사람은…… 안 써 있네. 이 주소는 어른이 쓴 글씨군요."

"네. 그림의 터치와 히토미 씨가 복숭아를 좋아했던 사실에서 미뤄 보아 그녀는 아들이 보낸 엽서라고 믿는 듯합니다. 기시 씨가 보기에 그 복숭아 모사에서 기사라기 슈가 느껴지십니까?"

"이야, 모르겠네요."

"사실 제가 그 엽서에서 주목한 것은 풍경인입니다."

"풍경인요?"

"네. 우표에 찍는 빨간 소인을 봐 주십시오. 성의 돌담과 부채 일러스트가 간신히 남아 있지 않습니까?"

"아아, 이거로군."

"그게 교토의 풍경인입니다."

스마트폰을 몬덴에게 돌려준 사쿠노스케는 술잔을 들고 낮게 신음했다.

"그 엽서가 히토미 씨에게 온 게 1992년 즈음입니다. 노모토 다카히코가 교토에서 서재 그림을 그린 것도 1992년이죠. 같은 시기에 도쿄와 요코하마에서 모습을 감춘 화가와 소년이 또한 같은 시기에 교토에 있었다는 말입니다."

사쿠노스케는 아무 말도 하지 않고 다이긴조[*]를 술잔에 따랐다. 몬덴은 여기가 승부처라고 보고 달려들었다.

"저는 노모토 다카히코라는 남자를 잘 모르겠습니다. 하지만 그를 아는 사람들은 입을 모아 그 재능을 극찬합니다. 그런데도 화가를 자처하지 않고 의뢰받은 일을 마치면 모습을 감춘다. 이상하지 않습니까?"

사쿠노스케는 오리와 파를 한껏 입에 넣고 몬덴의 질문을 무시했다.

"말씀을 듣는 동안 어떻게든 노모토의 작품을 이 두 눈으로 보고 싶어졌습니다. 이건 사건 취재와는 상관없이 순수하게 드리는 말씀입니다."

오른손으로 턱을 짚고 사쿠노스케가 미간을 찌푸렸다.

"노모토 씨는 지금 어디에 있습니까? 정말 연락이 안 되십니까?"

"좀 취하네."

뭐라고 말할지 고민하는 듯해서 몬덴은 술을 마시고 가만히 대답을 기다렸다. 사쿠노스케는 긴 한숨을 쉰 다음, 정면에 있는 기자의 눈을 똑바로 응시한다.

"정말 사건 때문이 아니오?"

몬덴은 시선을 피하지 않고 고개를 끄덕였다.

"질문은 일절 받지 않겠소."

몬덴이 다시 동의하자 사쿠노스케는 작게 "웃차."라고 소리 내

● 긴조 계열 효모를 사용하는 일본 청주 중 50퍼센트 이상 깎아 낸 쌀로 빚는 상위 제품

며 일어났다. 그리고 미닫이문을 열고 카운터에 있는 가게 주인을 향해 말했다.

"시라야키*는 다음에 하겠네."

술도 깰 겸 걷자고 말한 사쿠노스케를 따라 몬덴은 간다 거리를 걸었다.

"국수를 먹이고 싶었는데."

"소금으로 하는 거 말입니까?"

"그래요. 굵은 소금으로. 남은 다이긴조와 같이 먹는 게 좋지요."

추운 날이라 사쿠노스케는 다운재킷을 입었다. 깃털로 부풀어 오른 상의와 마른 몸이 대비되어 학처럼 보인다.

하얀 숨을 내쉬며 7, 8분 정도 걷자 오래된 임대 빌딩에 도착했다. 세무사 사무소나 일러스트 제작 회사 등이 잡다하게 입주한 건물로 '리쓰카'는 1층과 지하 1층을 창고 대신 쓰고 있다고 한다.

긴자와 간다는 차로 10분 정도 떨어져 있다. 걸어서 오갈 수 있는 거리는 아니고, 거리의 분위기도 많이 다르다. 몬덴의 소박한 의문에 사쿠노스케는 "낮말은 새가 듣고 밤말은 쥐가 듣는다죠."라고 농담처럼 대답했다.

지하 1층으로 내려가는 어둑한 계단 끝에 리놀륨 통로를 사이에 둔 네 개의 문이 보였다. 깔끔하게 칠한 파란 문이 두 개씩 마주 보는 구조였다. 사쿠노스케는 경쾌하게 발걸음을 옮기더니 오른

● 양념 없이 굽는 장어 구이

편 안쪽 문을 열어 조명 스위치를 눌렀다.

그러자 곧 형광등이 가벼운 금속음을 내며 켜지고 금세 방이 밝아졌다.

몬덴은 눈앞에 펼쳐진 광경에 놀라 반걸음 뒤로 물러났다. 좌우, 중앙 세 벽면에 크기가 다른 유화가 걸려 있었다. 권투 경기 링만 한 작은 실내였기 때문에 작품의 존재가 더 커 보였다.

벽 한 면당 네 작품, 총 열두 작품은 대부분 풍경화였다. 몬덴이 반걸음 물러난 것은 모든 작품에 박진감이 넘쳐서였다. 보통 전시회에서는 좋아하는 그림에 눈이 가게 마련이지만 여기에 있는 그림들은 어딘지 압도적인 사실감에 초점을 맞춘 듯 이질적인 분위기가 감돌았다.

짙은 윤곽이 두드러져 2차원 그림이 전혀 평면적으로 보이지 않았다.

"좀…… 평범한 느낌은 아니네요."

"이게 바로 '실재의 굉장함'이라오. 보자마자 기억에 새겨지는 것 같지요?"

사쿠노스케의 말대로 노모토 다카히코의 그림은 한 번 보면 잊을 수 없는 강렬한 빛이 깃들어 있었다. 사실을 뭉개서 보여 주는 개성이 아닌, 있는 그대로를 초월해서 얻은 개성이라고 해야 할까. 몬덴은 모티프의 힘에 화가의 힘이 더해진 인상을 받았다.

이런 간소한 공간에 고작 열두 점의 그림밖에 없는데도 이 그림들을 감상만 할 수 있다면 기꺼이 돈을 지불할 용의가 있었다. 진정한 예술성마저 느껴져서 창고에 이대로 묵혀 두기 아까웠다. 전에 마타요시 게이가 말한 것처럼 노모토의 작품은 '도키 미술관' 같은 일류 전시실에 걸려야 할 작품이었다.

"몇십 년이나 여기에 있었습니까?"

몬덴의 말에는 재능을 독점해 온 것을 책망하는 울림이 담겨 있었다.

"뭐."

사쿠노스케로서는 드물게 말을 흐렸다. 웃음이 사라진 얼굴에 죄책감이 보이는 것도 완전히 틀린 말은 아닐 것이다. 그렇기 때문에 여기 데려온 것이다. 이대로 미술계에서 물러나 '노모토 다카히코'의 존재를 지우는 행동이 옳은지, 아니면 그른지. 미술상이라면 그렇게 생각할 게 분명하다. 그만큼 노모토의 사실화는 꿰뚫어 버릴 듯한 박진감이 있었다.

"이 방은 1년 내내 온도는 20도, 습도는 50퍼센트로 유지하지요. 물론 물감의 균열이나 캔버스의 열화에도 주의해서 제 나름대로 지켜 왔네요."

사쿠노스케는 자신에게 변명하듯 멍하니 그림을 바라보고 있었다.

몬덴은 노화상의 옆얼굴을 보고 이 사람은 오랜 세월 동안 어떤 계기를 찾고 있던 게 아닐까 추측했다. 그는 계속 토해 내고 싶었던 것이다. 그 침묵이 의미하는 것. 어린 날의 나이토 료의 그림자…….

정적을 깬 것은 전화벨 소리였다.

사쿠노스케는 스마트폰 화면을 보고 얼굴을 찡그렸다. "실례." 라고 말하고 밖으로 나가더니 불과 몇 초 만에 돌아왔다.

"미안하오. 갑자기 손님이 왔나 보오, 긴자로 돌아가야겠어. 미안하지만 작품을 다 보면 문을 잠그고 열쇠는 국숫집 가게 주인에게 맡겨 주시겠소?"

몬덴에게는 바라마지 않던 전개였다. 사쿠노스케가 떠나고 난 뒤 잠시 상황을 지켜보다가 안쪽에서 문을 잠갔다. 그리고 디지털카메라로 열두 점의 그림을 한 장씩 정성껏 촬영한 다음 다시 한 번 작품을 감상했다. 모든 작품에 'T.N'이라는 사인이 들어가 있었다.

왼쪽 벽면에 걸린 작품 중 눈길을 끈 것은 계단식 논의 초록 벼가 햇빛을 받아 빛나는 그림이었다. 완만한 산등성이를 계단처럼 깎아 평지 구간을 만들고 그 위에 벼를 심었는데, 그 벼 하나하나가 마치 동물의 털처럼 부드럽게 표현되어 있었다. 논에 물을 대는 용수로 역시 주어진 자연에 적응하고 그것과 더불어 공존해 살아가는 사람들의 삶을 짐작하게 했다.

그 옆 눈 내리는 해변 그림도 매력적이었다. 해안가 모래 위로 쏟아져 내린 흰 눈과 핑크빛으로 물들어 고요하게 반짝거리는 해수면까지 환상적인 바다의 아침이 거기에 펼쳐져 있었다.

중앙 벽에 걸린 가로로 긴 작품은 초록빛 잔디 가득한 마을 풍경 위에, 번개 치는 하늘이 만들어 낸 우윳빛 하늘과 베일 같은 옅은 안개가 드리워져 있었다. 가만히 보고 있노라면 아름다움에 집착하기보다 소박함과 진솔함을 견지하는 자세가 느껴져서 손에 잡힐 듯 구체적인 어떤 하루가 떠올랐다.

같은 벽면에 걸린 작은 개울 그림은 굽이치는 흰색 물보라와 욕심껏 햇빛을 빨아들인 잎, 초록을 담뿍 머금은 이끼가 한데 어우러져 빛나는 약동감을 선사하는 작품이었다. 차고 거센 물소리를 그림으로 담아낸 듯 현장감도 생생했다.

오른쪽 면에 걸린 옅은 갈색 지붕 건물은 어떤 시설로 보이고, 건물을 이어서 확장한 듯한 애매한 형태다. 앞에 로터리와 같은 광장이 있는 걸 보면 역 건물인지도 모른다.

몬덴의 시선이 그 옆의 작품으로 옮겨 갔을 때 기묘한 기시감에 사로잡혔다. 아무것도 없는 공원이지만 입구에 있는 잔디밭 위에 석조의 작은 오브제가 두 개 놓여 있는데 바로 버섯 모양이었다.

어딘가에서 본 것 같은 기시감은 바로 기타큐슈의 치열(齒列)과 같은 셔터 거리, 그곳의 휴식 공간을 상기시켰다.

몬덴은 스마트폰을 꺼내 나이토 히토미가 보고 있었던 세밀화를 불러 냈다. 소녀가 한쪽 발을 올리고 있는 버섯 오브제를 확대했다. 전체적으로 갓 부분이 검고 대가 하얗다. 그러나 또렷하게 색이 구분되어 있지 않고 갓에는 흰색 얼룩이, 대에는 검은 얼룩이 묻어 있다. 만들 당시에는 흰 페인트로 칠했고 나중에 칠이 벗겨진 것이 아닐까. 그리고 이 미묘한 변화는 실로 중요했다.

액자 안 그림과 스마트폰의 이미지를 비교한다. 버섯의 크기, 형태, 복잡한 색 구분…… 육안으로 보는 오브제는 똑같았다. 여기에 배경에 있는 공원의 잔디가 마른 모양까지 똑같다.

사실화 화가이기 때문에 가능한 일치. 나이토 료와 노모토 다카히코는 같은 시기에 교토에 있었고 같은 오브제를 그렸다. 소걸음처럼 느린 전진이지만 점점 뚜렷해지고 있어서 몬덴의 마음은 고양되었다.

교토시 공원 관리 부서를 찾아가면 어느 정도 장소를 알아낼 수 있지 않을까…….

몬덴은 노모토의 공원 작품을 세밀하게 접사로 촬영했다. 어떻게든 여기에서 노모토로 이어지는 길을 찾아내야 한다.

스마트폰이 진동하고 전화가 걸려 왔다. 처음 보는 휴대전화 번호가 화면에 표시된다. 금방 끊어질 것 같지 않아서 전화를 받았다.

"아아, 몬 짱이야?"

밝은 음성으로 금세 알 수 있었다. 죽은 나카자와 요이치의 아내, 미키코다.

"아, 미키코 씨."

몬덴은 가볍게 답했으나 다시 한번 애도의 말을 드려야 할지, 두 달이나 지났는데 조금 지나친 건 아닌지, 스마트폰을 들고 망설였다.

"좀 부탁할 게 있어서."

미키코가 바로 용건을 꺼내 준 덕분에 몬덴의 작은 고민은 금세 해소되었다.

"네, 말씀하세요."

"건담 플라모델 있잖아? 그거 받아 줄래?"

"진짜요?"

갑자기 '진짜'라는 말이 주저 없이 튀어나왔다. 미키코의 웃음 소리를 듣고 너무 경박했다고 쑥스러워하면서도 몬덴은 쾌활하게 말했다.

"기꺼이요!"

3

나카자와의 집은 오랜만이다.

이십 대 무렵 요코하마 지국에 있었을 때는 자주 집에 불러 주었다. 그러나 이동한 다음부터는 아무 때나 찾아갈 수도 없어서 점차 밖에서 마시게 되었다. 마지막이 삼십 대 중반이었나. 나카자와가 암에 걸린 다음부터는 이 십과 편지는 오갔지만 실제로 문지방을 넘어서는 것은 약 20년 만이다.

"몬 짱도 그런 제대로 된 정장을 입게 되었네."

옛날에 식사를 대접받은 적도 있는 나카자와의 주방에서 몬덴과 미키코는 마주 보고 앉았다. 그 시절보다 식탁이 한 치수 작아졌다.

처음 야습*을 감행했을 때 몬덴은 스물넷으로 정장 따위는 소모품으로만 생각했다. 실제로 경찰서 출입기자는 아무 데서나 쪽잠을 잘 수 있는 기본 능력을 장착하지 않으면 몸이 버티지 못한다. 주름이 자글자글한 바지만 봤던 미키코 입장에서는 정장은 세월을 느끼게 하는 아이템일 것이다.

"30년이 순식간에 지나갔네요."

"정말 싫다. 나는 이제 연금을 타 먹고 산다니까."

서로 나이가 들었지만 대화를 나누는 사이에 시곗바늘이 거꾸로 돌아가기 시작했다. 원래 호리호리하던 미키코의 체형은 그대

● 기자가 사전 약속 없이 밤이나 새벽에 취재 대상의 집을 찾아간다는 의미로 쓰였다.

로였고 밝은 인품도 변하지 않았다.

어제 간다의 창고에서 전화를 받고 좋은 일은 서두르라는 말처럼 다음 날 바로 왔다. 지국장 업무를 땡땡이치고 있어서 요즘에는 같은 층에서 일하는 서무 시모다 에쓰코에게 냉랭한 시선을 받고 있다.

"처음 몬 짱이 집에 왔을 때는 놀랐잖아."

"학생 같아서요?"

"그게 아니라. 실은 그이가 기자를 별로 안 좋아하거든. 그때까지 집에 들인 사람이 없었어."

또 '30년을 넘은 새로운 진실'이다. 자신이 처음 집에 들어간 기자라고 생각도 못했다.

"좋은 기회라 그 건담을 버리라고 설득 좀 해 달라고 했는데 설마 동지였다니."

농담처럼 가볍게 흘겨보는 미키코에게 몬덴은 신입 기자로 돌아간 듯한 기분이 들어 고개를 숙였다. 하긴 그때 몬덴은 나카자와의 방을 보고 들떠서 "우와! 보물섬이네요!"라고 그녀에게 말했다. 마지막에 "천천히 둘러보세요."라고 어이없어하며 자리를 비킨 미키코의 모습을 지금도 선명히 기억한다.

홍차를 마시며 잠시 담소를 나눈 후 미키코는 나카자와의 방이 있는 2층을 올려다보며 말했다.

"정리를 꽤 했는데 원체 수가 많아서. 내 남동생도 건담을 좋아해서 달라고 하긴 했는데 몬 짱이 먼저 좋은 걸 가져가. 그이, 몬 짱과 얘기할 때는 정말 즐거워 보였어."

나카자와가 죽고 몬덴에게 전화하기까지 두 달이라는 시간이 필요했을 것이다. 미키코의 친동생보다 우선해 줘서 고맙기도 하고, 역시 기뻤다.

계단을 올라와 나카자와의 방까지 안내해 준 미키코는 30년 전보다 부드러운 음성으로 "천천히 둘러보세요."라고 말하고 1층으로 내려갔다.

옛날 나카자와와 자주 대화를 나눈 방은 상당히 깔끔해졌다. 산더미처럼 쌓아 올린 플라모델 상자는 전부 사라지고 처음 보는 목제 전시 선반에 서른 개 정도가 세워져 있다.

몬덴은 뒤로 돌아 나카자와의 책상을 시선에 담았다.

책상 위에는 건프라 제작 도구를 늘어놨고 꼼꼼하게 '조립'과 '도장' 공정별로 분류해 두었다. 커팅 매트와 니퍼, 핀셋 등은 흠집이 가득하고 녹이 슬어 깊은 맛이 느껴진다. 한편 조각도는 신형 디자인의 나이프로 바뀌었고, 건조할 때의 대나무 꼬치가 페인팅 클립으로 바뀌는 등 모르는 새에 늘어난 것도 많다.

처음 무턱대고 밤에 찾아왔을 때 나카자와는 플라모델 도장 스프레이 캔을 들고 있었다. 그것을 본 몬덴이 "그거 뿌리시나요?"라고 묻자 분위기가 달라졌다. 그때 특수반 형사가 보여 준 놀란 얼굴은 어제 일처럼 기억에 생생하다.

그때는 방에 없던 은색 에어브러시가 굵은 선으로 컴프레서와 연결돼 있다. 공업사 기계 같은 진지한 장비는 사람들과 어울리기 싫어하는 나카자와의 사생활을 상징하는 듯했다.

방을 둘러보니 꽤 많이 처분했다는 걸 알 수 있었다. 미키코의 남동생도 있으니 뻔뻔하게 너무 욕심낼 수는 없다. 몬덴은 전시 선반에 있는 작품을 조심스럽게 관찰했다.

'건담 F90'을 발견하고 집어 들었다. 1990년에 발매된 모델이다. 실드나 동체 부분의 파란색이 현재 판매하는 제품보다 짙은 군청색이다. 처음 만났을 때 나카자와는 기체에 도장 전 초벌 도료인 서피서를 뿌리고 있었다.

자신보다 훨씬 본격적이라는 사실을 알았다. 사실감을 주기 위해 굳이 얼룩을 만들거나 흠집을 낸 작품도 적지 않다.

갑자기 나카자와의 목소리가 몬덴의 머릿속에 되살아났다.

"건담이 나왔을 때는 '이제 됐다'고 생각했는데."

료가 혼자 요코하마에 돌아왔을 때 배낭 안에 'Z건담' 플라모델이 들어 있었다. 'F90'과 같은 1990년에 발매된 모델이다. 가나가와 현경은 여기에서 단서를 잡을 수 있다고 생각해 철저하게 조사했으나 결국 범인의 꼬리를 잡지 못했다.

다시 작업 공간을 돌아봤다. 종이 줄, 접착제, 도료, 오일, 코팅제, 클리너, 마스킹 테이프, 붓, 마커 등 나카자와가 사용하던 도구를 보고 있으니 죽을 때를 깨달은 남자의 고독한 작업 풍경이 떠올랐다. 몬덴은 북받쳐 오른 눈물을 손수건으로 닦았다.

스낵에 앉아 이런저런 것을 가르쳐 주었다. 경찰이라는 조직, 형사가 중요하게 생각하는 것, 입건하지 못한 사건의 원통함, 불합리한 현실을 꾹 참을 수밖에 없는 피해자, 피의자의 삶에서 돌아본 불공평한 사회. 글자화되지 않은 실제로 존재하는 소리로, 몬덴은 세상의 '상식', 그 이면에 있는 이분법적으로 나눌 수 없는 현실을 배웠다.

그동안 정말 감사했습니다. 그 마음이 다시 눈물이 되어 플라모델을 들고 그 자리에 주저앉았다. 간소한 장례식에서는 울지 못했다. 그러나 이렇게 고인이 소중히 해 온 시간을 접하자 잃은 것의 크기가 가슴에 스며들었다. 이제 이 방에 올 일이 없다고 생각하자 애절함이 가슴을 찌른다.

일어난 몬덴은 복도로 나가 방을 향해 고개 숙여 인사한 다음 계단을 내려갔다.

"어머나, 그걸로 충분해?"

1층 거실 테이블에서 책을 읽던 미키코는 의외라는 표정이었다.

"네. 이걸로 충분합니다."

몬덴은 집에서 가져온 상자에 플라모델 두 개를 넣었다. 미키코가 홍차를 끓여 줘서 다시 자리에 앉았다.

화제가 만남의 계기가 된 유괴 사건에 이르자 몬덴은 기타큐슈에서 나이토 히토미를 만난 이야기를 했다.

"규슈까지? 와, 발걸음이 가벼운 지국장이네."

"어찌어찌 만나서 다행이었어요. 헛걸음이었으면 기가 죽었을 겁니다."

"남편은 종종 어깨가 축 처져서 집에 돌아오곤 했어. 그이가 정년퇴직해서도 유괴 사건을 조사했거든."

"개인적으로 했다는 말씀이세요?"

"그래. 경찰을 그만둔 다음이 더 활기찼어. 현역 시절에는 수직적인 조직이니까 마음에 걸려도 따로 조사 못 하는 일이 많았나 봐. 그래서 전국 방방곡곡을 들쑤시고 다녔지. 나야 밥을 안 해도 되니까 다녀오라고 흔쾌히 등을 떠밀었고."

"뭔가 포착한 기색은 없었나요?"

"글쎄. 자세한 건 몰라도 돌아와서 바로 미무라 씨한테 전화한 적이 몇 번 있어."

"미무라 씨라면 당시 미무라 관리관 말씀이세요?"

"맞아. 이제 노인이 되셨을 텐데. 죽기 전에 자신이 조사하던 자료를 미무라 씨에게 보냈어. 꽤 죽이 잘 맞았을 거야, 그 두 사람."

미무라는 현경 수사1과장까지 올라간 인물이다. 똑똑하고 속도 깊다고 나카자와가 자주 칭찬했다. 사건 당시에는 미무라가 지휘 차량 'L2'에 타고, 나카자와가 '마루K 지도'를 맡아 두 사람이 중요한 역할을 담당했다.

그 미무라가 나카자와의 개인적인 조사 기록을 갖고 있다. 거기에 자신이 모르는 무엇인가가 있을 가능성이 높다.

"미키코 씨, 부탁이 좀 있는데요……."

미키코는 바로 눈치챘다는 듯 한숨을 쉬고 천장을 올려다봤다.

"미무라 씨한테 갈 거야?"

"네. 그래서……."

미키코는 "다 말 안 해도 돼."라는 듯 오른손을 가볍게 저었다. 나쁘지 않은 반응이었다.

"괜찮아. 대신 건담, 조금 더 가지고 가 줄래?"

4

　전직 가나가와 현경 수사1과장, 미무라 도모야의 손녀는 매우 공손했다.

　미무라는 현재 여든한 살이니 적어도 삼십 대일 텐데, 조금 과장하자면 아직 학생 분위기가 남아 있다.

　"정말 이런 추운 날에 죄송합니다. 게다가 선물까지 주시고요."

　안내를 받는 도중 그녀가 머리를 숙이자 긴 머리카락이 얼굴을 덮었다.

　"아니에요, 저야말로 쉬는 날에 찾아와서 죄송합니다."

　몬덴은 요코하마 시내에 있는 미무라의 집을 찾아왔다. 나카자와의 집에서 미키코에게 소개해 달라고 부탁한 지 닷새 후였다. 코로나19가 6차 유행 중이긴 했지만 미무라는 '일정한 거리를 유지한다면'이라는 조건을 붙여 만남을 허락했다. 그때 연락을 주고받은 사람이 이 집에 사는 손녀였다.

　"집이 좁아서……."

　몬덴은 상대방의 겸손에 "아닙니다, 너무 부러운 좋은 집입니다."라고 대답하고 말을 이었다. 실제로 마흔 평 정도의 일본식 건축물로 회색 기와지붕과 수수하게 나무를 붙인 외벽이 풍취가 있는 집이었다.

　문 너머 현관으로 징검돌이 이어지고 있고 왼쪽에는 흙이 깔린 작은 정원이 있다. 화단이나 오브제가 없는 검소한 정원이지만 가련하게 한 떨기 흰 꽃을 피운 매화나무가 몬덴을 반겨 주었다.

손녀딸이 툇마루의 나무틀 유리문을 열자 복도 건너편에 다다미 여덟 장 크기의 일본 전통 방이 보이고 안쪽 좌식 의자에 백발의 노인이 앉아 있었다. 마스크를 쓰고 있어서 얼굴의 절반은 알 수 없지만 기품 있는 분위기가 전해진다. 담요를 덮고 있어 다리는 안 보이지만 들은 바에 따르면 아직 건강하다고 했다.

"이런 곳에서 죄송합니다. 여기 앉으세요."

손녀딸은 툇마루에 놓인 방석을 권유하고는 자신은 현관으로 향했다. 몬덴이 그 자리에서 인사하자 노인도 빙그레 웃으며 인사를 건넸다.

"안녕하시오. 미무라입니다. 모처럼 여기까지 와 주셨는데 미안합니다. 전의 그거, 그거⋯⋯."

"코로나 말씀이십니까?"

"그래요. 코로나로 가족이 시끄러워서 일단 가스난로는 피워 놨는데 추우면 말씀하세요."

코로나 6차 유행 확진자 수가 감소 추세에 있다고는 해도 가족 입장에서는 불안할 것이다. 툇마루에서 미무라가 앉은 장소까지는 차량 한 대 분 정도의 거리가 있어 충분한 '사회적 거리두기'라 할 수 있다. 게다가 유리문을 활짝 열어 두었기에 환기도 잘 되고 있다.

툇마루에 앉은 몬덴은 미무라의 얼굴을 보려면 몸을 비틀어야 했다. 가방에서 노트와 볼펜을 꺼내고 시간을 내줘서 고맙다고 말했다.

"나카자와 군의 아내에게 들었습니다. 사실은 어제 후지시마 씨한테도 전화를 받았고요."

지난달 요코하마 시내의 찻집에서 만난 후지시마는 현역 시절부터 미무라와 가깝게 지내고 있었다. 혹시 몰라 오늘 일을 후지시마에게 알려 두기는 했는데 몬덴을 생각해 연락해 준 듯하다. 후지시마의 기자로서의 자세가 드러난 배려다. 미키코와 후지시마 덕분에 무리한 요구를 들어주었을 것이다.

손녀딸이 쟁반을 들고 툇마루에 오더니 찻잔과 화지로 감싼 다과자 접시를 놓고 조용히 물러갔다.

"매화가 예쁘게 피었네요."

몬덴은 따뜻한 호지차를 받고 곧 시작할 인터뷰를 위해 한숨 돌렸다.

"앞으로 몇 번이나 볼 수 있을지. 나카자와 군이 먼저 떠나다니, 가는 순서는 제대로 지켜 주면 좋겠군요."

"나카자와 씨는 제가 신입일 때부터 돌봐 주셔서 제일 많이 신세를 진 형사였습니다."

"좋은 사람이자 좋은 형사였지요."

나카자와의 죽음은 일련의 취재의 기점에 해당한다. 몬덴은 장례식장에서 시작된 조사에 대해 미리 정리한 대로 요점을 말했다.

"그 '리쓰카'라는 화랑 경영자, 기시 씨였나요? 그 사람이 포인트가 될 것 같군요."

미무라는 역시 눈이 날카로워 한 번의 설명으로 흐름을 파악한 듯했다.

"이걸 봐 주시겠습니까?"

몬덴은 툇마루에서 무릎을 세우고 일어나 팔을 뻗어 A4용지 두 장을 미무라에게 전달했다.

"여자아이가 그려진 쪽이 기사라기 슈, 즉 나이토 료의 작품입니다. 다른 한 장이 노모토 다카히코의 작품입니다."

미무라는 노안용 안경을 쓰고 그림 두 장을 비교했다.

"같은 장소, 인가요?"

"네. 특히 공원 입구에 있는 버섯 모양의 오브제를 봐 주세요."

"그렇군요…… 이것에 대해 기시 씨는 뭐라고 하던가요?"

"부끄러운 말씀입니다만 '그림을 보기만'이라는 약속이라 질문은 못 했습니다."

허술한 취재를 지적받는 듯해서 몬덴은 쓴웃음을 지었다.

"소위 반만 자백했군요."

기시의 어중간한 협조를 가리키는 것이다. 몬덴은 동의한다는 듯 끄덕였다.

"기시 씨는 조만간 은퇴한다고 합니다. 주간지의 폭로에 대해서는 화를 내셨지만 노모토 씨의 작품을 이대로 세상에 드러내지 않아도 되는지, 지금까지 그림과 함께 살아온 미술상으로서 갈등했다고 생각합니다. 창고라고는 하지만 상당히 신경을 써서 작품을 보관했으니까요."

"재능을 발굴한 사람이 예술을 자신의 손으로 꺾어 버리는 짓을 하게 되면 죄책감을 갖게 되겠지요."

죄책감이라는 말을 듣고 창고에서 본 기시의 불편한 표정이 떠올랐다.

"노모토 다카히코의 작품이 높게 평가받을수록 어둠의 경력에 빛이 비춘 거로군요. 마치 마쓰모토 세이초의 《얼굴》 같아요."

묘한 비유에 몬덴은 마스크 속에서 살짝 웃었다. 후지시마도 지난달 마쓰모토 세이초의 말을 인용했다. 같은 세대라 통하는 걸까.

"몬덴 씨는 이 공원이 어딘지 짐작 가는 곳이 있나요?"

"아니요, 아직 못 찾았습니다. 교토 쪽을 살펴보고 있어요."

몬덴은 새로 A4용지를 세 장, 똑같은 요령으로 미무라에게 전달했다.

"엽서 사진이 앞뒤로 두 장, 에세이 글이 한 장 있을 겁니다. 에세이 쪽은 중간에 빨간 테두리를 친 곳이 노모토와 관계된 부분입니다."

"엽서 수신인이 나이토 히토미로 되어 있군요."

"네. 지난달에 만났습니다."

"아아, 그러셨군요? 그 사람은 지금도 규슈에 있나요?"

미무라는 후지시마에게 연락을 받았다고 했지만 자세히 듣지 못한 듯했다.

"나이토 히토미는 기타큐슈에서 스낵을 운영하고 있는데 지금은 몸이 안 좋아서 가게를 잠시 쉬고 있습니다. 그 엽서는 취재 때 보여 준 건데요, 뒷면의 복숭아 그림을 료가 그린 것이라고 합니다."

"어린 시절의 그림이군요."

"네. 우편 소인의 글자가 지워져 있는데 그 엽서가 온 게 료가 돌아오기 2년 전, 즉 유괴된 지 1년 후 정도였다고."

"1992년 12월경이라는 말인가요? 하지만 복숭아니까 겨울이 아닌가."

후지시마도 그랬지만 미무라도 또한 사건의 순서가 완벽하게 머릿속에 들어가 있다. 자신이 팔십 대라면 이런 대화를 할 수 있을까.

"엽서 수신인을 쓴 것은 분명히 어른입니다. 미무라 씨, 범인의 필적을 알 수 있는 유류품은 남아 있지 않습니까?"

"아니요, 시효가 완성된 이후에 폐기했어요. 수사원이 개인적으로 갖고 있을 수도 있지만 찾기 힘들지 않을까요. 그건 그렇고 엽서는 전혀 몰랐어요."

"나이토 히토미는 경찰에게 알리면 엽서를 돌려주지 않을 거라고 말했습니다."

미무라는 "조사한 다음에는 돌려줄 텐데."라며 웃었다.

"그리고 도코 씨에게도 경찰에는 말하지 말라고 신신당부를 들었다고 합니다."

"그런가요……."

미무라는 일단 마스크를 벗고 차를 마셨다.

"그래서 이 글에는 뭐라고 써 있나요?"

몬덴은 수집가의 초상화를 그린 노모토가 자취를 감춘 일, 그 후 다른 수집가의 서재를 그리고 다시 소식이 끊긴 일을 설명했다.

"그 두 번째 서재 쪽 수집가가 교토에 살고 있어서 당시 노모토도 교토에 살았을 가능성이 높습니다. 이걸 그린 시기가 1992년 즈음이라……."

"엽서와 에세이가 이어지는군요. 두 사람은 1992년 교토에서 같이 있었을지도 모른다?"

"네, 조금 전 엽서 그림의 오브제가 있는 공원을 교토에서 찾고 있는 것도 그런 이유에서입니다."

몬덴은 교토시 공원 관리 부서에 연락하여 사정을 설명했으나 담당자는 "그림뿐이라면…… 사진은 없습니까?"라고 곤혹스러워했나. 그림 두 점의 공통점을 발견했을 때는 혼자 신이 났지만 이 작은 오브제만으로는 재료가 너무 부족했다. 인터넷 검색에도 전혀 걸리지 않는다.

"몬덴 씨는 잘 조사하셨군요. 역시 후지시마 씨의 제자다워요."

후지시마가 회사에 있을 때는 손으로 꼽을 정도밖에 보지 못했지만 신입 시절에 큰 영향을 받은 것은 분명하다. 몬덴은 쓸데없는 말은 하지 않고, 웃으며 감사 인사를 했다.

"그럼…… 저도 선물을 하나."

미무라가 노트 한 권을 들어 팔을 뻗자 몬덴은 무릎을 꿇은 상태로 허리를 세워 그걸 받았다.

"이건 뭡니까?"

"나카자와 군의 노트예요. 부인에게 들었지요?"

나카자와가 죽기 전에 미무라에게 보냈다는 자료. 그중 한 권인가.

"봐도 될까요?"

미무라가 끄덕이자 몬덴은 표제가 없는 B5사이즈의 노트를 펼쳤다. 두꺼운 노트였으나 글자나 인물 관계도가 빼곡히 적혀 있고 지도나 전단지를 첨부한 것도 많았다. 정보를 정리하고 다시 깔끔히 정서한 것이라고 이해했다.

그중에서 몬덴의 시선을 끈 것은 앞쪽 십여 페이지에 걸쳐 기록된 주소록 같은 부분이다.

"이 주소와 이름은 뭡니까?"

"확인하지 못한 가설을 정리한 목록이지요, 여러 가지로 있어요. 형사의 감부터 목격 정보까지."

한 건당 여러 명의 이름이 적혀 있는 것이나 비고란에 자세하게 적어 놓은 것 등 정보량에 편차가 있었다.

몬덴은 교토를 찾아봤으나 목록에 없었다. 게다가 오사카나 효고도 없었다. 간사이 지역은 시가현뿐이었다. 그러나 게이지●라는 단어가 있는 것처럼 교토와 시가는 인접해 있다.

"다카시마시……."

"잘 알다시피 경찰 수사는 반별로 진행하니까 다른 반이 뭘 조사하는지 의외로 잘 몰라요. 나카자와 군은 시효가 성립된 후에도 여러 형사에게 묻고 다니며 조금씩 노트를 정리해 나갔어요."

시효 후에도 조사했다는 것은 알고 있었으나 이렇게까지 치밀한 수사 노트를 만들었다는 건 처음 들었다. 지난달 후지시마가 말한 대로였다.

'몬덴 군, 나카자와 씨는 아직 자네에게 말하지 않은 게 있어…….'

"리스트에 스무 건 정도 있지요? 나카자와 군은 정년퇴직 이후에도 모든 현장을 찾아갔어요."

● 교토시와 시가현을 합쳐서 부르는 지명

도쿄, 가나가와, 사이타마, 야마나시, 도야마, 이시카와, 미야기, 기후, 미에, 시마네, 히로시마, 후쿠오카, 나가사키…… 그리고 시가. 중복되는 현이 있지만 휴일도 없이 전국을 돌아다녔다고 생각하니 몬덴은 가슴이 뜨거워졌다. 그리고 "지쳤다."라고 말한 자신이 부끄러웠다. 한 번 기타큐슈에 간 것 정도는 아무것도 아니다.

"아까 기지마 도코가 딸 히토미에게 입막음을 시켰다는 말을 듣고 그녀의 말이 떠올랐지요. 한심하게도 '낮은 정보다 기른 정'이라는 말이 맞네, 라고요."

후지시마의 정보원이 여기였나 싶어 몬덴은 조용히 맞장구를 쳤다.

"이 '기른 정'에 대해 계속 생각해 왔습니다. 나이토 소년이 유괴당한 기간, 기지마의 집에서는 정기적으로 편지를 받은 흔적이 있습니다. 다만 마지막까지 그 상대를 밝혀내지 못했지요. 그리고 이건 시효 후에 알게 된 건데……."

미무라는 거기에서 기침을 하고 마스크를 벗은 뒤 차를 마셨다. 다시 마스크를 쓰고 다리에 덮은 담요를 보고 말없이 생각에 잠겼다.

큰 정보라는 예감은 경험에서 얻은 예측이라고 하는 편이 정확할지도 모른다. 몬덴은 툇마루에 그대로 앉아 긴장해서 말을 기다렸다.

"도코가 친해진 여형사에게 입을 놀렸지요. 나이토 료가 돌아왔을 때 들고 있던 배낭 안에 '이가 들어 있었다'고."

"이, 말씀이십니까?"

"네, 빠진 젖니예요. 젖니가 열 개 정도 직접 만든 케이스에 들어가 있고 그게 입 모양이었다나……. 그러니까 어디에 있는 이가 빠졌는지 한눈에 알 수 있게 되어 있었어요. 정성스럽게 빠진 날짜까지 쓰여 있었다더군요."

극히 소수의 인간만 아는 정보. 슬롯머신의 잭팟처럼 '그때, 그 장소, 그 사람'이라는 조각을 맞춰야 비로소 얻게 된 사실은 '인간'으로 직결되는 것이 많다. '빠진 이'가 가진 생생함에 몬덴은 강하게 끌렸다.

"그 케이스는 어디에 있습니까?"

"여형사도 겨우 보여만 주고, 사진도 못 찍게 했다고. 이미 시효가 지나갔으니까요. 억지로 강요할 수도 없고요."

"3년 동안 료를 돌봐 준 인물에 대해서는요? 기지마 도코는 뭔가 말했습니까?"

"아니요, 완강히 '묵비권을 행사'했어요."

'공백의 3년'에 다가갈수록 선입견이 무너지고 발판이 흔들린다.

돌아온 료는 깔끔한 옷차림에 읽고 쓸 줄 알았고, 그림 실력이 늘고 예의범절이 몸에 배어 있었다. 아이러니하게도 유괴당하기 전보다 충실했던 생활을 엿볼 수 있다. 그리고 지금 밝혀진 소중히 보관되었다는 열 개의 젖니…….

"우리 형사들은 아직도 이 사건을 어떻게 해석해야 할지 전혀 모르겠군요. 그야 현실이니까 추리소설처럼 깔끔한 플롯은 아닐 테지요. 다만 범인이 왜 그랬는지, 그 동기 정도는 가르쳐 달라고 해도 죄는 아닐 거예요."

미무라는 눈가에 온화한 미소를 지어 보였으나 그 원통함이 전해졌다. 수상한 사람의 미행에 실패하고 아이가 돌아왔는데도 범인을 검거하지 못했다. 물론 비판받을 점이 있다고 해도 경찰은 경찰 나름대로 최선을 다했을 것이다.

동기. 여기에 '공백의 3년'의 인과관계가 있는 것은 틀림없다. 기묘한 사건 취재 속에서 어렴풋이 깨달으면서도 굳이 외면해 온 하나의 방향성.

관계자를 직접 찾아가 얻은 조각을 하나씩 맞추는 동안 떠오른 것은 범죄와는 반대 지점에 있을 '애정'이었다.

잠시 침묵한 뒤 미무라는 매화나무에 시선을 주며 온화하게 말했다.

"억울한 누명을 쓴 경우가 아니라면 취조실 피의자의 심경은 항상 애매모호해요. 특히 어중간하게 절반만 자백하는 경우는 등을 밀어줄 '무엇인가'를 요구하는 경우가 많아요. 형사로서는 증거를 쌓아 가면서 그 '무엇인가'를 찾아내는 수밖에 없어요."

그 말이 의미하는 것은 금세 깨달았다. 절반만 털어놓은 기시 사쿠노스케의 '자백'에는 나이토 료와 노모토 다카히코가 같이 살았다는 등의 추가 증거가 필요하다고. 그 첫걸음을 내딛는 데에 필요한 여권은 지금 손에 얻었다.

몬덴은 미무라에게 받은 나카자와의 조사 노트 표지를 쓰다듬은 후 일어나 작별 인사를 했다.

"지금도 가끔 공원에 데려가 달라고 하세요."

문밖까지 배웅해 준 손녀는 툇마루 쪽을 보며 웃었다.

"전망대에서 경치를 바라보십니까?"

"전망대에도 가시지만요, 현장 형사가 잠복했던 장소를 천천히 둘러보러 가세요."

"그럼 '무테키 다리'도요?"

"네. 몇 년인가 전에 그 다리를 가만히 응시하고 계신 적이 있었어요."

혹시 불심검문을 했으면……. 유괴 수사에 '만약 그랬으면'이라는 가정은 금물이다. 그러나 실제로 사건을 지휘한 형사에게는 평생 잊지 못할 선택이 되었을 것이다.

"걸어다니시면서 지치셨나 봐요. 그날은 잘 드시고 잘 주무셨어요."

깊이 고개 숙여 인사한 몬덴은 미무라의 집을 뒤로 했다.

나카자와와 미무라, 센자키뿐만이 아니다. 설령 세간에서 잊힌 사건이라도 연관된 형사의 집념이 이 노트에 가득 담겨 있다. 아스팔트 위로 한걸음 내디딜 때마다 몬덴은 마음을 굳혔다. 이와 더불어 은신처인 교토에서 엽서를 보냈을까, 라는 의문이 들었다.

그들은 시가에 있지 않았을까?

5

좋아할 수 없는 것을 꼽아 보면 끝이 없다.

과장하는 사람, 구체적이지 않은 애매한 질문, 목이 아픈 아침,

갑자기 서비스를 바꾸는 대기업, "현관에서 말씀드려도 괜찮으십니까?"라고 말하는 방문 판매 매뉴얼…… 그리고 축제가 끝난 후.

2월 하순, '와카바 화랑' 입구 왼쪽에 있는 벽시계는 오후 7시 25분을 가리키고 있었다. 크기가 다른 얇은 골판지 상자가 겹쳐진 채 벽에 세워져 있다. 이제 액자에 넣었던 그림을 노란색 천 주머니에 넣어 이 골판지 상자로 만든 고급 작품 보관 케이스에 담는다. 대부분 화가의 자택이나 창고로 돌아가는, 노골적으로 말하자면 '팔고 남은' 것이다.

리호가 처음으로 기획한 '와카바 화랑'의 그룹전은 가능성이 큰 젊은 화가 여섯 명의 대표작과 신작으로 치러졌다. 만전을 다해 승부에 나섰다. 서른여덟 점의 출품작 중 붉은 원이 붙은 것은 두 작품. 둘 다 4호 크기 소품으로, 8호에서 100호 사이의 대작은 전혀 반응이 없었다.

"코로나는 뭘 기준으로 끝나는 걸까요?"

리호가 특별히 눈여겨보고 있는 기즈가와 미와가 자신의 작품을 노란 천 주머니에 넣으며 말을 걸었다. 그녀가 손에 든 것은 흰색, 보라색, 핑크색의 꽃잔디가 섞여 천연의 양탄자에 햇볕이 내리쬐는 듯한 산뜻한 작품이다. 50호의 실물을 받았을 때는 '팔리겠다'고 확신했으나 단순한 바람으로 끝나 버렸다.

DM을 뿌리고 고객에게 전화나 메일로 안내한 효과도 있어 첫날과 둘째 날은 그럭저럭 관람객이 들었다. 그러나 평일이 되자마자 관객의 발걸음이 주춤해지더니 그대로 회복하지 못하고 마지막 날을 맞았다. 무리해서 미술 잡지에 실은 광고도 효과가 없던 듯했다.

"하긴, 단골 고객은 고령인 분이 많으시니까요."

코로나19의 6차 확진자 수가 최고조일 때 전시회가 시작됐고, 기분 나쁜 숫자가 고공 행진을 멈춘 가운데 러시아가 우크라이나를 침공했다. 코로나 피로에 더하여 전쟁이 초래한 여러 방면의 악영향에 세계가 우울해하고 있었다. 최근 몇 년 답답한 상황은 출구가 보이지 않는다.

미와는 올해 여름에 서른 살이 된다. '와카바 화랑'의 인터넷 상점에도 작품을 올려 두고 있지만 아직 한 점밖에 팔리지 않았다. 그런데 '기간 한정'으로 미와의 개인 SNS 계정으로 작품을 판매했더니 소품이 연속 다섯 점이 팔렸다.

순수한 평가라면 좋은 일이겠지만 미와의 작품을 구입한 세 명은 모두 남성으로 그중 한 명은 한 번에 세 점이나 구입했다. 모두 트위터를 통한 거래였는데, 리호는 미와의 단아한 외모가 크게 영향을 미쳤다고 생각했다.

미와는 '와카바 화랑'의 몫을 확보한 뒤에 다시 SNS에서의 판매를 원했지만, 리호는 좀처럼 긍정적으로 볼 수 없었다. 스물아홉 살의 여성이라면 남자의 흑심을 모를리 없다. 그림을 사서 '친해질 권리'를 얻으려는 남자가 존재하는 이상, 천진난만하게 인정할 수는 없었다.

과거 사건으로 마음에 두꺼운 갑옷을 두른 리호 입장에서 가볍게 볼 수 없는 문제였다.

"먼저 들어가겠습니다."

작품을 승합차에 다 실은 남녀 화가가 리호에게 인사하고 화랑을 나섰다. 매우 산뜻한 퇴장이었다. 두 사람은 같은 미대 출신으로 사실혼 관계다.

리호는 미와와 의미심장한 시선을 교환한 뒤 어깨를 으쓱했다. 작은 화랑 기획전에서는 철수 작업 때 화가의 인간성이 드러난다. 직접 포장을 마치고 다른 이를 돕는 사람도 있는가 하면 지금 두 사람처럼 훌쩍 돌아가는 사람, 그 자리에서 수다를 즐기는 사람……다양한 타입이 눈에 들어온다.

물론 화가의 자유지만 미와처럼 마지막까지 함께 땀 흘리는 사람이 좋았다. 그건 화랑 측의 고생이 줄어서가 아니라 상식적인 시야를 가진 창작자에게 매력을 느끼기 때문이다. 예술 세계이기 때문에 인격이 파탄 난 천재도 있기는 하지만 자신은 도저히 그런 사람은 감당할 수 없다.

작업을 마치자 그대로 끝이 났다. 화랑 앞에서 화가들을 배웅하고, 겨울밤에 빨려 들어가는 미와와 화가들을 보면서 가슴속에 쓸쓸함이 몰려왔다. 모습이 보이지 않게 되어도 한동안 그 자리에 서 있었다. 쓸쓸함이 한심함으로 변질될 즈음이 되자 오른쪽 뺨에 눈물 줄기가 흘렀다.

텅 빈 실내에서 기운 없이 의자에 앉아 액자를 떼어 낸 흰 벽을 비추는 조명을 멍하니 바라본다.

코로나가 잦아들면, 혹은 그룹전이 성황이었으면, 지금쯤 화가들과 즐겁게 뒤풀이를 했을까. 회기가 끝나면 참가한 화가들에게 '와카바 화랑'이 보잘것없는 존재가 되어 의식의 끄트머리로 밀려

나지 않을까.

별의별 의혹이 드는 것은 심리의 늪이다. 조용한 곳에서 혼자 있으면 꼬리에 꼬리를 무는 생각이 끝이 없다. 미와는 힘없는 화랑을 의지하기보다 SNS를 중심으로 활동하고 싶은 게 아닐까. 여섯 명 중에는 이미 다른 화랑으로 갈아타려는 사람이 있지는 않을까……

이따금 미술상이라는 삶이 불안해서 미칠 것 같다. 미술상은 새로운 재능을 찾아내 길을 헤매는 어린 양에게 조언하고 발표의 장을 준비해서 '전달'한다. 그러나 역시 마지막에는 화가의 세계라는 파고들기 힘든 성역이 있고 그림을 감상하는 사람이 '수신자'로서 직접 판단한다.

리호는 어린 시절부터 그림을 접하며 자랐다. 그러나 삼십 대 중반이 되어 겨우 눈에 보이기 시작한 것은 화가와 감상자 사이에 발판 따위는 없다는 것이다. 미술상은 양쪽으로 힘껏 손발을 뻗어 어떻게든 몸을 지탱한다. 어느 한쪽으로 기울면 바로 그 순간 균형을 잃어버리는 불안정함 속에 있다.

리호는 2층으로 올라가 상설 전시하는 그림 앞에 섰다.

해 질 녘 산에서 본 마을 풍경. 하늘이 짙은 감색으로 물들고, 고목 너머 하나둘 떨어져 있는 민가의 불빛이 이제 그날 하루를 돌이킬 수 없다는 사실을 암시하는 것처럼 쓸쓸하다. 가끔 미치도록 보고 싶어지는 이 사실화 제목은 〈돌아갈 수 있다면〉.

'만약 시간을 거슬러 갈 수 있다면'. 리호가 이 생각을 할 때 머릿속에 떠오르는 얼굴은 항상 하나였다.

요코하마의 집으로 돌아왔을 때는 오후 10시가 지나 있었다.

아버지는 아직 귀가하지 않았다. 신주쿠의 화랑 동료와 오랜만의 모임이라고 하는데 예순다섯 살의 나이를 생각하면 코로나에 감염되지 않을까 걱정된다.

방에 들어간 리호는 목을 따뜻하게 하는 스팀 시트를 붙이고 침대에 쓰러졌다. 욕조에 몸을 담그고 싶지만 지금부터 물을 데울 기운이 없고, 샤워로 때우기에는 너무 추웠다. 이미 화장을 지우고 양치도 했다. 이대로 엎드려서 잠드는 건 피할 수 없을 것이다.

목덜미에 살짝 땀을 흘려서 피로가 조금 풀리지만, 마음이 편안해지지 않는다. 요즘 며칠은 할 수 있는 일이 더 있지 않았을까, 그룹전을 반성하게 된다. 조명을 켠 채로 방에서 의식이 흐려지면서 후회가 서서히 그 모습을 바꾼다.

18년 전 매주 수요일 '동아리 활동'은 고2 여름방학부터 피아노 레슨으로 바뀌었다. 도코의 지인이 피아니스트라 그녀의 자택에 둘이 함께 다니기 시작했다.

강사는 도코와 동년배로 그녀도 또한 저택에 살고 있었다. 교실로 사용되는 방에는 그랜드피아노와 업라이트피아노를 한 대씩 들여놓았지만, 그래도 실내에는 응접세트를 둘 공간이 있었다.

레슨이 끝나면 강사를 앞에 두고 리호와 료가 소파에 앉아 과자를 먹으며 할머니와 손주 같은 분위기에서 평온한 시간을 보냈다. 과묵한 료 대신 부인을 상대하는 것이 리호의 역할이다.

원래 료는 말수가 적은데, 그의 입을 더 무겁게 한 것은 음악 센스였다. 료와 리호는 둘 다 피아노가 처음이다. 레슨에서는 88개의 건반에서 '도'음을 찾고 손가락 번호나 음표, 쉼표를 배웠다. 그리고 간단한 동요를 치는 것으로 레슨이 마무리된다.

리호는 스케치북을 향한 료의 신들린 붓놀림을 보고, 손재주가 좋은 사람인 줄 알았는데 사실은 배움이 느린 학생이었다. 료는 옥타브의 감각을 잡지 못하고 느린 템포의 곡도 금세 혼란스러워 하며 얼어 버렸다. 건반을 치면서 음계를 입으로 따라 부르는 레슨에서는 너무 부끄러워한 나머지 도중에 목소리가 사라졌다.

석 달이 지날 무렵에는 리호와 상당한 차이가 벌어졌다. 료는 수요일이 올 때마다 축 처졌지만 버티는 건 익숙한지 한 번도 쉬지 않고 다녔다. 그의 목표는 조지 윈스턴의 〈Longing / Love〉를 연주하는 것이다.

소중한 사람을 응원하고 싶기는 했지만 그 멀고 먼 골인 지점을 상상하면 정신이 아득해졌다. 그래도 리호는 피아노 레슨 날을 기다렸다. 건반 앞에서 방전된 로봇처럼 움직임을 멈춰도, 긴 손가락은 아름다웠다. 차이란 무서울 정도로 쿵하고 가슴을 울리는 법이다. 같은 예술이라도 미술과 음악에서 이렇게 재능에 차이가 있는 사람이 있을까…….

두 사람은 자전거를 타고 다녔는데 료는 반드시 리호의 집 근처까지 바래다줬다. 피아노를 배우면서 카라바조나 안토니오 로페스*와 같은 좋아하는 화가의 작품에 대해서 의견을 나누고 그날 밤에는 그의 다정함에 만족해하며 잠이 들었다.

● 스페인의 화가, 조각가(1936~), 사실주의로 유명하다.

리호는 그런 행복한 나날이 적어도 고등학교 생활 동안에는 계속되리라 믿었다. 〈Longing / Love〉는 1년이나 2년 만에 칠 수 있는 곡이 아니다. 졸업해도 피아노 레슨을 계속하면 매주 만날 수 있을지도 모른다…….

그러나 희망은 허망하게 무너졌다. 강사가 대장암으로 입원한 것이다. 수술을 하게 되어 한동안 레슨을 쉬게 되었다.

엎친 데 덮친 격으로 나쁜 일은 겹쳐 온다는 말이 있다. 겨울방학이던 다음 해 1월, 리호는 자전거에서 넘어져 왼쪽 손목이 골절됐다. 삼각건 생활이 시작되자 피아노를 칠 수 없어서 어느새 '동아리 활동'은 흐지부지되었다.

인생에서 후회를 떠올리면 리호의 머릿속에 반드시 이 골절이 떠오른다. 그때 뼈가 부러지지 않았으면, 다른 레슨을 받았을지도 모른다. 그랬다면…….

이런 괴로운 상황에서 유일한 위로는 료가 집으로 문병을 와 준 것이다. 갑작스러운 남자 친구의 등장에 부모님이 흥분하고, 특히 아버지 게이스케는 기다렸다는 듯 사실화 창작에 대해 료에게 질문 세례를 퍼부었다.

리호의 방에서 단둘이 되자 자신의 개인적인 공간을 낱낱이 보이는 것이 부끄럽고 거북했다. 리호는 침대에 앉고 료는 러그 위에 책상다리로 앉았다.

"미안해, 좁아서 답답하지."

료는 실내를 둘러보는 눈치 없는 짓은 하지 않고 살짝 고개를 저었다.

"아니, 처음 왔는데 이상하긴 하지만…… 정말 차분해지네."

"그래? 나는 아버지 때문에 빨리 혼자 살고 싶어. 료는 집에 완전히 독립된 개인 공간이 있잖아."

"글쎄. 그 집도 언제까지 있을지 몰라."

"뭐? 그게 무슨 말이야?"

료는 그 질문에 대답하지 않고 게이스케가 놓고 간 카페오레를 마셨다. 짙은 회색 캐시미어 스웨터를 입고 머그잔을 든 모습이 상당히 어른스럽게 보였다.

"그 큰 집은 줄곧 남의 집 같은 기분이 들어서."

"남의 집이라니, 료의 할아버지와 할머니 집이잖아?"

"그렇긴 한데……."

료는 훗, 하고 숨을 내쉬듯 웃고는 리호의 눈을 봤다.

"내가 어릴 때 유괴 당한 얘기, 알아?"

마음의 준비가 되지 않은 상태에서 예민한 화제가 나오자, 리호는 속으로 허둥지둥했다. 속물처럼 보이고 싶지 않아 이런저런 우회로를 찾아봤지만 묘하게 거리가 벌어져 거짓말을 할 수 없었다.

"자세히는 몰라."

"네 살 때 모르는 남자에게 납치됐어. 그때까지는 엄마와 빌라에서 살았고."

한때 범인으로 의심받은 어머니. 리호는 도서관에서 읽은 신문 축쇄판에서 나이토 히토미라는 이름을 알고 있었지만 몰래 조사한 것은 말하지 않았다.

"뭔가 엄청난 방이었어. 쓰레기가 가득한."

료는 눈을 내리깔고 "형편없는 곳이었어."라고 내뱉듯 덧붙였다.

"밤에 빌라 밖 계단에 얌전히 앉아 있어야 할 때가 있었어. 여름도 싫지만 특히 겨울에는 힘들었어, 추워서. 신발이 작아서 꽉 끼니까 벗을 수밖에 없는데, 녹슨 철판 계단은 진짜 차갑거든……."

료는 눈을 내리깐 그대로 취한 듯 말을 이어 갔다. 평소의 그와 달라서 당혹스럽고 또한 너무 진지해서 리호는 끼어들지 않았다.

왜 갑자기 마음을 열었을까……. 그 이유를 정확하게 추측하기는 어렵지만 그저 들어 줬으면 좋겠다는 강한 마음이 전해졌고, 복잡한 환경에 처한 소년의 뼈가 시리도록 아픈 고독이 얼핏 보였다.

"그래도 제일 괴로웠던 건 충치였지. 스스로도 인내심이 강한 편이라고는 생각하지만 이가 아플 때만큼은 참을 수 없었으니까."

기복 없는 인생을 살아온 자신이 전부 받아들이지 못할 것 같아 답답하다. 하지만 리호는 그의 마음속 깊은 골짜기를 들여다보고 싶었다. 조용히 귀를 기울이는 것밖에 할 수 없지만 그게 이 자리에 어울리는 자신의 역할이었다.

"그래서 그런 큰 집에서 살고 있으면 거짓말 같아. 뭐라고 해야 하나, 대충이야, 세상은. 어머니가 키우는 것과 할아버지, 할머니가 키우는 건 하늘과 땅만큼 차이가 있어. 제대로 된 이유 따위 없어. 어디서 살지 그런 건 아이가 정할 수 없는 거야, 보통."

료는 호화 저택에 살고 그림에 뛰어난 재능이 있다. 그러나 리호가 선망의 눈으로 바라보던 그는 잔혹한 낙차 속에서 자신의 존재를 불안해하고 선악을 넘어서 주위의 환경을 혐오하는 것처럼 보였다.

리호는 료가 왜 사실화의 세계에 빠져 있는지 어렴풋이 알 수 있었다. 남이 어떻게 정해 주는가에 휩쓸려 농락당하는 세상에서 자신은 무엇을 믿을 수 있을까. 눈앞에 실제로 존재하는 것이 유일하게 뿌리를 내리고 그를 지켜봐 주는 게 아닐까.

"문병 와서 쓸데없는 말을 했네. 미안해."

리호는 골몰한 생각에서 정신을 차리고 황급히 손을 저어 부정했다. 침묵을 나쁜 쪽으로 받아들였을지도 모른다.

"아, 아니야……, 그게 아니라……."

밝은 이야기는 아니었지만 속마음을 털어놔 줘서 기뻤다. 그러나 '기쁘다'라는 말은 어울리지 않고, 그렇다고 적절한 말도 없어서 리호는 말없이 고개를 떨구었다.

"그럼, 또 학교에서 봐."

오해를 풀고 싶었지만 자리에서 일어선 료에게 전할 한마디가 떠오르지 않아 어색하게 웃으며 고맙다고 말했다.

기껏 말해 줬는데……. 이상한 분위기로 헤어진 이 날부터 두 사람 사이에는 미묘한 거리가 생겼다. 그의 이야기를 제대로 받아들이지 못해서 실망한 걸까. 조언은 못할망정 적어도 네 편이라고 밝혔어야 했다.

두 번째 후회의 대가는 컸다. 3학년 때도 다른 반이 된 리호는 입시로 눈을 돌렸다.

한동안 듣지 않았던 조지 윈스턴 CD를 다시 집어든 것은 졸업을 목전에 앞둔 2월이었다.

잠에서 깬 리호는 무언가에 홀린 사람처럼 서재로 향했다.

예전에 백화점에서 개최한 어떤 화가의 개인전이 떠올라서였다. 리호는 전시 도록을 집어 들고 그 자리에 앉아 페이지를 넘기기 시작했다.

불현듯 떠오른 기억 하나가 과거의 일들을 일제히 수면 위로 끌어올렸다.

당시에는 어리석은 계획이라는 생각에 스스로도 어이가 없었으나 지금은 그렇지 않다. 쓸모없음과 무의미의 본질적인 차이를 알게 된 다음부터…….

리호는 땀으로 눅눅해진 목 시트를 벗겨 내고 화가의 연락처를 적어 둔 수첩을 책상 서랍에서 꺼냈다.

제5장

———

교점

1

시가현 다카시마시에서 나카자와 요이치 씨의 조사 / 2016년 10월 7일

사전 정보

1992년 6월, 시가현 다카시마군 마키노초(현 다카시마시 마키노초)에 산다는 익명의 남성에게 "작년 말에 이사 온 부자가 수상하다."라는 내용의 신고. 같은 해 7월에도 두 번, 동일 인물로 보이는 남성에게 같은 내용으로 신고가 들어왔다. "한 부모 가정으로 네 살 정도의 남자아이.", "삼십 대로 보이는 아버지가 일하러 나가지 않는다.", "매일 근처를 어슬렁거린다.", "아버지가 인사를 받아 주지 않는다.", "아이가 삐쩍 말랐다." ……전부 통화 시간이 짧고 주소나 신원에 관한 구체적인 정보는 없다.

신고한 사람은 오륙십 대로 보이고 세 번 다 경찰이 신고인의 이름을 묻자 전화를 끊어 버렸다. 이런 류의 정보 제공은 너무 많아서 일일이 헤아릴 수도 없어 가나가와 현경의 수사본부는 형사를 파견하지 않았다.

다음 해인 1993년 3월, 시가현 다카시마군 이마즈초(현 다카시마시 이마즈초) 내에 사는 익명의 여성에게 "친구 딸이 다니는 영어학원에서 여성 강사가 홀연히 사라졌다."라는 내용의 신고.

해당 학원은 'JR 긴에이 이마즈역' 근처에 있는 '레인보우 영어학원'. 신고는 단 한 번으로 "하시모토라는 여성 강사가 지난달 갑자기 학원을 그만두고 야반도주하듯 마을을 떠났다.", "하시모토는 기혼이지만 주위에는 '아이는 없다'고 말했다.", "남편이 폭력단 관계자라는 이야기가 있다." 등의 내용으로 소문의 범주를 벗어나지 않았다.

신고자는 사오십 대로 보이고 이쪽도 경찰이 신원을 확인하자 전화를 끊었다. 마찬가지로 수사원을 파견하지 않았다.

현장 조사

이상 두 명, 총 네 건의 신고는 구체적이지 않고 유괴와의 관련성도 희박하다 할 수 있다. 또한 누가 신고했는지 확인할 수 없기 때문에 앞으로의 발전도 기대할 수 없어 수많은 정보 제공 중 일부로 방치되었다.

나카자와 씨는 본 건 조사에 뛰어든 이유에 대해 ▽마키노초와 이마즈초가 이웃 마을이라는 것 ▽'레인보우 영어 학원'이라는 고유명사가 있던 것 ▽아직 수사되지 않은 정보……. 이 세 가지를 노트에 열거했다.

2016년 10월 7일 나카자와 씨는 1992년 주택 지도에서 '레인보우 영어 학원'을 찾아내고 주변에서 탐문을 시작했다. 그 결과 당시 딸을 학원에 보냈다는 도베 아쓰코를 찾아냈다.

아쓰코에 따르면 딸 유카가 초등학교 3학년 때 하시모토 다카코라는 선생님에게 영어를 배웠다고 한다. 하시모토는 이삼십 대로 기혼. 자녀는 없었다. 학원에 재적한 기간은 1992년부터 다음 해 초까지다.

나카자와 씨가 '야반도주'와 '남편의 폭력단 의혹'에 대해 묻자 아쓰코는 "잘은 몰라도 아닐 것이다."라고 말했다.

유카가 하시모토 다카코의 사진을 갖고 있다고 했으나 입수하지 못하고 도베 아쓰코와 접촉한 것 외에는 수확은 없었다…….

2

의외의 반응이 돌아왔다.

자택 취재는 열에 아홉은 의혹에서 시작한다. 대답하는 쪽에서 보면 인터폰이 울리고 갑자기 처음 보는 사람이 말을 거는 것이다. 경계하는 게 당연하다.

"아아, 다이니치신문요."

그러나 도베 집의 인터폰 너머로 들려온 여성의 목소리는 문전 박대당할 준비를 갖춘 몬덴의 예상과 전혀 달랐다.

소박한 나무문을 열고 동그란 얼굴을 내민 여성은 몇 겹이나 머플러를 감고 서 있는 기자를 보고 의외라는 표정이었다.

"어라, 다른 사람이네."

여성이 신문값을 받으러 왔거나 구독 계약 갱신으로 착각했다고 깨달은 몬덴은 명함을 내밀었다.

"바쁘신데 죄송합니다. 저기, 기자인데요. 좀 물어보고 싶은 게……."

"네네. 몇 년 전에 오셨죠? 다이니치신문의 기자가…… 이름은 잊어버렸지만."

여성이 달리 취재를 받은 적이 있나 싶었지만, 그 단순한 추측을 부정하는 어떤 생각이 떠올랐다.

"저기, 저희 기자 말인데요, 키가 크고."

"맞아요. 이목구비가 또렷하고. 처음에는 외국인인 줄 알았어요, 저는."

몬덴은 속으로 쓴웃음을 지었다.

그 옛날, 가나가와 현경에서 '돈가스 소스 얼굴'이라고 불리던 남자는 다이니치신문의 기자 행세를 하고 탐문 수사를 했다. 이미 정년퇴직했다고는 하지만 공무원이었던 그가 전 직장 이름을 대기에는 거부감이 들었을 것이다. 세상이 전부 착한 사람이 아니라는 사실을 잘 아는 나카자와는 문제가 생겨 현경에 피해가 갈 일을 피했다.

"그때 말씀드린 거 말이죠? 레인보우."

몬덴은 고개를 한 번 끄덕이고 "도베 아쓰코 씨죠?"라고 확인했다. 나카자와의 조사로부터 6년이 지났기 때문에 아쓰코는 환갑이 지났을 것이다. 혈색 좋은 얼굴에 보푸라기가 일어난 회색 스웨터를 아무렇게나 입고 있는 모습이 대범한 성격을 그대로 드러내고 있는 듯했다.

"제가 그때 기자 분께 명함을 받는 걸 잊어서."

명함이 있을 리 없다. 나카자와의 서먹한 성격과 어울리지 않는 거짓말이 무척 이상했지만, 한편으로는 다이니치신문을 고른 이유가 자신 때문일 거라고 생각하니 기쁘기도 했다.

"학원이 있던 곳 말이죠? 여기에서 가까우니까 일단 갈까요?"

나카자와가 당시 선물용 과자라도 가져왔는지 아쓰코는 매우 협조적이었다. 단순히 한가해서일지도 모르지만 집 앞 도로에서 기다리던 몬덴이 돌아봤을 때는 이미 코트를 걸치고 문을 잠그고 있었다.

"아까까지 꽤 내렸는데 그쳤네요."

젖은 아스팔트 길을 걸으며 아쓰코는 친절하게 말을 건넨다. 도로 옆에 약간 남아 있는 눈을 보자 오늘 아침의 서늘한 추위가 떠오른다.

어제 교토에 도착한 몬덴은 렌터카를 빌려 무작정 시내 공원을 돌았다. 버섯 오브제를 찾기 위해서다. 인터넷 검색 결과 부립 식물원의 '버섯 문고'와 공원에 심은 진짜 버섯 정도여서 실마리도 없이 차를 달렸다.

당연히 참혹한 결과를 맞이하고 밤새 시가현 오쓰 시내의 호텔로 이동했다. 아침에 암막 커튼을 젖히니 조용히 눈이 내리고 있어 한동안 시선을 빼앗겼다.

"여기예요."

불과 몇 분 만에 아쓰코가 발걸음을 멈췄다.

거무스름한 2층 콘크리트 건물은 왼쪽 문 옆에 직사각형의 큰 창문이 있고, 안쪽으로 옅은 주홍색 커튼이 바람에 나부끼고 있었다. 1층과 2층의 딱 중간 즈음에 간판이 달려 있던 흔적이 있으나 심하게 녹슬어 글자는 읽을 수 없었다. 한눈에 더는 사용하지 않는 것을 알 수 있다.

"영어 학원은 언제쯤 문을 닫았습니까?"

"벌써 20년도 더 지났을걸요. 그 다음에 가라오케 찻집이 들어왔는데 금세 닫아 버렸고요."

인근에는 음식점이 드문드문 보이지만 구 레인보우 영어 학원처럼 시간이 멈춘 듯한 건물도 적지 않았다. 다시 사용할 가능성이 전혀 없어 보이는 공터도 종종 눈에 들어오고 겨울에도 잡초가 꿋꿋하게 뿌리를 내리고 있었다.

"하시모토 선생님이 그만두실 때 갑자기 사라진 것 같았습니까?"

"누가 그런 말 했어요?"

"모르겠습니다. 아마 근처 사람이었을 것 같습니다."

"옛날에 있던 도쿄 유괴 사건에서 하시모토 선생님이 범인이 아닐까 하는 얘기 말이죠? 그건 절대 아니에요. 아이들을 좋아하는 상냥한 사람이었으니까."

도쿄가 아니라 가나가와의 사건이다. 아쓰코가 부정하는 말을 들으니 정정할 마음도 들지 않고 기운만 빠졌다.

찾고 있는 사람은 노모토 다카히코와 아내인 유미. 그리고 나이토 료이다. 하시모토 아무개가 야반도주를 하든 말든 유괴 사건과의 관련성은 매우 낮다. 알고는 있었지만 실제로 수확이 없는 현실을 마주하니 괴로웠다.

"학원에는 따님…… 유카 씨가 다니셨습니까?"

"딸애한테도 물어봤는데 선생님이 그만둔다고 한 건 급하게 나온 말이 아니라 미리 말해 줬다는 것 같아요. 게다가 선생님도 많이 아쉬워해서 울었다고 딸애가 그러더군요. ……아, 맞다. 잘생긴 기자 분이 하시모토 선생님의 사진이 없느냐고 하던데 딸이 갖고 있었어요."

아쓰코는 천으로 만든 토트백에서 네모난 봉투를 꺼내 무광 사진을 빼냈다.

"애 옆에 예쁜 사람 있잖아요? 그 사람이 하시모토 선생님이에요."

포니테일 스타일 소녀 옆에 머리가 긴 여성이 부드럽게 미소 짓고 있다. 흰 블라우스가 청초해 보이는 시원스러운 느낌의 여성. 그 오래된 사진 한 장에서는 사건 냄새가 전혀 나지 않았다.

어제 공원도 그렇고 오늘 옛 영어 학원도 그렇고 완전히 헛수고였다. 하나씩 '선'을 지워 나가는 소거법의 취재도 전진은 분명하지만 발걸음이 너무 더뎠다.

"유카 씨는 뭐 더 생각나는 게 없다고 하던가요?"

"학원에는 남편이 차로 태워다 주고 데리러 왔다고 하더군요."

"그 남편분은 뭘 하는 사람입니까?"

"몰라요. 유카도 차에 타는 선생님을 몇 번 봤을 뿐이라니까. 어디더라……. 살던 곳은 가이즈 뭐라는 데가 아니었나."

몬덴의 머리는 '가이즈'라는 지명에 반응했다.

첫 번째 신고자가 알려 준 한 부모 가정. 그들이 자주 목격된 곳이 '가이즈'였다. 두 건의 정보 제공에 작은 접점이 생겼다.

일단 그쪽으로 갈 수밖에 없다.

가이즈의 도로는 불그스름했다.

눈을 녹이는 데에 사용하는 지하수에 철분이 함유된 것이 원인이라고 한다. 그런 지역 정보를 조사하는 것 자체가 취재가 막다른 곳에 몰렸다는 증거였다. 기세를 몰아 가이즈에 오긴 했지만 줄지어 늘어선 집들을 앞에 두고 마음이 꺾여 버렸다.

탐문을 하려고 해도 가진 정보가 너무 애매해서 어떻게 말을 꺼내야 할지 모르겠다. 인터폰을 누르고 "30년 전에 수상한 부자를 본 적이 없습니까?"라고 말했다가는 도리어 신고당할 수 있다.

작년 말부터 어찌어찌 계속해 온 취재도 여기에 와서 벽에 부딪혔다.

나카자와의 노트에는 그 밖에도 13개 행정 지역의 정보가 기록되어 있었으나 읽어 본 바로는 전부 작은 단서라 어떻게 뭘 해 볼 수도 없었다. 그러나 결과가 어떻든 간에 모든 현장을 돌아본 나카자와의 집념에는 경의를 표할 수밖에 없었다. 몬덴은 자신의 한

심함에 이도 저도 못하고 핸들을 잡고 있었다.

　그만 돌아가도 되지만 겨울의 짧은 해가 뒷머리를 잡아당겼다. 근처의 가이즈오사키의 벚꽃 길은 관광 명소로 알려져 있다. 지금은 잎이 다 떨어졌을 테지만 눈꽃 정도는 볼 수 있을지도 모른다. 스마트폰 지도로 비와호 연안의 멋진 길을 보고 몬덴은 아쉬운 대로 추억 삼아 드라이브하기로 했다.

　눈을 뿌리던 구름이 무대 뒤로 물러나고 마침 산뜻한 하늘색이 펼쳐지고 있었다. 현도 557호 니시아자이 마키노선으로 들어가 '가이즈오사키에 오신 걸 환영합니다'라는 간판을 흘낏 본다. 그 직후였다.

　비와호를 바라보던 몬덴은 무엇인가를 느끼고 가로수 끝에서 브레이크를 밟고 갓길에 차를 세웠다. 바로 운전석 문을 열고 편도 1차선 도로를 건너 호수에 다가갔다. 맞은편에 멀리 보이는 곳이 방풍림처럼 되어 있는데 직감적으로 '본 적이 있다'라고 흐릿한 이미지의 단편이 떠올랐다 사라졌다. 답답하다. 뭔가 다르다.

　답이 나오지 않아 그냥 서 있던 몬덴에게 풍경 하나가 떠올랐다. 흥분해서 입술에 손가락을 댄다. 각도다……. 각도가 다르다. 머릿속에서 이미지를 수정하고 서둘러 차로 돌아갔다.

　유턴해서 왔던 길을 거슬러 간다. 이럴 때일수록 안전 운전을 명심해야 한다. 불그스름한 아스팔트 길을 천천히 전진해 좁은 길에서 주차장을 찾는다.

　다카기하마로 돌아가자 조금 전에 놓치고 지나간 큰 문 같은 시설이 왼쪽에 보였다. 그 앞에 잔디를 깐 주차 공간이 있었다. 몬덴은 차를 세우고 10미터 정도 높이의 콘크리트 건물을 올려다봤다. 상부에 발코니 같은 원형 공간이 있다.

문 너머로 비친 푸른빛의 세계는 마치 액자 속 그림처럼 직사각형 모양으로 도드라졌다. 비와호는 감색, 그리고 하늘은 마치 호수의 빛깔을 되비치듯 순백에 흐린 구름을 섞은 듯한 하늘빛이었다. 수평선을 경계로 농담을 가른 그 또렷한 풍경은, 물감으로는 도저히 표현할 수 없는 자연 그 자체의 순수한 색을 발하고 있었다.

몬덴은 돌로 된 타일을 걸어 해변으로 향했다. 나무로 만든 벤치 맞은편에 있는 모래밭에는 아직 눈이 남아 있었다. 매섭게 부는 바람 소리 사이를 메우듯 조심스러운 파도 소리가 들려온다.

한 걸음 가까이 갈 때마다 이미지가 정확히 수정된다. 그리고 동일한 지점에 도착해 스마트폰에 사진을 표시한 몬덴은 마스크를 벗고 조용히 숨을 내쉬었다.

'리쓰카' 화랑의 창고에서 촬영한 눈 내린 모래밭 그림……, 눈 덮인 해안이 새벽을 연상하게 만드는 흰색의 정적인 세계.

몬덴은 스마트폰을 겹쳐 들고 실제 풍경과 비교했다. 조금 전까지만 해도 노모토 다카히코의 그림은 해변을 그린 줄 알았다. 그래서 찾을 수 없다고 생각했다. 그러나 작품의 모델은 바다가 아니라 끝없이 넓은 망망한 호수였다…….

눈앞의 호반과 노모토의 작품 사이에 물론 작은 차이는 있다. 하늘 색깔, 쌓인 눈의 양, 수면에 반사되는 햇빛……. 그러나 아름답게 U자를 그린 해안선과 짙은 초록에 물든 소나무 숲, 그 안쪽의 산그늘은 트레이싱 종이를 대고 그린 것처럼 정확했다.

몬덴은 작품에 그려진 풍경의 실제 현장에 서서, 모델에서 그림을 따라가는 역발상적인 감상에 감동했다. 2차원과 3차원 사이를 여행하며, '실재'를 잡는 노모토 다카히코의 재능을 지독하리만치 깨달았다.

대체 얼마나 대상을 주시해야 이런 그림을 그릴 수 있을까. 몬덴은 창고에서 본 작품을 머릿속에 떠올리고 다시 한번 원화가 가진 묵직함에 압도되었다.

다만 똑같지는 않다. 그 '돌진하는 느낌'은 그림을 그린 사람의 육안과 심안의 소통이 없으면 도저히 표현해 낼 수 없다. 캔버스에 물감을 여러 번 덧발라 표현한 질감이, 존재의 한순간을 포착하는 데에 사용한 막대한 시간을 나타내고 있다.

호수에 잔잔한 물결이 인다. 수면 위로 번지는 파도 소리에 흥분도 서서히 가라앉는다. 이따금 불어오는 찬바람도 정신을 날카롭게 일깨웠다.

이번 유괴 사건을 취재하면서 노모토 다카히코라는 예술가에게 가까이 다가갔다. 몬덴은 조직에 소속된 인간으로서의 자신에 대해 되돌아볼 기회가 많았다. 젊은 시절 선배로부터 "신문기자는 일종의 개인 자영업자."라는 말을 들었을 때는 왠지 모를 자부심을 느끼기도 했다. 그러나 지금까지 진정한 의미에서의 '개인'을 실감한 적은 없었다.

부서 이동을 할 때마다 소속 기자 클럽이 바뀌었고, 그렇게 늘 새로운 세계를 접해 왔다고 여겼다. '안전하고 확실한 정보 하나를 얻는다'는 것은 말처럼 쉬운 일이 아니었으므로 기자 클럽이 좋은 정보원이 되기도 했다. 그러나 쉽게 얻은 정보를 손에 쥐고 있다 보면 우월감에 빠지게 되었고, 사람으로서의 기본 축 또한 틀어지고 말았다. 문제의식보다는 지면을 채우기 위한 할당량에 신경을 더 쓰게 되었고 기사를 쓰는 일 또한 기계적으로 임하게 되었다. 강력하고 안전한 시스템 안에서 개인은 오히려 작아지고 약화된다는 생각. 오랫동안 몬덴을 괴롭힌 콤플렉스는 바로 그것이었다.

조직에 속한 기자로서 평생의 테마를 찾지 못했다는 점도 아쉬웠다. 그런데 '마지막 현장 취재'라고 이름 붙인 이번 사건에 정신없이 빠져들면서 비로소 기분 좋은 땀을 흘릴 수 있었다. 화가와 기자라는 입장 차이는 있어도 사실화를 접하면서, '사실을 본다'는 공통된 지표에 근거하는 저널리즘을 추구하게 된 점도 예상치 못한 소득이었다.

몬덴은 자신 안에서 기자로서의 자신감이 되살아나는 것을 느꼈다. 고요한 수면 가득 반짝이는 윤슬을 바라보며 다가오는 시간을 향해 마음을 일으켜 세웠다.

역시 노모토는 여기에 산 게 아닐까. 가이즈에서 목격된 부자는 다카히코와 료가 아닌가.

그 후 몬덴은 정신없이 사진을 찍었다. 이 사진을 기시 사쿠노스케에게 보여 주면 답을 이끌어 낼 수 있을지도 모른다.

몬덴이 촬영을 마친 후 돌아보니, 조금 떨어진 곳에서 한 여성이 그를 지켜보고 있었다. 젊어 보였지만 단정한 옷차림에는 삼십 대 특유의 차분함이 있었다. 시선이 신경 쓰였지만 아는 사람은 아니다.

둘 다 마스크를 쓰고 있지 않아서 고개만 살짝 숙이고 스쳐 지나갔다. 차를 향해 걸어가다가 걸음을 멈추고 뒤를 돌아보았다.

비와호를 바라보던 여성이 두꺼운 코트 소매로 눈물을 닦는 것 같았다.

3

신발이 젖어 발가락까지 시렸다. 그래도 아침의 찬 공기에 맑고 고운 눈이 선명하게 들어온다.

쓰치야 리호는 논두렁길에 서서 희게 물든 계단식 논을 올려다봤다. 완만한 계단이 산쪽으로 이어지고 드문드문 서 있는 민가 지붕에는 눈이 쌓여 있다.

파란 하늘에 흰 구름이 빠르게 흘러갔다. 멀리서 개 짖는 소리가 났다. 예민한 코와 귀로 이 계단식 논에 혼자 있는 외지 사람을 탐지했을지도 모른다.

드디어 찾아냈다······.

고등학교 2학년 때 그의 아틀리에에서 본 스케치북. 계단식 논 그림이 기억에 각인된 것은 당시 한창 빠져 있던 로맨스 영화의 계단식 논 장면이 인상적이었기 때문이다. 눈과 벼의 차이는 있지만 지금 리호가 보고 있는 광경은 과거 나이토 료가 그린 연필 선 그대로였다.

언제 스케치했는지는 모른다. 사진을 찍은 후에 그림을 그렸을 지도 모른다. 그러나 어른이 되기 전의 어린 료가 이 자리에 있었 다는 것은 확실하다. 시곗바늘을 거꾸로 감으면 어떤 시점에서 과 거의 그와 만날 수 있다. '장소'라는 사실에 상상의 나래를 펴니 리호의 마음에 작은 기쁨이 스며들었다.

백화점 '미술 화랑'에 근무할 때 한 남성 화가의 개인전에 계단 식 논 그림이 전시된 적이 있다. 한눈에 보고 '비슷하다'라고 생각 했는데 그 화가는 '외판 직원'이 맡고 있어서 대화를 나눌 기회가 없었다.

'와카바 화랑'에서 처음 기획한 그룹전에서 성과를 내지 못하고 집에서 반성했던 그날 밤, 리호는 오랜 세월의 단서를 풀어 보기 로 결심했다. 다음 날 전화하니 화가가 놀라기는 했다. 하지만 미 술상이 된 리호가 자신의 작품을 기억해 준 게 기뻤는지 계단식 논의 위치를 가르쳐 주었다.

아버지에게 사정을 설명하자 "마음대로 해라."라고 시원한 대답 을 얻어 휴식 겸 짧은 여행이 결정되었다. 오사카 출신의 학교 친 구와 오랜만에 밥을 먹고 그대로 오사카 시내의 호텔에서 머문 이 후 첫 차로 시가현 오쓰시로 향했다. 거기부터는 교통을 고려해 렌터카로 이동하고 약 1시간 반이 걸려서 시가현 다카시마시의 계단식 논에 도착했다.

리호는 논두렁이 열십자로 교차하는 지점에 섰다. 시야에 들어 오는 모든 곳에 순백의 계단식 논이 있다. 일정한 규칙성을 가진 '대계단'은 자연과 인간의 공존을 환영하듯 아름다웠다.

눈 내린 길에 발자국을 찍으며 걷던 리호의 귀에 졸졸 흐르는 시냇물 소리가 점점 커졌다. 발걸음을 서둘러 찾아낸 것은 논에 물을 대는 용수로였다. 계단식 논의 구조에 맞춰 단차가 나 있다. 흐르는 물이 햇빛에 닿아 반짝이고 눈에 들어오는 광경이 전부 투명하게 보였다.

서른네 살, 리호는 도쿄에서 벗어나 시가의 은세계에 있다. 이렇게 고요한 시간을 보내는 게 얼마 만일까. 돌이켜 보면 최근 몇 년간 리호는 줄곧 일에 쫓겼다. 특히 백화점을 그만둔 계기가 된 그 사건 이후 인생의 톱니바퀴가 틀어져 버린 것 같았다.

그 남자가 '미술 화랑'에 나타난 것은 5년 전이다.

한 추상화가의 개인전, 난해한 작풍 탓도 있어 관람객이 적었다. 회기 3일차, 문을 열자마자 사십 대로 보이는 중년 남성이 바로 들어왔다. 즉 쇼핑 겸 둘러보는 게 아니라 개인전을 목적으로 찾아왔을 가능성이 높다. 처음에 리호는 화가의 지인일지도 모른다고 생각했다.

남자는 분주하게 전시회장을 두 바퀴 돌고는 바다를 표현한 그림 앞에서 걸음을 멈췄다. 잠시 작품을 바라보고 있어서 리호는 틈을 보다가 말을 걸었다.

"멋지죠?"

리호는 이 화가의 그림은 별로 좋아하지 않지만 업무상 가득 주입한 지식을 조금씩 꺼내며 말했다.

"살게요."

5분도 지나지 않은 고객의 결정에 조금 당황스러웠다. 물론 기쁘긴 했지만, 왠지 불길한 인상을 받았다. 남자의 옷차림과 20만 엔짜리 그림, 낮은 지식과 난해한 작풍…….

전시회 기간에 구입한 작품을 계속 전시하겠다는 허가를 받고, 작품을 보낼 주소와 개인 정보를 기입해 달라고 했다. 남자는 그동안 계속 〈포켓몬 GO〉 이야기를 했다.

"잠깐 볼래요?"

점원의 고객 응대를 진심으로 받아들인 남자는 스마트폰 앱을 켜고 '획득'한 포켓몬을 설명하기 시작했다. 리호는 당혹스러워하면서도 용지를 보고 이름란에 '나카타 쓰요시'라고 쓰여 있는 것을 확인했다.

다음 주에 열린 도내 화랑의 그룹전. 전시회장에서 전시 상태를 체크하고 있던 리호는 갑자기 누군가 어깨를 쳐서 뒤를 돌아봤다.

"바로 보내 주셔서 감사합니다."

구입한 그림을 신속하게 발송해 줘서 고맙다는 인사였는데, 그런 걸 직접 말하러 오는 고객은 처음이었다. 단 한 번 만난 '고객과 점원의 거리감'을 일방적으로 성큼 좁힌 남자가 꺼림칙했지만 리호는 몸에 익은 영업용 미소를 지으며 답례했다.

단지 서로 미소를 짓는 묘한 틈이 벌어졌기 때문에 눈앞에 전시한 작품을 소개했다. 그림을 팔 생각은 전혀 없고 단순히 시간 벌기였다. 그러나 임시변통한 얕은 지식으로 리호가 짤막한 설명을 끝내자마자 나카타는 또 말했다.

"살게요."

예상치 못한 전개에 리호는 말문이 막혔다. 이번에는 27만 엔짜리 그림이었다.

전통 복식, 미술품, 보석. 백화점 '고비호' 부서에 단기 할당량이 없는 것은 단가가 높아서 숫자를 나눌 수 없기 때문이다. '미술화랑'에서는 20만 엔대 작품은 저렴한 편이다. 그러나 외판 직원이 붙을 만한 큰 고객을 제외하고 2주 만에 작품을 두 점이나 사는 사람은 극히 드물다.

나카타는 머리부터 발끝까지 패스트 패션으로 도배했고 고수머리도 미용실에서 손질한 것처럼 보이지 않았다. 얄팍한 반지갑은 낡은 합성 가죽 소재로, 카드나 할인 쿠폰이 엉망으로 끼워져 있었다. 백화점에서 그림을 살 타입의 인물은 아니었다.

그것보다 리호는 나카타가 자신이 구입한 작품에 관심을 보이지 않는 것이 걱정되었다. 미술에 대한 관심이 전해지지 않는다. 좋아하는 화가나 장르도 없고 어디가 마음에 들어서 사들였는지 가닥을 잡을 수 없다.

그럼 나카타는 왜 그림을 사는 것인가……. 두 번의 접촉으로 리호는 충분히 그의 의도를 파악했다. 지금까지 고객에게 연락처를 쓴 메모를 받거나 '미술 화랑' 밖에서 사진이 찍힌 적이 있었다.

한 사람의 여성으로서 왜곡된 남성의 마음은 충분히 경계해 왔다고 생각했다. 그러나 아무리 조심해도, 자신이 먼저 접근하지 않아도 위험은 일상에 숨어 있었다.

점원으로서 감사하다고 말하면서도 리호의 가슴속은 탁하게 흐려졌다. 구입 절차를 밟는 동안 스마트폰 게임 이야기를 하는 나카타의 목소리를 들으며 바로 조금 전 그가 만진 어깨를 손수건으로 박박 닦고 싶었다.

나카타는 그 다음 주에도 '미술 화랑'에 나타났다. 세 번이나 같은 요일, 같은 옷, 같은 미소……. 신진 여성 인기 화가의 개인전인 만큼 평일임에도 불구하고 관람객이 많았다. 리호는 가능한 한 다른 고객과 오래 대화를 나누며 시간을 벌었지만 나카타는 그림을 보지도 않고 따분하다는 듯 서성거렸다.

시선을 견디지 못해 말을 걸자 나카타는 흔드는 꼬리가 보일 정도로 기뻐했다. "이거, 선물이에요."라고 노자와나* 절임을 세 봉지나 건네고 일방적으로 여행 이야기를 늘어놓았다. 비닐봉지가 손가락을 파고들 만큼 무거웠지만 나카타는 눈치채지 못하고 여행 중에 가루이자와가 얼마나 멋있었는지 열변을 토했다.

"추천하실 게 있나요?"

이야기가 일단락되자 갑자기 떠올랐다는 듯 전시 쪽을 향했다. 리호는 마음이 내키지 않았지만 일이라 생각하고 기둥에 걸려 있는 소품으로 안내했다.

"살게요."

본래는 반가워야 할 말이 무서워졌다. 작은 작품이라도 가격은 33만 엔으로 할인도 없다. 경지에 오른 화가가 그린 수국은 환상 속에서도 기품을 드러내고 있어, 그에 상응한 가격이긴 하다. 그러나 이걸 사면 나카타는 3주 만에 80만 엔이나 쓰게 된다. 그의

● 순무의 한 종류. 주로 절임으로 만들어 먹으며 일본 신슈의 특산품 중 하나

직업이나 집안이 어떤지는 전혀 모른다. 그러나 백화점 '고비호'에서 일하는 리호에게는 그 사람이 가진 경제력을 감으로 헤아릴 수 있다. 나카타에게 그 정도의 여유가 있을 것 같지 않다.

"오늘은 할부로 할게요."

검지와 중지 사이에 신용카드를 끼우고 내미는 남자의 얼굴에는 노골적인 허영심이 배어 나왔다. 80만 엔이라는 금액은 부풀어 오른 자신에 대한 호의로 바뀌었다. 그것은 증식된 세균처럼 심각한 위기를 내포하고 있었다.

"말씀드릴 게 있습니다……."

리호는 말할 수 있는 범위 내에서 앞으로의 이벤트에 대해 정보를 밝히고 상대방의 자존심이 상하지 않도록 말을 고르며 긴 안목으로 미술품을 구입하는 게 좋겠다고 덧붙였다. 나카타가 순순히 귀를 기울이고 신용카드를 집어넣을 때는 안도의 표정을 지었다.

그 이후 나카타는 훌쩍 '미술 화랑'을 찾아와서는 리호와 서서 이야기를 나누고 돌아가기를 반복했다. 식사나 영화를 보러 가자고 권하는 경우도 적지 않았으나 완곡하게 거절했다. 백화점 동료 사이에서도 나카타는 '리호를 짝사랑하는 아저씨'로 반쯤은 캐릭터화되었다.

그해 여름, 인생에서 제일 큰 불행이 리호를 덮쳤다. 어머니가 갑자기 돌아가신 것이다. 가끔 아르바이트를 나가는 정도였고, 거의 전업주부였던 어머니는 종종 아버지와 부딪히는 딸의 가장 큰 이해자이자 같은 편이었다.

삼십 대를 맞은 리호는 구체적인 계획은 없어도 이대로 백화점에서 일하며 그럭저럭 마음에 맞는 상대와 결혼해 부모님께 손주 얼굴을 보여 드리겠다는 청사진을 그리고 있었다. 적당히 타협하면 그리 어려운 일은 아니고 대학 입시나 취직이 더 어려웠다고 생각했다. 그러나 인생은 나 혼자 마음먹는다고 그대로 흘러가지 않는다. '언젠가'는 영원히 '언젠가'이고, 올이 하나만 나가도 옷감은 순식간에 전부 망가져 버린다.

　태어나기 전, 아직 어릴 때 조부모를 잃은 리호에게 어머니의 죽음은 처음으로 강렬히 파고든 육친의 죽음이었다.

　흉보는 근무 중에 날아들었다. 아버지가 몇 번이나 전화한 착신 이력이 있어 예삿일이 아니라고 생각해 전화를 받았다.

　"바쁜데 미안하다."라는 아버지의 딱딱한 목소리를 듣고 주박에 걸린 것처럼 긴장했다.

　"오늘 아침 네 어머니가 돌아가셨다."

　리호는 머릿속이 하얘져서 "왜요, 왜요?"라고 반복해 물었으나 아버지도 적은 정보만으로 상황을 설명하는 게 다였다.

　정기적으로 건강검진도 받고 지병도 없었는데 아침에 자신의 방에서 싸늘하게 식어 있었다. 사인은 급성 심근경색. 아버지에게는 평소처럼 몇 시간 전까지 살아 있던 아내가 갑자기 이 세상에서 사라져 버린 것이다.

　회사에서 조퇴하고 도쿄에서 요코하마 시내의 병원에 달려가는 동안 몸이 계속 떨렸다. 취직한 뒤 도쿄에서 혼자 살았지만 집안일과 요리에서 해방되고 싶어서 휴일에는 자주 본가로 돌아갔다.

바로 나흘 전에 건강한 얼굴을 봤다.

병원 침상에 누워 있는 어머니의 얼굴은 평온했으나 입을 반쯤 열고 굳어 버린 모습에서 생기를 느낄 수 없었다. 소설에서는 '잠든 것 같다'거나 '당장이라도 눈을 뜰 것 같다'라고 하는데, 리호는 한눈에 죽음을 깨달았다.

화장 전에는 마음을 가라앉힐 수 없어 오열했지만 경야, 장례식, 이렛날을 지나며 조금씩 마음을 진정시켰다.

슬픔에 익숙해지자 이번에는 견딜 수 없는 외로움이 찾아왔다. 슬픔은 아픔을 수반하고 외로움은 불안으로 이어진다. 리호가 사회에 나가 인간관계에서 부대끼며 생긴 스트레스를 어머니는 청소기처럼 빨아들였다.

자신은 도저히 흉내조차 낼 수 없을 만큼 자녀에게 헌신한 인생이었다. 성장한 뒤에도 어머니는 한결같이 자식을 돌봤다. 고등학교 시절 매일 싸 주신 도시락은 직접 조리한 반찬들뿐이었다. 이제와 돌아보니 상당히 힘들었을 것이다. 비행기를 싫어하면서도 유학 간 딸을 보러 이탈리아까지 온 적도 있다.

그리고 무엇보다 숨김없이 상담할 수 있는 유일한 존재였다. 어머니에게는 마음을 전부 털어놓았다.

생생한 어머니 꿈을 꾸다가 잠에서 깨어 어머니가 돌아가신 사실이 절절히 느껴지는 그 순간이 괴로웠다. 그런 아침에는 늪처럼 가라앉게 되는 스스로를 어떻게든 일상의 기슭으로 대피시켰다. 불안정한 항로에서 어머니는 항상 기항지였다. 크나큰 상실 앞에 리호는 속수무책이었다.

직장 동료도 한동안 신경을 써 줬지만 사십구재가 끝날 즈음에는 평소처럼 대하게 되었다. 나카타의 '담당'도 그랬다. 귀찮은 손님 응대는 자연스럽게 다시 리호에게 떠넘겼다.

처음 모습을 보인지 반년이 지나고 여름이 지날 즈음이 되자 나카타는 보이지 않게 되었다. 상사는 "의외로 서운하지 않아?"라고 놀렸지만 리호는 홀가분했다. 어머니가 돌아가신 뒤에는 특히 미소를 지으며 고객을 응대하는 게 힘들었다. 자연스럽게 유도해도 나카타는 마지막까지 직업을 밝히지 않았다. 수수께끼 그 자체였으나 전근이라도 갔을지 모른다고 결론 짓자 마음의 평온 하나를 되찾았다.

그러나 고요함은 폭풍의 전조가 될 수 있다는 사실을 리호는 알지 못했다.

같은 해 늦가을, 사건이 일어났다.

회사에서 퇴근하고 귀가하는 오후 9시 전, 리호는 가까운 역 개찰구를 빠져나가 평소보다 조금 빠른 속도로 걸음을 서둘렀다. 주말이라 종아리가 아파서 빨리 집에서 편히 쉬고 싶었다.

7, 8분 정도 걷고 큰 거리에서 주택가로 접어들자마자 바로 등 뒤에서 남자 목소리가 들렸다.

"리호 짱."

뒤를 돌아보니 나카타 쓰요시가 웃고 있었다. 리호는 심장을 독수리가 움켜쥔 듯한 충격을 받았다. 공포에 질려 대답도 못하고 두세 걸음 뒤로 물러났다.

그녀가 혼란에 빠진 원인은 몇 가지가 있다. 인적 없는 어두운 밤길에서 이미 과거의 폴더에 넣어 버린 인물이 갑자기 모습을 드러냈다. 남자가 취해서 꺼림칙하게 휘청거렸고, 친한 척 '짱'을 붙여 부른 점……. 그러나 나카타가 자신의 생활 반경 내에 들어온 것이 제일 무서웠다.

"어떻게…… 어떻게 여기 계세요?"

"오랜만에 얘기 좀 하고 싶어서요."

"아니……, 말씀을 하시고 싶으면 백화점으로 오셔야죠?"

"미안해."

"이건 규정 위반이에요. 여기를 어떻게 아셨어요?"

나카타는 리호의 격렬한 분노에 동요하여 그저 사과만 했다.

"미안해요. 요즘 전혀 못 만나서 잠깐 대화 좀 할까 했는데……."

이런 짓을 저질러 놓고 받아 주리라 생각했다는 사실에 리호는 깜짝 놀랐다. '못 만났다'고 남자 친구 행세를 하는 것도 머리끝까지 화가 치밀었다.

"나카타 씨, 저 지금 정말 무서워요."

"미안해. 무섭게 할 생각은……."

"이제 백화점에 오지 마세요."

리호가 딱 잘라 거절하자 술에 거나하게 취한 나카타의 얼굴이 창백해졌다.

"다음에 또 이러시면 경찰 부를 거예요."

가방에서 스마트폰을 꺼내자 나카타는 어금니를 꽉 깨물 듯 뺨을 일그러뜨리고 말없이 사라졌다.

아파트로 뛰어서 돌아온 리호는 상사에게 전화해서 사정을 설명했다. 그러나 상사는 사태의 심각성을 이해하지 못하고 리호가 다치지 않은 것을 확인하고는 "섣불리 자극하지 않는 게 좋겠어." 라고 조언하며, 조용히 지켜보라고 지시했다.

결과적으로 이 판단은 틀렸다고 증명되었다. 일시적으로 역에서 집까지 택시비를 지원하거나 바로 이사를 하는 회사는 어떤 대책을 강구해야 했다. 그러나 상사의 지시처럼 '조용히 사태를 관망'함으로써 리호는 다음 주초부터 아무 일도 없던 것처럼 출근해야만 했다.

닷새 후 밤, 아파트에 귀가한 리호는 오토록 자동문 앞에 서 있는 나카타를 보고 비명을 질렀다.

"시끄러워!"

나카타의 부루퉁한 표정에서 그의 사악한 성격이 그대로 드러났다. 얼굴이 불그스름한 걸 보니 취했다는 사실을 알 수 있었다.

이번에는 신고하려고 했지만 손이 떨리는 바람에 가방의 지퍼를 제대로 열지 못했다. 지퍼가 끼어서 내려가지 않았다.

"경찰 안 불러도 돼. 얘기만 끝나면 갈 거야."

나카타는 재빨리 거리를 좁히고는 수표 크기의 종이 두 장을 리호에게 들이밀었다. 나카타가 산 그림의 영수증이었다.

"환불해."

"네……?"

"이제 그림은 필요 없어. 됐으니까 환불하라고. 네가 속였잖아."

나카타는 닷새 전과 똑같은 옷을 입고 있었다. 이 계절에 맞지 않는 얇은 파카와 얼룩투성이 겨자색 면바지. 끈까지 더러워져 거무스름해진 스니커즈는 뒤축을 꺾어 신었다.

도저히 제정신으로 보이지 않았다. 지금까지도 말투에서 작은 광기를 느낀 적은 있었다. 그러나 멋대로 집 주소를 알아내 들이 닥치고 억지를 부리며 돈을 빼앗으려는 남자에게 감돌고 있는 것은 부정적인 감정이 표면장력의 한계를 깨 버린 뻔뻔함이었다.

"애초에 종이에 그림을 끄적거린 걸로 몇 십만이나 갈취하는 게 이상하잖아. 네가 하도 말을 잘해서 내가 그만 속아 버렸어."

"아니요, 속았다고 하셔도 나카타 씨가 납득하고 구입하셨을 텐데요."

무서웠지만 리호는 그림으로 사기꾼 취급당하는 것만은 받아들일 수 없었다.

"오리발 내밀긴."

"오히려 저는 나카타 씨가 세 번째 그림을 산다고 하셨을 때 말렸잖아요?"

신용카드를 지갑에 도로 집어넣던 그때 마음 약한 표정과 지금 살기등등한 기세는 극과 극처럼 달랐다. 그러나 결국 나카타가 여유가 없다는 사실로 귀결된다. 그래서 모든 일에 제대로 대응하지 못하는 것이다.

"그러니까 더 악질이지. 친절한 척하면서 결국 머릿속에는 돈밖에 없어."

"'미술 화랑' 직원이 그림을 권유하는 건 당연하잖아요."

"그림을 못 사게 되니까 대충대충 하던데."

대체 뭘 바라고 백화점에 왔을까. 가진 자가 흔들어 대는 고객의 권위에 리호는 진절머리가 났다. 이제 원인이나 이유는 사라지고 오직 상대를 굴복시키려고 혈안이 되어 있다. 이런 남자에게 "어떻게 되겠지."라고 안이하게 넘어간 것에 대한 짜증, 정중한 대응이 해악이 되어 돌아온 허무…….

"다 됐고 돈 내놔."

"제가 판단할 수 있는 게 아니에요. 내일 백화점으로 오세요."

"뭐? 왜 내가 가야 되는데! 오늘 일부러 와 줬잖아!"

"그만 하세요! 경찰 부를 거예요!"

"어디 한번 해 보시지!"

나카타가 움직였다고 생각한 순간, 뺨에 충격을 받고 리호는 쓰러졌다. 얼굴의 왼쪽 절반이 마비될 것처럼 열이 오르고 귀 안쪽에서 지잉, 하고 소리가 울렸다. 뺨을 맞은 충격으로 머릿속이 새하얘지고 뭘 해야 할지 다음 행동이 떠오르지 않았다.

"새침 떨지 마! 여자가 우쭐해서는! 잘난 척하지 말라고!"

머리채를 잡혀서 리호는 큰 소리로 도움을 구했다.

"괜찮으세요?"

젊은 남자 목소리가 들리고 동시에 머리카락에서 손이 떨어져 나갔다. 옆으로 주저앉아 앞을 쳐다 보니 흰 트레이너와 슈트 차림의 두 남자가 나카타의 팔을 비틀어 꺾어 눌렀다.

다행히 근처에 사람이 있었나 보다.

"아무 짓도 안 했어! 우린 친구야!"

나카타는 깨끗이 단념하지 않고 끝까지 발버둥 쳤다. 5분 후, 오토바이를 탄 경찰이 도착하고 바로 경찰차 두 대가 현장에 출동했다.

같은 아파트에 사는 할머니가 리호를 근처 돌계단에 앉히고 무릎에 담요를 덮어 주었다. 남편으로 보이는 할아버지에게 따뜻한 캔 커피를 받고 리호는 겨우 '살았다'고 실감했다. 눈물이 한참 동안 멈추지 않았다.

방검 조끼를 입은 거친 경찰관에 제압당한 나카타가 기진맥진해서 경찰차에 실려 갔다.

리호는 멍하니 그 광경을 지켜보면서 그때까지 막연히 느끼던 행복의 실체를 느낄 수 없게 되었다. 처음으로 자신의 인생에 회의를 품었다.

사람은 나이가 들어가면서 불행해지도록 정해진 게 아닐까……. 가슴이 답답해서 짜증이 일고, 간절히 어머니를 찾아도 이제 이 세상에는 없다. 불안해서 가슴이 짓눌릴 것 같았다.

가방의 지퍼를 제대로 고치고 스마트폰을 꺼낸 리호는 상사에게 전화했다. 단순히 상황을 설명하려고 했는데 이야기를 하다 보니 분노가 끓어올랐다.

나카타가 떨어뜨린 영수증 두 장이 바람에 날리는 것을 보고 모든 경치의 색이 바래 보였다.

"그만두겠습니다."

인생을 좌우하는 중대사에도 말이 술술 입 밖으로 흘러나왔다.

놀라서 말문이 막힌 상사를 내버려두고 리호는 전화를 끊었다.

그 자리에 쪼그려 앉아 용수로의 다정한 물소리에 귀를 기울였다. 서늘한 공기 속에 흐르는 맑은 물소리가 기분 좋다.

백화점을 그만둔 뒤 리호는 바쁘게 지내면서 마음의 균형을 되찾았다. 도피라고 말하지 못할 것도 없지만 '눈 돌릴 시간'이 필요한 과정이었다. 그리고 지금 홀로 떠난 여행의 여유로운 시간 속에서 리호는 과거와 마주하기 시작했다.

다시 일어나 눈 덮인 계단식 논을 한 번 바라보자 기억이 선명하게 떠올랐다.

료의 아틀리에에서 본 계단식 논이 그려진 스케치북. 눈이 쌓인 해변 그림이 떠올랐다.

계단식 논과 해변……. 바다가 아닐지도 모른다.

스마트폰으로 이미지를 검색한 리호는 화면에 표시된 사진을 보고 차를 향해 달려갔다.

4

'후쿠에이' 백화점이 약속 장소로 정해지자 정말 기가 찼다.

혼자 떠난 여행에서 돌아와 아직 이틀밖에 지나지 않았다. 내내 연락이 되지 않던 상대와 여행지에서 겨우 통화에 성공했다. 시가에서 발견한 사실을 스스로 확인하자 마음이 움직였다.

"기다리시게 해서 죄송합니다."

오랜만에 만나는 기시 유사쿠는 체격이 커졌다. 살이 쪘다기보다는 근육질이 된 것 같다. 겨울에 얇은 스웨터 한 벌이었으나 추워 보이지 않았다.

"갑자기 연락해서 죄송해요."

"아닙니다, 기억해 주셔서 좋았습니다. 게다가 이제는 화랑 업계 동업자잖습니까."

"무슨 말씀을요. 이제 제가 있는 곳은 바람이 불면 날아갈 가게인걸요."

"그런 말씀 마세요. 게이스케 씨가 상당히 눈이 밝지 않으십니까."

"아버지를 아세요?"

"네. 몇 번 뵌 적도 있습니다. 그래도 저보다 제 아버지가 잘 아실지도 모릅니다. 이 업계에 오래 계셨거든요."

유사쿠와는 '후쿠에이'에 있을 때 전시회에서 본 적이 있었다. 잘 아는 사이는 아니지만 부드러운 태도에 좋은 인상을 받았다.

"이제 와 생각해 보니 층이 달라도 옛 직장은 좀 불편하시죠?"

"아니에요, 가끔 쇼핑하러 와요."

기분 좋게 대화하기 위해 작은 거짓말도 필요했다. 지금은 전부 요코하마에서 해결하고 도쿄 백화점에서 쇼핑이 필요할 때는 다른 지점을 이용한다.

"저희 응접실은 답답해서요."

현재 소속 화가가 '후쿠에이'에서 개인전을 열고 있어서 백화점 디저트 카페에서 만나게 되었다.

기시 유사쿠는 7, 8년 전에 만났을 때보다 관록이 붙었다. 사십 대 중반 한창 같은 분위기가 감돌고 짧게 친 머리에 이목구비가 뚜렷한 얼굴에는 자신감이 차 있었다.

어떻게 지내느냐는 질문에 리호가 "이 나이에 아버지에게 매일 야단만 맞네요."라고 농담조로 대답하자 유사쿠는 뭔가 생각이 났다는 듯 "아아, 그렇구나."라고 중얼거렸다.

"게이스케 씨 말씀을 하시니 생각이 났는데요, 아버지가 한 번 불평하신 적이 있어요."

"네? 뭔가 불편하신 일이라도 있었나요?"

"아니, 아니에요. 제 말은 그게 아니고요. 옛날에 게이스케 씨께 그림을 양보한 적이 있거든요."

"그 말씀 처음 들어요."

"저도 자세히는 모릅니다. 20년도 더 전이려나. 게이스케 씨가 저희 화랑에 오신 적이 있는데, 응접실에 장식한 그림을 너무 마음에 들어 하셨어요. 아버지도 처음에는 거절하셨는데…….."

기시 사쿠노스케와 아버지는 그다지 친한 사이는 아니었다는데, 아버지는 미팅이 끝난 뒤에도 몇 통인가 편지를 보내 설득했다고 한다. 리호는 어이없어하면서도 그런 고집이 참 아버지답다고 생각했다. 화랑 경영의 어려움을 아는 지금, 열정을 불태우는 그 모습이 존경스러웠다.

"그거 뭐라는 작품이었더라. 해지기 전의 산인가 뭐였는데, 민가의 불빛이 드문드문 떨어져 보이는 애절한 느낌의…….."

"혹시 〈돌아갈 수 있다면〉인가요?"

"아, 맞아요! 그걸 보내 놓고 아버지가 참 아쉬워하셨거든요. 쓰치야 씨도 본 적 있습니까?"

"그 그림은 옛날부터 상설 전시해요. 제발 팔라는 고객도 있지만 단호히 거절하세요. 자기는 억지로 받아 놓고선."

"아, 그래요? 그렇게 소중히 해 주신다면 아버지도 만족하실 겁니다."

리호는 화랑에서 한가할 때 〈돌아갈 수 있다면〉을 보면서 이런저런 생각을 하는 시간이 좋았다. 그런 소중한 작품에 얽힌 얘기를 알게 되어 좋은 징조라고 생각했다.

개인전으로 바쁜 유사쿠의 시간을 뺏는 것이 미안해 리호는 계단식 논 사진을 보여 주며 본론으로 들어갔다.

"이거, 시가의 다카시마에 있는 계단식 논 사진인데요."

리호가 설명을 시작하자 유사쿠는 왠지 예상했다는 듯 "아아." 하고 낮게 탄식했다.

"실은 제가 기사라기 슈 선생님과 고등학교 동창이라……."

"네, 본인에게 들었습니다."

"저를……요?"

"같이 피아노를 배우셨다죠?"

놀라서 테이블에 두 손을 툭 내려놓다가, 팥죽 스푼을 쳐서 바닥에 떨어뜨렸다.

"쓰치야 씨, 의외로 알기 쉬운 타입이네요…… 료도 좋은 사람이라고 했지만요."

유사쿠는 화가로서가 아니라 진짜 이름으로 불렀는데 료가 더 친근하게 느껴졌다. 자신에 대해 무슨 말을 했을지 신경 쓰였지만 그와는 별도로 마음에 걸리는 일이 있었다.

"제가 백화점에서 일할 때 료 군의 동창이라는 걸 알고 계셨나요?"

유사쿠는 겸연쩍어하며 "네."라고 인정했다. 그럼 말해 주면 좋았을 텐데, 하고 조금 불만스러웠지만 료가 원하지 않았기 때문이라고 생각하자 의기소침해졌다.

그건 그렇고 리호는 졸업 때 미련 가득한 작별을 해서 이제 만나지 못할 거라고 포기했었다. 그때와 감정의 무게는 달라도 료를 그리워하는 마음에 거짓은 없다. 방을 정리할 때마다 그가 남긴 물건을 하나씩 바라보고는 한숨을 쉬었다.

대부분의 사람은 만나지 않으면 자연스럽게 잊힌다. 그러나 특별한 사람은 공백이 길어질수록 더욱 신비로워진다.

그런 먼 존재인 료와 한 남성을 사이에 두고 접점이 있었다니……. 전혀 몰랐던 일이다. 그리고 유사쿠만 알고 있던 그 상황이 양방향으로 바뀐 계기가 주간지 폭로 보도라는 것이 아이러니였다. 그《프리덤》의 가십 기사가 없었으면 전 직장에 올 일도 없었다.

"그 주간지 기사 읽었습니까?"

마음을 꿰뚫어 본 듯한 타이밍에 깜짝 놀라 리호는 생각할 틈도 없이 끄덕였다.

"언젠가는 쓰치야 씨가 연락하지 않을까 싶었습니다."

"저기…… 그런 기사가 나와서 료는 괜찮아요? 남이 사생활 캐는 걸 싫어했거든요."

"하긴 사교성은 빵점이죠. 그야 인간이니까 나름대로 생각은 있겠죠. 하지만 표면으로는 태연해했어요."

몰래 찍은 사진과 함께 사생활을 폭로당하면 누구라도 동요할 것이다. 게다가 료는 사생활을 지키려고 모든 취재를 거부해 왔다. 정신적으로 흔들려도 이상하지 않은 상황이지만 유사쿠의 이야기를 듣고 리호는 안도했다.

"다카시마에 다녀오셨군요?"

유사쿠가 사진을 가리키며 본론으로 돌아왔다. 혹은 별로 시간이 없을지도 모른다.

"왜, 그 계단식 논을 보러 갔습니까?"

리호는 고등학생 때 료가 아틀리에에서 스케치북을 보여 준 이야기를 했다. 유사쿠는 "와, 그 녀석이 스케치북을요?"라고 의외라는 반응을 보였다.

"그때 본 그림이 정말 인상적이라……."

계단식 논의 위치를 파악한 경위를 설명하자, 유사쿠가 그림의 계기가 된 화가에 대해 설명을 시작했다. 그의 말에 귀 기울이며 사진을 보던 리호의 뇌리에 갑자기 나카타의 얼굴이 떠올라 혐오감이 일었다.

사건 후 얼굴과 목에 상처를 입은 리호가 병원에서 진단서를 발급받자 나카타의 혐의가 폭행에서 상해로 바뀌었다. 경찰 조사에는 협조했지만 재판은 단 한 번도 가지 않았고, 지금은 판결 내용도 기억나지 않는다.

오지랖 넓은 동료에 따르면 나카타는 그 외에도 비슷한 스토커 짓을 저질렀고, 양판점 아르바이트마저 잘린 뒤에는 빚 때문에 옴짝달싹 못 했다고 한다.

물론 두 번 다시 얽힐 생각은 없지만 이번 일을 통해 세상에는 빈틈을 노리는 남자들이 전방위에서 꿈틀거린다는 사실을 배웠다.

그래서 더욱 기즈가와 미와가 걱정됐다. 트위터에서 그녀의 그림을 한 번에 세 점이나 샀다는 남성이 미와의 '나카타 쓰요시'가 될지도 모른다. 백화점이든 SNS든 아무리 무대가 달라도 그들의 목적은 똑같다. 마지막에는 주역이어야 할 작품이 뒷전으로 밀려난다.

"쓰치야 씨는 스케치북 그림을 기억하십니까?"

유사쿠의 질문에 다른 생각을 하고 있던 리호는 정신을 차렸다.

"그럼요. 오래된 이불 건조기와 공원 그림도요."

"역시 쓰치야 씨는 이 일이 천직일지도 모르겠네요."

"에이, 설마요. 어렸을 때라 기억에 남았을 뿐이에요⋯⋯. 아, 맞다."

리호는 수첩에 끼워 둔 다른 사진 한 장을 테이블 위에 올려놓았다.

"이것도 스케치북에 있던 풍경이에요. 처음에는 바다인 줄 알았는데 계단식 논이 시가에 있으니까 어쩌면 비와호일지도 모른다는 직감이 들어서요."

계단식 논에 쌓인 눈과 용수로를 보다가 떠오른 가능성. 스마트폰으로 '눈 비와호'라고 검색하니 구도가 비슷한 이미지가 나왔다.

다카기하마에서 쉴 새 없이 사진을 찍고 있던 남자를 보고 유명한 관광지일지도 모른다고 생각했다. 고개 숙여 인사하고 남자와 스쳐 지나간 후, 눈의 흔적이 남은 모래밭에 혼자 서 있는데, 스케치북에 그린 선이 살아났다. 리호는 온몸으로 료를 느꼈다.

여기 살았구나⋯⋯. 그게 '공백의 3년'에 관한 것이라고 알고 있었지만 리호는 사건 자체보다 료가 어떻게 살아왔는지 알고 싶었다.

팔이 부러진 리호에게 문병을 와 준 그때, 그가 털어놓은 힘겨운 유년 시절을 제대로 들어 주지 못한 후회가 가슴속에 가득 차서, 아무도 없는 호숫가에서 울었다. 그 순간이 두 사람에게 갈림길이었다는 사실을 뒤늦게 깨달았다.

리호는 마주 보고 앉은 유사쿠에게 어떻게 말을 꺼낼지 고민했다. 다카시마에 다녀왔다고 해서 료가 만나 줄 이유는 되지 않는다. 그 이전에 만나서 어떻게 하고 싶은지, 리호 자신도 알지 못했다.

자리에 앉은 지 벌써 20분이 지났다. 유사쿠가 료를 잘 알고 있는 것은 말투에서도 전해진다. 주어진 시간이 얼마 남지 않았다. 리호는 마음을 굳게 먹고 토트백으로 손을 뻗었다.

"이거 고등학교 졸업하기 전에 받은 건데요, 아직 고맙다는 말을 못 했어요."

F6호 사이즈의 액자를 받아든 유사쿠는 말없이 그림을 보고 있다. 의외일 정도로 진지한 시선에 리호는 긴장했다.

"료가 이걸⋯⋯."

유사쿠의 무거운 시선은 액자 안으로 빨려 들어갔다. 집중한 모습을 보고 있자니 그림과 함께 살아온 미술상의 기세가 전해지는 듯했다.

마침내 납득이 되었는지 유사쿠가 잘 봤다고 말하며 액자를 돌려줬다.

"료를 만나고 싶으시군요?"

단도직입적으로 묻는 질문에 리호는 얼버무리면 안 된다고 판단했다. 긴 세월 동안 간직한 마음을 담아 제대로 끄덕였다.

"만나고 싶어요."

그림을 볼 때부터 감돌던 긴장을 풀고, 유사쿠는 몸에 힘을 빼고 숨을 내쉬었다. 왠지 후련한 분위기에 리호의 심장 고동이 빨라졌다.

"쓰치야 씨, 료에게 편지를 써 주시겠습니까?"

제6장

———

주거

1

신문 구독 계약 해지 설문조사 / 응답 발췌 / 2021년 본사 판매국

· 뉴스는 무료 서비스가 기본이다. 다이니치신문 기사도 인터넷에서 읽을 수 있다. (동일 의견 다수)

· 정보가 느리다. 인터넷에서 이미 본 정보가 다음 날 조간에 실린 걸 보고 놀랐다. (동일)

· 소위 '우등생'의 기사가 많다. 더 파고들면 좋겠다. 생생함이 부족하다.

· 사회 문화면 기사에 센스가 없다. 특히 재미있게 쓰려고 한 기사(연예 정보, 기자의 체험기 등)가 너무 썰렁하다. 공무원이 장난치는 것 같다.

· 관심 없는 기사가 90퍼센트. 왜 돈을 지불하고 있나 싶어 정신을 차렸다.

· 편향된 보도가 너무 많아 못 보겠다. 선입견에 찌든 사설도 못 참겠다.

· 유튜브 동영상이 더 깊이가 있다.

· 너무 잦은 가격 인상. 온라인 뉴스가 충실한 요즘 시대에 왜 가격을 올리는지 모르겠다. 보통 반대 아닌가.

· 폐지 회수용 봉지가 유료로 전환돼 더는 안 되겠다고 생각했다. 가격만 올리고 서비스 질은 떨어지고. 정말 사양산업이라는 걸 실감한다.

· 한 달에 두 번, 조간 배달이 안 왔다. 불쾌하다.

· 그냥 읽을 시간이 없다. 더 얇아도 된다.

· '매일 읽어야 한다'는 의무감에 지친다.

* * *

도중에 읽기를 그만둔 몬덴은 책상 위에 설문지를 내려놓고 손가락으로 눈을 문질렀다.

지국장실 앞에 있는 응접세트. 큐브 모양의 소파에 몸을 기대고 낮게 신음했다.

"이거 드세요."

어느새 시모다 에쓰코가 옆에 서 있었다. 따뜻한 커피를 끓여 온 듯하다.

몬덴은 "아, 고마워요."라고 등을 똑바로 펴고 플라스틱 컵을 받아들었다.

"뭐 좋은 일이라도 있으세요?"

"그래 보여요?"

"전혀요."

"신문이 참 인기가 없네요."

몬덴은 판매국이 정리한 구독 해지 사유서를 팔락팔락 흔들며 우스갯소리를 했다.

오랫동안 정보의 보고였던 신문은 힘들 때마다 가격 인상으로 목숨을 연명했다. 그러나 인터넷의 보급으로 압도적인 우위가 무너졌다. 경솔한 가격 인상은 판매 부수 감소의 마중물이 된다.

현대 독자는 덩치가 큰 미디어에서 흘러넘치는 사실에 민감하다. 조직 때문에 쓰지 않는다, 혹은 쓸 수 없다……. 개인이 제공하는 정보 서비스로 세상이 움직일 때마다 속이 투명하게 들여다보이는 매스미디어의 눈치 보기와 태만.

몬덴은 일전에 친한 신문 판매점 점주와 스낵에 갔다. 거기서 들은 말이 머리 한구석에 아직도 걸려 있다.

"손주에게 '신문이 특별 대우를 받을 가치가 있어?'라는 말을 들었는데요……."

소주 록 글라스를 한 손에 든 점주가 "그럴 때 뭐라고 대답하면 좋습니까?"라고 묻자 몬덴은 말문이 막혔다.

우익이냐 좌익이냐 정치색을 따지고, 사회적 지위는 하락했다. 인터넷 사회가 되기 전 가치관이 흔들리는 가운데 많은 신문인들은 자신의 존재 의의를 여전히 자각하지 못했다.

사회를 뒤흔든 개인의 호소가 큰 파문을 일으킬 때, 일부러 보도하지 않았다는 비판에는 진지하게 귀를 기울여야 한다. 그러나 그런 일부 심지 굳은 고발 외에 시간 때우기, 인정 욕구, 사욕만 가득한 허위 보도를 '인터넷'이라는 큰 봉지에 넣어 버리는 위험성에도 눈을 감아서는 안 된다.

기자 클럽, 재판제도*, 경감세율……. 점주의 손주뿐만 아니라 현대인은 세상의 '특별 대우'를 찾고 있다. 신문사 직원들이 어깨띠를 다음 주자에게 건네주며 전해 온 방법론이나 취재망은, 세상에 더 정확하고 더 안전하게 정보를 전달하기 위한 중요한 문화다. 보도하는 이들은 사실에 근거하지 않는 재미나 편안함에 결코 안주해서는 안 된다.

현장에 가서 사람과 만나고 자료를 찾는다. 그런 당연한 번거로움을 신문사는 오랜 기간 받아들였다. 한편, 정년이 시야에 들어오기 시작한 기자에게는 지울 수 없는 양심의 거리낌이 있었다. 최근 수개월, 헤아릴 수 없을 만큼 반복해 온 질문.

자신은 이것을 진정한 의미에서 실천해 왔는가…….

인터넷 공간에서 애매하게 만사가 소비되는 질감 없는 시대에 기자의 진정한 역할이란…….

● 再販制度. 책, 신문, 음악 CD의 제조사가 가격 결정권을 갖는 제도

"차가운 게 좋았을까요?"

머리 위에서 들린 목소리에 사색에 마침표를 찍은 몬덴은 에쓰코가 플라스틱 컵을 가리키는 것을 봤다.

"날이 꽤 더워져서요."

"아니야, 따뜻한 걸 마시고 싶었어."

산뜻한 초여름이 지나가고 해가 긴 계절이 찾아왔다.

"저는 좋아해요, 신문."

파일을 선반에 넣으면서 말하긴 했지만 에쓰코의 목소리에 의외로 마음이 담겨 있었다.

"저기, 얼마 전에 몬덴 씨 혼나셨잖아요? 회사분에게."

"아아……, 정말 면목 없네."

유괴 사건 취재에 너무 몰두한 나머지, 지국장의 중요 업무인 '지역 주민과의 교류'가 소홀해졌다. 이 사실을 본사에 밀고한 자가 있어서 3월에 편집국장에게 완곡하게 지적받았다.

"석 달 동안 열심히 취재하셨잖아요? 평소의 몬덴 씨는 가벼운데 역시 기자구나 싶더라고요."

"뭐 결국 어중간하게 끝났어."

시가에서 찾아낸 노모토 다카히코와 비와호의 접점. 몬덴은 그 유일한 단서를 기시 사쿠노스케에게 던져 보려고 메일을 보냈지만 아직도 회신이 없다. 휴대폰과 화랑에 전화를 걸어 봤으나 그쪽에서 받지 않는다. 의도적으로 피하고 있다고 생각할 수밖에 없다.

료와 노모토 다카히코, 혹은 유미와 살았다는 물증을 잡지 못해 기사화하기에는 아직 부족했다.

취재 전망도 보이지 않고 편집국장의 질책도 더해져 몬덴은 두 달 반 동안, 열심히 지국장 업무를 했다.

"그래도 프로 같았어요."

"일단 프로이긴 한데⋯⋯."

동년배인 에쓰코의 선선한 성격 덕분에 인간관계에 스트레스가 없어서 고마웠다. 그녀는 명랑하게 웃고는 문구류를 사러 방을 나갔다.

커피를 마시고 후우, 하고 한숨을 내쉰다. 괴로운 문서를 보던 몬덴은 에쓰코의 배려에 감사했다. 짧은 대화였지만 마음이 훨씬 편해졌다.

스마트폰이 진동하고 처음 보는 전화번호가 표시되었다.

"아, 몬덴 씨죠?"

목소리를 듣고 누구인지 알아차렸다. 가나가와 현경의 전직 형사, 도미오카 가쓰미다. 몬덴은 다시 한번 1월 게 선물에 감사함을 표했다.

"저야말로 좋은 답례품을 보내 주셔서. 도리어 신경 쓰시게 한 것 같아서⋯⋯."

취재 진척 상황을 묻기에 "그 후에 꽝입니다."라고 말했으나 생각난 것이 있었다.

"그리고 보니 지난달에 나이토 히토미가 입원했다고 합니다."

"어디가 안 좋은가요?"

"간이 좋지 않은 것 같은데, 자세한 건 모릅니다."

기타큐슈의 스낵 '해안 거리' 근처의 작은 음식점 가게 주인이 전화로 소식을 알려 줬다. 1월의 그 비 내리던 날, 히토미와 만난 뒤 혼자 밥을 먹으러 음식점에 갔는데 가게 주인은 의외로 반겨 주었다.

"그나저나 나이토 히토미가 엽서를 갖고 다녔다는 건 의외군요."

도미오카도 몬덴과 같은 생각인 듯했다. 취재에서 얻은 성과는 센자키를 통해 그에게도 전달되었다.

"그러게요. 아들에게는 전혀 관심이 없는 줄만 알았습니다."

"동감입니다. 그래도 제가 마음이 아팠던 건 료 소년이 그림을 그린 엽서를 보냈다는 사실입니다. 그런 어머니라도 부모는 부모라는 걸까요. 참 생각이 바른 아이였네요."

"실제로 만나 얘기해 보니 나이토 히토미는 종잡을 수 없는 사람이었어요."

"지켜보는 사람이 화가 날 정도로 무기력하죠. 나쁜 남자에게 걸려서 자신이 고생하는 건 어쩔 수 없지만 아이를 휩쓸리게 하면 안 되죠. 실제로 유괴 사건 때 교제하던 요시다 사토루 같은 놈은 일상적으로 료를 학대했으니까요."

"요시다는 그래도 손을 대지는 않았잖습니까?"

"아니요, 때렸습니다. 밤새도록 세워 두거나 무릎을 꿇리기도 했어요. 히토미의 조서에도 쓰여 있습니다."

폭행까지는 없었다고 인식했지만 전직 형사 도미오카의 말은 믿을 수 있었다. 사람에 따라 정보가 다른 것은 늘 겪는 일이지만 센자키가 자신에게 밝히지 않은 정보가 있다고 생각하니 조금 짜증이 났다.

"오늘 바쁘신 가운데 전화드린 건……."

몬덴의 불쾌한 기분을 알아차린 건 아닐 테지만 도미오카가 부드러운 말투로 화제를 바꿨다.

"전에 몬덴 씨가 기시 사쿠노스케의 창고에서 촬영한 그림에 대해 알려 드릴 게 있어서요."

"노모토 다카히코의 그림 말입니까?"

간다의 창고에서 펼쳐진 장관을 몬덴은 지금도 생생하게 기억한다.

"그중에 안개 낀 거리 그림이 있지 않았습니까?"

중앙의 벽에 걸린 가로로 긴 큰 작품이다. 우윳빛 하늘 아래 흐릿한 거리 풍경이 그려져 있고 바로 앞에는 잔디밭이 있었다. 평범해서 오히려 현실적인 그림이었다.

"알고 계신 것처럼 제 남동생이 홋카이도에 있는데 그 거리를 본 적이 있다고 합니다."

"네? 정말입니까? 홋카이도라고요?"

"네. 대충 지나가며 한 말인데, 반이라도 들어 주시면 좋겠습니다. 그 경치가 다테 아니냐고 하더군요."

"잘 모르겠습니다. 홋카이도에 다테라는 지역이 있습니까?"

"네. 도야호 근처의 도오 자동차 도로입니다. 그림 위쪽에는 좌우로 흐릿하게 산 같은 것이 그려져 있는데 이게 고마가다케산과 우스산이 아니냐고요."

"산인 줄 몰랐습니다. 알려 주셔서 감사합니다."

"가끔 업무 때문에 그쪽으로 간다는데요. 저도 남동생에게 '잘했다'고 칭찬해 주니 '우스산 휴게소의 풍경과 닮았다'고 하네요."

"휴게소라면, 고속도로 휴게소 말씀이신가요?"

"네. 몬덴 씨가 보내 주신 그림 사진 중에 갈색 지붕의 건물이 그려진 게 있죠? 앞에 교차로가 있는 거요."

오른쪽 벽에 걸려 있던 그림일 것이다. 옅은 갈색 지붕으로 무어라 형용하기 어려운 애매한 형태였다. 확실히 그 건축물 앞에는 교차로 같은 것이 있었다.

"남동생이 우연히 본 적이 있었다고 해서요. 이것도 홋카이도에 있을지도 모릅니다."

두 그림이 홋카이도라는 지역에서 연결되었다. 전화가 걸려 왔을 때는 도미오카가 말한 것처럼 이야기라도 들어 두자 싶은 심정이었으나, 손목시계 초침이 움직이면서 가능성이 높아졌다고 직감했다. '다테'라는 낯선 지역이 머릿속에서 현실로 다가왔다.

전화를 끊은 뒤 스마트폰으로 '홋카이도', '다테' 그리고 그림의 첫 느낌이었던 '역'을 입력하고 검색했다.

화면에 나타난 '다테몬베쓰역'의 역 건물은 간다의 창고에서 본 그림과 윤곽이 똑같았다.

2

왠지 음악을 듣고 싶지 않아 차 소리를 들으며 운전 중이었다.

소형 렌터카는 약간 엔진 소리가 거슬리기는 하지만 달리는 데에 문제는 없다. 후회라면 ETC 카드*를 잊은 것 정도다.

몬덴은 아침 일찍 하네다를 출발해 오전 10시 전에 신치토세에 도착했다. 렌터카 회사의 셔틀버스를 타고 영업소로 이동하여, 빌린 차를 이용할 때 ETC 카드를 잊어버린 걸 깨달았다. 그러나 출입이 다소 불편해도 교통량이 적은 도오 자동차 도로는 스트레스가 없었다.

도미오카와 통화를 마치고 몬덴은 바로 홋카이도에 갈 채비를 시작했다. 비행기와 숙소를 예약하고, 지역 상공회의 신제품 설명회, 세관의 정보 교류회를 취소했다. 취재는 평일을 일정에 넣지 않으면 공공시설을 이용하지 못할 가능성이 있다.

외출에서 돌아온 시모다 에쓰코는 타고난 감으로 "본사에는 아프다고 해 둘게요."라고 씩 웃더니 입을 맞춰 주기로 했다.

신중하게 주행 차선을 달려 노보리베쓰 방면으로 향한다. 1시간 정도 지나니 '우스산 휴게소'에 도착했다. 주차 공간 50대 정도의 고즈넉한 휴게소로 푸드 코트 등 매장이 입점해 있고, 2층은 전망대인 듯하다. 몬덴은 매장 옆 광장에 사진으로 된 안내판을 발견하고 발걸음을 옮겼다.

위쪽에 '우스산 휴게소(상행) 전망'이라고 쓰여 있고 화창한 날씨에 찍은 파노라마 사진이 한 장, 그 아래에 고마가다케산과 우스산을 확대한 사진이 두 장 게시되었다. 세 장 다 푸르른 하늘과 바다가 눈이 부셔, 날씨가 좋으면 경치가 아름다운 명소라는 것을 알 수 있다.

● 우리나라의 하이패스 카드에 해당한다.

그러나 지금 몬덴은 파란색을 전혀 볼 수 없었다. 파노라마 사진 중 한 면이 연막을 친 것처럼 뿌옇다. 산과 바다가 보이지 않고 겨우 다테 시가지를 확인할 수 있을 정도로 어렴풋했다.

몬덴은 '이게 봄 안개인가.'라고 속으로 중얼거리고, 스마트폰에서 사진을 불러 냈다. 고마가다케산도 우스산도 지금은 안개에 가려져 있으나 대개 화면 속 그림과 일치한다.

이 근교에서 봄 안개는 계절의 풍물시라고 한다. 다테는 비교적 온난한 지역이고 일교차 때문에 거리가 안개에 감싸이곤 한다.

원래라면 안개 때문에 아쉬워야 할 풍경을 앞에 두고 몬덴은 갑자기 힘이 넘쳤다. 사실화 화가를 쫓기에 이 취재에는 독자적인 매력이 있었다. 작품의 모델이 일본의 어딘가에 반드시 존재한다는 퍼즐 맞추기 같은 재미다.

비와호의 모래밭과 '우스산 휴게소'의 조망. 그것은 시간을 넘은 노모토 다카히코의 또렷한 발자국이었다.

'우스산 휴게소'는 도오 자동차 도로의 '무로란 인터체인지'와 '다테 인터체인지' 중간에 위치하고, 1992년에 이 구간이 개통되었으니 노모토가 같은 계절에 이곳에 서 있었을 가능성은 충분하다.

몬덴은 고속도로에서 내려와 다테 시가지로 향했다. '다테몬베쓰역'에서 새로운 퍼즐 맞추기가 기다리고 있기 때문이다.

역 앞 교차로에 도착할 즈음에는 거의 확실해졌다. 차에서 내린 몬덴은 스마트폰에 표시된 이미지를 보면서 역사의 옅은 갈색 지붕 주위에서 그림의 앵글을 찾았다.

가까이에서 보니 유리 방풍실이 있고 북쪽 지역 특유의 멋이 느꺼졌다. 역 앞 파출소 앞에서 보니 실물과 노모토의 그림 라인이 겹쳐서, 도미오카의 남동생 의견이 옳았다고 증명되었다.

이렇다 할 특징이 없는 역 건물을 그린 이유는 모른다. 그러나 여행이라는 한정된 시간 속에서 그릴 만한 모델이라고 생각할 수 없다. 몬덴은 그렇다면 여기에서 살았던 게 아닐까 하고 추측했으나 확신을 얻지 못했다.

조금 더 걸어 볼 수밖에 없다. 역에서 북동쪽으로 뻗어 나간 길은 새로 단장해 폭이 넓고 가게 벽 외장 자재가 밝다. 그러나 큰 거리에서 벗어나자 아스팔트의 흰 선은 흐릿하고, 오래된 상점은 녹슨 셔터를 내리고, 인적 없는 병원이나 료칸이 모습을 드러낸다. 제일 해가 높은 시간대에도 주변은 바람 소리가 울릴 정도로 조용했다.

예전에는 활기가 있었을지도 모르는, 일본에서 종종 볼 수 있는 쓸쓸한 지방의 민낯. 규슈에서도, 시가에서도, 몬덴은 같은 심정으로 길을 걸었다. 쓸데없이 크게 울리는 바람 소리가 체념한 한숨처럼 들린다.

역 앞으로 돌아온 몬덴은 반대쪽도 둘러보기로 했다. 작은 흰색 건물에 들어가 엘리베이터를 타고 2층으로 올라간다. 지붕이 달린 육교를 건너 반대쪽에서 다시 엘리베이터를 탔다.

역 남쪽은 자전거나 차를 세우는 주차장이 되어 있어 더욱 조용한 분위기였다. 잡초가 무성하게 자란 공터를 바라보며 남쪽으로 걸어가자 민가에 둘러싸인 작은 공원이 시야에 들어왔다. 인적이 없고 부지 왼쪽 절반에 형식적인 놀이기구가 듬성듬성 놓여 있다.

하늘이 흐려 햇빛은 약했지만 걷는 동안 땀이 솟았다. 손수건으로 이마를 닦으며 공원에 다가간 몬덴은 출입구를 보고 움직임을 멈췄다.

잔디밭 위에 버섯 오브제 두 개가 나란히 놓여 있었다.

돌로 만든 오브제는 갓 부분이 검고 대는 희다. 높이는 50센티미터 정도려나. 흰 페인트가 벗겨진 듯한 흠집은 그 자체가 증명서가 되었다.

몬덴은 간다의 창고에서 찍은 노모토의 공원 작품, 소녀가 버섯 오브제에 한쪽 발을 얹고 있는 료의 작품을 차례로 불러 냈다.

틀림없다……. 줄곧 찾았던 것은 나이토 히토미의 엽서 풍경인이 가리키는 교토가 아니고, 그 아름다운 다카기하마의 해변이 있는 시가도 아닌, 이름도 모르는 홋카이도 소도시의 작은 어린이 공원에 있었다.

드디어 노모토와 료가 '대지'로 이어졌다. 두 사람은 가나가와를 벗어나 아마도 간사이를 경유하여 이 북쪽 대지로 흘러들어 왔을 것이다.

일개 신문기자로서 몬덴은 한없이 원고가 쓰고 싶어졌다. 지금까지 간토, 규슈, 간사이, 홋카이도를 돌아 반걸음씩 앞으로 걸어갔다. 글 쓰는 방법에 따라 이미 원고를 쓸 수 있는 재료가 갖춰졌을지도 모른다. 그러나 몬덴의 가슴속에는 지금, 기묘한 감정이 고조되고 있었다.

이 취재를 소중히 하고 싶다……. 명작의 남은 페이지가 이제 얼마 없다는 아쉬움이 들끓고, 진심을 다해 진실을 쫓아 왔기 때문에 그에 걸맞은 마무리를 하고 싶다는 마음이 강해졌다.

　조금 더 참을 수 있는 이유는 그 나름대로 오래 살아왔기 때문이다. 나이가 드는 것도 그리 나쁘지만은 않다.

　몬덴의 다음 한 수는 어이없을 만큼 단순하고 품이 드는 일이었다.

　렌터카로 다테 시립 도서관으로 향하여 1993년의 주택 지도와 다테시가 발행한 홍보지를 뒤져서 노모토와 료의 발자국을 찾으려 했다. 오랜 기자 생활을 통해 스스로 지어낸 격언을 머리에 떠올렸다.

　'열정과 비효율은 친화성이 높다.'

　종합공원과 인접한 다테 시립 도서관은 외관이 유리로 된 열람 코너가 전망이 좋다. 사서에게 주택 지도와 홍보지를 찾아 달라고 부탁하고, 다테시 관련 서적을 읽으며 시간을 때웠다. 잠시 후 사서가 1993년과 1994년의 주택 지도, 같은 해의 시 홍보지를 가지고 왔다.

　기합을 넣기 위해 재킷을 벗고 소매를 걷어 붙인 몬덴에게 사서가 미안하다는 듯 말했다.

　"코로나 때문에 열람은 1시간 이내로 부탁드립니다⋯⋯."

　조사하는 인간에게 첫 1시간은 준비운동에 불과하다.

　몬덴은 얼굴이 굳는 것을 참으며 신사처럼 점잖게 대답했다.

　"충분합니다."

　최근 2년 동안 몇 번이나 '코로나 이 나쁜 놈'이라고 생각했으나 이번만큼 화가 치밀어 오른 적은 없었다.

1993년 주택 지도에서 다테시 중심부부터 차례로 '노모토' 성씨를 찾는다. 비효율적인 데다가 가명의 가능성도 배제했기 때문에 도저히 프로의 작업이라고는 할 수 없었다. 그러나 신문사에서 일한 지 30여 년, 프로의 기술을 구사한 기억은 없다. 사람을 만나 이야기를 듣고, 자료를 찾는 데에 필요한 것은 기술이 아니라 끈기다.

　45분이 지나자, 몬덴은 지치기 시작했다. 안약을 넣고 양어깨를 휘휘 돌렸다. 다시 주택 지도를 마주할 기력이 나지 않아 홍보지를 들었다. 그러나 기적이 그리 쉽게 일어날 리도 없고 제한 시간이 끝나 버렸다.

　"내일도 오겠습니다."

　속마음과는 반대로 밝게 말하고 도서관을 떠났다.

　오십이 넘으면 유지 보수가 다음 날 컨디션을 좌우한다.

　여행지에서 지친 몸과 허탈한 마음을 계산에 넣은 몬덴은 호텔에 그 예산을 할애했다. 도야호 호반에서 모든 객실 호수 뷰를 자랑하는 호텔은 스탠더드 타입 객실도 정취가 있고 문을 열면 도야호를 바라볼 수 있는 구조다.

　조명까지 신경 쓴 객실 상태도 훌륭했지만, 다테가 채소 산지로 유명한 만큼 뷔페식의 저녁도 만족스러웠다.

　그러나 몬덴의 마음을 가장 강하게 움켜쥔 것은 노천탕이었다. 욕조에 테두리가 없는 '인피니티' 타입으로 평평하게 다듬은 욕조 너머로 도야호가 바로 눈에 들어온다. 물이 그대로 호수로 흘러가는 듯해 자연과의 일체감을 맛볼 수 있었다.

'도야호 롱런 불꽃 축제'는 매년 4월 말부터 10월 말까지 6개월이나 계속되는 불꽃 축제다. 1982년부터 40여 년간 이어져 도야호의 밤을 수놓는 대명사적인 존재라 할 수 있다. 즉 이 주변에서는 1년 중 절반은 불꽃이 터진다는 뜻이다.

오후 8시 45분, 노천탕에서 결리는 몸의 피로를 해소한 몬덴의 머리 위로 불꽃이 퍼지기 시작했다. 호수 위 보트가 조명을 끄고, 빛줄기가 올라간 몇 초 후 "펑!" 하는 큰 소리가 났다. 밤하늘에 초록색 고리가 그려지더니 금색으로 바뀌며 터졌다. 그 후에도 몇 군데에서 차례차례 펑 하고 소리가 울리는 것과 동시에 암흑이 극채색으로 바뀌고, 사람들의 환호성이 거기에 겹쳐진다.

탕에는 또 한 사람, 중년 남자가 있었는데 말없이 하늘을 올려다보고 있었다. 보트에서 분수처럼 솟아오른 불꽃 너머로 반짝이는 전구 장식을 휘감은 유람선이 유유히 떠 있다.

초여름 밤하늘을 캔버스 삼은 화려한 연회가 끝나자 흐트러진 고동이 가라앉듯 도야호는 고요함을 되찾았다.

노천탕에서 불꽃을 즐기는 행복의 극치가 가득한 지상 낙원에서 20분 정도를 보낸 몬덴은 어느새 노천탕을 독점하고 있는 것을 깨닫고 심호흡하듯 천천히 숨을 내쉬었다.

혹시 노모토와 료가 이 근처에 살았다면 반년이나 계속되는 불꽃을 보지 않았을 리가 없었다. 그들은 무엇을 생각하고 어떤 이야기를 하며 북쪽 하늘을 올려다봤을까.

부두로 돌아가는 황금색 유람선을 멍하니 바라보는 동안 홀로 묵묵히 여행지를 걷는 나카자와의 모습이 머리에 떠올랐다.

몬덴은 두 손으로 찰싹, 뺨을 때리고는 힘차게 노천탕에서 빠져
나왔다.

3

다음 날 몬덴은 개관 시간에 맞춰 도서관을 찾았다.

여성 사서는 어제와 마찬가지로 미안해하며 말했다.

"열람은 1시간 이내로 부탁드립니다……."

그녀에게서 주택 지도를 받아 든 몬덴은 이날도 신사였다.

"충분합니다."

큰 유리창에서 아침 해가 부드럽게 내리쬐는 도서관에서, 몬덴
은 1994년의 주택 지도를 응시했다. 집중해서 '노모토'를 찾았다.

그 시절에는 역 앞에 가게가 많이 있었다. 1986년에 국철선이
폐지되고 6년 후에 도오 자동차 도로의 무로란−다테 구간이 간이
개통. 조금씩 활기를 잃고 주름이 늘어 가는 인간의 얼굴처럼 지
방 도시의 표정도 달라져 갔다.

45분이 경과될 무렵에는 본명으로 명패를 걸지는 않았으리라는
체념이 가슴속을 강렬히 지배했다. 그렇다면 다른 수를 마련해야
한다.

그러나 몬덴은 기력을 쥐어짜내 다시 한번 지도상 시가지에 시
선을 떨어뜨렸다. 눈을 크게 뜨고 종이 위를 검지로 짚어 나간다.

"아니야, 아니야." 중얼거리면서 손가락을 움직이던 그때, 스쳐

지나간 가타카나 글자에 위화감이 들었다.

손가락으로 짚은 선을 되돌아갔다.

레인보우 영어 학원

몬덴은 말문이 막혀 높은 천장을 올려다봤다.

시가와 홋카이도의 연결점은 전혀 예상하지 못한 곳에 있었다. 일이 드디어 움직일 것 같다는 예감이 확실한 흥분으로 바뀌어 간다.

몬덴은 큰 지도를 두 손으로 들어 올려 얼굴을 가까이 가져갔다. 그러고 나서 1993년의 지도를 집어 들고 같은 페이지를 펼쳐 확인한다.

공백이었다.

즉, '레인보우 영어 학원'은 1993년판의 조사 때는 없고, 다음해 사이에 생긴 건가. '레인보우'가 아니라 '레인보우 영어 학원'이다. 이런 우연이 있을까.

파도치는 듯한 맥박이 자신의 질문을 강하게 부정한다.

성과 없이 끝난 줄 알았던 시가의 취재. 몬덴은 스마트폰을 꺼내 사진 한 장을 화면에 띄웠다. 흰 블라우스를 입은 긴 머리 여성. 소녀 옆에 활짝 웃고 있는 사람은 사건과는 전혀 관계없을 하시모토 다카코다.

그 소녀의 어머니는 다카코가 다카시마시의 '가이즈'에 산 게 아니냐고 증언했고, '가이즈'에는 현지 주민에게 신고받은 부자가 있고 그 다카기하마와 가깝다……. 한 번은 버린 가능성이 뭉게뭉

게 피어올랐다.

몬덴은 사서에게 주택 지도를 복사해 달라고 부탁하고 노트북으로 사진을 첨부해 메일 한 통을 보냈다. 그러고 사서에게 사본을 받아 들고 고맙다고 말한 뒤 도서관을 뛰쳐나왔다.

시가지이기도 해서 현장은 차량으로 5분 거리에 있었다. 큰 거리에 접한 일대에는 상점이 많고 1994년의 주택 지도에 실려 있던 가게도 적지 않다.

목적지 앞에서 차를 세웠을 때 몬덴은 정신이 아득했다. 과거에 '레인보우 영어 학원'이 있던 장소는 완전히 평지가 되어 있었다.

우선 그 넓은 규모에 놀랐다. 지도에서 봤을 때도 그랬지만 실제로 눈으로 보니 더욱 비현실적이었다. 대략 100평은 되는 부지에서 과거에 있었을 학원을 연상할 수 없었다.

주변 조사는 주택 지도에 표기된 오래된 상점부터 시작하기로 하고 몬덴은 지도 사본을 보여 주며 영어 학원에 대해 물었다. 그러나 유력한 정보를 얻지 못하고, '레인보우'의 존재를 기억하는 사람도 거의 없었다.

보도에서 멈춰 서서 페트병에 든 차를 마신 후 손수건으로 땀을 닦는다. 머리가 열기를 머금어 모자를 가져올 걸, 하고 후회했다. 상점에서 성과가 없어서 병원으로 범위를 확대하기로 했다.

지금까지 신문기자로 일하며 제일 크게 혼난 취재 대상은 의사와 변호사다. 벌써부터 마음이 약해지지만 배부른 소리는 할 수 없다.

정오가 지나 제일 가까운 내과 의원을 찾아갔다. 진료 시간이

아니기도 해서 중년 여성 간호사가 몬덴을 불편해했지만 어찌어
찌 의사에게 몬덴이 왜 찾아왔는지 알려 주었다.

"들어오세요."

의외로 선뜻 안쪽 진료실로 안내되었다.

의사는 상당히 고령으로 거의 머리카락이 남지 않았지만 그 둥
근 머리가 밝은 미소와 잘 어울렸다.

"갑자기 죄송합니다."

진료받을 때를 제외하고 내과의 둥근 의자에 앉는 것은 처음이
었다.

몬덴은 한 화가의 행적을 쫓고 있고, '레인보우 영어 학원'의 강
사가 그 화가의 지인이라고 설명했다. 애매하기는 했지만 아슬아
슬하게 거짓말을 하지 않았다.

의사는 몬덴의 명함을 보며 "강사라니요, 그분은 혼자 학원을
운영하셨는데요."라고 말하고 뭔가 떠오른 듯 눈을 꾹 감고 오른
쪽 검지를 흔들었다.

"음……, 하시모토 씨."

하시모토라고 들은 몬덴은 바로 가방에서 스마트폰을 꺼냈다.

"하시모토 다카코 씨 말씀이시죠?"

"아, 맞아요! 하시모토 다카코 씨."

"이 사람 아닙니까?"

몬덴은 흰 블라우스를 입은 사진을 띄워 스마트폰을 내밀었다.
의사는 노안용 안경으로 바꿔 쓰고는 반가워하며 "아, 이 사람,
이 사람." 하며 웃었다.

"다시 한번 여쭙겠습니다. 하시모토 씨는 화가와 친하게 지내지 않았습니까?"

"화가라……, 화가……."

의사는 다시 "화가……."라고 반복했으나 기억에 없는지 고개를 가로저었다.

"조금 전 하시모토 씨가 혼자 학원을 운영했다고 말씀하셨는데요, 학원치고는 부지가 아주 넓었죠?"

"원래 개인이 소유한 집이 있었어요. 정원이 넓고요. 날씨가 좋은 날에는 밖에서 수업도 했다고 하네요."

개인소유라는 정보를 기억하고 인터뷰를 계속했다.

"하시모토 씨는 언제 여기에 왔는지 아십니까?"

"글쎄요, 잘. 다만, 한번 부탁한 적이 있었어요. '무사 축제' 때요……."

다테 가문의 가신들이 집단으로 이주해 개척한 마을이었기에, 다테시에서는 매년 8월에 무사 행렬 축제를 연다. 어제 읽은 시의 홍보지에 쓰여 있어서 몬덴은 바로 연상할 수 있었다.

의사에 따르면 호주에서 온 친구를 '무사 축제'에 데려갈 때 다카코에게 통역을 부탁했다 한다.

"당연하지만 영어를 참 잘하더군요. 그뿐만 아니라 센스도 있는 사람이라 사전에 축제를 조사해 줬죠. 참 대단한 사람이에요."

"그건 언제였는지 기억하십니까?"

"그럼요. J리그가 개막한 해 8월이에요. 내가 축구를 좋아해서요. 봐요."

의사는 그렇게 말하고는 '콘사도레 삿포로'● 로고가 찍힌 머그 잔을 들었다.

1992년에 시가현 다카시마시에 있던 하시모토 다카코는 다음 해 8월에 홋카이도 다테시에 있었다. 취재 대상이 사정권 내에 들어왔다는 감각이 몬덴에게 싹트기 시작했다. 지금 머리에 있는 대답은 이제 추측의 영역을 벗어났다.

그 이상 정보는 얻을 수 없겠지만 친절한 노의사는 큰 수확을 가져다주었다. 몬덴은 정중히 인사를 하고 내과 의원을 나왔다.

밖에서 조사를 재개하기 전에 지국의 젊은 기자에게 전화를 한 통 넣었다.

"저기, 미안한데……."

부탁을 마친 뒤에도 몬덴은 취재를 이어 갔다. 그러나 고생한 보람도 없이 이렇다 할 수확은 없었다.

어느새 오후 1시 반이 되었다. 점심을 먹으려고 라면 가게 주차장에 차를 세우는데 스마트폰이 울렸다.

"아, 마타요시입니다!"

"안녕하세요, 오랜만입니다."

몬덴은 그대로 운전석에 앉아 대화를 계속했다. '도키 미술관'을 알려 준 사실화 화가 마타요시다.

"조금 전 보내 주신 사진요……."

마타요시는 말을 끊고는 무언가를 삼키는 것 같았다. 노모토와

● J리그 홋카이도 프로 축구팀

같은 미술 학원에서 강사 일을 해서, 오늘 아침 도서관을 나와 하시모토 다카코의 사진을 보내 줬다.

"이 사람 노모토 유미예요!"

"정말입니까!"

목소리가 커지고 그와 동시에 몬덴은 꽉 쥔 주먹을 힘껏 휘둘렀다.

하시모토 다카코가 노모토 유미였다……. 드디어 돌파구를 뚫었다.

"유미 씨가 어디 있는지 알아내신 거예요?"

"아니요, 아쉽게도요. 다만 그녀는 1992년에는 시가에서, 1993년에는 홋카이도에서 영어를 가르쳤습니다."

"그렇습니까……. 여기저기 전전했군요. 하긴 유미 씨는 도쿄에서도 학원에서 영어를 가르쳤어요."

"유미 씨는 하시모토 다카코라는 이름을 사용한 듯합니다."

"아, 가명을…… 노모토는요? 노모토도 시가와 홋카이도에 있었나요?"

"아마도요……."

몬덴은 확실하게 대답할 수 없었다. 노모토의 그림에 대해 언급하면 사쿠노스케가 작품을 창고에 보관하고 있는 것도 말해야 한다.

그러나 어떻게 대답할지 망설이는 그 침묵이 마타요시를 사실로 이끌었다.

"노모토가 그렸죠?"

깨달은 자에게 질문을 받으면 거짓은 추해진다. 몬덴은 사실화 화가의 사고 회로에 두 손 든 심정으로 "비와호와 홋카이도의 거리 그림이 있습니다."라고 대답했다.

"벌써 10년도 더 된 일일 겁니다. 기시 사쿠노스케 씨에게 노모토의 작품을 보여 달라고 부탁한 적이 있습니다. 그는 없다고 딱 잘랐지만……."

그러고 나서 몬덴은 질문에 대답하는 형태로 간다의 창고에 대해 설명했다.

"그 열두 점은 계속 사람들 눈을 피해 왔군."

마타요시는 낮게 신음하고 "그런 깊은 죄를."이라고 중얼거렸다.

"사쿠노스케 씨도 사정이 있을 겁니다."

"네, 그렇겠죠. 그 사람을 원망하는 건 아니에요. 그 주간지 기사가 나가고 몬덴 씨가 저를 만나러 오고……. 유미 씨가 가명을 쓰면서 각지를 전전했다고요. 몬덴 씨가 뭘 취재하는지 어느 정도 짐작이 갑니다. 하지만 나름 프로 화가로 살아온 저는 노모토의 재능을, 그 가치를 뼈저리게 잘 알아요."

마타요시의 말투는 힘 있고 흔들림이 없었다. 같은 사실화 화가이기 때문에 가질 수 있는 노모토에 대한 외경의 마음이 전해졌다.

"하지만 그가 몬덴 씨에게 그림을 보여 준 건 심경의 변화가 있었다는 말이겠죠. 그 역시 진짜와 가짜를 구분하는 눈이 있는 사람이라 남들보다 두 배는 큰 죄책감을 안고 있을 거예요."

마타요시는 간다의 창고에 있던 작품들에 대해 자세히 물어봤다. 존경하는 화가의 그림을 자신의 눈으로 감상하고 싶다는 마음이 흘러넘쳤다.

"노모토와 유미 씨가 왜 그런 길을 선택했는지는 몰라요. 다만 몬덴 씨, 그 노모토 다카히코라는 남자는 숭고한 정신을 갖고 있어요. 타고난 예술가예요. 만약에 그를 만나면 저는 끝까지 당신 편이라고 전해 주세요. 나에게 의지하라고."

그 진지한 말은 친구를 걱정한 세월의 결정체처럼 보였다. 몬덴은 "꼭 전하겠습니다."라고 약속하고 전화를 끊었다.

라면이 나오기를 기다리며 몬덴은 노트북을 펼치고 메일을 확인했다.

받은 편지함에서 지국의 젊은 기자 이름을 발견하고 바로 클릭했다. 우수한 기자이니 한 건쯤은 금방 해치웠을 것이다.

메일에 첨부된 파일을 클릭하자 부동산 등기부 등본의 이미지가 표시되었다.

처음 현장을 봤을 때 받은 위화감은 역시 너무 넓다는 단순한 생각이었다. 머릿속에서 시가의 '레인보우'와 연결되지 않았다. 그리고 '개인소유'라는 의사의 말.

몬덴은 여기에서 제삼자의 존재를 알아챘다.

등기부상 그 부지는 1973년에 '소유권 이전'이 되어 '사카이 다쓰오'가 소유하고 있었다.

사카이의 주소를 확인하자 우선 지국 기자에게 고맙다는 메일을 보냈다. 그리고 나서 '사카이 다쓰오'의 이름을 인터넷에서 검색했다.

등기부 주소에 기재된 것처럼 사카이는 오타루에서 '호쿠세이 물류'라는 회사를 경영하는 듯하다.

회사 홈페이지에 따르면 출입고에서 배송까지 취급하는 물류 회사를 중심으로 최근에는 물류 부동산 사업과 물류 설비 자동화 시스템 개발로 사업을 키워 나가고 있다. 직원 수가 380명인 큰 회사였다.

몇 건의 인터넷 기사에 따르면 사카이 자신은 11년 전에 사장 자리를 장남에게 물려주고 회장직을 맡았다. 현지에서는 큰 회사일 텐데 사카이 다쓰오 개인에 관한 기사가 없는 점으로 미뤄 보아 취재를 꺼리는지도 모른다.

다만 젊은 시절에도 그랬다고는 볼 수 없다.

몬덴은 가게를 나서자 다이니치신문의 홋카이도 지사에 연락하여 협조를 요청했다. 다시 '레인보우 영어 학원'이 있던 부지로 향하는데, 오타루 지국의 남성 기자에게 전화가 왔다. 몬덴이 간결하게 사정을 설명하자 나이 들어 보이는 기자는 "가나가와 유괴 사건 말입니까? 기억합니다."라고 목소리가 들떠 있었다. 자극에 목이 말랐던 걸지도 모른다.

"그 사건이 오타루와 엮여 있을 줄이야. 네, 알겠습니다. 서둘러 착수하겠습니다."

기자는 사카이 다쓰오에 대해서도 "들어 본 적 있습니다."라는 듬직한 말을 남기고 전화를 끊었다.

피로에 지친 몬덴은 조사를 중단하고 머릿속을 정리하기 위해 드라이브하기로 했다. 기분 전환도 일이다.

도심을 10분 정도 달리자 막히는 곳 없는 탁 트인 경치가 나타났다. 초록 억새가 절로 키를 맞추며 융단처럼 펼쳐졌고, 바람이

불자 길고 납작한 잎이 흔들리며 물결친다.

몬덴은 잎이 울창한 감자밭 근처에 차를 세우고 밖으로 나가 크게 기지개를 폈다. 맑은 공기를 한가득 들이마시고 깊게 내쉰다. 오늘은 안개가 끼지 않고 맑게 개었다.

농경지의 짙은 흙 맞은편에 숲이 있고, 더 안쪽으로 보이는 우스산이 봉우리를 거느리고 있다. 가지런한 봉우리 앞에 흰 눈이 연기처럼 덮여 있다. 갈색 피부의 화산은 2천 년 동안 분화를 거듭해 형태가 달라졌다고 한다.

푸른 하늘 아래로 펼쳐진 자연은 밝고, 작은 새의 한갓진 지저귐이 듣기 좋았다.

노모토 유미는 도쿄를 떠나 이 평온하고 한가로운 마을에서 살았다. 그녀를 만난 적도 없는데 몬덴은 이 땅에서 아이들과 즐겁게 지내는 유미의 모습을 상상할 수 있었다.

오타루 지국으로부터 사카이 다쓰오의 경력과 과거 기사의 사본을 첨부해서 보냈다는 전화를 받았다. 기자는 동년배였다. 몬덴은 유괴 사건에 대해 짧은 잡담을 나눈 뒤 전화를 끊고 차량으로 돌아와 노트북을 펼쳤다.

과거 기사의 파일을 클릭하자 지방판 큰 기사가 화면에 가득 찼다.

[오타루] '호쿠세이 물류' 사카이 씨, 삿포로 특별전에 출품……

서두에서 사카이 다쓰오가 그림 수집가라는 것을 알게 되자 몬덴은 가슴이 울렁거렸다.

1995년에 실린 기사로 삿포로 미술관 특별전에 사카이가 참가한다는 내용이었다. 도내 그림 수집가들이 소장한 명화를 일제히 공개하는 기획으로 사카이의 출품작 중에는 일본의 저명한 사실화 화가들의 작품도 포함되었다.

지방판에서는 큰 기삿거리인 듯 사진이 세 장이나 사용되었다. 메인은 둥근 얼굴에 콧수염을 기른 사카이가 호쾌하게 웃고 있는 인터뷰 사진. 다음으로 본인이 제공한 단체 사진, 마지막에 삿포로 미술관의 외관을 작게 싣고 있다.

사카이가 제공한 사진에는 '도쿄의 미술 동료와 함께. 바쁜 일상 속에서도 1달에 한 번은 상경한다. (사카이 씨 제공)'이라는 설명이 들어가 있었다.

레스토랑 타원형 테이블에서 열 명 남짓한 정장 차림의 남성들이 상석에 앉은 사카이를 둘러싸고 있다. 명랑하게 웃는 사카이를 따라 사람들이 카메라 시선에 맞춰 미소 짓는다.

그리고 몬덴은 바로 여기에서 가슴을 뛰게 한 그 정체를 확인했다.

노트북의 트랙패드를 클릭하고 사진을 확대한다. "찾았다."라고 중얼거리고 조용히 숨을 내쉬었다.

사카이의 옆자리에서 와인 잔을 들고 있는 사람은 기시 사쿠노스케가 틀림없었다.

4

사카이 다쓰오는 1947년, 홋카이도 다테시에서 태어났다.

고등학교를 중퇴하고 삿포로로 나와 작은 포장 회사에서 일하기 시작했다. 6년 후, 오사카 만국박람회가 열리는 해에 지역 선배가 세운 오타루 시내의 창고회사 '호쿠세이 창고'에 취직. 처음에는 포장이나 상품관리만 했는데, 선배이자 사장이 교통사고로 사망한 뒤 회사를 물려받아 운송 회사를 합병하고 '호쿠세이 물류'로 회사 이름을 바꿨다.

1980년대에는 도쿄, 센다이, 나고야, 고베에 차례로 지사를 세우고 실적을 확대. 1990년대 장기 불황으로 어쩔 수 없이 규모를 축소했으나 오타루에서 유력 기업으로 지위를 다졌다. 2011년에 사장에서 물러나 현재는 회장을 맡고 있다.

도오 자동차 도로에서 삿포로 자동차 도로로 들어선 몬덴은 다테시에서 오타루로 나와 성공한 사카이 다쓰오의 성공 가도를 따라가고 있었다.

맨주먹 하나로 기업을 일궈 낸 경력에서 평범한 사람이 갖추지 못한 담력이 느껴진다. 빌려 쓰던 창고를 소유하게 되고 수도나 정령시•에 진출하면서 위험이 따르는 결단이 많았을 것이다. 살아남았다는 사실이 사카이의 선견지명을 드러낸다.

물류업계는 현재 노동 방식 개혁에 의한 '장시간 노동 시정'에 따라 가격 인상, 화물 운전자의 수입 감소를 어쩔 수 없이 감행한, 소위 '2024년 문제'로 휘청이고 있다. 그러나 회사를 이어받은 장남은 머니게임 성격이 강한 부동산 비즈니스나 설비 자동화에 도전하여 일정한 성과를 거두고 있었다. 앞으로도 아버지에게

• 政令市. 인구 50만 이상 도시로, 정부에서 지정하는 시

물려받은 활력으로 거친 파도를 헤쳐 나갈 것이다.

후진 양성까지 포함해, 사카이 다쓰오는 얼마 되지 않는 인생에서 성공한 사람이었다.

다테와 오타루는 도오의 남과 북 양 끝에 위치한다. 홋카이도 전체 지도에서는 그리 멀지 않게 보이지만 직선거리로 130킬로미터 정도 떨어져 있어 차량으로 약 2시간 반의 여정이다. 몇 년에 한 번 정도 레저를 즐기러 이 북쪽 대지를 찾아오지만 몬덴은 그때마다 광대한 대자연을 절로 깨닫게 된다.

오타루 지국의 기자를 통해 사카이의 집 주소와 전화번호를 입수한 몬덴은 바로 집으로 전화했다.

수화기를 든 사람은 사카이 본인으로, 몬덴은 자신이 기자라고 밝힌 뒤 '레인보우 영어 학원'의 부지에 대해 질문했다. 그러나 "잘 모르겠다."라고 시치미를 뗐다. 노모토 유미의 이름을 말해도 별 반응이 없어 몬덴은 직접 만나서 밝히려던 정보를 던져 보기로 했다.

"'리쓰카 화랑' 창고에서 노모토 다카히코의 작품을 봤습니다."

침묵하는 사카이에게 몬덴은 재차 연타를 날렸다.

"1995년 저희 신문에 사카이 씨가 언급되었습니다. 삿포로의 미술관 특별전에서 사카이 씨의 소장품 출품 기사입니다. 거기에 사진이 세 장 있고, 그중 한 장에……."

"쓸 거요?"

사카이가 갑자기 말을 꺼냈기 때문에 바로 반응하지 못했다.

공교롭게도 이는 몬덴이 뒤로 미뤄 둔 과제에 날카롭게 메스를 들이미는 질문이었다.

기자인 이상 최종적으로는 '쓰기'를 목표로 한다. 그러나 작년 12월부터 6개월간 계속한 취재에서 몬덴의 의식은 오로지 '아는' 것에 집중해 있었다. 인풋과 아웃풋은 세트라고 알고 있으나 실제로 무엇을 '쓰는가'의 이미지는 뚜렷하지 않았다.

그러나 몬덴 지로라는 개인의 렌즈를 벗고 신문기자의 렌즈를 통하면 보이는 것도 있다.

가나가와 동시 유괴 사건은 엄연한 범죄였다. 피해자가 무사히 돌아오자 세상에서는 모두 끝났다고 생각하지만 범행 그 자체가 사라진 것은 아니다. 어른에게 끌려간 어린 아이들의 공포와 절망은 확실히 존재하는 이 세상의 불행이다.

형사들이 시효로 무기를 빼앗긴 지금이야말로 펜을 든 저널리스트가 미해결에서 '미(未)'의 글자를 떼러 갈 때다.

"쓸 겁니다."

여기는 물러나면 안 된다는 직감이 들었다.

"그렇습니까……."

사카이는 그렇게 중얼거리고는 전화기 너머에서 다시 침묵이 이어졌다. 실제로 뭘 '쓸지' 이미지가 정해지지 않아 말 없는 견제가 계속되었다.

그리고 먼저 침묵을 깬 사람은 사카이였다.

"집으로 와 주시오."

전화를 한 지 약 2시간 반 후 종점 직전의 인터체인지에서 고속도로를 빠져나온 몬덴은 가까운 주택가를 향했다.

오후 4시 반이 지나 햇빛에는 지친 기색이 보이기 시작했으나 오타루의 하늘은 파랗고 바람이 상쾌하다.

언덕 위 넓은 공원 근처에 사카이 다쓰오의 집이 있었다. 몬덴은 사카이에게 들은 대로 저택의 대각선 앞에 있는 작은 공터에 차를 세웠다. 여기도 그가 소유한 땅이라고 한다.

주변은 널찍하지만 소위 고급 주택가라는 느낌도 아니다. 그러나 조금 걷기만해도 고지대에서 바다를 내려다볼 수 있는 기분 좋은 마을이었다.

사카이 저택의 현관 옆 차고는 차량 세 대를 세울 만큼 넓었다. 과연 부동산 부자답다. 인터폰을 누르자 "오른쪽 응접실로 오시오."라는 사카이의 목소리가 들렸고, 몬덴은 키보다 높은 철문을 열고 부지 안으로 들어갔다.

주차 공간이 창고처럼 폭이 넓은 탓인지 정원은 그리 넓지 않았다. 그래도 툇마루가 있고 종류가 다른 몇 그루의 나무에 초록 잎이 빛나고 분홍색이나 적자색 철쭉이 화사한 꽃을 피웠다.

제일 인상적인 것은 가옥이다. 2층의 외벽은 크림색의 미늘 판자벽으로 세로로 긴 격자창 다섯 개가 나란히 있다. 아래로 갈수록 점차 넓어지는 기와지붕에는 중후함이 있어 건축가가 제대로 실력을 발휘한, 일본식과 서양식이 절충된 저택이었다.

광택이 있는 나무문을 밀고 "실례합니다."라고 말하자, 바로 오른쪽에 있는 방에서 "네."라고 잠긴 목소리가 났다.

다다미 열 장 크기의 응접실에 들어가자 몬덴의 눈은 순간 카메라 렌즈가 되었다. 일인용 가죽 소파에 떡하니 앉아 있는 사카이 다쓰오와 그 안쪽 벽에 걸려 있는 초상화. 위아래에 같은 얼굴이 나란히 있는 상징적인 광경에 눈앞의 공간을 정지 화상처럼 포착한 것이다.

　몬덴은 다시 "실례합니다."라고 말하고 허리를 접었다.

　"뒤의 그림이 마음에 드시오?"

　"초상화 말씀이십니까?"

　사카이의 짧은 머리는 허옇게 셌고, 콧수염도 마찬가지다. 시간을 새기듯 얼굴의 주름도 깊어졌다. 그림 속의 사카이 다쓰오는 머리도 검고 활력이 넘치는 표정이었다.

　그러나 몬덴은 겉모습의 변화가 그다지 신경 쓰이지 않았다. 그것은 누구나 걷게 되는 노화의 여정이고 액자에 담긴 남자의 연장선 위에 소파에 앉은 남자가 있을 뿐이다.

　그것보다 그림에서 전해지는 '강인함'에 초점이 맞춰져 있었다. 사카이 다쓰오라는 남자가 가진 날것 그대로의 예리하고 사나우며 침착한 분위기. 말 한 번 나눈 적이 없음에도 인간적인 매력이 배어 나온다. 휘황찬란한 번쩍거림이 아니라 뿌옇게 빛나는 그윽한 빛에 가깝다. 거기에서 집념과도 닮은 '강함'을 느꼈다.

　이 초상화가 그려진, 아마도 30년 전부터 화가는 현재 사카이 다쓰오의 모습이 확실히 보이지 않았을까.

　"가까이에서 봐요."

　몬덴은 맞은편 소파에 취재 가방을 내려놓고 사카이의 등 뒤로 돌아갔다.

심플한 목제 액자에 담긴 초상화 앞에 서서 올려다봤다. A3용지 크기의 F6호 사이즈이지만 배경이 두꺼워 묵직함이 있다.

캔버스 우측 아래에서 'T.N'이라는 사인을 확인했다. 간다 창고의 그림에도 같은 사인이 있었다. 노모토 다카히코의 작품이 틀림없다.

이제 노모토 부부가 사카이 다쓰오를 통해 이어졌다. 조금 전에는 '레인보우'에 대해 모른다고 시치미를 뗀 사카이였으나 몬덴을 자택으로 부른 지금, 더는 속일 생각은 없을 것이다.

몬덴은 명함을 건네고, 중앙에 크고 둥근 테이블을 사이에 두고 앉았다. 사카이의 앞에는 표주박 모양의 병에 든 '헤네시 X.O'가 있다. 일본 술에 어울릴 듯한 컷글라스 술잔이 호박색으로 물들어 있었다. 술을 좋아하는 것처럼 보이긴 하는데, 일흔다섯 살이나 되어 저녁 전부터 마시기 시작하다니 상당한 주당인 듯했다.

"들겠소?"

사카이는 그렇게 말하고 똑같은 컷글라스의 술잔을 내밀었다.

몬덴은 뒷일은 생각지 않고 "그럼요."라고 응했다. 백전노장에게 얕은수는 통하지 않는다. 이 방에 들어왔을 때부터 사카이의 채점이 시작되었다.

삼각형과 마름모의 기하학적 문양이 들어간 글라스는 세밀하고 촉감이 좋다. 유리의 도시 오타루에 걸맞은 일품이다.

몬덴이 자기 잔에 브랜디를 따르자 사카이가 "그럼." 하고 글라스를 들었다. 몬덴도 그에 따라 향을 즐긴 뒤 한 모금 입에 넣었다. 목을 태우는 동시에 깊이 있는 풍미가 입안에 퍼지고, 숙성된 풍부한 향이 코로 빠져나간다.

평소에는 간신히 온더록스로 달달함을 즐기는 몬덴이었으나 오랜만에 생으로 마신 브랜디는 향기가 좋았다. 한 잔에 정신이 번쩍 들었다.

"몬덴 씨는 맛있게 드시는군요."

"저도 집에서 브랜디는 마십니다."

한 잔의 코냑이 자리에 차분한 느낌을 주었다.

몬덴은 다시 헤네시를 마시고 "조금 길어질 겁니다."라고 운을 뗀 후 "한 사건에 대해 노모토 씨가 사정을 알고 있을지도 모릅니다."라며, 취재 과정 중 주로 노모토에 해당하는 부분을 설명했다. 사카이는 중간에 끼어들지 않고 이따금 잔을 기울일 뿐이었다.

"진부한 표현이지만 퍼즐 조각이 들어맞기 시작한 것은 홋카이도에 온 다음부터였습니다. 간다의 창고에서 본 그림과 똑같은 풍경이 눈앞에 있고 시가에 있었던 영어 학원과 똑같은 이름의 학원이 있고, 하시모토 다카코라는 여성이 노모토 유미라는 사실을 확인할 수 있었습니다. 그리고 지금 사카이 씨를 중심축으로 노모토 다카히코와 유미의 연결 고리가 보였습니다."

사카이는 빈 글라스에 브랜디를 따르며 정면을 바라봤다.

"몬덴 씨는 현장 사람이군요."

"아니오, 이 나이가 되어서 비로소 적극적으로 취재했을 뿐입니다."

둘이 함께 웃고, 몬덴은 첫 번째 질문을 던졌다.

"예전 '레인보우 영어 학원'이 있던 다테 시내 부지는 사카이 씨의 소유가 맞습니까?"

"네. 원래는 내가 부모님을 위해 산 땅이에요. 두 분이 돌아가신 뒤에는 빈집인 경우가 많았지요."

"1993년에 노모토 유미 씨에게 집을 빌려주셨죠?"

"그래요. 학원으로 사용할 수 있게 리모델링도 했지요."

"무엇이 계기였습니까?"

사카이는 바로 대답하기를 "상상은 되실 테지요."라고 받아쳤다.

"기시 사쿠노스케 씨에게 부탁받으셨습니까?"

사카이는 술잔에 입을 대며 끄덕였다.

"노모토 부부는 학원에서 살았습니까?"

"아니요. 집은 따로였습니다."

"그것도 사카이 씨가?"

"네."

몬덴은 "인심이 아주 후하시군요."라고 소파의 등받이에 몸을 기댔다.

"사쿠노스케 씨가 나쁘지요. 남의 약점을 파고들어서."

백발이 되어서도 분위기가 녹록잖은 기업가에게 약점은 하나밖에 생각할 수 없다.

"사카이 씨도 노모토 다카히코의 재능에 끌리셨군요."

"그런 화가는 이제 나오지 않아요. 지금이야 '도키 미술관'이나 컴퓨터 덕분에 사실화를 쉽게 볼 수 있게 되었지만요, 옛날에는 '사실화'라는 단어는 있어도 장르로 인식하지 않았어요. 처음 그의 그림을 봤을 때는 '뭐냐 이게.'라고 생각했고 한동안 말문이 막혔지요."

사카이는 추억을 거슬러 오르듯 시선을 들고 입가에 미소를 지었다.

"노모토 씨의 그림을 처음 본 것은 언제였습니까?"

"1988년 즈음이었습니다. 사쿠노스케 씨에게 소개하고 싶은 화가가 있다는 말을 듣고요. 그래서 도쿄에서 만났지요."

노모토가 '리쓰카'의 전속 화가가 된 직후였다. 사카이는 작품을 보고 바로 홋카이도의 풍경화를 의뢰했다고 한다.

"노모토 씨의 동료 화가에게 그가 대학 은사와 사이가 좋지 않다고 들었습니다만."

"그런 일이 있었죠. 사쿠노스케 씨도 '권위주의에 맞선다'며 의욕이 대단했습니다. '이번에 반전 공세로 개인전을 한다'고요."

"그 개인전은 보셨습니까?"

"아니요, 개인전을 했다는 기억이 없네요."

아마 압력이 들어와 중단된 '후쿠에이' 백화점의 개인전일 것이다. 사카이는 상당히 초기에 노모토와 접촉했다. 사쿠노스케에게도 의지할 수 있는 수집가였음이 분명하다.

"노모토 씨와는 정기적으로 만나셨습니까?"

"아니요, 처음 만나고 나서 좀 시간이 지나지 않았나. 다음에 사쿠노스케 씨에게 연락이 왔을 때는 살 곳을 마련해 달라는 이야기였으니까."

사카이의 말투가 반말로 바뀐 대목에서 이야기가 핵심으로 다가갔다.

"조금 전 '노모토 씨가 어떤 사건의 사정을 알고 있을지도 모른다'라고 말씀 드렸습니다. 그 사건에는 아이가 관련되어 있습니다."

사카이는 끄덕이고 계속하라고 재촉했다.

"나이토 료라는 소년입니다. 1991년 12월에 그는 유괴당했습니다. 세상에서는 '가나가와 동시 유괴 사건'이라고 불리는 사건입니다만 상세한 내용은 생략하겠습니다. 그 두 아이 중 한 명이 소년 료입니다. 그는 지금 기사라기 슈라는 이름의 화가로 활동하는 사실화 화가입니다."

사카이는 이렇다할 반응을 보이지 않았으나 이는 '알고 있다'는 증거라 할 수 있다.

"이건 기시 사쿠노스케 씨가 보관하고 있는 작품 사진입니다. 모델이 된 이 공원은 '다테몬베쓰역' 남쪽에 있는 어린이 공원입니다."

몬덴은 사진을 표시한 스마트폰을 내밀었다. 그리고 취재 가방에서 태블릿을 꺼내고는 추가로 한 장의 사진을 화면에 띄웠다.

"이건 기사라기 슈의 작품입니다. 교복을 입은 소녀가 버섯 오브제에 한 발을 걸치고 있습니다. 이 버섯 오브제와 잔디 모양이 공원 그림과 거의 일치합니다. 즉 두 사람은 같은 공원을 방문했을 가능성이 높습니다."

사카이는 변함없이 아무 말도 하지 않고 스마트폰과 태블릿의 사진을 비교한다.

"나이토 료가 유괴당한 동일한 시기에 노모토 부부는 자취를 감췄습니다. 일단 두 사람은 간사이로 간 것으로 추측됩니다. 시가의 영어 학원, 다카기하마의 풍경화, 미술 잡지의 칼럼에 있던 교토의 서재 작품…… 등의 흔적이 있기 때문입니다. 그리고 나이토 료도 이 시기에 어머니에게 엽서를 보냈습니다. 그 엽서에는 교토의 풍경인이 찍혀 있었습니다."

거기까지 단숨에 말하고 몬덴은 브랜디로 살짝 목을 축였다.

"그뒤에 노모토 부부가 홋카이도로 이사한 것은 저보다 사카이 씨가 더 잘 아실 겁니다. 엽서의 교토 풍경인, 소녀 그림에 그려진 오브제. 간토−시가−홋카이도와 남자와 여자, 아이가 같은 시간 축에서 같은 도시를 이동하고 있습니다. 우연이라는 말로 넘어갈 수는 없습니다."

전부 털어놓고 이번에는 몬덴이 입을 다물 차례였다. 더 이상 덧붙일 말은 없었다.

"사쿠노스케 씨의 창고에 있는 작품 중 홋카이도의 그림은 제가 산 것입니다."

의외의 말에 몬덴은 글라스에 뻗던 팔을 멈췄다.

"수집가인 사카이 씨가 왜 작품을 소장하지 않는 겁니까?"

"노모토 씨가 공개를 원치 않아서지요. 그건 시가의 풍경화도 마찬가지라 사쿠노스케 씨에게 전부 맡겼어요. 나도 수집품은 전문업자에게 의뢰해서 보관합니다. 내가 갖고 있다 보면 누군가의 눈에 들어갈 가능성이 있으니까요."

노모토가 작품을 공개하지 않은 것은 '도피처'를 감추기 위해서인가, 발각 후에 증거가 되는 것을 두려워해서인가. 그 의도는 상상할 수밖에 없지만 사카이는 이를 알면서도 그림을 샀다.

사카이 씨는 스마트폰과 태블릿을 돌려주고는 몬덴 쪽에서 왼쪽에 있는 사다리꼴 출창 쪽을 가리켰다. 간이 선반이 있고 거기에 상자가 한 개 놓여 있었다.

"그 상자를 테이블로 가져와 주시겠습니까?"

몬덴이 천을 씌운 작품 보관 박스를 옮기는 사이 사카이는 헤네시 병과 글라스 두 잔을 자신의 소파 옆에 있는 협탁으로 옮겼다.

"상자에서 꺼내 그림을 이쪽으로 주시겠어요?"

몬덴은 지시대로 상자에서 작품을 감싸고 있는 노란색 천 주머니를 꺼냈다. 훌륭한 상자였기 때문에 떨어뜨리지 않도록 두 손으로 천천히 건넸다.

사카이는 노란색 천 주머니에서 액자를 꺼내고 원형 테이블의 중앙, 몬덴의 시점에 맞춰 조용히 내려놓았다.

"이건……."

몬덴은 놀란 나머지 선 채로 몸을 내밀었다.

조금 전까지 화면에 띄웠던 소녀가 버섯 오브제에 한 발을 걸치고 있는 작품이었다. 화면에서는 전해지지 않는 유화 물감 특유의 농밀함이 원화라는 사실을 전하고 있다.

"왜 이걸 사카이 씨가……."

소파에 앉은 사카이는 "샀으니까요."라고 쌀쌀맞게 대답했다.

상황을 정리하려고 몬덴이 열심히 머리를 굴리는데 사카이가 입을 열었다.

"이 교복 입은 여자아이는 내 손녀입니다."

"네? 손녀분요……?"

"나이토 료 군에게 그려 달라고 했습니다."

'레인보우'가 있던 부지, 자신의 초상화, 그리고 손녀를 모델로 한 그림……. 사카이 다쓰오는 중요한 세 명을 가리키는 모든 것을 가지고 있었다. 이는 바꿔 말하면 노모토 부부와 료가 이곳에 있었던 것을 드러내고 있다. 사카이가 '기사라기 슈'가 아닌 '나이토 료'라고 말한 것이 그 증거다.

"사카이 씨는 나이토 료 소년을 아십니까?"

사카이는 거기에는 대답하지 않고 "자, 앉으세요."라고 자리를 권했다. 몬덴은 순순히 소파에 앉았다.

"몬덴 씨를 앞에 두고 이런 말을 하는 건 실례지만 나는 기자를 별로 좋아하지 않아요. 젊을 때 몇 번인가 마음에 안 드는 기사가 나온 적이 있는데, 화가 난 건 그들이 제대로 조사 한 번 하지 않고 쓰는 거예요. 처음부터 방향은 정해져 있는 게 태반이고 심할 때는 이쪽 취재조차 안 해요. 내가 코딱지만 한 회사를 만들었지만 일 하나는 진지하게 했지요."

귀가 아픈 이야기였다. 몬덴 자신도 바쁘다는 핑계로 대충 취재해서 원고를 쓴 적이 있었다. 인터넷이 발달한 지금, 현장을 찾지 않는 죄책감도 옅어졌다.

"그러나 자네는 그들과는 달라. 몬덴 씨가 여기까지 오면서 아주 고생했다는 말은 전해 들었습니다. 그래서 묻고 싶군요."

사카이는 협탁에 있던 몬덴의 유리잔에 브랜디를 따르고 내밀었다. 몬덴은 팔을 뻗어 받아 든 채 자세를 바르게 고쳐 앉았다.

"왜 쓰는 겁니까?"

그렇게 질문한 사카이는 팔걸이에 느긋하게 두 팔을 올리고 차분하게 소파에 앉아 있었다. 안쪽 초상화는 '강함'을, 실재하는 사카이 다쓰오는 조용한 '깊이'를 갖고 있다.

몬덴은 제대로 대답하지 않으면 여기서 끝이라고 자각했다. 사카이 다쓰오가 전부 알고 있는 이상, 이 근본적인 질문은 취재를 관통하는 마지막 시련인 것이다.

인간을 그것도 아이를 불행에 휩쓸리게 한 사건. 기자로서 조사한 것을 공개하고 사회적인 교훈으로 삼는 것은 당연한 사명이다. SNS가 뿌리를 내린 뒤에는 개인 정보를 미주알고주알 숨기지 않는 사람이 늘어난 반면, 사회에 제공해야 할 사실에 별로 관심을 보이지 않는 사람들이 두드러졌다. 피해자라고 들으면 '그냥 내버려두라'는 사고가 정지된 단어를 빠르게 입력하고 일주일만 지나면 깨끗이 잊어버린다.

사람은 성공과 실패, 위업과 추태, 행복과 불행에서도 배우며 앞으로 나아간다. 거기에는 항상 '전달자'의 존재가 있었다.

그러나 몬덴은 그런 고설을 늘어놓을 자격이 있을 만큼 진지하게 저널리즘과 마주하지 않았다. 그 역시 무책임한 SNS 이용자와 마찬가지로 멈춰 버린 머리로 할당량을 채우기 위한 기사를 수없이 써 재꼈다.

지금까지와 이번 취재는 뭐가 다를까. 그 결정적인 차이는 어디에 있는가…….

"취재를 하면서 한 전직 형사를 만났습니다. 그의 말을 듣고, 결정적으로 제 사건을 대하는 마음가짐이 달라졌습니다. 일곱 살의 료 소년이 요코하마에 돌아왔을 때, 그의 소지품 중에 언론에 공개하지 않은 물건이 있습니다. 그의 젖니입니다."

"젖니요?"

"네. 열 개 남짓한 젖니가 직접 만든 나무 상자에 들어 있었다고 합니다. 그 상자는 입 모양을 본떠서 이가 빠진 날짜도 정성스럽게 쓰여 있었다고요."

사카이는 순간 멍한 표정이다. 몰랐던 모양이다.

"유괴는 아이를 납치한다는 시점에서 상당히 죄질이 나쁜 범죄입니다. 사실을 찾아내 사법부나 저널리즘이 검증을 거듭함으로써 최종적으로 수사 능력이나 범죄 의식 향상으로 이어지는 것은 매우 중요합니다. 잘난 척 말씀드리자면 제대로 된 보도는 사회의 공유재산이 될 수 있습니다."

몬덴은 브랜디로 입술을 적셨다.

"그러나 그 시점만 써 버리면 범죄 보도는 '자신과는 상관없는 악인에 의한 사건'으로 끝납니다. 그래도 현실에서는 피해자도 가해자도 모두 인간입니다. '공백의 3년'이 지나서 돌아온 소년은 읽고 쓸 줄 알았고 제대로 인사를 할 수 있는 아이가 되었습니다. 그의 조모인 기지마 도코는 친한 여형사에게 '한심하게도 낳은 정보다 기른 정이라는 말이 맞네.'라고 말했습니다."

기지마 도코의 이 말도 당연히 처음 들을 것이다. 사카이는 놀라워하며 몇 번인가 천천히 끄덕였다.

"저는 인간을 제대로 쓰고 싶습니다. 설령 유괴에 가담했어도 소중하게 젖니를 보관하는 사람들이 있었다면 그들을 '범죄자'라는 선입견으로 덧칠하고 싶지 않습니다. 부처 앞에서 설법이겠지만 저는 그렇게 믿습니다. 인간에게는 저마다 사정이 있다고."

몬덴이 말을 마치자 사카이는 한동안 말없이 생각에 잠기더니 "지금 말씀하신 건 진심인가요?"라고 물었다. 몬덴은 등을 똑바로 펴고 취재 대상자의 눈을 보며 말했다.

"저는 인간을 쓰겠습니다."

사카이는 잠시 몬덴의 얼굴을 응시하더니 윗옷 주머니 안에서 플립식 휴대전화를 꺼냈다. 그리고 두세 번 버튼을 누르고는 전화를 귀에 댔다.

"아아, 사카이입니다…… . 네…… . 그래요. 이제 대강 다 알아요…… . 저는 그에게 한 줄기 희망을 품고 싶은데 어떨까요?"

사카이는 "알겠어요. 그럼 그렇게 하지요."라고 말하고 전화를 끊더니 다시 몬덴과 마주 바라봤다.

"몬덴 씨, 오늘은 여기에서 자고 가세요."

갑작스러운 제안에 당혹스러워하자 사카이는 헤네시 병을 들고 말했다.

"내일 사쿠노스케 씨가 여기에 올 거예요."

5

딩, 둔탁한 소리가 나고 안전벨트 착용 등이 주홍색으로 켜졌다. 이제 10분 후에는 신치토세 공항에 착륙한다. 리호는 아래쪽 파란 바다를 보며 침착한 자신을 의외라고 생각했다. 가슴이 살짝 울렁거리는 것은 '그 사람'보다는 이어질 여정 때문이다.

나이토 료는 여전히 아주 멀고 먼 기억 속에 있었다. 추억의 이음매는 아름답게 매듭지어진 게 아니라 실이 축 늘어져 있다. "또 보자."나 "잘 지내." 그리고 "안녕."이라고도 말하지 않고 그는 사라졌다.

공부 외에 이렇게까지 열정을 다한 게 몇 달 만이지?

리호는 수제 초콜릿이 든 작은 상자를 포장하면서 멍하니 생각했다. 수험생에게 밸런타인데이는 최악의 일정이다. 입시를 코앞에 두고 제일 예민한 시기이기도 하고, 이와 더불어 '고등학교 생활의 마지막 기회'라는 압박도 있다.

하지만 2월 중순이 되자 '이제 와서 발버둥 쳐 봤자 어쩌겠느냐'라는 자포자기한 심정이 드는 것도 또한 사실이라, 리호는 이 오랜만의 휴식을 의외로 즐기고 있었다.

오히려 짜증이 나는 건 아버지 때문이다. 식탁에 이것저것 포장지를 바꾸는 딸에게 차가운 시선을 던진다.

"과연 그 색채 감각을 가지고 미래의 대화가를 알아나 볼지……."

미술 잡지를 손에 들고, 노안용 안경을 슬쩍 내리고 잘난 척 지켜보는 모습이 어찌나 짜증나는지 리호는 아무 말도 하지 않고 흘깃 째려봤다. 아버지는 상대해 주지 않으면 가장 큰 타격을 받는다.

대충 준비를 마치고 현관 앞의 전신 거울을 보며 앞머리와 머플러 위치를 꼼꼼하게 정돈했다. 밖으로 나가 트위드 장갑을 끼고 리본이 달린 작은 종이봉투를 자전거 앞 바구니에 넣었다. 초콜릿이 쓰러지지 않도록 조심조심 천천히 기지마의 집으로 향했다.

겨울방학이 끝나고 3학기가 시작되어도 수업은 거의 하지 않는다. 대부분의 학생이 집에서 막바지 공부에 총력을 기울이고 있다. 리호도 잠잘 시간을 줄여 책상에 앉았고, 그 결과 1지망 대학도 충분히 붙을 것 같았다.

진학 목표 고등학교에서 나이토 료는 얼마 되지 않는 취직조였다. 아니, 취직할 곳도 정해지지 않은 그는 매우 희귀한 존재이다. 입시 시즌이 찾아와도 홀로 여유 있는 료에게 동급생들은 반은 질투로 "부자는 시간의 흐름이 다르다."라고 비아냥거렸다.

수업도 시험도 없는 그는 매일 뭘 하고 지내고 있을까. 리호는 정말 궁금했지만 거북함만 남긴 병문안 이후, 두 사람 사이에는 어색한 공기가 흘렀다. 학교에서 얼굴을 마주쳐도 "안녕."과 "잘가."가 고작이었다. 그러나 나중에 찾아올 '최악의 사고'에 비하면 이때는 아직 양호한 관계라고 할 수 있었다.

리호의 고등학교에서는 3학년이 5월에 수학여행을 간다. 2박 3일 일정으로 삿포로와 오타루를 다녀오는 것인데 반이 다르기도 해서 료와 거의 말도 나누지 못했다. 오타루에서 다른 친구들이 오르골, 유리 세공, 길거리 음식에 정신이 팔려 있는 반면, 작은 운하를 가만히 바라보는 료의 모습이 깊이 인상에 남았다. 벽돌로 지은 건물을 배경으로 다리 위에서 생각에 잠긴 옆모습이 참 매력적이었다. 그리고 다시 한번 깨달았다. 그가 좋다고.

여행에서 돌아온 뒤 동행한 사진사가 찍은 사진이 돌았다. 수많은 사진 중 리호의 눈은 한 장의 사진에 빨려들었다. 오타루 운하에서 찍힌 료의 사진이었다. 구도가 좋지 않아 주위에 몇 명의 친구가 있지만 핀트는 료의 옆얼굴을 포착하고 있었다. 리호는 친구들에게 들키지 않을까 두근거리며 그 사진을 샀다. 비밀을 간직한 채 사진이 수중에 들어왔을 때는 혼자 가슴을 쓸어내렸다.

그러나 그것은 '최악의 사고'의 전조에 지나지 않았다. 리호의 보물은 최악의 형태로 노출되었다.

어느 가을날, 혼자 집으로 돌아가는 료의 뒷모습을 보고, 리호는 자전거를 달려 가만히 그에게 다가가려고 시도했다. 긴장해서 말을 제대로 걸지 못하고 우연을 가장하고 싶었다. 인간은 생각이 지나치면 몸의 말단까지 신경이 제대로 전달되지 못하기도 한다. 어느새 정신을 차리니 큰 소리와 함께 자전거째로 넘어져 있었다.

"괜찮아?"

무릎과 손바닥이 쓸리기는 했지만 료가 도와줘서 솔직히 어디가 아픈지도 몰랐다. 료는 전에 골절된 리호의 왼쪽 손목을 걱정했지만 다행히 큰일은 아니었다. 실제로는 다른 곳에서 큰일이 벌어졌다.

자전거의 앞 바구니에서 떨어진 가방 속 물건이 우르르 눈사태처럼 떨어져 수첩에 끼워 둔 료의 사진, '오타루 운하의 그대'가 앞면을 노출한 채 떨어져 있었다. 흐름상 자연스럽게 그 사진을 주워서 건넨 것은 피사체였다.

료는 크게 다치지 않은 걸 확인하자 손수건 한 장을 리호에게 주고 "안녕."이라고 말하고 가 버렸다.

상상할 수 있는 최악의 결말. 수치심 탓에 과장을 조금 보태자면 열흘 정도 제대로 잠들지 못했다. 그 후에 서서히 신경이 회복되었지만 물론 그 이후로 료의 얼굴을 똑바로 볼 수 없었다.

그 후로 약 4개월. 무섭기는 했지만 역시 올해 밸런타인데이는 '고등학교 생활의 마지막 찬스'였다. 리호는 온갖 용기를 쥐어짜내 페달을 밟았다.

저택 앞에 도착해 자전거를 세운 다음부터가 승부였다. 좀처럼 인터폰을 누르지 못했다. 장갑 너머로 시린 손가락에 입김을 호호 불며 자신을 다독이기를 10여 분. 결국 아무것도 하지 못한 채 문이 먼저 움직였다.

"어?"

철문을 열고 얼굴을 내민 사람은 료 본인이었다.

"무슨 일이야?"

너무 갑작스러워서 리호는 오늘 아침에 완성한 초콜릿처럼 굳어 버렸다.

"잠깐 산책 겸…… 초콜릿이라도 어떤가 해서."

긴장해서 자신도 무슨 말을 하는지 몰랐다. 료는 뭔가 떠올랐는지 "아아, 초콜릿."이라고 중얼거렸다. 부끄러워서 '밸런타인데이'라고 말하지 못하는 것은 그도 마찬가지인 듯하다.

"이거 혹시 괜찮으면."

"고마워."

료의 손에 건네자 종이봉투는 더 작아 보였다. 표정 변화가 거의 없는 료였지만 그래도 기뻐하는 기색이었다.

"시간이 있으면 들어오라고 하고 싶은데 잠깐 나가 봐야 해서."

무릎길이의 차콜 그레이색 코트 덕에 더 어른처럼 보였다. 밸런타인데이라 데이트 약속이라도 있나. 불안한 상상에 마음이 무거워졌으나 리호는 "안 늦어서 다행이야."라고 미소를 짓고 자전거에 탔다.

"쓰치야 씨!"

앞으로 나가려는데 료가 불러 세웠다. 처음 듣는 그의 큰 목소리에 리호는 무슨 일인가 싶어 자전거를 세우고 뒤를 돌아보았다.

"시험, 잘 봐!"

응원해 주는 료의 미소가 눈이 부셔서 너무 기쁜 나머지 가슴이 저렸다. 그대로 있으면 멍해질 거라고 생각한 리호는 고맙다고 말하고 자전거 페달을 밟았다.

"쓰치야 씨!"라는 그의 목소리가 기억 속에서 기분 좋게 울린다. 고등학교 생활의 마지막까지 '씨'를 붙이기는 했지만 어색해 보이지는 않았다.

덕분에 기운이 난 리호는 '최악의 일정'이었을 밸런타인데이가 시험 직전이라 다행이라고 생각했다.

한 달 뒤인 화이트 데이, 평소 생활 습관으로는 상상도 할 수 없는 오전 6시라는 이른 시간에 리호는 이불을 빠져나왔다. 인생에서 몇 번 안 되는 스스로 일어난 아침이다. 세수하고 외출용 스웨터와 긴 스커트를 입고 단정하게 머리를 빗은 뒤, 망설이다가 결국 눈가와 입술에 화장을 했다.

잔뜩 힘이 들어갔다는 걸 들키고 싶지 않지만 그래도 제대로 준비했다는 마음은 전하고 싶다, 라는 조금 번거로운 마음으로 리호는 자기 방으로 돌아갔다.

 1지망 대학에 합격한 다음에는 친구들과 노래방에 가거나 집에서 DVD를 보면서 나태한 생활을 보냈다. 모두가 인정하는 번아웃 증후군이다. 조금 죄책감은 들었지만 늦게 자고 늦게 일어나는 생활이 편해서 아침 6시에 일어나는 일은 꿈도 꾸지 않았다.

 수면 부족 때문에 멍한 머리로 리호의 시선은 주의 깊게 거리를 향하고 있었다. 잠복 중인 형사처럼 창문으로 밖을 지켜본다. 물론 바로 료를 찾아내기 위해서다.

 밸런타인데이 때와 마찬가지로 오전 10시가 지나자 큰 토트백을 어깨에 멘 청년의 모습이 보였다. 료라고 직감한 리호는 고동치는 가슴에 손을 대고 심호흡한 뒤 방을 나왔다.

 인터폰이 울리기 전까지 방에 있으려고 했지만 점점 빨라지는 고동을 억누르지 못하고 현관문을 열었다. 마침 집 앞에 와 있던 료와 눈이 마주쳐서 그를 기다렸다는 사실을 바로 들켰다. 하지만 그가 웃는 모습을 보니 사소한 밀당은 머릿속에서 날아가 버렸다.

 "무슨 일이야?"

 건조하게 묻는 리호에게 료는 "잠깐 산책 겸…… 작은 선물이라도 어떤가 해서."라고 한 달 전 일을 반복했다.

 "작은 선물?"

 이상한 말을 한다고 생각한 리호였지만 그가 가방에서 꺼낸 작품 보관 박스를 보고 깜짝 놀랐다.

 "이거 변변치 않은 거지만."

 료에게 F6 사이즈의 박스를 받고 리호는 뭐라고 말해야 좋을지 몰랐다.

"좀……, 초콜릿과 그림은 잘 안 어울려."

"그래? 그 초콜릿 정말 맛있더라."

"그런 거 얼마든지 만들 수 있어. 그것보다 미안해서…… 아, 차라도 마시고 갈래? 아빠도 좋아하실 거야."

아무렇지 않은 척 권해 봤는데, 물론 몇 번이고 반복한 사전 연습 덕분이다.

"아, 미안해. 하고 싶은 말은 많은데 볼일이 있어."

진로가 확실하지 않은 그는 어디에 시간을 보내는 걸까. 오늘이 화이트 데이이기도 해서 리호는 다시 멋대로 료에게서 여자 친구의 흔적을 찾아내곤 마음이 가라앉았다.

료가 돌아간 뒤 리호는 자신의 방으로 돌아가 우선 호흡을 가다듬었다.

작품 보관 박스에서 노란색 천 주머니를 꺼내고 흠집 나지 않도록 천천히 풀었다. 모습이 드러난 유화를 보고 모델이 누구인지 깨닫자 두 눈에 눈물이 고였다.

홋카이도의 대학 캠퍼스. 작은 시내가 흐르는 잔디밭 위에서 밀크 티 캔을 들고 웃고 있는 자신의 모습이 그려져 있다. 수학여행에서 사진사가 촬영하여 판매한 사진 중 한 장으로 리호는 물론 그 사진을 갖고 있었다.

눈물이 나온 데에는 몇 가지 이유가 있었으나 제일 가슴을 흔들어 놓은 것은 화가의 메시지가 더없이 명백했기 때문이다.

즉, 료도 이 사진을 갖고 있다는 사실이다.

작년 가을에 가방을 쏟는 바람에 수첩의 료 사진을 들켰을 때는 창피해서 곰처럼 겨울잠이라도 자고 싶었는데, 료도 리호의 사진을 몰래 샀던 것이다.

그리고 작품이 유화라는 점에도 감격했다. 그 압도적인 사실감에 치밀한 붓 터치를 생각하면 도저히 한 달 만에 그릴 수 없기 때문이다.

그는 훨씬 더 전부터 이 그림을 그리기 시작했다…….

당장이라도 자랑하고 싶은 자신을 그린 그림을 바라보며 엄청난 완성도에 한동안 얼이 빠져 있었다. 상자 안의 메시지 카드에 '합격 축하해.'라고 쓰인 것을 보고 리호는 다시 울었다.

틀림없이 인생에서 제일 행복한 날.

그날 밤 료에게 고맙다고 전화를 한 뒤, 쓰치야 리호는 제법 그럴 듯한 작가로 변신했다. 졸업식이 있는 일주일 뒤를 디데이로 잡고 오로지 편지만 써 댔다. 컴퓨터로 초안을 작성하는 데에 5일, 만년필로 정서하는 데에 2일. 편지지를 봉투에 넣고 봉인한 것은 바로 졸업식 날 아침이었다.

그 편지에는 소중한 마음이 쓰여 있었다. 그동안 말하지 못한 료를 향한 마음. 내성적인 리호가 그런 대단한 편지를 주려고 결심한 것은 두말할 필요도 없이 그 그림이 등을 밀어주었기 때문이다. 그가 자신의 사진을 갖고 있다고 생각하자 그것만으로 행복에 잠겼다.

학교에 도착하자 리호는 료부터 찾았지만 그는 어디에도 없었다. 졸업식 중에도 료가 너무 신경 쓰였으나 결국 얼굴을 보지 못하고 학교를 떠나게 되었다.

리호가 교복 차림 그대로 자전거에 올라타고 뭐에 쓴 것처럼 서둘러 자전거로 기지마의 저택으로 향한 이유는 뭔가 불길한 예감이 들어서다.

저택 앞에 자전거를 세우고 숨을 헐떡거리며 인터폰을 눌렀지만 아무 반응이 없었다. 리호는 혼날 것을 각오하고 몇 번이고 인터폰을 눌렀다.

시간이 지나감에 따라 단순한 예감이 현실로 드러났다.

기지마 저택의 명패도 정원의 풀과 꽃도 전과 다름없이 눈앞에 존재한다. 그러나 그곳에는 누군가 사는 기척이 전혀 느껴지지 않았다.

비행기가 고도를 낮추자 리호는 두 귀가 먹먹해졌다.

이제 곧 홋카이도에 내린다. 수학여행 이후 17년 만이다. 기시 유사쿠에게 부탁을 받고 석 달 동안 편지를 썼다. 첫 편지를 유사쿠에게 건넬 때 그는 료가 슬럼프에 빠졌다고 알려 줬다. 주간지 보도 이후 신경 쓰지 않는 것처럼 행동했지만 붓이 둔해졌다고 한다.

리호는 고등학교를 졸업한 그 이후의 생활에 대해 이런저런 것들을 썼다. 료에게 답장이 오지는 않았지만 상관없었다. 그 졸업식 날에 맛본 상실감과 비교하면 그가 읽고 있다는 사실 만으로 충분했다. 설령 그것이 일방통행이라고 해도.

어제 유사쿠에게 "갑자기 미안한데, 홋카이도에 올래요?"라고 전화가 와서 당장 비행기 표를 예약했다. 무엇인가가 움직인다는 마음은 지금이 인생의 기로에 서 있음을 의미했다.

리호는 수첩을 펼쳐 사진을 집어 들었다.

오타루 운하의 다리 위에 있는 17년 전의 그 사람. 이제 곧 만날 수 있다고 생각하니 드디어 여정(旅情)이 긴장감으로 바뀌기 시작했다. 사진을 가슴에 꼭 끌어안고 작게 숨을 내쉰다.

리호는 기대나 불안을 있는 그대로 받아들이며 '삶'을 실감했다. 몸을 맡긴 기체가 활주로에 착륙하고 과장스러운 기체의 진동에 가느다란 몸이 떨렸다.

제7장

화단(畫壇)

1

이 세상에 신사 숙녀만큼 믿을 수 없는 존재는 없다.

도내 호텔 대연회장에 모인 성인 남녀는 잘 차려입고 샴페인 잔을 한 손에 든 채 담소를 나누고 있다. 고개를 들어 올려다봐도 시야에 다 담기지 않을 만큼 높은 천장에 등나무처럼 샹들리에가 동일한 간격으로 걸려 있고 광채를 아낌없이 발산하고 있었다.

아낌없다고 말하자면 넓은 직사각형 연회장 가장자리를 장식하듯 세팅된 많은 음식도 마찬가지였다. 해산물 요리, 스테이크는 말할 것도 없고 한입 크기의 다양한 디저트류도 입이 떡 벌어지게 차려져 있다.

한편 파티가 시작된 지 1시간, 노모토 다카히코의 스트레스 지수는 높아지기만 했다. 눈에 들어오는 것들이 자신과는 아무 인연이 없어서 마치 가짜 세상 같다.

"노모토, 선생님 잔이 비었잖나."

마쓰모토 도요히로가 노모토 다카히코의 귓가에 속삭였다. 그 차가운 음색은 대학에서 배울 때와 다르지 않다.

도토게이비대학 교수 마쓰모토는 내년에 환갑이라는데 경망스러울 정도로 젊어 보인다. 손질이 잘된 짧은 머리에 오늘도 DC 브랜드 검은 정장 차림이다.

다카히코가 '게이비' 대학을 졸업한 지 10년. 세미나 교수였던 마쓰모토와는 아직도 끊으려야 끊을 수 없는 관계였다.

"선생님, 잔 주세요."

다카히코가 아마치 노부유키의 잔을 새 잔으로 바꿔 주고는 다시 마쓰모토의 뒤로 물러났다.

아마치는 샴페인 잔을 건네받아도 고맙다는 말은커녕 다카히코 쪽을 쳐다보지도 않았다.

땅딸막한 체구에 배가 나온 아마치는 나이에 걸맞게 늙었지만, 허전한 백발의 외모와는 달리 눈에는 야심이 덕지덕지 붙어 있었다. 일흔한 살 남자의 눈빛을 번뜩거리게 하는 정체가 이 연회장의 중심에 있다.

다카히코의 위에는 마쓰모토가 있고 그 위에 마쓰모토의 스승인 아마치가 있다. 아마치의 머리 위에 있는 사람이 오늘의 주역이다.

오가와라 겐코 선생님 미수* 축하연

오가와라 겐코는 회화의 세계에서 정점에 군림하는 서양화가이다.

일본 최대 공모 단체 '민전'의 간판이자 '국립예술원' 회원, 문화훈장 등, 예술가로서 영광스러운 '초(超)'가 붙는 거장 중 거장이라 할 수 있다.

연회장에는 화단은 물론 정치, 경제, 문화, 연예, 스포츠 등 각계를 대표하는 저명인사가 무리를 지어 그야말로 화려한 샹들리에의 빛에 어울리는 성공한 사람들의 연회였다.

"오가와라 선생님, 존함처럼 언제까지나 건강**하시기를 기원하며 제 인사말을 갈음하겠습니다."

현 문부대신은 능숙한 연설로 장을 후끈 달궜다. 그러고는 오가와라와 두세 마디 나누고는 비서를 데리고 재빨리 사라졌다. 그 뒤에도 친분이 있는 자동차 회사, 방송국 사장이 단상에 올라 역겨운 겉치레 인사를 늘어놓았다.

세상 물정에 어두운 자신에게도 눈에 익은 기업가, 배우, 디자이너들이 눈앞에서 돌아다니는 이 공간은, 다카히코에게는 비현실적이었다. 화려한 자리에 익숙한 참석자에게는 다른 이들과의 교제나 비즈니스 목적이 있겠지만, 가진 것 없는 자에게는 괴로운 일일 수밖에 없다.

● 米壽. 88세 생일
●● 오가와라 겐코의 '겐코(兼光)'는 '건강하다'는 '건강(健康)'과 일본어 발음이 같다.

자리에 참석한 사람의 속셈은 어떻든 간에 결과적으로 '오가와라 겐코'의 간판 아래 모여 성대한 축하연을 열었다는 사실 자체가 중요하다. 대화가의 위엄은 이 밤을 통해 더욱 빛을 발할 것이다.

"결국 튀었대⋯⋯."

주위에 있는 전국지 미술 담당 기자들의 대화가 들려왔다. 그들은 한 백화점 외판부 직원의 소문을 이야기하고 있었다.

호황이 무너져 내린 것은 이제 보고도 못 본 척할 수 없는 상황이고, 작년 대장성•이 단행한 긴급 긴축 정책으로 일본 경제는 충격에 빠져 있다. 1980년대 유종의 미를 장식한 닛케이 평균 주가 4만 엔을 목전에 두고 약 9개월 만에 절반 수준으로 떨어졌다.

또한 올해 들어 경제대국의 도금이 줄줄이 벗겨져 나갔다. 허상을 연출하여 고공행진하던 '버블 신사'••들은 바닥으로 추락했다. 땅 투기꾼, 주식 매매 투기꾼, 은행원 등 이 금융 희극의 연기자들은 수갑이 채워지고 나서야 현실을 깨달았다. 추후에 정리되는 헤이세이 경제 사건 역사의 주요 인물이 될 운명이었다.

그림 판매 또한 골프 회원권을 비롯한 거품 시대 장사의 대명사였다. 앞서 신문기자들이 말하던 사건도 시대를 상징하는 사건이었다. 백화점 외판부 직원인 남자는 '암흑세계의 제왕'이라 불리던 버블 신사와 잘 알고 지내며 전성기를 구가했다. 그러나 마지막에는 제왕이 시키는 대로 그림 감정서 위조까지 손을 댔고 그

● 과거 일본 정부 중앙관청으로 재무, 통화, 금융 등을 담당했다.
●● 1980년 후반부터 1990년 초반, 일본 거품 경제 시대의 신흥 창업자들을 일컫는 말

결과 해외로 도주했다.

이런 범죄 행위를 제외하더라도 투자 목적의 그림 매매에는 상식을 벗어난 돈다발이 날아다녔다. 백화점의 '미술 화랑'은 즉시 태세를 전환해 대폭으로 직원을 늘렸다. 별로 유명하지 않은 화가도 몇 년 만에 스스로 걱정할 만큼 그림 값이 올랐다.

당시 '좋지 아니한가'●라는 식의 댄스 붐이 일어 고등학생들의 댄스와 석 달 전에 오픈한, 무대가 있는 '디스코'가 연일 미디어에서 소개되던 시절이었다. 연애 드라마가 높은 시청률을 기록하고 F1 회장에는 관람객이 쇄도했다. 전국 TV 방송으로 '요시모토 신희극' 코미디 공연이 인기를 끌었다. 휘황찬란한 이 연회장에도 호황의 잔향이 감돌고 있어, 금융업계와의 시차가 여실히 드러났다.

무대 위에서는 '홍백가합전'의 단골 출연자인 여성 엔카 가수가 짧은 무대 공연을 마치고 그 후에는 환담을 나누고 있다.

앞쪽에 '오가와라 겐코'라고 쓰인 센고쿠 시대●●를 연상시키는 깃대가 서 있어 다카히코는 눈이 휘둥그레졌다. 그 깃대를 주축으로 참석자가 줄을 선 모습은 그야말로 당시 영주인 다이묘의 행차를 연상하게 하는 광경이었다. 미수의 나이에도 자기 과시욕이 줄어들지 않은 쇼군을 숭배하는 백성들.

불쾌한 광경이지만 아마치와 마쓰모토는 의욕적으로 줄의 후미에 섰다.

● ええじゃないか. 일본 에도시대 말기인 1867년에 일어난, 군중들이 떠들썩하게 마을을 순회하며 춤을 추는 기이한 소동을 가리키는 말이다.
●● 15세기 중반~16세기 후반, 전란이 계속되던 시대였다.

40분 정도 기다려서 차례가 돌아오자 아마치는 자리에 앉은 오가와라와 시선을 맞추기 위해 한쪽 무릎을 꿇었다. 아무 망설임도 없는 자연스러운 체중 이동이었다.

"선생님, 아마치입니다. 정말 축하드립니다. 역시 압권입니다. 일본 전역의 꽃이라는 꽃을 다 쓸어 모은 듯한 눈부신 연회입니다."

아마치는 평소 다카히코와 같은 젊은 사람들 앞에서는 의자에 떡하니 버티고 앉았다. 지금은 책상다리조차 한 적 없는 듯 자연스럽게 무릎을 꿇고 상인처럼 머리를 조아렸다.

"지난 '후쿠에이'의 개인전은 참으로 행복한 시간이었습니다. 특히 〈해가 미소 지을 때〉는 너무 숭고해서 이 아마치, 그 자리에서 얼어 버렸습니다."

필사적으로 아양을 떠는 후배에게 오가와라는 "그래."라고 쉰 목소리로 대답하고 차를 마셨다.

"외람되오나 〈해가 미소 지을 때〉는 '미술 화랑'에 사정해 이 아마치의 아틀리에에서 소장하고 있습니다."

"아아, 그래. 거 참 고맙군. 고맙네."

오가와라는 후배가 자신에게 접근하려는 신호로 그림을 사 주는 건 당연한 일이라 별 신경 쓰지 않는 표정이었다.

"당치도 않습니다! 감사 말씀은 제가 올려야지요, 선생님께 반걸음이라도 다가갈 수 있도록 이 아마치, 매일 작품을 감상하며 정진하겠습니다."

스케줄 관리를 맡은 오가와라의 남성 비서는 검은 테 안경을 손가락으로 올리고는 아마치에게 다가갔다. 줄은 줄어들 기색이 없다. 다시 '알현'이 이어진다.

　제한 시간이 거의 다 되어 아마치는 오가와라에게 얼굴을 가까이 대고 작게 속삭였다.

　"선생님, 가을에 이 아마치, 전력을 다하겠습니다."

　오가와라가 멍한 표정으로 "가을이라……."라고 중얼거리자 아마치는 "네."라고 힘차게 끄덕였다. 바짝 붙어서 서로 의중을 떠보는 여든여덟 살과 일흔 살은 참으로 그로테스크하다. 다카히코는 머쓱해져서 시선을 돌렸다.

　"그래…… 기쿠치 군도 이제 슬슬이겠군."

　일부러인지, 치매인지 오가와라는 태연하게 이름을 잘못 불렀다.

　"조금 선선해지면 이 아마치, 꼭 인사드리러 찾아뵙겠습니다."

　비서가 주의를 주기 바로 직전에 벌떡 일어선 아마치는 마쓰모토와 함께 깊이 머리 숙여 인사했다.

　"선생님, 앞으로도 부디 건강하십시오. 이 아마치에게 볼일이 있으시면 달려오겠습니다. 그럼 실례하겠습니다."

　줄에서 벗어나 조금 걷더니 아마치는 목을 옥죄던 넥타이를 느슨하게 풀었다. 그리고 그대로 재빨리 연회장을 나갔다. 다카히코는 마쓰모토와 함께 등을 구부리고 뒤를 쫓았다.

　"노모토, 짐 찾아와."

　다카히코는 짐 보관소에서 아마치와 마쓰모토가 맡긴 가방을 찾아, 서둘러 에스컬레이터를 탔다. 두 사람은 이미 1층 로비에서 인상을 쓰며 대화하고 있었다.

　"마쓰모토 군, 어떻게 생각하나?"

"'기쿠치 군' 말씀이십니까?"

"그래. 일부러 저러는 거야? 노망난 거야?"

"이제 이름을 못 외우시는 거겠죠. 나카쓰카사 선생님도 '기쿠치 군'이라고 불렀답니다."

"이름이 전혀 다르지 않나. 이제 누가 오든 기쿠치라고 부를 생각인가."

"다른 뜻은 없을 겁니다."

조금 전의 태도와 완전히 달라진 아마치는 계속 인상을 찌푸리고 있다.

"선생님, 이 다음에는?"

"아니, 그만 돌아가지. 지쳤어. 내일 점심에라도 전화 주게."

"알겠습니다."

아마치는 다카히코에게 가방을 받아 들고는 택시를 타고 가 버렸다.

다카히코도 '신사 숙녀'에게 완전히 지쳐 버렸다. 빨리 집에 돌아가 붓을 잡고 싶었지만 마쓰모토는 자신의 가방을 제자에게 받지 않았다.

"노모토, 한잔할까?"

2

마쓰모토가 좋아할 것 같은 바였다.

같은 가게는 아닌 것 같은데 파란 불빛 수조에 열대어가 헤엄치고 있는 이 느낌은 어떤 드라마에서 본 것만 같다. 교수와 마주하고 앉은 소파 자리는 수조가 벽이 되어 마치 룸처럼 절묘하게 사람들의 시야를 가렸다.

　"그건 그렇고 형편없는 파티였어."

　마쓰모토가 쓴웃음을 지었다. 이럴 때 다카히코는 적절히 맞장구를 치지 못한다. 같은 마쓰모토의 제자라도 동기인 시노하라라면 잽싸게 파티의 한 장면을 골라 내 교수가 원하는 바에 부응했을 것이다.

　마쓰모토는 다카히코의 패기 없는 대답에 기분이 상했는지 잠시 침묵이 이어졌다.

　"뭐 아마치 선생님도 지금부터가 중요해. 일흔하나에 아직도 전장이라니, 이 업계에서 오래 살아야겠어."

　돈 이야기가 나올 것 같다고 예감하며 다카히코는 말없이 끄덕였다.

　"정말 아름다운 세계야. 나도 내년에는 환갑인데 이런 수첩이나 들고 다녀야 하니 말이야."

　마쓰모토는 가방에서 오래된 검은 가죽 수첩을 꺼내 까렌다쉬 은색 볼펜을 손 위에서 한 바퀴 돌렸다.

　"이번에는 꽤 힘든 선거전이 될 거야. 시무라 선생님에 아카자와 선생님, 그리고 우리 아마치 선생님. 자리는 하나밖에 없으니까 표도 분산되고."

　마쓰모토가 말하는 것은 '국립예술원' 회원 선거로, '국립예술원'은 예술에 관한 중요 사항을 논하여 장관에게 제언하는 등 발전을 위해 힘쓰는 조직이다. 회원 120명 이내 규모로 '미술', '문예', '음악·연극·무용'의 3부로 구성되고 제1부 '미술'은 ▽일본화 ▽서양화 ▽조소 ▽공예 ▽서(書) ▽건축……의 6개 분과이다.

"아마치 선생님은 지난 3년 전 선거에서는 차점자로 지셨지. 현재 제일 유력한 후보이지만 표수 자체가 늘어나는 것도 아니라 예측할 수 없는 상황이야. 솔직히 말해서 시무라 선생님한테는 언제 뒤집혀도 이상하지 않아."

마쓰모토가 펼친 수첩에는 '미술'의 전 회원, 오십여 명의 이름이 쓰여 있고 각각 '아마치', '시무라', '아카자와', '미정' 등으로 분류되어 있다. 세 명의 후보자에게는 각각 추천한 회원이 있으나 그 외 회원들의 표를 받아야 한다.

마쓰모토의 분석에 따르면 아마치와 시무라의 차이는 불과 두 표. '무당파 층'은 스무 명 가까이 있었다.

"10월 투표까지는 앞으로 두 달밖에 안 남았어. 이번에는 지면 안 돼."

"아마치 선생님은 상당히 무리하고 있지 않으십니까?"

다카히코의 소박한 질문이 이상했는지 마쓰모토는 칵테일을 뿜을 뻔했다.

"노모토, 그게 인생이라는 거야. 여기에서 무리하지 않는 사람이 이름을 남길 수 있을 것 같나? 선거 때문에 집을 판 화가도 있어. 떨어지면 돈다발 1억을 불쏘시개로 쓰는 것과 다름없어. 누구라도 무리하지."

예술원 회원은 비상근직 국가공무원으로 가만히 있어도 연간 250만 엔의 종신연금을 받을 수 있는데, 그것보다 명예가 모든 것을 말한다. 금박이 붙어 그림값이 오르는 것은 물론 아마치의 경우는 '민전'에서 발언권이 더욱 강해져 각종 상을 선발하는 심사위원을 임명할 수 있게 된다. 죽은 뒤에도 종4위, 종5위*의 영예를 받는다. 그런 당근이 눈앞에서 달랑거리면 이성 따위 날아가 버린다.

　"요즘 몇 달, 선생님은 거의 붓을 못 잡았어. 회원의 작품을 사서 공부하는 시기니까. 지금 확보해야 하는 사람은 물론, 조금이라도 가능성이 있는 회원도 빠뜨릴 수 없어."

　"한 번 인사 가는 게 전부가 아니네요?"

　"적은 사람이 세 번, 많은 사람은 일곱 번 정도 가. 지방도 두루 다녀야 하니까. 그럴 때마다 선물로 상품권을 넣지. 아무리 취미, 취향을 조사해도 다른 후보자와 같은 물건을 전달하면 불편해져. 이런 건 센스야. 선물을 잘못 주면 그걸 소문내는 회원도 있으니까."

　활기차게 말하는 마쓰모토에게는 나이에 걸맞은 차분함이 전혀 없었다. 전쟁에서 손에 무기를 들지 않게 된 지 50년이 지난 이 나라에서, 선거야말로 투쟁 본능을 채우는 전장일지도 모른다.

　다카히코의 떨떠름한 얼굴을 보고 마쓰모토는 다시 까렌다쉬를 절묘하게 한 바퀴 돌렸다.

　"그래도 아직 시작에 불과해. 앞으로 현찰이 공중에서 날아다닐

* 일본 율령제에 의거한 일본 관료의 품계 중 하나

거야. 아마치 선생님만 그러시는 게 아니야. 시무라 선생님도, 아카자와 선생님도. 억척스러운 회원은 이렇게 해서 '밑천'을 회수해. 무슨 수를 쓰더라도 회원이 되어야 하는 이유를 이해했나?"

태평하게 말하는 마쓰모토는 골프 회원권 이야기를 하는 게 아니다. 예술 발전에 기여할 인재를 선발하려는 지금, 작품론이나 창작론에는 눈길도 주지 않고 '누구에게 무엇을 줄 것인가', '누구에게 얼마를 돌릴 것인가' 같은 이해타산과 김칫국 마시기만 쌓아 올리고 있다.

여기에 예술은 없다…….

다카히코의 뇌리에 욕망이 소용돌이치는 의대 교수 사이의 전쟁을 그린 《하얀 거탑》이 떠올랐다. 그쪽은 국립대의 의사들이고, 이쪽은 국가공무원직 화가. 지위가 사람을 미치게 만든다.

"이제 슬슬 개인전 해야지?"

세 번째 칵테일에 손을 뻗은 마쓰모토의 혀는 매끄럽게 돌아간다.

개인전이라 해도 다카히코는 내리깐 눈을 들 수는 없다. 지금까지 몇 번이나 호되게 당했다.

"화랑에서도 자네 작품을 기대하네."

호황에 들뜬 시대를 비추는 바 안에 건성으로 하는 말이 허무하게 울려 퍼졌다. 요즘에는 마쓰모토의 입에서 '작품'이라는 말이 나오는 것조차 다카히코는 불쾌했다.

미술의 중심지, 긴자에서 멀리 떨어진 '도토게이비대학' 주변의 임대 화랑. 조용히 열었다가 일주일 이후 다시 조용히 막을 내리는 거의 아무 의미 없는 전시회다. 관람객은 대부분 대학 관계자

라, 아직도 발전이 없는 자신을 내보이는 것 같아 수치스럽기까지
하다.

이 개인전은 미술계의 강렬한 수직 사회를 나타내는 주형 중 하
나다. 우선 일주일치 갤러리 임대료는 다카히코가 전액을 부담하
고, 출품작 약 서른 점 중 마쓰모토가 인정한 세 점만 판매가 허
용된다. 마쓰모토가 말하는 "예술가는 팔리는 그림을 그리지 마
라."는 대의명분이고, 제자가 스승보다 더 잘 팔려서 기존 질서를
무너트릴까 봐 걱정하는 것이다. 인기가 생겨 공모 단체를 그만두
는 자가 줄줄이 나오면 그만큼 출품료가 줄고 마음대로 움직일 말
도 사라진다.

마쓰모토가 임대 화랑에서 사례금을 받는 것이 제일 화가 난다.
제자를 돕기는커녕 더 힘들게 한다.

다카히코가 확실하게 대답하지 않자 마쓰모토는 "일정은 이쪽
에서 정할 테니 걱정하지 말게."라고 일방적으로 대화를 끝내 버
렸다. 이렇게 되면 따를 수밖에 없다. 나갈 돈을 생각하니 마음이
무거워진다.

"그런데 그쪽은 잘되고 있어? 그 절의 단풍은?"

효고현에 있는 절의 철쭉에 매료되어 다카히코는 '민전'에 출품
할 작품 소재로 매일 캔버스를 마주하고 있다. 자리 건너편 뒤뜰
을 채운 단풍은 불에 타는 듯한 양감과 색채를 감상자에게 전달하
고 있다. 머릿속 이미지는 선명한데 캔버스에 담으려고 하니 갑자
기 허무해진다. 그 원인이 어디에 있는지, 다카히코는 아직 파악
하지 못했다.

"도저히 대상을 잡지 못하겠어요. 계속 멀리 떨어져서 전혀 다가오지 않습니다."

마쓰모토는 네 잔째 칵테일을 주문하고 졸린 눈으로 제자를 힐끗 봤다.

"그렇게 잘난 체 안 해도 그림은 그릴 수 있어. 프로 화가에게 중요한 건 마감까지 그림을 완성하는 거야. 특히 자네처럼 젊은 사람은 더 많이 그려야지."

다카히코는 석상처럼 가만히 있기만 하고 동의하지 않았다. 엉망으로 그림을 그려 봤자 다음으로 이어지지 않는다. 그걸 왜 모르는 걸까. 아니면, 알면서도 무시하는 건지 이해할 수 없다. 자신도 더 그리고 싶다. 그러나 작품을 팔 수도 없고, 학원 강사 수입만으로 살기는 너무 어렵다. 힘든 일이다. 몰래 미술 과외 교사 아르바이트도 하고 있지만 창작 이외의 일에 시간을 뺏겨 그림에 집중할 수 없다.

"과감하게 떠나보내는 것도 한 가지 방법이야. 사실화 패거리는 자기만족에 빠지는 경향이 있으니 주의해야지."

마쓰모토는 다카히코의 세미나 교수였지만 사실화는 그리지 않는다. 작품에 쉽게 사인을 넣지 않는 다카히코에게는 일관되게 냉랭했다.

"'민전'도 출품해야 평가를 받지. 자네 동기 시노하라는 벌써 일곱 번이나 입선했잖나. 사람 다 똑같아. 해 보면 할 수 있어."

"그래도 평가를 받으려면 여러 가지로 준비도 해야 하고······."

다카히코는 말 외에 숨은 뜻으로 돈을 슬쩍 내비치고는, 맥주잔을 들었다.

유력 심사위원들에게 봉투를 들고 인사하러 가고, 심사위원이 출품 작품을 미리 봐 주면 답례도 해야 하고, 입선하면 또 답례를 준비한다. 살림살이와 화구 살 돈도 부족한데 어디 옷자락 아래로 봉투를 건넬 여유가 있을까. 빨리 회수하는 사람이 돼라는 의미일지도 모르지만 그 전에 심신이 버티질 못한다.

시노하라는 가나가와의 지주집 아들이다. 확실한 환경 차이가 있다. 출신 대학이나 공모 단체의 굴레에서 벗어나지 못하는 지금도 신분제도와 다를 바 없다.

임대 화랑의 개인전이든, 공모전 입선이든 참근교대[•]처럼 충의를 강요하는 상황이 지긋지긋하다.

"준비가 필요하다면, 일거리가 있네."

다카히코의 지친 마음이 얼굴에 드러났는지 마쓰모토가 웬일로 친절하게 말했다.

"자네도 가끔 기분 전환이 필요하겠지. 어떤가. 다음 주에 교토에 가 보겠나?"

"교토 말입니까?"

"아마치 선생님이 선거운동차 간사이를 돌고 계시네. 특히 교토는 회원이 많아서 운전사가 필요해. 노모토, 면허 있지?"

회원의 집으로 인사를 다니는 것이다. 지칠 게 뻔하지만, 자유시간에 교토를 산책할 수 있을 것이다.

• 에도시대 막부가 다이묘를 통제하기 위해, 다이묘를 일정 기간 에도에 머물게 하는 제도

"교통비와 숙박비는 내가 내주지. 일한 비용은 아마치 선생님이 주실 거야."

부려 먹기 좋은 말을 잃을 수는 없으니 마쓰모토 나름대로 머리를 썼다. 채찍만 휘두르는 교수가 오랜만에 내민 당근이다.

돈을 받고 여행할 수 있다면 참을 수 있다. 제안에 귀를 기울이는 것 외에 선택지는 없어 보였다.

마쓰모토가 화장실에 간 사이, 다카히코는 조명이 켜진 수조를 바라보며 한숨을 돌렸다.

긴 수초와 화려한 열대어의 꼬리지느러미가 겹쳐 흔들린다. 속된 세상에서 벗어나 한숨을 쉰다. 그러나 그것도 잠시, 다카히코는 위화감을 느끼며 살짝 엉덩이를 들었다.

노란색 열대어 한 마리가 숨이 끊어진 것처럼 힘을 잃고 묘하게 빛나는 수조 바닥에 가라앉아 있었다.

3

나흘 후 밤, 다카히코는 교토 시내 북쪽 지역에 있었다. 주택가 모퉁이에 기와지붕을 얹은 일본식 주택이 있다. 밤이지만 정원 나무에 달린 주홍색 등불에 비쳐, 흰 자갈이 깔려 있는 것을 알 수 있다. 그리 넓지 않지만 기와를 얹은 흰 벽이나 문 옆 단풍나무가 만드는 음영은 역시 일본화 화가다운 조형미가 엿보였다.

8월 하순의 교토, 분지 특유의 찜통더위 속에 다카히코는 길에서 기타니 호린의 귀가를 기다렸다.

오늘 오전 교토역에 도착한 다카히코는 마쓰모토의 제자라는 남자로부터 차를 빌렸다. 닛산 '세드릭'은 구입한 지 얼마 안 된 차량으로 시트가 부드럽고 새 차 냄새가 난다. 쾌적하지만 초행길이라 바짝 긴장했다.

점심을 먹고 시조의 호텔에 아마치 부부를 모시러 가서 예술원 회원 인사 순례가 시작되었다. 회원들은 전부 교토 시내에 거주한다. 오후 5시 반까지 세 명의 집을 찾아가 선물이 든 상자에 '실탄' 봉투를 넣었다. 세 명 다 태도를 정하지 않은 무당파였으나 아마치의 느낌은 좋은 듯했다.

뒷자리에 앉은 일흔 살, 예순다섯 살 부부는 거의 대화가 없고 가끔 선물이나 앞으로 찾아갈 회원에 대해 말하는 수준이었다. 차 안에서는 주행 소리만 쓸데없이 울리는, 숨 막히는 분위기가 계속되었다.

기타니 호린의 집에 도착해, 부재중이라는 걸 확인하자 아마치는 다카히코에게 휴대전화를 건넸다. 넉 달 전에 출시된 세계 최소, 최경량 휴대전화는 할리우드 배우가 광고 모델로 기용됐다. 신청이 쇄도했지만 쉽게 구할 수 없어서 화제가 되었다. 이미 두 대를 확보한 아마치는 "앞으로는 사람들이 전화기를 갖고 다니는 시대가 될 거다."라며 뿌듯해하며, 묻지도 않은 보증금, 신규 가입비, 매달 사용료 등을 설명했다.

호린의 집에 도착했을 때는 오후 6시가 지났지만 아직 해는 떠 있었다. 이웃이 불편해할 것을 고려해서 100미터 정도 떨어진 갓

길에 차를 세웠지만 꺾인 모퉁이 때문에 집이 보이지 않는다. 아마치는 호린이 귀가하면 자신에게 알리라고 휴대전화를 쥐어 줬다.

기분 탓일지도 모르지만 눈앞의 집에서는 좋은 향기가 난다. 다카히코는 기품 있는 집에 동경과 친근감을 느꼈다. 서른셋이 된 지금까지 물욕에 휘둘린 적은 거의 없었다. 아마치나 마쓰모토는 다카히코의 욕심 없는 마음을 꺼렸다. 그러나 이런 집이라면 살아 보고 싶다. 생활에 관한 작은 꿈을 꾸면 다카히코는 항상 아내 유미의 얼굴이 떠오른다.

기다린 지 30분이 지나자, 해도 지고 가로등이 은은한 어둠을 밀어내고 있다. 이웃 주민의 시선 때문에 해가 진 것은 반가웠지만 분지의 찌는 더위만큼은 어찌할 도리가 없었다. 작은 휴대전화를 쥐고 다카히코는 풍류가 있어야 할 고도(古都)에서 공허한 시간을 보냈다. 지금까지 몇 명의 예술가가 이런 일을 했을까.

장렬함이 절정에 달한 회원 선거는 어제오늘 일이 아니다. 시노하라에 따르면 매년 10월이 되면 제1부 '미술' 회원에게 사전운동을 한 후보자에게는 투표하지 말라고 주의를 환기하는 전단지가 배부된다고 한다. 이 전단지 배포는 1960년대부터 이어졌다고 하니 상당히 뿌리 깊은 문제다.

물론 회원이 국가공무원인 이상 금품 수수는 뇌물 증여죄에 해당한다. 뒷구멍으로 주고받은 돈이라면 확정 신고한 장부에도 드러나지 않는다. 그러나 대부분의 관계자는 이게 범죄가 아니라 관습이라고 생각했다. 관습은 때로 무언의 압박과 동조를 만들어 내기 때문에 '인사'는 어느새 상식이 되었다. 이제 개인을 책망해서 어떻게 할 수 있는 이야기가 아니다.

그래도 금품을 받지 않는 회원도 있다. 혹은 모가 나지 않도록 선물만 받고 상품권은 돌려주는 자, 상품권까지는 받고 현금은 돌려주는 자, 답례품을 보내 균형을 맞추는 자, 사람에 따라 대응이 다르다. 실제로 생활이 어려운 회원이 있는 것도 아니고 이 악습을 불편해하는 사람도 적지 않다.

그 대표자가 기타니 호린이다. 예전부터 청렴결백하기로 유명해 선거운동을 전혀 하지 않고 실적과 인덕만으로 회원이 되었다. 거리끼는 일이 없고 '회수'할 필요가 없는 호린의 자세는 시종일관 변함없었다.

그럼 왜 아마치는 선물을 받지 않는 일본화 화가의 집에 온 것인가. 이는 회원 아내들에 의한 '부인회'에 걸려든 정보 때문이다.

아마치의 경쟁자 시무라의 선물을 호린이 받았다고 한다……. 이 소문을 아내에게 들은 아마치는 당장 호린이 술을 좋아한다는 정보를 입수해 구하기 힘든 다이긴조를 준비했다.

아마치가 일본 서양화계에서 상당히 높은 위치에 있는 것은 틀림없다. 그래도 늙은 몸을 채찍질하여 전국 각지에서 머리를 숙이며 도는 것이다.

아마치의 아내까지 이 물러날 수 없는 전장에 끌려 나온 것은 부부가 방문하는 일이 암묵적 양해가 되고, 회원 아내들의 정보망이 의지가 되기 때문이다.

지방 원정 때 묵는 호텔은 너무 비싸도 너무 저렴해도 안 된다. 처음 슬쩍 밀어 넣는 현금도 마찬가지다. 취한 마쓰모토에 따르면 아마치는 자신의 추문을 언급한 업계의 자유 기고가에게 입막음 비용까지 지불했다고 한다.

무사히 선거에서 이기면 문화공로자, 나아가 문화훈장으로의 길이 열린다. 적어도 앞으로 10년은 건강해야 한다. 그렇게 생각하면 아마치는 지금 청춘의 정점일지도 모른다.

오후 7시쯤 되어 다카히코는 차량 헤드라이트 불빛을 받았다.

토요타의 '마크Ⅱ'가 호린의 집 앞에서 멈추고 차고의 전동 셔터가 올라간다. 다카히코는 바로 아마치에게 전화했다.

"집에 들어가기 전에 말 좀 붙여서 시간 좀 끌어. 절대로 집 안으로 들어가게 하면 안 돼. 기타니 선생님의 인터폰에는 모니터가 붙어 있어. 일단 들어가면 안 나올지도 몰라."

다카히코는 아마치의 정보 수집력에 혀를 내둘렀다. 집 앞에 있던 자신도 인터폰에 카메라가 달린 것까지는 몰랐다.

헤드라이트가 꺼지자 다카히코는 서둘러 차고 앞으로 향했다. 지붕이 달린 차고는 문 바로 옆에 있어서 셔터를 닫아 버리면 밖에서는 보이지 않는다. 차고 안쪽에서 정원으로 나가는 구조일 것이다. 즉, 차가 보일 때 잡아야 늦지 않는다는 뜻이다.

"기타니 선생님."

평상복 차림의 호린은 집 앞에 선 남자를 보고 "무슨 볼일이라도?"라고 간사이 사투리로 물었다. 짧은 백발은 깔끔하게 손질되어 있고 옅은 황갈색 테 안경이 잘 어울린다.

조수석에서 내린 아내도 일본 전통 복장에, 검은 머리에 흰 피부였다. 전형적인 교토 미인으로 백화점 쇼핑백을 양손에 들고 조금 의아해하는 표정으로 다카히코를 보고 있었다.

"저는 도쿄에서 그림을 그리는 노모토 다카히코라고 합니다."

아직 아마치 부부가 올 기색이 없었다. 시간을 벌어야 하는 다카히코는 초조했다.

"우선 갑자기 뵈러 온 무례함을 용서해 주십시오……."

"하아."

호린은 당혹스러워하며 대답한다. 같은 화가라고는 해도 일본화와 사실화는 사는 세계가 전혀 다르다. 적당한 말을 찾지 못하고 식은땀이 등줄기를 따라 흐른다.

"오늘 제가 찾아뵌 것은……."

어디까지 사정을 설명해야 좋을지 몰라 금세 말문이 막힌다. 호린보다 오히려 부인이 짜증이 난 것처럼 보였다.

"기타니 선생님!"

아마치 부부가 숨을 헐떡이며 달려왔다. 최소한의 역할을 다한 다카히코는 일단 가슴을 쓸어내렸다. 호린은 아마치를 보자 마침내 상황을 이해한 듯하여 대놓고 불편한 티를 냈다.

"기타니 선생님, 서양화 아마치입니다. 그간 격조했습니다. 이 더위에 갑자기 찾아봬서……."

"아마치 씨, 단도직입적으로 말하지만 전의 그 말씀이라면 나는 아무것도 할 수 없어요."

부드러운 교토 사투리였으나 표정에서는 단호한 거부 의사가 엿보인다.

"아닙니다. 이 아마치, 결코 어떤 청탁을 드리러 찾아뵌 게 아

니라 선생님이 그게, 다이긴조를 좋아하신다고 들어서, 나눠 드
릴까 해서요."

"하지만 지금까지 교류다운 교류도 없었는데 갑자기 찾아오신
건 역시 그 건 때문 아닙니까."

두 손의 짐이 무거운지 호린의 아내의 표정이 점점 더 일그러진
다. 이래서야 역효과가 아닐까 싶어 다카히코는 마음을 졸였다.

아마치가 일본주 한됫병이 든 상자를 건네려 하자 호린은 몇 번
이나 손을 내저어 받기를 거절했다.

그러자 아마치 부부는 사전에 짜기라도 한 것처럼 천천히 땅에
무릎을 꿇었다. 그대로 이마까지 땅에 닿을 것 같자, 호린은 황급
히 앞으로 나왔다.

"아마치 씨 그만하세요. 이 더위에 모처럼 오셨는데 죄송합니
다. 아마치 씨에게 받으면 다른 사람과 차이가 생깁니다."

"그래도 선생님은 시무라 씨와 친하다고 들었습니다만."

"누가 그런 말을 했지. 그렇지 않습니다. 시무라 씨는 한 번도
집에 온 적이 없고 아무것도 안 받았어요."

그래도 아마치 부부는 무릎을 꿇은 채 꿈쩍도 하지 않았다. 일
흔한 살의 일본화 화가를 앞에 두고, 개가 배를 까 보이듯 자존심
을 버린 일흔한 살의 서양화가.

다카히코는 이 사태에 말을 잃고 멍하니 서 있을 수밖에 없었
다. 수치고 체면이고 없다는 게 이런 말인가, 이렇게까지 해야 하
는 건가, 절망적인 기분이 들었다.

"아마치 씨, 이웃이 보면 이상하게 생각합니다."

"그럼 물러나겠습니다, 부디 다이긴조만은 받아 주십시오. 정말 다른 뜻은 없습니다."

아마치가 일본술이 든 상자를 건네려고 하자 호린이 다시 고개를 젓는다.

"그럼 실례할게요."

호린의 아내가 교토 사투리로 차갑게 말하고 차고 안쪽으로 향했다.

갑작스러운 행동에 남자들이 멍해 있었지만 아마치의 아내만은 비웃는 표정이었다. 선뜻 자리를 뜨는 모습에는 잘 벼른 일본도처럼 단순한 무서움이 있었다.

"그럼 저도 실례하겠습니다. 아마치 씨, 미안합니다."

호린은 떨쳐 내듯 아내의 뒤를 쫓고, 연극 무대의 막처럼 눈앞에서 전동 셔터가 천천히 내려갔다.

그대로 무릎을 꿇고 있던 아마치는 "컷." 소리가 들린 연기자처럼 재빨리 태세를 전환해 아내에게 "시무라는 안 왔나 보군."이라며 일어났다. 아내도 남편 옆에서 나란히 서서 "역시 교토 사람은 허투루 볼 게 아니네요."라고 무릎의 모래를 털어 냈다.

다카히코 입장에서는 이 두 사람이야말로 허투루 볼 수 없는 사람들이었다. 차로 향하는 부부의 뒷모습을 보고 있자니 모든 게 어리석어 보였다. 아마치는 붓도 쥐지 않고 매일 이렇게 선거운동을 반복하고 있다.

호린의 아내의 "그럼 실례할게요."라는 냉소적인 목소리가 귓가에 되살아나 그 조롱이 자신에게도 향한 듯한 기분이 들었다. 아마치 부부가 모퉁이를 꺾어 눈앞에서 사라지자 다카히코는 낯선 교토에서 질척거리는, 바닥없는 불안에 시달렸다.

4

9월에 접어들어도 매미는 매미였다.

일요일도 아랑곳하지 않고 아침부터 요란하게 울어 대는, 남의 마음을 헤아리지 않는 알람 시계다. 목덜미의 식은땀이 짜증 나서 일어나기로 했다.

"어머, 벌써 일어났어?"

다다미가 깔린 거실에서 잡지를 읽던 유미가 장난기 있는 미소를 지었다. 숙취가 남은 남편을 놀릴 생각으로 가득한 표정이다.

다카히코가 방석에 책상다리로 앉자 유미가 좌식 테이블에 바지락 된장국을 놓아 주었다. 한 모금 넘기자 속이 풀려서 기분이 좋아졌다. 다카히코는 술이 약하다. 교류가 있는 다음 날 아침에 아내는 꼭 이 국을 끓여 준다.

"와, 살아났어 고마워."

시원한 방에서 텔레비전을 멍하니 보고 있는데 유미가 큰 바구니를 가지고 거실에 들어왔다. 두 사람은 빨래를 개키기 시작했다. 다카히코가 수건을, 유미가 옷을 개킨다. 딱히 역할을 분담한 게 아니다. 살다 보니 자연스럽게 그렇게 되었다. 두 사람의 생활에는 무의식중에 정해진 일들이 있다.

식기를 씻는 사람과 닦는 사람, 부엌을 청소하는 사람과 욕조를 청소하는 사람, 전구를 사 오는 사람과 전구 교체나 가구 수리를 하는 사람……. 무엇 하나 정해 두지 않았지만 서로 도우며 살아왔다.

무심하게 빨래를 개키는 유미의 옆얼굴을 보고 다카히코는 속으로 귀엽다고 생각했다. 눈가는 청량하지만 조금 도톰한 입술은 섹시하고, 입가에는 애교가 있다. 뉴스를 보면서 화를 낼 때도, 만화를 읽으며 웃을 때도, 접시를 깨서 풀이 죽을 때도, 지쳐 잠들었을 때도 유미에게는 부잣집 아가씨라기보다 성실한 한 사람으로서의 기품이 있다.

다카히코는 운이 좋은 편은 아니지만 누구에게도 지지 않는 강한 운이 있다면 그것은 유미라는 존재다. 철이 들 무렵부터 계속 같이 있어서 누구나 한 번쯤 겪는 괴로운 실연조차 경험한 적 없다.

다카히코는 1958년 도쿄 네즈에서 태어났다. 본가는 두부 가게로 형제는 세 살 위의 형, 마사히코 한 명뿐이다. 다카히코가 세 살 때 맞은편 집에 기하라 쇼지 가족이 이사 왔고, 그집 외동딸이 유미였다.

기하라는 집 근처에서 포금 가공 공장을 경영하고 있었는데 같은 상공회 소속인 다카히코의 아버지와 사이가 좋고 어머니들끼리도 교류가 있어서 아이들은 자연스럽게 어울렸다.

특히 기하라의 아내는 유미에게 형제자매가 없는 것을 걱정해서 자주 집에 불러 주었다. 지은 지 얼마 안 된 유미의 집은 좋은 냄새가 나고, 먹어 본 적 없는 과자를 내 준다. 어느새 두부 가게 형제에게 없어서는 안 될 장소가 되었다.

동갑인 다카히코와 유미는 초등학교 6년간 거의 매일 같이 등교했다. 마사히코는 5학년이 되자 혼자 다니기 시작했다. 양가의 부모도 이제 곧 두 사람 사이에도 남녀의 벽이 생길 거라고 생각했다. 하지만 그 예상은 보기 좋게 빗나갔다. 서로 죽이 잘 맞는 다카히코와 유미는 공통의 취미가 있었다. 텔레비전 만화영화다.

어릴 때부터 틈만 나면 그림을 그리던 다카히코는 〈요술공주 샐리〉나 〈리본의 기사〉 등 인기 작품의 캐릭터를 그려서 유미에게 선물했다. 초등학교 고학년이 되자 유미가 실재하는 만화영화를 토대로 스토리를 생각하고 다카히코가 중요한 장면을 그리는, 동인지 같은 놀이를 시작해서 일요일에도 서로의 집을 오갔다.

같은 중학교에 진학한 두 사람은 주위에서 놀려 대는 게 싫어서 같이 등교하지 않았다. 유미가 영어의 재미에 눈을 뜨고, 다카히코가 유화를 그리기 시작한 시기다. 각자 좋아하는 일을 찾아내, 학원이나 동아리 활동으로 바삐 지나쳤지만 집 앞에서 딱 마주치면 그대로 극장이나 미술관에 갔다. 서로 데이트라고 인식하지 않았지만 귀찮아서 친구들 몰래 만나거나 짧은 편지를 주고받는 동안, 주위에 이렇게 친한 이성 친구가 없다는 사실을 깨달았다. 그것이 얼마나 소중한 관계인지도.

중학교 3학년 가을, 유미가 같은 반 남학생에게 고백을 받았다는 소문이 다카히코의 귀에 들어왔다. 그 남학생은 다카히코의 친구는 아니었지만 배우 다케와키 무가를 닮은 미남이었다.

다카히코는 안절부절못하고 그날은 아무것도 손에 잡히지 않았다. 미술부도 조퇴하고 방에서 화집을 봐도 데생을 그려도 집중하지 못했다. 유미와 그 남학생이 팔짱을 끼고 걷는 모습이나 아무도 없는 방에서 입술을 겹치는 장면이 사실적으로 떠올라 다카히코는 가슴을 쥐어뜯었다.

지금까지 아무 의식도 하지 않고 유미와는 줄곧 같이 있을 것이라고 생각했다. 그러나 막상 위기에 직면해 보니 연약한 발판이 아닐까, 소꿉친구와 연인은 하늘과 땅 정도의 차이가 있지 않을까 불안해 가만히 있을 수 없었다.

아니다, 사실은 예전부터 자신의 마음을 깨달았다. 다만 굳이 말하지 않아도 괜찮다는 안이함, 그리고 괜히 고백했다가 차일지도 모른다고 생각하니, 아무것도 할 수 없었다.

그러나 이제는 그런 교활함이 허용되지 않는다. 다카히코에게 유미는 한 사람의 여성으로서 둘도 없는 소중한 존재였다.

저녁 식사 전, 참다못해 맞은편 집에 찾아가기로 했다. 바로 그때 인터폰이 울렸다.

"다카히코! 유미 왔다!"

텔레파시가 통하나 싶은 이런 순간이 두 사람 사이에는 종종 있었다. 유미가 좋아할 것 같아 구입한 화집이나 레코드를 그녀 역시 다카히코를 위해 사 준 적이 있었다. 다카히코는 이제 그만 자신의 마음에 솔직해지자고 결심했다.

유미는 튀김이 수북이 담긴 큰 접시를 안고 서 있었다. 노모토의 집에 남자 형제가 있어서 기하라의 집에서는 반찬을 자주 나눠 주었다.

"연근이 아삭해서 맛있어. 꼭 먹어 봐."

그렇게 말하고 유미는 바로 걸음을 돌렸다. 평소 반찬을 가져다줄 때와 다르지 않지만 오늘은 왠지 더 차갑게 느껴진다. 다카히코는 참지 못하고 유미를 불러 세우려고 하다가 대답을 듣는 게 무서워서 결국 말을 꺼내지 못했다.

자신의 집 앞까지 가더니 유미는 뒷짐을 지고 휙 돌아섰다. 그리고 다카히코의 얼굴을 빤히 쳐다보더니 미소 지으며 말했다.

"거절했어."

안심하자 힘이 빠져 다카히코는 그 자리에 주저앉았다. 눈물이 나올 것 같아서 고개를 숙인 채 아랫배에 힘을 주고 꾹 참았다. 다카히코는 일어나서 튀김 접시를 꼭 끌어안고 유미에게 말했다.

"오늘 종일 아무것도 못 했어……. 혹시 네가 오케이할까 봐 걱정돼서."

유미는 고개를 힘껏 끄덕이고 활짝 웃었다.

"괜찮아."

여자 쪽은 선선했다. 서로 손을 흔들고 유미는 집 안으로 들어갔다.

괜찮아, 이 말의 의미를 되씹다가 포기한 다카히코는 흡족한 느낌에 잠깐 별이 보이는 하늘을 올려다보았다. 유미를 아무한테도 뺏기고 싶지 않다, 또 한 번 생각했다.

제대로 마음을 고백하자…….

내성적인 다카히코에게는 무거운 짐이었지만 오늘 같은 일을 다시는 겪고 싶지 않았다. 그러나 사춘기 소년의 장밋빛 미래에 먹물을 뿌리는 심각한 문제가 발생했다.

형 마사히코가 경찰에 체포되었다.

빨래를 다 개키고 다카히코는 작업장으로 향했다. 3DK* 중 방 하나가 작업장 겸 서재다. 큰 작품은 일하는 학원에서 빌린 아틀리에에 보관하지만 소품은 이 임대 빌라에 두고 있다.

벽 한 면을 채운 책장에는 화집, 사진집, 그림 기법서, 철학서, 만화가 빽빽하게 꽂혀 있다.

다카히코는 책장에서 헌책 시장에서 사서 아직 읽지 않은 단행본을 발견했다. 절도 혐의를 받은 남성이 아내와 도주해 13년간 아시아, 유럽을 전전하다가 마지막에는 그리스에서 대인기 화가가 된다는 이야기다.

다카히코가 읽지도 않은 책의 개요를 알고 있는 것은 이게 실화이기 때문이다. 남자는 오랜 도주극에 마침표를 찍고 귀국해 체포되었다. 실형을 선고받았는데 그 화가가 출소했는지는 모르겠다.

전과라는 불명예는 있으나 다카히코는 남자가 부러웠다. 미대를 나오지 않아도, 공모 단체에 소속되지 않아도 인기 화가가 되었다. 그 강한 자유가 눈부셨다.

책을 들고 거실로 돌아가 앉아서 읽기 시작했다. 유미가 옆에 앉아 잡지 페이지를 넘긴다. 다카히코는 이런 조용한 시간이 좋

● 방 세 개에 주방 하나 구조

앉다. 말이 없어도 마음이 편해질 때까지 두 사람은 많은 시간을 함께 보냈다. 대화를 나누지 않아도, 서로 다른 책을 읽어도 수면 아래에서 서로 이어진 느낌이었다.

다카히코는 부엌 식탁에 유리잔을 두 개 놓고 시원한 보리차를 따라서 자리로 돌아왔다. 유미 앞에 컵 하나를 놓고, 다카히코는 자신의 보리차를 다 마신 뒤 작게 한숨을 쉬었다.

"어제 일 때문에 그래?"

남편 일이라면 유미는 다 꿰뚫어 본다. 다카히코는 고개를 끄덕이고 머릿속을 정리하면서 어젯밤 모임 이야기를 했다.

도내 고급 요릿집에 모인 사람은 아마치와 마쓰모토, 두 사람의 작품을 인수할 긴자의 거물 미술상, 잡일를 맡은 다카히코까지 네 명이었다.

안건은 두말할 것도 없이 선거 대책이다. 예상 득표수를 계산해 보니 시무라와 표 차이가 거의 나지 않았다. 좋게 보면 이쪽이 두 표, 나쁘게 보면 상대가 한 표 더 많다. 투표까지 이제 한 달 남아서 얼마나 '무당파'를 자기 진영으로 끌어오는가가 핵심이다.

대화 중에 아마치는 기타니 호린을 비판했다.

"게다가 그 여자 때문에 더 화가 나. 사람을 무시하고. 그렇지 않나, 노모토 군. 그 여자 너무 무례하지 않았나."

얼굴에 경련이 이는 것을 참고 다카히코는 고개를 끄덕였다. 아마치는 그 미지근한 반응에 혀를 찼지만, 다카히코는 알바비 봉투에 꼴랑 5천 엔밖에 없던 게 아직도 화가 났다. 그렇게 사람을 부려 먹더니, 정말 무례한 건 누구냐고 묻고 싶었다.

분위기를 잘 맞춰 주는 동기 시노하라는 이 자리에 없다. 그 이유는 마쓰모토에게는 비밀로 하고 오사카의 화랑 그룹전에 출품했다가 들켰기 때문이다. 교수의 역린을 건드린 시노하라는 지금 일이 없어서 반쯤 말라 죽고 있다. 이제 여덟 번째 '민전' 입선은 물거품이 됐다.

4시간의 담합에서 남자들이 말한 것은 선거, 화가와 화랑의 험담, 여자 문제뿐이다. 속물들의 연회를 마칠 때 미술상이 던진 말이 다카히코의 가슴에 찔렸다.

"노모토 씨, 결국 거장이라는 건 미술상에게 돈을 벌어 주는 사람이에요. 나는 좋은 그림이 뭔지는 몰라도 팔리는 그림이 뭔지는 압니다."

이 말에 자리가 후끈 달아오르고, 각자가 돌아갈 채비를 시작했다.

다카히코가 말을 마치자 유미는 "바보 같아."라며 읽고 있던 잡지를 덮어 버렸다. 부엌으로 향하는 그녀의 뒷모습을 보고 있으려니 자신에게 혐오감이 든다.

화가로서는 먹고살 수 없다. 그건 알고 있다. 특히 사실화는 작품 하나를 완성하는 데에 시간이 많이 걸려서, 영어 학원에서 강사로 일하는 유미의 벌이가 없으면 생활할 수 없다. 도쿄에서 살기에는 항상 수입이 빠듯해서 아이를 키우는 건 꿈조차 꿀 수 없다.

유미도 상황을 이해하기 때문에 아이 얘기는 꺼내지 않지만 다카히코가 그럴 마음이 든다면 기꺼이 찬성할 것이다. 그래서 가난하게 서른셋이 된 아내를 생각하면 미안하고 괴로웠다.

사실화 화가로서 살기 위해 아내에게 희생을 강요했다. 그런데도 만족스럽게 창작도 못하고, 그림을 팔지도 못해 묵혀 두고 있다.

다카히코는 이대로 제대로 된 그림 한 장도 못 그리고 죽는 게 아닐까 싶어 절망했다. 악몽을 꾸다가 잠에서 깨어, 어둠 속에서 날뛰는 심장을 진정시킬 때는 너무 한심해서 눈물을 흘렸다.

언제까지나 어리기만 한 자신이 싫었다.

"아, 맞다. 비디오 빌려 왔어."

유미는 역 앞 비디오 가게의 케이스를 들고 거실로 돌아왔다. 다카히코는 VHS 비디오테이프를 받아들고 제목의 글자를 눈으로 쫓았다.

"〈하라스가 있던 나날〉이라……. 무슨 영화야?"

"개 얘기래."

비디오 가게에서 비디오를 빌려 보는 영화 감상은 돈이 들지 않는 두 사람의 취미였다. 동물 영화를 자주 보는 것은 그냥 감동적인 작품이 많기 때문이지만 다카히코는 이 역시 아이가 없어서 그럴지도 모른다고 아내의 속마음을 헤아려 본다.

"과자 먹으면서 보자."

유미가 다시 부엌으로 가고, 다카히코가 비디오를 조작하는데 초인종이 울렸다.

"내가 나갈게."

다카히코는 유미를 제지하고 체인을 풀고 문을 열었다.

아파트의 좁은 복도에 마른 중년 남성이 서 있었다.

"아……."

"쉬는데 갑자기 찾아와서 죄송합니다. 일 때문에 근처까지 와서 인사라도 드리려고요."

기시 사쿠노스케는 간사이 사투리로 그렇게 말하고 케이크 상자를 내밀었다.

<h1 style="text-align:center">5</h1>

"이것 참 너무 뻔뻔해서……."

양복 차림의 사쿠노스케는 단정하게 방석에 정좌하고 앉았다.

"드릴 게 아무것도 없어서 죄송합니다."

유미가 선물 받은 케이크에 차를 준비하는 동안 다카히코는 반팔 셔츠로 갈아입고 거실로 돌아왔다.

사쿠노스케는 뭐가 좋을지 몰라 케이크를 여섯 개나 사 왔지만, 소비 기한 하루짜리 케이크는 두 사람이 먹기에는 너무 많았다. 그 결과 사쿠노스케는 자신이 사 온 케이크를 먹게 되었다.

"정말 케이크만 드리고 돌아갈 생각이었습니다."

"아니에요, 저희도 마침 한가해서 비디오라도 보려던 참이었어요. 맞지?"

유미가 모두 대답하고, 다카히코는 웃으며 끄덕일 뿐이었다. 이럴 때는 아내의 사교성이 참 고맙다.

"노모토 씨가 부럽군요. 이런 멋진 부인이 계셔서. 우리 집에서는 한눈팔면 밥에 독을 탈지도 모르거든요."

"네? 저도 독 타요."

"허 참, 대단한 부인이시군요! 몰라뵀습니다."

간사이 사투리를 쓰는 아저씨가 한 명 늘었을 뿐인데 조용한 집이 떠들썩해졌다.

사쿠노스케와는 반년 전에 열린 임대 화랑 개인전에서 만났다. 당시 사쿠노스케는 작품을 극찬했다. '리쓰카'는 업계에서 유명한 기획 화랑이라 명함을 받고 다카히코는 하늘을 날듯한 기분이었다. 그러나 마쓰모토 눈치를 보느라 작품을 맡기지도 못하고 이야기를 진전시키지 못했다.

그래도 사쿠노스케는 두 달 전, 다카히코가 일하는 학원에 와주었고, 돌아갈 때는 밥까지 샀다.

"전에 뵀을 때는 아마치 선생님의 선거전 이야기를 했는데 이제 코앞이네요."

그때는 시노하라가 거들어 줘서 편히 대화할 수 있었다. 설마 자신이 도움을 받을 줄은 몰랐다.

"실은 어제도 그 모임이 있어서……."

다카히코는 머뭇거리며 답답했던 가슴속을 털어놓았다. 실력만을 중시하는 사쿠노스케를 의지하는 마음이 있었다.

"듣자 하니 아마치 선생님은 교토에서 무릎까지 꿇으셨다지요."

사쿠노스케의 빠른 소식에 놀라 다카히코는 눈이 휘둥그레졌다. 아직 일주일 정도밖에 안 지났다. 그 자리에는 다카히코를 포함해 다섯 명밖에 없었다. 벌써 소문이 돌고 있다. 온갖 도깨비들이 날뛰는 미술계의 한쪽 끝을 엿본 기분이 들었다.

어느새 다카히코는 봇물 터지듯 자신의 마음을 쏟아 내고 있었다. 오늘은 술에 취하지도 않았는데 작품에 돈이 연동되는 풍조에 대해 분노를 내뿜었다.

"주변은 정치에만 혈안이 되어, 저는 지금 예술과 동떨어진 곳에서 발버둥 치고 있습니다. 돈이 없으면 악순환이 반복될 뿐이라 저 같은 약자는 이 개미지옥에서 빠져나갈 수가 없네요."

열 살 많은 사쿠노스케는 어른의 여유를 보이며, 화가의 고민을 스펀지처럼 흡수해 줬다.

지나치게 흥분해서 옆에 있는 유미가 걱정할 정도였다. 이야기를 마친 후에 아이스티를 마신 다카히코는 흥분한 나머지 현기증까지 났다.

"노모토 씨, 아니 다카히코 씨라고 불러도 되겠지요. 이 업계에서 오래된 나는 다카히코 씨의 그 마음을 정말 잘 이해합니다. 그래서 한 가지 단언하겠습니다. 화가는 미술상을 먹여 살리기 위한 존재가 아닙니다. 미술상입네 하면서 좋은 그림도 못 알아보고, 알려고 하지도 않는 남자가 하는 말 따위 마음에 담아 두지 않아도 됩니다."

사쿠노스케의 말은 황폐해진 마음에 따뜻하게 스며들었다. 항상 고독했던 다카히코는 비로소 미술 세계에서 마음이 통하는 사람을 만난 심정이었다.

"여기저기서 돈을 끌어와서 '민전'에서 앞으로 여덟 번 입선해도 겨우 모임 동료입니다. 회원이 되려면 특선을 두 번 받아야 하죠. 특선이면 준비할 돈이 더 많아져요. 심사위원을 세 번 하면 평의

원, 장관상을 받고 그 다음에는 예술원상, 그래서 겨우 예술원 회원 후보가 됩니다. 그것도 자리가 나기를 기다려야 하고. 그때는 다카히코 씨가 몇 살일까요? 적어도 저는 죽었을 겁니다."

사쿠노스케의 농담에 유미가 깔깔대고 웃었다.

"장례식에는 꼭 와 주세요."

"갈게요. 다카 짱이 아마치 선생님에게 받은 알바비가 있으니 부의금은 걱정 마세요."

"그럼 편히 눈을 감지도 못하겠군요. 그건 그렇고 무슨 관습이라는 핑계로 이해할 수 없는 돈을 뿌릴 필요가 없어요. 그거야말로 내 부의금으로 남겨 두세요."

사쿠노스케의 화술에는 절묘한 완급이 있고 그 편안함에 속내를 털어놓게 되는 매력이 있었다.

"인간이란 멈춰 서거나 쉽게 걸음을 돌이킬 수 있는 존재가 아니에요. 그렇게 하면 지금까지의 자신을 전부 부정하는 것 같거든요. 예를 들어 교수에게 바친 시간과 노력, 입선하기 위해 쓴 돈 같은 걸 생각하면 도저히 멈출 수가 없죠. 여기에서 그만두면 지금까지 한 고생이 전부 물거품이 될 테니까. 그래서 계속 가는 거예요. 어차피 얻으려 하는 건 지위이지 진리가 아니니까."

진리라는 말에 다카히코는 퍼뜩 정신이 들었다. 지금까지 추구해 온 사실화 화가의 진수. 아직 아무것도 보이지 않는다.

"화가의 시간은 그림을 그리기 위한 거예요. '민전' 수첩에 올라와 있는 간부 회원 명부에 가족 구성원이나 선물 정보를 적어 넣기 위한 게 아니라요."

태연하게 무릎을 꿇은 아마치 부부의 잔상이 다카히코의 뇌리를 스쳤다. 그게 장래의 자신이라고 생각하니 소름이 끼친다.

"자, 너무 오래 있으면 방해가 될 테니 그만 가 보겠습니다. 다카히코 씨, 당신은 절대 약자가 아니에요. 제대로 된 그림을 그릴 수 있는 화가만큼 강한 건 없어요. 다빈치가 말한 것처럼 예술에 완성은 없어요. 그래도 마지막 날에 누군가를 원망하며 죽을지, 앞을 향해 쓰러질지는 선택할 수는 있겠죠."

다카히코도 다빈치의 그 말이 좋았다. "예술에 완성은 없다. 포기할 뿐이다." ……자신이 걸어온 길은 평생이 걸려도 끝에 도달할 수 없다. 쓸데없는 일에 정신이 팔릴 때가 아니다.

"다음에 아내분과 함께 우리 화랑에 와 주세요. 괜찮으면 밥이라도 같이 합시다. 나는 다카히코 씨의 재능을 믿습니다. 저 역시 신뢰받을 수 있도록 노력하겠습니다."

사쿠노스케가 가방에서 서점 이름이 찍힌 작은 종이봉투를 꺼냈다.

"이거 선물입니다. 시간 있을 때 보세요."

사쿠노스케는 역까지 배웅하겠다는 다카히코의 제안을 거절하고 아파트 계단을 내려갔다.

현관문을 닫은 다카히코는 서점 이름이 찍힌 종이봉투의 테이프를 뜯었다. 안에는 문고본 한 권이 들어 있었다.

"아, 서머싯 몸이다."

옆에 있던 유미가 책 표지를 들여다보고 말했다. 읽어 본 적이 있다고 한다.

"영국의 아주 유명한 작가야. 이 작품은 전 세계에서 읽혀."

다카히코는 그냥 《달과 6펜스》 표지를 쓰다듬었다. 사쿠노스케는 왜 이 책을 자신에게 준 것일까.

"이거 무슨 이야기야?"

유미는 쇼트케이크의 딸기를 포크로 찌르며 고민하는 표정이었다.

"그러네…… . 천재 화가가 파멸하는 이야기려나."

"파멸이라…… ."

"그래도 행복해 보였어."

유미의 모순된 감상에 다카히코는 고개를 내젓고 웃었다.

과연 이 세계에 행복한 파멸이라는 것이 있을까.

"누군가를 원망하며 죽을지, 앞을 향해 쓰러질지." ……사쿠노스케의 말이 떠오르자, 다카히코는 지금의 자신이 전자라면 이미 파멸한 것과 다름없지 않나, 라고 생각했다.

화가로서 어떻게 살 것인가. 다카히코는 문고본의 첫 페이지를 펼쳤다.

제8장

—

도망

1

"내빼는 거냐?"

마쓰모토의 얼굴이 순식간에 분노의 빛으로 물들었다.

예상은 했지만 다카히코는 두려움에 몸이 굳었다. 마쓰모토가 손에 들고 있는 까렌다쉬 볼펜이 언제 날아올지 모른다. 심장이 미칠 듯이 빠르게 뛰고 있다.

선거전으로 숨 막히게 더운 여름이 지나가고 어느새 밤벌레 소리도 쓸쓸한 10월 말이 되었다.

15분 전에 교수실을 찾아갔을 때 워드프로세서로 원고를 쓰고 있던 마쓰모토는 기분이 좋아 보였다.

"이 화단이라는 게 말일세 노모토, 평생 현직으로 일할 수 있는 시스템일지도 몰라. 일흔하나의 아마치 선생님이 좋아하시는 걸

보게. 열일곱의 청춘이야."

결원 한 자리를 둘러싼 '국립예술원' 제1부 '미술'의 회원 선거는 2위인 시무라에게 다섯 표 차이로 아마치가 이겼다. 아마치가 또 위상을 한 단계 올렸다는 것은 '민전'에서 마쓰모토의 지위도 함께 올라간다는 말이다.

일흔 살의 남자가 열일곱 살처럼 보인다면 54년 치의 인간적 성장이 어딘가에서 멈춰 버린 게 아니겠느냐고 다카히코는 속으로 신랄하게 비판했다.

한편 교토에서 만난 일본화 화가 기타니 호린처럼 실력 하나로 올라온 사람도 있다. 그저 그림이 좋아서 미대에 들어갔을 뿐인데 어느새 속물의 길을 걷고 있었다. 지금까지 살아온 인생에서 자신이 뭘 그렇게 잘못했다고 이러는 걸까.

"개인전은 어때? 잘되고 있나?"

마쓰모토는 책상 앞에 앉아 근처에 있는 허름한 나무 의자를 다카히코에게 권했다.

개인전 준비를 하고는 있다. 그러나 마쓰모토가 말한 임대 화랑은 아니다.

사쿠노스케가 집으로 찾아온 9월의 어느 밤, 다카히코는 흥분해서 쉽게 잠들지 못했다. 대학에 들어온 뒤 갈피를 잡을 수 없던 시야에 이정표처럼 빛이 비쳤기 때문이다. 사쿠노스케에게 받은 서머싯 몸의 《달과 6펜스》를 읽고 안개가 맑게 걷혔다.

영국에서 증권 중개인을 하던 찰스 스트릭랜드는 마흔 살에 아내와 일을 내던지고 파리로 떠났다. 주인공 작가는 그를 찾아 달라는 아내의 의뢰를 받고, 스트릭랜드를 찾아내 설득했다. 그러나 스트릭랜드는 집으로 돌아가기를 완강히 거부했다.

금융인이었던 그는 예술의 거리에서 오로지 그림만 그렸다. 임시직이나 사람들의 자선을 받아 겨우겨우 생활을 꾸려 가며 살다가 마침내 천재적인 화가로서 각성한다…….

아무리 사람들에게 미움과 비웃음을 받아도 붓을 놓지 않은 스트릭랜드에게 소설 속 주인공이 매료되고, 독자인 다카히코는 반해 버렸다. 세상이 요구하는 선악의 기준은 그것이 맹목적이면 맹목적일수록 진리와는 점점 멀어진다. 15센티미터 자로 산의 높이를 재는 것과 같다.

물론 다카히코는 스트릭랜드처럼 파멸적으로 살 수 없다. 그러나 깨닫는 것은 있었다.

예술이란 결국 자신의 문제이다. 자신의 깊은 내부에 있는 것을 꺼내야 하는데, 자신을 보지 않고 어떻게 할 것인가. 아마치나 마쓰모토가 중시하는 인간관계나 관습, 명예는 그 외부에 있는 것이다.

밖은 잘 보이지만 안은 보기 힘들다. 그래서 그 제로와 같은 존재에 가치가 있다.

지금까지 허상이 만들어 낸 두려움과 불안이 옅어지자 자연히 무엇을 해야 할지 그 행동이 눈에 들어 왔다.

"'민전'에 출품하지 않겠습니다."

시간이 멈춘 것처럼 마쓰모토의 얼굴에서 표정이 사라졌다. 재미없는 소설이라도 들은 듯 가볍게 콧방귀를 뀌었다.

"무슨 말이야? 마감을 못 맞춘다는 건가?"

"아니요. 앞으로 작품을 내지 않겠다는 말입니다."

"이봐…… 이봐, 노모토. 우선 모임에 들어와. 똥폼 잡지 말고. 괜찮아. 자네 정도면 입선할 수 있어. 특선도 제대로 정성을 다하면 문제없어."

알고 있던 일이지만 마쓰모토는 '단속'밖에 말하지 않는다. 작품 자체는 보지도 않는다.

마쓰모토의 건너편에 있는 이젤에는 50호 정도의 캔버스가 놓여 있다. 초원에 흰 원피스를 입은 여성이 서 있다. 하늘에 떠 있는 초승달이 치열이 고른 인간의 입 모양 같다.

무엇을 말하고 싶은지 전혀 이해되지 않는 구상화. 다만 진부한 그림이라는 것만은 알겠다.

물감과 붓을 깔끔히 수납할 수 있는 나무 상자는 그럴듯하지만 사용하기에는 불편해 보여서 얼마나 남들 이목을 의식하는지 그대로 전해진다. 서가에 넘쳐 나는 기술서와 화집도 거의 손도 대지 않았을 것이다.

"이미 결정했습니다."

"뭘 네 멋대로 정해. 지금 정말 위험한 말을 하고 있어. 지금까지의 노력이 전부 허사가 될 말을."

점점 목소리가 커졌다. 그동안 다카히코는 이런 위협에 굴복해 왔다.

마쓰모토는 다리를 꼬고 말했다. "내빼는 거냐?"라고. 십수 년을 두려워했던 남자의 얼굴이 분노로 일그러져 간다. 다카히코는 강한 압박을 느꼈지만 스트릭랜드처럼 불굴의 의지로 버텨 냈다.

"달아나는 게 아니라 앞으로 나가고 싶은 겁니다."

"닥쳐! 억지 쓰지 마!"

복도가 쥐 죽은 듯 조용해진 이유는 교수실에서 들리는 노성 탓이다. 다카히코는 등을 똑바로 펴고 폭풍이 지나가기를 기다렸다. 등을 굽히면 꺾일 것 같았다.

"노모토, 나를 버리는 건 화가를 그만두겠다는 말이야. 화가의 왕도를 벗어나서 먹고살 만큼 만만한 세계가 아니라고. 학원 강사만 해도 그래. 그건 도토게이비대학 거야. 즉, 무직이야. 작품을 발표할 곳도 없고, 정기적인 수입도 없어. 이래서 어떻게 살려고 그러지?"

마쓰모토가 다카히코의 퇴로를 하나씩 끊는다. 어떻게 살지 생각하면 두려워진다. 어제 학원 강사, 마타요시 게이에게도 들은 말이다. "돌이킬 수 없어."라고. 그러나 다카히코는 웃으며 대답했다. "앞으로 나갈 거야⋯⋯."

"화랑이 붙었군. 뭐래? 재능이 있대? 그림이 비싸게 팔릴 거래? 그런 새빨간 거짓말에 놀아나지 마. 무슨 일에든 말단은 있어. 조금만 더 버티면 되지 않나."

마쓰모토의 얼굴에는 다시 방심할 수 없는 미소가 걸려 있었다. 다카히코는 의외였다. 이렇게까지 말릴 줄 예상하지 못했기 때문이다.

마쓰모토에게서 사람이 떨어져 나갈지도 모른다⋯⋯. 동기인 시노하라도 스스로 거리를 뒀을 수도 있다. 아마치-마쓰모토 라인은 남들이 인정할 정도의 단단한 동아줄이 아닌가.

"특선 두 번이면 집을 지을 수 있어. 다음에 우리 집에 놀러 오게."

원래 다카히코는 타협하거나 두 가지 일을 병행하지 못한다. 그림을 그리는 것밖에 재능이 없고 유미 외의 여성과는 대화조차 하기 힘들다.

오가와라 겐코의 그 대단한 파티, 아마치 노부유키의 보여 주기식 무릎 꿇기, 마쓰모토 도요히로의 가식으로 가득한 방. 전부 지긋지긋했다.

누군가의 앞에서 의미도 없이 무릎 꿇으며 살고 싶지 않다.

굴레를 전부 끊고 싶다는 의지는 화를 냈다가 어르고 달래는 마쓰모토의 태도를 보고 더욱 단단해졌다.

다카히코는 의자에서 일어나 십수 년의 매듭을 지으려 깊이 머리를 숙였다.

"지금까지 감사했습니다."

돌아선 등에 격분한 시선이 쏟아진다.

"은혜를 원수로 갚을 참이냐!"

다카히코는 아무 대답도 하지 않고 등 뒤로 문을 닫았다. 후련하다. 설령 나무판 한 장의 벽이라도 인생의 '이전과 이후'를 가르는 분명한 경계선이었다.

학생들의 호기심 어린 시선을 받으며 복도를 걸어간 다카히코는 이제야 대학을 졸업했다고 실감했다.

2

 그냥 내버려두면 계속 그림만 그릴 거라고 가끔 생각한다.

 생활 속의 변화는 거의 아내가 계기가 된다. 식사에서 외출까지, 다카히코는 유미의 목소리에 붓을 내려놓는다. 특히 한 해에 두 번 정도의 짬 내 나는 여행은 전부 그녀에게 맡겼다.

 이번에 그리고 있는 그림은 둘이 산 중턱에 있는 료칸에 갔을 때 본 경치다. 추운 계절에 유미와 나란히 산 아래의 마을을 내려다봤다.

 해 질 녘, 고목 너머로 보이는 마른 논과 밭. 그리고 낮과 밤이 교차하는 하늘에는 오렌지빛, 보랏빛, 남빛이 한데 뒤섞여 허무한 아름다움을 자아내고 있었다. 시시각각 정취가 달라지는 하늘을 배경으로 부러질 듯한 섬세한 초승달이 떠 있다. 밭 근처에 뚝뚝 떨어진 민가에서 따뜻한 색 불이 켜지고 오늘 하루가 끝에 가까워진다.

 아름다운 하늘과 조용한 시골 마을이 자아내는 애절함. 도쿄에서 태어나고 자랐음에도 자연을 보면 귀소 본능이 자극되는 이 감각은 어디에서 오는 걸까.

 그때 찍은 사진을 옆에 두고 캔버스에 물감을 덧칠해 나가는데, 저녁노을의 그러데이션은 참으로 어려운 숙제였다. 의자에서 일어나 조금 떨어져서 전체를 바라본다. 한 걸음만 더 가면 완성인데 전혀 납득할 수 없다.

 이젤 옆 작업대의 메모가 눈에 들어왔다.

'불가능하기 때문에 믿을 수 있다.'

괴테의 격언을 한 줄 휘갈긴 것이다. 다카히코는 말을 소중히 하는 화가였다. 책장에 철학서가 많은 것도 본질을 알고 싶다는 욕구의 표출이다.

완벽한 작품을 목표로 하면 좌절한다. 창작은 그 반복이다. 그러나 그 불가능은 맞다. 그렇기 때문에 지금의 자신을 믿을 수 있다. 어떻게 그림으로 그려 낼지 먼 길에서 헤매는 일은 있어도 목적지 그 자체는 틀리지 않는다.

다시 캔버스 앞에 앉을 때 문득 '돌아갈 수 있다면'이라는 말이 떠올랐다. 조금 전 기억한 귀소본능과 같은 감각은 장소가 아니라 자신의 과거로 가는 여정이 아닐까.

그렇게 생각하고 다시 캔버스와 마주해 보니 상당히 막연한 작품으로 비친다. 어떻게 해야 그때 느낀 애절함을 표현할 수 있을까……

전화가 울려서 다카히코는 손에 쥔 그림 붓을 내려놓았다. 부엌에서 유미의 목소리가 들려왔다.

"다카 짱, 기시 씨 전화."

전화를 받으니 바로 사쿠노스케의 통통 튀는 목소리가 들려왔다.

"다카히코 씨, 좋은 소식입니다. 내년 여름에 '후쿠에이'에서 개인전을 할 수 있을 것 같습니다!"

"정말입니까?"

다카히코는 전화기에 대고 몇 번이고 머리를 숙이며 감사하다고 말했다.

'후쿠에이'라면 일류 백화점이다. 아무 경력도 없는 자신이 갑자기 개인전이라니, 생각도 못 했다. 순수하게 작품으로 평가받았고, 사쿠노스케가 애쓴 노고가 전해져 다카히코는 가슴이 벅차올랐다. 바로 한 달 전까지만 해도 마쓰모토가 벽이 되어 돌아봐 주지도 않았다.

"아틀리에 건도 곧 정해질 것 같으니 또 상담하죠."

"하나부터 열까지 정말 죄송합니다⋯⋯."

"걸작을 받을 건데 이 정도는 해야죠."

"그런 압박 주지 마세요."

사쿠노스케는 '창작에 방해가 된다'며 용건만 전하고 전화를 끊었다.

저렴하고 사용하기 편한 아틀리에를 찾아 준 것이 제일 고마웠다. 이제 학원 아틀리에는 사용할 수 없다.

마쓰모토에게 결별을 선언한 다음 날, 다카히코는 일하던 학원 원장에게 불려 갔다.

"이런 말씀을 드리게 되어서 정말⋯⋯."

연내에 그만둬 달라는 말이었다. 원래 마쓰모토가 소개한 일자리라 예상은 했지만 바로 다음 날에 해고 통지라는 재빠른 일 처리는 참 어이없었다.

한편 다카히코도 마쓰모토와 모든 연결 고리를 끊을 작정이었다. 담당한 학생이 걱정되었지만, 강사직을 구하는 우수한 화가는 얼마든지 있다.

다카히코가 "그럼 오늘까지만 하겠습니다."라고 대답하자 사정을 빤히 아는 원장은 안쓰러워하며 몰래 퇴직금을 건네줬다.

그날 휴무였던 마타요시에게 전화를 걸어 학생들을 잘 봐 달라고 부탁하자 그는 "마쓰모토 선생님은 도가 지나쳐! 예술을 모독하는 거야!"라고 분통을 터트리고, 마지막에는 "노모토, 썩으면 안 돼. 네 재능은 내가 보증해."라고 격려해 주었다.

대학 졸업 후 괴로운 일이 더 많았지만 동지인 마타요시와 대화를 나눈 시간은 마음에 큰 의지가 되었다.

"무슨 좋은 일 있어?"

영어 교재를 한 손에 들고 유미가 못 참겠다는 듯한 모습으로 물었다. 개인전이 결정될 것 같다고 알려 주자 그녀는 그 자리에서 펄쩍펄쩍 뛰며 기뻐했다.

"와, 잘 됐다! '후쿠에이'에서 개인전이라니 대단하잖아! 다카짱, 화가 같아."

"아니 일단은 화가인데."

"드디어 결실을 봤어……."

유미의 절절한 말투가 가슴에 울렸다. 어릴 적 친구, 연인, 부부로 나이가 들며 관계가 깊어졌기 때문에 진심으로 기쁨을 나눌 수 있다. 다카히코의 행복은 유미의 행복이고 반대도 마찬가지다.

"사쿠노스케 씨, 천사 아냐?"

유미가 그렇게 말해서 다카히코는 머릿속으로 양복을 입은 미술상에게 원형 고리와 날개를 달아 봤는데 왠지 변태 같아져서 중간에 그만뒀다. 그러나 확실히 사쿠노스케는 복을 부르는 신일지도 몰랐다.

아마치-마쓰모토라는 새장에서 풀려나 다카히코의 기력은 꽉 채워졌다. 이제 전람회의 뇌물, 티켓 할당, 기타 잡무는 신경 쓰지 않아도 된다. 그림을 그리는 일에만 집중할 수 있는, 창작에 몰두하는 행복.

생활비도 당분간은 어떻게 될 것 같다. 사쿠노스케가 소개해 준 한 기업가의 초상화 작업으로 거액의 보수를 받을 수 있었다. 자주 회사를 드나들며 거북하긴 했으나 완성도에 만족한 사장이 그림값을 더 얹어 주었다. 학원 원장에게 받은 퇴직금도 있다.

다카히코는 캔버스 앞으로 이동해 '돌아갈 수 있다면'이라는 어감에서 오는 애절함을 가슴 안에서 더 깊이 파고들었다. 터널에 빛이 비치기 시작한 기분이었다.

지금까지는 마쓰모토가 그림 판매를 금지해서 미완성 작품이 많았다. 그러나 개인전에 낸다는 것은 자신의 작품을 떠나 보내는 것을 의미한다. 앞으로는 그림 한 점 한 점에 사인을 넣어야 한다.

가능하다면 작품을 계속 손보고 싶다. 그러나 '예술에 완성은 없다'. 어딘가에서 선을 그을 필요가 있다.

초인종이 울렸다.

옆 방에서 "내가 나갈게."라는 유미의 목소리가 들려서 다카히코는 작게 대답했다. 머릿속으로 그림의 초점을 계속 바꿔 나간다.

"다카 짱……."

평소와 다른 아내의 긴장한 목소리에 놀라서 뒤를 돌아봤다. 유미의 뒤에 있는 남자를 보고 다카히코는 말문이 막혔다.

"여어, 열심히 하고 있냐."

턱수염이 지저분한 남자가 불쑥 작업장에 들어왔다. 캔버스를 보고 "좋네."라고 건성으로 칭찬했다.

마사히코 형을 보는 것은 5년 만이었다.

마사히코가 처음 경찰에 체포된 것은 고등학교 3학년, 다카히코가 중학교 3학년인 가을이었다.

나쁜 일은 예고도 없이 어느 날 갑자기 들이닥쳤다. 굳이 전조를 따져 보자면 제4차 중동전쟁으로 유언비어가 돌더니, 화장지와 세제가 상품 진열대에서 흔적도 없이 사라진 사회 혼란을 꼽을 수 있다.

휴일이 되면 다카히코는 도쿄 도내의 슈퍼나 백화점, 상점가를 돌아다니며 동이 난 설탕이나 소금을 조달했다. 그런 불안한 나날의 한 페이지에 노모토가를 뒤흔드는 소동이 일어났다.

저녁에 다카히코가 중학교에서 돌아와 보니 가게 유리문 안쪽에 색 바랜 커튼이 쳐져 있었다. 분명히 영업시간인데 가게를 닫았다. 심상찮음을 깨닫고 안으로 들어가니 조명이 꺼져 있었다. 점포에 협소하게 놓여 있는 상품 진열장이나 수조, 양동이도, 큰 가마도 왠지 가라앉아 보인다.

아버지는 안쪽 거실에서 책상다리로 앉아 있었다. 고개를 숙인 아버지에게 다카히코가 무슨 일이냐고 묻자, 대답 대신 가게를 보라는 말이 돌아왔다.

"지금 경찰서에 가니까 네 엄마가 집에 오면 같이 와."

"경찰이라니 무슨……."

"마사히코가 체포됐어."

다카히코는 놀라서 아버지 앞에 털썩 주저앉았다. 가족 중에 범죄자가 나와서 큰 충격을 받았고 그와 동시에 '역시' 이럴 줄 알았다고 생각했다.

"형이 무슨 짓을 했어요?"

"몰라. 자세한 건 경찰서에서 들어."

아버지를 배웅하고, 다카히코는 이대로 두부 가게를 해 나갈 수 있을지 불안해졌다. 이사를 가야 할 것 같다고 비관했다. 평소 이웃과의 교류를 생각하면 창피해서 밖을 돌아다닐 수도 없다.

남동생인 자신은 어떻게 되는 걸까. 가게를 접는다면 대학은커녕 고등학교 진학도 힘들어진다. 그러나 다카히코가 가장 마음에 걸린 것은 유미였다. 이 사건 때문에 두 사람 사이에 틈이 벌어질지도 모른다. 설령 유미가 괜찮다고 말해 줘도 유미의 부모님은 그렇게 생각하지는 않을 것이다.

가게 유리문이 열리는 소리가 나서 커튼을 조금 제쳤다. "실례합니다." 이 말과 함께 유미가 들어왔다.

다카히코는 몹시 초조했다. 자신의 하소연을 들어 주면 좋겠지만, 제일 마주치고 싶지 않은 상대이기도 했다.

"가게 문 닫았어? 아저씨 어디 편찮으셔?"

숨길 수 없다고 판단한 다카히코는 유미를 거실로 안내하고, 마실 차도 내지 않고 사정을 설명했다.

마사히코가 체포되었다고 듣자, 유미는 손으로 입을 막고 말이 없었다. 그녀에게도 마사히코는 소꿉친구이자 친한 사이였다.

"아직 아무것도 모르니까 우선 사실인지 확인부터 해야지."

유미는 격려하듯 말했지만 그녀도 마사히코가 위태위태한 것을 알고 있었다. 마사히코가 제대로 학교도 가지 않고 파친코 가게나 술집에 있는 것을 이웃이 몇 번이나 목격했다.

갑작스러운 불행이지만 유미가 의연한 태도를 보여서 다카히코 는 일단 마음을 가라앉힐 수 있었다.

얼마 지나지 않아 돌아온 어머니에게 형의 체포 소식을 말하자, 어머니는 예상과 달리 "어느 경찰서야?"라고 똑똑히 다카히코에 게 물었다. 힘없이 고개를 숙이고 있던 아버지와 대조적으로 어머 니는 평소의 온화한 모습이 거짓말처럼 신속히 전투태세로 바뀌 었다.

"유미야, 모처럼 와 줬는데 차도 못 줬구나, 미안하다."

그렇게 사과했지만 어머니는 정신이 다른 데에 가 있는 것처럼 미간을 찌푸렸다.

다카히코는 어머니와 함께 택시를 잡아타고 형이 유치된 경찰 서로 향했다.

마사히코는 중고등학교 동창생 오자키 야스오와 지역 선배를 합쳐 총 네 명이 처음 보는 초등학교 6학년 소년을 공갈한 혐의로 체포되었다. 다카히코는 오자키를 본 적이 있다. 몇 번인가 집에 놀러 왔었다.

고등학생인데도 체포된 이유는 범행이 단순한 공갈 협박이 아 니라 선배의 빌라에서 초등학생을 3시간이나 감금했기 때문이다. 이들의 얼굴을 소년이 봤기 때문에 부모에게 말하지 않도록 강하게 협박한 뒤, 집에서 돈을 가져오라고 시킬 생각이었다고 한다.

피해자인 치과 의사 아들이 학원비를 갖고 있다는 것을 알아차린 오자키가 그 돈을 뺏고 선배의 빌라에 끌고 간 것이다.

어머니가 의뢰한 중견 변호사가 "초범에 종범이고 반성하고 있다."라고 강조한 덕분에 마사히코는 다음 날 가정법원을 나와서 집으로 돌아올 수 있었다.

초등학생을 상대로 한 너무 한심한 사건. 아버지는 집에 돌아오자마자 마사히코를 때려눕혔다. 죽도로 계속 때리는 아버지도 "그만해요."라고 사이에 끼어드는 어머니도 함께 울었다. 비참한 눈물이었다.

그 후 변호사가 피해자와 잘 합의하고 마사히코에게 가정법원 판사와의 면접을 연습시킨 결과 소년 심판으로 불처분결정을 받았다.

이틀 후 다카히코는 형과 둘이 시노바즈노이케 연못에 갔다. 연못가에 서자 마사히코가 담배를 권하길래 다카히코는 거절했다.

"형제끼리 뭐 이렇게 다르냐."

마사히코는 쓴웃음을 짓고 연기를 뿜었다. 그대로 말없이 손으로 노를 젓는 허름한 보트가 떠 있는 연못을 바라봤다.

다카히코가 맞은편 기슭의 벤텐도*를 멍하니 보고 있는데 마사히코가 "야, 유미 나한테 줘."라고 장난치며 말했다.

"죽어도 싫어."

● 덴카이 대승정이 시노바즈노이케 연못에 섬을 만들고 거기에 건립한 불교 사원

남동생의 단호한 거절에 형은 "좋겠다, 너는."이라고 중얼거리고 집으로 돌아왔다.

사건 후 마사히코는 고등학교에 다니게 되고 지역 주택 회사에 취직 내정을 받자 가족들은 겨우 한숨 돌릴 수 있었다. 폭풍이 지나가고 다시 도쿄의 흔한 가족으로 돌아왔다. 노모토가의 사람들은 모두 그렇게 생각했다. 단 한 사람을 제외하고.

고등학교를 졸업한 다음 날 아침, 마사히코는 자취를 감췄다.

마주 본 형제의 분위기를 읽고 차를 내온 유미가 두 사람의 한가운데에 똑바로 앉았다.

"오랜만이네."

부수수한 머리카락을 쓸어 올린 마사히코가 "아직 팔팔하구만." 하고 웃었다. 소식을 끊은 5년 동안 여전히 한심하게 살았다는 것이 전해지는, 망가진 분위기였다.

"이제 안 올 줄 알았는데."

남동생의 차가운 한마디에 마사히코는 "워워."라고 진정시키듯 두 손을 앞으로 내밀었다.

"못난 형이란 건 잘 알아."

"보시다시피 돈 될 건 없어."

다카히코가 까칠하게 굴어도 유미가 가만히 지켜보는 데에는 이유가 있다.

5년 전 아버지가 병으로 갑자기 돌아가셨을 때 마사히코에게 알리려고 해도 연락처를 알 수 없었다. 아버지는 방랑하는 장남을 끝까지 걱정했지만, 정작 아들은 장례식에 얼굴을 비추지 않았다.

돌아가시기 1년 전, 다카히코가 유미와 결혼한 것이 그나마 위안이 되었다. 아버지를 비롯해 양가 부모님이 유달리 기뻐하시며 각자의 집에서 낸 돈으로 다카히코와 유미는 하와이로 신혼여행을 갔다.

아버지로서는 직업이 불안정하긴 해도 차남이 가정을 꾸리자 장남이 더 걱정되었을지도 모른다. 가끔 다카히코의 빌라에 전화해서 마사히코에게 연락이 없는지 물었다.

형에게 진심으로 정이 떨어진 것은 그 이후다. 장례식이 끝나고 두 달 후, 마사히코가 갑자기 돌아왔다. 어디에서 들었는지 아버지의 죽음을 알고 있는 모양이었는데 그렇다고 주눅이 들지도 않았다.

"나한테 뭐 할 말 없어?"

이 말을 듣고 다카히코와 어머니는 돈 이야기라고 깨달았다.

"없어."

다카히코가 대답하자 마사히코는 "너는 뭐 받았어? 유품이나 뭐 그런 거."라고 눈을 치뜨고 동생을 흘겨보았다.

어머니도 다카히코도 온화한 성격이기는 했지만 마사히코와 말을 섞고 싶지 않아 대답하지 않았다. 그렇게 민폐를 끼쳐 놓고 여전히 골수까지 쪽쪽 빨아먹을 생각인가.

고등학교를 졸업하고 6년 뒤, 마사히코는 다시 경찰에 붙잡혔다. 친구와 함께 심야에 보석 가게에 침입하여 몇 개의 진열장을 깨부수고 4백만 엔 상당의 귀금속을 훔친 절도 사건이었다. 이때도 동창인 오자키가 공범이었다.

피해 보상과 변호사 비용 등 부모가 저축을 깨서 신원을 맡기로 하고 겨우 집행유예 선고를 받았다. 당시 스물네 살의 마사히코는 본가에 살며 한동안 가업을 도왔으나 "동네에 있기 괴롭다."라고 불평을 늘어놓더니 반년 정도 지나자 말없이 집을 나갔다.

그 후로 아버지가 돌아가실 때까지 7년간, 한 번도 모습을 보이지 않고 드디어 돌아왔나 싶었더니 돈을 뜯어 갔다. 본가에서 냉대받은 마사히코는 다음 날 새벽에 집을 나갔는데 아버지의 유품인 손목시계가 없어졌다.

그런 형이 갑자기 집에 들이닥쳤다. 경계하지 않을 리가 없다.

"그거, 재미있어?"

마사히코가 텔레비전을 향해 턱을 까딱거렸다.

비디오테이프가 밖으로 나와 있었다. 9월에 봤던 〈하라스가 있던 나날〉이다. 유미가 좋아해서 한 번 더 빌려 왔다.

다카히코는 그 말에는 대답하지 않고 작게 한숨을 쉬었다.

"너네는 애 안 낳냐?"

마사히코는 후루룩 소리를 내며 차를 마시고 무신경한 한마디를 던졌다. 무시당해도 신경도 안 쓰이나 보다. 친절한 유미마저 쓴웃음을 짓는 게 고작이었다. 아이에 관해서는 아내에게 양보를 강요한 다카히코로서도 언급하고 싶지 않은 화제다.

"유미는 애 좋아했잖아?"

"그냥……."

유미는 다카히코에게 눈짓을 했다. 다카히코는 헛기침한 뒤 형의 눈을 똑바로 보고 말했다.

"이제 곧 개인전이야. 미안하지만⋯⋯."

"야, 오래 안 있어. 나도 내 입장 정도는 알거든. 그래도 부탁 하나만 하자."

"돈 없어."

"돈 달라는 거 아니야. 지금 친구 부부가 싸우는 중인데 애가 딱하게 됐거든."

"애?"

"그래. 아직 네 살짜리 남자애. 애 좀 잠깐만 봐 줄래?"

예상치 못한 제안에 다카히코는 인상을 찌푸렸다. 이야기가 너무 갑작스럽다.

"그 애의 할머니와 할아버지는? 친척 정도는 있지 않아?"

유미의 의문은 당연하다. 다카히코도 친구의 남동생 부부는 너무 거리가 멀다고 생각했다.

"아니, 그 부부가 소위 불효자라, 내가 할 말은 아니지만, 고립되어 있어. 어떻게 사흘만 봐 줄래? 나도 나이 들었나 봐. 너무 불쌍해서 그래."

보통의 형이라면 아무 말 없이 받아들였을 것이다. 그러나 마사히코는 전혀 믿을 수 없었다.

"아니, 실컷 가족에게 못된 짓만 해 놓고 이제 와서 갑자기 남의 집 애를 보라니, 너무 뻔뻔하지 않아?"

"미안하다. 나도 이런 걸 부탁할 사이가 아닌 건 잘 알아. 그래도 그런 아수라장에 아이를 내버려둘 수도 없어서."

"형이 직접 보면 되잖아."

"아니, 지금 부동산 일을 하는데, 이동이 많아. 애를 데리고 다니면 일을 할 수도 없고."

부동산이라는 말에 땅 투기나 브로커라고 짐작한 다카히코는 얽히기 싫어서 자세히 듣지도 않았다. 더러운 면바지에 얇은 나일론 점퍼를 입은 걸 보면 대단한 벌이도 아닐 것 같다.

"물론 강요는 못 하니까 생각만이라도 좀 해 봐. 그 애, 지금은 아내 쪽 친구들이 봐 주고 있어."

마사히코는 그렇게 말하고 바쁘게 일어나더니 몇 차례나 "미안, 미안." 하고 중얼거리고 현관으로 향했다.

방에 고요함이 찾아오고 동시에 정체된 공기가 두드러졌다. 얼굴을 마주 보자 유미는 곤란한 듯 살짝 고개를 갸웃거렸다.

불길한 예감이 든다. 사쿠노스케의 등장으로 흐름이 달라진 직후다. 얽혀서 좋을 일 따위 하나도 없다. 알고는 있지만 다카히코는 그 네 살짜리 남자아이가 마음에 걸렸다.

어떤 아이일까.

3

불길한 예감은 들어맞았다.

다카히코는 '리쓰카' 화랑의 응접실에 있었다. 물건이 적고 탁 트인 방이지만 세월이 지나며 더욱 광택이 나는 바닥이나 디근 자

모양의 가죽 소파, 대리석과 유리를 조합한 탁상시계 등 어른의 기품이 감돌고 있다.

커피 잔을 다카히코 앞에 내려놓은 사쿠노스케는 재킷의 단추를 풀고 마주보고 앉았다. 평소의 부드러운 분위기는 없고 표정이 밝지 않다.

"단도직입적으로 말하겠습니다. 개인전을 못 하게 되었습니다."

지난번 전화로 좋은 소식을 들은 지 아직 나흘밖에 지나지 않았다. 그러나 다카히코는 짧게 숨을 들이쉬고 "네."라고 침착하게 대답했다. 여기로 호출한 전화 목소리에서 좋은 일은 아닐 거라고 예상했다.

"마쓰모토 선생님입니까?"

질문에 사쿠노스케는 "아마도요."라고 짧게 대답했다.

실망해서 가슴이 답답해졌지만, 다카히코는 의외로 냉정하게 상황을 받아들였다. 지금까지 겪은 고통을 생각하면 쉽게 장밋빛 인생이 펼쳐질 것 같진 않았기 때문이다.

내년 초 '후쿠에이'에서는 아마치 노부유키의 특별전을 개최할 예정이다. 집념이 강한 마쓰모토가 압력을 행사했을 가능성이 높고 예술원의 정식 회원이 된 아마치와 무명 화가는 굳이 저울에 올려놓을 필요도 없다.

사쿠노스케의 얼굴에는 백화점에 격렬히 항의했음에도 풀리지 않는 분통함이 배어 있었다. 결과는 아쉽지만 다카히코는 사쿠노스케의 진심이 고마웠다.

"저는요, 다카히코 씨의 인생을 망친 장본인입니다. 그래서 이

번 일이 더 죄송합니다. 부디 용서해 주세요."

"아닙니다. 그만하세요. 저는 사쿠노스케 씨에게 감사한 마음밖에 없습니다."

깊이 머리를 숙이는 사쿠노스케에게 다카히코는 황급히 손을 내저었다.

"저는 아직 아무 실적도 없고 이제 겨우 출발선에 선걸요. 무엇보다 그림을 그리는 게 참 즐겁고요."

사쿠노스케는 천천히 고개를 들고는 무서운 표정으로 커피를 홀짝였다.

"좋았어. 이쪽에도 오기가 있어요. 지금 다카히코 씨에게 받아둔 작품과 그리고 있는 작품, 그거 전부 팝시다."

"전부요? 어떻게요?"

"여기에서 개인전을 할 겁니다. 걱정할 필요 없어요. 벌써 몇 명이나 고객의 얼굴이 떠오르거든요. 우선 다카히코 씨에게 탄탄한 고객을 붙여 드려야죠."

사쿠노스케는 고민하는 표정으로 두세 마디 중얼거렸지만, 다카히코에게는 들리지 않았다. 실제로 고객의 얼굴을 떠올리고 있을지도 모른다.

마쓰모토에게 결별을 선언한 뒤 그 그림자에 겁먹은 자신이 있었다. 그러나 개인전이 엎어지고 그 그림자가 실체로 눈앞에 나타나도 다카히코의 마음에는 조금의 후회도 없었다. 오히려 사쿠노스케와 연대가 강해지고 더욱 긍정적이 되었다.

사쿠노스케가 커피를 채우러 방에서 나갔다. 다카히코는 응접실에 장식된 정물화를 바라봤다.

검은 화병에 흰 동백 한 송이. 섬세한 모티프와는 대조적으로 배경의 베이지색 벽은 군데군데 깨지고 거친 매력이 있다. 벽의 두께 속에서도 초연한 동백이 늠름하다.

이런 강한 사실화를 보면 당장 붓을 잡고 싶어진다.

"좋은 그림이죠?"

커피를 테이블에 내려놓은 사쿠노스케와 말없이 그림을 바라본다.

"언젠가 제 그림도 이 응접실에 걸리면 좋겠네요."

사쿠노스케는 싱긋 웃고 등받이에 몸을 기댔다.

"좋은 말씀이군요. 하지만 다카히코 씨, 이 벽에 걸리는 그림은 '리쓰카' 비장의 작품이니까 아주 분발하셔야 합니다."

의욕 없는 임대 화랑에서 개인전을 하는 것보다 여기에 그림이 걸리는 게 미래로 이어질 것 같다. 혜안이 있는 사람들 눈에 담길 그런 그림을 그리고 싶었다.

"아, 그렇지. 좋은 일이 생각났습니다."

다카히코가 계속해 보라고 재촉하듯 쳐다보자 사쿠노스케는 재킷의 안쪽 주머니에서 접은 종이를 꺼냈다.

"아틀리에를 찾아냈습니다. 참 널찍널찍하죠. 심기일전할 겸 이사할까요?"

도쿄의 다마 지역, 2년 전까지 화가가 살았다는 독채는 1층 아틀리에가 통으로 넓게 트여 이상적인 창작 환경이었다.

현지에 견학하러 갔을 때 유미도 한눈에 마음에 들어 해서 바로 이사 준비를 시작했다.

"일 찾을 수 있을 것 같아?"

"영어 학원이 몇 군데 있더라. 전화해서 면접 보고 올게."

이삿짐 박스가 널려 있는 집을 헤치고 들어가 인스턴트커피를 마시며 말한다. 한 사람은 불안정한 화가이고 다른 한 사람은 이제 곧 직장을 그만둔다. 아무 계획도 없지만 지금의 일본에는 이직하고 싶으면 얼마든지 하라는 마음 편한 풍조가 있다.

"바로 열흘 전만 해도 이사 생각은 하나도 없었는데. 인생은 참 모르겠어."

유미의 말이 맞다. 여름에는 교토에 있었고, 아마치 부부가 무릎을 꿇는 모습을 지켜봤다. 사쿠노스케를 선택함으로써 마쓰모토에게서 벗어났고, 학원에서 짤렸다. 지금 모든 굴레를 끊고 새로운 마을로 향한다.

"사람은 닥치면 의외로 뭐든지 다 할 수 있어. 못한다고 멋대로 뚜껑을 덮을 뿐이지."

"다카 짱이 그런 말 하는 거 참 별일이다."

머그잔을 한 손에 들고 유미가 웃는다. 이런 순간이 행복했다.

"비도 그칠 것 같고. 다시 힘 좀 내볼까."

고타쓰*에서 나와 일어선 유미가 기분 좋게 기지개를 켜서, 다카히코도 따라했다. 일주일 후에는 이 빌라와도 작별이다.

다카히코는 거실의 작은 탁상시계에 시선을 주었다.

● 탁자형 좌식 난방 기구

1991년 12월 12일 오전 10시 52분. 초인종이 울렸다.

순간 부부 사이에 흐르던 일상의 시간이 멈췄다. 다카히코가 왠지 불안한 기분이 든 것은 형 때문이었다. 똑같은 직감이 작용했는지 유미가 현관으로 향하는 남편의 바로 뒤를 쫓는다.

"연말에 미안하다."

이런 반갑지 않은 감은 잘 맞는다. 문을 열자 시야에 들어온 것은 마사히코의 친근감 가득한 미소와 배낭을 멘 어린아이였다.

"전에 말했지? 친구 부부네 아이……."

문손잡이를 잡고 다카히코는 한숨이 나오려는 것을 직전에 겨우 참았다. 이대로 아무 일도 없이 이사해서 형을 떼 버리고 싶었는데 늦었다.

서로의 생각을 탐색하는 기묘한 침묵이 흘렀다. 이사 준비로 바쁜 집에 아이를 맡기다니 정말 민폐다. 그러나 실제로 어린아이를 눈앞에 데려오니 거절하려고 해도 적당한 말을 고르기 힘들었다.

마사히코와 손을 잡은 남자아이는 긴 머리에 어두운 표정이다. 얇은 파카에 반바지 차림이 너무 추워 보였다.

"일단 들어오라고 해."

집에 들이면 불리해진다는 것은 알고 있었으나, 유미도 더는 지켜보고만 있지 못한 것이다.

"뭐야, 이사하냐?"

박스가 굴러다니는 집을 보고 마사히코는 놀란 것 같았다.

"어디로 이사 가?"

다카히코는 유미와 눈을 마주쳤다. 형한테는 절대로 어디로 이

사 가는지 알려 주고 싶지 않다.

"알려 주기 싫어?"

"어."

"참 나, 쌀쌀맞기는."

"말은 잘하네. 벌써 몇 년씩이나 연락 한 번 안 했으면서."

고타쓰에 나란히 앉은 마사히코와 남자아이는 어색한 부자 사이로 보였다. 유미가 오렌지 주스를 내줘도 남자아이는 "고맙습니다."라는 말도 없이 그냥 고개만 숙이고 있다.

"얘, 이름이 뭐니?"

유미가 물어도 고개를 들지 않는다.

"마사오…… 라고 해. 맞지?"

다카히코가 이름의 한자를 묻자 마사히코는 잠시 생각한 뒤 "바를 정(正)자에 남편 부(夫)자로 마사오야."라고 대답했다. 어색한 대답에 다카히코는 가명이라고 바로 눈치챘다. 자신의 이름에서 '마사'를 따서 지었겠지.

"그래서 언제 이사 가?"

마사히코가 화제를 바꾸고 얼버무렸다. 다카히코는 지긋지긋해하며 "일주일 뒤."라고만 대답했다.

"이럴 때 미안하네, 하지만 아직 문제가 해결될 것 같지 않아. 이 애, 전에 말한 아내 친구네 집에서도 쫓겨났거든."

"쫓겨났다니, 그 집에도 사정이 있겠지."

애를 맡기는 것을 가볍게 생각하는 형이 너무 경박해 보여서 다카히코의 말투에 가시가 돋친다. 유미가 가만히 남편의 팔을 잡고 아이 앞이라고 지적했다.

다카히코는 윗옷을 걸치고는 형에게 밖으로 나가자고 말했다. 빌라 계단을 내려가자 마사히코가 "차에서 말하자."라고 앞서갔다. 근처 공원 앞에 토요타 '하이에이스'가 세워져 있었다.

마사히코가 운전석에 올라타서 다카히코는 조수석에 탔다.

"빤히 보는 거 싫으니까 적당히 돌게."

썰렁한 차 안처럼 형제 사이에도 냉랭한 공기가 흐르고 있었다. 빨간 불에 멈춰서 마사히코가 말을 꺼냈다.

"고작 사흘이면 돼. 애 좀 봐 줄래?"

"고작 사흘이라니. 남의 집 애를 사흘이나 봐 주는 게 얼마나 큰 일인데."

"진짜 미안해. 말실수했다. 게다가 이사 전이라 힘든 건 잘 아는데 어떻게 부탁 좀 할 수 없을까?"

"그 전에 저 마사오라는 애는 어디 살아?"

"도쿄 도내야."

"부모는 뭘 하고?"

"아버지는 도장업을 하고 어머니는 라운지에서 알바해."

아버지가 술주정이 심해 술만 마시면 아내와 자식에게 손을 올린다고 한다.

"마사오도 맞는다고?"

"그래서 대피시켜야 돼. 애 아빠 구로다는 일은 성실하게 해. 책임감도 강하고. 하지만 애석하게도 술버릇이 안 좋아."

지금은 각자의 친구가 중간에 끼어 이혼 이야기를 정리하는 중이라고 한다. 마사히코는 믿을 수 없지만 마사오의 어두운 분위기를 보고, 결코 행복한 아이라고는 생각할 수 없었다.

"사흘 안에 반드시 마무리 지을게. 괜찮아."

너무 가벼운 '괜찮다'는 말. 우회전할 때 켠 방향 지시등 소리에도 짜증을 내는 성격 아닌가.

그러나 다카히코는 불행을 그림에 그린 듯한 그 소년이 너무 애처로웠다. 지금 돌려보내면 어디로 데려갈지 모른다.

"알았어. 다만, 진짜 딱 사흘이야. 사흘이 지나면 바로 부모한테 찾아갈 거야."

"고맙다. 덕분에 살았어. 꼭 데리러 올게."

공원으로 돌아온 마사히코는 차 키를 꽂아 두고 차에서 내렸다.

"애가 있으니까 차는 두고 간다. 나중에 여기에 세워 둬."

"무슨 일이 생기면 연락할 전화번호와 부모가 사는 집 주소를 알려 줘."

마사히코는 운전석 사이드포켓에 넣어 둔 커튼 팸플릿의 뒷면에서 여백을 찾아내고 파란 색연필로 전화번호와 부모의 주소를 적어서 건넸다.

"그럼, 나는 이제 나고야로 가야 해서."

형의 후줄근한 뒷모습을 배웅하면서 다카히코는 '실수'라는 불안이 스멀스멀 올라왔다.

집으로 돌아오자 유미가 마사오의 배낭에 든 물건을 확인하고 있었다.

"다카 짱, 이거."

유미가 검은 판 표지에 철끈으로 묶은 노트를 꺼냈다.

마사히코의 모나게 갈겨쓴 필체로 지명이나 금액이 쓰여 있었다.

"차에 있던 걸 몰래 가방에 넣었나 봐."

유미에게 대충 대답하면서 노트를 한 장씩 넘겼다. 대부분 백지
였고, 그중에 서투른 데생이 한 장 있었다.

차량 운전석을 대각선 뒤쪽에서 그린 그림이다. 조금 전에 본
'하이에이스'의 차 안이다. 아직 유치함이 남은 터치였다. 그러나
다카히코가 놀란 것은 날카로운 관찰력이었다. 핸들과 기어, 좌
석에 있는 작은 흠집과 얼룩까지 그대로 재현하려고 했다. 불완전
하기는 해도 음영 같은 것도 담으려 했다.

"이거 마사오가 그렸니?"

다카히코가 묻자 남자아이가 살짝 끄덕였다.

"지금 네 살이지?"

똑같이 고개를 위아래로 끄덕이는 걸 보고 다카히코는 할 말을
잃었다. 도저히 어린아이가 그렸다고는 생각할 수 없었다. 추가
로 질문을 몇 개 더 하고, 아이에게 스케치북과 연필을 주고 고타
쓰 위에 귤을 한 개 놓았다.

"시간이 걸려도 괜찮으니까 이 귤을 그려 보렴."

남자아이는 표정 변화는 없었지만 머리를 힘껏 끄덕였다.

우선 다카히코가 놀란 것은 아이가 귤을 응시하고 전혀 연필을
움직이지 않은 점이다. 꼬마 화가들은 대개 아무 생각 없이 자유
롭게 선부터 긋는다. 그러나 마사오는 모티프를 잡아먹을 기세로
바라보고 있다.

조금 전 다카히코의 질문에 아이는 그림을 배운 적이 없다고 대답했다. 그렇다면 관찰하는 방법을 저절로 익혔을까.

남자아이가 연필을 움직이기 시작하자 다카히코는 더욱 흥분했다. 천천히 원을 그렸는데, 그 정확한 선은 네 살 아이의 수준이 아니었다. 이미 귤의 이미지가 머릿속에 들어와 있는지, 스케치북에서 눈을 떼지 않는다. 다음으로 고타쓰 탁자의 나뭇결을 그리는 것을 보고 다카히코는 감탄했다.

"귤을 그려 보렴."이라고 말한 것은 일종의 암시다. 대부분의 사람들은 귤에만 신경을 집중시킨다. 그러나 마사오는 눈앞에 존재하는 '그대로' 그리려고 한다.

그리고 무엇보다 그림을 그리는 자세에서 남다른 집중력을 느꼈다.

이 아이에게는 재능이 있다…….

전화가 울려도 마사오는 연필을 멈추지 않았다. 잠시 후 유미가 거실로 돌아왔다.

"다카 짱, 마사히코 씨 앞으로 전화가 왔는데……."

"형한테? 누가?"

"나카노 씨라는 남잔데, 없다고 하니까 끊어 버렸어."

멋대로 남의 집 전화를 사용하려고 한 것에 화가 났지만 그 정도는 아무렇지도 않은 인간이다. 그것보다 유미의 떨떠름한 표정이 더 신경이 쓰였다.

"왜 그래?"

"그 나카노라는 사람 목소리 말인데, 어디에서 들어 본 것 같아.

아는 사람인가……."

"연예인 아니야?"

유미는 머리를 손가락으로 짚고, "그런가."라고 건성으로 대답했다.

남자아이가 그린 그림은 '하이에이스'의 운전석 스케치보다 발전해 있었다. 유미도 그 완성도에 눈이 휘둥그레졌다.

"다카 짱, 이 아이, 대단한 거 아냐?"

"그러게……."

아이를 억지로 떠맡았다는 것에 대한 우울은 자취를 감추고 다카히코는 멍하니 남자아이에게 흥미가 생기기 시작했다. 어떻게 이런 그림을 그릴 수 있게 된 걸까. 소년의 서늘한 표정과 재능의 선명한 대비가 어둠 속에서 빛을 발하는 반딧불이의 빛을 연상시킨다.

마사오의 맨얼굴을 보려면 우선 '가면'을 벗겨야 한다. 다카히코는 무릎을 꿇고 똑바로 앉은 아이 앞에 책상다리를 하고 앉았다.

"아저씨는 그림 그리는 일을 해. 그런데 네가 그림을 참 잘 그려서 깜짝 놀랐어."

남자아이는 끄덕이는 대신인지 천천히 눈을 깜빡였다. 다카히코는 또렷한 쌍꺼풀이 자신과 닮았다고 생각했다.

"그림 이야기를 더 하고 싶은데, 꼬마에 대해서도 많이 알고 싶고."

방에 들어올 때는 줄곧 바닥을 향해 있었지만 지금은 똑바로 다카히코의 눈을 보고 있다.

"우선 이름부터 시작할까. 아저씨는 노모토 다카히코라고 해.
네 이름을 가르쳐 줄래?"

마사오는 망설이는 표정으로 도움을 청하듯 유미를 쳐다봤다.
유미가 온화하게 "괜찮아."라고 말해도 한동안 손가락을 꼼지락
거리며 반바지를 만지작거렸다.

"뭐, 말하고 싶어진 다음에라도 괜찮아. 뭐 먹을래?"

다카히코가 친절하게 말하고 일어서려고 했을 때, 남자아이가
작게 중얼거렸다. 제대로 못 듣고 "응?" 하고 고개를 기울이자 이
번에는 똑똑하게 말했다.

"나이토 료."

4

나흘이 지나도 마사히코에게 연락은 오지 않았다.

이럴 줄 알았다고 해야 하나. 닷새째 점심 전에 다카히코는 팸
플릿의 여백에 쓰여 있는 번호로 전화해 봤지만 "현재 사용되지
않는다."라는 안내 음성을 들었다.

"그럼 이 주소도 가짜겠네……."

슬프게 중얼거린 유미가 작업장에 있는 료를 바라봤다.

나흘 전, 다카히코의 그림을 본 료는 이젤 앞에 그대로 서 있었
다. 숨 쉬는 방법을 잊어버린 것처럼 입을 벌리고 온몸이 작품 세
계로 빨려 들어가는 것처럼 보였다.

작은 몸에서 흥분이 전해진다. 다카히코는 그 순수한 반응이 참 기뻤다. 화가에게 자신의 작품에 마음을 빼앗긴 사람을 보는 것은 큰 행복이다.

"사진 같지?"

사실화 화가가 질리게 듣는 '사진 같다'라는 말. 그러나 아이가 상대가 되자 자연히 말이 다정해진다.

캔버스에 다가간 료는 올록볼록한 유화 물감을 확인하듯 천천히 고개를 흔들고 감상했다. 그것은 아이다운 밝은 호기심이라기보다 진지한 관찰이었다.

"사진 아니야."

료가 뒤돌아서 한 말은 당연한 사실이지만 다카히코의 가슴에 와닿았다.

가끔 듣는 '사진이면 되잖아?'라는 질문에 대한 대답은 자신 안에 확고하게 갖고 있다. 그 하나하나를 이 아이에게 전해 주고 싶다는 마음이 끓어오른 것은 아이를 귀여워하는 인간의 본능인가. 아니면 재능 앞에 굴복하는 예술가의 천성인가.

어느새 진하기가 다른 연필 여섯 개를 료에게 쥐여 주고 있었다. 다카히코 자신도 연필을 손바닥 안에 밀어 넣고 "연필을 잡는 방법은 여러 가지가 있어."라며 스케치북에 줄을 그었다.

직선, 곡선, 물결선. 자유자재로 움직이는 프로의 선을 눈앞에서 본 료의 얼굴에 처음 웃음이 스쳤다. 자신과 닮은 쌍꺼풀눈이 가늘어지는 것을 보고 다카히코는 사랑스러워서 가슴이 찡했다.

첫날 밤, 대중목욕탕에 가서 료의 지나치게 마른 몸을 보고 다카히코는 할 말을 잃었다. 다카히코는 속마음을 들키지 않도록 밝게 행동하며 뼈만 앙상한 몸을 씻기고 비듬투성이 머리카락을 정성스럽게 감겼다.

집에 돌아온 후 건조기로 데운 이불에 들어간 료는 얼굴을 가리고 조용히 울기 시작했다. 감정을 꾹 눌러 참는 듯 끅끅거리는 모습이 애처로웠다.

"엄마랑 아빠 보고 싶어?"

손으로 이불을 짚고 유미가 묻자 뺨에 눈물 줄기를 만든 료가 얼굴을 내밀었다.

"이불이 따뜻해요."

다카히코는 료가 거짓말을 하지 않는 아이라고 보고 있었다. 그림을 그릴 때 대상을 포착하는 눈이 너무 순수했고, 그것은 바꿔 말하자면 다카히코 자신을 보여 주고 있었다.

그렇기 때문에 안다. 이불의 온기가 몸에 스며드는, 그 배경에 있는 이 아이의 생활이. 가족과 이불의 온기가, 아이의 꽁꽁 언 마음을 녹인 것이다.

유미가 참지 못하고 옆의 이불로 건너가 깡마른 몸을 꼭 끌어안았다. 한동안 계속된 울음소리는 이윽고 편안한 숨소리로 바뀌었다.

그러고 나서 함께 먹고 잔 농밀한 나흘이 지나자 부부는 그동안 뚜껑을 덮었던 현실을 마주할 순간을 맞이하고 있었다.

학창 시절, 유미와 보러 간 마쓰모토 세이초 원작의 영화 〈귀축〉. 본처에게 애인이 낳은 아이를 '처리'하라고 강요받은 남자가 어린 딸을 도쿄 타워에 버리는 장면은 지금도 잊지 못한다.

전망대 층에 남겨진 딸과 홀로 엘리베이터를 타는 아버지. 문이 닫히기 직전 부녀의 시선이 애절하게 겹친다. 나쁜 아버지는 딸이 아버지의 이름과 주소를 말하지 않도록 사전에 단단히 확인한 다음 어리석은 짓을 저질렀다.

　"료, 집은 도쿄에 있니?"

　걱정이 된 다카히코가 작업장에 들어가서 물었다. 선을 긋는 손을 멈추고 고개를 든 료는 힘없이 고개를 저었다.

　"아빠 이름은?"

　대답하지 못하는 료의 모습에 다카히코는 등줄기가 서늘해졌다.

　이 아이는 버림받은 게 아닐까…….

　"엄마는?"

　"히토미."

　겨우 엄마 이름은 알고 있었다.

　만일의 상황에 대비해 경찰에게 '나이토 히토미'라는 이름을 알려 주면 어떻게 찾아봐 주지 않을까?

　"료, 아, 해 봐."

　남편의 의도를 눈치챈 모습의 유미가 료의 입을 벌리게 했다.

　"이 아이, 충치 치료를 꽤 많이 했어."

　"충치?"

　"응. 소설에서 읽은 적이 있는데, 치료를 받은 흔적이 있으면 치과 기록을 조회할 수도 있대."

　"아, 그러니까 지문처럼 개인을 구별해 낼 수 있다는 건가."

　이런 방법에 관해서라면 경찰은 전문가다. 아마추어에게는 없는 다양한 방법으로 부모를 찾아 줄 것이다. 그렇게 생각하자 다카히코는 어깨의 짐을 덜었다.

"형은 믿을 수 없어. 잠깐 맡아 달라고 해 놓고 소식도 없으니까, 앞으로 어떻게 할지 생각해야 해."

"그러네……."

우울한 표정의 유미가 스케치북을 향해 있는 료의 부드러운 머리카락을 쓰다듬었다.

고작 나흘이기는 하지만 소년의 존재가 부부에게 적지 않은 영향을 미치고 있었다. 두 사람의 생활에 한 사람이 더해진 것만으로 이렇게 시간의 흐름이 달라지나 싶어 부부는 그 무게를 실감했다. 또한 료가 대부분의 아이들처럼 그늘이 없고 밝은 성격이라면 기분 좋게 떠나보낼 수 있을 것이다. 그러나 이 아이에게는 보호 본능을 자극하는 어둡고 약한 면이 있었다. 그것이 다카히코와 유미에게 작별을 주저하게 했다.

"그럼 나, 장 좀 보고 올 테니까 료 좀 부탁해."

기분을 전환하려는 듯 유미가 힘차게 일어났다.

이제 선을 긋는 데에도 질렸겠지 싶어 다카히코는 다음 데생 기술을 료에게 가르쳐 줬다.

"선을 그을 때 '대충 이런 느낌'은 안 돼. 알겠니? 제대로 있는 그대로의 형태를 그리는 거야. 예를 들어 이 귤을 그릴 때는 우선 귤이 딱 들어가는 사각형을 그려 보고……."

원래 눈이 좋은 료는 이미 이 '틀'의 감각을 갖고 있었다. 그러나 다카히코는 사물을 포착할 때 방해가 되는 선입견을 없애려고 실루엣의 중요성을 강조했다.

의외로 빨리 현관문 열리는 소리가 나고 유미가 부산스럽게 발소리를 내며 작업장에 들어왔다.

다카히코는 아내의 핏기 가신 얼굴을 보고 바로 심각한 일이 일어났다는 것을 알아차렸다.

"다카 짱……."

아내의 팔을 잡고 거실을 지나 주방으로 이동했다.

"이거……."

유미의 손에는 전국판 신문지가 쥐어 있었다.

'가나가와에서 동시 유괴'

흰색의 도드라진 표제가 현수막처럼 지면 위에서 춤춘다.

1면 가운데 단에 실린, 구출된 초등학생 남자아이와 가족이 끌어안은 사진에 시선을 빼앗겼다. 무수한 카메라 플래시 속에서 울며 아들을 끌어안은 어머니의 모습은 지면에 넘치는 활자를 튕겨낼 만큼 강력했다. 고작 한 장의 사진이 픽션이 아니라 이 세상의 현실이라고 말하고 있다.

상세한 기사가 총 다섯 면에 전개된다고 쓰여 있어서, 아주 큰 사건이라는 걸 깨달았다. 1면 기사에서는 사건의 개요를 요약했다.

6일 전 12월 11일 밤, 가나가와현 아쓰기 시내에서 초등학교 6학년 남자아이가 자전거를 타고 학원에서 집으로 돌아가던 중 남성 2인조에게 차량으로 납치되었다. 다음 날 오후 1시경 이번에는 요코하마 시내의 기지마 시게루에게 음성 변조기를 사용한 목소리로 "손자를 유괴했다.", "현금 1억 엔을 준비하라."와 같은 내용의 협박 전화가 걸려 왔다.

다카히코는 그 다음 한 문장을 읽고 콰직, 신문을 힘껏 움켜잡았다.

'유괴된 것은 기지마 씨의 손자 나이토 료 군(4살)으로 보인다.'

상상도 하지 못한 사태에 다카히코는 질끈 눈을 감은 채 고개를 돌렸다. 평소에는 느긋한 유미도 얼굴을 감싸고 쪼그려 앉아 있다. 그 충격은 18년 전에 경험한 마사히코의 체포와 비교가 되지 않았다.

도대체 무슨 짓을 저지른 거야…….

이미 오래전에 정이 떨어진 형. 인연을 끊고 싶다고 생각한 것은 셀 수도 없다. 설마 이렇게까지 어리석을 줄이야…….

"앗."

유미가 쪼그려 앉은 채 다카히코의 얼굴을 올려다보며 말했다.

"전화가 걸려 왔다고 했잖아? 마사히코 씨가 여기에 온 날."

"아아, 들어 본 적 있는 목소리라고 했지……."

"그래. 그거, 아마 마사히코 씨의 동창생이야."

"동창생?"

"그래, 같이 체포됐던 사람."

"오자키?"

"맞아!"

오자키 야스오는 두 번이나 마사히코와 같이 붙잡혔다. 오자키의 목소리는 허스키하고 알아듣기 힘들어 바로 기억할 수 있다.

고등학교 3학년 때 마사히코와 오자키는 학원에 다니는 초등학생을 납치했다……. 아쓰기의 사건과 똑같다.

다카히코는 신문을 잡아먹을 기세로 읽었다. 충격을 받은 다카히코의 머리가 점차 움직이기 시작했다.

범인이 기지마 쪽으로 협박 전화를 건 것이 12일 오후 1시 경. 마사히코가 료를 데려온 것은 그 2시간 전이었다. 앞뒤가 딱 맞는다.

아쓰기의 다치바나 아쓰유키라는 소년은 12일 밤, 가와사키 시내의 창고에 있는 것을 경찰이 구출했다.

……범인의 접촉은 끊어지고 수사본부에서는 경시청과 인근 현경으로 지원을 요청하여 료 군의 행방을 찾고 있다…….

다카히코는 작업장으로 시선을 돌렸다. 료는 정신없이 원을 그리고 있었다.

여기에 있다……. 경찰이 아니, 전 국민이 찾고 있는 아이가 이집에 있다. 한기가 들어 신문을 잡은 손이 떨렸다.

기사 중 수사 관계자가 밝힌 '아쓰기는 미끼이고 요코하마 사건이 진짜'라는 표제에는 설득력이 있었다. 그만큼 나이토 료 유괴 사건은 공을 많이 들였다.

현금 1억 엔을 조부 시게루에게 들어 옮기게 하고, 사전에 준비한 지시서를 사용하여 요코하마 시내 찻집, 비디오 가게로 운반시킨다. 최종 목적지인 공원은 시야가 트여서 경찰이 마음대로 움직일 수 없었다.

신문은 '교활한 범인상'을 써 대고 있으나 다카히코는 몸값이 든 가방이 분실물로 파출소에 접수되었다는 결말에 어설픈 일 처리, 더 나아가 아마추어 같다는 느낌을 받았다.

형의 얼굴이 떠올라 5일 전 일을 회상했다. 료가 멋대로 배낭에 넣은 듯한 검은 표지의 노트. 다카히코는 작업장으로 가서 노트를 펼쳐 봤다.

해독할 수 없는 글자도 많고, 읽을 수는 있어도 거래에 사용하는 지명이나 금액, 일정뿐이라 무슨 뜻인지 모르겠다. 그러나 료가 그린 그림 앞의 페이지에 마음에 걸리는 메모가 있었다.

구로키→'시네마', 고나카 →'단테스', 오자키→'문학관'.

암호처럼 보이는 이 메모에서 '오자키'를 찾아냈다. 의미는 알 수 없지만 사건에 관한 내용으로 보였다.

알면 알수록 의혹이 칠흑으로 물들어 간다.

마사오라는 이름, 부부 싸움, 도내의 주소. 마사히코가 한 말은 전부 거짓말이다.

신문에 보도 협정에 관한 설명이 쓰여 있었다. 보도 제한이 풀리는 이유로 ▽나이토 료가 유괴되어 일정 기간이 경과한 것 ▽몸값이 분실물로 신고된 것 ▽범인 측에서 전혀 접촉이 없는 것 등을 들며, 경찰이 공개수사로 전환했다고 한다.

유미가 주방에 놓고 온 신문을 들고 와서 의아한 표정이 되었다.

"료의 사진이 없어."

그 말을 듣고 다카히코는 비로소 중요한 사실을 깨달았다. 이름을 공개해 놓고 사진을 공개하지 않는 것은 말이 안 된다. 애초에 피해자 본인의 얼굴 사진이 없는 공개수사에 무슨 효과가 있을까.

보도 협정 기간, 아무것도 몰랐던 다카히코와 유미는 갑자기 나타난 아이와 같이 평온한 시간을 보냈다. 신선하고 자극으로 충만한 시간이었다. 그림 그리기를 좋아하는 아이와 평안한 교류. 다카히코가 아는 '유괴'와는 너무 동떨어진 생활이었다.

그러나 점차 빨려 들어가는 정황증거가 가리키는 현 상황은 잔혹할 정도로 사실적이었다. 다카히코는 발뺌할 수 없는 지점까지 몰려서 인정할 수밖에 없었다.

료는, 바로 그 나이토 료다.

유미가 다카히코의 팔을 잡고 현관으로 끌고 갔다.

"생각해야 할 일이 잔뜩 있지만, 확실한 건 여기에 있으면 위험하다는 거야."

그리고 유미는 잡고 있던 다카히코의 팔을 힘껏 흔들며 말했다.

"마사히코 씨에게 돌려주면 저 아이, 죽어."

2시간 후, 다카히코는 요코하마행 전철을 탔다.

위험을 감지한 두 사람은 '하이에이스' 차량에 실을 수 있을 만큼 이삿짐 박스를 꽉꽉 밀어 넣고 유미가 그대로 료를 데리고 새 집으로, 다카히코가 요코하마로 향하기로 했다.

한시라도 빨리 신고해야 한다. 다카히코도, 유미도 마음은 똑같았다. 그러나 중요한 료에게 일반적인 말이 통하지 않았다.

"엄마, 아빠한테 돌아가자."

유미가 그렇게 말하자 료는 몸이 굳어 고개를 가로저었다.

그러나 유괴라는 절박한 상황에서 더는 돌봐 줄 수 없었다. 유미가 계속 설득하자 료는 점차 감정이 격앙되어 그때까지 얌전히 있던 것이 거짓말처럼 "싫어!", "싫어!"라며 울부짖었다. 광기를 느끼게 할 정도의 완강한 거부.

놀란 다카히코는 신문기사를 읽었을 때 느낀 위화감이 떠올랐다. 어머니 '나이토 히토미'라는 이름은 료가 말한 '히토미'와 일치하지만 주요 인물인 어머니에 대해서는 거의 쓰여 있지 않았다. 아버지는 전혀 언급도 되지 않았다. 몸값을 운반한 할아버지가 중심이 되는 것은 당연하다고 쳐도 왜 부모에 관한 정보가 이렇게 적은 걸까. 사진이 없는 이유를 추측할 수 있었다.

다카히코는 울다 지쳐 조용해진 료에게 스케치북과 연필을 건네주었다. 처음에는 집 주변 지도를 그려 달라고 할 생각이었지만 어린아이에게는 무리한 일이었다. 알게 된 것은 '갓치'라는 슈퍼마켓이 근처에 있다는 것뿐이다.

"그럼 집을 그려 줄래?"

완성된 그림은 물론 사진처럼 정확하지 않았다. 그러나 네 살이라고는 생각할 수 없을 정도로 형태를 제대로 포착했다. 2층 빌라의 전체 모습에는 총 세대수나 지붕의 형태, 계단 위치와 같은 힌트가 군데군데 들어가 있어 충분히 이용할 수 있었다.

집으로 돌아가기 싫다고 고집부리는 이유를 알기 전까지는 경솔히 결정할 수 없다. 신문에 나온 대략적인 주소와 슈퍼마켓 '갓치', 료가 열심히 그려 준 그림에 의지해 다카히코는 나이토 히토미를 찾기로 했다.

JR '이시카와초역'의 개찰구를 통과해 밖으로 나갔다. 아오조라 상점가에서 서쪽을 향해 걷다가 모퉁이 길에서 발걸음을 멈춘다.

다카히코는 신문으로 시선을 떨어뜨렸다. 기지마 시게루가 몸값을 들고 이동한 지점을 정리한 약도. 범인의 지시에 따라 제일 처음 들어간 찻집이 이 근처에 있을 것이다.

다카히코는 '만텐. 커피와 가벼운 식사'라고 쓰여 있는 녹색 입간판을 보고 혹시 여기일지도 모른다고 생각하고 나중에 약도대로 돌아보기로 했다.

그러나 나이토 히토미가 먼저다. 15분 정도 걸어 신문에 나온 대략적인 주소까지는 왔지만 슈퍼마켓 '갯치'는 찾을 수 없었다. 얼마 안 가서 남북의 도로에 늘어서 있는 승합차와 오토바이가 시야에 들어왔다. TV 방송국의 중계차를 확인한 다카히코는 기자들 무리를 발견했다. 카메라맨들이 2층짜리 허름한 빌라를 촬영하고 있다.

지붕의 형태와 계단 위치를 확인하고 다카히코는 료가 그려 준 빌라라고 확신했다.

"역시 수상하지? 그 엄마."

"글쎄요, 어쩌려나. 이웃에서 유명합니까?"

"파친코만 다녀. 저 여자가 절대로 범인이야."

자전거에 걸터앉은 점퍼를 입은 중년 남성과 기자로 보이는 정장 차림의 남성이 심심한지 잡담을 나누고 있었다.

"아이 사진은 없으세요?"

"아니, 어울리지 않아서. 그 애, 맨날 혼자 있었어. 불쌍하게."

"누구 사진을 갖고 있는 사람, 모르십니까?"

"한 장도 없어? 그야 이상하네. 저 엄마라면 누구 애를 뱄는지도 모르는 거 아냐? 남자도 맨날 갈아 치우고…… 앗, 나왔다."

기자들의 SLR카메라가 일제히 셔터 소리를 냈다. 빌라의 2층 복도로 나온 사람은 밝은색 머리의 젊은 여성이었다. 큰 플라스틱 바구니를 안고 세탁기에 옷을 넣는다. 그 모든 것이 그대로 노출되어 신문과 방송국 카메라에 기록되고 있다.

"저 사람이 어머니입니까?"

"그래. 맨날 저런다니까. 늘어져 가지고."

기자와 구경꾼은 예전부터 잘 아는 사람처럼 대화를 이어 간다. 주택 밀집 지역에서 침입자들과 지역 주민이 이상한 공간을 만들어 내고 있다. 피해자 여성을 동정하지 않는 이질적인 분위기가 여기저기에서 연극 같은 인간관계를 연출하고 있었다.

그 연극의 주역을 맡은 나이토 히토미는 마침 입에 문 담배로 담배 연기를 내뿜었다. 아이가 유괴당하고 생사를 알 수 없는 상황에서도 전혀 개의치 않는 모양이었다.

집으로 돌아가고 나서 몇 분이 지나 다시 밖으로 나온 히토미는 가방을 크로스로 메고 빌라 계단을 경쾌하게 내려갔다. 집을 떠나면 취재해도 된다는 규칙이라도 있는지, 오십 명 정도 되는 기자들이 히토미를 향해 달려간다. 다카히코도 황급히 뒤를 쫓았다.

순식간에 군중에 휩쓸린 히토미에게 TV 방송국 기자가 마이크를 들이밀었다. 다들 선심이라도 쓰듯 "지금의 심정은 어떠십니까?"라고 묻지만 화살처럼 질문을 쏟아 내는 모습은 도저히 피해자 가족을 대하는 것처럼 보이지 않았다.

무뚝뚝한 표정의 히토미가 "야, 비켜!", "파친코 간다!"라고 고함을 질렀다. 본인의 성격 탓도 있겠지만 그 뒤에는 미디어의 몰염치에 의한 함정이 숨어 있는 것처럼 보였다.

다카히코는 혼자 그 자리에서 벗어나 인파를 바라보았다. 형용하기 어려운 감정이 가슴에 치밀어 오른다. 나이토 히토미의 행동은 도저히 받아들일 수 없었다. 자식이 사라진 것은 인생에서 제일 큰 불행이 아닌가.

료의 앙상한 몸과 완강한 거부가 여기로 이어진다. 도저히 아이를 돌려보낼 수 있는 환경이 아니었다.

담배를 입에 물고 빨래를 하고 태연하게 파친코로 가는 히토미를 보고 있자니 유괴가 마치 남의 일처럼 생각된다. 미디어의 강압적인 자세 이면에는 히토미를 이미 범인으로 보고 있다는 사실이 숨겨져 있다. 체포된 뒤에 낱낱이 까발릴 소재를 미리 확보하는 것이다.

그러나 다카히코는 범인이 누구인지 알고 있다. 멀리 떨어져도 보이는 기자들 무리는 마치 보금자리에 달려드는 벌떼 같다. 친형이 체포당하면 저 독침을 가진 벌떼가 다카히코와 유미의 생활을 엉망으로 만들 것이다.

상상하기만 해도 다리가 떨렸다. 다시 한번 가족이 중대한 범죄를 저질렀다고 깨달았다. 신고하면 돌이킬 수 없겠다는 중압감이 두 어깨에 묵직하게 눌러앉았다.

빌라에서 떨어진 다카히코는 신문의 약도를 보면서 기지마 시계루의 흔적을 따라갔다.

조금 전 발견한 '만텐'을 기점으로 이번에는 상점가를 동쪽으로 전진한다. '두 번째 현장'인 비디오 가게에 도착했다. 간판의 가게 이름은 '시네마'. 마사히코의 휘갈긴 글씨에도 '시네마'가 있었고 누군가의 이름을 써 두었다. 이제 우연으로 치부할 수 없다.

다카히코는 모토마치 쇼핑 스트리트로 향했다. 인파를 헤치고 돌바닥 위를 빠르게 지나간다. '세 번째 현장'의 가구점에 도착했을 때 기시감이 들었다. 보도에 서서 주위를 한 바퀴 둘러보니 빌딩 2층에 있는 간판이 눈에 들어왔다. 흑백의 풍경 속에 한 점에만 그림물감을 떨어뜨린 듯한 기묘한 감각.

'단테스'

다시 철한 노트가 머리에 떠오른 것도 잠시, 다카히코의 기억의 상자가 갑자기 열렸다.

옛날에 여기에 온 적이 있다……. 초등학교 6학년 때였나. 마사히코에게 이끌려 유미와 셋이 모토마치에 놀러 갔다.

마사히코는 이 가게에서 핫케이크를 사 줬다. 무슨 말을 했는지, 어떤 옷을 입었는지, 구체적인 것은 확실히 기억나지 않는다. 다만 계산할 때 1만 엔짜리 지폐로 지불한 마사히코가 무척 어른처럼 보인 것은 선명히 기억한다.

'시네마', 그리고 '단테스'. 이제 의심의 여지가 없었다. 힘껏 외치고 싶은 충동을 꾹 누르고 다카히코는 왼손 검지를 꽉 깨물었다. 통증이 늘어날수록 이것이 현실이라고 자각했다.

화가로서 추구해 온 현실. 그러나 현실은 어찌 이리도 잔혹한 것일까. 다카히코는 다시 한번 '단테스'의 간판을 올려다봤다.

그때 중학생이었던 형은 21년 후, 유괴범이 되었다.

제9장

공백

1

찬물을 채운 대야에서 수박을 건져 올렸다.

두 팔로 끌어안은 수박을 싱크대 조리 공간에 놓고 두꺼운 껍질을 톡톡, 가볍게 두드렸다. 식칼을 잡기 전에 차가운 손을 손목에 댄다. 잠깐 차가움을 느낀 뒤, 힘든 작업을 앞둔 유미는 "가자!"라고 기합을 넣었다. 식칼에 체중을 실어 반으로 가르고 더 잘게 잘라 나간다.

아침부터 매미가 목청껏 울고 있으나 끈적거리고 짜증 나는 더위는 없었다. 콘크리트 봉당은 바람이 시원하다. 아직 에어컨을 켜지 않아도 된다.

오래된 민가답게 현관 봉당이 안쪽까지 이어지고 막다른 곳에 조리장이 있다. 겨울은 너무 추웠지만 그래도 이 계절은 쾌적하게 지낼 수 있다.

유미가 거실을 바라보니 다카히코와 료가 미켈란젤로의 작품집을 보면서 이야기하고 있었다. 다카히코가 열변을 토하고 료가 가만히 귀를 기울이는 광경도 익숙해졌다.

"이게 벽면이니까 프레스코란다. 덜 마른 회반죽에 살짝 그려야 하지. 잘못하면 깎아 내야 하니까 실수하면 안 돼. 이걸 혼자 했대. 믿어지니? 미켈란젤로는 참 대단하지?"

프레스코니 회반죽이니 이런 걸 말해 봐야 다섯 살짜리 아이가 이해하지 못할 거라고 생각하지만 료가 우직하게 끄덕여서 유미는 신기했다.

"역시 이런 작품을 보고 있으면 그림이라는 건 숭고해야 돼. 기도의 대상이 되는…… 거기에는 근원을 그려야 해. 다빈치도 해부학이라고 해서 몸의 구조를 공부했어……."

한참 더 계속될 것 같다고 생각한 유미는 자른 수박을 접시에 담아 거실로 들어갔다.

"해부학 같은 걸 얘기해 봤자 애가 그걸 어떻게 알아. 그렇지?"

누구의 편을 들면 좋을지 몰라 료는 웃는 얼굴로 고개를 갸웃거렸다.

"의미는 몰라도 다 전해져."

"의미를 이해하지 못하는 시점에서 전달이 안 되는 거야."

셋이서 선풍기 바람을 쐬며 수박을 먹는다. 이상하게도 부부의 대화는 아이가 한 명 들어온 것만으로 격의가 사라졌다.

오래된 목조 집은 전부 다다미방으로 방이 다섯 개나 있었다.

바람이 통하게 지금은 맹장지문을 전부 열어 두었다.

"사실화 화가가 지향하는 건 말이다, 캔버스 속에서 숨소리가 들려오는 듯한, 조금 더 말하면 그림을 보고 있는 사람이 캔버스 안에 있다고 느낄 수 있는 작품을……."

최근 일곱 달 동안 료는 마음을 많이 열었다. 그러나 그건 결코 일방통행은 아니고 어른들도 마찬가지였다. 다카히코는 료에게 설명하면서 생각을 정리하고, 더욱 창작에 의욕을 보였다. 집중하고 있을 때는 아침부터 늦은 밤까지 식사와 목욕 시간을 제외하고 내내 이젤 앞에 있다.

인생이 완전히 달라졌다. 이 널찍한 집을 보고 유미는 또 한 번 생각했다.

작년 12월의 그 밤, 요코하마에서 다마 지구의 새집으로 돌아온 다카히코는 평소와 달리 굳은 얼굴로 말했다.

"도저히 그 어머니한테는 못 보내겠어."

신문을 읽고 받은 위화감에 현실감이 더해져 료의 엄마에게도, 마사히코에게도, 료를 보낼 수 없는 막다른 골목에 몰렸다. 설령 기지마의 집으로 보낸다고 해도 다시 나이토 히토미가 데려갈 가능성도 충분히 있다.

"이대로 도쿄에 있어도 괜찮을까?"

갑자기 범죄에 휩쓸린 젊은 부부에게는 당연히 비상 매뉴얼 따위는 머리에 없었다. 다만, 다행인지 불행인지 이사를 위해 최소한의 짐을 정리했다. 유미는 영어 학원을 그만뒀고 화가는 어디에서든 그림을 그릴 수 있다.

즉, 달아나려고 생각하면 달아날 수 있었다.

료의 잠든 얼굴을 보고 있다가 두 사람은 서툰 결론을 내렸다.

"미대 시절 친구의 본가가 아마 비었을 거야."

다카히코에 따르면 전에 공예과 친구에게 "싸게 빌려줄게."라는 말을 들은 적이 있다고 한다. 그러나 졸업 후 10년이 지나서 생활 자체를 걸기에는 너무 약한 인연이었다.

"그 사람의 본가가 어디야?"

"시가."

그 말을 들어도 겨우 비와호를 떠올릴 정도로 유미의 사전에 '시가'에 관한 정보는 거의 없었다.

그 친구는 지금, 사가 지역에서 도예가로 일하고 있고 부모님은 나라에 살고 있다고 한다. 다카히코는 이 친구 부모님과도 아는 사이라고 했다.

"잠깐 전화하고 올게."

새집에는 아직 전화가 없어서 다카히코가 주소록을 한 손에 들고 공중전화를 찾아 밖으로 나갔다.

난방은 작은 난로뿐이고 어둑한 조명 아래에서 담요에 감싸여 있으면 외로움과 불안으로 짓눌릴 것 같았다.

아이를 지키고 싶다는 마음에 거짓은 없지만 잘못된 방향으로 가고 있는 듯한 기분이 들었다. 이유야 어쨌든 간에 이 아이를 데리고 달아나면 범죄에 가담한 것이 된다.

이럴 때 믿고 상담할 수 있는 사람이 있으면 이야기는 달라지겠지만 유미와 다카히코는 지금까지 너무 좁은 세계에서 살아왔다.

작은 영어 학원의 강사와 안 팔리는 화가. 돈이나 화려한 일과는 연이 없었지만 그럭저럭 만족했다. 그러나 두 사람의 생활에 그 느슨한 궤도가 조금이라도 틀어지면 손쓸 방법이 없다는 불안함이 존재했다.

주소록을 들고 돌아온 다카히코가 전기난로 앞에서 두 손을 비비며 말했다.

"집세, 공짜로 해 준대."

그 후 두 사람 사이에 떨어진 침묵은 숨 막힐 정도로 무거웠다. 비현실적인 계획이 얼렁뚱땅 준비가 되어 버렸다.

이제 결단만 남았다. 그러나 유미와 다카히코는 해가 들지 않는 미래를 앞에 두고 두려웠다. 결국 아무것도 정하지 못한 채 잠자리에 들었다.

다음 날 활짝 갠 아침 하늘을 바라보던 다카히코가 말했다.

"시가에 갈까."

그리고 나서 7개월, 유미는 그 시가에서 수박을 손에 들고 멍하니 정원을 바라보고 있다.

머릿속이 개운하지 않은 것은 수면 부족 탓이다. 어젯밤에는 긴장해서 거의 잠을 못 잤다. 오늘을 경계로 다시 인생의 궤도가 달라질지도 모른다.

도쿄에서 차를 타고 시가로 향했다. 이동 도중에 다카히코는 고속도로 휴게소의 전화박스에 들어가 사쿠노스케에게 전화했다.

"이제 만날 수 없어요. 저는 잊어 주세요."

남편에게 이야기를 듣고, 유미는 조금 더 할 말이 있지 않을까 싶었지만 그런 어수룩함 자체가 다카히코라고, 납득할 수밖에 없었다.

이유를 묻는 사쿠노스케에게 다카히코는 그냥 사과하고 전화를 끊었다고 한다. 사쿠노스케에게 고마운 마음을 갖고 있던 유미는 계속 이 기대를 저버린 행동이 마음에 남았다.

그 후로 겨울이 지나고 봄을 거쳐 여름을 맞이했다. 분주하게 시간이 흘러가 세 사람의 생활이 일상으로 자리 잡자 반동으로 이번에는 평온한 나날을 견딜 수 없었다.

유미도, 다카히코도 이대로 계속 료를 키울 수 있으리라 생각지 않았다. 이제 경찰이 단서를 잡았을지도 모르고 앞으로 료의 학교 문제로 주위에서 수상하게 여길 가능성도 있다.

평온한 생활을 행복하게 생각하면 할수록 다가올 상실의 칼날이 날카로워졌다.

아무튼 경제적인 파탄이 슬슬 눈에 들어오기 시작하자 젊은 부부가 의지할 곳은 한 사람밖에 없었다.

그저께 다카히코가 '리쓰카' 화랑에 전화해서 시가 지역에 살고 있다고 털어놓자, 사쿠노스케는 그저 "만나러 갈게요."라고만 말하고 주소를 물었다고 한다. 그리고 여기에 오기로 했다.

다카히코와 료는 손을 씻고 아틀리에로 쓰고 있는 안쪽 방으로 갔다. 다다미 열 장 크기의 제일 큰 방이다. 이젤에는 항상 캔버스가 걸려 있고 주위 작업대에 그림 도구 한 세트가 놓여 있었다. 화집이나 철학서를 꽂은 책꽂이는 원래 있던 것을 사용하고 있다.

아이러니하게도 도쿄 빌라에 있을 때보다 창작 환경이 더 좋아졌다.

"너무 세부에만 신경이 팔려 있으면 '세부는 전체 안에 있다'라는 걸 잊게 돼. 작은 부분과 큰 전체상을 오가며 세계를 만들어 가야……."

다카히코는 목탄지 다발을 넘기며 료에게 말을 건다. 료는 지금 목탄 데생에 집중했다. 두 사람이 나누는 대부분의 대화는 회화에 관한 것이다. '부모'다운 일은 아무 말도 하지 않지만 미술 교사로서는 이렇게 열성적인 선생님도 없을 것이다.

유미와는 대조적으로 다카히코의 목소리는 기분 탓인지 들뜬 것처럼 들렸다. 심각한 현재 상황은 이해하고 있지만, 오랜만에 사쿠노스케와 만나는 것이 기대되는지도 모른다.

그날 '야쓰부치노타키 폭포'에 그림을 본뜨러 간 것은 료를 걷게 하기 위해서다. 가능한 한 몸을 움직여서 밤에 푹 잘 수 있도록 하려는 목적이었고 부부의 의도대로 료는 신나게 산길을 달렸다.

집에 돌아온 후에는 이른 저녁을 먹고 바로 목욕도 끝냈다. 운동과 스케치를 실컷 즐긴 충만한 하루. 유미가 그림책을 읽어 주는 동안 료는 잠이 들었다.

조용한 시골 마을의 밤, 가죽 구두 소리가 작게 울린 것은 오후 10시가 조금 지났을 무렵이었다.

불투명 유리 너머에 사람 그림자가 흐릿하게 비친다. 유미가 미닫이문을 밀자 여름 재킷을 입은 남자가 서류 가방을 옆구리에 끼고 서 있었다.

"밤늦게 죄송합니다."

그렇게 말하고 손에 든 종이봉투를 내미는 사쿠노스케에게는 전과 변함없이 친근한 분위기가 감돌았다.

유미는 안심하고 "들어오세요."라고 안으로 안내했다.

"호오, 이것 참 집이 좋군요."

사쿠노스케는 오래된 민가가 마음에 들었는지, 봉당에서 한 바퀴 집 안을 둘러보고 유미에게 미소 지었다.

"단층집은 천장이 높아서 기분이 좋군요."

유미가 봉당에서 나무문을 열자 거실에는 다카히코가 서 있었다.

"앗, 다카히코 씨. 오랜만입니다."

사쿠노스케를 보자 다카히코는 말없이 깊이 머리를 숙였다. 인사라기보다 사죄였다.

"여기 구움 과자, 참 맛있답니다."

사쿠노스케는 방석에 앉자마자 종이봉투에서 포장지에 싸인 과자 캔을 꺼냈다.

"그거, 너무 큰데요."

유미가 지적하자 사쿠노스케는 "혹시 부족하면 안 되겠다 싶어서요."라고 눈앞의 부부에게 내밀었다.

"처음 사쿠노스케 씨가 도쿄 빌라에 오셨을 때, 케이크를 여섯 개나 사 오셨죠."

기억을 떠올리고 웃음이 터져 버린 유미에게 사쿠노스케는 "아아, 그랬었죠."라고 서류 가방에서 부채를 꺼냈다.

"설마 간사이에 있을 줄이야."

좌탁에 차를 내오고 자리가 정돈되자 사쿠노스케가 부드럽게 말을 꺼냈다. 다카히코가 "네……."라고 말하고는 고개를 푹 숙여서 사쿠노스케는 유미에게 시선을 옮겼다. 이럴 때 다카히코는 전혀 의지가 되지 않는다.

"아이가 있나 보네요……. 신발이 있어서."

유미가 옆의 다카히코를 보자 동의하는 듯 끄덕여서 전부 털어놓기로 했다.

"지금부터 드릴 말씀은 말하는 것 자체가 무척 용기가 필요해서……."

"무슨 말을 들어도 비밀은 지키겠습니다. 그건 안심하셔도 됩니다."

사쿠노스케에게 재촉받아 작년에 사건의 첫 소식을 전한 전국지의 조간신문을 좌탁 위에 놓았다.

'가나가와에서 동시 유괴'

도드라진 흰색 표제가 춤추는 신문지를 손에 든 사쿠노스케는 순간 굳어 버렸다. 흘끗 부부를 한 번 본 다음, 1면부터 기사를 읽어 나간다. 말은 없지만 무엇을 읽어야 하는지 알고 있는 모양이었다.

사건 관련 기사를 다 읽은 사쿠노스케는 유미에게 신문을 돌려줬다.

"잠깐 숨 좀 돌리죠."

천천히 숨을 내쉬고, 손가락으로 턱을 쓰다듬는다. 긴자를 무대로 산전수전 다 겪은 능구렁이를 상대해 왔지만 어디까지나 '미술상'이라는 입장에서였다. 아무리 천하의 사쿠노스케라도 예상조차 못 했을 것이다.

"두 분이 갑자기 도쿄를 떠난 건 이 유괴 사건과 연관이 있다고 생각해도 될까요?"

"네."

부부의 목소리가 자연스럽게 겹쳤다.

드디어 고백했다. 유미는 오한이 들고 관자놀이의 혈관이 꿀렁거리는 것처럼 느꼈다. 이제 브레이크는 듣지 않는다.

"왜 이렇게 되었는지, 이제 어떻게 해야 좋을지, 다카히코도 저도 모르겠어요."

"한 명을 구출했다는 건 저 봉당의 신발은 이 기사에 있는 나이토…… 나이토 료 군……의 것이라고 이해하면 될까요?"

눈치가 빠른 사쿠노스케는 벌써 상황을 파악했다. 그러나 전부 털어놓기에는 그에 어울리는 용기가 필요했다.

"두 분께 무슨 사정이 있었을 테지요. 조금씩이라도 좋으니 있는 그대로 말해 주세요."

유미가 주저하자 다카히코가 "역시 내가 말할게."라며 자세를 바르게 고쳐 앉았다.

"제게는 마사히코라는 세 살 위의 형이 있습니다. 작년 12월, 형이 아이를 좀 봐 달라고 부탁하러 왔습니다. 솔직히 저는 형을 싫어해서 그때 만난 것도 5년 만이었습니다."

다카히코는 마사히코의 전과를 포함한 경력이나 불효에 대해 자세하게 설명하기 시작했다.

사쿠노스케는 맞장구를 치는 것 외에 끼어들지 않았다. 그리고 진짜로 마사히코가 아이를 데려오고 그 아이가 유괴당한 피해자라고 알게 되었을 때 다카히코가 받은 충격과 분노를 말할 대목이 되자 깊은 한숨을 쉬었다.

"신문은 제가 사 왔어요. 표제가 눈에 들어와서, 가슴이 덜컥 내려앉았어요."

"놀라셨겠지요."

"더는 말이 안 나온다고 해야 하나……. 마사히코 씨는 옛날부터 위태위태했는데 이런 비열한 범죄에 가담하다니……, 저는 너무 한심스러워서."

최근 일곱 달의 생활을 생각하면 눈에 눈물이 맺힌다. 자신의, 다카히코의 인생은 왜 이렇게 꼬여 버린 걸까.

"료 군을 부모님 슬하로 돌려보낼 생각은 하지 않았습니까?"

사쿠노스케의 의문은 맞는 말이다. 유미도 그 당연한 행동을 했으면 지금쯤 도쿄에서 조용히 살고 있을지도 모른다고 생각할 때도 있다.

"저희도 그렇게 생각했어요. 하지만 신문을 읽어 보고 한 가지가 마음에 걸려서."

"부모 말입니까?"

사쿠노스케가 너무 예리해서 유미는 뭔가 사정을 아는 게 아닐까 싶어 두 손으로 좌탁을 짚고 앞으로 몸을 내밀었다.

"주간지 기사라 의심스럽지만 그 어머니가 좀 심하다던데. 자식이 유괴당했는데도 파친코를 하러 가거나, 빌라에 남자를 데려오고 뭐 그런 말이 쓰여 있었어요."

시가에 온 뒤로 유미와 다카히코는 뉴스가 료의 눈에 들어가는 걸 우려해 최대한 정보를 차단하고 살았다. 실제로 뉴스 보도를 통해 수사가 어디까지 진행되었는지 아는 게 두려워 냄새 나는 것에 뚜껑을 덮듯 현실에서 눈을 돌렸다.

"실은 제가 료의 어머니를 만나러 요코하마에 다녀왔습니다."

다카히코는 그때 먼발치에서 지켜본 나이토 히토미의 모습, 대중목욕탕에서 본 료의 앙상한 몸, 이상할 정도로 말이 없던 것 등을 설명하고 "도저히 돌려보낼 수 없었습니다."라고 힘없이 고개를 저었다.

"저희가 제일 걱정한 건 료의 안전이에요. 범인이 자신들의 얼굴을 알고 있는 아이를 어떻게 할지 생각하니, 너무 위험하지 않을까 싶었거든요. 가족에게 돌려보내도 그 엄마잖아요. 그대로 방치돼서 마사히코 씨가 언제 다시 료에게 접근할지도 몰라요."

"저는……."

목소리가 갈라져, 다카히코는 헛기침을 한 번 했다.

"저는 요코하마에서 매스컴 인파를 보고 무서웠습니다. 정말 한심하게도요. 형이 붙잡혀 언론에 보도되면 우리 인생도 엉망이 되겠구나. 어머니도 이제 육십 대 중반이시고 더 이상의 불효는 좀…… 다 저를 지키기 위한 핑계지만요."

"두 분은 부모님께 뭐라고 하셨습니까?"

"제 그림 때문에 한동안 후원자가 있는 시가 지역에 살겠다고요."

유미도 부모님께 똑같이 설명했다. 아직 의심하는 것 같지는 않지만 부모에게도 사실을 말하지 못해서 괴로웠다.

"완전히 '도망 화가'로군요."

그러고 보니 전에 다카히코가 읽은 논픽션과 상황이 비슷하다. 사쿠노스케의 한마디에 자리를 팽팽히 당기던 긴장의 끈이 풀렸다.

"믿지 못할 이야기이지만 대충 사정은 알겠습니다. 아니, 나는 다카히코 씨가 다른 화랑에 넘어간 게 아닌가 그걸 걱정했지요."

"아니요, 그럴 일은 절대 없습니다."

사쿠노스케를 고맙게 생각하던 다카히코가 단호히 부정했다.

"다카히코 씨에게 그럴 마음이 없어도 온갖 감언이설에 헛바람을 불어 넣으며 화가를 확보하려는 화랑은 있으니까요. 그래서 도쿄의 화랑을 돌아다녔는데, 그래도 전혀 행방을 찾을 수 없어서 걱정했습니다."

"불편하게 해 드려서……."

남편이 머리를 숙이자, 유미도 똑같이 따라했다.

"다만 현실은 상상보다 훨씬 더 심각했군요. 여기까지 왔으니 기탄없이 묻겠습니다. 생활은 어떻게 하십니까?"

다카히코와 눈을 마주친 유미는 영어 학원에서 일하고 있다고 말했다.

"'레인보우'라는 작은 학원인데요, 이력서만으로 쉽게 채용되어서. 좋은 게 좋다는 식이라 월급도 직접 주세요."

유미는 강사 경력이 많고 무엇보다 '영어 검정 1급' 자격을 취득한 것이 컸다.

"다카히코 씨는 어떻습니까?"

"전에 사쿠노스케 씨가 소개해 주신 초상화 대금과 학원에서 받은 퇴직금을 쪼개 가면서요, 지금 새로운 수입은 없습니다."

"그렇습니까……. 대충 사정은 알겠습니다."

사쿠노스케가 거실 안쪽에 닫혀 있는 맹장지로 시선을 옮겼다.

"그런데 료 군은 어떤 아이입니까?"

다카히코는 갖고 있던 목탄지 다발을 내밀었다. 사쿠노스케가 받아들고 첫 페이지를 보자 얼굴에서 미소가 사라졌다.

같은 크기의 정사각형을 세로로 열 개 쌓아 올린 그레이스케일. 위로 갈수록 색이 옅어지는데 목탄 한 개로 섬세하게 열 단계의 명암을 표현하고 있다. 정사각형도 자를 대고 그린 것처럼 반듯하고 흔들림이 없다.

"이걸 저 아이가?"

다카히코가 끄덕이자 사쿠노스케는 "아직 네 살이잖아요?"라고 의심하듯 물었다.

"생일이 지나서 다섯 살이에요."

"아니, 아무튼 말입니다. 좀 믿기 힘들군요."

"일곱 달 동안 매일 데생을 했어요. 뭐라고 안 해도 계속 그려요."

사쿠노스케는 이불 건조기나 수박 등 일상 속 정물이 그려진 목탄지를 차례로 넘겼다. 전부 다 보고는 "이야."라고 감탄하더니 눈을 감고 잠시 꼼짝하지 않았다.

"말이 안 나오네……."

유미도 료의 그림에 재능을 느끼고 있었으나 안목 있는 사쿠노스케가 말문이 막히는 것을 보자 역시 틀림없다고 확신했다. 료가 제삼자에게 인정받은 게 처음이라 마치 자기 일처럼 기뻤다.

그 후 다카히코가 아틀리에를 안내하고, 유미는 사쿠노스케의 이부자리를 정리하고 잠들었다.

깊이 잠든 료의 얼굴을 보면 무한한 미래가 느껴진다. 그렇게 생각하자 유미는 지금의 생활이 료의 가능성을 빼앗는 게 아닐까 불안해졌다. 그러나 자식이 없어져도 태평하게 파친코를 하러 가는 어머니가 료를 행복하게 해 줄 거라고는 도저히 생각할 수 없다.

한편 전부 털어놓은 뒤 사쿠노스케의 반응이 의외로 온화해서 유미는 안도했다. 설령 그것이 일시적인 평온함이어도, 중대한 비밀을 안고 있는 생활은 정신적인 부담이 크다. 믿을 수 있는 사람에게 전부 털어놓자 유미는 그날 평소와 다르게 금세 잠들었다.

다음 날 아침 이미 해가 떠 있어서 유미는 서둘러 이불에서 빠져나왔다. 유리문이 열려 있고, 료가 긴 툇마루에 앉아 스케치를 하고 있었다. 평소와 다른 것은 사쿠노스케가 그 모습을 뒤에서 구경하고 있다는 것이다. 역시 긴자의 미술상답게 벌써 와이셔츠와 슬랙스로 갈아입었다.

아무 생각 없이 돌아본 료가 사쿠노스케를 봤다. 몰랐던 걸까, 몸이 굳었다. 그러나 바로 유미를 발견하고 "엄마."라며 달려왔다.

어느새 "엄마."라는 소리도 익숙해졌다.

료가 처음 유미를 그렇게 부른 것은 가이즈오사키의 벚꽃이 만개했을 즈음이었다. 차를 타고 현도를 달리고 있을 때 뒷좌석에서 옆에 있던 료가 작은 초콜릿 꾸러미를 내밀었다. "이거 주는 거야? 누구한테?"라고 묻는 유미에게 가녀린 목소리가 돌아왔다.

"엄마."

쑥스러운지 고개를 숙인 료가 귀여워서 유미는 "고마워."라고 밝게 말하고 안아 주었다. 죄책감이 깔려 있는 생활에서 팽팽하게 긴장한 탓인지 겨우 차 스푼 하나의 행복에도 눈물이 나올 것 같았다.

그 료가 지금 자신의 뒤에 숨어서 '침입자'를 보고 있다.

"이런, 놀라게 해서 미안하구나. 아저씨는 엄마 친구니까 걱정 안 해도 돼."

그 뒤에 사쿠노스케와 같이 아침밥을 식탁에서 먹었지만 료는 긴장해서 반찬을 대부분 남기고 말았다.

신경 써서 이른 시간에 집을 나선 사쿠노스케는 다카히코에게 어떤 제안을 했다.

"편지?"

"응. 기지마의 집에는 료가 살아 있다고 알리는 게 좋지 않겠느냐고."

"하지만……."

머뭇거리는 유미에게 다카히코가 "우선 사쿠노스케 씨가 기지마 집을 조사해 보겠대. 제대로 된 사람들이면 어머니를 대신해서 키워 줄지도 모르니까."라고 덧붙였다.

"사쿠노스케 씨가 그렇게 말했어?"

"응. 그리고 편지를 보내서 그게 언론에 유출되는지도 지켜보고 싶대."

사쿠노스케는 꽤 앞의 일까지 내다보는 구석이 있다. 물론 자신들에게 최선의 결과를 챙겨 주려는 마음일 것이다. 그러나 현실에서 일이 움직일 기색을 보이자 가슴속에 작은 그늘이 드리워졌다. 어떤 경로로 가도 도착지에는 료와의 작별이 기다리고 있다. 자신을 "엄마."라고 불러 주는 아이와 이제 다시는 만날 수 없다. 상상하자 가슴이 아팠다.

툇마루에 앉아 다시 스케치를 시작한 료를 보고 유미는 그 뒷모습을 꼭 끌어안고 싶었다.

사쿠노스케와의 소통은 다카히코가 정기적으로 공중전화를 이용해 연락하는 단순한 방법이었다. 기지마의 집에 보낸 첫 편지에는 료의 무사함과 사죄, 그리고 본인이 조부모의 집에서 살고 싶어 한다는 말을 적었다. 실제로 료가 시게루나 도코에게 따로 한 말은 없었지만 사쿠노스케의 지시에 따랐다. 장난 편지가 아니라는 증거로, 사진 대신에 료가 그린 그림을 함께 넣었다.

편지는 우선 긴자의 '리쓰카'에 보내고 지문을 지운 뒤 간토 중 어딘가에서 우체통에 넣는 형식을 취했다.

의외였던 것은 유미가 나이토 히토미에게 엽서를 보내겠느냐고 물어보자 료가 "보낼래."라고 대답한 것이다. 사쿠노스케가 말리기는 했다. 그러나 다카히코는 양심의 가책을 이기지 못하고 셋이 교토의 여름 축제에 갔을 때 몰래 우체통에 넣었다. 히토미가 좋아하는 복숭아 그림을 그리는 료의 옆얼굴을 바라보던 유미는 소외감 비슷한 서운함이 들었다.

사쿠노스케가 시가를 다시 찾아온 것은 여름의 끝자락이었다. 료를 상대로 백전연마의 미술상이 준비한 대책은 36색 색연필. 사쿠노스케가 스케치북에 거실 좌탁을 쓱쓱 그려서 색칠해 보여 주자 료는 눈을 반짝거리며 그림에 다가왔다. 줄곧 흑백의 세계에서 그림을 그렸기 때문에 옅은 색감이 신선하게 비친듯하다.

그날 저녁 식사 때 작은 사건이 일어났다. 절임 반찬을 씹던 료가 입 안에 있던 것을 뱉어 낸 것이다.

"어머, 이거 이 아냐?"

유미가 손가락으로 흰 파편 같은 물체를 집어 들었다. 신기하다는 표정으로 입을 벌린 료의 아래 앞니에 작은 구멍이 생겼다.

"진짜네! 젖니가 빠졌구나. 처음이니?"

유미가 료의 입을 확인해 보니 다른 작은 이는 제자리에 가지런하게 있었다.

"처음이구나. 료, 아기 이가 빠지는 거란다. 이제 곧 여기에 어른의 이가 나올 거야."

유미가 귀여운 이를 검지 위에 올려놓자 어른들이 웃었다. 료는 쑥스러운지 고개를 갸웃거렸다.

"유미야, 그거 버리면 안 돼."

"그러네……. 그래도 어떻게 하려고?"

"내가 상자를 만들게."

다카히코 말로는 상자의 내부를 입 모양으로 만들어서 어디에 있는 이가 빠졌는지 알 수 있게 한다는 것이다.

"전부 모으면 즐겁지 않겠어?"

"그럼 이가 빠진 날짜를 쓸 수 있도록 만들면 어떨까요? 그게 추억을 떠올리기에 좋지 않을까요?"

성인 남자 둘이 신이 나 있는 것을 흘끗 보고 유미는 "좋네."라고 분위기를 맞췄지만 상자를 상상하자 마음이 복잡해졌다.

아이의 이가 새로 난다는 건 육친에게도 큰 즐거움이 아닐까. 나이토 히토미는 몰라도 조부모의 즐거움을 빼앗고 있을지도 모른다고 생각하자 마음이 괴로웠다.

그리고 더욱 괴로운 것은 이 젖니 상자가 완성될 때까지 료와 함께 살 가능성이 한없이 낮다는 것이다. 앞으로 채워 나갈 상자의 어느 시점에는 이 아이와 헤어져야 한다. 고작 여덟 달을 같이 살았을 뿐인데 유미는 복받치는 자신의 감정에 놀랐다. 앞으로 함께 먹고 자며 지낼수록 애절함이 더해 가리라는 건 쉽게 상상할 수 있었다.

밤에는 마당에서 불꽃놀이를 했다. 평소에 거의 밖에서 놀 수 없는 료는 불꽃이 발하는 다채로운 빛과 큰 폭죽 소리에 흥분해서 아이처럼 신이 나서 설쳐 댔다. 다카히코가 똑같이 신이 난 것은 료가 불쌍한 생각이 들지 않게 하려는 속죄일지도 모른다.

"일전의 편지 말입니다. 아직 아무 반응도 없어요."

쪼그리고 앉아 센코하나비˙에 불을 붙이고 있는 사쿠노스케가 유미에게만 들리는 목소리로 말을 걸었다. 유미도 옆에 쪼그리고 앉아 불꽃에 불을 붙였다.

"경찰에 신고 안 했을까요?"

"아직 모르지요. 경찰이 비장의 카드로 감춰 두고 있을지도 몰라요. 조금 더 반응을 지켜보죠. 길이 없는 것도 아니니."

● 선향 불꽃. 짚 끝에 화약을 비벼 넣은 작은 불꽃놀이

"정말 죄송해요. 하지만 절대 무리는 하지 마세요. 안 그래도 폐만 잔뜩 끼치고 있는데요."

"아니에요, 상관없어요. 저는 저를 의지해 줘서 참 기쁩니다. 두 사람의 인품도 잘 알고요. 료 군의 저 즐거워하는 얼굴을 보고 있으면 뭐가 정답인지 모르겠어요."

료가 양손에 센코하나비를 들고 다카히코를 쫓기 시작했다. 주위에는 화약 냄새가 가득하고 불꽃이 자신의 몸을 태워 토해 내는 흰 연기가 어둠 속을 용처럼 타고 올라간다.

"다만."

사쿠노스케는 거기에서 말을 끊고 유미를 흘끗 봤다.

"계속 이렇게 살 수는 없어요."

그 예리한 말에 유미의 손이 떨렸다.

불꽃을 다 태운 센코하나비가 석양빛의 빨간 구슬을 떨어뜨렸다.

2

아침놀 빛은 왜 이렇게 다정할까.

아직 신선한 해가 하늘을 옅은 하늘빛과 핑크빛으로 물들이고 있다. 오늘 새벽까지 눈을 뿌리던 구름은 이제 보이지 않는다. 다카기하마의 모래는 전부 눈으로 대체된 듯, 순백의 호반에는 발자국도 거의 없었다.

그런 백은을 녹이는 물결이 칠 때면 수면이 햇빛을 반사해서 U자를 그린다. 해안선 끝에 있는 소나무 숲은 유유히 흔들리는 수면에 거꾸로 풍경을 비추고 있다.

긴 부츠를 신은 다카히코와 료는 눈 위에서 접의자를 펼치고 나란히 앉았다. 스케치를 하는 두 사람을 뒤에서 보고 있던 유미는 감상에 젖었다.

쉽게 볼 수 없는 아름다운 순백의 세계가 영향을 미치고 있는 탓이겠지만 이곳에 서는 것이 마지막일지도 모른다는 상황에 감정이 극한에 달했다.

영어 학원 학생의 학부모에게 이상한 말을 들은 것은 2주 전, 해가 바뀌고 두 번째 레슨이 끝난 다음이었다.

"선생님, 아들 있으세요?"

학생을 데리러 온 학부모에게 질문을 받고 동요했다.

"아니요……, 왜 그러시죠?"

"남편분과 어린 남자아이, 셋이 차에 탄 걸 봤거든요."

잠깐 살다 간다며 마을 모임에도 들어가지 않고 집 근처의 교류는 최소한으로 줄였다. 걸어가다가 누가 말을 거는 게 싫어 최대한 차로 이동했다. 그런데도 차 안에 있는 모습을 봤다니, 정말 어쩔 도리가 없다.

"아아, 아마 조카일 거예요."

학원에는 결혼한 사실은 말했지만 자녀는 없는 것으로 해 뒀다. 학원과 집은 차량으로 20분 정도 떨어져 있으므로, 시간이 지나 방심하고 말았다.

"그럼 괜찮겠네요. 혹시 아들이 있으면 조심하는 게 좋을 것 같아서요."

"조심하라니요?"

"이 근처에서 경찰이 아이를 데리고 돌아다니는 부랑자를 찾는
대요. 저도 전해 들은 얘기라 잘 몰라요."

핏기가 가셨다.

경찰이 찾고 있는 것은 자신들과 상관없는 사람일지도 모른다.
오히려 그쪽이 더 가능성이 높을 것이다. 그러나 만에 하나 경찰
이 집에 들이닥쳐 료를 찾아내면 그때 제대로 발뺌할 수 있을까.

운전면허증에는 노모토 유미이지만 학원에서는 사이타마현 출
신의 하시모토 다카코로 일하고 있었다. 료를 수상하게 여겨 혹시
경찰이 '레인보우'에 가면……. 불안이 나쁜 상상을 불러와, 유미
는 무서워서 견딜 수 없었다.

집에 돌아가서 다카히코에게 의논하자 그는 당장 '리쓰카'에 연
락했다. 사쿠노스케는 "그 학부모의 말을 듣고 갑자기 사라지는 것
도 좀."이라며 앞으로 2주 정도 상황을 지켜보자고 말했다고 한다.

사쿠노스케에 따르면 사건 발생 후 1년이 되자, 각 신문사에서 특
집 기사를 내고, 와이드 쇼에서도 유괴 사건에 대해 방송했지만 아
직 료의 사진 한 장 입수하지 못해 큰 화제가 되지 않았다고 한다.

유미는 학원에 "부모님이 편찮으셔서 당분간 사이타마로 돌아
가게 되었습니다."라고 설명하고, 별다른 의심을 사지 않고 자연
스럽게 그만두었다. 그러나 짐을 정리하면서 보낸 약 보름 동안은
살아 있는 기분이 들지 않았다. 언제 경찰이 초인종을 누르고 현
관문을 열고 들이닥쳐도 이상할 것 없다. 실제로 아무 맥락이 없

는 꿈속에서 형사 두 명이 나오고 놀라서 잠이 깨기도 했다.

"이 눈 내린 경치의 색 말이다, 아무것도 안 해도 예쁘지? 아름다운 것은 있는 그대로 아름다운 법이야. 아름답게 보이려고 의식하면 할수록 부자연스럽게 되지."

다카히코는 다시 아이를 상대로 어려운 말을 늘어놓고 있다. 그의 말에 료는 끈기 있게 귀를 기울였다.

"눈을 감아도 그 그림이 떠오른단다. 아빠는 잔상이 있는 그림을 그리고 싶어."

시가에서 사는 동안 료는 다카히코와 유미를 '아빠', '엄마'라고 부르게 되었다. 처음에는 쑥스럽고 미안하기도 했지만 지금은 완전히 익숙해졌다.

다카히코와 료가 스케치북을 의자에 내려놓고, 호수에 다가갔다. 좋은 마을이었다. 마지막에 이런 아름다운 경치를 선물해 줄 거라고 생각지 못했다.

오늘 시가를 떠날 수 있어 정말 다행이다. 그러나 다시는 료와 비와호를 바라볼 일이 없다고 생각하니 고요함과 허전함이 가슴을 찔렀다.

솜처럼 흰 눈에 찍은 멀어져 가는 두 사람의 크고 작은 발자국을 보고 유미의 눈이 갑자기 촉촉해졌다. 가까이 붙어서 이어지는 발자국이 아버지와 아들의 것으로 보였기 때문이다.

호수 물결은 언제나 고요히 말을 건다. 호반의 의연한 공기를 들이켜고 가만히 내쉰다.

그렇게 유미는 마을에 작별을 고했다.

홋카이도는 밤이었다.

페리에서 나온 낡은 '하이에이스'가 불안불안한 엔진 소리를 내며 항구를 달린다. 뒷좌석의 료는 뒤를 돌아 터미널의 불빛을 아쉽다는 듯 보고 있었으나 항구를 빠져나오자 옆자리 유미의 손을 잡고 눈을 감았다.

거의 난방이 되지 않는 차 안은 서늘했다. 료에게 담요를 덮어주고 유미가 잠을 재우려고 어깨를 토닥거린다. 몇 분도 지나지 않아 잠든 숨소리가 들려왔다. 료는 지쳐 있었다.

시가를 나와 엿새째. 차를 타고 계속 북으로 올라가, 도중에 고속도로에서 내려와 사우나나 허름한 숙소에서 몸을 쉬었다. 서쪽 해안을 달리는 경로라서 도쿄를 통과하지 않았다. 어쨌든 아이를 데리고 본가로 돌아갈 수도 없다. 가가 지역의 온천이나 아키타에서는 오가의 해안에 접근하기는 했지만, 기본적으로 이사 중이라서 재미없는 여행이었다. 특별히 기록할 만한 것은 없으나 그나마 이동 중에 2월이 됐고, 다카히코가 길치라는 것이 재미있는 정도려나.

하치노헤에서 혼슈에 작별을 고하고 카페리로 도마코마이에. 정오가 조금 지난 운항편이었으나 도마코마이의 항구에 도착했을 때는 이미 해가 떨어져 있었다.

항구 마을답게 주위에는 민가나 상점이 많고 생활의 기운이 가득 차 있었다. 그러나 잠시 달리는 사이 눈에 띄게 불빛이 줄어들었다. 피로와 고요, 게다가 적당한 진동도 있어 유미는 잠깐 선잠이 들었다.

목소리가 들려 황급히 몸을 일으켰다.

"아, 잤어? 미안해."

"잠깐 좀 멍해졌어. 나야말로 미안해. 운전하는데."

창밖을 보자 더욱 초록이 짙어져 있었다.

"여기 어디야?"

"역시 홋카이도는 참 크구나."

"그래서?"

"길을 잘못 들어선 것 같아."

엿새 동안 도대체 몇 번 들은 말일까. 유미는 "또 나왔네."라며 웃었다.

"이제 서점도 문 닫았겠지?"

"애초에 서점이 없는 것 같아."

홋카이도 지도 한 장 가져오지 않았다. 유미는 스스로도 참 어이없었다.

"파출소도 없고. 큰일 났네."

"반대 방향이면 어떡해."

"아니야, 아까 신호에서 안내표지 봤거든. 아마 방향은 맞을 거야."

"그래, 급한 일도 없고, 여차하면 차에서 자도 되니까."

"엔진 끄면 추울걸. 야에코에서 휘발유 가득 채우길 잘했다."

어둡고 넓은 길이 이어진다. 안 그래도 밤은 불안한데, 모르는 시골길은 더욱 그렇다. 조용한 차 안에서 거의 바뀌지 않는 경치를 보고 있으려니 유미는 어둠에 빨려 들어갈 것 같은 착각에 빠졌다.

'떠돌이 생활'이라는 표현이 정확할 듯한데 마음에 떠도는 왠지 모를 고독은 어쩔 수 없다.

"어? 저기 뭔가 되게 환하네."

다카히코의 목소리에 이끌려 앞을 바라보자 왼쪽에 운동장이 보였다.

"야간 조명이네. 사람도 있는 것 같아."

다카히코의 목소리가 들떠 있다. 혼자 앞에서 운전하는 그 역시 캄캄한 밤이 불안했을지도 모른다.

"무슨 이벤트 하나?"

"다카히코, 가 보자. 길도 물어보고."

운동장 근처에 차를 세우자 료가 잠에서 깼다. 같이 밖으로 나갔다가 살을 에는 추위에 얼어붙었다.

초등학교 교정 크기의 운동장은 스케이트장이었다. 스포츠 시설이라기보다 더 허술한 느낌이 든다. 조명으로 희게 빛나는 얼음 위에 서른 명 정도의 아이들이 신이 나 있었다.

"스케이트를 타네……. 이게 다 뭐야?"

입술을 덜덜 떠는 유미를 료가 걱정스럽게 올려다봤다. 유미는 작은 손을 자신의 코트 주머니에 넣어 따뜻하게 온기로 감쌌다.

"이 스케이트장 직접 만든 거 아냐? 봐, 주위에 눈이 남아 있잖아?"

"나, 잘은 모르겠는데 스케이트장을 눈으로 만드나?"

"아니, 나도 잘 몰라……."

스케이트장 위에서 아이들의 밝은 목소리가 울려 퍼진다. 밤길을 달리다 불안해지긴 했지만 아직 오후 8시가 조금 지났을 뿐이다. 사람과 불빛이 있으니 마음에 여유가 생긴다.

흰 텐트가 두 개 쳐진 평범한 운동장에서 사람들이 스케이트를 즐기고 있다. 게다가 야간 조명까지 사용해서.

"우리, 진짜 홋카이도에 왔구나……."

유미의 절절한 목소리에 다카히코가 끄덕였다.

료는 그 자리에서 발돋움하며 아이들을 멍하니 바라보고 있었다.

"료도 타고 싶어?"

유미가 묻자, 료는 힘차게 고개를 저었다. 소극적인 료라면 그렇게 대답할 줄 알았다. 그래도 유미는 아이들이 즐겁게 타는 것을 보고 있으려니 미안했다.

료를 생각하면 할수록 해 주지 못하는 일 하나하나가 가슴을 찌른다. 육아를 반쯤 방임한 나이토 히토미에게 정의는 없을 테지만, 이렇게 어린아이를 끌고 돌아다니는 자신들에게도 윤리는 없다.

"나, 잠깐 길 좀 물어보고 올게."

너무 추웠던 유미는 료에게 차로 가자고 했다. 차문 앞까지 왔을 때 스케이트장을 돌아보고 생각했다.

홋카이도에는 언제까지 있으려나.

3

큰북의 리듬과 사람들의 북적이는 소리가 기분 좋게 귓가에 울렸다.

5월 홋카이도의 바람은 상쾌하고 거리에는 초록 잎이 넘쳐흐른다. 휴일에 초여름의 경치를 즐기려고 유미와 다카히코는 도오 자동차 도로의 '우스산 휴게소'를 찾아갔다. 현지에서는 전망이 좋은 곳으로 유명하다.

그날은 마침 휴게소에서 이벤트가 열리고 있었다. 매점 등이 들어선 시설 앞에서 머리띠를 두른 남자들이 탄탄한 허벅지를 드러내고 북을 치고 있다. 큰 북을 올려놓은 작업대에 '무자태고다테(武者太鼓伊達)'라고 쓰여 있어 유미는 자신이 사는 마을이 다테 가문의 연고지라는 걸 또 한 번 실감했다. 보통은 집어 들지 않는 향토사 서적을 도서관에서 읽은 것은 새로 학원을 열게 되어 마을에 대해 알고 싶었기 때문이었다. 또 홋카이도가 너무 미지의 영역이라는 이유도 있었다.

여기저기에 깃발이 세워져 있고, 녹색의 날이나 특산품 판매도 있어 주위는 축제 분위기다. '하이웨이 나우'라는 이벤트인 듯한데 이 지역 아이들이 주위를 뛰어다니고 있다.

그런 북적거리는 자리에서 조금 떨어진 광장에 다카히코와 료가 있었다. 유미가 북 연주를 보고 있는 동안 이동한 듯하다.

"안됐네."

원래라면 고마가다케산이나 우스산도 보이는 전망 지점이지만 봄 안개 때문에 다테의 마을조차 거의 보이지 않는다. 유미는 언젠가 다카히코가 맑은 날 여기에서 전망을 그리면 좋겠다고 생각했다.

"지금도 료와 그 이야기를 하고 있었어, 이 안개가 나한테는 아주 아름답게 보여.”

“어? 아무것도 안 보이는데?”

“안개에만 초점을 맞춰서 보면 빛나고 있어. 조용히 빛나. 하늘이나 바다, 선명한 파랑과 비교하면 흐리게 보이지만 안개 그 자체는 차분하고 좋은 색이야.”

“뭔가 당신 행복해 보여.”

“료 덕분이야, 마침내 화가가 된 것 같아.”

공전의 호황을 가져다준 꿈의 거품이 터져도 세상은 여전히 눈에 보이고 알기 쉽거나 바로 손에 넣을 수 있는 것에 달려든다. 그런 경박함은 유미도 알고 있었다. 화단의 속물근성에 치명상을 입은 다카히코는 아이러니하게도 료와 달아남으로써 예술과 똑바로 마주하고 있다.

한번 모든 걸 버리고 떠날 필요가 있었을지도 모른다.

다카히코의 감성이 깨끗해진 것은 기뻐할 일이다. 그러나 남편으로서의 다카히코도 달라지는 것 같아서, 유미는 혼자만 뒤처진 것 같아 공허했다.

조금 전까지 화려하게 들려오던 북소리에 애절함이 겹치며 유미의 고동도 빨라졌다.

새로 이사한 다테시는 도내에서 온난한 지역이었다. 축복받은 기후였기에 양질의 채소가 자랐고, 시가지에서 벗어난 곳에 사는 유미와 다카히코의 집은 주위에 광대한 감자밭이 있다.

밭의 짙은 색 흙, 울창한 숲의 나뭇잎. 넓게 펼쳐진 자연 속에서 초록 억새가 바람에 흔들리고 어딘가 나뭇가지에서 날개를 쉬는 작은 새들이 지저귄다.

현재 상황을 잊어버릴 듯한 한적하고 맑은 나날들이었다.

새집도 시가처럼 단층집으로, 오래된 민가는 아니지만 지은 지 꽤 되었다고 알고 있다.

여기저기에 단차가 있고 수납할 곳이 적다. 집 안의 미닫이문이 덜컹거리고 얇은 카펫은 얼룩투성이다. 원래 있던 주방 식탁이나 석유난로도 상당히 오래된 물건이었다.

그러나 방 개수가 충분하고 마당도 넓었다. 유미는 염원하던 텃밭을 가꾸기 시작해 토마토, 오이, 풋콩을 키우고 있다. 이런 상황에서 손을 내밀어 준 사쿠노스케에게는 아무리 감사해도 부족하다.

'후쿠에이' 백화점 개인전이 중단된 이후 사쿠노스케는 열정적으로 화가 노모토 다카히코를 팔기 시작해 몇 명의 유력한 수집가를 찾아냈다. 그중 한 사람이 사카이 다쓰오였다.

사카이는 도내의 저명한 경제인 중 한 사람으로 특히 출신지인 다테에서는 입지전적인 인물로 유명하다. '호쿠세이 물류'를 우량 기업으로 키워 냈고 문화 사업에도 힘을 쏟아 홋카이도 미술계에서는 그림 수집가로 유명했다.

사카이는 다카히코의 그림을 좋아했지만 작품 수가 적어서 손에 넣은 것은 정물화 한 점뿐이다. 사쿠노스케가 "한동안 홋카이도에서 돌봐 주지 않겠나."라고 타진했더니 흔쾌히 승낙했다고 한다.

꼼꼼한 사쿠노스케는 유미에 대한 배려도 게을리하지 않았다. 아무리 후원자를 찾아내도, 그림이 완성되지 않으면 생활이 어렵다. 사쿠노스케가 사카이에게 유미가 일할 곳을 찾아 달라 상담했더니 "그렇게 영어를 잘하면 학원을 차리면 된다."라며 빈집을 사용할 수 있게 해 주었다.

유미는 한번 사쿠노스케와 함께 사카이에게 감사 인사를 하러 간 적이 있다. 오타루의 자택에서 환대를 받았는데 다카히코도 함께였기 때문에 료를 데리고 갈 수밖에 없었다.

물론 사카이는 유괴 사건에 대해 모른다. 유미는 료의 나이를 한 살 어리게 얘기하고 "다카히코의 일 때문에 이동이 잦아서 집에서 가르치고 있다."라는 '설정'을 준비해 후원자 집을 방문했지만, 실제로는 미술 담론과 사업 실패담, 료의 그림을 보는 데에 시간을 보냈다. 사카이는 부모가 자녀에게 읽고 쓰기를 가르친다는 말에 감탄했는지 추후에 학습지와 그림책을 잔뜩 보내 주었다.

유미는 결코 잘난 척하지 않고 술을 마셔도 흐트러지지 않는 사카이에게 호감을 갖고 가끔 직접 감사의 편지를 써서 보냈다.

이 도피 생활에서 아이러니를 느낀 적이 몇 번인가 있었는데, 영어 학원을 차린다는 유미의 꿈이 실현된 일도 그러했다. 집세는 무료나 다름없고 책상과 화이트보드, 교재와 같은 초기 비용도 지원해 주었다.

사카이는 "한동안은 먹고살기 힘들겠지만 남편분 그림은 반드시 높게 평가받을 겁니다. 힘내서 돈을 벌어 주세요."라고 덧붙였다.

학원 이름을 '레인보우'로 지었다. 단순히 무지개가 좋아서이기도 하지만 어중간하게 학생을 포기한 시가의 경험이 마음의 짐으로 남았기 때문이다. 유미는 다카시마에서와 마찬가지로 연기를 계속할 작정이었다. 성황까지는 아니지만 인건비가 들지 않는 개인 학원의 수입은 생활에 약간의 여유를 가져다주었다.

아틀리에로 사용하는 다다미 여덟 장 크기의 방에서 평소처럼 다카히코가 붓을 잡고 있다.

캔버스에는 다카시마의 계단식 논이 그려져 있다. 완만한 능선을 따라 눈부실 정도로 푸르른 논이 단차를 이루며 조성되어 있다. 깊은 산만큼이나 짙은 이 초록은 자연과 사람이 사이좋게 공존해 살아가는 모습을 담아 낸 그림이다. 유미는 멀리서 보아도 그 속에 담긴 우아한 아름다움을 한눈에 알아볼 수 있었다.

"끝났어요?"

다카히코가 붓을 내려놓고 몸을 쭉 펴자 옆에서 사카이에게 받은 책을 읽고 있던 료가 물었다.

"아니, 마지막에는 포기할 수밖에 없어. 잠깐 쉬려고."

커피를 마시고 작게 한숨을 쉰 다카히코가 캔버스를 향하며 말한다.

"언제까지고 완성하지 못하면 두려워지거나 허무해지기도 하는데, 화가는 그걸 받아들일 수밖에 없어."

다카히코는 새로운 목제 팔레트를 준비하고 페인팅 나이프로 그림물감과 유화제를 섞는다.

료와 살기 시작한 뒤부터 다카히코는 사용하지 않는 그림물감이나 사용할 수 없는 붓을 망설이지 않고 처분하게 되었다. 창작에 집중하는 남편을 보고 있으면 '버린다'는 행위를 의식하고 있는 것처럼 비친다.

'버린다'라는 행위가 도구에만 해당되는 건 아니었다. 누가 봐도 아름답다는 소위 관광 명소 같은 풍경에 흥미를 보이지 않게 되었다. 역 건물이나 어린이 공원 등 생활과 연결된 것들을 스케치하는 시간이 늘었다.

자신에게 애매하던 일을 료에게 말하는 행위가 다카히코에게 중요한 성찰의 시간이 되는 듯했다.

그날 저녁 식사 때 료가 "목이 아프다."라고 말했다. 일회용 손난로를 타월로 감아 목을 따뜻하게 해 주고 오후 8시에 잠을 재웠다. 같이 살아 보니 료는 의외로 튼튼해서 지금까지 열이 난 적은 한 번밖에 없다.

아이였기 때문에 유미와 다카히코는 하룻밤 자면 나을 거라고 낙관했다. 그러나 밤이 되니 식은땀을 줄줄 흘리기 시작해, 체온은 39.2도까지 올라갔다.

고무 물베개에 얼음을 채우고 벽장에서 담요를 꺼내 일단 몸을 따뜻하게 했다.

"더 열이 오르면 병원에 가야 할지도 몰라."

유미의 말에 다카히코는 말없이 고개를 숙였다. 병원에 데려간다는 것이 무엇을 의미하는지. 두 사람은 지나칠 정도로 충분히 잘 알고 있었다.

보험증도 모자 수첩도 없다. 입원이라도 하게 되면 "나중에 가져오겠다."라고 말하고 도망칠 수도 없다. 병원에 가는 것은 너무 위험했다.

유미의 머릿속에 영어 학원 근처에 있는 내과 병원이 떠올랐다. 의사와 안면이 있는 사이라 무리한 부탁이라도 들어줄지 모른다. 이미 늦은 시간이었지만 근처에 집이 있다고 얘기했다.

하지만 지인이라면 더욱 보험증에 대해서 거짓말을 할 수 없다. 집에는 의학 관련서가 한 권도 없고 특히 몸이 작은 아이는 어떻게 해야 할지 전혀 알 수 없었다. 생각하면 할수록 가능성의 문이 닫혀 간다.

이런 형태로 갑자기 료와의 생활이 끝나 버리는 걸까. 현실 앞에서 유미의 마음속은 혼란스러웠다. 보라색으로 변한 료의 입술에 손가락을 댔을 때 심각한 가능성을 깨달았다.

예방접종을 맞지 않았다…….

지금까지도 줄곧 마음에 걸리긴 했다. 만에 하나 큰 병이라도 앓게 되면 목숨이 위태롭다. 역시 병원에 데려갈 수밖에 없다. 료를 안아서 일으키려는데 다카히코가 유미의 어깨에 가만히 손을 얹었다.

"사쿠노스케 씨에게 전화해 보자."

"뭐 하러. 미술상은 의사가 아니야."

"일단 진정해."

"안 돼. 이 아이, 예방접종을 맞지 않았어. 아주 무서운 병에 걸렸을지도 몰라."

"아무튼 사쿠노스케 씨에게 전화할게."

"왜! 우리가 나쁜 게 아니잖아! 료를 힘들게 해서…… 이렇게 괴롭히는데 병원에도 못 데려가…….."

패닉에 빠져 눈물이 그치지 않았다. 유미는 담요를 꼭 잡고 울었다.

다카히코는 말없이 일어나더니 거실로 가서 전화를 걸었다. 다카히코가 대답하는 소리가 들리자 조금 냉정을 되찾았다. 유미는 자신도 거실로 향했다.

"아아, 깜짝 놀라셨죠?"

다카히코에게 수화기를 받아들자 사쿠노스케의 명랑한 목소리가 들려왔다. 맥이 풀릴 만큼 천연덕스러운 목소리를 들으니 어떻게 좀 해 달라고 매달리고 싶었다.

"아이들은 종종 열이 나요. 원래 해열제는 필요 없는데 제가 전에 이것저것 생필품을 보내지 않았습니까?"

사쿠노스케는 가끔 세제나 인스턴트식품 등 생필품을 보내 줬다.

"거기에요, 반창고 같은 작은 걸 넣은 봉지가 있을 거예요, 그 봉지에 병원에서 받아서 사용하지 않은 좌약 해열제가 있어요."

"진짜요?"

"우리 작은 딸이 소아과에서 받은 건데 그리 오래된 게 아니라 사용할 수 있을 거예요. 료 군이라면 반으로 자르는 게 좋을 것 같네요."

이제 살았구나 싶어 다시 눈물이 나왔다.

"사쿠노스케 씨, 정말 감사합니다……. 정말…….."

목이 메어 제대로 말이 나오지 않았다.

"너무 자책하지 말아요. 다만 40도가 넘을 것 같으면 역시 병원에 가야 될 거예요."

전화기 앞에서 몇 번이나 머리를 숙이고 수화기를 내려놓은 유미는 다시 료의 열을 쟀다. 아직 38.7도였기 때문에 사쿠노스케가 말한 좌약을 반으로 잘라 사용했다.

다음 날 아침에는 37도 부근까지 열이 떨어지고 안색도 좋아졌다. 조금씩 식욕을 되찾고 하루가 더 지나자 정상 체온으로 돌아왔다.

주말에 일하면서 간병까지 한 탓에 피로가 쌓였는지 이번에는 유미가 쓰러졌다. 혼자 이불에 들어가 졸고 있을 때 시가에서 들은 사쿠노스케의 말이 떠올랐다.

계속 이렇게 살 수는 없어요…….

4

오랜만에 취했다.

밝은 목소리가 오가는 만석의 스낵. 좌식 자리에 앉아 유미는 찬물을 마셨다. 역할을 다했다는 안도와 가게의 소란스러움이 더해 별로 마시지도 못하는 술이 쭉쭉 들어갔다.

"올해는 특히 성황이었네요."

책상다리로 마주 보고 앉은 요코야마 의사는 소주잔을 한 손에 들고 뿌듯해했다. 이미 열 번 이상 같은 말을 반복했다. 옆에 앉은 데이비드도 "성황."이라며 엄지를 세운다. 이제 통역도 필요 없는 것 같다.

데이비드 파커는 호주의 수입 잡화 회사 사장이다. 데이비드의 아들이 요코야마의 집에서 홈스테이를 했고 그 인연으로 교류가 계속되고 있다고 한다.

이번에는 데이비드가 일본에 오는 일정이 마침 '다테 무사 축제' 와 겹쳐서, 요코야마가 인근에 영어 학원을 연 유미에게 통역 아 르바이트를 부탁했다.

'다테'라는 지명은 메이지 시대, 센다이 번주의 분가인 와타리 다테 씨가 미야기현에서 홋카이도의 이 지역으로 집단 이주하여 개척한 것에서 유래한다. 그런 이유로 무사 행렬이 마을 전통 여 름 축제가 되었다.

오늘 메인이벤트는 밤의 수레 퍼레이드다. 박력 있는 무사 그 림이 그려진 큰 축제용 수레가 줄줄이 거리를 행진하고 마지막은 '개선식'이라 불리는데, 지역 초등학교의 운동장에 21기가 모두 집결한다. 어둠 속에서 전구 장식으로 빛나는 수레가 한곳에 모인 모습은 압권이었다. 서프라이즈 불꽃이 올라가니 3천 명 정도의 관중이 환호성을 질렀다. 데이비드도 손뼉을 치며 즐거워했다.

"하시모토 씨는 정말 영어가 유창하네요. 저는 귀가 나빠서 전 혀 모르겠어요."

'하시모토 씨'나 '다카코 선생님'이라고 불리는 데에도 익숙해졌 다. 사카이에게는 진짜 이름을 말할까 고민했지만 도피 중이라는 의식을 도저히 떨쳐 낼 수 없었다.

내일 오후부터 갑옷을 입은 무사들의 퍼레이드가 있어 통역으로 계속 일하기로 했다.

손목시계를 본 유미는 11시가 지난 걸 알고 놀라 서둘러 작별 인사를 했다. 요코야마의 호의를 받아들여 택시를 타고 귀가하면서 차 안에서 오랜만에 성취감에 젖어 있었다. 일로 인정받아 기뻤다.

영어 학원을 연 지금 상황은 진심으로 감사한다. 그러나 어른들과 엮이지 않는 환경에서 자신의 영어 실력이 떨어지고 있다는 불안은 항상 따라다녔다. 유미에게 영어는 인생의 기둥 중 하나라 해도 좋았다. 언제나 일에 집중할 수 있는 남자가 부러웠다. 그래서 더욱 자신의 능력이 필요하고 그 기대에 부응한 오늘이 특별하다고 생각했다.

택시는 혹시 몰라 집에서 조금 떨어진 곳에서 내렸다. 전에 도쿄에서 택시를 탔을 때, 빌라 문을 열 때까지 기사가 지켜본 적이 있어서였다.

여름이라고는 해도 별로 해가 비치지 않는 쌀쌀한 하루였다. 그래서 취한 몸에 밤바람을 맞으니 상쾌했다. 느릿느릿 별을 보면서 걷고 있으려니 혼자만의 시간이 감사했다.

집 앞에서 시선을 떨어뜨리자 방풍실 앞에 사람 그림자가 있었다. 뿌연 전등 빛 아래에 쪼그리고 앉아 있는 사람은 료였다.

"료!"

유미가 부르자 료는 몸을 꼼짝도 하지 않고 얼굴을 들었다. 자고 있던 것 같다.

"앗, 엄마."

앞머리를 가지런히 자른 료가 환하게 웃자 유미는 한쪽 무릎을 꿇고 끌어안았다.

"기다려 준 거야?"

부드러운 머리카락을 쓰다듬자 좋은 샴푸 향기가 났다. 가슴팍에서 "응."이라고 귀여운 목소리가 돌아온다. 행복했다. 조금 전까지 혼자의 시간을 즐겼지만 지금은 자신을 기다려 주던 료가 너무 사랑스러웠다.

"안 추웠어?"

얇은 긴팔 셔츠 한 벌이었으나 료는 고개를 가로저었다. 지금까지 잠자리에 들 때 같이 있지 않은 적이 없었다. 불안해했을 걸 생각하니 미안한 마음이 솟아오른다.

"아빠는?"

"자요."

둘이 얼굴을 마주 보고 웃었다. 집으로 들어갈 때 유미는 료가 요코하마에서도 똑같이 행동한 게 아닐까 생각했다. 빌라의 찬 계단에 앉아 돌아오지 않는 엄마를 기다리는 소년이 머릿속에 떠올라 한 번 더 부드러운 머리카락을 쓰다듬었다.

캔버스 앞에 앉은 다카히코가 왼쪽에 세워 둔 사진을 잡아먹을 것처럼 바라보고 있다.

아틀리에에는 조지 윈스턴의 〈Longing / Love〉가 흐르고 있다. 이 곡을 들으면 유미는 하와이 해변이 떠오른다. 8년 전 호놀룰루에서 보낸 신혼여행은 인생의 소중한 한 페이지였다.

아침 일찍 일어나 해안선을 따라 1킬로미터 정도 걷고 해안가 레스토랑에서 아침을 먹었다. 쇼핑센터에서 다카히코와 어울리지 않는 하와이안 셔츠를 샀고, 버스를 타고 정처 없이 섬 안을 돌아다녔다. 유미는 남의 눈을 신경 쓰지 않고 다카히코와 붙어 있는 게 좋았다.

저무는 노을이 하늘을 환상적인 색으로 물들이기 시작하고, 바다가 보이는 바에서 백인 피아니스트가 연주하던 광경은 지금도 선명히 기억한다. 그 피아니스트들이 연주한 곡이 바로 〈Longing / Love〉였다. 피아노 음색에 귀를 기울이며 유미는 이 행복이 계속 이어지기를 기도했다.

"머리카락이 있다 치자. 반드시 그걸 한 올 한 올 그려야 하는 건 아니야. 물론 머리카락은 한 올씩 존재하니까 그런 방법으로 사실화를 구현한다고 주장할 수는 있지. 하지만 육안으로 인간의 머리를 보면 머리카락이 한 덩어리로 보이지 않아? 이렇게 실제 눈에 보이는 느낌을 그리는 게 어쩌면 더 사실에 가까운 게 아닌가 하는 입장도 있어."

다카히코는 오늘도 아이를 상대로 가속페달을 힘껏 밟고 있다.

요즘 료와 대화하면 '육안', '대상'과 같은 단어가 나와서 놀랐다. 아직 여섯 살이지만 매일 다카히코와 대화를 나누기 때문에 아주 별난 아이로 자라고 있었다.

유미는 가끔 불안해진다. 료가 언젠가 사회에 나갔을 때 시간을 들여 사물을 바라보는 이 자세 때문에 오히려 미움을 받지는 않을까. 진지한 태도가 세상의 흐름에 맞지 않고 '요령 없다', '둔감하다'는 말로 치부되는 게 아닐까. 소외감을 느끼며 살아가는 것은 괴롭다. 예를 들어 다카히코처럼.

"좋은 그림 따위 그리려고 하지 않아도 괜찮아. 중요한 건 존재야. 아빠 그림은 말이야, 모델 아저씨는 그냥저냥 그리지만 배경이 옅고 긴장감이 없어. 그래서 거짓처럼 보여. 대상만 보면 안 돼. 알겠니? 캔버스 안의 것은 다들 등가물, 즉 다들 똑같이 소중한 거야."

사실화 화가로서 진리에 다가가려고 발버둥 치는 다카히코를 유미는 이해할 수 있었다. 예전에는 예술가로 성숙해 가는 모습을 기쁘게 지켜봤지만 요즘에는 묘한 박력이 감돌아 당혹스럽기도 하다. 대화를 나누고 있어도 멀게만 느껴지는 시간이 늘어났다.

인터폰이 울리고 유미는 현관으로 향했다. 문을 열고 고개를 들자 말문이 막혔다.

제복을 입은 경찰관이 서 있었다.

순식간에 심장이 빠르게 뛰고 제대로 숨을 쉴 수 없다. 인사말도 나오지 않아 겨우 미소를 지었다.

"이야, 부인, 쉬는 날 죄송합니다."

작은 몸집에 둥근 체형의 경찰관은 붙임성 있는 미소를 지으며 인사했다.

"순회 연락부*를 만들 거라서요. 가족 구성 같은 걸 알려 주시겠습니까?"

● 비상 연락망

낯선 단어를 듣고 상황을 이해하지 못해 온몸이 경직되었다.

"앗, 수상한 사람 아닙니다."

경찰관은 근처 파출소에서 왔다고 하며 재해나 교통사고 발생 시 원활하게 연락하기 위해 순회 연락부가 필요하다고 설명했다.

그러나 그것만으로 눈앞의 경찰관을 믿을 수 없었다. 사실은 료에 대해 제보가 들어간 게 아닐까. 이름을 말한 순간 체포되는 건 아닌가. 별의별 의심이 다 들어 머리가 터질 것 같았다.

생각할 시간이 필요했으나 무슨 말을 해도 의심을 살 것 같아 초조했다.

"아아, 남편분."

다카히코가 소리도 없이 앞으로 나와 가족의 이름과 생년월일을 막힘없이 대답했다. 자연스럽게 대응하는 남편의 모습을 보고 유미의 긴장은 조금씩 풀렸다. 서투르게 속이거나, 거짓말을 하는 쪽이 리스크가 높다.

"화가 선생님이십니까. 와, 재능 있는 분은 참 부럽네요."

"선생도 뭐도 아닙니다. 가난한 화가라 가족이 고생하죠."

언제부터 이렇게 당당하게 사람과 대화할 수 있게 되었을까, 유미는 일종의 보호자를 보는 심정으로 다카히코를 바라봤다.

"참고로 여쭙겠습니다. 이 집에는 예전 '호쿠세이 물류'의 사카이 사장님 친척분이 살고 계셨는데요, 어떤 관계가 있습니까?"

순회 연락 용지에는 비고란이 있고 '호쿠세이 물류' 사카이 사장 친척집이라고 연필로 쓰여 있었다. 미리 조사했을지도 모른다는 생각에 석연치 않았다.

"사카이 사장님께는 창작 지원을 받았습니다."

"아, 그러십니까. 후원자라는 건가요? 이것 참, 역시 대단한 화가 선생님이시네요."

경찰관은 비고란에 '사장이 그림 지원'이라고 흘려 쓰고 이웃에서 발생한 경범죄에 대해 설명을 마치고 떠났다.

현관문을 닫자 유미는 털썩 주저앉았다.

"좀 놀랐어."

다카히코가 태평한 소리를 해서 유미는 "이게 어디가 좀이야!"라고 투덜댔다. 남편이 내민 손을 잡고 일어났을 때 한 가지 마음에 걸리는 것이 있었다.

학원에서 가명을 사용하는 걸 눈치채지는 않았을까? 지금 경찰이 학원에 가서 확인할지도 모른다. 시가에서도 똑같이 불안해한 적이 있다. 그러나 이렇게 된 이상, 다른 대처법은 없다. 하늘에 운을 맡길 수밖에 없다.

유미는 뒤로 손을 돌려 땀에 젖어 등에 달라붙은 블라우스를 뗐다.

5

다테로 이사 온 지도 1년이 지났다. 2월의 홋카이도는 눈의 나라였다.

유연하게 끝이 넓어지는 구조로 에조 후지라고도 불리는 요테이산이 설탕을 뿌린 것처럼 하얗게 물들었고, 그 명산에 오랜 세월을 거쳐 도달한 용수가 암석의 낙차를 타고 격렬하게 흘러내리며 시내를 만들었다. 평소라면 초록 이끼가 덮여 있을 바위 위에 오늘은 눈이 쌓였다.

유미와 다카히코가 있는 '후키다시 공원'은 다테의 자택에서 차량으로 약 1시간 거리인 교고쿠초에 있다. 주위가 나무로 둘러싸인 자연이 풍요로운 공원은 시야가 닿는 곳마다 전부 백은으로 빛나고 있었다.

물이 솟는 연못 위를 지나가는 육교도 눈이 쌓인 좁은 길이 되어 있지만, 다카히코와 료는 작은 접의자에 앉아 솟아 나오는 물을 스케치했다. 다카기하마의 해변이 하얗게 덮였을 때도 두 사람은 똑같이 눈 위에 의자를 놓고 그림을 그렸다.

1년 전 홋카이도에 도착했을 때는 밤길이 불안했는데, 지금은 북의 대지에서의 생활이 많이 익숙해졌다. 그날 밤, 유미가 참 멀리 왔다고 실감한 것은 운동장에 만든 스케이트장을 본 다음부터다. 이 공원에 흐르는 깨끗한 용수나 눈꽃이 핀 나무에도 홋카이도의 맑은 풍경이 담겨 있다.

료의 콧노래가 들려서 유미는 흐뭇한 미소를 지었다. 여기가 마음에 드는 장소라는 점도 있겠지만 특히 요즘에는 자주 웃게 되었다. 2년 전, 마사히코에게 손을 잡혀 왔을 때를 생각하면 상상도 할 수 없던 일이다.

콸콸 솟아오르는 물소리가 쌓인 눈에 흡수되는지 아침의 공원은 고요했다.

"전동 이젤 같은 게 있으면 좋겠네. 큰 그림도 사다리에 오르지 않고 앉아서 그릴 수 있으면 최고일 거야."

기분 좋은 공기 속에서 다카히코가 꿈의 아틀리에에 대해 말하기 시작했다.

"천장이 높고 순백에 팔레트는 대리석이야. 별채에 있어서 생활의 냄새 같은 건 하나도 안 나는 창작만을 위한 의연한 분위기가 감도는 거야."

즐거워 보이는 다카히코를 따라 료가 웃었다. 위의 앞니가 두 개 빠져서 조금 얼빠진 사랑스러운 얼굴이 된다.

"그런 날이 오면 좋겠다."

뒤에서 유미가 말을 걸자 료가 돌아보고 "여기가 좋아요."라고 말했다.

"응? 이 공원에 아틀리에를 만들 거야?"

료가 기쁘다는 듯 끄덕이자 다카히코가 "여기 촌장이라도 힘들 걸."이라고 고개를 갸웃거려서 함께 웃었다.

점점 사람이 늘어나서 돌아가기로 했다. 의자를 접고 일어선 다카히코는 아쉽다는 듯 맑은 저수지를 바라보는 료의 얼굴을 쓰다듬었다.

"언젠가 넓은 아틀리에에서 같이 그리면 좋겠구나."

1994년 7월, 도쿄를 떠난 지 2년 7개월이 지났다.

어딘가에서 울리는 풍경 소리가 바람을 타고 방까지 닿는다. 그런 여름의 정취를 망가뜨리는 큰 소음을 내며 다카히코가 타카로 캔버스 나무틀에 못을 박아 나갔다. 유미와 료도 표면이 우글거리지 않도록 나무틀에 달라붙어 마포를 힘껏 당겼다. 그림은 눈에 보이지 않는 정도로 수축하기 때문에 지금 힘껏 당겨 두지 않으면 나중에 쪼그라든다. 큰 캔버스가 되면 상당한 중노동이다.

못 박기가 끝나면 흰 그림물감에 용제를 섞어 바탕칠 준비를 한다. 솔로 표면 전체에 발라서 마포의 눈에 제대로 스며들게 한다. 두 번, 세 번 덧칠하면 그림물감 발색이 좋아지고 캔버스의 중후한 느낌이 더해 간다. 최근 다카히코는 울퉁불퉁해질 정도로 두껍게 바탕을 칠하기 때문에 색을 입히기 전부터 이미 벽과 같은 존재감이 있다. 준비에 할애한 시간은 창작을 거듭할 때마다 길어진다. 다카히코의 옆에서 일부 처음과 끝을 지켜보고 있는 유미는 작품이 더 치밀해졌다고 실감했다.

마침 바탕칠이 끝났을 때 인터폰이 울렸다.

"이야, 오랜만입니다."

현관 입구에서 사쿠노스케가 부드러운 모자를 벗고 인사했다.

이 집에 오는 것은 두 번째다. 지난번에는 이사 온 뒤 한 달 정도 지났을 때라 1년도 더 지났다. 업무 이야기를 할 때 다카히코와 사쿠노스케는 오타루에서 만났다.

한정된 세계에 사는 료에게 사쿠노스케는 사회와 연결된 유일한 문이었다. 아직 몇 번밖에 만난 적이 없는데도 '고베 아저씨'라고 부르며 따른다. 아이에게는 긴자의 미술상이라기보다 간사이 사투리를 하는 아저씨로서의 인상이 강할 것이다.

그 '고베 아저씨'가 건담 플라모델을 사 왔다. 어른을 위한 'Z건담'이라 아이가 만들기에는 상당히 어려울 것 같았지만 료는 아주

기뻐하며 부품을 바닥에 늘어놓고 조립하기 시작했다.

　그날 학원에 일이 있었기 때문에 식사 준비를 하지 못했다. 그래서 전에 요코야마 의사와 갔던 스낵에서 손님을 대접하기로 했다.

　학원이 끝나 직접 가게로 간 유미는 료가 'Z건담' 플라모델을 가지고 온 것을 보고 박장대소했다. 남자 셋이 이마를 맞대고 조립했다고 한다. 어른 두 명이 료에게 휘둘려 열심히 플라모델을 만드는 장면을 상상하자 절로 웃음이 나왔다.

　료가 졸려 하는 것 같아 밥을 다 먹자 바로 계산하고 집으로 돌아왔다. 취침 준비를 하고 잠자리에 들어간 료는 옆에서 잠을 재우는 유미에게 'Z건담'의 좋아하는 부품을 자랑스럽게 말했다.

　"색을 칠하면 더 멋있어진대요. 다음에 '고베 아저씨'가 스프레이 사 오신대요."

　료가 웬일로 계속 조잘거리나 싶었는데 잠시 후 건담을 꼭 쥔 채 잠이 들었다. 유미는 그 순진무구한 얼굴을 바라보며 행복을 맛본 뒤 거실로 향했다.

　"주군은 침수 드셨습니까?"

　"네. 꽤나 즐거웠는지 한참 떠들었어요."

　유미가 감사의 말을 전하자 사쿠노스케는 손을 내저으며 "우리는 큰애가 한창 반항기라 오랜만에 귀여웠던 시절을 회상할 수 있었어요." 하고 기분이 좋아 술잔을 기울였다.

　자리가 차분해지자 사쿠노스케는 "이야, 실은 말이죠……."라고 새삼스럽게 말했다.

　"기지마 씨 이야기로 조금 솔깃한 정보가 있어요."

기지마, 라고 이름이 나온 순간, 유미는 찌릿, 등에 전류가 흐른 것 같았다. 옆의 다카히코도 뺨에서 미소가 사라졌다.

"료 군의 할아버지…… 시게루 씨 말입니다만……가 꽤나 가격이 나가는 일본화를 몇 점 갖고 있는 것 같습니다. 한 긴자의 미술상에게 샀다는데요. 이 세계가 워낙 좁아서 저도 화랑 주인과 두세 번 만난 적이 있어요. 그래서 자연스럽게 접근했습니다."

수집가의 정보 교환 차원에서 시게루가 이 화랑에서 일본화를 샀다는 것을 확인했다고 한다.

"올해 봄 즈음 시게루 씨가 그 화랑에 훌쩍 찾아와서 화랑 주인이 서둘러 응접실로 모셨다고 해요. 대부분 그림 이야기만 했다는데 마지막에 시게루 씨가 '마음을 쉴 수 있는 건 그림을 보고 있을 때와 음악을 들을 때뿐이다'라고 말해서 화랑 주인이 '참 힘드셨죠'라고 위로하니 '경찰이 헛짓거리를 하지 않았으면'이라는 한마디만 흘리고 돌아갔다고 해요."

지금까지 기지마의 집에는 편지를 세 통 보냈다. 모두 '기지마집에서 료를 양육할 것', '경찰에는 알리지 말 것'을 조건으로 쓰고 손자의 근황과 일러스트를 첨부해 사쿠노스케가 도쿄, 사이타마, 지바의 우체통에 직접 넣었다.

편지는 지금까지 전혀 언론에 유출되지 않았고, 유미와 다카히코도 기지마가 정말 신고하지 않았다고 믿기 시작했다.

"전에 오타루에서 다카히코 씨와 만났을 때 신문기사 스크랩을 전해 드렸죠?"

작년 12월, 사건 발생일로부터 만 2년이 되는 시기에 맞춰 나온 전국지 기사다. 유미도 다카히코에게 건네받아 읽었다.

"기자의 진격에 시게루 씨가 경찰에 대한 불신을 노골적으로 드러냈습니다. '범인을 놓친 것은 틀림없다'라고 대답했습니다."

몸값 인도 장소가 된 '미나토노미에루오카 공원'에서의 경찰과 범인의 공방전. 시게루는 무테키 다리에 서 있던 수상한 사람을 경찰이 놓쳤다고 비난했다.

다리 남쪽에는 '가나가와 근대문학관'이 있고, 유미는 마사히코의 노트에 오자키→'문학관'이라고 쓰여 있던 것을 떠올렸다. 오자키 야스오는 마사히코의 중고등학교 동창생으로 두 번이나 같이 체포당한 질 나쁜 친구다.

"지금까지 보낸 편지도 밖으로 유출된 기색이 없고 시게루 씨의 경찰에 대한 악감정도 진짜라고 생각해요. 다카히코 씨. 나는 잘되지 않을까 싶습니다."

사쿠노스케가 말한 '잘된다'라는 의미는 료가 기지마 집에서 자라고 자신들 부부가 아무 일도 없던 것처럼 원래 생활로 돌아가는 것을 가리킨다. 즉, 표면상으로는 1991년의 그 사건 전으로 시곗바늘을 돌린다는 것이다.

"하지만 그 미술상의 이야기와 신문 기사만으로는, 경찰의 움직임은 알 수 없어요."

다카히코치고는 똑똑히 반론했다. 유미도 끄덕이며 동의했다.

"맞습니다. 하지만요, 더 이상 확인하게 되면 저도 더 위험해지고 괜히 긁어 부스럼 만들 가능성이 높습니다."

"사쿠노스케 씨에게는 정말 죄송……."

"아니에요, 사과를 받고 싶다는 게 아니라 뭐라고 할까요, 현실적인 '시간'이 다가오고 있다는 거지요."

유미는 거기에서 마침내 사쿠노스케가 한 말의 의미를 알았다. 그는 말 그대로 '현실적'인 이야기를 하러 온 것이다.

"사카이 사장님, 료 군의 초등학교를 걱정하고 있어요."

그동안 애써 외면한 일에 강한 빛이 비치고 누군가 유미의 심장을 꽉 움켜쥔 것 같았다.

"'혹시 괜찮으면 이쪽에서 책가방을 준비하겠다'라고요. 뭐 그건 거절한다고 해도 초등학교에 다니는 척하는 거짓말은 한계가 있다는 거지요. 이웃의 눈초리도 날카로워질 테고요, 전에 순회 연락부를 말씀하셨는데, 어떤 단서 하나로 경찰이 냄새를 맡을 가능성이 충분히 있어요. 점점 그물망이 좁혀지는 건 틀림없어요."

사쿠노스케가 하는 말은 옳았다. 제한 시간은 시시각각 다가오고 있다. 이제 마음의 준비를 하라는 걸까.

"원래라면 료 군은 초등학교 1학년이죠. 늦으면 늦을수록 본인이 궤도를 수정하느라 고생할 겁니다."

또한 유미는 예방접종 문제도 마음에 걸렸다. 혹시 큰 병이라도 나면 돌이킬 수 없는 죄를 짊어지게 된다.

"두 분의 인생도 원래 궤도로 돌아가야죠."

유미의 가슴속에 다시 사쿠노스케의 '잘된다'라는 말이 떠올랐다. 료와 헤어지는 것, 아마 다시는 만나지 못하는 것을 도저히 '잘됐다'라고는 생각할 수 없었다.

한편으로 유미는 도피 생활에 지쳐 있었다. 료가 크게 아프거나 경찰이 나오는 악몽을 꾸고 잠에서 깨어나 식은땀을 닦는 것이 습관이 되었다.

각자 뭐라고 말해야 좋을지 고민하는 침묵이 흐르고, 현 상황이 얼마나 심각한지 부각되었다.

"이제 끝, 이겠네요."

다카히코의 잠긴 목소리에 고통이 배어 있었다. 버티지 못한 유미가 손수건으로 눈물을 닦자 사쿠노스케가 "일단 오늘은 잘까요?"라고 밝게 말하고 막을 내렸다.

다음 날 사쿠노스케가 여행 가방에서 대나무 가지를 꺼냈다.

"이제 곧 칠석이니까 장식이라도 할까요?"

아침부터 진지한 미술상에게 유미는 미안해하며 말했다.

"죄송해요……. 홋카이도의 칠석은 한 달 늦어요."

"네? 아니 이런."

굳어 버린 사쿠노스케를 흘깃 보고 료가 종이에 소원을 적기 시작했다.

"뭐 그런 벚꽃 전선 같은 전개가 다 있습니까?"

어른들이 한차례 웃은 뒤 연필을 내려놓은 료는 슬쩍 종이를 뒤집었다. 아무래도 부끄러워하는 듯하다.

유미가 "보여 줄래?"라고 부탁하자 료는 대나무 가지에 종이를 매달았다.

'오래오래 같이 살고 싶어요.'

6

손으로 가려야 눈을 겨우 뜰 정도로 눈이 부셨다.

크리스마스트리처럼 전구 장식을 휘감은 유람선이 출항 전 준비운동이라도 하듯 고요한 물결에 흔들리고 있다.

10월 하순이 되자 밤의 도야호에서 겨울의 방문을 예감할 수 있었다. 료를 가운데에 오게 하고 가족이 손을 잡고 빠른 걸음으로 배에 올라탔다.

유람선은 중세의 고성을 본떠서 만들었고, 돌바닥 같은 흰 타일과 배의 네 귀퉁이, 정중앙에 있는 삼각 지붕의 작은 탑이 이국적인 분위기를 연출하고 있다.

어린 료에게는 3층 유람선이 성까지는 아니라도 저택 정도로 보일지도 모른다. 1층의 객실을 제집인 양 돌아다니더니 2층으로 이어지는 계단을 조심조심 바라보기도 한다. 배가 움직이기 시작하자 유미가 앉아 있던 소파 옆으로 와서 큰 유리창 너머로 전구 장식에 흐릿하게 색이 물드는 수면을 흥미진진하게 바라보았다.

진심으로 뱃놀이를 즐기는 모습을 직접 보니 유미는 마음이 복잡해졌다.

"아빠, 물은 어떻게 그려요?"

"물을 그리려고 하면 안 돼. 실제로 보고 있는 걸 정성스럽게 주워 나가는 거야. 투명하게 보이는 돌이나 햇빛, 흔들리는 수면 같은 거. 그런 걸 하나씩 그리면 어느새 물이 있는 것처럼 보여."

"그럼 평소와 다르지 않다는 말이에요?"

"그래, 다르지 않아. 그 다음에는 전에 '명암'과 '색채'에 대해서 얘기했지? 캔버스 안에 그 두 가지가 깔끔하게 겹치는 순간이 있고 그때 그림이 조용히 맑아져."

"그 정도로 열심히 그리면 진짜 물처럼 보이는 거예요?"

예전에는 방긋방긋 웃으며 다카히코의 말을 듣기만 하던 료는 여름 즈음부터 여러 가지 질문을 하게 되었다. 궁금한 게 해소되고 깊이 이해하면서 기뻐하는 료의 모습에 유미는 아이가 성장했다고 깨달았다.

3층은 한 면이 덱으로 되어 있어 바람이 온몸에 불어왔다. 유미는 료의 목에 머플러를 두르고 털장갑을 건네주었다.

덱에는 전망 공간으로 이어지는 작은 계단이 있고, 더 높은 곳에서 조망을 즐길 수 있지만 좁은 곳에 사람들이 모여 있기 때문에 그대로 3층에 머물기로 했다.

도야호에서는 1년 중 절반 가까이 밤에 불꽃이 올라간다. 유미는 처음 그 사실을 알았을 때 놀랐지만 지금은 불꽃놀이가 시작되는 늦은 봄과 휴지기에 들어가는 가을에 계절을 느끼게 되었다.

지금까지도 료를 데리고 호반에서 몇 번 본 적이 있지만 밤에 유람선을 타고 보는 것은 처음이다.

"이제 곧 시작하려나."

접혀 있는 구명보트들을 모아 둔 곳 바로 옆에서 료가 유미의 얼굴을 올려다봤다. 그 직후 조금 떨어진 곳에 떠 있는 보트에서 총성과도 같은 소리가 나고 순간 정적 후 "펑!" 하는 파열음이 울렸다. 밤하늘에 초록빛과 빨간빛이 반짝반짝 빛나고 몇 개나 되는 빛줄기가 꼬리를 끌며 사라졌다.

"크다! 엄청 커요!"

주위 환호성에 지지 않으려는 듯 료도 흥분해서 난간을 두드렸다.

검은 배경에 흐드러지게 피는 큰 꽃봉오리가 우거진 벚나무 가지처럼 금색 가지를 흔드나 싶더니, 수면 바로 위에서 방사형으로 날아간 초록빛이 부채꼴을 만든다.

도야호의 하늘은 화려하고 다채로웠다. 흰 연기가 안개처럼 자욱하고 그 너머에 흐릿하게 달이 빛난다. 배에서 보이는 온천가의 등불은 화려한 하늘과는 대조적으로 어딘가 고즈넉하다. 감상에 잠겨서인지 유미에게는 그 흐릿한 주광색 무리가 고기잡이배의 불빛처럼 보였다.

절정에 달하자 불꽃은 더 강해졌다. 황금색 불꽃이 연속으로 공중에서 춤을 추고 간발의 차로 수면 부근에서 같은 색 빛줄기가 위로 솟구친다. 밤하늘에 파열음이 계속되고 피어오르는 연기가 천천히 어둠 속으로 빨려 들어간다.

"우와! 엄청나요! 엄청나요 엄마!"

료는 계속해서 색깔이 달라지는 하늘에 압도되었다. 다카히코는 슬쩍 유미를 보고 작게 고개를 가로저었다.

이 배 위에서 료에게 말하려고 했다. 그러나 이렇게 천진난만한 얼굴을 앞에 두고 용기를 쥐어짤 수 없었다.

이달 사쿠노스케가 드디어 기지마 시게루와 접촉에 성공했다.

그 전에 다카히코는 네 번째 편지를 썼다. 사죄와 함께 애정을 담아 료를 키운 것을 지금까지 이상으로 정성껏 적었다. 그리고 다시 한번 '료를 기지마의 집에서 길러 줄 것'과 '일절 누설 금지'라는 조건을 제시했다. 답장을 받으면 연내 적절한 시기에 손자를 돌려보내겠다는 내용을 료가 그린 삽화와 함께 동봉해서 보냈다.

조건을 받아들일 경우 지정된 일시에 기지마 시게루가 '미나토노미에루오카 공원'으로 가서 '영국관' 앞의 정원에 이름이 표기된 만년필을 묻고 떠나라고 지시했다. 해당 장소에는 미리 플라스틱 필통을 묻어 두었고, 어렵지 않게 작업을 마칠 수 있도록 해 두었다. 물론 편지에는 필통이 묻힌 위치에 'X' 표시를 한 정원 사진도 넣었다.

사쿠노스케는 유괴범과 마찬가지로 '미나토노미에루오카 공원'의 탁 트인 전망을 이용하기로 했다. 확실한 의사를 확인하기 위해 이름이 표기된 만년필을 거래에 사용하기로 했다. 이 방법이라면 제삼자의 손에 들어갈 일은 없다.

그만큼 위험도는 올라가지만, 이제껏 보낸 세 통의 편지가 언론에 유출되지 않은 것에 근거하여 사쿠노스케는 도박을 걸었다.

당일 밤, 공원으로 향하는 사쿠노스케는 다리의 떨림이 멈추지 않았다고 한다.

"경찰에 발각되면 그 사건 때처럼 만년필을 파출소에 가져다줘야겠다고 생각했습니다."

다카히코에게 전화로 설명한 사쿠노스케는 그렇게 말하고 웃었다.

극도의 긴장과 식은땀으로 덜덜 떨면서도 사쿠노스케는 어둠 속에서 불도 켜지 않고 필통을 회수했다. 필통 안에서 만년필이 달그락거리는 소리가 났을 때는 기뻐서 소리를 지를 것 같았지만 우선은 무사히 돌아가는 게 중요했다.

몇 번이나 미행을 확인하고 택시를 두 번 갈아타고 거래 성공을 확신한 뒤 귀가했다. 자택 서재에서 필통의 흙을 털어 내고 만년 필을 꺼냈을 때는 안도하여 현기증이 났다고 한다.

사쿠노스케는 몽블랑 마이스터스튁 149 캡에 'S. Kijima'라고 필 기체로 각인되어 있었다고 설명했다. 그리고 놀랍게도 그 캡 안쪽 에는 세로로 쓴 메모지가 있었다.

'약속은 반드시 지키겠습니다.'

블루 블랙 잉크로 쓰인 단정한 글자를 보고 사쿠노스케는 시게 루 본인의 필체라고 직감했다.

확답을 받은 지 2주가 지났지만 아직 경찰의 움직임은 없다고 한다. 최대한 위험을 감수하고 상황을 진전시킨 사쿠노스케에게 는 한없이 고마웠다. 동시에 괴로운 마음을 끌어안아야 했다. 그 래서 더욱 어떻게든 말해야 한다.

불꽃놀이가 끝나고 배가 선착장으로 돌아가기 시작했다. 삼각 지붕의 정점에 있는 깃발이 힘차게 펄럭이고 있다. 한창 정신없이 하늘을 올려다보다가, 장시간 찬 밤공기에 몸을 노출시킨 듯하다.

유미는 다카히코와 함께 료의 손을 잡고 계단을 내려갔다.

1층의 객실로 돌아오자 료는 혼자 중앙에 드문드문 놓인 테이블 사이를 이리저리 어슬렁거렸다. 배에서 머리 위로 쏘아 올린 불꽃 을 보고 흥분한 것 같다.

료가 돌아다니는 모습을 복잡한 마음으로 보고 있던 유미는 창 문 너머로 시선을 돌렸다. 선체에 감은 전구 장식 불빛이 수면에 비쳐 앞으로 나가자 파문이 일그러졌다.

결국 잠들기 직전까지 말하지 못했다.
이대로 함께 살 수 있으면 얼마나 좋을까, 마음이 꺾일 것 같다.
하지만 그건 료의 인생을 빼앗는 것을 의미한다.
방 가운데에 작은 요를 깔고 셋이 나란히 누워서 잔다. 다카히
코가 이불 위에 똑바로 앉아 "료."라고 불렀다. 평소와 다른 딱딱
한 목소리에 뭔가 느껴졌는지 료는 유미의 무릎 위에 앉았다.
"이제 중요한 얘기를 할 거야, 잘 들으렴."
료가 끄덕이자 다카히코는 한 호흡 정도 쉬고 나서 말하기 시작
했다.
"모든 일에는 반드시 끝이 있고, 오늘 불꽃놀이도 그렇지만 아
름다울수록 빨리 꺼진단다."
다카히코는 입술을 축이고 료의 눈을 보고 말했다.
"이대로 계속 아빠 엄마랑 같이 살 수 없어."
무릎 위에서 작은 몸에 꾹 힘이 들어갔다. 그것만으로 충격을
받고 있는 것을 알 수 있었다.
"지금 아빠는 나쁜 짓을 하고 있어. 이제 전부 솔직히 말할 건
데…… 료의 요코하마 엄마는 아이를 키우는 게 좀 힘든 사람일지
도 몰라. 하지만 시게루 할아버지와 도코 할머니는 료를 아주 좋
아하셔서 많이 보고 싶어 하셔."
료는 아무 반응도 보이지 않고 그냥 가만히 다카히코의 얼굴을
응시하고 있었다.

"사실은 더 일찍 데려가야 했는데, 진짜로 할아버지, 할머니가 료를 길러 주실지 몰라서……."

다카히코는 거기에서 "하아." 하고 괴로워하며 숨을 내쉬고는 두 손으로 뺨을 탁탁 때렸다.

"아빠는 말이야, 처음 료의 그림을 봤을 때부터 진짜 내 자식이 아닐까 생각했어. 매일 그림에 대해 많이 얘기하고 같이 밥을 먹고 목욕을 하고……. 그러다 보니 료가 없는 생활을 상상할 수도 없게 됐어."

유미도 가슴이 아파서 눈물이 고였다. 지난 3년간 료가 조금씩 웃는 날이 늘어났다. 가족이 함께 여기저기 외출도 하고, 밤에는 이야기책을 읽고, 글자나 젓가락 사용법을 가르쳤다. 그렇지만 한편으로 진심으로 울고 웃는 료와 지내면서 그 순수함에 감동받아 배운 게 더 많았다고 생각한다.

"꼭 돌아가야 해요?"

너무 나약한 목소리에 다카히코는 "그래……."라고 말한 뒤 말을 잃고 수건을 눈에 대고 움직이지 않았다.

무릎 위에 앉은 료는 몸을 덜덜 떨며 조용히 눈물을 흘렸다. 체온을 통해 슬픔이 전해진다.

"또 만날 수 있어요?"

"모르겠어. 하지만 설령 만나지 못해도 그림으로 이어질 수는 있어……. 화가는 고독을 두려워하면 안 돼. 마지막은 자신과의 싸움이니까."

유미에게는 다카히코가 스스로를 다독이는 것처럼 보였다.

"책을 잔뜩 읽고, 사람들 이야기를 잔뜩 듣고 말을 배우렴. 그림을 그릴 때는 '뭘 그리고 싶은지', '왜 그리고 싶은지'를 가능한 한 말로 설명해야 해. 캔버스를 향하기 전부터 승부는 시작된 거니까."

이런 때도 다카히코는 그림 이야기밖에 하지 못했다. 그 서투름은 본인도 자각하고 있을 것이다. 그러나 자신 나름의 방식으로 중요한 것을 전하고 싶은 그 열기가 유미에게는 절절히 전해졌다.

"앞으로 세상은 더욱 더 편리를 추구하게 될 거야. 그렇게 되면 굳이 어딘가에 가서 직접 만지는 경험을 하지 않아도 무엇이든 마음먹은 대로 느낄 수 있게 될 거라고 착각하는 사람도 늘어날 테지. 그렇기 때문에 '존재'가 중요해. 세상이 지금 여기에 있는 '존재'를 잃어 갈수록 그만큼 사실을 좇고 추구하는 경향도 커질 테니까. 그건 그림에 국한된 이야기만이 아니라 사고방식, 삶의 방식에 관한 문제가 될 거야."

전부 이해한 것 같지 않지만 료는 똑똑히 끄덕였다. 다카히코가 료의 머리를 다정하게 쓰다듬고 유미도 부드러운 료의 머리카락에 이마를 대고 울었다. 셋이 하나가 되는 이 행복이 오늘은 슬프다.

유미가 울고 있어서인지 료가 걱정스럽게 돌아보고 "엄마는 경찰한테 잡혀가요?"라고 물었다.

"괜찮아."

유미는 그렇게 대답했지만 자신들 부부의 앞일은 예상도 하지 못했다. 료를 돌려보낸 그 날부터 경찰은 전력을 다해 범인의 행방을 좇을 것이다. 이대로 끝까지 달아나는 건 불가능하지 않을까, 하고 반쯤은 체념했다.

"같이 살 수 있는 건 앞으로 두 달 정도니까 그동안 가능한 한 '존재'에 대해 이야기하자. 몇 번이나 말하지만 사실화를 그린다는 건 '존재'를 생각하는 거야. 한심하지만 아빠는 료에게 이 정도밖에 못 해 줘."

"두 달이면 겨울요?"

"그래. 앞으로 하루하루를 소중히 살다가 12월이 되면 '고베 아저씨'가 데리러 올 거야. 아저씨와 같이 요코하마로 가서 그래서……."

다시 수건으로 눈을 가리고 다카히코는 목소리를 쥐어짜내 말했다.

"같이 살았던…… 엄마, 아빠는 잊으렴."

7

12월의 그 아침은 눈이 내렸다.

밝아지기 전에 눈을 뜬 료는 유미의 이불에 들어가 목소리를 죽이고 울었다. 도쿄의 빌라에 온 그때 첫날 밤도, 건조기로 데운 따뜻한 이불 속에서 눈물을 흘렸다.

그 후로 3년……. 유미는 작은 머리를 쓰다듬으며 커튼이 없는 작고 높은 창으로 흩날리는 눈을 바라보고 있었다. 이윽고 홀로 일어나 주방의 석유난로를 켜고 잠시 몸을 녹였다. 세면대에서 세수를 하고 거실로 가서 손거울을 보며 가볍게 화장을 했다.

거실은 전기 카펫을 그대로 켜 놓아서 따뜻했다. 화장을 한 다음 료에게 들려 보낼 배낭의 내용물을 확인했다. 갈아입을 스웨터를 손에 잡고 다시 한번 많이 컸다고 실감한다. 다카히코가 만든 나무 상자를 꺼냈다. 뚜껑을 열자 위아래에 이 모양의 구멍이 몇 개 비어 있고 불규칙하게 흰 파편 같은 젖니 아홉 개가 들어 있었다.

사랑스러운 젖니를 본 순간, 유미는 참을 수 없어서 나무 상자를 바닥에 놓고 목소리가 새어 나가지 않도록 두 손으로 입을 막았다.

처음 아래쪽 앞니는 시가에서 빠졌다. 사쿠노스케와 함께 저녁을 먹다가 절임을 씹는데 이가 빠져 놀라서 뱉어 냈다. 그 광경이 떠오른 뒤 봇물 터지듯 이런저런 '료'가 흘러넘쳤다.

카페리로 홋카이도에 도착했을 때, 밤의 썰렁한 차 안에서 담요로 감싼 료. 병원에 데려가지 못하고 고열에 시달리던 료. '다테무사 축제'에서 집에 늦게 돌아왔을 때 현관 앞에 오도카니 앉아서 유미를 기다리던 료. 불안, 죄책감, 기쁨. 아이가 없으면 가질 수 없던 다양한 감정이 유미를 조금씩 어른으로 만들어 갔다.

자신들과 지내며 친구도 사귀지 못하고 예방접종도 맞지 못하고, 초등학교에도 가지 못하고 료에게는 그런 불편한 생활을 강요해 왔다.

그래도 매일매일 참 즐거웠다. 아이의 성장이, 자신을 필요로 하는 것이, 가족으로서 자라 가는 것이 이렇게 숭고한 일이라고는 생각하지 못했다.

더 이상 료를 생각하면 마음이 무너질 것 같아 유미는 억지로

감정을 끊어 내고 떨리는 손으로 젓니가 든 나무 상자를 배낭에
넣었다.

"가기 싫어요."

바로 뒤에서 목소리가 나서 유미가 깜짝 놀라 돌아보니, 울어서
퉁퉁 부은 소년의 눈이 들어왔다.

료는 한동안 왼손의 엄지손톱을 손가락으로 만지작거렸다. 그
리고 결심한 표정으로 유미에게 하소연했다.

"갑자기 얻어맞고, 추워도 계단에서 기다리게 하고, 딱딱한 밥
을 입에 꾹꾹 밀어 넣고…… '밉다', '죽어', 이제 그런 말은 듣고
싶지 않아요. 그동안 돌아가지 않았으니까 분명히 혼날 거예요."

눈을 꼭 감고 "저, 무서워요."라고 떠는 료를 보고 있으니, 가슴
이 찢어질 것 같았다.

줄곧 말하지 못한 것이다. 그걸 말하게 만든 자신이 한심해서
미칠 것 같다.

"할아버지랑 할머니가 키워 주실 거야. 절대로 괜찮아. 꼭 지켜
줄 거야."

꼭 끌어안아서 튀어나온 등뼈를 토닥토닥 다독이며 "괜찮아, 괜
찮아……."라고 주문처럼 되풀이했다.

마지막 아침을 먹은 후 다카히코는 료에게 아름다운 슈리자쿠
라 팔레트를 선물했다.

"진짜 헤어지는 거 아니야. 전에도 말했지만 우리는 그림으로
이어져 있어."

오전 10시가 지나 사쿠노스케가 왔다.

"기념사진 한 장 찍을까요?"

차 한 잔 마실 시간도 없이 큰 숄더백에서 멋진 SLR카메라와 접이식 삼각대를 꺼냈다.

툇마루 문을 활짝 열고 그 앞에 의자를 나란히 놓았다. 료를 가운데에 앉혔지만 바깥은 상당히 추웠다.

"자, 웃어요……. 다들 표정이 딱딱하네. 셋 다 아마추어 같아요."

간사이 사투리로 분위기를 띄워 겨우 웃을 수 있었다. 사쿠노스케는 몇 번이나 셔터를 누르고 "뭐 한 장 정도는 건질 수 있겠네요."라고 말하고는 카메라와 삼각대를 가방에 넣었다.

료가 화장실에 갔을 때 사쿠노스케가 '약속은 반드시 지키겠습니다.'라는 기지마 시게루의 메모를 다카히코에게 건넸다.

"유미 씨의 영어 학원은 올해 연말까지였지요? 두 사람도 빨리 정리하고 도쿄로 돌아와요. 틀림없이 료 군의 사진이 보도될 테니까, 여기도 안전하지 않아요."

다카히코는 사카이 다쓰오 앞으로 쓴 사죄 편지를 사쿠노스케에게 건넸다.

"한동안 난리가 날 테니 그게 가라앉으면 셋이 잘못을 빌러 갑시다. 두 분의 인품도 알고 계시니 분명 이해해 주실 거라고 믿습니다."

유미는 사쿠노스케에게 차를 권했지만, 사쿠노스케는 "오타루에 들렀다가 돌아갈 거라서요."라고 거절했다. 오래 있으면 작별이 더 괴로워진다고 알고 있는 것이다.

이제 진짜 마지막이다. 현관 앞에서 무릎을 꿇고 료의 머플러를 감아 준 유미는 3년간 많이 자란 몸을 꼭 끌어안았다.

"고맙다, 료, 정말 고마워…… 고마워, 고마워……."

줄곧 눈물을 참고 있던 료가 소리 높여 울며 달라붙었다. 유미는 마음을 가득 담아 사랑스러운 아이를 꼭 안아 주었다.

"우린 평생 네 편이야. 무슨 일이 있어도 료를 사랑하는 사람이 있어."

사쿠노스케의 손에 이끌려 료가 멀어져 간다. 주위는 온통 눈 덮인 밭이고 가로막힌 것은 하나도 없다. 눈은 소리 없이 내리고 이따금 작은 새가 지저귄다.

길 위의 두 사람이 조금씩 작아진다. 눈을 보면서 유미는 시가의 다카기하마에서 본 다카히코와 료의 '아버지와 아들'의 발자국을 떠올렸다. 그러고 나서 '우스산 휴게소'에서 봄 안개를 보고, 도야호에서 불꽃놀이를 올려다보던 료의 옆얼굴이 머리를 스치자 딱 한 번만 저 부드러운 머리카락을 쓰다듬고 싶다고 간절히 바랐다.

아무리 가슴속으로 "가지 마!"라고 외쳐 봤자 소용없다. 〈Longing / Love〉를 틀어 놓은 아틀리에에서 다카히코와 둘이 정신없이 그림을 그리던, 그 광경을 다시는 볼 수 없다.

내리막길 바로 앞에서 료가 돌아보았다. 두 팔을 머리 위로 뻗어 몇 번이고 교차시키는 료에게 유미와 다카히코도 있는 힘껏 손을 흔들었다.

사쿠노스케에게 뭐라고 말을 들은 료는 고개를 한 번 끄덕이고는 마지막으로 다시 한번 크게 팔을 교차시키고 내리막길 너머로 사라졌다.

부디 저 아이가 행복한 인생을 걸을 수 있기를……

유미는 두 손을 꼭 잡고 기도했다. 그리고 현관으로 달려가 그 자리에 주저앉아 잇자국이 남을 정도로 손가락을 꽉 깨물고 울었다.

코트 주머니에 들어 있던 칠석의 종이를 손에 든다. 멈추지 않고 흐르는 눈물이 귀여운 글자를 이중, 삼중으로 만들었다.

'오래오래 같이 살고 싶어요.'

종장(終章)

재회

막다른 일방통행 길이 소실점까지 이어진다.

사쿠노스케가 운전하는 '렉서스' 쿠페가 차분한 주행 소리를 울리며 부드럽게 앞으로 나간다.

뒷좌석에 앉은 몬덴은 조금 창을 열고 맑은 하늘의 홋카이도의 청량한 바람을 뺨에 느꼈다. 눈을 감으면 잠이 솔솔 올 정도로 기분 좋은 바람이었다.

고령자에게 핸들을 잡게 하고 뒷좌석에 느긋하게 앉아 있는 것이 불편해 몇 번이나 대신 운전하겠다고 했으나 그럴 때마다 깔끔히 거절당했다.

"앞으로 몇 년 지나면 면허를 반납해야 합니다. 좋은 날씨에, 좋은 차. 최고의 사치죠."

몬덴은 정말 사치라고 생각했다. 쾌청한 홋카이도를 달리고 있으니 회사의 인간관계나 늙어 가는 서글픔이 옅어진다.

짙은 갈색 흙으로 물든 광대한 밭 너머로 요테이산이 유유자적하게 서 있다.

"이렇게 보니 정말 후지산 같네요."

"한신 타이거스의 모자 같지요?"

나이 든 간사이 사람에게 어울리는 감상이지만 확실히 산에 세로 줄무늬로 눈이 쌓여서 독특한 정취가 있다.

어제 사카이 다쓰오의 자택에 온 사쿠노스케는 응접실에 앉자 "정신 차릴 겸 한잔."이라고 말하며 헤네시를 글라스에 따랐다. 그 스스럼없는 모습에 사카이와의 깊은 신뢰 관계가 엿보였다.

"마음 한구석에서 이런 날을 기다렸을지도 모릅니다."

그렇게 운을 뗀 사쿠노스케는 노모토 다카히코, 유미 그리고 나이토 료가 함께 지낸 '공백의 3년'과 그 후의 세 사람에 대해 자세한 이야기를 털어놓았다.

복잡한 궤도를 그린 '아버지와 아들'의 인생을, 사쿠노스케는 원고라도 있나 의심할 정도로 막힘없이 설명했다. 그 논리 정연한 말투가 "이런 날을 기다렸다."라는 그 말을 증명하고 있었다.

저녁 식사를 하고 밤이 깊을 때까지 이어진 사쿠노스케의 고백. 몬덴은 가끔 질문을 하면서 조금씩 진상을 쫓아갔다.

전부 다 이야기하자 사쿠노스케는 피곤한 표정이었다.

"더 이상 노모토 다카히코의 그림을 독점할 수 없겠군요."

30년 넘게 비밀을 지켜 온 미술상의 본심이었다.

흘러가는 큼직한 경치가 몬덴의 마음을 흔들기 시작했다. 차의 움직임에 흔들리면서 알려지지 않은 형사들의 노고가 머리에 떠올랐다.

경찰은 확실히 수상한 인물을 놓쳤고, 동시에 기지마 시게루의 신뢰도 잃었다. 그러나 그들은 시효를 맞아도, 언론에서 비난받아도 형사의 본분을 잊지 않았다.

정년퇴직 후에도 혼자 작은 단서를 더듬으며 전국을 돌아다닌 나카자와. 몸이 불편해도 '미나토노미에루오카 공원'으로 향했던 미무라. 지금도 무테키 다리 주변에서 어둠 속으로 사라진 범인의 환영을 좇는 도미오카. 나카자와와 '피해자 대책반'의 일원으로 참전한 센자키도 지금까지 자작극이라는 가설을 두고 피의자의 상관도를 작성하고 있다.

아무리 시효가 끝났다지만 특히 기자를 싫어하는 센자키가 신문기자에게 조사를 의뢰한다는 건 굴욕이었을 것이다. 그러나 나카자와와의 관계 하나 때문에 눈을 꾹 감고 정보를 제공했다.

그런 형사들과의 인연을 간직한 몬덴이 마음속으로 그들에게 말을 걸었다.

공백을 채우러 다녀오겠습니다…….

멀리 보이던 요테이산의 산맥이 눈에 보이는 거리로 다가왔다.

차가 목적지인 교고쿠초에 들어섰다.

차량 앞 유리 너머로 보이는 파룻파룻한 잎이 손짓하듯 산들바람에 흔들리고 리호는 훈풍을 느꼈다.

숲속을 직진해 지나온 닛산의 '엘그란드'가 천천히 사륜구동 타이어를 멈췄다.

"여기예요."

기시 유사쿠가 운전석에서 내리고 리호는 뒷좌석 슬라이드 도어를 잡았다.

신치토세 공항에서 차량으로 약 2시간. 사카이 다쓰오가 지었다는 교고쿠초의 저택에 도착했다.

"이 숲은 전부 집의 정원이에요?"

"역시 기업가는 스케일의 자릿수가 다르죠? 우리는 길을 잘못 선택했어요."

유사쿠의 뒤를 따라 걸음을 옮겼다. 주위는 원생림이 아니라 사람 손이 닿은 자연이다. 잔디를 깐 작은 언덕이 있고 키 큰 나무들이 무리 지어 그늘을 만들고 있다.

조금 앞쪽에 산뜻한 건물이 있었다. 서양식과 일본식이 절충된 2층 건물이다. 외벽은 판자를 붙였고 2층에 정연하게 늘어선 세로살 격자창이 있다. 기와지붕은 묵직하고 아랫부분이 넓게 퍼지는 대조적인 투구 모양이다. 유사쿠 말에 따르면 이 안채는 오타루에 있는 사카이의 자택과 매우 비슷하다고 한다.

인접했다고 말하긴 어렵지만 여기에서 30미터 동쪽에 서 있는 건축물은 더욱 독특하다.

정육면체와 직육면체를 L자로 조합한, 어린아이가 그린 듯한 심플한 외관. 앞쪽의 정육면체가 단층집, 안쪽 직육면체는 2층 건물인지 두 배 정도 높다. 그러나 실제로 2층의 유무를 알 수 없는 것은 정면에서 볼 때는 전혀 창문이 없기 때문이다. 그리고 외벽은 전부 백로와 같은 흰색으로 통일되어 있다. 이질적인 기운을 발산하는 이 건물이 화가 기사라기 슈의 아틀리에다.

여기에 료가 있다……

그렇게 생각하자 리호의 가슴은 빠르게 고동쳤다.

스마트폰의 대기 화면을 바라본다. 홋카이도 대학의 잔디밭 위에서 밀크 티 캔을 들고 있는 자신의 그림. 고등학생 때 료가 그려 준 작품을 보며 스스로 용기를 불어넣었다.

멀리서 들려오는 희미한 피아노 소리에 귀를 기울이고 현관에 발을 내디뎠다. 큰 회색 타일이 깔린 턱이 없는 배리어 프리 구조로 차분한 분위기가 감돈다.

막다른 곳이 화장실이고 좌우에 방이 있는 매우 단순한 구조이다. 생활의 기운은 전혀 느껴지지 않고 창작 이외의 요소를 도려내 버리겠다는 강한 의지가 느껴졌다.

왼쪽 직육면체의 방 너머에서 들려온 피아노는 CD가 아니라 라이브 연주였다. 그 선율을 듣고 연주자가 누구인지 알 수 있었다.

조지 윈스턴의 〈Longing / Love〉는 두 사람에게 소중한 곡이다. 리호는 매끄러운 연주에 놀랐다. 그동안 연습을 계속했을 거라고 생각하니 가슴이 뜨거워진다.

"피아노를 치고 있으면 머리를 텅 비울 수 있다고 합니다. 일단 이쪽으로."

유사쿠에게 안내받은 방은 기사라기 슈의 작품 전시실이었다. 정사각형 공간의 테두리를 상징하듯 스무 점 정도의 액자가 걸려 있고 몇 개의 소품은 가늘고 긴 철제 스탠드에 얹혀 전시되어 있다.

그림 외에 눈길을 끄는 것도 있지만 일단 고급스러운 베이지색 벽 앞에 전시되어 있는 그림에 마음을 빼앗겼다. 리호 안에서 기억과 현실이 동기화되었다.

고등학생 때 료의 아틀리에에서 봤던 그림과 같은 구도의 작품이 몇 개나 있다. 스케치북에 있던 구형 이불 건조기와 시가·다카시마의 계단식 논. 푸르고 생생한 계단식 논은 스케치북 데생과 함께 리호가 직접 본, 눈 덮인 계단식 논과 겹쳐진다.

료의 아틀리에 이젤에 담긴 작은 시내 그림 앞에서 리호는 잠시 멈춰 버렸다. 고등학생 때부터 줄곧 봐 온 장면임을 깨달았기 때문이다. 약동하는 물의 흐름이 당시와는 비교가 되지 않을 만큼의 두께로 그려져 있다.

"그 용수 그림, 좋네요."

"용수요?"

료도 똑같이 말했다……. 그림 모델이 된 장소를 물어보려던 그때 료의 할머니가 방에 들어오던 일이 정겹게 떠올랐다.

"이 근처에 '후키다시 공원'이라는 장소가 있는데요, 거기 용수를 그린 거예요. 오늘 꼭 들러 보세요. 맑은 물이 정말 아름다워요."

또 하나, 마음 노트에 소중한 에피소드가 추가되었다. 료가 봤던 경치를 따라갈 수 있다. '그의 과거'와 '자신의 현재'에서 교점을 찾아내 리호의 가슴에 기쁨이 솟구쳤다.

그밖에도 크고 작은 다양한 풍경이나 정물을 그린 사실화가 늘어서 있고 각각 압도적인 존재감을 발산하고 있다. 인기 있는 미인화 계열 그림은 한 장도 없었다. 리호에게는 이 방이 '기사라기 슈'라기 보다 '나이토 료'의 작품실로 보였다.

그림과 피아노의 음색에 온몸으로 그를 느끼던 리호의 귀에 천천히 움직이는 차량 소리가 들리기 시작했다.

"동화에 나올 것 같은 건물이군요."

차에서 내린 몬덴은 자신만의 길을 걷고 있는 듯한 아틀리에에 다가갔다. 문득 손으로 만지고 싶은 새하얀 외벽의 질감은 스프레이만으로는 표현할 수 없을 것이다. 미장이의 정성스러운 작업이 밝음과 중후함을 양립시키고 있었다.

몇 장 사진을 찍은 뒤 사쿠노스케를 따라 현관으로 들어갔다. 몬덴은 피아노 연주에 놀라던 차였는데, 안내받은 곳은 반대쪽 방이었다.

"일단 여기에서 기다릴까요?"

기사라기 작품의 전시실에는 먼저 온 손님이 있었다. 두 사람다 마스크를 쓰고 있었지만 몬덴은 그중 한 사람이 사쿠노스케의 아들 유사쿠라는 걸 알아보았다. 그러나 서른 전후로 보이는 여성은 처음 보는 사람이었다.

"차라도 드시죠. 안쪽에 소파가 있습니다, 자 앉으세요."

사쿠노스케는 그렇게 말하고 전시실을 나갔다.

방 안쪽에 테라스가 있고 반원형 소파와 길쭉한 유리 테이블이 보인다. 먼저 온 손님이 서 있어서 몬덴은 명함 지갑을 들고 두 사람에게 다가갔다.

"안녕하세요."

"말씀은 아버지께 들었습니다. 역시 아버지도 백기를 드셨네요."

유사쿠는 웃으며 몬덴과 명함을 교환했다.

여성의 명함에는 '와카바 화랑 쓰치야 리호'라고 되어 있다. 몬덴이 "쓰치야 씨도 기사라기 씨와 친분이 있습니까?"라고 묻자 유사쿠가 "쓰치야 씨는 료와 고등학교 동창이에요."라고 가르쳐 주었다.

"그래서 오늘은 동창생으로 여기에 있어요."

왜 학교 친구가 여기에 있는지는 모르겠지만, 몬덴은 료에게 친구가 있다는 걸 확인하자 안도했다. 어제 들은 사쿠노스케의 이야기가 아직 가슴속에 깊이 가라앉아 있다.

사쿠노스케와 함께 연회색 마스크를 쓴 여성이 컵을 얹은 서빙 카트를 밀고 들어왔다. 료는 일본식과 서양식이 절충된 저 건물에서 혼자 살고 있다고 들었는데, 사쿠노스케는 아마, 고용인이 있을 거라고 말했다.

분위기를 보면 나이가 든 여성이라는 사실을 알 수 있다. 홍차 컵과 쿠키는 각자 집어서 테이블에 놓았다. 소파가 반원형이라서 적절히 거리를 두고 앉았다.

정면에서 봤을 때는 창문이 없었지만 측면에는 사카이가 좋아할 듯한 서양식 격자창이 있고 정원의 초록이 엿보인다.

다 같이 신호라도 한 듯 마스크를 벗고 홍차 컵을 들려던 때, 몬덴은 리호와 눈이 마주쳤다.

묘한 공백이 생긴 건 그 기시감이 몬덴만의 생각은 아니었기 때문이다.

"앗."

놀란 소리를 낸 사람은 리호 쪽이었다. 몬덴도 조금 뒤늦게 기억이 났다.

다카기하마다……. 눈 빛깔에 물든 호숫가에서 몬덴은 다카히코의 풍경화 속 장소를 찾아냈다. 나중에 그 호숫가에 온 여성이 바로 리호였다.

기적적인 재회에 두 사람은 소리 내어 웃었다. 들어 보니 리호는 료의 그림 소재를 찾아 시가에 갔다고 한다.

"저 계단식 논 그림 말인데요."

리호가 가리킨 작품은 다카히코도 그렸다. 같은 간토에서 한 사람이 다카히코의 흔적을, 또 다른 사람은 료의 흔적을 쫓았다. 하얗게 물든 비와호에서 인생이 교차되었다.

"이런 일이 다 있네요."

오랜 기자 인생 중에 몇 번인가 입에 올린 말이지만 이 정도 기적은 경험하지 못했다.

몬덴은 리호가 두꺼운 코트 소매로 눈물을 닦은 모습을 기억한다. 분명 그녀에게도 사정이 있을 것이다.

차를 다 마시자 몬덴은 사쿠노스케에게 방 안쪽을 안내받았다. 중앙에는 이 건물에 어울리는 큐브형 전시대가 있고 구형 이불 건조기나 목제 팔레트 등 정물 작품의 모델이 늘어서 있다. 팔레트는 다카히코가 료에게 선물한 슈리자쿠라 같다. 그 색상의 깊이에서 상당히 오래된 것임을 알 수 있다.

몬덴은 건담 플라모델 앞에서 걸음을 멈췄다. 사쿠노스케가 어린 료에게 사 준 그 제품일 것이다. 1990년에 발매된 구형 키트로 나카자와도 같은 모델을 갖고 있었다. 몬덴은 가슴이 뭉클했다.

'우스산 휴게소'에서 본 봄 안개 그림도, 다카히코의 것과 같은 크기의 캔버스에 그려져 있었다.

"미술계의 잡음에 고막이 찢어진 노모토 다카히코가 그림에서 철학을 찾은 것은 당연한 귀결이지요. 여기에는 이른바 잘 팔리는 그림이 한 점도 없습니다. 료 군에게는 노모토이즘이 흐르고 있어요."

사쿠노스케가 말한 대로 작품군을 감상하고 있으니 화가 노모토 다카히코의 등을 쫓아 온 료의 걸음이 눈에 들어온다.

그 화가는 똑같은 곡을 몇 번이나 연주하고 있었다. 연주가 언제 끝날지, 어떤 계기로 끝날지는 아무도 모른다고 한다. 다만 확실한 것은 연주가 끝나면 그림 세계로 돌아간다는 것뿐이다.

몬덴은 1970년에서 1980년대에 만들어졌을 이불 건조기가 신경 쓰였다. 허락을 받고 손으로 만지며 잠시 바라봤다.

오랫동안 이어진 피아노 음색이 멈췄다.

유사쿠가 소파에서 일어나 몬덴과 리호를 향해 말했다.

"그럼 가 볼까요?"

드디어 이 날을 맞이했다.

유사쿠 뒤를 이어 아틀리에로 들어간 리호는 다른 공간에 섞여든 기분이었다.

외벽과 똑같이 흰색으로 통일된 아틀리에는 전부 2층까지 통으로 뚫려 있고 높은 천장 중앙에 큰 정사각형의 조명이 매립되어 있다. 중앙 안쪽에 그림 도구를 모아 둔 작업대가 있고 상자 모양의 붓 보관대에는 가는 붓부터 각필*까지 열다섯 자루 정도를 눕혀 놓았다. 그림물감 튜브도 정연하게 늘어서 있고 10분의 4 크기의 사각형 팔레트는 대리석 재질이었다.

업무상 화가의 아틀리에를 방문할 기회가 적지 않은 리호였지만 대개는 몇 종류의 정물 모델이 놓여 있을 뿐이다. 그러나 이 아틀리에는 극단적으로 물건이 적다. 그래서 다다미 쉰 장 크기라는 방이 더욱 널찍해 보인다.

뒤늦게 들어온 사쿠노스케와 몬덴은 아무 말도 하지 않았다. 공간에 감도는 긴장감 때문일지도 모른다. 빛을 균일하게 비추려는 의도인지 실내에는 창이 없다. 천장이 높고 면적도 넓어서 개방적인 느낌이어야 하는데, 느슨함을 허용하지 않는 듯 팽팽하게 긴장된 공기가 흐르고 있다.

SNS 상에서는 사람들이 '느슨하게'나 '유유자적' 등과 같은 단어를 좋아하는데, 기사라기 슈의 창작 현장은 그런 세상의 분위기를 완전히 무시하고 있었다.

교고쿠초로 오는 차량 안에서 리호는 유사쿠에게 료의 과거에 대해 많은 이야기를 들었다. 그래서 그런지 이곳이 노모토 다카히코가 말한 꿈의 아틀리에라는 것도 금세 눈치챘다.

입구에서 대각선상에 있는 그랜드피아노. 그 너머로 의자에 앉은 료가 천장을 올려다보고 있었다. 실내등의 흰색 불빛을 받고 있는 모습이 신비로워서 이 자리에 있는 다섯 명 중에 그 혼자만

● 角筆. 상아나 대나무 등의 끝을 가늘게 깎은 필기구

다른 세계에 있는 듯했다.

거의 아무와도 만나지 않는 생활을 증명이라도 하듯 료는 마스크를 쓰지 않았다. 느슨하게 걸친 차콜 그레이 얇은 긴소매 셔츠는 그 거친 질감이 색이 바랜 청바지와 잘 어울렸다. 필요 이상의 세련됨을 즐기지 않게 된 지금의 리호는 검소한 복장이 잘 어울리는 사람이 좋다. 그는 옷 이전에 어떤 존재감을 몸에 두르고 있었다.

의자에서 일어난 료가 중앙 안쪽에 있는 작업대 옆으로 걸어가 방문자들에게 가볍게 고개를 숙이자 리호도 서둘러 인사했다. 얼굴을 들었을 때 료의 시선이 똑바로 자신의 눈을 바라봤다.

드디어 만났다……. 그렇게 생각하자 자연스럽게 눈물이 고였다. 리호는 아름답게 쌍꺼풀이 진 그 눈을 다시 봤다.

"좋아졌지?"

제일 먼저 말을 걸어 준 것이 기뻤다. 피아노 연주를 깨달은 리호는 손수건으로 눈을 닦으며 "다른 사람 같아."라고 말하고 웃었다. 연주자의 감정이 전해지는 좋은 연주였다.

그렇게 묘사를 세밀하게 하는 손이 있는데 료의 음악적 재능은 절망적이었다. 옥타브의 감각을 이해하지 못해 굳어 버리고, 부끄러워하면서 입으로 음계를 읊조리며 건반을 누르던 고등학교 남학생의 그림자는 티끌만큼도 찾을 수 없다.

"저 어려운 곡을 실수 없이 연주했네."

"아니야, 이 곡밖에 못 쳐."

조용한 아틀리에에 웃음이 터진다.

"맨날 똑같은 곡만 듣는 사람은 꽤 힘들단다."

유사쿠의 농담에 다시 분위기가 풀어진다. 간사이 사투리는 아니지만 아버지에게 좋은 화술을 물려받았나 보다. 리호와 일행은 유사쿠를 따라서 걸었다. 마침 방의 끝과 끝에서 마주하는 형태가 되었다.

"오늘은 일부러 오시라고 해서 죄송합니다."

료는 다시 머리를 숙이고는 작업대에 있는 은색 장치에 다가갔다. 스위치와 작은 레버가 두 개씩 달려 있다.

"두 분께 보여 드릴 그림이 있어요."

료가 스위치를 누르자 웅웅거리는 기계 소리가 나고 그의 바로 뒤쪽 바닥에 깔린 긴 홈에서 특대 사이즈의 캔버스가 천천히 모습을 드러냈다.

전동 이젤은 미술상의 딸로 자란 리호도 본 적이 없었다. 게다가 이만한 규모가 되면 마치 영화의 한 장면이라도 보고 있는 것처럼 압도당한다.

점점 전체상이 명확해진다. 유사쿠에게 이야기를 들은 덕분에 리호는 이 그림에 누가 그려져 있는지 추측할 수 있었다.

이젤이 멈추고 캔버스가 다 올라왔다. 올려다보지 않으면 시야에 담을 수 없는 대작이다. 리호는 물론 몬덴도 말을 잃었다. 같은 인물화라고 해도 인기 있는 미인화와는 전혀 다른 작품이다.

500호는 되려나. 민가의 툇마루에 의자를 놓고 앉은 가족 세 사람. 마주 본 방향에서 오른쪽 남성이 노모토 다카히코, 왼쪽 여성이 노모토 유미, 가운데 소년이 료일 것이다. 어른 두 명은 겨우 미소를 짓고 있지만 료는 입을 꾹 다물고 울기 직전의 표정이었다.

정원의 나무들이나 회색 담, 저 멀리에 아주 조금 산맥이 보인다. 정원에서 춤추는 눈이 아름답고도 덧없다. 실내에서 찍은 사진인데도 창을 완전히 열어서 풍경화로서의 정취도 있었다.

그중에서도 리호는 노모토 유미의 표정에 매료되었다. 단정한 얼굴에 애수, 평온, 체념, 애정. 어떻게 보느냐에 따라 해석이 달라지는 다면적인 여성이 그곳에 있었다.

놀란 것은 노모토 다카히코와 료의 얼굴이 닮은 것이다. 당연히 혈연이 아니지만 두 사람은 섬세하고 중성적인 분위기를 공유하고 있고, 또렷한 쌍꺼풀은 유전 같았다.

캔버스 왼쪽에 은색 패널이 있고 확대된 가족사진이 놋쇠 마그넷으로 붙어 있었다. 그러나 그 사진의 역할은 이제 끝났다. 그림은 이미 달려들 듯 생동감이 있고 리호에게는 캔버스가 2차원과 3차원 사이를 오가는 것처럼 보였다.

사람의 온기가 작품 그 자체를 감싸고 있다. 최대한 간단하게 말하면 세 사람은 가족으로밖에 보이지 않았다. 부모님에게서는 품격이, 아이에게서는 가능성이 느껴져 부모와 아이는 하나가 되었다.

"이거, 아빠 그림이야."

상상도 못한 말에 리호는 "료 군 그림 아니야?"라고 반사적으로 물었다. 남의 작품이라면 일부러 전동 이젤에 고정하고 패널에 사진을 붙일 의미가 없다.

료는 바로 근처에 있는 캔버스를 올려다보며 대답했다.

"내가 미완성 그림을 물려받아 그리고 있어."

몬덴은 옆에 있는 사쿠노스케의 옆얼굴을 훔쳐봤다.

이 사진은 가족으로 함께 살았던 마지막 날에 그가 찍어 준 것이다. 그 사진이 이렇게 신들린 듯한 그림이 되리라고 그 당시에 상상이나 했을까.

"예술에 완성은 없다. 포기할 뿐이다."

사쿠노스케가 중얼거린 말은 다카히코가 좋아했던 다빈치의 말이다. 작은 소리였지만 고요한 아틀리에에 울려 퍼졌다.

"그래도 이 그림은 어떻게 포기해야 할지 방법을 모르겠어요. 사실화 화가로서 한 점쯤 숙제가 있는 편이 좋지 않을까. 지금은 그렇게 생각하면서 그리고 있어요."

정년이 다가오자 몬덴은 '맡기는 행복'을 생각하게 되었다. 부모가 자식에게 마음을 맡기고, 선배가 후배에게 경험을 맡기고 사회는 앞으로 나아갔다. 자신이 링에서 내려올 수밖에 없는 아쉬움과 원통함은 누군가에게 맡김으로써 해소할 수 있다. 받아 주는 사람이 있다. 몬덴은 그 행복이 느껴지는 지금이 눈부시다.

"유화라는 게 신기하게도 그림물감 층에 땅의 공기가 들어가요. 그래서 이 그림을 그리고 있을 때는 나는 아버지와 만나는 거예요."

맡기는 사람과 물려받는 사람으로, 노모토 다카히코와 나이토 료는 밧줄 하나로 이어져 있다.

몬덴은 이 그림을 보기 전까지 '공백의 3년'은 '유사 가족의 3년' 이야기라고 이해하고 있었다. 그러나 그것은 틀렸다. 가족은 캔버스 안에서 계속 살아 있었다. 결코 완성되지 않는 그림 속에서.

료가 요코하마의 기지마 집에서 모습을 드러내자 일본 전역이 들썩거렸다. 경찰은 물론 매스미디어도 총력을 다해 범인을 추격했다. 그러나 각 조직은 예상조차 하지 못한 벽에 부딪혔다.

기지마 시게루다. 시게루는 다카히코와의 약속을 지켰다. 경찰 수사에 협조하지 않고 언론 취재도 한사코 거부했다.

그리고 무책임한 여론이 시게루의 편에 붙었다. 미디어는 항상 소재의 유무에서 생명을 얻고 계속해서 숙주를 바꿔 나간다. 세간의 이목이 다른 곳으로 향하면, 수사기관에 대한 무거운 압력도 약해진다. 현장 형사가 자작극이라는 가설을 아무리 강력히 밀어봐야 증거가 없으면 공판은 유지할 수 없고, 검사가 떫은 표정을 보이는 것은 자연스러운 일이다.

그러나 실제로 그 물밑에서 사태는 움직이고 있었다.

1995년 1월, 료가 요코하마에 돌아온 지 한 달이 지났다. 사쿠노스케와 노모토 부부가 오타루에서 사카이와 만나 전부 털어놓았다. 사전에 편지로 알렸고, 연일 여러 미디어가 사건에 대해 보도했기 때문에 사카이는 거의 전체 구조를 이해하고 있었다.

"이미 한배를 탔으니 최선을 다합시다."

거친 파도를 극복해 온 기업인의 넓은 아량에 다카히코와 유미는 다시 한번 구원받았다.

하지만 이미 톱니바퀴는 틀어지기 시작했다. 파란의 1995년. 특히 1월의 '한신·아와지 대지진'과 3월의 '지하철 사린 사건'이라는 역사적인 대참사가 기록되고 사회는 혼란스러워졌다.

노모토 부부는 표면상 도쿄의 생활에 순응하는 것처럼 보였지만, 경찰의 그림자에 시달린 유미는 자율신경이 불안정해지고 몸 여기저기에 통증이 생겼다.

료를 보고 싶다……. 다카히코도, 유미도 료가 무척 걱정되었으나 조부모와 살아가려고 애쓰는 아이를 방해하고 싶지는 않았다. 경제적인 차이도 그렇지만 무엇보다 끝까지 의리를 지켜 준 기지마 시게루를 배신할 수는 없었다.

유미는 재취직한 영어 학원을 자주 쉬게 됐고, 다카히코도 신작을 준비하러 현장 답사를 나가지 않게 되었다. 오래된 작품에 사인을 넣어 사카이가 사들이는 형태로 겨우 생활을 꾸려 나갔다.

도쿄에 돌아왔지만 시곗바늘은 원래대로 돌아가지 않았다. 료를 향한 마음과 경찰의 그림자. 그렇게 충만했던 두 사람의 생활이 언젠가 보았던 안개 너머로 사라져 간다. 사쿠노스케는 젊은 부부가 걱정되어 일이 있을 때마다 두 사람을 식사에 초대했다. 그러나 그것도 거의 효과는 없고, 유미의 웃는 얼굴은 만날 때마다 사라졌다.

그런 우울한 생활을 2년 정도 계속하고 맞이한 1997년 2월 모일. 아침, 겨울 하늘에 담긴 검은 비구름을 본 다카히코는 불길한 예감에 한숨을 쉬었다. 그러고 나서 불과 1, 2분 만에 그 예감은 현실이 되었다.

단독주택 창문으로 하늘을 올려다보던 다카히코가 시선을 아래로 떨어뜨리자, 길 위에 한 남자가 서 있었다.

형…….

검은 야구모자를 쓴 마사히코가 다가오자 다카히코는 현관 앞으로 달려갔다. 유미를 생각하면 절대로 안으로 들일 수는 없었다.

"너치고는 꽤 잘해 줬어."

마사히코가 타고 온 경차 조수석에 앉아 다카히코는 침묵을 지켰다. 구형 수동 차량으로 큰 진동과 딱딱한 좌석 때문에 상당히 승차감이 나쁘다. 그것은 마사히코의 궁핍한 상황을 여실히 드러내고 있었다.

"단도직입적으로 말할게. 나이토 료를 납치한 놈들이 전부 털어놓겠단다."

예상한 대로 입막음할 돈을 달라는 이야기였다. 그러나 다카히코는 형이 무슨 말을 해도 완강히 입을 열지 않았다. 상대에게 실마리를 주지 말 것. 마사히코 입장에서도 중요한 돈줄을 잃을 수는 없을 거라는 사정은 잘 알고 있었다.

"지금 손을 쓰지 않으면 그놈들이 너네한테 올 거야. 지금은 어떻게 내가 막고 있어."

아무 반응이 없는 동생에게 속이 탄 마사히코가 거친 목소리로 어르고 달래도 다카히코는 입을 꾹 닫았다.

"너는 모르겠지만 체포당하면 힘들어. 한 번이라도 전과가 붙으면 돌이킬 수 없다니까. 너뿐만이 아냐. 유미도 똑같은 꼴을 당하게 돼."

마사히코는 이런 저런 얘기를 늘어놓으며 공략해 봤으나 결국 두 손을 들었다. 그러고는 "조직 폭력배를 적으로 돌리면 정말 귀찮아진다고."라는 진부한 대사를 내뱉고 가 버렸다.

다카히코는 집에서 2, 3킬로미터 떨어진 지점에서 내렸다. 유미에게 어떻게 말해야 할지 망설여졌기 때문이다. 그러나 감이 좋은 아내에게 빤히 보이는 거짓말은 통하지 않을 것 같아 사실대로 털어놓았다.

유미와 의논한 결과 사쿠노스케에게 다시 손을 내밀기로 했다. 도쿄를 떠나는 게 좋겠다고 판단한 사쿠노스케는 다시 사카이에게 도움을 구했지만, 후원자에게 의외의 대답이 돌아왔다.

'자수하는 것도 한 가지 방법일지도 모릅니다.'

사카이는 사쿠노스케에게 부부의 정신상태가 악화되고 있다는 말을 들었는지, 설령 어떤 벌을 받든 자신이 책임을 지고 지원하겠다는 내용을 전했다.

그림을 사 주는 후원자에게 자수를 권유받은 일은 노모토 부부에게 적지 않은 충격이었다. 두려워하던 일이 현실로 다가왔기 때문이었다.

인생의 기로가 되는 결단인 만큼 사쿠노스케도 신중하게 판단하라고 조언했다.

두 달 후인 4월, 마사히코가 다시 집에 찾아왔다. 이번에는 억지로 집에 들어와서 유미도 함께였다.

"더는 시간이 없어. 너희들 이러다 정말 죽어."

두 달 만에 다시 찾아왔다는 건, 마사히코도 도쿄에 있을 수 없는 사정이 있지는 않을까. 다카히코는 그렇게 추측했다. 안색에서 옷차림까지 전부 엉망인 데다가 궁지에 몰린 것이 분명했다.

"다카히코, 너 긴자의 '리쓰카'라는 화랑에 신세를 지고 있다며."

발등에 불이 떨어진 상황에서도 마사히코는 초라한 악당답게 약점을 조사했다. 더 떨어질 곳이 없는 범죄자의 한심한 바닥이었다.

다카히코는 분노로 정신 줄을 놓을 뻔했지만 옆의 유미가 "마사히코 씨와는 상관없는 일이에요."라고 차갑게 먼저 잘라 냈다.

"그래도 너희한테 돈이 없으면 그 미술상에게 달라고 할 수밖에 없잖아."

아쉬운 듯 염치없이 돈을 달라고 조르는 형이 지긋지긋했다. 다카히코는 내쫓듯 마사히코를 돌려보냈다.

그러나 이걸로 포기할 형은 아니었다. 혹시 악에 받친 마사히코가 전부 폭로한다면……. 최소한의 긍지도 없는 남자인 만큼 푼돈을 대가로 정보를 팔 가능성은 충분했다.

그렇게 되면 기지마나 사쿠노스케에게 큰 피해가 가고, 료의 인생에도 악영향을 미치게 된다.

한편 두 사람이 자수해도 재판을 통해 사건의 전말이 드러나는 것은 피할 수 없다. 어느 쪽을 선택해도 맞이할 결과는 똑같았다.

며칠에 걸쳐 상의한 결과 부부는 자수하기로 결심했다. 악당에게 돈을 뜯기는 대신 일단 죄를 청산하고 다시 출발선에 서는 게 좋겠다고 판단한 것이다.

다음 달인 5월, 사업차 도쿄에 오는 사카이와 만나 결론을 전하기로 했다. 그 전날 사쿠노스케와 전화로 통화한 다카히코는 중간부터 울기 시작해 범죄에 휩쓸린 것을 몇 번이나 사죄했다. 그리고 전화를 끊기 전 잠긴 목소리로 말했다.

"역시 나쁜 짓은 못 하겠네요."

그러나 당일, 사카이와의 회식 자리에 나타난 것은 유미뿐이었다. 망연자실한 그녀가 지친 얼굴로 말했다.

"다카히코가 사라졌어요."

사카이는 자신의 편지가 섬세한 화가를 궁지로 몰아세운 게 아닐까 후회했다. 진상을 밝히지 않고 수색 신고를 내 봤자 경찰이 사건성 없는 행방불명자를 찾아 줄 리 없다. 그렇다고 해서 다카히코에게 말하지도 않고 '공백의 3년'을 자백할 수도 없었다.

사카이와 사쿠노스케는 도무지 손쓸 방법이 없어, 뜬눈으로 밤을 지새며 다카히코의 귀가를 기다렸지만 시간만 허무하게 흘러갔다.

6월 비 오는 날, 사쿠노스케가 부부의 자택을 방문했는데, 유미가 없었다. 집에는 사람이 사는 분위기가 없었고 불길한 생각이 들었다. 사쿠노스케는 주위에 물어봤으나 이웃과 교류가 없는 젊은 부부의 행방을 아는 사람은 없었다.

그 이후로 두 사람의 행방은 묘연하여 알 수 없었다.

몬덴은 범죄를 짊어지는 무게를 생각하지 않을 수 없었다.

피해자 가족과 경찰과의 감정의 골을 노린 사쿠노스케의 계획은 얼핏 잘 풀린 것처럼 보였다. 그러나 다카히코와 유미는 평범한 부부로 살아가는 게 불가능해졌다. 사실상 귀경 이후 두 사람의 생활은 2년 반 만에 파탄 났다.

몬덴이 오타루에 갔을 때 사카이가 사쿠노스케에게 전화를 걸어 말했다.

'그에게 한 줄기 희망을 맡기고 싶다.'

그건 몬덴의 기사를 통해 두 사람에게 다시 말을 걸려는 시도였을지도 모른다.

조부모에게 양육된 료는 중학생이 되어 비로소 '리쓰카'를 찾았다. 간다의 창고에 방문한 료는 노모토 다카히코가 남긴 수많은 작품에 압도되었다. 그리고 다카시마와 다테의 풍경을 보고 감격한 나머지 눈물을 흘렸다.

다카히코와 유미를 보고 싶다고 조르는 료에게 사쿠노스케가 전할 수 있는 말은 하나밖에 없었다.

"어디에 있는지 알 수 없구나."

주먹을 쥐고 현실과 마주한 료 앞에 미완성 대작이 걸려 있었다. 캔버스 속 부모는 료에게 미소 짓고 있었다.

그 후로 '기사라기 슈'라는 이름의 화가가 되어 료가 물려받은 그림을 올려다보고 있다.

몬덴은 다이니치신문 기자들이 수집한 료에 대한 탐문 메모를 떠올리지 않을 수 없었다.

무거워진 기저귀를 그대로 차고, 주운 빵을 입에 넣고, 뼈만 앙상하게 남았는데도 음식을 겨우 얻으면 너무 많이 먹어 배탈이 난다. 그리고 집에서 쫓겨나 혼자 빌라 계단에서 화투짝 그림을 그리고 있었다…….

그렇기 때문에 그는 만나고 싶은 것이다. 진짜 '아빠'와 '엄마'를.

"아버지는 사실화를 그리는 것으로 '질감 없는 시대에 실재를 찾아낸다'라는 소중함을 가르쳐 주셨습니다. 이제 다시는 만나지 못할지도 모릅니다. 그래도 이 그림에는 기한이 없으니 포기하지 않겠습니다.”

몬덴은 노트에 료의 진지한 말을 받아 적었다.

“불가능하기에 믿을 수 있습니다.”

초록 터널 사이로 검붉은 내리막길이 이어진다.

리호는 키 큰 나무들 위에서 매미 소리가 들려와서 놀랐다. 5월 서늘한 홋카이도에서, 소리가 변한 저녁매미 같은 매미가 울고 있다.

언덕을 내려가서 물이 솟아오르는 입구에 도착했다.

료와 단 둘이 걷는 게 몇 년 만일까.

“여기를 그렸구나.”

료를 슬쩍 올려다본 뒤 리호는 물 흐르는 소리가 나는 쪽으로 시선을 옮겼다.

약동하는 용수가 흰 포말을 일으키며 이끼 낀 바위와 돌 틈 사이를 거침없이 흘러간다. 주위의 나뭇잎들이 산들바람에 흔들리고 매미들의 합창에 찌르레기의 우는 소리가 더해져 귓전을 울린다.

요테이산에서 샘솟은 물과 초록빛 나뭇잎이 햇빛에 반짝거린다. 순리를 따라 흐르는 자연 그대로의 리듬에 생명력이 흘러넘친다.

18년 전에 료의 방에서 본 30호 캔버스. 그 그림 속 세계가 지금 눈앞에 있다.

“료 군은 여기에 있었구나.”

‘후키다시 공원’의 생생한 풍경 속, 그저 잠시 서 있기만 해도 기쁨이 솟구쳐 오른다. 리호는 다시 태어날 것 같은 기분이 들어 맑은 공기를 한가득 들이켰다. 살아 있으면 이런 멋진 순간을 만날 수 있다.

지금까지는 좋아하는 사람과 맺어지는 것이 행복하다고 생각했다. 하지만 지금은 다르다. 잊을 수 없을 만큼 좋아한 사람, 어떤 길을 걷든 태양처럼 자신의 마음을 비추는, 그런 사람과 만나는 것이 진정한 행복이라는 걸 깨달았다.

"다음에 거기 갈까?"

옆에서 리호가 고개를 갸웃거리자, 료가 "심벌 타워."라고 말했다. 두 사람은 소리 내어 웃었다.

생각해 보면 이상한 만남이었다. 〈Longing / Love〉의 선율과 함께 무심하게 계단을 스케치하던 그의 옆얼굴이 되살아난다. 무슨 인과인지 고등학교에서도 계단에서 다시 만났다.

그 후 서로 각자의 계단을 올랐지만 이렇게 다시 같은 지점에 이끌렸다.

"고등학생 때 료 군 방에서 '우리 화랑에 그림 한 장 그려 줘'라고 부탁했더니 오케이한 거 기억해?"

료는 그리운 듯 끄덕이며 말했다.

"또 계단을 그리면 돼?"

둘이 가볍게 걸으며 산책길 위에서 신록으로 가득한 호수를 바라봤다. 맑게 샘솟는 물이 햇빛을 반사하며 빛나고, 불규칙한 파문이 나뭇잎 그림자를 흔든다.

"졸업식 날 말이야, 료 군을 찾아다녔어."

졸업식 후 리호는 자전거를 타고 서둘러 료의 집으로 향했다. 그러나 그곳에서는 이미 생활의 공기가 사라졌다.

"이걸 전해 주려고."

리호는 가방에서 추억의 봉투를 꺼내 료에게 내밀었다.

솔직한 마음을 담은 편지. 그때 이 편지를 료에게 전해 줬다면 두 사람의 미래는 달라졌을까.

료는 한동안 말없이 봉투를 응시하고 있었다. 그러고 나서 시선을 하늘로 옮기고 말했다.

"아까 그림을 그려 달라는 거 말인데, 다시 한번 쓰치야 씨를 그릴게."

리호는 가슴이 벅차 목소리가 나오지 않았다.

희망에 가득 찬 고등학생 시절의 자신과 이런저런 일을 겪고 조금은 어른이 된 자신. 살아온 증거를 세상에서 제일 좋아하는 화가가 그려 주는 행복.

"약속해 줄래?"

료가 새끼손가락을 내밀어 서로 마주 봤다. 바라보는 눈이 촉촉히 젖는다.

흐릿하게 보이는 그의 긴 손가락에 리호는 떨리는 새끼손가락을 가만히 걸었다.

키 큰 나무들의 잎이 5월의 바람에 한들거린다.

그 마음 편한 속삭임을 귀로 들으며 몬덴은 아틀리에 밖에 있는 숲속을 거닐고 있었다.

'공백의 3년'의 한가운데로 뛰어 들어온 지금, 나카자와가 매번 하던 말이 떠오른다.

"결국 자네는 왜 신문기자를 하는 건가?"

31년 전, 경찰청 출입기자단에서 피해 아동의 사진이 한 장도 없다는 사실이 알려지자 느낀 어둠. 그 어둠에 빛을 비춘 것은 노모토 다카히코의 예술이자 유미의 애정이었다.

그 유괴 사건의 이면에 있었던 분명한 사실. 눈에 보이는데도 깨닫지 못하는, 그런 존재의 아름다움을 이 세상에 드러내기 위해 다카히코와 료는 붓을 쥐고 있다.

마음 깊은 곳에서 다카히코와 료의 '실재'를 쓰고 싶다고 생각했다. '살아 있다'라는 묵직함, 그리고 '살아왔다'라는 대단함.

이 원고의 끝에 어쩌면 나카자와의 질문에 대한 대답이 있을지도 모른다.

일본식과 서양식이 절충된 저택과 아틀리에 사이에 작은 텃밭이 있다. 조금 전 차를 내 준 여성 고용인이 몇 종류 파릇파릇한 잎에 물뿌리개로 물을 주고 있었다.

조금 떨어진 곳에서 그 모습을 멍하니 바라본 뒤 몬덴은 순백의 아틀리에 쪽으로 시선을 옮겼다.

그 가족사진 그림은 언제 완성될까. 그렇게 생각한 찰나, 몬덴의 머릿속 풍경은 작품 전시실로 향했고 가슴이 울렁거렸다. 무언가 꺼림칙함을 깨달은 그때, 큐브형 전시대에 있던 구형 이불 건조기 사진이 떠올랐다.

저게 왜 여기 있지…….

무의식중에 몬덴은 눈앞 풍경에서 위화감을 느꼈다.

텃밭에서 물을 주던 여성이 물뿌리개를 한 손에 들고 자신 쪽을 보고 있었다.

호리호리한 체형에 흰 블라우스와 짙은 감색 긴 스커트를 입고 청초한 분위기를 띠고 있다.

흰 블라우스……. 사진 한 장이 떠올랐을 때, 여성이 마스크를 벗었다.

몬덴의 시곗바늘이 30년 전 시간 뒤로 감긴다. 시가에 있는 '레인보우 영어 학원'에서 찍힌 사진, 다카히코에서 료에게로 이어진 500호짜리 그림, 그리고 10미터 앞에서 물뿌리개를 든 실제로 존재하는 여성. 지문처럼 정확하게 답이 도출되었다.

두 사실화 화가를 계속 지켜 온 아내이자 어머니인 한 여성.

어머니와 아이는 다시 만났다…….

말로 다할 수 없는 충격이 몬덴의 중심을 훑고 지나간다. 젖니 하나에도 애정을 쏟은 사람이 도달한, 흔들림 없는 종착지.

멍하니 서 있는 기자에게 에조하루매미의 울음소리가 쏟아졌다.

노모토 유미는 몬덴에게 깊이 머리 숙여 인사하고 마스크를 쓰고 등을 돌렸다. 그리고 주저 없는 걸음걸이로 저택 문으로 걸어갔다.

[취재 협력]

노다 히로시 님
나가야마 유코 님
소네 시게루 님
에조 다쿠로 님
호키 히로코 님(호키 미술관 관장)
마쓰이 후미에 님
니키 유키히코 님(전 다테시 부시장)
다테시 여러분
쓰마도리 류타 님(요코하마 모토마치 SS회 홍보)

[감사의 말씀]

여기에 이름을 올리지 못한 분들도 협력해 주셨습니다. 바쁘신 가운데 도와주신 여러분께 진심으로 감사 말씀을 드립니다.

[참고문헌]

《리얼리즘 회화 입문》(노다 히로시/ 예술신문사)

《사실화가란 무엇인가?》(야스다 나루미 · 마쓰이 후미에/ 세이카쓰노토모샤)

《사실을 살아간다》(야스다 나루미 · 마쓰이 후미에/ 세이카쓰노토모샤)

《사실회화의 매력》(야스다 나루미 · 마쓰이 후미에/ 세이카쓰노토모샤)

《칼럼 '이로이로초(色々調)' 1985~1990 당세 미술계 사정》(야스이 슈조/ 미술연감사)

《회화 제연 최근 미술계의 화제를 알아본다》(야스이 슈조/ 고단샤 에디토리얼)

《완매화가》(나카지마 겐타/ CCC 미디어 하우스)

《아틀리에 거장을 만나러 간다》(미나미카와 산지로/ 아사히 신서)

《회화제작 입문-그리는 사람을 위한 이론과 실천》(도쿄예술대학/ 사토 이치로+도쿄예술대학 유화기술재료연구실편/ 도쿄예술대학 출판회)

《서양화 배우기① 데생과 제작, 서양화의 용구 용재》(교토조게이예술대학편/ 가도카와 서점)

《미술시장 2022》(비주쓰신세이샤)

《아동 학대-현장에서의 제언》(가와사키 후미히코/ 이와나미 신서)

《방임 육아 포기-마나 짱은 왜 죽었는가》(스기야마 하루/ 쇼가쿠칸 문고)

《Hobby Japan MOOK1045 건프라 카탈로그 Ver. HG GUNPLA 40th Anniversary》(Hobby Japan)

《하고 싶은 일부터 끝낸다! 건프라 테크닉 바이블》(고니시 가즈
유키/ 세이비도 출판)

《홍보 다테》(제413호, 제419호, 제420호, 제421호, 제425호)

《무로란 민보》(1993년 8월 6, 7, 8, 10일)

《젠린 주택 지도 요코하마 나카구 1992년도판》

《젠린 주택 지도 홋카이도 다테시 1994년도판》

존재의 모든 것을

초판 1쇄 발행 2024년 12월 24일
지은이 시오타 다케시 | **옮긴이** 이현주 | **펴낸이** 최원영
편집부장 윤영천 | **편집부** 박신양 김서연 이지윤 | **북디자인** 형태와내용사이
본문조판 양우연 | **국제업무** 박진해 조은지 남궁명일 | **마케팅** 김민원 조은걸
펴낸곳 (주)디앤씨미디어 | **출판등록** 2002년 4월 25일 제20-260호
주소 서울시 구로구 디지털로 32길 30 코오롱디지털타워빌란트 1301-1308호
전화번호 02.333.2513 | **팩스** 02.333.2514

ISBN 979-11-92738-46-8 03830

정가 17,800원

* 잘못 만들어진 책은 구매처에서 바꾸어 드립니다.